시집

조재룡 비평집
시집

펴낸날   2022년 2월 21일

지은이   조재룡
펴낸이   이광호
주간   이근혜
편집   최지인 이민희 조은혜 박선우 방원경
펴낸곳   ㈜문학과지성사
등록번호 제1993-000098호
주소   04034 서울 마포구 잔다리로7길 18(서교동 377-20)
전화   02) 338-7224
팩스   02) 323-4180(편집) 02) 338-7221(영업)
전자우편 moonji@moonji.com
홈페이지 www.moonji.com

© 조재룡, 2022. Printed in Seoul, Korea
ISBN 978-89-320-3973-2 03810

조재룡 비평집

문학과지성사

시집

책머리에

  다섯번째 비평집을 묶는다. 몇 편을 제외하고 지난 몇 년간 썼던 시집 해설을 모았다.

  흔히 시집의 뒤에 붙는 해설은, 어떤 면에서 보자면, 처음 독서를 고백하는 글이고, 또 어떤 면에서 보자면, 시집과 마지막까지 함께하는 글이다. 시집은, 잘 알다시피, 일련의 시가 담긴 책이다. 시집은, 시 작품을 모아 출판하는 일반적인 형태의 책이며, 대개는 같은 작가의 텍스트로 구성되지만, 드물게 하나의 주제 아래, 여러 작가의 작품을 모아 출간하기도 한다. 시집에 포함된 작품은, 일부(혹은 전부), 개별적으로 잡지 등에서 출간되기도 하며, 장시나 연작 등으로 구성한 시집을 제외하면, 대개는 쉰 편 내외에 머문다. 작품 외에, 시집에는 「시인의 말」과 해설이, 전자는 앞머리에 후자는 대부분 마지막에 실리기도 한다. 시집은 하나의 '작품œuvre'이다. 프랑스어를 함께 적은 이유는 이 낱말이 '작업' '일' '노동'의 의미를 포함한 '기예(技藝)'라는 의미를 담고 있기 때문이다.[1] '노동'의 어원을 이루는 'tripalium'이 '세 개의 봉으로 찌르는 고문 도구'라는 의미를 갖고 있다면, '작품'은 완전히 자유로운 상태에서 무언가를 만드는 작업이라기보다, 강제적인 무엇, 혹은 어떤 '기계성'을 필요로 하는 기예의 과정이자 그 결과물이다.[2] 시집은 그

---

1 '노동'이나 '일'을 의미하는 라틴어 'opera'에서 연원했다.

2 칸트는 이렇게 말한다. "그 과정이 기계성이 없으면 기예에서는, 자유로워야만 하고 그럴 때에만 작품에 생기를 불어넣는 정신이 전혀 아무런 형체를 가지지 못하고 전적으로 증발해버릴 것이라

러니까, 이런 의미에서, '작품'이다.

시집이 될 원고를 건네받으면 우선 제본했다. 그런 다음, 이 가(假)시집을 찾아와 읽으며 메모를 하고, 다시 파일을 열어, 한 편 한 편의 여백에 메모를 옮기면서 다시 무언가를 부지런히 적었다. 반영하지 않을 메모가 가장 많이 남겨지는 글이 해설이기도 했다. 애면글면 쓰고 나서도, 부족함을 손에 쥐고 항상 안타까워하며 떠나보내야 하는 글이 해설이었는데, 아마도 원고지 30~50매로 해설을 마감할 용기가 내게는 없었던 것 같다. 해설에는, 문예지와 같은, 진정한 의미에서의 마감이 없다. 반드시 그런 까닭에서는 아니었지만, 여러 가지 핑계를 대면서 원고를 송부하기로 약속한 날짜를 미루는 일이 빈번히 발생했다. 해설을 쓸 때 그토록 몸서리치며 혼자 불렀던 이름들, 원고를 기다려준 그 시인들에게, 또 인내해준 편집자들에게 고맙다는 말을 전하고 싶다. 공들여 비평집을 만들어주고 값진 조언을 해준 문학과지성사의 최지인 님과 이근혜 님에게 감사의 말을 전한다.

2022년 2월
조재룡

는 점—예컨대, 시예술에서의 언어의 정확성, 언어의 풍부성 및 음운과 운율—을 상기시키는 것은 쓸데없는 일이 아니다. 최근의 많은 교육자들은 자유로운 기예에서는 모든 강제를 제거하고, 그것을 노동에서 순전한 유희로 변환시킬 때, 가장 잘 촉진할 수 있다고 믿고 있으니 말이다." 이마누엘 칸트, 『판단력 비판』, 백종현 옮김, 아키넷, 2009, p. 334.

차례

제3부

제1부

2000년대의, 시, 그리고 비평
—주체-정치-정동-리듬

비평적 환상들의 순환을 벗어나기 위해서는 이론적
가설을 제시해야 한다. 그것은 작품이 하나의 의미
에 닫힌 것이 아니라는 가설이다. 작품은 하나의 의
미에 완성된 형태를 부여하면서 가려버리지 않는
다. 작품의 필연성은 의미의 다수성에 근거한다. 작
품을 설명한다는 것은 그러한 다원성의 원칙을 인
정하고 구별하는 것이다. 이제 정도는 다르지만 어느
비평 작업에나 깔려 있던 가설, 즉 작품이 단일성을
지닌다는 가설을 버려야 한다. 작품은 (객관적이든
주관적이든) 하나의 의도에 의해 창조되지 않는다.

— 피에르 마슈레[1]

단절과 위기, 그리고 세대론

2000년대의 시와 시단은, 다양한 차원에서, 앞선 세대와의 단절이
나 균열처럼 여겨졌다. 그리고 바로 이 단절의 간극과 균열의 틈새로
진단과 위기의 담론들이 스며들었다. 여느 시대처럼 10년을 주기로 삼
은 세대론이 다양한 차원에서 등장하였다. 세대론은 현황을 진단한 정
교한 비평적 분석과, 우려와 탄식으로 위기를 주장하는 비판적 시선으

---

1 피에르 마슈레, 『문학생산의 이론을 위하여』, 윤진 옮김, 그린비, 2014, p. 118.

로 나뉘었다. 10년을 주기로 시대의 특징을 변별하고자 시도된 정치·
사회적 분석은 정확성을 기하고자 노력하며 2000년대 시를 비평의 대
상으로 삼았으며, 동시대 현상을 진단하고 그 성과와 한계를 함께 가
늠하려는 비평의 지평 위로 시의 특성과 경향을 정리하는 작업을 진행
하였다. 10년을 단위로 삼은 연대의 구분과 시인들 생년의 분별은 매
체의 직능이나 차이, 그 변화를 헤아리는 잠정적 기준이 되었고, 비평
은 사회적 현상과 시단을 저울의 양쪽에 매달아 각각의 하중을 균형
있게 잴 줄 알고 있었다. 10년이라는 단위는 자연스레 PC통신-블로
그-SNS로 이어지는 매체의 변화와 시의 경향을 서로 연관 짓고, 나아
가 이 매체의 변화와 시의 소통 방식의 변화 사이의 관계를 가늠해보
려는 노력으로 이어졌다. 1990년대-2000년대-2010년대를 '소통-혼
란-자폐'나 '단일성-혼종성-무가치성'으로 삼분하고, 이어 이 각각에
'정치-탈정치-무정치'라는 또 다른 구분을 부여했다. 앞선 시대와 현
재, 그리고 진행 중인 지금의 시단 전반의 특성을 분간하려 한 비평적
시도는, 세대론 고유의 불가피한 한계에도 불구하고, 여러모로 유의미
한 결과를 가져왔으며, 이는 시단의 변화는 물론, 이 변화의 핵심을 짚
어내면서, 현황과 상황, 맥락 등 2000년대 시단 전반의 지형도를 그려
내는 데 적잖은 도움을 주었다.

　문제는 이와는 사뭇 다른, 또 다른 세대론, 그러니까 시기적으로는 이
보다 앞서 등장한 세대론, 2000년대 시에 대한 불신과 부정으로 뒤발
한 세대론을 통해 위기의 담론이 조성되고, 비판을 통해서건 논쟁을 통
해서건 시에 대한 다양한 인식들이 차례로 몸통을 드러내었으며, 시와
관련된 근본적인 물음들이 촉발되었다는 데 있다. 이 후자는 2000년대
중반을 뜨겁게 달구었던 '미래파' 논쟁과 연관된다.

난해함-소통의 부재-반(反)서정

'미래파'가 정확히, 그리고 구체적으로 누군가를 호칭한 것은 아니었지만, 마치 그 목록을 알고 있다는 듯, 미래파는 돌올한 그룹처럼 입에 오르내리고 있었다. 오가는 논쟁 속에서, 시를 둘러싼 개념들이 분주히 움직이기 시작했다. 혹은 달아오른 논쟁의 열기와 그 여파로, 무엇인가 슬그머니 뒷전으로 사라지기도 했으며, 제거의 틈바구니에서, 그러니까 시를 둘러싼 어떤 '관점-개념-비평'은 성급한 대안을 제시하려 서둘렀고, 그로 인해 모면받을 만한 알리바이를 찾아 허둥거리기도 했다. 입에 담으면 모종의 판이 벌어지기 시작했다. 대립각을 내세운 진영은 불가피한 현실의 산물이었고, 이와 같은 일이 잦아질 무렵, 시를 바라보는 관점들이 속속들이 제 속내를 드러내었다. 미래파 논쟁이, 의도적이건 우연적이건, 시에 관한 근본적인 관점들을 본격적으로 탐구해나갈 공간을 열면서 2000년대 새로운 비평 담론을 몰고 왔다고 한다면, 오로지 이와 같은 이유에서만 그렇다고 할 수 있다. 가령 아래 좌담의 발췌문에서 사회자가 던진 질문은 살펴볼 가치가 있다.

원로 시인들이 이구동성으로 우려하며 지적했던 부분이 소통의 부재라는 점이었습니다. 2000년대 이후 젊은 시인들의 시가 보여주는 난해성은 시의 함축적 본질과 관련된 난해성이 아니라 자신의 내면에 응어리진 그 무엇을 무절제하게 토로하기 때문에 시를 쓴 시인 자신도 이해하지 못하는 감정의 분출물이 되었다는 지적이었습니다. 현실과 환상이 교차하고 불안하고 혼란스러운 내면의 정동(情動)이 여과 없이 표출되기 때문에 부분적인 시행의 의미는 파악할 수 있지만 작품 전체의 의미를 논리적으로 이해하기에는 어려움이 많다는 것입니다. 어쩌면 젊은 시인들이 쉬운 시는 보수적인 서정의 굴레에 갇혀 있는 것이고, 쉽게 해석되지 않는 시가 새롭고 진취적인 시라는 생각을 가진 것은 아닌지요?[2]

그러니까 질문은 "원로 시인들"의 "우려"를 매우 효율적으로 요약하는 동시에 사회자가 바라보는 관점도 담고 있다. 두 가지 명료한 구분은 미래파 논쟁에서 드러난, 시에 대한 통념을 날것 그대로 보여준다. '쉬운 시'와 '난해한 시', '소통'과 '불통', 외면과 내면, '시행-부분'과 '작품-전체', '보수-서정'과 '진취-모험' 등은 시를 가장 잘 요약하는 덕목들이었을 것이다. 사실, 시에서는 가장 쉬운 물음이 실상 다루기에 가장 어려운 질문들을 낳는다. 이 이분법의 짝들은 모두 물음을 머금고 있기에, 규정 불가능성의 가능성을 노정할 수밖에 없거나, 그 자체로 탐구의 영역으로 남겨진다. 시의 역사성을 물리친 자리에 시의 '본질'을 가정하고 소환하거나, 고정되고 항구적인 '진리'를 전제하면서, 언제든 원할 때면 들고 날 수 있는 경첩처럼 사안들을 배치하는 이와 같은 이분법은, 시에 관한 물음을 지워버린다는 조건에서만 물음을 던진다. 난해한 시가 무엇이냐고 물을 때, 쉬운 시에 대한 대답을 갖고 있을 수 없는 것과 마찬가지로 '소통' 역시, 모든 것이 여하튼 소통의 문제라고 흔히 말할 때의 바로 그 소통을 의미하는 수사의 일환이 아니라면, 난해-소통과 같은 개념들은 독서의 역량에 대한 자문을 통해 당도한 고백인지를 스스로에게 되묻게 만드는 자기-비평적 지점을 생산할 수밖에 없다.

그러니 이해한다는 것은 또 무엇인가? 우리는 이해한다고 믿는 것을 이해할 수밖에 없다. 시인이 고유한 감정을 표현하는 방식에 '이해 불가능'을 앞세워 제동을 걸고, 이왕 내친김에 "감정의 분출물"이라며,

---

2 이숭원, 「권두좌담: 젊은 시인들의 도전과 가능성」, 신동옥 외, 『시인수첩』 2016년 여름호, p. 8.

고유한 그 방식에 근본적인 이의를 제기하는 이와 같은 불만은, 특히 미래파와 맞물려 반드시 '서정'이라는 단어를 만나 한껏 격상된 어조를 띠게 된다. '서정-진취'의 이분법은 이렇게 가동하기 시작한다. "부분적인 시행의 의미는 파악할 수 있지만 작품 전체의 의미를 논리적으로 이해하기에는 어려움이 많다"는 '원로 시인들'의 우려 역시, 시를 하나의 '언술' 체계로 여기고 접근하는 관점에 대한 무지를 드러내는 것으로 보인다. 이것은, 그러니까 맥락 속에서, 언술을 구성하는 문장들을 헤아리고, 그 문장들의 관계를 살펴, 그러니까 다시 맥락을 따져, 문장들을 구성하는 낱말들의 '값'을 포착해나가는 독서, 그러니까 '전체에서 부분으로' 향하는 독서와는 완전히 상반된 방식으로 시를 읽어온 자들만이 가질 수 있는 독특한 경험에서 비롯된 것인가? "원로 시인들이 난해하다고 지적한 시들"이 "돌발적이고 비약적인 자유 연상이 주류를 이루고 있어서 외부와의 소통을 염두에 두지 않고 내면적 정동의 토로에 치중"한다는 지적, 그러니까 시를 둘러싼 바로 이와 같은 자평들은, 오히려 2000년대 시, 특히 '미래파 논쟁'을 통해 '다시' 수면 위로 떠올랐던 수많은 시적-문학적-이론적-비평적 개념이 어디로 향하고 있었는지, 또한 그 가치가 어디에 놓여 있는지 전반을 고스란히 드러내준다.

검증되지 않았던 시인들의 시를 읽어내고, 그 가치를 가늠하는 비평 능력이 문단에 새로운 혁신을 가져오는 경우가 드문 것과 대조적으로, 통념을 반복하며 생산적 비평과 소모적인 논쟁의 차이를 구분하지 못하는 저 흔한 경우들이 비난의 형태로 2000년대 시단을 판단하고 규정했다. 그렇게 양자의 기이한 논쟁적 운동처럼 진행되면서, 미래파를 둘러싼 일련의 비평 담론은, 역설적으로 시가 무엇인지를 물으며, 이 질문을 동시대에 '다시' 위치시키면서 인식론적 갱신의 반열에 올려놓았다. 즉, (시적) 언어는 어떻게 작동하는지, 시적인 것이 과연 무엇이며, 시적 언어가 왜 갱신의 불가피함을 전제하는 활동인지 등의 물음들을 진지하게 탐구할 가능성을 열었다.

2000년대 이후, 언어의 가능성, 그러니까 언어가 할 수 있었던 것들과 언어가 할 수 있는 것들, 그리고 언어가 할 수 있었을 것들이, 시에서 그리고 비평에서, 본격적으로 타진된 것은 우연이 아니다. 치열한 고민 속에서 너 나 할 것 없이 시적 언어의 개성적 갱신에 열중하고 있는 2000년대 시의 현장에는 유독, 사랑방의 옛 가락 같은 충고를 늘어놓으며 건네는 '진단'이나 '점검'이 도드라졌으며 '미래파'는 자주 편협하고 폐쇄적이며 기형적인 '에콜'로 불렸지만, 사실 점조직처럼 흩어져 있다가 논쟁을 중심으로 결집되고 또 사라지기를 반복하는, 비평과 비난의 왕복운동 속에서 생겨난 모종의 네트워크였다고 해야 한다. 만약 2000년대 시단에서 하나의 실천적 강령이 있었다고 한다면, 언어의 근본적인 혁신을 추구한 특수성의 실현이자 고유한 시적 목소리의 고안이었으며, 비평은 시와 함께, 시에 의해 촉발된 다양한 사유를 탐구하고 이론들을 파고들었으며, 시의 현재를 점검하고 미래를 향한 걸음을 내딛고 있었다.

주체, 리듬, 정동, 이미지, 취향, 그리고 더 많은 기획

순수한 작품이란 필연적으로 화자(話者)로서의 시인의 소멸을 의미하는 것이며, 시인은 낱말들에 주도권을 양도한다. 낱말들은 하나하나가 다르기 때문에 서로 충돌함으로써 동원상태(動員狀態)에 놓인다. 낱말들은 마치 보석들 위에 길게 뻗어 있는 허상의 불빛처럼 그 상호 간의 반영으로 점화하여,

감지될 수 있는 호흡을 고대의 서정적 숨결로, 혹은
문장을 열정적으로 운용하는 개인적 방향으로 대체
한다.

— 스테판 말라르메[3]

　언어의 가능성에 대한 모색은 반드시 2000년대 시와 비평의 특권은
아니었으나, 2000년대 시가 집약해서 발생시킨 문제와 물음 들을 수
렴해나갈 벡터와도 같았다. '시적인 것'에 대한 본격적인 탐구와 맞물
려 이 시기에 도드라진 이 현상은 고스란히 비평 활동으로 이어졌다.
시와 비평은 언어 형식에 대한 고안에 골몰했으며, 쓰는 행위와 읽는
행위 자체에 던지는 물음 그 자체의 언어를 실험하기도 했다. 쓰는 과
정만이 아니라 읽는 과정에서도 만나게 되는 미지의 영토를 개척하고
사유하고자 하는 활동들이 시단 곳곳에서 불거져 나왔으며, 언어의 가
능성을 지금-여기에서 진행 중인 동시다발적인 하나의 사건처럼 꿰뚫
어내는 일에 몰두했다. '시는 무엇인가' 같은 물음은 결코 시시한 물음
이 아니었다. 대답을 찾아 나서는 물음이기에 당연히 문제를 촉발했고,
언어와 세계를 사유하는 방식을 근본적인 질문거리로 전환해냈다. 시
를 향한 근본적인 물음을 생산하고, 당대에 그 물음의 위치를 묻고, 물
음과 물음을 통해 심화해나가는 작업은 2000년대 들어 수많은 기획을
통해 표출되었으며 비평이 활성화되는 데 크게 기여했다. 비평의 과잉
은 아니었다. 그만큼 물음이 차고 또 넘쳤으나 진부하지 않았던 까닭
은 이 물음들이 무엇보다도 근본적인 물음들이었기 때문이다. 2000년
대 시와 비평은 가령, 다음과 같은 물음들을 제기하였다. 몇 가지를 추
려본다.

3　스테판 말라르메, 「운문의 위기」, 황현산 옮김, 『포지션』 2014년 여름호, p. 189.

'화자'와 '주체'는 어떻게 다른가, 라는 물음은 '씌어진 것'(언표), 그러니까 시가 '주어진 낱말들'의 단순한 총체가 아니라, 그것들의 활동, 즉 고유한 질서와 체계를 갖는다는 사실을 고지하고 있었다. 문학-시가 지금-여기 시시각각 제 경계와 영역을 확장하거나 조절해나가는 주관적인 언어활동이며, 그것은 '산물'[4]의 집합인 텍스트에 대해 '활동'[5]이 지속적으로 간섭을 하는, 그러니까 이미 완성된 실체가 아니라, 작동 그 자체의 잠재력으로 나타난다는 인식을 바탕으로 전개된 물음이었다. '주체'는 대상과의 이분법을 통해 규정되는 것이 아니며, 따라서 말하는 자와 동일한 지위를 누린다고 가정하지 않는다. 주체는 이런 관점에서 탐구되었고, 그것은 근본적으로 시적 화자와는 다른 개념이었다. 경험에 의해 유지되는 통일성을 전제한 서정시의 특권이기도 한 '화자'를 대신하여, 현대시에서 가장 중요한 개념 중 하나를 시단에서 품으려 시도한 결과 부각된 것이 바로 '주체', '시적 주체'와 같은 개념이었다.

시에서 화자라는 중력이 느슨하게 풀릴 때, 그렇게 구심점을 다른 방향으로 돌릴 때, 그곳에서 맞닥뜨리게 되는 것은 자아가 오롯이 장악하는 말의 주인이 아니라 언어의, 텍스트의, 차라리 독자에게 열려 있는, 언술의 목소리, 즉 시적 주체였다.

상호 텍스트의 시적 실천은 무엇인가? 시적 주체에 관한 물음은 누가 쓰는가, 라는 물음과 관련된 주제들을 도출시켰고, 2000년대 시는 상

---

4 라틴어 ergon, 그리스어 ἔργον, 프랑스어 produit(생산물). 언어상으로는 'énoncé', 발화된 것, 즉 언표.

5 라틴어 energia, 그리스어 ἐνέργεια, 프랑스어 activité(활동성), force en action(행위/활동하는 힘). 언어에서 énonciation, '언표'의 행위나 과정, 즉 발화.

호 텍스트와 같은 개념들을 두루 실험하였다. 비평은 이와 맞물려, 시가 자아를 물리고, 쓰는 주체를 소급하는 과정을 흥미로운 눈을 들어 주시하였다. 쓰는 주체를 하염없이 캐묻는, 그렇게 주체를 다차원에서 궁리하고-궁리하게 하는 시들이 자주 산문시의 형태로 실현되었다. 곁para-텍스트, 상위hyper-텍스트, 전(前)-텍스트 등이 모자이크처럼 구성되어, 안다고 믿고 문을 열었다가, 다른 문을 연차적으로 열어야 하는, 겹-텍스트의 실천이 활성화되었으며 비평의 미로를 파놓았다. 모름지기 창작이 '무(無)'에서 착수되어야 한다는 고정관념을 시험에 들게 하는 시들은 창조의 신화를 부수고 저자의 권위에 도전하는 글이기도 했으나, 결국 타자의 글을 이종(移種)하여 쓰는 주체를 이행시킨다는 생각과 이를 통해 누가 쓰는지에 대한 진지한 물음을 가시화하였다. 타자의 글로, 타자의 사유에서 출발하여, 타자의 글과 사유를 이어받고, 나아가 이를 넘어서는 점에 도달하려는 실험은, 여전히 모호한 지대에 거주하면서(표절 시비의 원인을 제공하므로), 여전히 비평의 공간을 두드리고 있다. 타자의 것으로 내 것을 궁리한다는 사유는 인용이나 차용, 콜라주와 모방, 심지어 표절과 같은 개념들의 현대적 실천이 항상 위험한 것으로 여겨지는 사유의 근간을 파고들었으며, 2000년대로 접어들어, 전 시대의 그것과는 다른 방식으로, 또한 매우 다양한 형태로 실험되었다. 시와 비평을 하나로 전제하는 글, 그러니까 '시-비평poem-critic', 혹은 '비평-시critic-poem'도 2000년 이후, 시와 비평의 관계를 되묻게 하면서, 사유의 대상으로 부각되었다.

'정동affect'은 무엇인가? 비평은 이와 같은 물음들을 꺼내 들어 시에 대한 근본적인 질문을 던지는 동시에 시가 끊임없이 물음을 던지는 언어활동이라는 사실을 증명해나갔다. '정동(情動)'이라는 번역어가 시학의 개념이 되는 과정을 탐구하는 비평의 공간이 여러 차례 마련되었다. 시가 첨단의 감각에서 우위를 점해왔던 이유를 감각이나 감정의 극대화에서 찾곤 했던, 다소 추상적인 과거의 시도에 비해, 언어의 조직과 운용, 언어의 연속적 변이와 그 결들, 리듬이나 이미지 등의 특수한 부림과 작동에서 찾으려는 정동은, 그러니까 단순히 슬픔이나 불안과 동의어가 아니었다. 정신분석학자들의 정동과 스피노자나 데카르트가 감정이나 감동과 구분해서 살피고자 한 정동의 개념 등이 고찰되었고, 감각과 의미 사이의 심연에 들뢰즈가 내려놓은 정동에 대한 논의가 이어졌으며, 정동을 근본적인 표상의 한 방식으로 여기는 브라이언 마수미의 개념에 대한 탐구를 통해 이미지 연구의 새로운 장을 열려는 시도가 2000년대 시단을 풍성하게 했다. 2000년대 비평은 정확히 2000년대 시를 통해(혹은 그 이전의 시에서 벌써 당도했으나 논의되지 않은 시까지), 비평의 영역을 확장하고 있었고, 이는 추상적인 논의라기보다 현장의 요청에 비평이 게으르지 않았다는 사실을 역설적으로 보여준다.

'리듬은 무엇인가'와 같은 물음은 누구나 알고 있다고 믿고 있던 시에 대한 개념을 아무도 모르는 미지의 산물로 인식하면서, 봇물처럼 터져 나왔다. 음성적 조화나 일정한 규칙(박자, 템포, 강약), 정해진 운율이나 압운을 갖는 정형률, 자연현상(봄-여름-가을-겨울, 낮-밤, 밀물-썰물) 등 규칙성, 항구성, 고정성의 개념에 묶여 있던 리듬을 '텍스트의 움직임'이자, 텍스트를 구성하는 상이하고도 다양한 언어 요소들의 관계와 그 관계들의 지형처럼 파악하려 시도하면서, 정형률의 감옥에서 리듬을 탈출시키려는 필요성이 대두되었고, 이와 관련된 비평과 논문이 쏟아져 나왔다. 이렇게 리듬은 2000년대 시와 관련된 근본적인 사유를 갱신하려는 비평적 지점들 가운데 하나가 되었다. 리듬, 목소리, 발화, 주관성 등과 같은, 20세기 중후반에 이르러 세계적으로 차츰 시학의 중심을 차지했던 개념들은 2000년대 이후, 더는 형식의 사건도 그렇게 시의 반쪽도 아니었으며, 의미 생성의 원천으로 인식되어 나타났다. 리듬은 정동과 마찬가지로, 시의 가치를 파악하는 데 소용되는 개념이자, 시의 물질성, 즉 언어의 작용 전반에서 불거져 나온 주관성의 표식이었다.

2000년대 비평은 2000년대 시에 힘입어 활동을 전개했으며, 시에 대한 물음을 갱신해나갔다. '알레고리'와 같은 개념이 '상징'을 대신해서, 좀더 심도 깊게 논의된 것은, 그 무슨 유행을 추수한 결과는 아니었다. 알레고리는, 흔히 말하듯, 서정시를 쓸 수 없는 시대의 산물이라고 이야기할 때만 반짝거리며 각광을 받은 것은 아니다. 알레고리는 2000년대 한국 시가 천착했던 문법과 관련이 있었으며, 2000년대 시가 그러모으고 비끄러맨, 그러니까 변화한 세계의 추이를 담아내고자 던진 시인들의 새로운 시선이자 특수성이었다. 또한 지금-여기 저 삶의 양식과 지식의 점유 방식을, 그러니까 수수께끼와도 같이 점차 분산되는 사유의 파편들을 담아내려는 시의 의지인 한편, 화폐처럼 등가의 교환을 전제로 작동하는 단일화-보편화의 이데올로기와 그 이면에 자리 잡은 실질적인 폭력에 대응하는 시적 방편이기도 했던 것이다.

2000년대 시의 특징 가운데 하나라 할 긴 시나 산문시 역시 새로이 논의되었다. 긴 시나 산문시는 '잡다한 시들이 부쩍 늘어났다'는 지적보다는 오히려 시의 '효율성'과 시적 언어의 '경제성'에 관한 질문들을 심화시켜나가며 다양한 비평 활동을 가능하게 해준 동력이었으며, 당연히 운문과 산문의 이분법에 관해, 시를 구성하는 '외적' 요소들에 드리워진 관점들을 심화할 계기들이 주어졌다. 시의 압축성에 관한 물음을 중심으로 '길이가 짧다'는 식의 양적인 측면에서 근거를 찾아 나선 관점과 '발화의 효율성'에 근거를 둔 관점이 대립하였으며, 산문시에 관한 논의들은 장르의 문제 전반을 성찰하는 계기가 되었다.

비평은 시가 언어로, 언어에 의해, 언어 안에서 행해지는 다양한 변화와 변이 들에 시가 위탁하는 방식을 2000년대 시와 더불어 본격적인 사유의 대상으로 전환해내고자 했다. 시에서 언어는 일부 요소가 아니라, 시의 삶 자체, 어쩌면 시의 목줄을 쥐고 있는 최후의 방점이라는 사유와 나란히, 언어를 벗어난 것으로 판단되는 요소들을 어떻게 마주하고 또 평가할 것인가에 대한 물음들도 제기되었다. 가령, 여백이나 행갈이, 구두점이나 메타언어적 기호의 사용(수학이나 아이콘, 도식이나 그림 등)이 2000년대의 지평에서, 그러니까, 이전에 사용되었던(예를 들어, 이상의 시처럼) 맥락 속에서 반복되어 고찰되는 대신, 지금-여기의 시적 활동들을 통해, 그 활동 안에서 차지하고 있는 자리를 묻는 방향을 취하였으며, 이는 당연한 행보였다. 현대시에서 구두점이 단순한 기호일 뿐인지, 타이포그래피나 여백의 활용, 행갈이가 창출하는 시적 공간은 무엇인지, 수학이나 과학 등을 위시한 메타기호들이 백지 위에서 말의 뭉치들과 함께 조직될 때 의미의 향방은 어디로 향하며 의미의 자리는 어떻게 타진되는지, 각주는 시의 외부인지 내부인지 등등의 물음들은 언어 외적 요소들이 시에 생명을 불어넣고 시적 도약에 어떤 식으로 개입하는지 여부를 묻는, 2000년대 시의 실천을 통해 촉구된 동시에, 시의 역사 속에서 제기되었던 물음들을 현재의 물음으로 전환해내었다. 마찬가지로 시와 스펙터클 같은 주제 역시, 시에 관한 근본적인 물음들을 제기한 것은 마찬가지였다. 이미지가 대관절 무엇인지, 이미지는 어떤 방식으로 시에서 작동하는지, 언어를 벗어난 이미지나 이미지가 결여된 언어는 과연 가능한지 등의 물음이 심도 깊게 논의되었으며 시-비평의 지평을 넓히는 데 일조했다.

2000년대 시는 당시 가능한 물음들, 그러니까 2000년대 시와 함께 열리고 닫힌 비평의 지평들 위로 기존의 물음들을 다시 불러내고, 새로운 물음들을 보탰다. 이 물음들은 시라는 활동이 문제를 제기하고 물음을 촉발하는 글이라는 사실 하나를 증명하는 데 바쳐졌다는 것만으로 충분히 값진 것이었다. 2000년대 시가 던진, 그 이후 비평이 탐구하며 지속적으로 제기했던 이러한 물음들은, 그러니까 이미 시작된 것일 수 있다. 물음에 대한 대답도 벌써 들었을 수도 있다. 그러나 시에서 물음과 대답이 충분했던 적은 없었으며, 2000년대는 시의 바로 이러한 특성, 시대의 지평 위에서, 언어의 변화와 언어의 작동 방식의 갱신 속에서, 매번 제기되고-제기하고, 다시 묻고-묻게 하고, 새로이 답하려는 노력을 가능하게 하는 활동이 시라는 사실을 비평은, 의식적으로-무의식적으로, 고지하고 있었던 것이다. 2000년대 화두가 되었던 시와 정치에 관한 물음도 바로 이러한 문제 제기적 성격을 지니고 있었다.

정치-정치적인 것, 시-시적인 것

　2000년대가 끝나갈 무렵 촉발된 '시와 정치'의 논쟁은 지난 시대 한 번쯤 마무리되었다고 믿었던(적어도 그랬다고 믿었거나 그랬을 것이라고 여긴) 주제를 다시 꺼내 든 것과 같은 기시감을 불러일으켰다. '이념'과 '순수'를 문학이라는 전체의 절반 정도로 나누어 서로 대립각을 세우던 시대와 잠시 포개지는가 하면, 하나의 우위를 진지한 어조로 다투면서, 그럴 것이라 믿었던 그 이후조차, 아니 시간이 조금 더 흐른 후, 대안처럼 등장한, '분석-전망주의'와 '역사-실천주의'의 이분법이 다시 투사되는 것과도 같아 보였다. 그러나 2000년대 '시와 정치' 논쟁은 이전의 논의들이 초점을 맞추지 못하거나 누락한, 그러니까 거개가 문학의 사회적 효과와 행동, 즉 참여의 여부와 그에 대한 촉구에 집중

되었던, 그렇게 '참여'와 '자율', '사회'와 '문학' 사이의 화해할 수 없는 지경에 몰려 결국 양분되고 말았던 인식의 공백 지점을 과감히 파고들었다.

2000년대 시와 정치는 그러니까, '시적인 것-문학적인 것-미학적인 것'과 '정치적인 것-사회적인 것-일상적인 것'의 분리 불가능성을 전제하는 논리를 전개했는데, 이는 '정치'나 '시' 같은 용어들이 관점과 맥락에 따라 다양한 의미에서 쓰인다는 점을 우선적으로 경계한 결과이기도 했다.

시와 예술, 문학이, 기존 세계의 '감성적' 통념들과 마비된 감각을 해체하고, 이와는 다른 종류의 분배로 변환시킨다는 사유('감성의 분할'이라고 소개된)에 바탕을 두고, 문단에 실로 진지한 물음들을 펼쳐 보였다. 이러한 실천을 도모할 수행적performatif이고 주관적subjectif인 예술의 형식과 언어의 고안이 삶의 새로운 형태를 발명할 가능성을 타진하는 행위라는 사유는, 결국 예술과 정치 사이의 깊이 파인 이분법을 기계적으로 왕복하던 이전의 논의들에서 한 걸음 앞으로 나아간 것이었다. 가장 '시적인 것'이 가장 '정치적'이라는 말은, '현실' 정치를 겨냥한 것은 아니었지만(그렇다고 무관하다고 말할 수도 없는), 정치적인 것을 근본적인 사유의 대상으로 전환해내고자 하는 비평적 시도와 맞닿아 있었다. 현실 정치가 유달리 '정치적인 것'을 고민하는 것도, 그것을 붙들고 씨름하는 것도 아니다.[6] 예술과 시는, 경계와 구획 혹은 통념과

---

6 평등의 유토피아와 같은 것은 현실에서 존재하지 않지만, 현실 정치에서는 실현 가능한 무엇으로 제시된다. 정의-평등-자유와 같은 제안을 포기하는 현실 정치가 이 세상에서 좀처럼 목격되지 않는 것과 마찬가지로 반복된 도식, 불변의 진리, 민주주의를 선거철에 맞추어 강조하는 일, 그 이상의 언술을 생산하지 않는다. **정치는 실제로는 정치적인 것을 돌보지 않는다.** 시는 균등하고도 이상적인 도식 속에 갇힌 언어를 실천의 반열에 올리지 않는다. 시는 차라리 현실 정치의 담론들이 돌보지 않는 불균형과 불평등과 부조화, 비균질적인 것들을 목도하고, 그와 같은 상태를 언어화하여 오히려 이와 같은 것들의 가치를 사유하게 한다.

도식을 불변하는 진리로 여기는 것들, 사회의 질서를 유지하는 견고한 패러다임과 그 담론들을, 초월하거나 무시하는 것이 아니라, 그것들과 싸우는 고유한 방식들(예술)이나 말(시, 문학)을 고안하면서, 끊임없이 '자기 형식을 찾아나서는 과정'이라는 점에서만 정치적인 것들을 사유하며, 정치적인 것들에 참여한다. 시와 시적인 것, 정치와 정치적인 것이 갖는 근본적인 차이와 마찬가지로, 시 없는 정치는, 공동체 없는 공동체주의, 역사성을 결여한 역사주의, 모더니티를 누락한 모더니즘일 뿐이다. 우리가 시라 부르는 인간의 활동을 언어의 고안을 통한 삶의 방식의 고안이며, 삶의 방식의 고안을 통한 언어의 고안이라고 여기는 까닭이 어쩌면 여기에 있을 것이며, 이는 역사적으로 시인이 가장 정치적인 존재였기에 정치공동체에서 추방을 당했다는 사실을 떠올려볼 이유가 된다. 시인이 정치공동체에서 가장 위험한 존재였다는 것은, 시인이 구사하는 말이 정치공동체의 통념과 근간을, 가장 정치적으로, 그러니까 근본적인 방식으로 비판하는 말이었다는 사실을 암시한다. 2000년대 시와 정치 담론은, '철학과 시의 오랜 불화'와 같은 해묵은 테제를 꺼내든 것이 아니다. 시적인 것의 고안이 정치적인 행위라는 것, 이 양자의 고안이 서로 맞물려 있거나 최소한 서로가 서로에게 간섭을 한다는 것, 이 고안에 의해, 이 세계에 당도하여 재생되는, (정치적) 통념들과 도식들 및 이분법을 넘어서는 가치를 사유할 불가능한 여정의 가능성이 모색될 수 있다는 진지한 전망이었다.

시, 비평, 독자

2000년대의 시, 그리고 비평은 시가 물음을 끊임없이 생산하는 속성을 지니고 있다는 것을 알려주었고, 2000년대가 저물어갈 무렵, 시적인 것과 정치적인 것이 독자를 찾아가는 방식의 고안과도 서로 맞물려 있다는 사실을 고지하였다. 이 양자의 연대를 모색하고 실천의 반열에 올려놓으려 했으며 아래의 진단과 우려와는 사뭇 다른 현상들이 곳곳에서 출현하였다.

> 무엇이 무엇인 줄 모르고 그 작품 수준의 미망 속을 헤매다가 시에 환멸을 느끼거나 실망하여 스스로 시 자체를 포기해버리는 것입니다. 〔……〕 자질이 부족한 평론가들이 제 역할을 제대로 하지 못한, 혹은 하지 않은 데에도 그 책임이 클 것입니다.
> 셋째 시단 혹은 시인들의 자가발전입니다. 요즘 우리 시단은 시인이 즉 독자이고 독자가 즉 시인입니다. 옛날 같으면 독자로 머무를 사람들이 거의 모두 시인이라는 명함을 가지고 있습니다. 말하자면 순수한 독자라는 개념이 사라져버린 것이지요. 그러니 시집을 출간해도 그 시집들은 대개 다른 시인들에게 증정되거나, 간혹 팔리는 시집이 있다 하더라도 그 역시 시인들이 사는 것입니다.[7]

2000년대 후반 등장한 서점들은 시에게 입을 달아주는 것이 독자의 일이라는 사실을 누구보다도 앞서 깨달은 결과, 우리 곁에 당도한 무엇이었다. 바로 이 독특한 공간에서 시적 경험을 공유하려는 시도들이 탄생하였다. 시를 독자와의 대화의 소산으로 전환해내는 일은 현장에서 시집을 읽으며, 시인의 낭독을 통해 시집에서 무언가를 꺼내거나 시의 더운 숨결을 내뿜게 독자와 함께 길을 터나갔다. 자료의 '제공'에 불과했던 시집, 인쇄된 활자의 형태일 뿐이었던 물질은 서점의 독자들 앞에 첫 장을 열었고, 낭독을 통해, 시집의 물질성을 깨뜨리는 자그마

---

7 오세영, 「권두좌담: 한국 현대시의 전망과 반성」, 김남조 외, 『시인수첩』 2016년 봄호, pp. 9~10.

한(그래서 일상적인) 시적 사건들을 만들어내는 행위에 기꺼이 동참했다. 변화는 공간에서만 이루어지지 않았다. 서점과 동시에 등장한 독립 잡지들은 시의 저변을 넓혀갔으며, 매우 유의미한 일을 했다. 시 전문 서점의 등장과 시를 게재할 매체의 변화는 시의 앙가주망에 건 모종의 내기를 지성〔知〕과 음성〔音〕의 메아리로 화답하면서 부지런히 시의 목소리를 울려낼 줄 알았다. 이렇게 시와 비평은, 쓰는 순간에 대한 궁리와 발화의 고안이, 읽는 방식의 전환을 통한 현장에서의 낭독 체험, 그리고 이를 통한 공동체에서의 공유와 맞닿아 있다는 사실을 파악하였다. 2000년대가 저물어가고 있었다. 시 전문 서점과 독립 잡지는, '저자'에서 '독자'로 시집과 시의 주인을 전환해내는 과감한 일을 매우 활발하게 전개하기 시작했다. 2000년대가 저물어갈 무렵, 시와 비평은, 많은 것을 바꿔나갈 채비를 마친 듯했고, 새로 열릴 공간을 바라보았으며, 2010년 이후 새로 열릴 시와 비평의 공간을 예비하고 있었다. 방금 시작했다고 믿었던 변화는 이후, 예상보다 훨씬 커다란 변폭 속에서, 그래서 아무도 예견하지 못했던 형식을 통해, 전개되어나갈 터였다.

[『문학과사회』, 2018]

부정성의 시학
─정한아의『울프 노트』

    모든 것을 끊임없이 의심으로 되감아낼 때, 이러한 물음을 우리는 '근본적인' 물음이라고 부른다. 바꿔 말하면, 솟아난 의문들로 사유의 가지런한 발걸음을 일시에 정지시키고, 인식의 행렬을 단숨에 끊어버리거나 방향 자체를 아예 되돌리게 할 때, 물음은, 근본적인 동시에 비판적인 성격을 지닌다. 이 경우, 물음에 대한 대답은, 그 답을 확정할 수 없는 이유를 붙들어 탐구의 반열에 올려놓고, 오히려 그와 같은 상태를 기록해보는 일에서 찾을 수 있는 것인지도 모른다. 온갖 의문과 의혹이 부메랑이 되어 스스로에게 되돌아올 때까지, 확신하는 행위는, 물음을 다시 끄집어내거나 의심을 새로 투척하는 일에 비해, 늘 더디거나, 아예 당도 자체가 가능하지 않을 수도 있다. 그러나 명쾌한 결과를 얻지 못했거나 그럴 수 없다고 해도, 의심은 헛된 관념이나 망상의 나열은 아니다. 의심을 통해 물음을 제기하는 행위는 우리가 당연히 알고 있다고, 그럴 거라고 믿고 있는 통념의 거점을 급습하거나, 단단하게 묶인 믿음의 꾸러미에 메스를 그어 단숨에 그 매듭을 끊어내면서, 사유 불가능성의 가능성에 내기를 거는 비판적 활동을 촉발시키기 때문이다. 어떤 물음은, 따라서 그 자체로 당혹감을 감추지 못하게 하는 성질을 지니며, 또 어떤 의심은, 골몰하는 대신, 낡은 신념을 단박에 무너뜨리기도 한다. 정한아의 시는 무수한 의문과 되풀이되는 의심으로 이 세계와 마주한다. "자기를 포함한 모든 것과 싸우"[1]면서, 그는 소위, 사유라고 부르는 것이, 왜 의문이나 의심을 통해 인식의 공백 지점에 당도하고, 또 그 공간에서 자주 허우적거리는 것이며, 그 과정에서, 우리가 보지 못하고 지나친 것, 보려 하지 않는 것, 볼 수 없다고 말해온 것들이 어떻게 가시성을 띠고 잠시 우리를 찾아오고 사라지는지, 그 양상을 폭죽같이 폭발하는 언어로 펼쳐낸다. 그의 시에서 은밀하고 오래된 폭력(적인 것), 올바름의 탈을 쓴 정치(적인 것), 억압하거나 억압되어온 것, 아름다운 것들이나 항용 좋다고 여겨진 것들, 무의식(적인 것)과 일상(적인 것), 기적(과도 같은 것)과 비극(적인 것) 등이, 삶의 현장에서 근본적인 사유의 대상으로 거듭나는 것은, 무엇보다도, 의심에 의해서, 의심을 통해서이다.

1. 의심: 한 걸음 뒤로 혹은 앞으로, 혹은 어느 미지의 차원까지

> 493. 그러니까, 아무튼 판단이란 것을 할 수 있으려면 나는 어떤 권위들을 승인해야 한다는 것인가?
>
> ─ 루트비히 비트겐슈타인[2]

의심은 단순히 기존의 논리에 의문부호 하나를 가져다 붙이는 것이 아니다. 의심은 삶의 낯선 조합들을 표현 가능한 영역으로 포섭하여 사유의 위기를 드러내고, 결국 새로운 사유를 이끌어내는 분기점 역할을 하면서, 자아를 철저히 대상화할 때만 드러나는 반성적 성찰은 물

---

1 정한아, 「쪽팔리는 일」, 『어른스런 입맞춤』, 문학동네, 2011, p. 107.
2 루트비히 비트겐슈타인, 『확실성에 관하여』, 이영철 옮김, 책세상, 2006, p. 120.

론, 또 다른 의문들, 그러니까 이 세계에 좀더 총체적인 물음들을 지금-여기에 끌어다 놓는다. 『울프 노트』(문학과지성사, 2018)의 「봄, 태업」을 살펴보자.

쓰는 일을, 읽는 일을
게을리해도 아무도 벌하지 않고
생각을 중단해도 누구 하나 위협하지 않는
더러운 책상 앞
불빛은 떨어지고 밤이면 길에서
조용히 죽어갈 어린 고양이들의
가냘픈 울음소리

남의 땅이 흔들리는 일에 익숙해져간다
누군가의 선택이 어쩔 수 없는
운명이 되어 모두에게 돌아온다
범람하는 하천처럼 세습처럼

역사란 불행이란 대박의 행운이란
더러운 것
돈을 좋아하고 돈으로 이웃을 돕는 선의 아무렴,
그것은 팬티처럼 마음이 놓이니까
자기의 살던 곳을 한 번쯤 순례하고픈 향수
사랑, 무엇보다
사악한 흑심 알고 보면
이름 없는 나를 생각하며 천천히 연필심을 가는 일
이게 모두 한마음이라니

도무지 장난칠 맛이 안 나는 날

밥 먹는 일을 등한히 하여도 누구 하나

엄포를 놓지 않는

임투도 등투도 없는

더러운 책상 앞

손 없는 새들이 깃털로 창공을 어루만질 때

죄 없이 부푸는 잎맥의 감탄과 탄식 사이에서

일이란 무엇인가

사람의 일이란 대체 무엇인가

시인의 고백 혹은 탄식은 프로이트가 '친숙하지만 낯선 것unheimlich'
이라고 말했던 무엇, 그러니까 자아의 내부에 이미 거주하고 있지만,
좀처럼 드러나지 않는 마음의 무늬를 꺼내어 경험처럼 적었다는 인상
을 준다. 그런데 말투가 조금 이상하다. "조용히 죽어갈"이나 "자기의
살던 곳을 한 번쯤 순례하고픈 향수" 같은 대목, 무엇보다도 "이름 없
는 나"와 같은 구절은 시인이 어디에서부턴가 추방된 듯이 현실을 살
아가고 있다는 사실을 의식하고 있음을 부러 알려주는 것만 같다. 대
관절 어떻게 된 일인가? "순례"의 장소가 아니라 차라리 유배지와 닮
아 있는 연옥(煉獄)과도 같은 이 세계, 그러니까, 생이라는 이름으로
우리가 잠시 머무르는 곳, 신의 판결에 따른 처분을 기다리는 곳, 여기
의 모든 것을 가능하게 해준 어떤 존재를 의식하지 않을 수 없는 그런
곳이 우리가 살고 있는 지금-여기와 흡사하다는 것인가? 중요한 것은
이와 같은 인식이, 정한아의 시에서 주저나 망설임, 회의나 의심을 통

해, 신이나 삶 전반과 관련되어 품게 된 죄의식과도 닮은 모종의 감정
이나 상태를 드러내고, 결국 그 무엇도 함부로 확신할 수 없음으로 인
해 주변을 색다른 눈길로 살펴볼 가능성을 창출해낸다는 것이다. 의심
의 시선은 바로 이렇게, 비판의 무게가 작다고 말할 수는 없는, 진지하
면서도 한편으로 저주받은 것과 같은 끈덕진 회의나 성찰의 목소리를
현실에 적재하는 근본적인 이유로 자리 잡는다. 이런 물음이 그래서
가능하다. 왜 "더러운 책상"인가? 학생의 주업이라 할 "쓰는 일"과 "읽
는 일"은 사실, 어떤 형태의 의무도 아니며, 따라서 게을리 한다 해도,
현실에서는 달리 "벌"을 받거나 "위협"에 처하거나 하지 않는다. 그러
니까 이 시인에게는, 흔한 노동이 갖는 저 시간의 구속에서 학생인 자
신이 비교적 자유롭다는 사실이, 오히려 조그마한 죄의식을 불러내는
것이다. 이렇게 "더러운"은 책상에서 수행하는 거반의 작업이 현실에
과연 어떻게 기여하는지를 묻는 근본적인 의문을 결부시킨다. 책상머
리를 지키고 앉아 행한 수많은 독서, 팔을 괴고 하루 종일 그 위에서
쓰고 또 읽으면서 얻게 된 지식이나 관념, 이를테면 철학 따위가 현실
에서 무언가를 실천하는 데 곧장 소용되는 것은 아니며, 또한 배운 만
큼, 읽은 만큼, 마땅히 그럴 것이라 기대하게 될 정치적 변화나 개혁을
단박에 이끌어내는 것도 아니다. "더러운 것"은 '노동'에 대한 반성적
사유를 시 전반에 결부시키지만, 모든 것이 예정되어 있다는 식의 체
념의 말투로 되감아낸 저 묵시록 같은 언술은 오히려 반성의 힘찬 직
진조차 방해하고 만다. 파업조차 할 수 없는, 그래서 결국 '태업'이라고
밖에 표현할 수 없는 마음을, 그러니까 우리는 이와 같은 죄의식의 소
산이라고 여겨야 하는 것일지도 모른다. "사람의 일이란 대체 무엇인
가"가 시의 결구인 까닭이 여기에 있다. 물음은, 항상 의심과 탄식 사
이 어느 지대에 위치하는 것이다. "역사란 불행이란 대박의 행운이란"
과연 무엇인가. 탄식을 감춘 물음이나 물음을 머금은 탄식 중 하나라

고 해야 할 이 문장은, 성찰을 예비하면서 뫼비우스의 띠처럼 또 다른 물음을 불러낸다. 역사 속에서 빚어진 불행을 편안한 방석처럼 깔고 앉아 태연히 살아가는 자들의 행운과 그들이 누리는 행복이, 더는 현실에서 아이러니나 모순처럼 여겨지지 않을 때, 과연 우리는 무슨 말을 할 수 있을까? 어느 비판받아 마땅한 자가 축적한 수상쩍은 금전이 타인에게 증여나 기부의 형식으로 '선(善)'이라는 외양을 획득할 수 있다는 사실은 또 어떻게 설명되어야 하는 것일까?

  '사랑'도 사정은 마찬가지다. "사랑"이, 발음하자마자 입술에 감기며 폴폴 풍기는 저 어감의 달콤함에 부합한다는 증거는 그 어디에도 없다. 사랑은 아름다운 것도, 행복으로 직결되는 것도 아니다. 오히려 사랑은 현실에서 자주 기만의 탈을 쓴다. "알고 보면" 사랑은 "사악한 흑심"과 다르지 않다. 그것은 추잡한 욕망의 변형일 수 있다. 사랑하는 일 자체가 이기적인 자아의 투영이자, 보고 싶은 것만을 타인에게서 훔쳐, 그와 나눠 가졌다고 믿는 착각일 수도 있는 것이다. "어째서 모든 진심은 이토록 난해한지", 알 수 없으며, 어째서 "사랑은 가장 큰 모욕과 근친인지, 여전히/이해할 수 없는 노릇"(「돌림노래」)이라고 시인은 말한다. 사랑이나 행복은 차라리 "실종된 우리들의 理想"이라는, 한 차례 부정된 '이상'의 또 다른 부정적 괄호["사랑(저런, 저런,)" "행복(아니, 아니,)", 「어제의 광장과 오늘의 공원 사이」]일 뿐이다. 부정에 대한 우리의 놀라움은 그러나 여기서 멈추지 않는다. 시는 이와 같은 사유조차, 확정이 가능하지 않은 상태로 환원해내기 때문이다. 문제는 여기에 있다. 의심의 고리들은 정한아의 시에서 바로 이런 방식으로, 한 차원 더 복합성을 지니며, 고유한 시적 순간들을 만들어내는 데 일조한다. 다시 「봄, 태업」의 일부를 살펴보자.

    사랑, 무엇보다도

사악한 흑심 알고 보면
　　　이름 없는 나를 생각하며 천천히 연필심을 가는 일

　　"무엇보다도"는 "사랑"을 수식하는 동시에 "사악한 흑심"도 지시한다. "알고 보면"도 바로 다음 행의 관형어구 전반을 지칭하는 동시에, "사랑"과 "사악한 흑심"의 동격도 보조한다. "흑심" 역시, 최초의 나를 떠올리며("이름 없는 나를 생각하며") 시를 쓰기 위해 뾰족하게 깎아낸 "연필심"을 보어로 삼는다. 행의 독특한 배치와 구분은, 언표의 차원, 그러니까 문법에 기초한 소통을 방해하거나 메시지의 결집을 흩뜨리는 데 그치는 것이 아니라, 정한아의 시집 전반에서 의심이라는 사유의 지점들을 버럭 일으켜 세워, 고유한 시적 단위를 구축해낸다.

　　　그래, 금요일
　　　반드시 한 번쯤은 물을 주기로 한다면
　　　가정이 없어진 나와 가정이 없어진 당신이
　　　만나서 가정이 된다면
　　　대단한 일 아닌가 온갖 가정적인
　　　말을 할수록 현실이 된다면
　　　[……]
　　　기적은 가정이 없었던 일 인분의 평온을 일단 파괴하고
　　　여러 가지 더 큰 가정을 허할 테니까 그러니까
　　　나, 크루소가 아직 보인다면
　　　좋겠지, 하지만 노상 보고 있지만 않는다면 더
　　　좋겠지, 그래, 금요일
　　　찾아온다면 그 도둑고양이가 놓고 간 어린 것을 내가 던져버리
지 않도록

    (무엇이 나쁜지 아는 자와 나쁘다고 일컬어지는 일을 하지 않는
자는 어떻게 구별되는가?)
    나는 벽장 속에 지금처럼 얌전히 있을 테니
    거울은 제발 돌려놓고 가끔
    나가준다면, 어린 고양이와 화분과 나를 남겨두고
    —「크루소 씨의 가정생활」 부분

이 세계는 모든 것이 일어날 가능성을 머금고 있다. 그 숱한 가능성
중에서 우리가 진리라고 확신할 만한 것이 존재한다면, 그것은 끊임없
이 수정된, 그렇게 가정(假定, hypothesis)되고 다시 조정된, 그 과정에
서 생겨난 오류들의 집합일 뿐이다. 확신은 가정을 통해 의심의 영역
으로 진입하며, 이 과정은 의심이 모면받는 하나의 공리axiom를 찾아
낼 때까지 끝을 알 수 없을 만큼 반복된다. 정한아의 시는 추론의 반복
속에서 결국 의심하고 있는 자신만은 부정할 수 없다는 사실을 발견하
고 철학의 제1원리로 삼은 어느 철학자의 테제를 환기하는 게 아니라,
세계에서 일어날 수 있는 일과 그 개연성을 통해, 자신의 눈에 비친 일
상을 '혹시나'와 '설마' 사이를 왕복하는 가정(假定)의 산물로 재편해내
고, 가정에서 빚어진 물음의 공집합으로 전환해낸다. 누군가를 만나 가
정(家庭)을 이루는 일이 이와 같은 가정(假定)에 교묘한 방식으로 포개
어진다. 이렇게 '가정'은 최소한 두 가지 이상의 중층적 독서를 결부시
킨다. "가정이 없어진 나와 가정이 없어진 당신"이 만난다? 가정(家庭)
은 개인의 결정을 전제로 이루어진다. 그런데 가정(家庭)은, 흔히들 어
렵다고 말하는 모종의 결심이 있어야 결혼을 하게 된다고 흔히 말하듯,
가정(假定)을 제거한 두 개인의 합(合)의 산물이지만, '가정 없음'의 두
개인이 만나 가정(家庭)이 탄생하듯, 새로운 가정(假定)이 생겨나지 않
으리라는 사실을 확정하지는 못한다. 시인은 차라리 이와 같은 불가지

의 명제들을 "대단한 일 아닌가"라며 감탄조로 받아내고, 나아가 "온 갖 가정적인/말을 할수록 현실이 된다면"이라는 또 다른 가정(假定)으 로 사태 전반을 되감아낸다. 그렇다.

> 1.   세계는 일어나는 모든 것이다.
> 1.1   세계는 사실들의 총체이지, 사물들의 총체가 아니다.
> 1.11 세계는 사실들에 의하여, 그리고 그것들이 모든 사실들이 라는 점에 의하여 확정된다.[3]

"일어나는 모든 것(all that is the case)"은 가정(假定)을 가능성의 영 역으로 끌고 온다. 특정 시점에서 세계는 그때까지 '일어난' 모든 것을 의미하지만, 영원이나 무한의 관점에서 볼 때, 세계는 오히려 '일어날', 즉 가정(假定)의 연속으로 빚어진 집합, 그러니까 아직 확정되지 않았 으며, 사실이나 진리로 여겨지기 전까지 오로지 '가정'의 형식 속에서, 그렇게 우리의 의식 속에서, 우리의 상상력 속에서, 우리의 추론 속에 서, 우리의 경험과 직관 속에서 이루어지는 무한한 물음의 타래들처럼 구성된다. "기적" 역시 동음이의어의 '가정'과 긴밀히 연관된다. "기적" 은 가정(家政)을 이룬다는 사실 자체의 성격이기도 하다. 그렇기에 가 정(假定)을 제거하고 가정(家政)을 이룬 자들, 즉 "가정이 없었던 일 인 분의 평온을 일단 파괴"할 수 있다. 그래야만 기적이다. 시인은 그러 나 "기적"이 "여러 가지 더 큰 가정을 허할" 것이며, "노상 보고 있지 만 않는다면" 더 좋은 무엇이라고 말하여, 가정(假定)의 반복, 그러니 까 가정의 저 끝없는 연속의 마지막에 이 온갖 종류의 가정(假定)이 가 능하도록 한 단 하나의 존재를 재차 가정하게 되고 만다는 사실을 끝

3   루트비히 비트겐슈타인, 『논리-철학 논고』, 이영철 옮김, 책세상, 2006, p. 19.

내 밝혀놓는다. "기적"은 이렇게, 내가 나의 모습을 "거울"에 비추어 볼 때, 나의 의식 속에서 잠시 또렷해지며 가물가물 솟아나는, 어떤 '가지(可知)'의 존재이자 그의 '전능(全能)'이다.

> 언젠가
> 억양을 지우고 우리는 거울을 볼 거야
> 거기 있을 아무의 얼굴
> 이름을 붙여주면
> 얼핏 미소도 지을 것 같아
> 거울에도 파도가 일까 거기
> ─「겨울 달」 부분

　나에게 달라붙어 나를 떠나지 않으며, 떼어내려야 그럴 수가 없는 존재는 그러니까 가정(假定)이 제거된 상태, 세상에 생겨난 온갖 의미와 사태를 제거한 다음에야 그려볼 수 있는 형상이기도 하다. 그런데 우리는 세상에서 갖게 된 온갖 통념이나 지식("억양을 지우고")을 없애고, 자신의 얼굴을 "거울"에 비추어 "거기 있을 아무의 얼굴"을 볼 수는 있는 걸까? 뒤돌아서, 이전으로, 기원을 향해, 저 최초의 시작점, 시에서 표현된 "거기"에 이를 때까지, 가정하고, 그 가정을 없애고, 다시 가정하고, 의심하고, 그 의심을 지우며, 오로지 물음으로 거듭되는 저 한없는 뒷걸음질로 만나, 다시 "이름을 붙여주면", 세계는 그러니까 다시 착수될 가능성에 놓이는 것일까?

2. 의심: 신-불가지-죄의식/기다림-망설임

삶은 차라리 기적과도 같다. 삶에서 생각을 할 수 있다는 사실도 기적과 같다. 기적과도 같은 이 삶은 차라리 침묵을 잔뜩 머금은 미지와 공포, 확신할 수 없는 진실, 알려고 해도 알 수 없는 것들, 알고 있다 해도 어찌할 도리를 찾지 못하는 비극적 사태들로 가득하다. 굳게 다문 신의 저 입술에서 무엇 하나 흘러나오지 않아도, 그러나 이 세계에는 너무나도 다채로운 풍경들과 다양한 이데올로기와 남루한 사람들이 늘 바글거리며, 그러나 오늘도 지구는 근심도 걱정도 없이, 까딱없이 잘도 돌아간다. "이 모든 것은 헛되고 헛되었으나/세상은 언제나 완전"[「수국(水菊)」]한 것이다. 세계는 그 자체로 너무나도 잘 짜여 있지만, 아직 이름을 부여받지 못해 아우성치는 존재들의 함성은 오로지 소거된 목소리만을 내지르고 있어, 좀처럼 재현할 수 없으며, 쉽사리 표상되지 않는다. "활엽수림의 낙엽 무더기가/붉고 노란 비명"을 내지르는 오후, 말 없는 활물들의 비명을 듣는 순간 찾아오는 처절한 공포는 무엇인가? 몸을 돌려 "젖은 도시의 아스팔트"[「편도선염을 앓는 벙어리 신(神)의 산책로」] 위에 서서, 누군가를 우연히 만나 "애처롭고 가냘프게 평화의 인사를 나눌 때"(「샬롬」), 바로 그 순간에조차 "아무것도 보이지 않고/아무것도 들리지 않게 되"[「편도선염을 앓는 벙어리 신(神)의 산책로」]어버린 일상의 내재성이 비참한 현재 위를 부지런히 돌아다니는 것을 시인은 본다. "없지만 사실적인 대상을 향한 이 난폭한 감정"(「독감유감 2」)은 바로 이 알려고 해도 알 수 없는, 오로지 물음만을 뱉어낼 뿐인 비극과 공포의 산물인가? "우연히 마주친 당신의 이름을 발음해보려/밤새 낑낑거리"[「편도선염을 앓는 벙어리 신(神)의 산책로」]는 시간들, 그렇게 저 "해석할 수 없는 밤"(「겨울 달」)을 지나오며, 그는 대체 무엇을 보고, 무엇을 끌고 가는 것이며, 또 무엇을 타진하고

38

있는가.

간밤에 일어난 일을 믿어도 되겠습니까?

신을 끌고 걸어가는 사람
여러분의 할머니보다 여러분에게 더욱더
신이 필요하다고 절규하는 사람
그가 강론을 마치자
고등부 학생 세 명이 동시에 하품을 했지만

그리스인들은
죽은 자를
괴로워하기를 그친 자들이라 불렀다지만
틱을 앓는 사제가 고통을 참으며
온몸으로 내뿜고 있는 평화의 인사

쉴 새 없이 흔들리는 그가 심겨 있는
그의 무겁고 따뜻한 신
——「다음날」 부분

"절규"와 괴로움의 토로, "강론"과 고통의 인내 속에서 건네는 "평화의 인사"는 모두 '신'에게서 비롯된 것이거나 신을 향한 것이다. 여기서도 중요한 것은 동음이의어가 질질 끌고 다니는 '신발'이라는 해석을 시에 붙여내, 시인이 '신'을 이 세계에서 애면글면 우리가 끌고 다니는 신, 그러면서 "쉴 새 없이 흔들리는" 의문을 촉발시키고 마는, 오로지 그와 같은 방식으로 함께 지금-여기에 데리고 사는 신으로 되살려내고 있다는 점이다. 그의 문장은 일의적 해석을 경계하고 말의 뉘앙스를 절묘하게 살려내면서, 현실에서 예리한 칼날을 만지는 것과 같은 모양으로 물음을 벼려내고, 시적 언술 전반에 독특한 감정을 여기에 새겨 넣어, 기묘함과 사려 깊은 지혜를 동시에 움켜쥔다. 그의 시를 읽으며, 우리는 헤어나기 어려운 미궁에 당도해, 끊임없이 묻고 또 대답하기 시작하며, 자주 비감에 시달리고 죄책감에 빠진다. 신이 도래하지 않는 것처럼, 적절한 대답은 현실에서 늘 부재하지만, 그럼에도 의문의 시선을 던지는 일만큼은 멈출 수 없다.

그는 또 묻는다
물음을 벗어나는 일의 가능성과 의미에 관하여
그의 질문과 상관없이 그의 무덤 안에 떠도는 저 먼지 하나하나
까지도
남김없이 등록되는 오늘의 치밀함에 관하여

지금은 작성되고 싶지 않아
실현된 계시의 일부가 되고 싶지 않아
답을 바라서가 아니라
구원을 위해서가 아니라
오직 이 빨간 망설임 때문에

비로소 아무도 따라오지 않는
오로지 자기 자신으로 가득 차 소란한
귀먹을 듯한 적요 속에서

끝내 그는 그를 자기 질문에 답으로 내어놓을 수 있을까

그의 얼굴이 그의 입에 먹히기 전에

고백하자면

고백이 그를 그 아닌 것으로 붙박아놓을까 봐

통성(通聲)으로 증언으로 누가 될까 봐

먼지는 사람이 되고 사람은 다시 흙이 되지만

아무도 그 전 과정을 지켜볼 수 없으니

그래서 불러보는

과학자, 시인, 하느님

존경해 마지않는

나이가 무지하게 많으신 분들이여

　　　　　　　　　　　　—「성(聖) 토요일 밤의 세마포」부분

　고백은 사제의 입을 빌려 행해진다. 불행하게도 고백은 발화되는 순간, 특정 사실처럼 규정되어 뭔가를 증언하는 데 소모되어버리거나["통성(通聲)으로 증언으로 누가 될까 봐"], 자체로 휘발되어 하늘로 사라지고 만다. 의심은 물론 고백의 산물이다. 그런데 누가 말하는가? 고백은 과연 누구의 것인가? 고백의 주체와 대상은 정확히 그려지고 있는가? 시의 화자는 주체의 목소리를 흘려내는 입술일 뿐이다. 오히려 의심하는 주체, 묻는 주체가 시의 목소리 전반을 관장한다. "존재하기 시작한 순간부터 줄곧 상처 입고 있어서" 모든 걸 망각하려는 사람, 그럼에도 불구하고 "망각은 언제나 무엇에 대한 망각"(「어떤 봉인」)이라는 사실조차 의식하고 있는, 저 의심의 주체가 삶에서 흘려내는 물음들을 우리는 그의 시에서 듣는다. 의심은 '선악과', 그러니까 '인식의 과일'을 취한 뒤, 사리판단의 능력을 갖추게 된 인간의 특권이다. 시인은 영문도 모르고 세상에 내던져진 주인공이 되어, 세상 뒤에서 우리를 지켜보는 신이 간혹 흘려보내는 거대하고도 위대한 프로젝트를 규명될 수 없는 불가지의 실루엣처럼 차곡차곡 기록해낸다. 시에서 던진 물음은 항상 시 밖의 또 다른 물음을 예비한다. 우리는 그저 신의 편재를 묵묵히 받아들인 저 거대한 역사의 보잘것없이 작은 조각일 뿐인가? "자기 멱살을 잡고 자기를 물 밖으로 끌어내는 사람"이 던지는 의심은, 끝까지 진리를 탐구하기 위해 '내가 아는 것은 무엇인가'를 물으며 "무덤 안에 떠도는 저 먼지 하나하나까지도/남김없이 등록되는 오늘의 치밀함"을 "빨간 망설임"으로 되받아내고, 그렇게 현실에 커다란 구멍을 낸다. 이것은 회의이자 그 자체로 도전이다. 죽음이나 파멸 이전, 살아 있는 인간이 던질 수 있는 최대치의 물음, 그리고 물음을 던지는 행위조차 의심하고야 마는 강력한 주체의 탄생을 우리는 이렇게 목도한다.

> 기다림 뒤에는 수난
> 수난 뒤에는 실종
> 실종 뒤에는 조금 다른 기다림
> 조금 다른 기다림 뒤에는 조금 다른 수난
> 조금 다른 수난 뒤에는 조금 다른 실종
> 조금 다른 실종 뒤에는 조금 더 다른 기다림
>
> 불현듯
> 모든 같은 것이 굉장히 다르다는 것을 알게 된다
> ──「성찬」 부분
>
> 믿을 수 없다 여기는
> 하늘의 딱 한 발 아래

무저갱으로부터 딱 한 번 뛰어오른 곳

〔……〕
여기는 하늘의 한 발 아래
사계절이 분명하다는 곳
맵고 짜고 견딜 만한 곳

당신은 재빨리 내일의 계획 속으로 도망합니다

오늘이 당신을 천천히 따라가고 있다
저렇게 무거운 게 하늘을 날다니!

조형 가능한 물질 속에 나는 지낸다

〔……〕

녹아내리는 조립식 완구의 완벽한 세계(뛰고 달리고 구부리고
앉고 집어 올리고 매달리고 미끄러지고 집도 짓고 불도 끄고 아픈
사람 도와주고 멋진 자동차로 어디든지 가고 우주를 날으는)
분리 직전의 영혼(아니, 우리 영혼은 피와 물을 쏟다가 육신에
들러붙어버렸어!)
위태로운 안락(그녀는 원칙이 너무 뚱뚱해서 휴거/수거될 수 없
을 것이다?)
익숙한 공포(스읍! 살 것 같아)
──「영도(零度)── 겉보기와 달리」부분

신의 존재를 의식하고 삶을 성찰하면서 날카로운 사유를 벼려내는 자아는, 신이나 큰 존재에 대한 규명보다(사실 불가능하므로), 오히려 불안한 자아나 세계의 불확실성에 대한 맥없는 고백과는 사뭇 다른 경험, 가령, 권태나 멜랑콜리, 기다림이나 수난과 같은 매우 파괴력 있는 주제를 백지 위로 끌어들여, 지금-여기의 현실에 커다란 구멍을 내고 그곳으로 침투하여 비판과 의심의 목소리를 돌아낸다. 여기는 나보다 큰 존재, 나의 불확실성을 제거해줄 수 있는 존재, "억양을 지우고" 거울처럼 마주할 수 있는 존재의 의지로 그저 "딱 한 번 뛰어오른 곳"이거나 "딱 한 발 아래" 펼쳐진 곳이다. 시인에게 이 세상은 무언가를 유보할 수밖에 없는 기다림의 장소이며, 이 기다림의 장소는 수난과 실종의 반복으로 채워지는 무한한 공간이다. 조립식 완구가 타율적 힘에 의해 수동적으로 작동하듯, 이러지도 못하고, 저러지도 못하는 사태! "분리 직전의 영혼" "위태로운 안락" 속에서 찾아오는 "익숙한 공포"에 폭 젖은 삶! "도망합니다"와 "따라가고 있다"의 교차식 서술이 현실 이외의 또 다른 차원을 결부시켜, 신의 자장을 만들어내는 콜라주와 같은 저 거친 기법! 이율배반적인 두 가지 요소가 하나로 모여 있는 곳, 긴장이 팽배해 공포가 되는 곳, 주변이 타율의 조형처럼 구성된 곳, 연옥이 아니라면, 이곳을 대체 무엇이라 부를 수 있을까?

큰 존재라는 알레고리는 영혼, 기다림, 공포, 죄의식, 태도처럼, 탈근대가 징검다리를 밟고 한계를 훌쩍 뛰어넘었다며 자랑스레 그 대신 펼쳐놓은 해체나 분열 등을 비롯한 온갖 포스트모던식의 모호한 철학적 개념들을 다시 잡아채, 지상 위로 질질 끌고 온다. 신이나 영혼을 부정하거나 적어도 그와 같은 테제에 매달리지 않는다고 표명하면서 거뜬히 근대를 통과했다고 믿는 세계관을 정면으로 반박하며, 정한아는 "어리석은 날들을 수정해보려고/수정해보려고"(「PMS」), "소리 없이 가능한 한 멀리 내어 뱉는/씨앗 같은 문장부호들"(「폭염」)로 확실성과 불확실성 사이에 줄을 매달고, 제 실존과, 그 실존을 가능케 한 기원을 이 팽팽한 줄 위에서 저울질해보는 일을 포기하지 않는다. 죄의식을 더 나쁘게 반복하는 것도 마찬가지다. 병조림 같은 지구에서, 기원도 구조도, 어느 것 하나 명확하지 않은 이 더럽고 오염된 위성에서 탈출하는 방법? 그런 게 있을 리가 없으며, 그 방법을 알 리도 없다. 우리는 모두 약한 존재이며, 그와 같은 다면체의 내면성을 지니고 있으면서도, 그 사실을 알지 못하거나 알려고 하지 않는다. 그래서일까? 약한 존재를 죄인으로 만들지 않으려면, 자신이 더 나쁘게 죄의식을 반복하는 수밖에 없다. "신념으로 이 도서관을 지키고 있고 이웃을 사랑하고 싶"어 하지만 "무엇보다 지구가 걱정"되어 "폭염주의보"가 내려도 "열람실 냉방기 스위치"(「창백한 죄인」)를 켜지 않는 도서관 직원의 심리는 또 어떻게 설명될 수 있는가. 우리는 왜 "너무 예민한 것들 앞에서는 죄인"(「미모사와 창백한 죄인」)이 되고 마는가?

3. 의심: 화폐, 노동, 가격

> 돈은 점점 더 모든 가치의 절대적으로 충분한 표현과 등가물이 됨으로써, 추상적인 수준에서 모든 다양한 대상을 초월하게 된다. 또한 돈은 지극히 대립적이고 이질적이며 멀리 떨어져 있는 사물들이 공통점을 발견하고 서로 접촉하는 중심이 된다. 이렇게 해서 돈은 사실상 신처럼 개별적인 것을 초월하도록 해준다.
>
> — 게오르그 짐멜[4]

이번 시집에서 그는 신이라는 관념, 신이라는 체계, 신이라는 기원의 복잡성과 확신 불가능성에서 촉발된 사유가 오히려, 일정한 패턴 속에서 이성과 평등, 근면과 노동으로 포장한 자본주의의 저 모든 것을 탈신비화하고 획일화하는 삶을 의심의 시선으로 감아내고 결국 비판하는 저항의 힘을 품고 있다는 사실을 조금 더 끈질기게 밀어붙인다. 근원적인 것에 관한 사유는 존재의 끝까지 의심을 거듭하며 거슬러 올라 제 모습을 비추어보는 거울이나 지금의 형상을 지니기 이전의 원시적인 상태, 즉 애초의 질료와 그 질료에 가해지는 노동과 재화, 화폐에 대한 사유로 이어진다.

> 누굴까.
> 맨 처음 쇠를 구워보자고 생각한 사람은.
> 그는 시커멓고 땀으로 번들거리며 웃통을 벗고 있고
> 정교하고도 힘찬 손놀림으로 불과 냉수 사이를 오가며
> 아름다울 금속 물질을 단련시킨다.
> 그것은 값비싼 금이나 은이 아니라 강철이다.
> 이 차갑고 단단하고 정교할 사물을 만들기 위해
> 오늘도 그는 뜨겁고 검게 빛나고 있다.
> 그의 눈빛은 신념으로 가득 차 있을 것이다.
> 입은 굳게 다물어져 있을 것이다.
> 싸구려 말로 천 냥 빚을 갚으려는 자들과 달리
> 딱딱한 침대에서 잠들 것이다.
> 그러나 그는 개의치 않으리라.
> ──「대장장이」 전문

4 게오르그 짐멜, 『돈이란 무엇인가』, 김덕영 옮김, 길, 2014, p. 77.

대장장이의 노동은 아름답다. 고도의 집중 상태로 단단한 것을 만들기 위해 "아름다울 금속 물질을 단련시"키는 그의 노동은 무엇보다도 고됨에 개의치 않고 "뜨겁고 검게 빛나"는 당당함과 치열함을 뿜어낸다. 대장장이의 신념은 아직 형태를 갖추기 전, 그러니까 "값비싼 금이나 은이 아니라", 상품이나 재화를 교환할 화폐 이전의 질료, 즉 강철을 벼려내는 데 쏟아낸 열정으로 활활 타오른다. 그리고 이렇게 담금질해낸 단단한 강철로 동전이 만들어졌다.

> 지금 막 주조해낸 반짝이는 작은 동전
> 나는 이것을 혼자 비밀스럽게 만지작거릴 수도 있고
> 당신에게 건네줄 수도 있고
> 당신은 그것을 혼자 비밀스럽게 만지작거릴 수도 있고
> 그나 그녀에게 건네줄 수도 있고
> 그나 그녀는 그것을 혼자 비밀스럽게 만지작거릴 수도 있고
> 위조할 수도 있겠지
> 누가 만지작거리든
> 언젠가 닳을 것이 분명한 차가운 동전
>
> 〔……〕
>
> 어쩌나, 그의 벌어진 입에 방금 만든 동전을 넣고 염해보아도
> 염병할 시신(詩神)은 건강한 노동자처럼 태평하게 코를 곤다
>
> 나는 그를 사랑하고
> 그는 숫자 없는 강철 동전을 사랑하고

그렇지만 숫자 없는 강철 동전은……
어라? 앞뒤에 그려진 이 그림은……
게다가 가장자리에 조그맣게 씌어 있기를,

(아이 썅, 저 사탄을 콱!)

던지면 언제까지나 부서지지 않을 것 같은
땡그랑
아름다운 소리가 난다
　　　　—「대장장이의 아내」 부분

　숫자가 매겨진, 즉 값을 지닌 화폐는 오로지 하나의 세계를 주장한
다. 화폐는 그 자체로 악한 것도 선한 것도 아니다. 교환을 매개하는
경제 현실, 즉 수단일 뿐이다. 교환에 단일한 논리를 부여하고, 이 논리
안으로 재화를 포섭하고 배분하고 조절할 뿐이다. 그러나 화폐는 세계
에 존재하는 다양한 감정, 차이, 굴곡 들을 지워버린다. 화폐는 차이가
낳은 불안과 공포와 위험을 일시에 소거한 대가로, 특성과 차이를 소
멸한 대가로, 우리에게 초월적 가치를 선사한다. 화폐가 전제하는 등가
의 교환은 저 감정과 노동과 사고와 물질을, 평등하고 공정하게 재편

할 수 있다고 말한다. "숫자가 새겨지지 않은 작은 동전"의 상태, 즉 확정이 가능하지 않은 것들을 확정 가능한 것들로 등치시켜 세상의 모든 이질적인 것을 동일한 것으로 바꾸어버리는 저 등가의 원리는, 공정한 몫을 소유할 초월적인 기준이 존재한다는 환상을 부여한다. 자본주의 사회에서 돈은 등가를 바탕으로 절대적이고 공정한 거래를 공표한다. 그러나 사실 이러한 거래는 존재하지 않는다. 숫자의 상대성이 돈의 공정성과 절대성 뒤에 늘 숨어 있기 때문이다. 자본주의 사회에서 '돈'은 노동의 대가를 나타내는 징표가 아니라 숫자의 객관성이라는 환상 뒤에 숨어, 조작되고, 남용되고, 파괴되고, 유용되어, 어느 누군가의 손에 뭉텅 주어져 권력이 되거나, 그런 후 또 잠시 손아귀를 돌아 나와 사라질 뿐인, 무수하게 "만지작거릴 수도 있고", 타인에게 "건네줄 수도 있고", "위조할 수도 있는" 무형의 실체이기 때문이다. 돈은 순환한다. 순환하면서 돈은 매개하고 조절하고 분배하고 개입한다. 돈은 공정함과 균일함과 동등함을 자처하며, 제도는 돈의 이 공정성-균일성-동등성을 보장하려고 애쓴다. 프로 스포츠 선수가 받는 기하학적 액수의 연봉 앞에서 우리는 놀람을 금치 못하면서도, 이들과 소방관의 연봉이 엇비슷하게 책정되어야 한다고 말하는 사람을 바보로 취급하는 사회에 살고 있다. "염병할 시신(詩神)은 건강한 노동자"와 마찬가지로 숫자의 논리 앞에서 "태평하게 코를 곤다"고 말한다. 정한아는 아직 가격이 매겨지지 않은, 숫자에 포섭되어 동일성 안에 차이를 부정하며 거래되기 이전의 동전을 "내 이상의 질료"로 여기는 동시에, 동전 자체나 그것을 탐하는 마음을 "사탄"이라고 저주한다.

알 수도 없는 용도가 변경도 안 되고
인수 뒤에 알고 보니 주인이 따로 있는
먹어서 배부르면 그만인

원산지가 자주 바뀌고 포장지를 갈아입는
머리에 털 난 짐승들 이야기예요 정말이지
〔……〕

자꾸 불량품을 탓하는데 문제는
컴퍼니라고 코퍼레이션이라고 페더레이션이라고들 합디다
(늬 스마트폰이 널 그렇게 가르치디?
이 시의 제조번호가 궁금한가?
그보다, 가격은?)

빈 병으로 유토피아를 만들 수도 있을까요?
그런 재활원일까요?
약은 약사에게 진료는 의사에게
저는 왜 자꾸 이런 문구들이 켕기죠?
취급 주의
깨뜨리면 사야 함
이 제품은 교환, 반품이 불가합니다 양해 바랍니다
──「자기가 병조림이라 믿은 남자」 부분

　　　　　멋진 명찰과
　　　　깔끔하고 작은 글씨의 가격표
　　　　쾌적한 디자인의 야구 방망이
　　　　　　　　무엇이든 가격할 수 있는
　　〔……〕
　　　　　　이제 막 쏟아질 것만 같은
　　　　　스타일과 결별한

50

그 무엇도

지루함보다 나쁘지는 않기 때문에

곧 깊은 망각 속으로 떠나버리는

모든 최근의 대의명분들

색깔이

때깔이!

중요한

당분간 기분을 좀 나아지게 할

영원히 달라지는

흘러가는 움직임

신비지 않는 풀리

지칠 때까지

구역질이 날 때까지

그 무엇도

지루함보다 나쁘지는 않기 때문에

──「유행」 부분

　말은 거칠고, 광고가 시에 날것으로 붙었다. "깊은 망각 속으로 떠나
버리는/모든 최근의 대의명분들"이 "무엇이든 가격할 수 있"다고 믿
는, "색깔이/때깔이!/중요한" 상품을 만들어낸다. 상품은 가격을 통해
무엇인가 '가격'한다. 누군가를 환자라고 여기는 판단은 무언가를 측
정하고 나눈 결과에서 비롯된 것이다. 구분하기, 분류하기, 차별하기
의 원리는 우리가 살고 있는 자본주의 사회, 화폐의 등가성으로 불균
등한 모든 것들과 차이들을 획일화하는 세계의 근간을 차지한다. "마
빡에 의무적으로 바코드를 박았으면 좋겠"(「자기가 병조림이라 믿은 남
자」)다고 말하는 이 '남자'가 '불량품' 판정을 받는다면, 그것은 개개의

차이를 획일화된 기준으로 제품화하는 조직, 즉 컴퍼니와 이 컴퍼니의 작동, 그러니까 코퍼레이션과 이 코퍼레이션의 전 지구적 작동 체계, 다시 말해 페더레이션에 의한 상품화의 원리에 따를 때만 그런 것이다. '자기가 병조림이라 믿는 남자'는, 그러니까, 마치 시와 같다. 시의 가격을 매길 수 없다고 한다면, 그것은 오로지 "영원히 달라지는/흘러가는 움직임/신비지 않는 풀리"처럼, 가격이나 그 무엇의 획일화된 기준으로는 측정 가능하지 않은 예술의 속성 때문이다. 가격을 매길 수 없는 예술의 성질이 여기서 환자의 규범에 구속되지 않는 행위와 병치되어 나타난다. 구조적인 문제야, 체제의 작동 방식을 살펴야 해, 맥락을 놓치면 곤란해 같은 말들은 얼마나 간단하며 또한 편리한가. 불길한 추측과 예감, 민감한 마음이 현실이 되었을 때, 사상과 이념, 사유와 개념이 카드로 만든 집처럼 단박에 허물어져 내릴 때, 크고 작은 재난들이 무람없이 넘나드는 저 취약한 현실 사이로 깃드는 세기말의 불길함과 멜랑콜리는 차라리 낭만에 속하는 것일 뿐인가?

우리는 앞서 그의 언어가 거칠고 투박하다고 말했다. 신문 기사나 정탐소설처럼, 추적 기사처럼, 그는 "공부가 노동이 되고 문학이 상품이 되어버린 현실"(「나는 왜 당신을 선택했는가—론 울프 씨의 편지」)을, 정신분석가에게 털어놓은 환자의 고백들, 텔레비전 프로그램에 출연한 평범한 사람의 인터뷰, 누군가가 누군가에게 건네는 푸념, 시니컬한 비판을 닮은 조롱, 철학서의 한 줄을 빌려 따지고 드는 말대답이나 방어적 언사의 형태를 지닌 "앵무새의 험담"〔「만화방창(萬化方暢)」〕을 기필코 기록해낸다. 하나하나 살펴보면, 그것은 "형언 불가의 색채에서 임박한 죽음을 읽"거나 "지난 시절의 광영을 읽고"서, 또는 "영겁/회귀를 읽"거나 "이유 없는 뜬금없는 희망과/이겨낸 시련을 읽고"서, 더러 "무채색의 존재론을 읽"(「꽃들의 달리기, 또는 사랑의 음식은 사랑이니까」)고서 뱉어낸 말들과도 닮아 있다. 그대로 받아 적은 것과 같은 인터뷰 형식도 가미된다. 파편의 조합들, 한번 사용된 문장들의 재배치나 평범한 명제의 나열("이것은 책상이다/사람이 되려거든 사람이 되고 싶어 해라", 「생일」)로 이루어진 이 언술들에는 비유나 왜곡이 끼어들 틈이 없다. 대화와 물음, 취조나 일기, 보도 같은 문장들에는 마치 세계를 대상으로 한 "해부학 수업"[「(단독) 추문에 대하여―울프 씨의 주치의 감청 내역」]의 흔적이 자리한다. 통념의 거짓 명증성에 대항하는 리얼리티적 시적 언어들로 가득한 그의 시집은 따라서, 비판적이고 파편적으로, 아마추어적인 잔일에 종사하는 것 같은 외양을 기꺼이 선택한다. "비유 속으로, 풍자 속으로, 환상 속으로/이제 더는 도망갈 수도 없는 노릇"(「돌림노래」)이라는 자각은 이처럼 우롱당하는 사유의 권리들을 방어하면서 가정과 의문을 지면에까지 밀어붙여 이념이나 담론에 문제를 제기하며, 나아가 전복하는 시적 언어의 혁명성을 일구어낸다.

노동labor과 일work의 차이에 대해(생존과 욕망 충족을 위해 행하는 육체의 동작인 '노동'에서 자신의 재능을 발휘하여 일의 재미와 일정한 명예를 바라며 수행하는 제작 활동인 '일'로의 이행은 가능한가?), 아름다움의 '협잡'과 '기만'에 대해(예술은 인격과 별개인가? 아름다움의 폭력, 폭력의 아름다움은 무엇인가? 예술이라는 이름으로 도덕을 기만할 수 있는가?), 용서할 수 없는 생의 폭력적인 단면들과 끊임없이 회전하는 지구의 저 병리적 무의식에 관해(환대라는 이유로 타자를 공동체에서 격리할 수 있는가? 무조건적인 환대는 가능하기나 한가?), 미학과 정치의 모순에 대해(가장 아름다운 것이 가장 정치적일 수 있는가?), 숭고한 위선이나 매 순간 닿게 되는 이 삶에 편재하는 죄의 무게에 관해(세계의 우연성은 왜 자주 비극의 양상을 띠고 재현되는가? 보편성과 개별성은 양립이 가능한가? 자유는 무엇인가?), 그렇게 이 매 순간을 의식하고야 마는 사유라는 이름의 저 괴물 같은 정신적 운동에 관해, 거침없이 진술하는 언어, 그러니까 '불량한' 언술, 이데올로기가 결코 이길 수 없는 삶의 리얼리티와 현재성을 고스란히 담아낸 물음들이 이 시집을 가득 메우기 때문이다. 이 리얼리티와 현재성은 고통이나 상처의 기록은 아니다. 그것은 비판과 비평과 냉소와 비웃음과 아이러니와 저항과 비타협이 뒤섞인 자기 내부의 반영이자, 공동체적인 촉구, 혹은 탐사라고 할 수 있다.

정한아의 시는 가식이 없다. 에두르지 않고 직접 치고 들어가는 날카로운 창과 같은 언술, 그래서 결국, 솔직하다는 말로밖에 표현할 길이 없는 실천적 발화, 팔짱을 끼고 멀리서 이해한다고 위로하며 주억거리는 연민이나 동정이 아니라, 기필코 자기를 걸고 임하는 타자와의 내기, 내 의식의 밑바닥을 훑는 깊이로 나를 보여주지 않으면, 타자도, 미지도, 불가지도 볼 수 없다고 말하는 사랑이다. 낙관이나 희망, 희구나 확신, 안심과 위안 같은 것들을 손쉽게 움켜쥐지 못한다는 사실을 의식하고 비판의 구심점으로 삼을 때만 가능한 부정성의 언어이다.

4. 의심이라는 무한의 괄호: 부정성의 예술

> 예술 작품이 어떤 사회적 기능을 지닌다고 단언할 수 있다면 그것은 작품의 무기능성이다. 예술은 마법에 걸린 현실과 거리를 둠으로써 존재자들이 본래의 올바른 위치에 놓이게 되는 상태를 부정적으로 구현한다.
>
> ─ 테오도르 아도르노[5]

5 테오도르 아도르노, 『미학이론』, 홍승용 옮김, 문학과지성사, 1984, p. 351.

정한아의 시는 의심하는 주체가 끝까지 비판을 멈추지 않는 부정성의 정신으로, 그렇게 모든 영역에서, 모든 경험에서, 모든 사유에서, 정치에서 시에서, 존재에서 일상에서, 감각에서 개념에서, 물음을 띄워 사유의 고리들을 붙잡아, 탐구의 상태, 직접적으로 말하면, 긍정하지 않는 상태, 긍정의 이면에서 사라져버리는 물음들조차 예측 불가능한 폭발물처럼 투척하는 언어로 담아낸다. 그는 불행이나 행운, 자아와 타자처럼, 대립 구조 속에서는 좀처럼 사유될 수 없는 틈을 찾아, 양자의 겹침과 충돌에서 불거져 나오는 모순을 의심의 시선으로 과감히 파고들어, 이 세계에 만연한 이분법에 한차례 부정의 구멍을 내고, 그곳으로 짓치고 들어가 두 발을 현실에 굳건히 디딘 채, 다시 움켜쥐는 혁명의 언어로 부정성의 정신을 실현한다. 예술의 역할이나 가치는 바로 여기에 있다.

　　너무 좋아서 차마 들을 수 없는 노래. 다 들어버리고 나면 삶이 지나치게 비루해져버릴 거라. 모든 좋은 노래는 이곳에서 났으나 이곳 아닌 곳에 우리를 데려다 놓고, 이곳 아닌 곳이 노래 속에만 있을 것이라 믿으므로 우리는, 이 곡을 듣고 나면 미쳐버리는 거라. 올라갈 수 없는 높은 산에서 눈을 뜨는 거라. 그러나 그 곡이 끝나고 나면, 비루한 삶이 그리워 우는 거라. 이곳이 아닌 곳이 너무 추워 우는 거라. 눈 감은 채 고양된 황홀은 추락의 느낌과 너무나 흡사하고, 높이는 깊이와 같아지고, 지옥은 지극히 권태로운 곳이 될 거라. 천국과 뫼비우스의 띠로 이어져 있을 거라. 너무 좋아서 차마 다 들을 수 없는 곡을 들을 때, 듣다가 꺼버릴 때, 우리는 우리가 지옥에서 돌아왔는지, 천국에서 쫓겨났는지 분간할 수 없고, 혹은 유일하게 진짜인 우리의 삶으로부터 지옥이며 천국인 이곳으로 돌아왔는지 알 수 없는 거라. 너무 좋아서 견딜 수 없는 곡은 하나

의 지극한 生. 누구의 것도 아닌, 하지만 귀 기울일 때에는 온전히
자기 자신인 지독한 生. 우리는 전생으로 나아간다. 혹은 사후로 돌
아간다. 혹은 전생이며 사후인 어떤 이방에서 귀환한다. 뜨거운 돌
을 쥐고. 모든 일은 지금 일어난다.

        —「간밤, 안개 구간을 지날 때」 전문

   예술의 고유성은 부정성의 정신에 기인한다. 그 어떤 작위적 구분도,
자명하다는 이분법도, 모두 물려낸 상태에로의 도달은 "하나의 지극한
生" "누구의 것도 아닌, 하지만 귀 기울일 때에는 온전히 자기 자신인
지독한 生"을 체험하게 한다. 예술은 관리되는 사회 속에서 관리를 위
한 그 어떤 기능도 수행하지 않음으로써, 사회와 기능으로 연결될 수
있는 단순한 고리를 부정하는 일에 착수한다. 예술은 도구적 이성으로
부터 벗어나 현실의 요소들, 온갖 분류와 구분, 도그마와 통념을, "노
래 속에만 있을 것"을 그러모으는 부정성의 정신을 통해 화해의 빛 속
에 재배치한다. 예술이 특수성 속에서 전체를 담아내고, 그렇게 함으로
써 개별적으로 존재하는 모든 존재나 사물들이 그것의 존재 가치를 인
정받도록 하는 것이라면, 예술의 이러한 인식론적 특성은 대상을 규정
하고 지배하려는 개념적 인식에 대해 스스로를 성찰할 수 있는 기회를
제공하는 일도 마다하지 않는다. 그 중심에는 의심하는 행위가 자리
한다.

       과녁 없이 조준점만 난무하는 곳에서
       죽을 방법의 다양성과
       두루 평등한 고난과
       이상을 잊은 자유와

잠든 시간에 몰래 가동하는 몹쓸

차가운 거울

속으로

나는 밤을 뒤집어본다 그것은

구멍 난 양말을 그 구멍으로 뒤집는 것처럼

어쩐지 잔인한 일

뒤집힌 밤은

소리도 고통도 없는데

누군가 거울 밖에서

망치질을 하고 있다

—「무연고(無緣故)」부분

　이성의 잠이 괴물을 낳는 것일까? 카타콤에서 하늘을 올려다보며 우연히 눈에 들어오는, 곧 사라질 서광이 아니라, 평화로운 일상, 모든 것이 완벽한 세계, 합리적인 논리로 뒤발한 이 사회에서 간혹 듣게 되는 저 기이한 목소리는 대체 무엇인가. 근대적인 공간의 전근대적인 것들, 이성적인 사회에 번져 있는 야만의 무늬들, 눈부시도록 포스트모던한 곳에서 자행되는 식민지적인 사유나 행태 들, 진보주의와 수정주의와 개량주의와 모든 '이즘ism'들이 각각의 깃발을 들고 골고다를 향하는 것은 아닌가. 유토피아를 향한 동상이몽과 동상이몽 속의 터무니없는 이상에 관해, 이성의 거울에 비친 자신을 바라보며 나르시시즘에 빠진 원숭이들과 인간을 행복하게 만들 계획이라곤 애초에 없었던 창조자에 관해. 추악한 욕망의 지배를 받고, 타자의 욕망을 지배하고, 공동체의 욕망을 통해 창조자의 지위를 참칭할 수 있다고 신봉하는 모든 사이비 권력과 그 배후에 자리한 리비도의 논리와, 러시아 정점주의와

부정성의 시학　　　　57

폴란드 재난주의와 프랑스 구조주의와 다다이즘과 데카당티즘과 표현주의와 세기말주의와 전체주의와 자연주의와 결정주의와 사회주의와 순수주의와 감각주의와 절대주의와 종합주의와 일체주의와 자유주의와도 같은 것들이 뒤엉켜, '사실임 직한 것'과 '사실'이 하나로 포개어지고, 진보와 퇴행이 뒤섞이고, 비평과 논쟁이 혼동되고, 끊임없이 당도할 수 있다고 믿을 수 있는, 추측이 가능하고 도래가 확정적이라 자신하는 사이비 신학으로 가득한 세계에서, 우리가 할 수 있는 최대치의 사유는 모든 것들을 의심의 대상으로 전환하는 것이다. 결과를 미리 알 수 없는 내기로서의 의심은 시대의 필연적 요청에 부응하는 물음들로 세계를 횡단한다.

정한아의 시집을 읽다 보면 구멍이 훅 뚫리는 느낌을 받는다. 그는 지금 여기, 지구라는 병조림 같은 곳에, 죽음의 형식으로 다가오는 모든 것들을 사유하는 시, 희망찬 현재 역시 언젠가 먼지와도 같은 순간이 될 것이라는 사실을 직시하는 시, 온갖 이념, 도덕, 안부 들의 저 취약한 속성을 외면하지 않는 시, 확신을 물릴 수밖에 없는 사유들과 그 사유들의 단단함과 정확함, 보편성의 이름으로 제 무릎을 덮고 있는 존재들과 정면으로 마주하여 불멸의 신화와 정의의 언어들에 신기루의 공포를 흩뿌리는 시, 사후적 구성과 평가와 반성을 지금—여기에 끌어다가 부동의 현재를 비판하고, 결론과 확신을 다시 연장하거나 최소한 유보하는 시, 오로지 이와 같은 사유의 운동으로 가슴 왼편에 볼셰비키의 표식을 잠시 달고 도로 떼는 시를 우리 앞에 펼쳐놓았다. 그는 허구와 이론을 몰아내기 위해, 최소한의 비유를 허용하는 시, 가상을 지워내는 데 전념하는 시, 수식을 떨쳐내고 최대한 불량해지는 데 집중하는 시, 관찰도 믿지 않는, 어느 순간, 모든 것을 회의하는, 그리하여 자기조차 심문하는, 그렇게 의식 전반을 까발리고, 통념을 뒤집어놓고, 현실도 현실이 아닐 수 있음을, 자아도 자아가 아닐 수 있음을, 그

58

사유의 과정과 함께 적나라하게 연관 지으려 부린 말의 경제성에서 '시적인 것' '아름다운 것' '정치적인 것'의 일모를 드러내는 시, 그러니까 '아름다움' '정치'가 아니라 형용사를 실사화한 말로만 표현될 수 있는 무언가를 마치 외과 수술의가 메스를 집어 들어 집도하듯, 잘라내고, 꿰고, 문지르고, 봉합하고, 그러나 이내 상처가 터지고 말 것이라는 사실조차 의식하는 시, 오로지 그와 같은 상태를 적시하여 가능한 한 '시적인 것'의 실천을 도모하는 시를 우리 앞에 펼쳐놓았다.

그에게 부정성은 실행의 연습이며, 해방의 기도라기보다 탐구다. 물음을 결론지으려 하지 않는 무의식의 감성이며, 회의론으로 도망하지 않고 끝까지 추구해나가는 사유의 힘이자, 항상 고민하는 이성이다. 그것은 역사를 결정하는 합목적성의 탐색을 단념하여 쏘아올린, 추상에 대한 리얼리티의 승리라고 부를 수 있을 것이다. 부정의 양상을, 의문과 물음을 통해 끊임없이 마주하고 또 그 면모를 드러내는 일은, 목적을 지닌 일체의 접근이 규명할 수 없는 부분들로 늘 달음질친다. 내재하는 삶이자 구체적인 삶이라고 우리가 부를 이 부분들은 그 자체로 인식을 확장하고 사유를 넓혀낼 가능성이기조차 하다. 부정성은 그 자체로 삶의 주관성의 영역에 발을 디디고 있는 온갖 가능성과 잠재성을 백지 위로 불러 모으는 행위이며, 문자가, 낱말이, 문장이 내딛기 이전에는 존재하지 않았던 미지의 표정을 어루만지며, 의심과 부정, 물음이 삶의 한 방식이라는 사실을 우리에게 알려준다. 우리는 부정성의 사유를 촉구하며 감수성이 가득한 언어로 우리를 끊임없이 물음과 경이의 세계 앞에 데려다 놓는 '지식인' 시인의 진정한 탄생을 보게 될 것이다.

[2018]

부정성의 시학

'*끝없는 끝in fine sine fine*'의 세계에 오신 것을 환영합니다: 주체-대상-행위의 무효와 노동의 종말에 관하여
—이수명의 『물류창고』

발생시키는 시

대상은 얼마나 다양한 방식으로 세계 속에서 제 존재의 자리를 타진하는가? 대상의 단일성-일관성-통일성은, 언어의 그것만큼이나, 인간이 빚어낸 허구에 불과하다. '의미'도 마찬가지다. 우리가 자주 '의미'라고 부르는 것도 따져보면, 사물과의 관계에서 오로지 근사의 값으로 빚어질 뿐인 해석의 여분이기 때문이다. 대상을 둘러싸고 행해지는 '의미 부여'에는 주관적 흔적들, 풀어 이야기하자면, 인식이라는 인간적인 관점이 개입한다. 이수명의 시는 세계 속에서 끊임없이 영향을 주고받으며 존재하는 대상을, 감정을 덧입혀 왜곡하는 화자-자아의 시선에서 탈취해내고, 오롯이 대상을 중심으로 세계를 비끄러매는 언어의 고안으로, 새로운 지평을 열어 보였다. 그는 말과 대상의 관계, 그 불완전한 자의성을 폭로하며, 대상의 현재성을 시의 최전선으로 끌고 왔다.

> 왜가리는 줄넘기다.
> 왜가리는 구덩이다.
> 왜가리는 목구멍이다.
> 왜가리는 납치다.

왜가리는 왜가리놀이를 한다.

테이블은 하나다.
테이블은 둘이다.
테이블은 셋이다.
테이블은 숲 속에 놓여 있다.

손을 들고
숲이 출발한다.
테이블은 없다.

테이블 위로 왜가리는 도착한다.
걸어 다니는 테이블 위로 왜가리는 뛰어든다.

테이블은 부서진다.
숲이 출발한다.

왜가리는 하나다.
왜가리는 둘이다.
왜가리는 셋이다.
왜가리는 없다.

왜가리는 숲 속에서 왜가리놀이를 한다.
　　　　　　　　　—「왜가리는 왜가리놀이를 한다」 전문[1]

끝없는 끝in fine sine fine'의 세계에 오신 것을 환영합니다　　　61

문장은 간결하고 표현은 명료하다. 사실을 확인하는 문장들, 그러니까 형용사나 부사 등 주관이 적재된 수식어를 제거하고 오로지 '진위적(眞僞的, constative)' 구문들의 배치가 이 시의 전부를 이룰 뿐, 시인은 좀처럼 드러나지 않는다. 대상을 캄캄한 외투로 덮어버리고 마는 언어의 한계 저 너머에서 오히려 시는 무언가를 발생시키는 데 몰두한다. 말은 대상 앞에서 항상 공소하다. 사물 인식을 그대로 실현하는 언어는 사실상 부재하기 때문이다. '왜가리 한 마리가 우리 앞에 있다'라고 해보자. 우리는 방금, 대상이 '있다'고 인식한다는 사실을 전제하였지만, 이와 동시에 그곳이 어디인지를 지시하는 말의 부재도 함께 체험한다. "숲"이나 "테이블"의 측에서 접근하면 '있다'는 조금 더 달라질 수 있다. 언어의 자의성은 존재의 믿을 만한 보증인이 아니라, 대상의 관계들을 사유하는 협약이며, 그래서 그 자체로는 불안한 성질을 지닐 뿐이다. 명명하는 바로 그 순간, 대상은 말의 감옥에 갇힌다. "왜가리"라는 낱말은 '왜가리'를 이 세계와 직접 매개하는 것이 아니라, 그저 왜가리 '놀이'를 할 뿐이다. "왜가리"라는 낱말은 실제 '왜가리'의 행위 가능성을 보장하거나 그 존재를 전제하는 것도 아니다. "왜가리"는 "줄넘기" 동작을 엇비슷하게 실행했을 수도, "구덩이" 같은 곳에 머물렀을 수도, 누군가에게 "납치"된 적이 있을 수도 있다. "왜가리"는 "하나" "둘" "셋"인 동시에, "왜가리"라는 말 안에 오롯이 담기는 "왜가리는 없다"라 해야 한다. 말은 대상의 본질을 담보할 수 없는 한계를 갖고 있으며, 대상이란 따라서 이 세계에서 항상 '부재하는' 대상이자 다른 대상들과 균분(均分)하며 형성된 미완의 에너지로 가득한 대상일 뿐이다.

---

1 이수명, 『왜가리는 왜가리놀이를 한다』, 세계사, 1998, pp. 74~75; 문학과지성사, 2015(개정판), pp. 22~23.

꽃집 주인이 포장을 했을 때 장미는 폭소를 터뜨렸다. 집에 돌아와 화병에 꽂았더니 폭소는 더 커졌다. 나는 계속해서 물을 주었다. 장미의 이름을 부르며.

장미는 몸을 뒤틀며 웃어댔다. 장미 가시가 번쩍거리며 내게 날아와 박혔다. 나는 가시들을 훔쳤다. 나는 가시들로 빛났다. 화병에 꽂힌 수십, 수백 장의 꽃잎이 몸을 제대로 가누지 못했다.

나는 기다렸다. 나는 흉내냈다. 나는 웃었다. 그리고 웃다가, 장미가 끼고 있는 침묵의 틀니를 보았다. 장미는 폭소를 터뜨렸다.
——「장미 한 다발」 전문[2]

세계는 대상들로 구성되어 있다. 대상의 우연적인 배치가 이 세계를 가득 채운다. 무수한 타자들이 주(主)가 되어 무언가를 수행할 뿐, 대상의 본질은 여기저기 흩어져 있는 것에 불과할지도 모른다. 대상의 침묵을 깨는 방법은 '이름'을 붙이는 것이다. 대상은 물론, 이름에, 그 명칭에 제 존재를 곧바로 위탁하지 않는다. 이름은 '장미'인데, '장미'라고 발음하며 떠올리는 관념은 헤아릴 수 없을 만큼 다양하기 때문이다. 구매를 통해 대상을 소유한다 해도 상황은 달라지지 않는다. 꽃병에 꽂아두자, 이러한 사실이 조금 더 강하게, 현실로 튀어나온다. '장미'라는 이름은, '장미'라는 존재의 불충분한 증거가 되어, 귀를 한 바퀴 돌아 나와 사라질 뿐이다. 반복해서 불러보아도, 입에서 흘러나온 '장미'라는 단어에, 이 세상 모든 장미가, 그 실존이, 존재 가능성이 담기는 것은 아니다. 장미는 우리가 붙인 그 이름보다 훨씬 다채롭고 다양한 경험을 내장하고 있다. 장미의 외침과 아우성에 귀 기울인다. 시인은 장미가 제 존재의 그림자를 내려놓을 때까지, 가시에 찔리고, 흉내

2 이수명, 『붉은 담장의 커브』, 민음사, 2001, p. 26.

를 내고, 한참을 기다린다("나는 기다렸다. 나는 흉내냈다"). "장미가 끼고 있는 침묵의 틀니"를 마침내 목도하게 될 때까지, 그렇게 '폭소하는 장미'라는 사태가 발생할 때까지. 『붉은 담장의 커브』에서 대상은 비등점까지 끓어오른다. 대상은 이동하고, 갉아먹고, 서로를 침범하면서, 결국 서로의 존재를 증명하는 사태 속에 놓인다. 인간이 부여한 시간과 공간의 주관성과 해석의 격자를 제거하고, 대상의 관점에서, 명료한 문장으로, 이수명은 이 세계의 풍경을 한 번 더 바꾸어놓았다.

한 사나이가 들판을 달리고 들판을 달리는 사나이가 들판이 꺼진다. 사나이에게로 꺼진 들판이 없는 사나이가 달린다. 시멘트 야채 종이 같은 것들이 고온다습해서 그는 무턱대고 배추를 뽑는다. 배추를 들고 걸어가는 사나이가 들판이 뚫려 있다.

들판을 빠져나가는 쥐들이 빠져나가기에 들판이 불편하다.

한 사나이가 들판을 달리고 들판이 뚜껑이 없어서 들판의 시대는 사나이를 닫는다. 들판을 닫는다. 들판을 달리고 있는 사나이가 들판을 끌고 온다. 들판은 늘어나는 사용이다. 사나이는 사나이에게로 밀려난다. 시멘트 야채 종이 같은 것들을 끄집어낸다.
　　　　—「시멘트 야채 종이 같은 것들」 전문[3]

달리던 사내가 홀연 맨홀에 빠져 사라졌다. 사내도 들판도 꺼졌다. "사나이에게로 꺼진 들판이 없는 사나이가 달린다"의 두번째 '사내'는 앞서 등장한 "한 사나이"가 아니다. 이 두번째 사내는 "사나이에게로

3 이수명, 『마치』, 문학과지성사, 2014, p. 9.

꺼진 들판이 없는 사나이"이기 때문이다. 두번째 사내가 이어 달린다. 첫번째 사내는 어디 있으며, 무얼 하는가? 인과성은 파괴되거나 자취를 감춘다. 대상과 주체는 행위를 절반쯤 서로 잘라먹으며("들판을 빠져나가는 쥐들이 빠져나가기에 들판이 불편하다") 공존하기 때문이다. 말의 대상이 말의 주어로도 동시에 작동하는 문장을 만난 우리는 차츰 기이한 경험을 체험하게 된다. "한 사나이"는 그 "사나이"인가? "그"인가? 또 다른 사내인가?("한 사나이가 들판을 달리고 들판이 뚜껑이 없어서 들판의 시대는 사나이를 닫는다.") "사나이"는 그러니까 둘이었던가? 셋이었던가? 행위자는 누구인가? 사내인가? 들판인가? 달리는 행위, 혹은 그것을 좇는 시선인가? 함정은 이 모든 곳에 있다. 질문을 끌어내는 게 우선이기 때문이다. 지시소와 행위소, 대상과 주체에 겹으로 포개지는 문장은 이렇게 무언가를 발생시키는 상태로 접어든다. 비교적 간단해 보이는 문장들의 배치 그 이면에는, 발생을 작동시키는 단어들을 집도하는 다수의 하부 경로가 존재한다. 주어는 중의적이며, 대상들도 각자의 입을 갖고 움직인다. 말의 배치와 조직에 의해, 이수명은 대상의 "늘어나는 사용"을 이렇게 실천한다.

대상과 주체의 관계가 뒤집힌 상태를 구현하거나, 어느 한편의 관점에서 바라보던 시선을 한 번 더 바꾼 또 다른 편의 시선도 동시에 작동한다. 발생이 이렇게 시의 등뼈를 이룬다. 언어는 대상의 '재현'에 몰두하는 것이 아니라, 발생을 견인해내는 운동이자 그 운동의 벡터다. 촘촘하게 얽혀 서로를 덧대며 빛나는 저 명료한 상상의 문장들은 그 사이와 사이, 침묵을 가득 머금고 있다. 대상의 '있음'에 대한 가능성의 추구를 통해, 사물의 존재와 언어의 한계를 동시에 실험하면서, 오로지 이와 같은 방식으로, 첨단의 감각을 흰 종이 위의 사건으로 구축해내는 데 전념해온 그의 시는, 배치와 조합을 통해 전진하는 말의 운동, 저 말의 행진, 그러니까 '마치march'에 이르러, 길을 새로 트고 미답의 영역으로 발걸음을 옮겨놓았다.

대상과 주체, 접촉의 스파크

시집 『물류창고』(문학과지성사, 2018)는 충격적이다.

놀라움은 우선, 대상과 주체의 접촉에도 있다. 낱말 하나를 둘 이상의 사용으로 늘리게끔 배치한 구성과 시선의 역치나 교차에 의해, 대상과 주체 사이에 접촉의 활로가 만들어진다.

> 노면에 서 있었는데
> 누군가 지나가는 노면 그러나
> 누가 지나갔는지 알 수 없는 노면
> 그때 저쪽에서 한 남자가 노면을 쓸며 다가오는 것이 보였고
> 누군가 노면에 서 있었는데
> 내가 지나가는 노면 그러나
> 사실은 네가 지나갔는지 알 수 없는 노면
> 그때 너희들이 깔깔거리며 노면 위에서 놀고 있는 것이 보였고
> 노면의 상태
> 노면의 순간
> 너희들이 노면에 모여 있었는데
> 건조한 노면
> 얼어붙은 노면 너희들이 그 노면을 쓰러뜨리는 것이 보였고
> 그러나 너희들이 그 위에서 미끄러진 것인지 알 수 없는 노면
> 그래서 우리들이 노면 위에서 갑자기
> 잠들어버려도

아무도 우리를 데려갈 수 없는데
그때 저쪽에서 한 남자가 노면을 쓸며 다가오는 것이 보였고
쓸쓸한 노면을 따라
다만 그의 커다란 빗자루가 움직이는 것이 보였고
—「노면의 발달」 전문

　"노면"은 그 자체로 아무것도 아니다. 노면은 "언제나 알 수 없는 노면"일 뿐이다. "노면"은 "너희들이 깔깔거리며" 쓸고 오면서, "노면"이 아니라 "노면의 상태"와 "노면의 순간"으로 존재한다. 마찰을 통해 이동하는 노면, 시간을 먹고 순간순간 변화하는 "노면", 정지시키자("너희들이 노면에 모여 있었는데") "건조한 노면" "얼어붙은 노면"의 상태에 이른, 그러니까 '발생'된 "노면"일 뿐이다. 쓰러진다. 무엇이? 누가? "너희들"과 "노면"은 어떤 정지의 순간에, 기울어지면서 서로 가까워진다. "저쪽에서 한 남자가 노면을 쓸며 다가오는" 순간의 "노면"을 시인은 "쓸쓸한 노면"이라고 적는다. 이렇게 쓸어나가는 행위로 인해 "노면"이 모종의 스파크를 일으킬 때, 쓰는 주체와 쓸리는 대상은 서로 감정을 나누어 갖는다. 대상과 주체의 접촉을 통한 전이는 「투숙」이나 「조가비에 대고」 「오늘의 경기」 같은 작품에서도 비슷한 방식으로 실현된다. 눈〔目〕과 눈〔雪〕, 무언가를 보는 눈과 하늘에서 내리는 눈은 "눈이 초점을 잃고 내리고 눈이 조금씩 더 어긋나게 내리"는 순간, 서로에게 침투한다. 서로가 서로에게 의지할 수밖에 없는 대상-주체("눈을 치울 때 눈이 우리를 바라본다.", 「투숙」)가 이렇게 탄생한다. 그것은 "너와 나의 불구의 접촉이 범람"하는 가운데, "정지하기를 주저하지 않"는 어느 순간의 '접촉'을 믿는 일("어느 날 밤 접촉을 믿었다.", 「조가비에 대고」)이자, "아무 방향으로"나 튀어 달아나는 말, "매번 다르게 나오는 말"의 정교한 배치를 통해, 대상의 잠재력을 실현하면서, "오

늘의 관전 포인트"(「오늘의 경기」)를 생성해내는 일이다. 대상과 주체의 접촉 속에서, 크로노스의 시곗바늘은 순간과 스파크를 일으키며 허공에 매달린다. 말은 순간의 실현에 전념하며, 말의 배치에 따라, 대상과 주체는 서로 침투하는 순간의 사건처럼, 서로를 향해 통로를 내면서 발생의 상태에 진입한다. 이번 시집에서 이 순간들은, 자주 죽음의 연속으로 채워지며, 이 상태들은 정지와 상실 속에 박제되어 나타난다. 이 순간들, 대상과 주체의 침투 위로 물류창고가 솟아난다.

대상-주체-행위의 '마치 무엇처럼'

시집에는 열 편의 「물류창고」가 실려 있다. '물류창고'는 흔히, 상품을 보관하는 곳이며, 상품은 대부분 복제기술에 의해 생산된 '물건들'이며, 창고는 일반적으로, 물건을 넣거나 뺄 때 열린다. 「물류창고」에는 따로 번호가 매겨져 있지 않다. 원본이 무한히 복제될 수 있다는 생각조차 제거된 유일무이한 곳이라는 것일까? 물류창고는 복제된 곳이 아니라, 오히려 부정할 수 없는 단 하나의 원본, 단 하나의 세계, 단 하나의 장소, 그러니까 복제되어 원본의 마법적인 힘이 약화되거나 사라질 것이라는 생각조차 허용되지 않는 곳이다. 이곳에서 저곳으로 이동 중인 물건들을 잠시 보관하는 곳, 물건을 넣거나 뺄 때 열리는 유일한 장소-시간이자, 누군가가 오고 나가는 곳, 그러니까 무언가 일을 수행하는 주체가 방문하는 곳이자, 대상들이 이 누구나의 손길을 기다리며 보관되어 있는 곳이다. 이수명의 시집에서 물류창고는 자본주의를 상징하는 추상적 공간이라기보다, "아무런 기분이 들지 않"는 곳, 다만 "수시로 최근의 사실들이 모여"드는 곳이며, "조금 더 최근의 일이에요 말하는 사람을 거기서"(「최근에 나는」) 만나거나, 만날 것이라고 믿게 되는 곳이다.

우리는 물류창고에서 만났지
창고에서 일하는 사람처럼 차려입고
느리고 섞이지 않는 말들을 하느라
호흡을 다 써버렸지

물건들은 널리 알려졌지
판매는 끊임없이 증가했지
창고 안에서 우리들은 어떤 물건들이 있는지 알아보기 위해
한쪽 끝에서 다른 쪽 끝으로 갔다가 거기서
다시 다른 방향으로 갔다가
돌아오곤 했지 갔던 곳을
또 가기도 했어

무얼 끌어 내리려는 건 아니었어
그냥 담당자처럼 걸어 다녔지
바지 주머니엔 볼펜과 폰이 꽂혀 있었고
전화를 받느라 구석에 서 있곤 했는데
그런 땐 꼼짝할 수 없는 것처럼 보였지

물건의 전개는 여러 모로 훌륭했는데
물건은 많은 종류가 있고 집합되어 있고
물건 찾는 방법을 몰라
닥치는 대로 물건에 손대는 우리의 전진도 훌륭하고
물류창고에서는 누구나 훌륭해 보였는데

'끝없는 끝in fine sine fine'의 세계에 오신 것을 환영합니다　　69

창고를 빠져나가기 전에 아무 이유 없이
갑자기 누군가 울기 시작한다
누군가 토하기 시작한다
누군가 서서
등을 두드리기 시작한다
누군가 제자리에서 왔다 갔다 하고
몇몇은 그러한 누군가들을 따라 하기 시작한다

대화는 건물 밖에서 해주시기 바랍니다

정숙이라 쓰여 있었고
그래도 한동안 우리는 웅성거렸는데
이쪽 끝에서 저쪽 끝까지 소란하기만 했는데

창고를 빠져나가기 전에 정숙을 떠올리고
누군가 입을 다물기 시작한다
누군가 그것을 따라 하기 시작한다
그리하여 조금씩 잠잠해지다가
더 계속 계속 잠잠해지다가
이윽고 우리는 어느 순간 완전히 잠잠해질 수 있었다
　　　　　　　　　　—「물류창고」(pp. 14~16) 전문

　　노동이 없는 세계를 상상하는 것도, 세계에 속하지 않는 노동을 상
상하는 것도 가능하지 않다. 행위, 즉 노동은 세계와 분리되지 않는다.
그러나 물류창고에는 '마치 무엇처럼', 그러니까 "창고에서 일하는 사

람처럼 차려입고 "담당자처럼 걸어 다"니고, "꼼짝할 수 없는 것처럼 보"이는 존재들이 있을 뿐이다.[4] 이들은 이곳에서 대관절 무엇을 하는가? 물류창고에 드나드는 사람들은 노동을 수행하는 자들이 아니다. 노동의 주체가 아니라, 마치 주체인 것처럼, 마치 누구인 듯 존재하거나, 마치 무엇을 하는 듯 보일 뿐이다. "느리고 섞이지 않는 말들을 하느라" 자신의 숨을 죄다 소비하고, "한쪽 끝에서 다른 쪽 끝으로 갔다가 거기서/다시 다른 방향으로 갔다가/돌아오곤" 하는 존재들, 그렇게 "갔던 곳을/또 가기도" 하는 존재들은, 자기 행위를 완수하는 주체도 그 행위의 대상도 아니다. 주체와 대상의 구분은 이곳에서 경계를 허문다. 행위에 본격적으로 진입하지 않거나 그렇게 하지 못하면서도, '끝없는 끝에서*in fine sine fine*'[5] 오고 가기를 반복하거나, 그마저 왔다 갔다, 그저 따라 하는 주체가 있을 뿐이다. 그러면 또 그뿐, 새로운 사람들은 부재하며, 기다려보아도, 새로운 행위는 실행되지 않는다. "아무 이유 없이" 울고 토하는 존재들이 끊임없이 "제자리에서 왔다 갔다 하고", 고작해야 몇몇이 이들을 "따라 하기 시작"하며, 공간은 그러한 "누군가"나 "누군가"들로 다시 채워지고, 그렇게 소진되고 소진하는 주체와 대상이 있을 뿐이다. 아무리 "물건의 전개"가 "여러 모로 훌륭"하다 해도, "많은 종류가 있고 집합되어 있"다고 해도, 그 누구 하나 "물건 찾는 방법"을 모른다면, 이는 어찌 된 일인가. "닥치는 대로

---

4 강조는 인용자. 이하 동일.

5 아우구스티누스는 『신국론』 제22권의 마지막 제30장 「하느님의 나라에서 영원한 행복과 안식을」에서 각각의 시대와 날을 세고 시대구분을 할당한다. 아담에서 대홍수까지가 제1일, 아브라함의 출현까지 제2일, 아우구스티누스 자신이 살았던 시대는 제6일이며, 이후에 신은 안식에 들어가고 제7일의 시대가 도래한다. 제7일은 인간에게는 안식일이며 휴식은 끝나지 않는다. 자신의 위업을 성취한 신은 이후, '끝없는 끝에서' 영원한 안식의 제8일을 시작한다. 아우구스티누스, 『신국론 II』, 추인해·추적현 옮김, 동서문화사, 2016, pp. 1278~82 참조. '끝이 없는 끝에서'라는 '노동'과 '일'의 조건과 세계화에 관해서는 Jacques Derrida, *L'Université sans condition*, Galilée, 2001, pp. 51~65 참조.

'끝없는 *끝in fine sine fine*'의 세계에 오신 것을 환영합니다   71

물건에 손대는 우리의 전진"은, 진짜 훌륭한 게 아니라, 오로지 "훌륭해 보"일 뿐이라고 한다면, 이곳에서는 과연 어떤 사태들이 벌어지고 있는 것일까?

"만났지" "써버렸지" "알려졌지" "증가했지" "가기도 했어" "아니었어" "걸어 다녔지" "것처럼 보였지" "웅성거렸는데" "소란하기만 했는데"로 마감되는 결구들은 무언가 잘못되었거나 어딘가 이상하다는 감정을 심어놓는다. 고백적·독백적 구어(口語)이자 자기-지시적인 회화(會話), 그러니까 주관성을 표출하는 '수행적' 발화의 표식이라 할 이 결구들은, 이수명의 시에서, 사실관계를 부정하거나 현실 비판의 고리를 고안한다기보다, 오히려 무대 위의 배우나 혹은 시에서 독백의 형식으로 말해질 때, '독특한 방식으로 무효-취소'를 실행하는 발화에 가깝다고 보아야 할 것이다.[6] 무효의 발화는, 주체-대상-행위가 시집 전반에서, 오로지 '~처럼'에 의해 표상되어 제시된다는 사실과도 밀접히 관련된다. 주체는 '마치 누구처럼' '마치 누군가인 것처럼'으로, 대상은 '~처럼' '마치 무엇처럼' '마치 무엇인 것처럼' '마치 무엇처럼 보이는'으로, 행위는 '마치 무언가를 하는 것처럼'으로 기술되며, 이는 이번 시집에서 목격되는 가장 중요한 특징 중 하나다.

> 옷을 턴다. 항상 새것 같은 옷을 입는다. 항상 새것 같은 공기 아래 새것 같은 곰팡이가 피고
>
> 새것 같은 눈물 천천히 눈에 고인다. 오늘은 상하지 않은 점심을

---

6 오스틴의 화행이론에서 진위진술(眞僞眞術, constatif)적 발화와 행위수행적performative 발화 및 그 차이에 대해서는 다음을 참조하라: J. L. Austin, *How to Do Things with Words*(second edition), eds. J. O. Urmson·Marina Sbisa, Oxford University Press, 1976, pp. 1~11, 94~108.

먹는다.

〔……〕

나는 어둠 속에 뚫린 커다란 구멍처럼 보인다.
──「항상 새것 같은」 부분

멀리서 흘러와 서 있는 이상한 돌들처럼 우리는 여기 붙어 서서
꿈쩍도 하지 않을 거란 생각이 들었다.
──「휴가」 부분

그러나 주체-대상-행위와 결부된 '~처럼'은 무언가를 '투사하는 상
상'(염원, 바람, 지향, 계획과 관련되거나 간혹 유토피아를 꿈꾸는 허구마
저 표출하는 표현)이나 무언가를 '촉발할 가능성'(도래할 무엇을 예고하
는 표현)을 견인하거나, 잠재적인 것을 해방의 길로 안내하는 가설적
비유나 실천적·공감적 행위의 장(場)을 구성하는 데 기여하지는 않는
다. 오히려 시집 『물류창고』에서 '~처럼'은 자기 결정권을 갖거나 주
권을 수행하는 것 자체가 불가능한 반복이나 흉내, 잠재성을 취소하는
불모의 상태, 행위 안으로 진입하지 못하는 주저나 결심의 공공연한
반복, 노동을 주체적으로 수행하지 못하는 수동성이나 일의 보람을 느
끼거나 가치를 발견하지 못하는 익명성, 존재 이유의 근본적인 부재만
을 확인하는 일련의 부정 등과 연관된다.

풀 뽑기를 했어요 모두 모여 수요일에 풀을 뽑았어요 목요일에
뽑은 적도 있어요 풀이 자라고 계속 자라서 우리도 계속 모이고 모
였어요 풀이 으리으리해요 토마토밭에 들어갔다가 상추밭에 들어

갔어요 풀을 뽑다가 토마토도 뽑고 상추도 뽑았어요 이게 무슨 풀
이지? 물어도 아무도 몰라요 풀은 빙빙 돌고 풀은 무리 지어 부풀
어 오르고 풀은 울음을 터뜨리고 풀은 서로를 뚫고 지나갔어요 풀
은 텅 비어 있어요 풀은 반들반들 빛났고 더 이상 반짝거리지 않았
어요 풀에 가려 아무것도 보이지 않았어요 풀 속에 숨어 아무도 보
이지 않았어요 풀을 뽑다가 풀 아닌 것을 뽑았어요 미나리도 뽑고
미나리아재비도 뽑았어요 풀 한 포기 없었어요 그래도 모두 모여
풀을 뽑았어요 우리는 계속 풀 뽑을 사람을 찾았어요 풀이 으리으
리해요

　　　—「풀 뽑기」전문

　　주체와 대상은 서로 침투하는 데 그치는 것이 아니라, 증식과 반복,
복제 속에서 '무효'의 지점에 당도한다. 모인 사람들과 뽑히는 풀들, 까
닭을 모르고 진행되는 행위들, 이 셋은 "아무도 몰라요"를 기점으로,
서로의 경계를 허물기 시작한다. '누가' '무엇을' '어떻게'의 영역은 이
제 더는 구분되지 않는다. "풀 한 포기 없었어요"는 '~처럼'으로 대표
되는 기계적 반복과 흉내의 상실감이나 허무, 비극을 돌출시키는 것이
아니라, 주체-대상-행위를 모두 취하의 상태로 일시에 삼켜버린다. 이
취하, 무효의 사태 속에서 '끝없는 끝'을 "왔다 갔다" 하면서 "쓸모없
는 일"(「물류창고」, p. 50)을 무한히 반복하는 것("그래도 모두 모여 풀
을 뽑았어요 우리는 계속 풀 뽑을 사람을 찾았어요 풀이 으리으리해요"),
물류창고의 특성 중 하나가 여기에 있다.

연극을 했습니까? 무대가 펼쳐졌습니까?

　주체-대상-행위의 취하와 무효의 사태 속에서 '끝없는 끝'이 펼쳐지는 곳, 반복과 왕복, 흉내 내기 등이 우리가 물류창고에 대해 알 수 있는 거의 전부라고 할 수 있을지도 모른다. "처음 보았는데 어디서나 볼 수 있는 흔한 창고"라고 한다면, 기실, 물류창고는 어디에나 있는 창고이면서, 한 번 이상 보았음에도 불구하고 그 개별성을 인지할 수 없는 창고이며, 따라서 최초이자 마지막인 장소, 즉 존재의 편재(어디에나 있어 오히려 인식되지 못하는 곳)나 비존재의 부재(없는 것 자체를 상정할 수 없는 곳)로만 표상되는 창고라고 해야 한다. "창고지기가 없어"(「물류창고」, p. 18) 어느 물건들이 언제 입고되고 출하되었는지, 누군가에게 물어볼 수조차 없다는 사실이 창고의 편재와 부재를 뒷받침해준다. 그럼, 이곳에 모인 사람들은 무엇을 하는가?

　　　　우리가 모두 모였을 때 우선 사진을 찍었다.
　　　　벌써 삐뚤빼뚤 줄들을 섰다.
　　　　혼자서도 찍고
　　　　단체 사진도 찍었다.
　　　　우리는 잠시 앞을 실천했다.
　　　　자 다시 한번 앞을 보세요
　　　　처음 들었는데 어디선가 들은 음성이었다.
　　　　다시 앞을 향했을 때 앞은 사라지고 없었다.
　　　　기념사진을 찍는 동안에는 몇 사람이 잠들었다.
　　　　이제 무얼 하면 좋을까
　　　　──「물류창고」(pp. 18~19) 부분

　　　　　'끝없는 끝in fine sine fine'의 세계에 오신 것을 환영합니다　　　75

그는 묻는다 여기서 뭘 하려던 거지

나는 말한다 글쎄 모르겠어

그는 묻는다 뭘 모르는 거지

나는 말한다 창고 안을 돌아다니면

뭘 하려 했는지 자꾸 잊어버려

저쪽으로 갔다가 글쎄 모르겠어 그냥 돌아오게 돼

　　—「물류창고」(pp. 32~33) 부분

　행위 대부분은 부조리극을 보는 것과도 같은 인상을 주기에 충분한 장면과 장면들로 채워진다. 행위는 시작도, 끝도 없다. 어디로 갈지, 무엇을 해야 할지조차 모르면서, "물류창고"에 모인 우리들은, 그러나 어디론가 가고, 다시 돌아오며, 또 무언가를 한다. 중간중간 배치된 방백이나 독백은 '할 수 없음'이나 '알 수 없음'을 웅얼거리듯 녹여내면서, 전반적으로 물류창고에서 주고받는 대화가 어딘가 잘못되었다는 사실을 암시한다. 가령 "창고지기가 없어 이 건물은 언제 들어섰나요"와 같은 대화는 특이점을 산출한다. 우선 두 부분을 나누어 읽어보자. "창고지기가 없어"가 연극에서 흔히 목격되는 자족적 방백에 해당된다고 한다면, "이 건물은 언제 들어섰나요"는 누군가에게 건네는 누군가가 던지는 물음 형식의 대화라 할 수 있다. 이질적이라고 할 수밖에 없는 이 두 대목을 한 개의 시구로 붙여놓자, 무슨 일이 발생하는가? 발신자와 수신자가 주고받는 대화는 기대할 수 없다. 오히려 이 방백-대화는 허공으로 방전된 구어, 그러니까 고통이 제거된 신음처럼, 무효를 반복하는 데 소용될 뿐인, 그러니까 목적도 이유도 내용도 없는 비소통의 몸짓에 가깝다. 이와 같은 발화는, 끝없는 반복만이 가능한 곳에 만나자고 한 누군가와, 그렇게 해서 모인 또 다른 누군가 사이에서 일어나는 '소통'이 물류창고에서 어떤 방식으로 전개되는지를 단적으로 알려준다. 이 누군가인 존재들, 그러니까 불특정 다수는 노동의 공간, 일의 장소인 물류창고에 모여 오히려 사진을 찍는다. 그런데 그마저, 누가 찍는지, 어떤 물건들을 찍는지, 어디를 배경으로 삼는지, 명확하지 않은 상태이다. 이들은 오로지 "앞을 실천"하는 일에 몰두한다. 그런데 "앞"은 또 어디인가? "앞"을 '실천한다'는 것은 무엇을 의미하는가? 이 "앞"은 늘 다른 "앞"이다. 늘 다른 "앞"은 또 어디인가? "다시 앞을 향했을 때" 사라지고 없는 "앞"은 그렇다면 또 어디인가? 카메라 초점은 흩어진 상태거나, 아예 초점 자체가 존재하지 않거나 초점을 맞출 수도 없는 상태일 수 있다. 대화도, 제안도, 질문도 이와 비슷한 상태에서 전개된다. "이제 무얼 하면 좋을까"라는 제안, 혹은 물음은, 누군가를 향한 발화임에도 대답을 청해 들으려는 목적을 갖는 것은 아니며, 바로 이러한 까닭에 오히려 독백이나 방백에 가깝다. 그러니까 "이제 무얼 하면 좋을까"는 "저쪽으로 갔다가" "그냥 돌아오"는 것, 사각의 공간 저 끝에서 끝으로, 물건들 사이로, 혹은 사람들 사이를 왔다 갔다, 반복하는 일 외에 할 일이 더는 없다는 사실을 한 번 더 확인하는 데 바쳐진, 언술 속에서 오로지 무효를 '수행하는' 발화인 것이다. "창고가 폭발하기까지는 아직 약간의 시간이 남아 있었"음에도 불구하고, "밖으로 나가려는 사람은 없었"다면 이는 또 어찌 된 일인가? 나갈 수 없다는 것인가? 나가려고 하지 않는 것인가? "창고 안을 돌아다니면/뭘 하려 했는지 자꾸 잊어버"리기 때문인가? '나가지 않음'과 '나갈 수 없음' 사이를 왕복하며, 신비한 것도, 새로운 것도, 가치 있는 일도 발견할 수 없는 곳에서, 과연 무엇을 할 수 있는가?

에스트라공: (다시 단념하며) "아무것도 할 게 없군."[7]

7 Samuel Beckett, *En attendant Godot*, Les Éditions de Minuit, 1952, p. 9. "아무것도 할 게 없군"은 「고도를 기다리며」의 막이 열리자마자 듣게 될 첫 독백-대사이자 막을 내릴 때까지 반복되

'할 것이 아무것도 없다'는 물류창고의 테제는 '아무것도 하지 않는다'는 것을 의미하지 않는다. 물류창고에서 무언가를 구체적으로 수행하는 사람들은, 완벽하게 무효를 경험하는 주체일 뿐이다. 모든 것은 '~처럼'의 실현에 바쳐진 의사(疑似) 행위이자 이 의사 행위의 반복으로 실현될 뿐인, 행위인 것이다. 그러니까 가상과 가짜의 회전문 속에 갇혀 무한히 반복되는 이 행위는, 행위의 주체 스스로조차 행위 자체를 망각하거나 관심을 두지 않기에, 주체와 대상이 존재하지만, 행위 자체가 실제로 일어났는지 그 여부조차 확인이 가능하지 않은 비(非)-행위이자 무(無)-행위로 영원히 남겨진다.

> 너는 탁구를 하기로 결심한다.
> 〔……〕
> 너는 번호를 달고 탁구를 하기로 결심한다.
> 〔……〕
> 너는 불빛 속에서 탁구를 하기로 결심한다.
> 연습을 많이 하기로 결심한다.
> 〔……〕
> 지금 너는 탁구를 하는 것처럼 보인다.

어 출현하는 대화-방백이다. 블라디미르Vladimir의 절반쯤 깨어 있는 가사 상태, 에스트라공Estragon의 좀처럼 채워질 줄 모르는 수면 욕구, 럭키Lucky의 거의 완벽에 가깝다고 할 무의식적 발화나 행동, 장님이 되어 돌아온 포조Pozzo의 망각 상태는 계몽주의와 과학적 실증주의에서 시작하여 아우슈비츠의 폐허로 끝이 난, 서구 이성주의의 결과를 함축하고 있다. 행위의 일관성이나 인과관계의 파괴, 지루하게 반복되는 소모적 대화, 불필요한 왕복 행위나 제자리를 한없이 맴도는 행위 등은 이성적 행위의 전면적 부정을 의미한다. 서구 이성 중심주의 문명에 대한 거의 완벽에 가까운 이러한 부정은 역설적으로 지식·인간·사회·문명이, 역사적으로, 인간의 행복, 세계의 진보와 발전 등을 위해 그간 아무 일도 하지 않았다고 신랄하게 고발하는 게 아니라, 차라리 인간, 휴머니티, 진보와 발전, 과학이라는 이름으로, 서구 사회가 너무나도 많은 일을 벌였으며, 지나치고도 과도하게 감행했다는 사실을 역설적으로 고발하는 데 바쳐진다.

〔……〕

통통통통 다시는 멈추지 않고 너는 탁구를 하기로 결심한다.

　　　　　　　　　　　　　　　　　　　　　　　—「편의점」부분

다른 곳으로 가야 할 것 같다.

이 페이지를 표시할 수 없습니다

앞으로 페이지를 넘기면 다음 페이지를 참고하라는 말만 나온다.

　　　　　　　　　　　　　　　　　　　　　　　—「흥미로운 일」부분

　「편의점」에서 "너"의 행위를 한번 살펴보자. "탁구"는 오로지 결심의 산물이며, 결심의 반복 속에서, '언젠가 할 수 있는 행위'로 무한히 지연될 뿐이다. "탁구"는 "하는 것처럼 보인다"라는 행위의 대상으로 시에서 무한히 연기된다. 아무리 기다려도 '고도Godot'가 끝내 오지 않는 것처럼, 마지막까지 '탁구를 치는 행위'는 실제로 발생하지 않는다. 어느 페이지를 읽고 있는지 어느 페이지인지 사실 확인은 가능하지 않다. '참고'할 여타의 페이지만이 존재할 뿐, 정작 "이 페이지"는 부재하는 것이다. 대상-주체-행위가 '무효'로 수렴되는 영원한 반복의 틀에 갇혀 있기 때문이다. 물류창고라는, 그러니까 한계는 있지만 끝은 없는 세계, 제로로 수렴되지만 그럼에도 크기를 갖는 이곳은, 오로지 무효를 생산하는 반복적 행위가 지속적으로 펼쳐지며, 행위를 무한히 연장하는 공간이다. 이는 흔히 모사나 흉내를 통한 가상의 현실을 의미하는 시뮬라크르의 세계와는 근본적으로 다르다. 이곳에서는 가상의 재현이 아니라, 행위를 지연시키는 일종의 연극이나 비-행위를 실천하는 일종의 '마임'과도 같은 행위, 의미를 부여할 수 없는 반복적 몸짓만이 펼쳐질 뿐이기 때문이다.

　'*끝없는 끝*in fine sine fine'의 세계에 오신 것을 환영합니다　　　79

오늘이 마지막입니다

오늘이 다예요 창고 완전 개방입니다

외치는 소리 시끄러웠을 일주일은 아마 지나갔고

지금은 캠프를 신청한 사람들이 군데군데 모여 있었다.

명상을 신청한 사람들은 명상을 하고 그 옆에

요가를 하는 사람들이 벌써 몸을 둥글게 말고 있었다.

우리는 무얼 할지 몰라 둘러보다가 공예보다는

연극이 쉬울 것 같아 즉석에서

연극을 신청했는데

한 팀밖에 구성할 수 없다 하여 경훈과 성미가

다른 그룹의 처음 보는 사람들과 함께하기로 했다.

경훈이 먼저 무대에 올라

늦어서 미안하다고 했다. 캠프 시작에 늦지 않으려 했는데 오는

길이 막혔고 그런데 자신은 여기에 왜 오는지 모르며 그냥

이끌려 왔는데 뭘 또 하라고 하니 우선 늦어서 미안하다는 거

였다.

〔……〕

다가가 오늘은 몹시 더운 날이라 했다. 더러운 날이라 했다.

그리고 또 늦어서 미안하다 했다. 한 번 더 미안하다고 했다.

〔……〕

그들은 아주

커다랗게 보였다

　　　　　　　　　　　　　——「물류창고」(pp. 22~24) 부분

　물류창고에 사람들이 모여서 연극을 신청했다. 여기까지다. 시는 가
정(假定)의 조건과 이에 대한 귀결을 나타내는 '하려 했는데'("신청했는

80

데"　"함께하기로 했다"　"늦지 않으려 했는데"　"이끌려 왔는데")를 고지할 뿐, 실제로 했다는 사실은 부재한다. 오히려 실현되지 못했다는 사실, 즉 '~하려 했는데, 결국 하지 못했다'는 식의 귀결이 희미하다고는 할 수 없을 정도로 암시될 뿐이다. 문제는 시의 결구 "그들은 아주/커다랗게 보였다"가 물류창고에서 연극 무대와 같이 펼쳐진 장면을 누군가 보고 있다는 사실을 전제한다는 데 있다. 시가 마감되고, 옆면에 바로 이어지는 시 「이렇게」는 마치 "이렇게" 연극을 하고 있다, 그러니까 물류창고에서 일어난 일들, 그들이 하기로 한 연극이 직접 무대 위에서 펼쳐진다는 사실을 수식하며, 나아가 내가 그 장면을 직접 볼 것이라고 예고한다. 이제 나는 극장 안에 있다. "머리통들이 횡으로 종으로 늘어서" 있는 "극장 안"에 나는 앉아 있다. 과연 무대가 펼쳐졌다(펼쳐졌을 것이다). 나는 보고 있는 것이다(보고 있을 것이다). 물류창고에서 펼쳐지고 있는(펼쳐졌을 거라 여겨지는) 연기의 장면을, 내가 직접 두 눈으로 구경하려 하는 참이다. 그런데 예상대로 되지 않는다. 내 앞에 "누군가의 머리통이 커다란 머리통이 있고 그 머리통 앞에는 또 다른 머리통이 있"기 때문이다. 극장의 객석에 앉아 물류창고에서 "먼저 무대"에 오른 "경훈"을 찾아보아도, 나는 그 모습을 볼 수 없다. 기껏해야, "내가 너를 얼핏 볼 수 있는 것은 머리통들의 각도에 달려 있다"는 사실을 확인할 뿐이며, 그렇게 나는 "머리통들의 각도가 미세하게 열릴 때 네가 찰나 보이는 것 같다"고, 불가능성을 시사하는 말을 뱉는 것으로 보는 행위를 대신할 뿐이다. 그렇다면, 과연 "물류창고"에서 '연극'은 일어나기나 한 것일까? 무대는 과연 펼쳐지기나 한 것일까?

　　　　P는 M을 따라다닌다.
　　　　오늘 P는 M과 같은 조이다.
　　　　어제는 N과 같은 조였다.

　　'끝없는 끝*in fine sine fine*'의 세계에 오신 것을 환영합니다　　　81

전에도 M과 같은 조였던 적이 있다.

언제였는지 생각나지 않는다.

P는 M을 따라 이동하고

M을 따라 기분이 좋아진다.

(……)

P는 M을 따라 확인란에 이상 없음이라고 사인한다.

P는 자신의 글씨체를 좋아하지 않는다.

(……)

PM 6:00

P는 물류창고 한가운데 서 있다.

새로운 물류를 맞이하려고 두 팔을 벌린다.

그러나 잠시 후

밖에서 누가 부른다.

P는 대답하지 않고 그 음성을 향해 간다.

바닥에 쓸려 다니는 먼지를 따라간다.

—「물류창고」(pp. 44~45) 부분

모르는 사람들이 거기에 서 있다. 거기서 다시 만날 약속을 하고 있다.

모르는 사람들이 무슨 일인지

계속된다. 언제 꺼냈는지

검은 그림자를 이리저리 끌고 다니며

—「물류창고」(pp. 36~37) 부분

살아 있을 때에는 누가 누구인지 모르게

몰려나오는 똑같은 사람들을 세워놓고

어제 산 방탄조끼를 오늘 새로 나온 방탄조끼와 바꿀 수 있는지
아무 생각 없이 이야기를 나누었다.
새로 나온 대화체를 참조했다.
내일 또 만나자고 했다.
그런데 집이 어디예요?
지나가는 말로 물어보았다.
　　　　　—「물류창고」(pp. 40~41) 부분

갈라진 콘크리트 바닥 틈으로 전파가 퍼져나가고 그는 끊어졌다
이어졌다 하는 전파에서 무엇을 찾아내야 하는지 잊어버린 채 목
장갑을 끼고 왔다 갔다 할 것이다. 자신이 왜 그렇게 흰 목장갑을
끼고 있는지 몰라 장갑 낀 손을 내려다볼 것이다. 장갑을 벗어 탁
탁 털고 있는 그는
　　　　　—「물류창고」(p. 50) 부분

　시에서 대화는 반복되지만 항상 지연되거나("그런 건 내일 또 이야기
하자고 했다") 발신자와 수신자 사이 소통-교감-이해-전달("아무 생각
없이 이야기를 나누었다")의 체계는 해체되어버린다. 상품은 더 이상,
구매의 욕망에 따른 '선호preference'의 대상이 아니며, '제품product'은
교환의 가치나 효용을 지니지 못하고, 주체는 무엇을 행하지 못하는
불능의 상태에 머문다. 오늘의 대상-물건-상품은 어제와 같은 대상-
물건-상품으로 교체되면 그뿐, 교환이 일어나는 장소에서 사용의 가치
도 효용성utility도 발견하지 못한다. 모든 일체의 행위는 지켜지지 않
거나 지켜지지 않아도 크게 낙담하지 않을 상태에서 반복의 굴레에 갇
히고, 약속이나, 실현은 예고되지만 결코 실현되지 않을 예정의 상태에
붙들릴 뿐, 모든 사실적 관계는 확인되지 않고, 약속과 기대는 유보되

'끝없는 끝*in fine sine fine*'의 세계에 오신 것을 환영합니다　　　83

거나 망각의 상태를 환기할 뿐이다. 주체-대상-행위의 새로움은 제거되고, 주체-대상-행위의 활동성은 부재의 자리를 타진하거나, 무효로 귀결되어 나타난다. 그저 "누가 누구인지 모르게/몰려나오는 똑같은 사람들을 세워놓고" 그저 "아무 생각 없이 이야기를 나누"을 뿐이다. "빈 병들을 벽에 높이 쌓아 올렸다가 다시 내"리는 일이 반복되고 "병으로 뭘 하려던 건지 모르는 채 굴러다니는"(「물류창고」, p. 32) 사람들이 까닭을 모른 채, 왔다 갔다 하고, 먼지 같은 존재들이 물류창고에서 '노동'을 한다. M을 따라다니는 P는 정작 M이 누군지 알지 못한다. "언제였는지 생각나지" 않을 뿐만 아니라, 누군지 궁금해하지도 않으며, 정체를 알 수도 없다. 오전과 오후, P와 M은 '함께' 일을 하며 같은 조에 속한 적이 있었지만, 그 사실은 중요하지 않을 뿐만 아니라, 사실조차 서로 인지하지 못한다. 먼지 같은 존재들이 그럼에도 물건의 '교환'을 이야기하고 "오늘의 새로운 사실들을 덧붙"이거나 하면서, 물류창고라는 노동의 현장에서 노동하며, 물건-제품-상품에 "이상 없음"을 선고한다. "이렇게 해볼까 다르게 해볼까 하다가/결국 어제와 비슷한 필체로 휘갈"기는 것이 전부일 뿐, 생산성의 극대화를 끌어내는 효율적 분배나 조직 내에서 체계적으로 진행시키는 분업은 존재하지 않는다. "무엇을 찾아내야 하는지 잊어버린 채 목장갑을 끼고 왔다 갔다" 하는 사람, 그는 정작 "자신이 왜 그렇게 흰 목장갑을 끼고 있는지 몰라" 두 손을 물끄러미 바라보는 존재일 뿐이다. 물론 생산성의 극대화를 통해 잉여가치의 창출을 위한 상품의 교환도 이루어지지 않는다. 갑자기 튀어나온 "그런데 집이 어디예요?"라는 물음 앞에 직면하는 것이 고작이다. 아마 이 물음을 듣고, 반응하려 모두 돌아본다 해도, 그러한 몸짓만 존재할 뿐, 아무도 대답하지 않을 것이며, 물음에는 관심조차 두지 않을 것이다. 모두, 연극 아닌 연극, 행위 아닌 행위를 하고 있으며, 그렇게 무언가를 한다고 그저 믿고 있을 뿐이기 때문이다. 그렇다면 물류창고에서 우리는 차라리 꿈을 꾸고 있는 것은 아닌가?

        잠입니까? 꿈입니까? 깨어났습니까?

　『물류창고』 전반에서 '나'는 '여전히-아직도' 잠에서 깨어나지 않은 상태에서 그려진다. 뭔가가 무너지고 있다. 뭔가가 무너져버렸다. 이 세계에서 '나'는 지속되고 있다는 느낌을 더는 받지 못한다. 그렇게 보였던, 그렇게 보이는, 그럴 것이라고 여겨졌던, 이 세계에 속해 있을 것이라는 믿음, 그곳에 몸을 담고 있다는 느낌이 뭉텅뭉텅 내 몸에서 빠져나가버렸다고 해야 할지도 모른다.

　　아침에 눈을 떴을 때 몸이 얼어붙어 있었다. **충분히 잠들지 못한 탓이야**, 어제 저녁을 먹으러 나가지 않았을 뿐이니 **아무 문제도 없을 거야**,

　　한 시간 뒤에 다시 눈을 떴을 때 몸에서 나갈 수 없는 것을 느꼈다. **아직 잠에서 깨어나지 않은 거야**, 아래층 사람들과 위층 사람들을 꿈에서 보았다. 그들은 너무 늦었다고 빨리 잠자리에 들어야 한다고 했다. 당신들은 언제 내 꿈에 들어왔나요 물었는데 담배를 빨리 끄라고 했다. 연기를 따라가고 있었을 뿐이니 **아무 문제도 없을 거야**,

　　요 며칠 나도 모르게 불시에 잠들곤 했다. 요 며칠 하루에 한 번씩 깨는 것이 번거로워서 이틀이나 사흘째 잠들어 있기도 했다. 그러다가 삼십 분마다 자동적으로 깨기도 했다. 요 며칠 몸을 떠나 어디서나 잠들곤 했다. 잠은 절벽에 매달리거나 쓰레기통 속에 숨어 있거나 나의 맥박을 훔치고 거리에 쓰러져 있었다. 그럴 때 잠

은 멀리서 와 몸에 닿았다. 잠은 손이나 눈에 발에 닿았을 뿐이니

아무 문제도 없을 거야,

　　—「저속한 잠」 부분

　누가 말을 하는가? 누군가와 나누는 대화가 중간중간 섞이고, 문장의 배치는 논리적 연결 고리를 풀어 헤친 상태에서 이상한 리듬을 시 전반에 주조해낸다. 어딘가에 갇혀 있는 자의 생존기와도 다소 닮아 있는 이 작품은 묻는 사람, 달래는 사람, 대답하는 사람, 사실을 기록하는 사람의 목소리를 '나'의 발화로 구성해낸다. '구어적' 의존명사('~거야')로 마감되는 문장들은 전망이나 추측, 주관적 소신 따위를 담고 있는 것으로 보인다. 이처럼 "아무 문제도 없을 거야"라고 시 중간중간에 자신을 거듭 달래는 목소리를 들어도, 그러나 정작 문제가 있는지 없는지 사실 여부는 확신되지 않는다. 잠들다 깨고, 깨어난 다음, 다시 잠에 빠지고, "몸을 떠나 어디서나 잠들곤" 하는 상태가 이어진다. 몸에서 떠나가려다 다시 되돌아오는 의식, 정신은 깨었는데 몸은, 이미 깬 나를 허용하지 않는 듯 몽롱하고도 기이한 상태에 사로잡힌다. 잠이 들락 말락 하거나, 잠이 깰락 말락 한 상태에서 흘러나오는 목소리는 그러나 모두 하나의 주체, 즉 '나'에게서 나온, 서로 다르면서도 결국에는 같은 목소리다. 굵게 강조 표시된 문장들은 언술 전반에 감정을 각인하는 독백이며, 텍스트의 배치에 힘입어 주관성을 빚어내는 '정동'의 표식들이다. 하나같이 쉼표로 마감되어, 호흡을 가쁘게 이끌고 가면서, 멈추지 않는 순간들과 마감하지 않는 연속성의 공간을 시에 열어 보인다. 눈여겨봐야 하는 것은 "아무 문제도 없을 거야" 앞에 각각 "어제 저녁을 먹으러 나가지 않았을 뿐이니" "연기를 따라가고 있었을 뿐이니" "잠은 손이나 눈에 발에 닿았을 뿐이니"가 붙어 있다는 사실이며, 중요한 것은 행위의 부정(나가지 않음), 흉내(따라감), 신체 일부의 접

촉이 원인으로 제공된 이 양보형 조건절이 '문제가 발생하지 않을' 가
능성을 예고하거나 긍정의 손을 들어주는 것이 아니라, 오히려 꿈과
현실의 구분 자체를 무효화한다는 점이다. 『물류창고』는 그 '자체로'
"잠 속으로 나를 돌려보내거나 나를 제외하고 우리를 돌려보내거나 우
리를 제외하고 나를 꺼내놓거나 잠 속으로 잠을 돌려보내거나"(「우리
를 제외하고」) 하는 행위의 반복이자 "이어지는 것처럼 보이는 꿈"과
"계속되는 것처럼 보이는 꿈"(「원주율」)의 교차되는 변주이며, 깨어 있
음에도 깨어 있음을 지각할 수 없는 사태("나는 벌써 깨어 있었는데 내
가 깨어 있는 것을 잘 몰랐다", 「통영」)의 연속이다. 주체-대상-행위는
시에서, 시집에서 잠에 빠져 있다.

> 다시 일어날 수 없을 거야 이미 깨어 있어서
> 언제나 깨어 있어서
> 다시는 깨어나지 못해 아무도 나를 깨우지 못해
>
> 〔……〕
>
> 이윽고 환해서 아주 많이 환해져서 우리가 하는 말은 모두 틀려
> 버릴 거야
>
> 그러나 아침이 오면
> 나는 아직 눈을 뜨고 있는 것 같다
> ——「물류창고」(pp. 28~29) 부분

이 시에서는 "잠은 엉터리여서" "어둠 속에서는 눈을 감을 수가 없"
다고 말한다. "어둠이 보고 있을 때는/잠을 이룰 수가 없"는 상태라고

한다면, 우리는 도시 한복판, 그러니까 밤인데도 환하게 사무실을 밝히고 있는 저 눈부신 형광등 아래, 거리나 복도의 저 꺼질 줄 모르는 조명등 아래서, 잠시 줄 뿐, 잠을 청할 수도 잠이 오지도 않는 상황을 떠올릴 수도 있다. 잠은 그렇게 저 멀리 어딘가에서, 우리에게 간혹 "잘 있습니다"라는 메시지를 보내올 뿐, 현실에서 추방의 기로 위에 서 있으며, 그럴 태세만을 갖추고서 육체에 고여 있다.

이렇게 『물류창고』에서 우리는 눈을 뜬 채로 잠을 자고 있거나, 눈을 감은 채 깨어 있다. 모든 풍경들, 모든 사람들, 모든 대상들은 이와 같은 부조리한 상황에 놓여 있는 것처럼 보인다. 그러나 '이미 깨어 있어서 다시 일어날 수 없다'나 '언제나 깨어 있는데 다시는 깨어나지 못한다'는 식의 구성에서 발생하는 '부조리성'을 모순어법의 산물로 해석하면 곤란하다. 가령, 우리는 이런 물음 앞에 봉착하게 된다. "언제나 깨어 있어서"는 앞 행과 뒤 행 중 어느 행과 연결되는가? 선뜻 대답할 수 없다. 그러나 이것이 우리가 결정할 수 없는 전부는 아니다. "언제나 깨어 있어서"는 바로 앞 행 "이미 깨어 있어서"의 부연이자 강조로도 읽힐 수 있으며, 이와 동시에, 다음 행 "다시는 깨어나지 못해"의 원인으로도 작용하기 때문이다. 이 밖에도 행갈이가 고유한 시적 단위를 만들어낸다는 사실을 염두에 둔다면, "언제나 깨어 있어서"는 자체로, 독립된 단위를 형성할 수도 있다. '결정 불가능성undecidability'을 수행하는 이러한 구문은 언술discours 전체, 즉 구성을 바라볼 수밖에 없게 만든다. 그러니까 세 가지 가능성 모두를 염두에 두고서 시를 읽을 때, 우리는 특수한 배치나 기술이, 그 자체로, 물류창고의 속성과 연관되어 있다는 사실을 알게 되는 것이다. 마찬가지로 우리가 인용한 시의 마지막 두 문장 역시 두 가지 이상의 독서를 노정한다. "그러나 아침이 오면"과 "나는 아직 눈을 뜨고 있는 것 같다"는 서로 불안정한 상태로 '이접(離接, disjunction)'되었을 뿐이다.

『물류창고』는 '결정 불가능성'을 수행하는 문장들로 가득하다. 이수명의 시에서 '결정 불가능성'은 '모순어법'이라는 착각을 불러낸다. 두가지 이상의 해석 가능성 가운데, 하나를 '선택'하여 임의로 의미의 복수성을 해소하면 중의성은 즉각 취소되어버린다. 이수명의 시에서 이와 같은 문장들은 구체적인 행위를 설명하는 지시적 기능에 국한되는것이 아니라, 항상 제 앞뒤에 배치된 또 다른 문장과 더불어 파악되어야 할 운명을 지닌, 독특하고 새로움을 창조하는 특수성을 실천한다. 이수명의 시는 지속적인 붕괴와 합성을 반복해서 수행하는 '결정 불가능성'의 회전목마와 같다. 그는 새로운 길을 열어 보이기 전에, 저 낯선곳으로 향할 문(門)이 생겨나도록 접촉하는 문(文)을 배치하고 조합하여 '언술' 차원에서 시를 읽어야 하는 상황으로 우리를 이끈다. "이윽고 환해서 아주 많이 환해져서 우리가 하는 말은 모두 틀려버릴 거야"처럼 『물류창고』는 통사의 잠재력과 결정 불가능성을 최대한 끌어낸이접의 표현들로 주체-대상-행위의 무효를 생성해내는 지점들로 가득하다.

나는 언제나 같은 꿈을 꾸어요

차를 타고 지나가고 있고요

붉은 컨테이너로 지어진 물류창고를 보아요

그것은 도시 곳곳에 솟아 있어요

뜨거운 태양이 하루 종일 걸려 있어도

녹지 않아요 녹슬지 않아요

뜨거운 태양이 이지러져도

도무지 움직이지 않아요

창고 옆에 한 사람이 서 있어요

창고 밖에 서서 창고 안에 있는 어떤 사람과 이야기해요

'*끝없는 끝in fine sine fine*'의 세계에 오신 것을 환영합니다　　　89

창고에서 창고로 그는 건너뛰어 다녀요

아무것도 흐트러뜨리지 않고

창고를 떠나 창고로 다시 돌아오는 즐거운 작업

내가 그를 향해 손을 흔들면

창고 안에서 사람들이 일제히 같은 잠에 들어요

창고에서 다음 창고로 최선을 다하는 그들의 명랑한 명상

붉은 컨테이너 물류창고는 여름 내내

녹지 않아요 녹슬지 않아요

——「물류창고」(p. 26) 전문

   "살아 있는 것은 단지 시체밖에 없는 사람들"이 "아무 표시도 없는 무덤"(「흥미로운 일」)으로 향하는 순간과 순간들, 시간은 사라지고 공간은 소멸되며, 오로지 "붉은 컨테이너로 지어진 물류창고"로, "창고에서 다음 창고로 최선을 다"해 들고 나기를 반복할 뿐이다. 소통은 가능하지 않으며 대화는 헛돌고, 주체-대상-행위가 이 세계에서 타진하는 '의미'와 '가치'는 서서히 해체된다. "내가 그를 향해 손을 흔들면" "창고 안에서 사람들은 일제히 같은 잠"에 빠진다.

오늘을 벌써 잃어서

아무 일도 없어요

계속 오늘을 잃는다.

——「밤이 날마다 찾아와」 부분

   가능성의 유무가 아니다. 소통은 없다. 이해도 없다. "우리 스스로 어딘가로 계속 밀어붙이는 것 같"(「신분당선」)은 이 세계에서, "아무 일도 없"는 이 세계에서, 저 창고의 밖, 저 위와 옆과 아래에서 있는 자

들은 날마다 "계속 오늘을 잃는다".

이수명의 시집 『물류창고』는 충격적이다.

충격은, 그러나 대상의 발생을 고지하는 첨예한 사태를 빚어내는 말의 운동이 정지되었다거나, 촘촘하게 얽혀 서로를 덧대며 빛나던 저 명확한 문장들이 홀연 자취를 감추었다는 것을 의미하지는 않는다. 상황은 오히려 반대일 수 있다. 살아가고 있다는 사실이 기적과 같이 느껴지는, 무한 반복의 공간, 지루한 반복 속에서 무능과 불능을 독특하고 특수한 언어 안에서, 언어에 의해, 한 번 더 확인하면서, 시는 어디론가 이행하며, 새로운 문을 연다. 죽음을 입고 사는 존재들의 '나아갈 수 없음'과 '할 수 없음'을, 주체–대상–행위의 무효를 무한히 방출하는 고유한 문장들로, 소리 없는 아우성으로, 그는 '오늘'을 활활 태운다. 그렇게 끊이지 않는 문(問)이 문(文) 사이로 열린다.

세계와 노동은 공존할 수 있을까? 세계와 노동은 둘 중 하나를 선택해야 하는 국면에 봉착했는가? 과학과 기술의 발전으로 인한 기계의 첨단화, 노동 장소의 비장소화, 컨베이어 시스템 등 가속되는 세계화의 물결 속에서, 고된 수고와 고통을 덜어내고 시간을 휘발시킬 수 있다며 누군가 '노동의 종언'을 예고한다. 장밋빛 길이 열린다. 효율적·합리적·이성적·위생적이며 다정다감하기조차 한 이 길 위에서 우리는 번갈아 가발을 바꿔 쓰고 거울에 제 모습을 비춰 보거나, 노트를 새 노트로 바꾸거나, 공기청정기를 교환하거나, 그런 모습을 보면서, 총을 겨누는 것처럼 손쉬운 박수를 친다. 이야기를 나누고, 이야기를 나누었다는 사실을 잊으며, 멀리서 들려오는 소문을 주워다가 오늘의 화제로 삼고, 이를 서로 나누었다는 착각 속에서 낄낄거리고, 낄낄거린 사실조차 기억하지 못한다. 누구도 쉬이 잠들지 못하고 누구도 손쉽게 깨어나지 못한다. 컨테이너에 갇혀 무언가를 하고 있다는 사실만을 확인하려 들며, 그랬을 것이라는 믿음 속에서 확인하고, 다시, 그랬을 거라고 믿는다. 아니, 그조차, 그저 그렇게 보일 뿐이다. '세계화'에 편입되지 못하는 노동이나 일은 고스란히 '세 개의 봉(棒)으로 찌르는 고문 도구 tripalium'[8]의 대상으로 남겨질 뿐이며, 여전히, 아니 오히려, 주체–대상–행위의 '무효'가 빚어낸 정점에 매달려 소리 없는 비명을 지르며, 위태롭게 대롱거리고 있는 것은 아닌가? 물류창고의 주체–대상–행위는 이와 같은 고통조차, 사실, 지각하지 못한다. 입술이 사라지고 손이 증발하며 발이 굳었다. 아우성 없는 비극을 뚫고, 무효의 사태들이 시집을 흥건하게 적시며, 우리가 현실이라고 믿는 이곳으로 범람한다. 바로 이렇게, 이수명은 이 세계를 향해, 자본주의의 한복판에다가 『물류창고』를 폭탄처럼 투척한다.

[2018]

---

8 프랑스어의 '일하다'는 동사 'travailler'의 어원은 '괴롭히다, 고통을 주다, 고문하다'를 뜻하는 'tripaliare'이며 명사형 'tripalium'은 '세 개의 봉으로 찌르는 고문 도구'라는 의미를 지닌다. 영어의 'work(노동, 일, 작품)'나 'labor(뼈를 깎는 노동)', 독일어의 'werk(일, 작업, 작품)' 'arbeit(일반적인 노동, 일)' 등, 어느 쪽이나 '노동–일'을 의미하지만, 노동의 성과에 역점을 두는지, 정신적·육체적 고통이 따르는 행위를 강조하는지에 따라 의미가 다소 달라진다. Oscar Bloch·Walther von Wartburg, *Dictionnaire étymologique de la langue française*, P.U.F., 2008, p. 646 참조.

목소리의 탄생
─ 이제니의 『그리하여 흘려 쓴 것들』

    이제니의 세번째 시집 『그리하여 흘려 쓴 것들』(문학과지성사, 2019)은 '다성(多聲)'의 목소리로 가득하다.

    시에서 목소리는 무엇인가? 이와 같은 물음이 불가피해 보인다. 그것은 신체 기관에서 토해내는 굵거나 가는, 탁하거나 맑은 발성이나, 나이와 성별에 따라 달라지는 목소리를 의미하는 것은 아니다. 발화자와 수신자가 그들 관계나 감정의 상태에 따라서 서로 주고받으며 발생하는 목소리도 아니며, 연극배우가 행하는 낭독의 그것도, 계시나 깨달음의 그것도 아니다. 이제니는 낱말과 낱말, 문장과 문장의 화학반응이 일어나기를 기다린 다음에야 당도한 말을 듣고서, 목소리의 실현을 타진한다. 듣는 행위를 통해 포착한 목소리를 쓰기로 실현하려는 그의 진지한 시도는, 소리와 소리의, 낱말과 낱말의, 문장과 문장의 작동을 통해 표현되지 않았던 것들과 말해지지 않는 것을 백지 위에 담아내려는 실험의 성격을 갖는다. 그것은 낮은 목소리로 발현되기도 할 것이며, 더러 공허한 목소리처럼 희박하게 잦아들듯 드러나거나, 어쩌면 격양된 목소리처럼 솟구칠 수도 있다. 아니, 경우에 따라서 병적이거나 환각이나 환상, 꿈이나 광기의 그것이라고 해야 할지도 모른다. 그러나 이 목소리는 하나의 주제를 표현하는 데 소용되거나 깊은 곳에 어떤 뿌리를 내리고 있는, 근원적이며 단일한 목소리는 아니다. 그것은 흘려 쓴 것, 그러니까 시인이 무언가를 겨우 포착하는 동시에, 명확하게 오롯이, 그것이 무엇을 의미하는지 알 수 없다고밖에는 말할 수 없는, 오로지 그와 같은 상태를 그대로 기록하려 할 때 비로소 탄생하는 목소리다. 목소리는 오히려 의미가 아니라 의미의 '여백'을 통해 드러나거나, 감(感)이나 촉(觸)을 축으로 삼아 흘러나오며, 미지와 타자를 발화하고, 개장(開場)하는 것으로 보인다.

> 돌보는 말과 돌아보는 말 사이에서
> 밀리는 마음과 밀어내는 마음 사이에서
> ──「남겨진 것 이후에」 부분

　'목소리'는 무언가를 분명하게 드러내는 행위를 주저하면서 써나갈 때 오히려 텍스트 위로 당도하는 무엇이다. 이제니의 시에서 구절과 구절, 낱말과 낱말의 간격이 깊어지고 또 넓어진 것은 목소리 때문이다. 행과 행은 익숙함 속으로 자연스럽게 미끄러지는 해석의 대상이 아니라, 자주 침묵으로 도약하며, 그곳에 머물게 되고, 의미의 분열 속에서 무언가를 만들어낸다. 말할 수 없는 것에 대한 사유가 시에서 천착하는 개념으로 자리 잡는 것은, 공백, 여백, 행간, 방점 등이 끊임없이 목소리의 자리를 만들어내기 때문이다. 이때 말과 말은 사이와 틈을 여는 동시에, 이 사이와 틈에서 "인간 저 너머의 음역으로 움직이고 움직이면서" 다시 전진한다.

> 지난한 날들의 어둠이
> 종이 위에 스며들도록
> 언어를 사용하고 있습니다

좀더 힘을 주어
누르고 눌러 부릅니다

무언가 남은 것이 있을까 하고
무언가 들린 것이 있을까 하고
―「작고 없는 것」 부분

"종이 위에 스며들도록/언어를 사용"한다는 것은 무엇인가? "좀더
힘을 주어/누르고 눌러" 백지 위에 '마침표'를 내려놓을 때, 주관성의
자리가 어떻게 시에서 타진되며, 나아가 이를 담아낼 목소리는 어떻게
생성되는가? 마침표는 통상, 문장의 마감을 예고하며, 의미의 종결과
단속을 결정한다. 이제니의 마침표는 그러나 이와 같은 논리적·문법적
질서에 머물지 않는다. 오히려 명확하고 논리적인 구문을 완성하는 대
신, 모호하지만 특수한, 그러니까 중의성을 바탕으로 독서의 복수성을
추동하는 목소리, 한 행에 해석의 진의를 온전히 저당 잡히는 것이 아
니라 '언술'의 차원에서 행해진 말의 움직임을 통해, 특수성의 세계를
열어주는 목소리를 발화한다.

오늘의 흙 위에 오늘의 몸이 씌어지고 있었다. 맺히고 떨어지다
다시 열리는. 나무로 돌아가듯 위로 위로 올라가는 마음이 있었다.
―「열매의 마음」 부분

나는 일평생 제 뿌리를 보지 못하는 나무의 마음에 대해 생각했
다. 그 눈과 그 귀와 그 입에 대해서. 알 수 없는 것들에 대해 생각
하는 동안에도 나무는 자라고 있었다.
―「나무 식별하기」 부분

목소리의 탄생   95

"맺히고 떨어지다 다시 열리는."은 앞 문장에서 "썩어지고 있었"던 "몸"의 상태에 대한 부가적 설명일 수도 있으며, 뒤 문장 "나무"를 수식할 수도 있다. "그 눈과 그 귀와 그 입에 대해서."도 마찬가지다. 끝나지 않은 지점에서 '맺음'을 강행한 저 특이한 쓰임의 마침표가 없었더라면, 이와 같은 중의성은 발생하지 않았을 것이다. 마침표는 구두점 통상의 고정된 용법을 벗어버리고, 특수한 어법을 바탕으로, 말의 완급을 조절하거나 변형하는 중심이 되어, 작품 전반에서 되돌아오고 다시 나아가는 말의 운동을 관장한다. 구두점의 낯선 사용이 바로 이런 방식으로 시에서 주관성이 적재된 '강세'의 지점들을 만들어내는 것이다. 이렇게 마침표는 강제로 멈추어야 하는 지점을 매우 독특한 방식으로 고지하고, 나아가 백지를 뚫고 호흡을 깊이 각인하는 동시에, 의미의 특수한 근사치를 빚어낸다. 의미는 여기서 단일성을 저버리며 시르죽는다. 마침표는 오로지 언술 전반에서 이와 같은 결속으로 조직된 문장들을 통해 나아가고 되돌아오고, 다시 나아가는 목소리를 실현하는 데 기여한다. 말의 운동은 바로 이런 것이며, 목소리는 바로 이와 같은 운동에서 흘러나온다. 통사의 통상적이고 기계적인 배치를 관장하는 구두점의 사용을 통해 결정되는 낭독의 자리가 아니라, 분열되고 교란되어, 새롭게 읽을 수 있는 '어투diction'를 촉발하는 고유한 목소리가 생겨나는 것이다.

인간의 광적인 행동을 해학적으로 보여준 사례라고 생각합니다. 존재하는 것을 진정시키고 완화시키는 역할을 한다. 자연스러움만을 간직한 채로 늙고 싶습니다. 상상 속에서 재현되는 장면들을 과거라고 부릅니다. 깊이와 넓이를 제대로 감각하는 법을 교육받았습니다. 본질을 이해하는 것이 가장 중요합니다. 사람은 결국 자기 자신으로 끝나기 때문입니다. 은밀한 약속이 은밀한 방식으로 유통되고 있습니다. 정확한 대안을 찾을 때 현실은 과거처럼 생생해집니다. 빛과 그림자가 혼합된 백일몽의 연속이다. 너는 죽은 나무 아래에서 잠들었고 향은 여전히 피어오르고 있었다. 떨어진 열매는 죽어 다시 새로운 열매로 열린다. 마지막 페이지에는 극락정토라고 적혀 있었다.

     —「떨어진 열매는 죽어 다시 새로운 열매로 열리고」부분

  시적 낱말은 별도로 존재하지 않는다. 시가 선호하는 유별난 구문이나 관념도 없다. 시가 각별하게 아끼고 특혜를 주는 감정이나 정서는 물론, 이를 보증해주는 아름다운 문장도 별도로 존재하는 것은 아니다. 이제니는 광고 문구나 안내 표지문, 뉴스에서 흘러나오는 전문가의 견해처럼, 흔히 시적이라 할 수 없는 범박한 낱말들이나 문장들, 그러니까 "실용적인 문장을 중간중간 덧붙"여, 시 전반의 술어로 삼거나, 존대의 어투를 사용해 운용하면서, "낯익은 경구처럼 맴도는 문장"과 "발음하기 곤란한 낱말 소리"를 서로 덧붙인다. 이런 방식으로 시인은 낱말과 낱말, 문장과 문장의 충돌에서 발생하는 낯선 효과를 실험해나간다. 이는 "주제 의식을 흐릿하게" 만들고, 특정 낱말이나 낱말 자체의 권위를 약화시키고, 나아가 오로지 낱말들의 협업, 그러니까 낱말 자체가 아니라 낱말들의 관계 속에서 비로소 드러나는 "문자의 표정"을 관찰하고자 함이다. 이렇게 "문맥과 문맥 속에서만 흐르는 흐릿한 기운"의 목소리는 "이곳과 저곳을 엮어주는 매개물"을 통해서만 드러나며, "의미 없는 변주를 끝없이 반복"하면서 탄생한다(「조그만 미소와 함께 우리는 모두 죽을 것이다」).

  이제 무엇이 오면 좋을까요. 물이 오면 좋겠어요. 말이 오면 좋

겠어요. 말라가고 있었거든요. 물러나고 있었거든요.

　　──「흐른다」부분

　　남겨진 것은 두 눈을 속이려고 주먹을 다시 쥐었습니다. 남겨진 것은 거울을 볼 수 있습니다. 남겨진 것은 되비추며 굴절되는 표면을 볼 수 있습니다. 남겨진 것은 슬픔을 적어 내려갈 수 있습니다. 남겨진 것은 들리지 않는 목소리를 받아 적을 수 있습니다. 남겨진 것은 슬픔이 무엇인지 붙박인 몸으로 알게 됩니다.

　　──「풀을 떠나며」부분

　　사물의 이름을 하나하나 따로따로 발음할 힘이 없었다. 멀어지려 했던 것이 잎이었는지 물이었는지 알 수 없어서. 잎 물 잎 물 빗금 두 줄 치고 물 잎 물 잎. 물이었다면 흐르는 표면에 진동이 있었겠지만. 잎이었다면 파열하는 입술의 나부낌이 있었겠지만. 잎도 물도 보이지 않았고. 고요 속에서 자라나는 둥근 원이 눈앞으로 걸어오고 있었다. 물 잎 물 잎. 중얼거리며 걷는 걸음 곁으로. 풀 잎 풀 잎. 녹색의 풀잎이 다가왔다. 풀 잎 풀 잎. 풀잎은 자신의 이름이 풀잎이라고 말했다. 이미 알고 있는 이름인데도 이미 알고 있는 이름 이상으로 이상하고 아름다웠다.

　　──「발화 연습 문장── 황금빛 머리로 숨어 다녔다」부분

　　어떤 단어 하나, 문장 하나가 솟아난다. 처음 내려놓은 낱말 하나, 써 내려간 한 줄의 문장은 그 자체로 완결된 세계를 형성할 수 있다. 한번 발화된 것은 반드시 무언가를 촉발하기 때문이다. 하나의 낱말이나 문장 하나가 흘려보내며 개시하는 무언가가 생겨나기 시작한다. 낱말이나 문장은 완벽하다고 할 수 있는 최초의 자리에서 벗어나, 다른 낱

98

말과 문장의 연쇄를 통해, 새로 조직되는 에너지에 제 모든 생명을 위탁한다. "무엇"에서 "물"로, "물"에서 "말"로, "말"에서 "말라가고"로, "말라가고"에서 "물러나고"로, '음소'의 유사성을 기반으로 삼아 이전하고 전이하며 이행이 이루어지는 동안, "좋을까요"에서 "좋겠어요"로, "좋겠어요"에서 "있었거든요"로 내닫는 다른 행렬이 생겨난다. '음소'의 유사성은 "열리고 열리는 여리고 어린 삶"(「빗나가고 빗나가는 빛나는 삶」)처럼, 단순한 음소의 반복을 말하는 것은 아니다. 꿈속의 화자는 자기가 본 "물"과 "잎"을 "발음할 힘이 없었"다. "물"과 "잎"이 반복을 통해 기존에 붙잡혀 있던 의미를 벗어버리고 "풀잎"으로 결합될 때, "이미 알고 있는 이름"의 낱말은 사물을 지칭하는 것이 아니라, "말이 끝나기도 전에 모양을 바꾸는 자음과 모음"처럼 "정지된 채로 정지되지 않는 움직이지 않는 움직임"을 통해 탄생하는 목소리의 동인이된다(「어제와 같은 거짓말을 걸고」). 목소리는 이렇게 "미래 혹은 시도. 미레 혹은 도시. 미파와 시도 사이에서. 반음과 온음 사이"(「한 자락」)를 기록한다. 목소리는, 낱말과 낱말이 스파크를 일으키는 가운데, "희미한 것이 희미한 것 그대로 밝혀지기를 바라는 마음"을, 그 상태 그대로 실현하거나, "희미하게 사라지면서 드러나는 무엇"을 드러낼 유일한 방식이다(「나무 공에 의지하여」). "남겨진 것"이라는 관형어구 하나를 주어로 삼아 변주해내는 목소리의 생성 과정도 매한가지다. 시에서 그 자체로 성립하는 낱말의 반복은 없다. 반복된 낱말이나 구절의 주변에 포진된 또 다른 낱말이나 구절이, 애초에 반복된 낱말이나 구절의 값을 매번 조절하고 결정하기 때문이다. 반복되었다고 해도 항시 같은 낱말이나 영구적으로 같은 구절은 존재할 수 없는 것이다. 다시 말해, 시에서 낱말의 향방을 조절하고 벡터를 결정하는 것은, 앞서 반복된 낱말이나 그 구절 주변의 또 다른 낱말들이나 구절들이다. "남겨진 것"은 따라서 고정되지 않는다. "남겨진 것"은 오히려 "남겨진 것"

목소리의 탄생

주위의 낱말들로 자기 고유의 삶을 내달린다고 말해야 한다. "남겨진 것"은 반복되면서, 이렇게 복합적인 목소리를 흘려보낸다. 목소리는 이처럼 "줄글로 내달리지 않"으려는 의지의 소산이라고 할 수 있다. 목소리는 말과 말의 관계 속에서만, 그 운동에서만 빚어지며, 말과 말의 관계와 그 운동을 고스란히 드러내며 담아낸다.

> 말과 말이 겹쳐 흐른다. 목소리. 들려온다.
> ──「가장 나중의 목소리」 부분

> 음과 음이 몸과 몸으로 만나고 있다. 머릿속으로 공명하는 소리. 마음으로 마음으로만 우는 소리.
> ──「한 자락」 부분

> 누군가의 글씨 위에 겹쳐 쓰는 나의 글씨가 있었다.
> ──「고양이의 길」 부분

목소리는 사물의 존재를 깊이 파고들거나 실체에 가닿고자 하는 노력을 통해 실현되는 무엇이 아니다. 그것은 오히려 "종이 위에 나무 공. 나무 공 위에 돌멩이. 나무 공에 의지하여", 서로가 맺는 말의 관계에 귀를 기울여, 결국 "흐릿한 문장 하나를 나무 공 위에 얹어"두는 일을 통해 목소리의 실현 가능성을 타진한다(「나무 공에 의지하여」). "끝없이 첨삭되고 수정되는 방식으로 끝끝내 유보되는 너의 문장"을 가지고 토해내는 목소리, 그것은 겹의 목소리, 두 개의 목소리이며, 화자의 것이 아니라, 주체의 것이다. 그것의 "말과 말이 겹쳐" 흐르는 교체의 목소리, "한순간도 머무르지 않고 나아"가는 목소리, "관계를 드러낼 모든 사건들에 개입"하는 목소리, 울려내기 위해서는 "깊숙이 파고들어 갈 문장"을 필요로 하는 목소리다(「또 하나의 노래가 모래밭으로 떠난다」). 공들인 배치, 의도된 반복, 신중히 선별된 어휘의 조합들은, 의미 따로 형식 따로 서로 겉도는 것이 아니라, 명백히 하나의 조직이 되어, 소리로 연결되고 울림으로 화합하면서 당도하는 목소리, 터져 나오는 목소리, 나 자신도 모르는 목소리, 말과 말이 부딪히며 빚어내는 목소리를 불러내고 시인은 이 목소리를 받아 적어나간다.

꿈은 번지고 뒤늦은 자리는 허공을 향해 나아가고 있었다. 마음을 따라 사방으로 나아갑시다. 마음의 목소리를 따라 오늘을 놓아둡시다. 목소리는 몸이 없었다. 목소리는 꿈이 없었다. 목소리는 다급하지 않았다. 목소리는 고요하지 않았다. 목소리는 다만 죽어가고 있었다. 〔……〕 강은 여전히 울고 있었다. 강가를 따라 달리는 얼굴이 있었다. 바지 속 빈 다리를 펄럭이며 얼굴 없는 얼굴이 달리고 있었다. 거리를. 들판을. 어제를. 오늘을. 얼굴 없는 얼굴이 기어가고 있었다. 한 마디 한 마디 겹치며 물러나는 마음이 있었다. 한 번도 살지 않았으니 이제부터 살아도 좋지 않을까요. 사라지는 꼬리 속에 있었다. 울지 않는 얼굴들이 사라지는 꿈속이었다.
　　—「꿈과 꼬리」 부분

그냥 사람이라는 말. 그저 사랑이라는 말. 그러니 너는 마음 놓고 울어라. 그러니 너는 마음 놓고 네 자신으로 존재하여라. 두드리면 비춰 볼 수 있는 물처럼. 물은 단단한 얼굴을 가지고 있어서. 남겨진 것 이후를 비추고 있었다.
　　—「남겨진 것 이후에」 부분

목소리는 고백의 문장을 덧대며, 어떤 고통이나 절망, 어둠 속에도 담긴다. 개인의 상처를, 비극에 대한 애도를 불러낸다. 그러나 그것은 오히려 말할 수 없음의 발화, 입 없는 말이다. 의미의 권위를 지워내고 그 자리를 박탈하면서, 다음으로 달려가는 말을 통해 타진될 뿐이다. "한 마디 한 마디 겹치며 물러나는 마음"처럼 결합하고 다시 달려가는 문장들, "그냥 사람이라는 말"과 "그저 사랑이라는 말"로 이어지는, 그러니까 오로지 다음 문장으로 이어지기 위한 또 다른 문장들이 이끌고 나가는, 바로 그러한 작동 속에서 빚어지는 목소리를 통해서 주체로 발현되는 고통과 절망과 어둠이 생겨난다. 이와 같은 방식으로 "호흡과 호흡 사이로 문득문득" 끼어드는 "슬픔"의 목소리가(「풀을 떠나며」), "미끄러지고 미끄러지는 믿기지 않는 삶"을 "울면서 노래하는 목소리"가(「빗나가고 빗나가는 빛나는 삶」), 환상이나 환청일 수도 있는 목소리가, "말하지 않으면서 말하는 목소리"가, "들리지 않으면서 들려오는 목소리"가 시집에서 탄생한다(「수풀 머리 목소리」). "그것은 울음 같기도 하고 물음 같기도"(「부드럽고 깨어나는 우리들의 순간」)한 것을 표현해내는 목소리, "마음과 마음으로" 전이되는 감각의 목소리, "마음에 마음을 안착시키는 요소"(「꿈과 현실의 경계로부터 물러났고」)를 귀를 기울여 비끄러맬 때 흘러나오는 목소리, "두 번 다시 들리지 않는 목소리"(「노래하는 양으로」), 그러니까 개별화된 목소리, "낮잠에서 깨어나 문득 울음을 터뜨리는 유년의 얼굴"과 "마음과 물질 사이에서 서성이는 눈빛"이 보내는 목소리(「남겨진 이후에」), "끊임없이 쏟아지는 내면의 목소리"(「어제와 같은 거짓말을 걷고」)이다. 이러한 목소리를 발화하는 것, 실천하는 것, 이 발화에서 빚어지는 사태로 이 세계의 침묵을 깨는 행위, 그것은 목소리를 파고들어 다시 목소리를 꺼내는 일이자, 아직 당도하지 않은 세계의 모든 목소리를 실현하려는 의지의 발현이다.

이제니의 시에서 제목은 목소리를 빚어낼 일종의 '모형matrix'이기도 하다. "있었던 것이 있었던 곳에는 있었던 것이 있었던 것처럼 있었다"(「있었던 것이 있었던 곳에는 있었던 것이 있었던 것처럼 있었고」)처럼, 첫 문장, 첫 낱말, 그러니까 제목에서 촉발되어, 마치 흘려 쓴 듯한, 흘려보낸 듯한 낱말들을 이후에 잇고 덧대고 변주하는 방식으로만 도모되는 발화의 실천은, 무언가를 종결하면서 마침표를 내려놓아 강조의 지점을 부여한 후, 마감을 완수하는 것이 아니라 쉼 없이 재개하는 열림을 향한다. 미세한 차이를 빚어내며 당도한 시의 마지막 지점을 우리는 운동의 종착점이자 운동이 다시 착수되는 반복이라고 부를 수 있겠다. 「우리는 밝게 움직인다」의 마지막 부분을 인용한다.

문장과 문장 사이의 휴지기 속에서 우리는 밝게 움직인다. 괄호와 괄호의 말들을 주고받으며 우리는 밝게 움직인다. 예측할 수 없는 내일의 날씨를 앞당겨 기록하며 우리는 밝게 움직인다. 우리 안에 우리가 없음을 숨기지 않으며 우리는 밝게 움직인다. 가로수와 맞닿은 가로등을 가로지르며 우리는 밝게 움직인다. 반복하려는 말을 고집스레 반복하며 우리는 밝게 움직인다. 곁눈으로 바라보는 겹눈. 겹눈으로 바라보는 곁눈. 창은 열려 있고 고개를 들면 날아가는 새 떼들. 거리를 걷다 문득 눈물을 쏟는 한낮이 있다. 오래오래 울고 일어나 어딘가로 휘적휘적 걸어가는 걸음이 있다. 꽃. 붉은. 향기. 흩날리며. 어둡고. 사이. 사이. 드나드는. 환하게. 빛. 움직임. 줄기. 몇. 고요하고. 정적. 휘돌아. 나가는. 나뭇잎. 모서리. 돌멩이. 부서진. 이미. 뒤늦은. 거리. 거리. 남겨진. 되찾을 수 없는. 너와. 나. 아닌. 것들의. 기억. 속으로. 휘어지는. 공기. 휘어. 지는. 공기. 휘. 어. 지. 는. 공. 기. 불안의 말들을 받아 적으며 우리는 밝게 움직인다. 행성의 폭발을 걱정하지 않으며 우리는 밝게 움직인다. 닿을 수 없는 언덕을 떠나며 우리는 밝게 움직인다. 펄럭이는 삼각형. 펄럭이는 삼각형. 멀리 신사 쪽에서 불길이 일렁인다. 밤하늘의 저쪽이 일순 환하다. 번지는 빛을 가득 받으며 우리는 밝게 움직인다. 기쁘게 사라지며 우리는 밝게 움직인다.

반복을 통해 문장의 관계 속에서 실현되는 목소리는 "밝게 움직인다"의 변주를 통해 발화된다. 시는 의미가 아니라 의미의 변주로 "휘적 휘적 걸어가는 걸음"을 실천한다. "내뱉는 말과 말 사이에 이상한 어울림"으로 말을 "고집스레 반복"하면서, 분절의 목소리를 토해내고 세계를 재편한다. 문장은 이미지를 형성하기 전에 어디론가 달아나버린다. 차라리 이미지는 문장에 붙들린다. 이미지는 낱말이 쏘아 올리거나 낱말 사이에 거주하는 것이다. 그러나 이미지는 어떤 방향에서건, 어떤 형태로건, 밝게 움직이며 깨어나고 재개하는 문장, 발화와 동시에 행위를 일으키는 연속된 문장에 의해, 그러니까 쉴 때 쉬고, 끊을 때 끊고, 전진하며, 의미의 질서를 재편하면서 다시 또 전진하는 말의 변주 속에서, 구심점을 갖지 못한다. 말이 이미지를 먹어버리거나, 아예 이미지의 구심점을 분산시킨다. "꽃. 붉은. 향기. 흩날리며. 어둡고. 사이. 사이. 드나드는. 환하게. 빛. 움직임. 줄기. 몇. 고요하고. 정적. 휘돌아. 나가는. 나뭇잎. 모서리. 돌멩이. 부서진. 이미. 뒤늦은. 거리. 거리. 남겨진. 되찾을 수 없는. 너와. 나. 아닌. 것들의. 기억. 속으로. 휘어지는. 공기. 휘어. 지는. 공기. 휘. 어. 지. 는. 공. 기."처럼 마침표로 꾹꾹 눌러 놓아 발생한 강세의 문장과 분절된 호흡이 이미지를 말 위로 떠오르지 못하게 방해한다. 말과 말 사이에서 형성되는 이미지 역시 구심점을 갖지 못하고 "괄호와 괄호의 말들"에 전적으로 위탁하며 흩어지고 만다. 이미지가 아니라 문장이 모든 것을 관장하고 모든 것을 빚어낸다. 발화와 동시에 행위가 일어나는 문장들의 발현, 발화된 것을 공고히 하는 것이 아니라, 발화의 과정을 빚어내는 말의 운동을 이제니는 "발화 연습 문장"이라고 부른다.

> 너는 너라고 썼다가 지운다. 너는 나라고 썼다가 지운다. 인칭은
> 끝없이 나아간다. 일인칭에서 이인칭으로. 이인칭에서 삼인칭으로.
> 삼인칭에서 다시 일인칭으로. 너는 여러 겹을 가진 인칭 속으로 숨
> 는다. 여러 겹의 목소리는 여러 겹으로 드러나게 된다는 것을 알면
> 서도. 너는 어떤 주어 속에 숨는다. 너는 어떤 술어 속에 숨긴다. 숨
> 기기 쉬운 방식으로 서술되는 것. 서술되는 양식 그대로 변모되는
> 것. 변모되는 형식 그대로 변주되는 것. 목소리는 전진한다. 목소리
> 는 굴절된다. 내면에서 내면으로. 국면에서 국면으로.
> ──「발화 연습 문장──그리하여 흘려 쓴 것들」 부분

목소리는 추론과 감정의 경계를 허물어버리고, 문법적 조직과 가지
런한 언표의 질서와 의미의 배열을 상실케 하고, 통사의 논리적이고
합리적인 뼈대를 흔들어놓는다. 말의 운동을 따라 함께 가는 시선과
목소리, 심지어 사유는 이러한 발화의 시적 질서 속에서 '다시' 고유한
의미의 단위를 발견해야 하며, 말의 논리적·문법적·합리적 배열은, 통
사의 특수한 부림 속에서 재편되는 낱말들의 비밀스러운 결속과 고유
한 문장으로 창출되는 목소리에 공고하고 단일한 해석의 권위를 전적
으로 위임해야 할지도 모른다. "발화 연습 문장"은 어쩌면 비교적 단
순해 보이는, 반복되는 문장을 써나가면서 변주로 말의 운동을 끌어내
는 것 자체가, 하나의 세계를 바꾸면서 전진하는 행위일 수 있다는 사
유를 실천하는 것이라고 할 수 있다. 그것이 비록 현실 속에서는 커다
란 힘을 갖지도 못하고, 혹은 실재나 실체, 진리나 감정을 오롯이 드러
내는 것이 아니라고 하더라도, 이어나가는 문장을 통해서 살아가는 삶,
살아남는 삶을 기록의 영역에서 실천하려는 의지의 발현을 이제니는

"발화 연습 문장"이라고 부른다. '너'와 '나' 사이의 이상한 전도 현상
도 바로 이 발화 속에서 일어난다. 이는 대화 속에서 '나'는 '나'를 '나'
라고 부르며 '너'를 '너'라고 부르지만, '너'가 대답을 할 때 그 위치가
바뀌어 '나'가 '너'가 되는 까닭이다. 이렇게 "인칭은 끝없이 나아"간다.
다성적 목소리는 바로 이렇게, 내면과 마음을 들여다보는 너와 나의
"여러 겹의 목소리"를 통해, 흘려 쓰듯 말을 늘어놓는 저 낱말들의 운
동 속에서, 인칭 간의 전도 속에서 탄생한다. 의미나 감정, 내용과 실체
보다는, 오로지 나아가는 문장의 운동, 나아가려는 문장의 저 '의지'가
"발화 연습 문장"을 통해 실현되며 우리를 어디론가 데려가는 것이다.

살 아 남 은 말 들 을.
살 아 남 으 려 는 말 들 을.
어 딘 가 에 서 어 딘 가 로.
옮. 겨. 놓 는. 다.
—「발화 연습 문장—남방의 연습곡」 부분

도착하기도 전에 도착해 있는 말들을 받아쓴다. 그것에 관해 말
하지 않기 위해 쓴다. 그것에 관해 말할 수 없으므로 쓴다. 그러나
이미 말들은 도처에 있었고. 누군가가 내뱉은 말이 나의 입술을 빌
려 세상으로 흘러나왔고. 언젠가 내가 했던 말이 누군가의 목소리
를 덧입은 채로 흩어지고 있었으므로,
—「발화 연습 문장—석양이 지는 쪽으로」 부분

목소리의 탄생은 형식 그 자체가 내용이며, 내용이 형식에 의해 제
수위를 조절한다는 사실을 전제한다. "소리의 물질성"을 통해 세계와
의 접촉면을 늘려나갈 때, 그렇게 내면에서 아우성치기 시작하며 쏟아

져 내리는 목소리를 우리는 '다성(多聲)'의 목소리라고 부를 수 있을 것이다. '다성'을 구체적으로 무언가를 지칭하거나 특정 범주를 설정하는 실사(實辭)로 받아들여서는 곤란하다. 수식어들을 최대로 많이 끌어모아야 할 정도로, 다성의 목소리는 다양하고 다채롭기 때문이다. 예컨대, 낮은 목소리, 높은 목소리, 잦아드는 목소리, 고조되는 목소리, 충만한 목소리, 공허한 목소리, 거침없는 목소리, 주저하는 목소리, 탄식하는 목소리, 냉정한 목소리, 지워내는 목소리, 채우는 목소리, 명멸하는 목소리, 살아나는 목소리처럼 말이다. 그러나 이제니 시의 목소리는 언술 속에서, 낱말과 낱말, 문장과 문장의 연쇄와 결합을 통해 빚어진 강도와 강세, 흐름과 운동에 따라, 그러니까 언어의 배치와 분배, 조직 전반에 따라, 우리가 가져다 붙일 수 있는 하나의 수식어, 아니, 그 가능성일 뿐이다. 다성의 목소리는 따라서 텍스트의 운동, 발화에 따라 이합하고 집산하는, 즉 "발화 연습 문장"의 결과로 당도한 목소리, 당도할 목소리, 그 결과, 손에 쥐게 될 최초이자 최후의 목소리를 부르는 명칭일 것이다. 따라서 목소리는 화자의 것이라기보다 차라리 주체의 것이다. 그것은 발화자의 소유물이 아니라, 발화 안에서, 발화에 의해, 생성되는 목소리이기 때문이다. 발화자는 자기 이야기를 풀어낸다. 그러나 발화는 하나의 인격이나 화자의 말을 그대로 담아내는 것을 목표로 삼지 않는다. "발화 연습 문장"의 목소리는, 기호가 아니라 문장, 그러니까 '씌어진 것'-'생산된 것ergon'이 아니라, '씌어진 것'-'생산하는 것energeia'의 작용 속에서 흘러나오는 목소리이기 때문이다. 문장을 들고서 길을 내고자 할 때 개별화된 목소리가 생성되며, 그러고자 하는 의지로 시인은 백지 위에서 말의 움직임을 쉴 새 없이 돋우고 있었을 따름이다. 개별화된 발화를 통해, 발화를 연습하는 문장에 의해, 의미가 형성되는 것이 아니라, 의미의 새로운 지평을 열어나가는 것이다. 우리 의식 안으로, 마음에 쉽게 포섭되지 않는 것을, 시는 이런 방식으로 포기하지 않는다. 시인은 이것은 저것이라는 식의 문법적 질서를 가로지르며, 말할 수 없다고 여겨진 것을 발화의 영역으로 끌고 오고, 도착하지 않은 것, 포착되지 않은 것을 사유하려고 이에 합당한 문장을 배치하고, 배치의 고유한 방식을 고안하려 실험을 한다. 어떤 마음도 어떤 감정도, 어떤 절망도 어떤 슬픔도, 어떤 비극도 어떤 애도도, 어떤 기억도, 과거도, 미래도, 현재조차도, 목소리 속에서, 목소리에 의해, 발화의 반열에 올라선다. 목소리는 붙잡아두려는 순간 이미 빠져나가며 움직이고 있는 낯선 언어-타자로 실현되는 몸의 사건이자, 텍스트의 운동이라는 자격으로 세계에 등재하는 주체의 정념이다.

[2019]

기록할 수 없는: 공포와 부정의 이야기
― 이영주의 『어떤 사랑도 기록하지 말기를』

불가능의 괄호들

이영주의 네번째 시집 『어떤 사랑도 기록하지 말기를』(문학과지성사, 2019)에는 수많은 '이야기'가 등장한다. 이 이야기는 대부분 이루어지지 않거나 할 수 없는 곳에 단단히 제 뿌리를 내리고 있으며, 그와 같은 시간의 굴곡을 타고서 마침내 그 성정과 슬픔을 어루만진다. 매듭 짓지 못하는 사건들, 사건의 버팀목이 되어야 하나 그러지 못하고 부서진 파편들과 그 허약한 구조, 입을 상실한 화자들과 그들이 흘려내는 신음 같은 발화, 연결점이 끊어져 나간 수다한 지점들에는, 어김없이 할 수 없음, 하지 못함의 불능, 아니 그 불가능의 얼룩들이 번져 있다. 처참한 주검과 파리한 타자의 표정들이 저 다기한 삶의 시간 속에서 교차할 뿐, 하늘이, 빛이, 그 어떤 가능성이, 그러니까 긍정의 실마리가 보이지 않는다. 지축이 무너져 내리고 몸은 어디론가 한없이 추락하고 있다. 팔은 팔대로, 다리는 다리대로 제멋대로 흐느적거리고, 입은 입대로, 언어는 언어대로 남의 것인 양, 국적을 확인할 수 없는 외국어를 홀로 청해 듣는 것처럼, 사방은, 이웃은, 타자는 소통의 반열에 오르지 못한다. 나뉘어 갈라지는 문장의 분기(分岐) 속에서 끝내 올려다본 시선은 뚜렷한 꿈, 외부의 꿈, 형언할 수 없는 공포, 그것이 에

워싸고 있는 비현실-현실의 장벽에 가닿는다.

> 이렇게 깊고 깊게 파고드는 날이면 연필을 깎고 또 깎습니다. 저
> 는 이제 편지를 쓸 사람이 없네요. 제게는 도착할 편지가 없습니다.
> 너무 미안해서 아무에게도 쓸 수가 없는 걸까요. 너무 미안해서 죽
> 이고 싶은 걸까요. 다른 세상은 없으니까. 다른 너도 없으니까. 미
> 안하면 미안한 채로 이를 갈며 뜬눈으로 잠이 들어야 하니까. 여기
> 에는 여기도 없으니까. 어두운 시간은 어두운 곳에 없고, 쌓인 편
> 지를 어느 시간 안으로 버려야 할지 알 수가 없습니다. 연필을 깎
> 을 때는 날카롭고 작은 날이 좋은데 그 날이 늘 심장 가까이를 향
> 합니다. 흑심은 제 마음에 없어요. 단 한 번도 쓰지 않은 편지 안쪽
> 으로 뭉개져서 계속 깊어지고 있습니다. 다른 세상은 없는데도 말
> 입니다. 사람은 사람 이상도 이하도 아닙니다. 그저 사람일 뿐인데
> 그것도 진실은 아니지요. 그것을 자꾸 되새기면서 비참해질 필요는
> 없어요. 아름다운 연필은 늘 손에서 손으로 건네집니다. 재의 단어
> 를 나누어 가지고 우리는 가까워지지 않기 위해 가만히 손을 잡습
> 니다. 저는 손이 차갑고, 단어는 금방 꺼지네요. 남은 우유를 먹을
> 시간. 몰래 죽으면 흰 우유를 먹어야 합니다. 심장을 꽉 쥐면 부스
> 러지는 검은빛. 우유를 잔뜩 들이부어야 합니다. 죽음을 들키지 않
> 는 삶. 새벽에는 편지를 쓰지만 그 손은 투명하고 제게는 손이 없
> 습니다.
> ─「우유 급식」 전문

내부-안으로 향하는 '없음'과 '할 수 없음'의 무수한 괄호가 연속적
으로 펼쳐지며, 헛도는 회전문이나 반복되고 다시 또 반복되는 도돌이
표처럼 일련의 행위를 포위한다. 연필을 깎고 또 깎으며, 편지를 쓰려

고 하지만, 쓸 대상도, 쓸 말도, 누군가로부터 도착할 편지 자체도 부재한다. 불능의 원인을 시인은 "너무 미안해서"라고 암시할 뿐이다. 부정의 끝은, 그 시작에서 벌써 제 운명을 예고하는 것이나 다름이 없다. 죽음은 좀처럼 삶에서 들키지 않는다. 그것을 밟고 서서 살지만, 밟고 섰다는 사실조차 잊고 있는 삶이 오늘도 이어지고 있기 때문이다. 투명한 손, 그러니까 기록할 수 없는 손으로만 오로지 기록이 가능한 편지를 시인은 쓰려 한다. 편지를 쓰는 행위는 이렇게 불가능성의 가능성을 타진하는 말로 채워질 수밖에 없다. '투명한 손'은 할 수 없음을 '행(行)'하는 손이다. 그것이 투명하기에 자신에게는 "손이 없"다고 말하는 까닭은, 공간-시간-도구-몸 등을 포함한 모든 것들이 존재할 "여기에는 여기도 없"기 때문이다. 연필의 "흑심"이 "단 한 번도 쓰지 않은 편지 안쪽으로 뭉개져서 계속 깊어지고" 이어 더욱 단단해지는 한 점의 저 마음이 "꽉 쥐면 부스러지는 검은빛"의 "심장"이 되어갈수록, 현실감을 상실한, 마시다 만 하얀 우유도 파편처럼 차갑게 부스러진다. 실현될 수 없는 감각이 이렇게 실현된다. 부정의 연속이자 부정의 끝에 다다르기 위해 다시 한번 더 부정할 수밖에 없음에 대한 이와 같은 명백한 확인은, 시에서 무언가로부터 지속적으로 미끄러지며 이탈하거나, 비현실을 현실에서 행하는 행위를 통해 제시될 뿐이다. '하지 못함'은 '하지 못함' 그 자체를 하는 행위, '기록할 수 없음'은 '기록할 수 없음' 그 자체를 기록하는 행위를 통해 시인은 불가능성의 가능성을 타진해나간다. 이 불가능성의 가능성은 오로지 "재의 단어를 나누어 가"진 "우리"가 "가까워지지 않기 위해 가만히 손을 잡"고 있는 식의, 저 좁힐 수 없으며 또 함부로 좁히면 안 된다는 식으로 어긋난, 실현이 희미한 가능성이며, 이 가능성은 시에서 마치 명제나 진리처럼 적힌, 그렇기에 또한 실현되지 않을-실현될 수 없는 "아름다운 연필은 늘 손에서 손으로 건네집니다"와 같이, 근본적인 불가능성을 표정하며

기록할 수 없는   111

우뚝 선 객관적 서술과 그 문장의 빗장을 풀려고 힘겹게 싸우는 양상
으로 드러날 뿐이다.

외국인들이 앉아 있다. 이곳은 우리 집인데, 외국어만 쓸 수 있
다. 나는 언어를 잃어버린 사람처럼 거실 안을 빙빙 돈다. 주전자에
서 눈부신 연기가 올라와 흩어지고. 부드러운 음성. 깃털처럼 언어
들이 떠다닌다. 부드러운 날개. 나는 손을 뻗어 흩날리는 소리를 잡
아본다. 의미를 잃어버리면 이렇게 공중으로 천천히 떠오를 수 있
을까. 서로에게 닿지 않는 의미는 우리에게 무엇일까. 창밖에서는
흰 눈이 펄펄 내리고. 알 수 없는 말이 들려오고 아무 말도 할 수
없는 나는 우리 집에서 가장 조용한 사람이 된다.
　　—「손님」 부분

그렇잖아. 한때는 운동장이 세계의 끝이라고 생각하고 떨어질
듯 구석에 서서 서로를 밀어버리다가. 유연하게 다친다는 것도 결
국 무서운 일이라고 침을 흘리곤 했었잖아. 철봉에 매달려 하늘로
올라갈 듯 휘휘 돌다가. 자라지 못한 순간부터 이 통증들은 신기한
몸의 일부라는 것을 알았지. 우리는 자꾸만 짓물러지는 서로의 팔
뚝에 문장들을 새겨 넣으려다가 실패하고.
　　—「문장 연습」 부분

시인은 외국인들 사이에 홀로 놓여 있다. 알아들을 수 없는 외국어
는 의미를 잃고 오로지 소리로 사방을 떠돌아다닐 뿐이다. 제자리를
이탈하여 눌려 찍힌 마침표가 언표를 넘어, 발화의 차원에서 의미의
상실을 직접 실현한다. "손을 뻗어 흩날리는 소리를 잡"으려 해도, "알
수 없는 말"은 발화의 마침표처럼, 뚝뚝 끊겨, 주전자 연기 사이로 공

허하게 흩어진다. 언어로 기록될 수 없거나 표현될 수 없는 것들, 의미를 잃어버리는 과정 전반과 소통 불능의 상태를 시인은 구두점의 시적 운용을 통해 실현하면서, 자기 집에서조차 자기 자신이 손님이 된 것 같은 낯선 이물감과 기이한 느낌을 표현한다. "운동장" 역시 과거-현재를 잇는 실패의 공간이며, 실패를 기억하고 확인하는 공간이다. 이 실패는 기록 가능성의 실패, 소통 가능성의 실패, 사실을 기록할 수 있는 가능성의 좌절, 사실일 수 있는 것을 기록할 수 있는 가능성의 상실이며, 왜곡 없이 사실적인 것(시적인 것과 다르지 않은)을 쓸 수 있는 가능성이 확장되어나갈 지점에서 항상 기다리고 있는 실패하는 곳이 바로 "운동장"이다. 실패는 마감할 수 없는 자리에 휴지를 삽입한 단절의 마침표를 통해 실현된다.

　　이곳에는 아무것도 없다. 오로지 눈과 얼음뿐. 아무것도 없는 곳에 깨어 있다는 것은 무엇인가. 얼음 밑을 들여다봐도 얼음조차 없다. 아무것도 없는데 자꾸 무엇인가를 정리하고 싶다. 없는 것을 정리한다는 것은 무엇인가. 길을 아는 친구들은 모두 떠나갔다. 이곳에 공중이 없다는 것을 내게 속삭이듯 말하고 걸어갔다. 공중이 아닌 것이 없다는 것을 다시 말해주면서. 때로 감각이 좋은 과학자들이 이곳으로 온다. 그럴 때 나는 얼음인 듯 결정체로 남아 있다. 이상하지, 이곳에는 눈과 얼음뿐인데, 이 선연한 피는 어디에서 흐르는가. 과학자들은 서로에게 속삭이며 걸어간다. 그들의 공포가 빛나려면 더욱 많은 얼음이 필요하다. 무언가가 자꾸 다시 태어나려고 해. 나는 혼자 속삭여본다. 〔……〕 얼음이 없다는 것을 기록해야 한다. 〔……〕 얼음은 어디로 갔는가. 과학자들의 이가 길어지고 가슴에 털이 솟아난다. 이 선연하고 뜨거운 감각은 무엇이지. 과학자들이 서로의 목덜미를 뚫어지게 바라보며 으르렁대고 있다. 이 참을 수 없는 눈물은. 내장이 차가워지는 얼음 같은 울음은 무엇이지. 공포와 부정은 기록으로만 남기기로 했는데. 이곳에는 눈과 얼음뿐. 과학자들이 튼튼해진 발톱으로 들고 온 노트를 찢는다. 나는 얼음인 듯 피를 흘린다.

　　　　—「영혼이 있다면」 부분

　이 세계에서는 무언가가 무너지고 있었으며, 무너지고 있다. 무언가가 제자리를 계속해서 헛돌고 있다. 상실되었음이 분명한 무엇, 바로 그 위로 슬픔이 편재하나, 이조차 오롯이 기록할 수 없다. 죽음도 죽지 못하는 실종과 상실, 참혹의 혹한이 차가운 얼음처럼 눈부시게 차올라오고, 뜨거운 불꽃처럼 시집의 도처에서 작렬한다. "눈과 얼음뿐"인 세계, "아무것도 없는" 세계, 모든 것을 상실하고 만 어느 순간과, 그 이후의 세계에서, 시인은 무엇을 듣고 또 말할 수 있는가? 이곳에 당도한 과학자들은 고작 중력을 확인하고 제 자명한 이치와 논리를 설파한다. 그러나 이들의 설명과 논리와 이치는, 설명될 수 없는, 그러니까 제 논리를 벗어나버린 공간과 상태, 즉 벌써 그리고 여전히, 펼쳐져 있으며 또한 펼쳐지고 있는 공간인 "눈과 얼음"을 제외하면, 어디에서도 존재할 수 없는 역설처럼, "아무것도 없는 곳"에서 그저 맴도는 공허한 메아리처럼 들려올 뿐이다. 이 세계는 과학자들이 "공포"를 느끼는 게 오히려 당연한 세계, 이성-합리-논리-과학으로는 도저히 설명될 수도, 이해할 수도 없는 세계, 이성-합리-논리-과학으로 이해될 수 없지만, 그럼에도 이성-합리-논리-과학이 낳은 세계. 바로 이와 같은 '세계에서-세계임에도 불구하고', 시인은 "선연하고 뜨거운 감각"의 주인이 되고, "참을 수 없는 눈물"을 흘리며, "내장이 차가워지는 얼음 같은 울음"을 터뜨린다. 울음은 끝내 발화되지 못할 것이다. "얼음인 듯 피를 흘"리고 있는 역설의 시인은 이 "공포와 부정"을 어떻게 기록할 것인가?

114

복화술-이야기

시집의 선후는 간결한 두 개의 이야기로 열고 또 마감한다. 시집의 첫 작품을 인용한다.

> 불과 물. 우리는 서로를 불태우며 물속으로 밀어 넣었다. 우리는 망해가는 나라니까. 악천후의 지표니까. 우리는 나뭇가지를 쌓아놓고 불을 붙였고, 오줌을 쌌고, 자주 울었고, 나무들이 그 모습을 지켜보곤 했다.
>
> ──「십대」 전문

시집은 "십대" 시절의 이야기에서 출발한다. "우리"와 "나라"는 공히 "망해가는"으로 연결되어, 수식의 대상에 걸맞은 역할을 부여받고 "망해가는"을 직접 실현한다. 이와 같은 언어의 사용은, 하나를 확정 짓는 언표의 자리에서 그대로 주저앉는 것이 아니라, 이영주 시에서 반복해서 나타나는 매우 중요하고도 독특한 중의성의 지표이자 단선적 의미 대신, 층층이 겹으로 쌓인 복합적 의미의 장을 형성하는 고유한 문법의 근간을 이룬다. "서로를 불태우며 물속으로 밀어 넣"는 십대의 절망과 방황만이 이야기의 골격을 이루는 것이 아니라, 공포가 선사하는 눈부신 대칭에 둘러쌓인 주체로 "우리"와 "나라"를 모두-동시에 포괄한다는 점을 눈여겨볼 필요가 있다. 이영주의 시에서, '나'는 대상과 주체라는 이분법에 갇히지 않으며, 시인은 또한 그와 같은 독서를 독자에게 허용하지도 않는다.

밀랍으로 만든 날개를 달고서 하늘로 날아오르고자 했으나 위험을 예감한 아버지의 충고를 무시하여 끝내 바다로 추락했던 이카루스의 이야기를 첫사랑의 경험에 빗댄 두번째 작품 「첫사랑」의 "견갑골이 날개 뼈가 되는 이야기"는 그저 한 시절의 이야기인 것 같지만, "너의 중력에 내가 부서지는 소리", 너와 내가 "날아가는 이야기", "벽을 건너 다른 곳에서 걸을 때마다 부서지는 소리", "뼈와 뼈가 녹아내리는 소리"로 채워지는, 지금-여기서 회상하는 '너와 나'의 상실에 관한 이야기, 과거를 현재화해서 그려낸, 너-나의 공동체-가능성에 관한 이야기이다.

　이어서 읽게 되는 「방화범」도 사정은 크게 다르지 않다. 결국 "우리가 깊어져서 검게 타들어"가는 '우리'의 이야기이기 때문이다. 물과 불이라는 극명하게 대립되는 두 항을 충돌시키며, 하나로 녹여내는 마음과 그 마음의 상실과 고립을 시인은 강조하지만("불을 붙이면 자꾸만 꺼져버리는 이상기후 속에 나는 버려져 있습니다"), 이내 "녹아내리는 손을 뻗어 내 심장 안을 만져"보는 "그녀"와 화자 '나' 사이의 구분은 무화되고 만다. "액체처럼 말"하는 "그녀"는, 흘러가는 것, 유동하는 것, 타오르는 것을 통해, 서로 강렬하게 대립되는 모든 요소들과 나-그녀를 고립시키는 대신 "그녀가 나의 안을 헤집으며 흘리고 있는 물질"로 이 양자를 전환해내고, 나아가 하나가 하나에게 "한밤에 빛나고 있는 이 물질"처럼 전이되고 마는, 타자와의 길항이나 운동처럼, 둘 이상을 매개하며, 결국 우리의, 우리에 관한 무수한 물음을 빚어낸다. 바로 이런 방식으로 이영주는 그녀에게서 나에게로, 나에게서 그녀에게로, 나에게서 너에게로, 너에게서 나에게로, 그렇게 '우리'의 슬픔을 돌보는 말의 무늬를 입힌다.

　　물에서 물로 떨어지는 일상은 정말 축축하구나. 소년은 구름처럼 머리가 부푸는 현장이다. 말없이 언젠가 터질지 모르지만 소년은 밤마다 언덕에 올라가 하늘에 가까워지는 법을 생각한다. 잠시 머리를 들고 공중을 만져보는 것. 아무리 생각해도 슬퍼지는 일들밖에 떠오르질 않네. 소년은 이 폐허에서,라고 쓴 일기의 첫 구절을 버리지 못한다. 일기장을 손에 꽉 쥐고 있다. 곤죽이 되어 빠져나가는 종이들. 아무리 꽉 쥐어도 무늬만 남겨진다. 그 이후 소년은 말을 잃었다. 〔……〕 너무나 많은 이름이 서로를 부르고 있다. 받아 적을 때마다 물에 흐려지니 이제는 무늬조차 남지 않는구나. 소년의 잉크는 투명하게 흘러간다. 쓸 수가 없어. 자꾸만 무엇인가가 빠져나가네. 침묵 속에서는 흐르는 소리만 들린다. 〔……〕 소년이 탄배는 영원히 폐허를 헤치고 나아가지. 뼈를 잃고 소년은 구름처럼 부풀어 일기를 쓴다. 완성할 수 있을까? 자신에 대해 쓰는 것은 정말 비참하구나. 이 폐허는 물로 가득 차 있으니. 물속을 들여다보면 아무것도 없다.

　　　—「소년의 기후」 부분

　"침묵이 자라는 것을 자연스럽게" 여길 수밖에 없는 것은 바로 "여기가 폐허이기 때문"이다. "구름처럼 머리가 부푸는 현장"으로 비교적 명확하게 정의된 소년은 "밤마다 언덕에 올라가 하늘에 가까워지는 법을 생각"하고, "이 폐허에서"로 시작되는 일기를 적는다. 시는 소년의 상태와 소년의 생각을 묘사하면서 일련의 이야기를 전개해나가는 듯하지만, 이야기는 곳곳에서 겹화자에 둘러싸여 매끄럽게 전진하지 못한다. 시의 화자가 하나이면서도 여럿인 목소리를 다면으로 구사하기 때문이다. 중요한 것은 "아무리 생각해도 슬퍼지는 일들밖에 떠오르질 않네"나 "받아 적을 때마다 물에 흐려지니 이제는 무늬조차 남지 않는구나", 혹은 "자신에 대해 쓰는 것은 정말 비참하구나"처럼, 소년과 화자의 경계가 일순간에 무너지는, 다소 낯선 대목들을 우리가 만난다는 데 있다. 생각을 하고 일기를 쓰는 주체인 소년에게서 흘러나온 소리인 동시에, 방백처럼 삽입한 나의 입말-속말이기도 한 이 구절들을 통

기록할 수 없는　　　　　　　　　　　　　　117

해, 이야기는 화법이 혼재된 상태에서 특수한 전개를 결부시키고, 결과적으로 두 개의 입술이 서로 포개지고, 두 개의 목소리가 쉴 새 없이 교차하는 양상 속에서, 소년-나, 이 둘이 빚어내어 "곤죽이 되어 빠져나가는 종이들" 위에서 어지러이 펼쳐질 뿐이다. 시인은 바로 이와 같은 독특한 방식으로 "일기장을 손에 꽉 쥐고 있다"와 같은 주관성으로 가득 찬, 다시 말해, '소년-나'-'나-소년'의 공동체의 문장을 획득해낸다. 우리는 이와 같은 특이하고도 문제적인 지점을, 말하지 않으면서 말하는 방식, 타자-나의 발화라고 부를 수도 있겠다. 다시 말해, 비극-죽음을 보고하거나 묘사하면서 함부로 재현의 영역에 안착시켜 카타르시스의 대상으로 삼는 것이 아니라, 시인은 오로지 "입을 벌리지 않고 말을 할 수 있"(「빈 노트」)는 너-나의 '복화술사'가 되어서, 비극과 죽음의 저 기록할 수 없음, 표현할 수 없음을, 끝내 기록의 문턱까지 끌고 오는 것이다.

기억나지? 이름이란 기억해야 이름인데. 머리가 부서진 인형의 눈썹이 조금씩 떨린다. 젠장. 반밖에 안 남은 머리통으로 뭘 기억하라는 거지. 상자 밖으로 뻗어 나간 철사 끈을 누군가가 밟고 지나간다. 왼쪽으로 굽은 인형의 팔이 너덜너덜하다. 내가 한 팔로 너를 안을 수 있다면. 조금씩 부서지면서 옆으로 갈 수 있다면. 소녀들이 골목에 모여 입술을 움직이지 않고 말을 한다. 울음을 참듯이 배에 힘을 주면 가능하지. 누군가가 기록하지 않으면 알 수 없는 조용한 대화라니. 소녀들은 자라기를 멈출 때마다 이곳에 와서 인형처럼 말을 한다. 서로의 머리통을 만져주고 부러진 팔에 흰 붕대를 감아준다. 그런데 네 이름이 뭐였지. 소녀들이 상자 안을 들여다보고 있다. 산산조각이 난 구체 관절을 붙여본다. 자꾸만 떨어지는구나. 애초부터 우리는 자신을 입양해야만 했어. 태어나면서부터 그럴 기회가 없었지. 거울이 깨진 진열장 앞에서 소녀들은 말이 고인 깊숙한 내부를 들여다본다. 서로를 바라보며 말없이 대화를 한다.

　　　　—「빈 노트」 부분

　이처럼 시인은 '비'목적적-'비'묘사적-'비'재현적-'비'보고적인 발화를 통해, "누군가가 기록하지 않으면 알 수 없는 조용한 대화"의 침묵을 마침내 깬다. "버려진 상자 안에서" 펼쳐지는 "심각한 복화술"처럼, 시인은 "거울이 깨진 진열장 앞에" 서서, "말이 고인 깊숙한 내부를 들여다"보고, "서로를 바라보며 말없이 대화를" 시도하면서, 이 내부의 대화, 저 말 없는 발화와 고통의 심상들, 그러니까 표현할 수 없으며 함부로 재현해도 안 될 사연과 상처와 절망을, 백지 위에 긁고 새기듯, 필사를 한다. 필사의 문장은 마치 깨진 거울에 얼굴을 비추자 그 거울의 금이 내 얼굴에 상처로 포개어 비쳐지고, 말끔한 거울에 다시 이 얼굴을 비추자, 얼굴의 상처가 거기에도 비쳐 보이는 것과도 같다고 할까. "거울을 깨고 떨어지"는 "너"(「광화문 산책」), "죽음을 시작할 수가 없"(「슬픔을 시작할 수가 없다」)는 "너"는 이 필사를 통해 '나'가 되며, 시인은, 제가 비추어 본 거울에 새긴 이 폐허와 죽음의 무늬를 "거울 바깥으로 얼굴을" 가지고 나오는 자신을 향해 다시 비추어 보면서 "지금은 바깥보다 안이 더 죽은 시간"(「광화문 산책」)이라고 말한다. 이와 같은 필사는 "어렵고 긴 마음"을 가지고 "얼음 속에서 죽지 않는 소년"을 만들려는, "매번 실패하는" "유리의 마음"(「유리 공장」)을 기록하는 일로도 나타나며, 이는 말하면서 하지 않는 발화, 서술이 아니라 새기는 필사에 가까운 복화술의 시연이라고 할 수 있다. 시인은 이렇게 복화술로 '너-나-우리'의 접점을 모색하면서 "만져지지 않는 시간을 통과하는 형벌"과 "춥고 피로한 슬픔의 형태"(「단어들」)를 기록의 반열에 올려놓는다. "누가 산 것인지 죽은 것인지"(「광화문 산책」) 알 수 없

기록할 수 없는　　　　　　　　　　　　119

는 이 세계에서, 버려진 채 너덜너덜하고, 폐허 위에서 녹아 흐물흐물
하며, 아예 "태어나면서부터 그럴 기회"(「빈 노트」)조차 갖지 못한 존
재들은, 죽음을 알지도, 또한 제 죽음을 알리지도 못하며, 주검의 형체
를 파악할 수도 없어 결국 죽지 못할 뿐만 아니라, 그 어떤 행위를 이
어가지도, 또 멈추지도 못하며, 그럴 가능성이나 희망조차 완전히 상실
한 채 존재한다. 너-나의 복화술은 모든 행위의 주어를 겹으로 나누어
갖는 언술을 시집 전반에 퍼뜨려 새긴다.

우리, 너와 나의 파불라

> Quid rides? Mutato nomine, de te fabula nar-
> ratur(왜 웃는가? 이름만 바꾸면 바로 당신의 이야
> 기인 것을).
>
> ── 호라티우스

시에서 이야기는 '우화'의 형식을 빌려오기도 하지만, 꿈이나 꿈속의
꿈 이야기, 꿈을 바라보는 외부의 이야기, 너와 나의 복화술로 구성된
교차 서술식 이야기, 환상과 상상이 현실로 치고 들어오는 이야기 등
으로 나타나며, 파불라fabula, 즉 "내래이션의 근본적인 도식으로, 행
위의 논리, 등장인물의 통사, 시간의 흐름에 따라 전개되는 사건들"[1]을
구성한다. 파불라는 수많은 작품에서 모형이 되는 이야기, 중심을 이루
는 이야기인 동시에, 수많은 작품에서 변주되는 핵이자 기저라고 하겠
다. 이영주의 시집에서 '파불라'는 각각의 시편들이 교호하고 중첩되면

---

1 Eco Umberto, *Lector in fabula. Le rôle du lecteur*, traduit. fr. par Bouzaher Myriem, Grasset,
   1985, p. 130.

서 발생시킨 최후의 이야기, 그러니까, 어떻게 보자면 원(原, archi)-이
야기이다.

내가 아는 밑바닥이 있다. 물이 가득하지. 나는 한 번씩 떨어진
다. 물에 젖어 못 쓰게 되는 노트. 집에는 빈 노트가 너무 많다. 버
릴 수가 없네. 밑바닥이 들어 있다. 자꾸만 가라앉지. 어디도 내 집
은 아니지만. 첨벙거리며 잔다. 베개가 둥둥 떠내려간다. 괜찮아.
어차피 바닥이라 다시 돌아와. 그가 이마를 쓰다듬어준다. 그는 손
이 없고 나는 머리가 없지만 침대는 둘이 누우면 꽉 찬다. 투명해
질수록 무거워지는 침대. 빈 노트. 빽빽하게 무엇이든 쓰자. 아무에
게도 보여주지 않는다. 무너지는 창문 밑에서 나는 썼다. 늘 물에
젖었다. 알아볼 수 없어서 너무 행복하구나, 혼자 중얼거렸다. 한
번씩 떨어져서 내부로 들어가본다. 여럿이 함께 잠들면 더 고요하
고 적막해서 무서웠지. 그 사이로 물결 소리가 난다. 죽은 그가 아
직도 책상에 엎드려 있다. 너는 모든 것을 쓰기로 했어. 나에게 보
낸 편지처럼. 모든 것을 낱낱이 쓰기로 했지. 하지만 아무리 써도
채워지지 않는 물속. 아무리 쌓아도 그것은 언제나 사라진다. 한심
한 놈. 죽은 그가 중얼거리며 나를 본다. 물이 뚝뚝 떨어진다. 떠날
수가 없구나. 나는 너의 신발을 썼다. 무거워서 다시 신을 수가 없
는데, 나는 자꾸만 신발장에서 쓴다. 한 번씩 들어오는 내부라니.
비밀은 제대로 씌어지는 법이 없지. 쓸 수 없어서 조금씩 마모되는
것. 죽은 그가 나를 통과해 걸어간다. 부식되어가는 발로 걸어간다.
아무것도 쓰지 못해서 너는 이곳에 도달할 수가 없어. 진창에서 잠
만 자는 너는. 그의 목소리가 멀어진다. 나는 그의 신발을 신고 있
다. 둥둥 떠내려간다. 밑바닥에는 모든 것이 돌아올 텐데.
　　—「여름에는」 전문

과거의 어느 시점에서 착수되어 현재로 물밀듯이 밀려오는가 하면, 기억을 붙잡고 시제를 가로지르며 불현듯 토해내고, 어딘가 갇혀 있거나, 물 위를 둥둥 떠다니다 숫제 타오르는 이야기가 시집에 가득하다. 시는, 슬픔도, 분노도, 욕망도, 당연히 희망도, 타자도, 타자의 들끓는 아우성의 기록 가능성을 모두 무효화시킨다. 시집은 서로 꼬리를 물고 연달아 이어지는 이야기의 행렬처럼 구성되며, 연차적으로, 시의 편편이 고유한 이야기를 갖는 동시에, 서로가 서로에게 끊임없이 대화를 하고 간섭을 하면서, 고유한 '파불라'를 형성하고 또 해체하는 과정에서, 우리를 낯섦의 문턱으로 데려간다. 시는 각기 다른 시간의 흔적들로 지금-여기를 찌르는 능동적인 사유와 날 선 감각을 선보이면서, 개인적이고도 내밀한 기억으로 저장되고 솟구쳐, 우리에게, 너에게, 나에게, 꿰뚫고 들어오며, 세상의 모든 '삼인칭'을 지워내는 일에 몰두한다. 접속사를 생략하고 이어지는 단문들은 쉴 새 없이 달음질치는 리듬을 만들어낸다. 문어와 구어, 사적 방백-고백-독백과, 묘사나 서술이 서로 번갈아 배치되어 시에 색깔을 입힌다. 행위를 부추기는 진술은 어김없이 시 구석구석에서 낯선 감정을 새겨 넣으면서 일종의 '추임'의 형식을 취하지만, 그것을 기술하는 시점은 벌써 '나-너-그'가 번갈아 활용되는 곳에서 변주된다. 이렇게 문장 하나하나에 기이하고도 고유한 하중이 실린다. '나-너-그'는 여기서 제 경계를 취하고, 가장 주관적인 상태에서, '씀'-'쓰다'-'기록'의 불가능한 가능성을 쏘아 올린다. 이영주는 이와 같은 방식으로 밑바닥에 내려가 타자의 목소리를 듣고, 그 목소리를 자기 자신의 것으로 전환해내며, 그렇게 기록되지 않는 것, 저 밑바닥, 물에 젖은 무언의 말들을 발화하고, 할 수 없음과 쓸 수 없음을, 너-나-그의 목소리로 필사하듯 새기는 데 성공한다. 이영주의 시에서 너-나의 목소리는 "고독의 얼음 속에서 인간"이 "가장 엄격하게 자신에 대해 물음을 던지게 되었"다는 사실과 여기서 야기된 "질문이 잔인하게 인간의 가장 깊은 내면의 비밀을 불러 일깨우고 게임으로 이끌어 냈을 때" 바로 그 순간, 인간 자신이 하게 되는 "경험"[2]의 목소리이다.

시는 이렇게 불행과 비극의 상실을 바라보는 외부의 소실점을 오로지 나를 통과하여 당도할 내부의 사건으로 전환해내면서, 마침내 타자의 입술에 내 차가운 슬픔을 달아놓고, 혼자만의 중얼거림을 너의 중얼거림으로 치환하는 어려운 일을 수행한다. 받아 적을 수 없는 노트를 열어 그 위에 물로 글을 쓰고, "무정형으로 떠다니는 순간들"(「없는 책」)을 필사하면서, 타자와 너와 자기와 시적 주체를 서로를 덧대어 그로테스크한 감정을 물처럼 사방에 퍼뜨린다. 이렇게 시인은 "내가 아는 밑바닥", "물이 가득"한 저 밑바닥으로 향하는 추락을 경험하고, 거기에 가닿은 다음, 개인의 경험을 나-너의 공동체적 경험으로 환원해내면서, 보이지 않는 투명한 손으로, 물에 젖어 어느 글씨 하나 제대로 새길 수 없는 목소리를 노트 위에 적어나간다. 시집은 바로 이 젖은 노트와도 같으며, 이 노트는 개인적이면서 공동체적이다.

> 찢기고 바스러진 이것을 어떤 자리에서 다 완성할 수 있을까요.
> 물에 젖은 어머니의 발자국이 천천히 지워지고 있습니다. 슬레이트
> 조각이 떨어지는 소리. 이 다정한 악몽의 시간에 잠깐 쉬었다 갈게.
> 죽은 사람의 날개가 모조리 힘없이 부서집니다. 어머니의 등에서
> 흰빛이 흘러나오고 있습니다. 나는 그제야 컹컹 웃기 시작합니다.
> 목이 아프도록. 장대비 쏟아지는 소리.
> ──「여름의 애도」 부분

2 마르틴 부버, 『인간의 문제』, 윤석빈 옮김, 길, 2007, p. 78.

외할머니, 우리가 이 길을 닦아 놓았어요. 당신의 이름이 깊어지도록 천천히 조문을 썼습니다. 현실에 조난당한 우리가 썼습니다. 추운 벼랑 앞에서 썼습니다. 유리병에 담겨 어딘가로 흘러가는 신화는 이곳에 와서 다 부서졌다. 한평생 지옥 속에서 큰 솥에 죽이나 쑤고 있는 기분이야. 죽은 외할머니는 다시 울먹거렸다.

　　　—「무한」 부분

이렇게 물이 많은 책을 찾으면 만날 수 있을까. 조금 더 특별하게 멀어질 수 있을까. 나는 불이 붙지 않는 의자에 앉아서 다시 숨을 골랐다. 의자가 도형의 형태를 바꾸며 현실로 떠내려갔다.

　　　—「없는 책」 부분

나는 어디로 간 것입니까
왜 돌아오질 않죠
　　　—「녹은 이후」 부분

　이영주의 시에서는, 할 수 없음, 쓸 수 없음, 표현할 수 없음의 불가능성이, 이야기의 생성 속에서, 생성된 이야기 속에서, 소멸과 부정을 한껏 발화하면서, 너-나의 불가능한 연대를 모색할 지점들을 찾아간다. 돌아오지 않는 아이에게 어머니가 내어 줄 아침은 없을 것이다. 나는 죽었으나("나는 이미 죽었지만"), 엄마는 그 시간, 죽음의 시간을 넘어선 곳에서 오늘도 식사를 준비한다("죽은 시간을 넘어가 혼자서 죽을 쑨다"). 음절의 삼투로 죽을 쑤는 행위는 죽음의 시간을 현재에서도 살고 있는 비유로 살아나는 동시에 쓸 수 없음과 고스란히 연결되며("아무것도 쓸 수 없어"), 주관성 가득한 공동체적 의미의 결을 빚어낸다. "어떻게 죽을 먹어야 하는지"에 이르러, 우리는 죽은 나-죽을 쑤는 엄마-글을 쓰는 나, 이렇게 각각이었던 존재들이 서로 삼투하여 흘려내는 공동체적 목소리의 주체가 되기 위해, 서로가 서로에게 투사한다는 사실을 알게 된다. 시인은 이렇게 죽은 아이의 입으로 엄마를 부른다. 그리고 바로 이렇게 시인은 투명해지는 손으로 "엄마"라는 말을 새기며, "점점 뭉툭해지는 이물감"(이상 「아침」)에 대항하여, 너의 죽음을 체현하고 기록하면서, "가족이었던 누군가가 폐허로 돌아오는 모습"(「열대야」)을 결국에는 내 이야기-타자의 이야기의 교집합과도 같은 공동체의 '파불라'로 바꾸어놓는다. 시인은 "불이 붙지 않는 의자에 앉아서 다시 숨을"(「없는 책」) 고르면서 시를 쓰고, 시인과 함께 "우리"는 "당신의 이름이 깊어지도록 천천히 조문을"(「무한」) 쓴다. 시는 이중으로 뱉어내는 이 복화술의 문법을 통해 너-나의 이야기를 만들어나가고, 공동체의 파불라를 구축해나간다. 끝없이 얼어붙은 벌판에서 맑은 하늘을 활활 태우며 서 있는 불기둥과 같은 문장들로 이영주는 타자라는 그림자를 붙잡고, 타자의 무게를 재는 순간들로 너-나의 파불라를 우리에게 선보인다. 개인적인 동시에 공동체의 무늬로 자아의 지형도를 그려나가며 시인은 "없는 발을 버리고 길고 어두운 골목길이 끝도 없이 펼쳐진 현실 바깥으로 걸어"(「없는 책」)가며, "읽을 수 없는 문장처럼 생긴 것들"로 가득한 독서회에서 "불길 한가운데 가장 깊은 어둠 속에 담겨 있는 투명한 얼음"을 꺼내며, "얼음으로 불길을 퍼뜨리고 쓰다 만 문장들"(「독서회」)을 삶에서 줍고 그 문장들로 비극을 기록하는, 할 수 없는 일을 실현한다. "없는 발이 푹푹 빠지는 기묘한 현상을 느끼며" 시인은 기필코 "젖은 꿈"을 쓰기 위해, "아무것도 씌어지지 않은 젖은 문장들을 말리고"(「게스트 하우스」) "스스로 자라는 진공관처럼 수치가 높아지는"(「축구 동호회」) 말들을 그러모아서, 그 위에 물속에 있는 "뼈"(「소년의 기후」), "단단한 뼈"(「육식을 하면」), "어깨뼈"(「유광 자원」)와 같은 원(原)-이야기, "처음부터 어둠이 가득 차 있는 이 신화"(「목수 일기」), 즉 파불라를 기록한다.

> 어둠이 쏟아지는 의자에 앉아 있다. 흙 속에 발을 넣었다. 따뜻
> 한 이삭. 이삭이라는 이름의 친구가 있다. 나는 망가진 마음들을 조
> 립하느라 자라지 못하고 밑으로만 떨어지는 밀알. 옆에 앉아 있다.
> 어둠을 나누고 있다.
> ──「연대」 전문

이 고통과 슬픔으로 가득한 시집은 "어둠을 나누고 있"는 이야기
로 끝을 장식한다. 온통 할 수 없음에 대한 시, 온통 취소되는 것에 대
한 시, 온통 물과 불로 뒤덮인 시, 비극과 죽음과 슬픔으로 가득한, 할
수 없음의 불능의 세계에서 연대는 무엇인가? 시는 바로 이 물음을 꺼
낸다. '우리'의 목소리를 돋우면서 불가능의 가능성을 필사하며 힘겹
게 내려놓았던 너-나의 물음들을 마지막에 다시 꺼낸다. 삶 이후의 삶,
죽음 이후의 삶은 어떻게 가능한 것인가? 죽음은 항상 우리와 같이 살
아간다. 지치고 늙어가는 사람들, 죽임을 당한 존재들, 기억에서 밀려
나버린 삶들, 망각에 묻힌 존재들, 맥없이 사라지거나 여기저기 버려
져 신음하는 존재들, 활기를 잃고 쓰러져가는 모든 것들, 아직 수면 위
로 오르지 못한 죽음들, 죽음의 외투를 입은 서로 다른 존재들이 도처
에서 떠돌아다닌다. 다리를 잃고 허공에 허방을 내거나, 둥둥 떠다니거
나, 주르륵 흘러가버리거나 활활 타오를 뿐, 시인은 원-시간, 원-체험,
태초의 기억을 무찌르며 호모 사케르의 비극적 운명이 쏟아내는 슬픔
과 사랑을, 재현되지 않을 인사말로 작렬하게 기록한다. 이 무효의 언
어는 거울에 비친 자기 얼굴을 투영하는 대신, 깨진 거울에 얼굴을 비
추고, 깨진 거울의 금을 이후 자기 얼굴의 상처로 간직하는 언어다. 겹
서술, 복합화자, 구어와 문어의 혼합, 시제의 혼용 등으로 빚어낸 이야

126

기에 이상한 시적 골격을 입히고 "마음의 형식"(「교회에서」)을, 기록되지 않는 것을 기록한다. 낯섦에 바쳐진 어휘들로 알리바이를 제공하는 사건들은 모두 원체험의 복원, 원시간, 태초의 기억과 경험을 복원하려 매만지는 "어둠을 나누"는 시간이다. 체험이 뒤섞이고, 공간이 통합되고, 시간이 휘거나 굽고, 너와 내가, 우리가 구심점을 상실하고 단위를 잃고서, 다시 접점을 찾아 나선다. 그것은 "사람이 사람에게 건너가는 일"이며, 그러나 "집을 다 부숴야만 가능하다"(「양조장」)는 사실을 힘겹게 부여잡고 "사라진 너의 다리가 내 다리에 와 닿고 너의 손이 내 손 위에 포개어지"(「아침 식탁」)는 삶에 바쳐진, 끝내 완성되지 못할 파불라이며, 완성되지 못함 자체에 대한 필사적인 기록이다. 이 시집의 이야기들은 이렇게 '이름만 바꾸면 바로 당신의 이야기', 그러니까, 이름만 바꾸면 나-너가 모두 주인인 이야기이며, 입을 다물 수 없는 경악과 충격 이후, 세계가 상처의 모습을 하고, 지고, 피고, 떠다니고, 열리고, 스며들고, 출렁거리고 있는 지금-여기의 이야기들이다.

[2019]

실패하는 로망, 폭력과 주이상스의 기억술
─ 정다운의 『파헤치기 쉬운 삶』

정다운의 시집 『파헤치기 쉬운 삶』(파란, 2019)은 당혹감을 주기에 충분하다. 시인은 삶에서 찾아드는 굴욕과 고통, 폭력과 기만의 순간을 불행의 언어로 맞붙잡아 끝까지 피투성이 싸움을 그려내고 있는 것으로 보인다. 충격은 타자에게 입사하여, 끔찍하게 깨지고 망가진 자의 체험과 추체험, 그러니까 밑바닥에 고여 있던 상처나 얼룩처럼 번져나간 일상의 비루함과 지리멸렬함을 한껏 들어 올려 매만지면서, 환멸과 절망도 하나로 붙여, 날것 그대로 표출하는 저 언어의 쓰임에서도 발생한다. 전쟁 같은 삶과 죽음의 그림자들, 설명할 길이 없는 "이상한 일"과 "감은 눈꺼풀 속에 떠다니는 시간"을 마치 '다 알고 있다'는 말투로 반복해서 비끄러매는 첫 시(「강이 끝났다」)에서 시작하여, 일상의 은밀한 폭력과 강제된 허위를 미래의 시간까지 달려가 자기 처벌에 대한 입김도 놓치지 않고 불어넣고야 마는 마지막 작품(「곧」)에 이르기까지, 페이지를 열고 또 닫으며 작품을 읽는 내내, 우리는 이 시집의 화자가 토해내는 팽팽한 긴장과 고통을 일상 속에서, 일상적인 어투로, 직접 체험하는 것과 같은 인상을 받고, 망각 속에서 살아야 하는 자들의 운명과 그들이 겪어야 했던 폭력과 학대의 통증을 삶의 여러 장소에서 일그러진 얼굴 그대로 경험한다. 그러나 시집이 뿜어내는 아픔과 고통의 정체는 오히려 폭력을 기술하면서, 폭력 안으로 직접 들어가는 행위, 나아가 이로 인해 야기되는 다소 기이하다고 말할 수밖에 없는 모종의 충격에도 빚지고 있다고 해야 한다. 비열하고 미천하고 배제되고 은폐되고 추방당한 것들은 그리하여 그것을 기록하는 자와 그것을 직접 경험한 자 사이의 공교로운 사건처럼 시집 안에서 자주 엉켜 교호하며, 그렇게 빚어지는 교란의 틈으로 흘려보내는 고유한 목소리의 공간에 우리를 표류하게 한다. 일상은 뒤집히고, 삶의 기대치와 열망은 부서지고, 안전하다고 믿었던, 혹은 그렇다고 여기며 살아왔던 삶을 지켜주던 단단한 표피들은 서서히 찢겨나간다. 그 순간, 고통을 회피하려는 본성은 기각되고 '쾌(快)'가 발생하는 상황 속에서 격정과 감성, 열망과 신념이 우리의 단단한 통념 저 배면 위로, 그러니까 둥둥, 떠오른다. 그러면 회복해야 할 자아는 벌써 자취를 감추고 난 다음이다. 어느새 무수한 다발처럼 빚어진 감정의 움직임, 즉 우리가 '주이상스 jouissance'라고 부를 순간과 순간이, 마치 불꽃이 폭발하듯 삶 전반으로 확장되면서 시집 여기저기를 돌아다니기 때문이다. 어느 곳에서나 언제 어디서나, 시집은 고통과 폭력에 드리워진 여타의 견해들과 이런 방식으로 싸움을 벌이며, 우리를 놀람의 순간으로 초대한다. 죽이고 감추고, 고발하고 드러내고, 파묻고 또 파묻힌 상태에서 숨 쉴 구멍 하나를 기어이 뚫어놓거나, 그 좌절마저도 이야기할 때, 낯선 쾌와 낯선 불쾌의 지평이 동시에 열리고 닫히면서, 화자를 뼈대로 삼은 일인칭 서사가 아니라, 어떤 낯선 목소리 하나가 기화되듯, 어디론가 날렵하게 달아나듯, 우리의 귓가에 윙윙거린다.

태그되는 삶

시집은 실로 무수한 이야기를 풀어놓는다. 드라마와 화자는 뭉쳤다 헤어지기를 지속하고 또 반복한다. 누가 말하는가? 기술하는 나는 어디에 있는 것이며, 말하는 나는 또 누구인가? 시가 풀어놓은 일상의 이야기들은 매번 그 자체로 훌륭하게 작동하는 것으로 보인다. 그런데 읽고 난 다음, 우리는 이상한 긴장과 설명하기 어려운 불안을 한바탕 뒤집어쓰게 된다. 이것은 도대체 무엇인가? 화자는 우리를 일상화된, 실로 세밀하게 곳곳에 스며들어 편재하는 폭력 체험의 전시장으로 안내하면서도, 온갖 끔찍한 일상 속 폭력과 살인 사건, 그 은밀한 공모가 밤과 낮으로 쉴 새 없이 생산되고 재생산되는 매체를 끌어다 이 삶으로 이전시켜, 모종의 접점을 만들어내고, 암흑 같은 구멍을 파놓는 것처럼 보인다. 이때, 현실은 능숙한 이야기 속에서 나를 기만하는 타자의 추체험이 되고, 객관과 주관은 구분을 취소하며, 현실과 현실의 복제, 나와 타자의 경계는 서서히 지워지거나, 어느 지점에 이르러 아예 붕괴되고 만다.

범죄물 미드의 팬답게
요새는 페북 게시물에 빠져 있다
실제 사건 커뮤니티는 29만 명이 좋아한다
길거리에서 난자당한 남자의 벌어진 상처
며칠 간 물에 불은 여자의 얼굴
겹겹의 멍으로 뒤덮인 아기
그런 사진들이 돌아다닌다

〔……〕

나도 사진을 공유한다 소문을 낸다
동시에 헐, 대박, 하면서 놀란 뒤에

왜 이런 세상이 되어 버린 건지 대화하고 싶다
무섭지만 재밌는 공포 영화 보듯이
다 같이 극장에 앉아 있는 셈
그러나 비난은 나 말고 범인에게
──「B컷」 부분

좋은 삶이다 남의 맘 아프게 하지 말라는 것들은
지들이 피해자이기 때문이다 타인의 맘 따위 발로 까 버릴
자세가 되어야 좋은 삶을 살 수 있다〔……〕
프랑스식으로는 껍데기가 안 말라
드라이기를 들고 와 윙윙 말렸다
성공한 마카롱을 쌓아서 사진을 찍고 인스타에 올리니
사람들은 고급지다고, 이 집 식구들은 참 좋겠다고,
댓글을 달아 주었다 정말 태그될 만한 삶이지 않은가

#그와여행 #가질수없는너 #아픈만큼사랑해
#럽스타그램
그들이 남긴 사진과
#새가방 #프랑스식마카롱 #우아한삶
#난죽지않아 #성숙스타그램
내가 남긴 사진으로
반짝이는 삶
흥신소가 보내 준 등기 봉투를 받침 삼아 라면을 끓여 놓은 뒤
이제 시들해질 때를 결정해야 한다
금방 싫증내고 원래의 자리로 돌아가는 것이
이 나이 인간의 종특임을

믿어야 한다
　　　——「파헤치기 쉬운 삶」 부분

매일같이 이어지는 너의 초조 너의 복통
너의 자살 시도에도 불구하고
#삶은살만한것의 좋은 예가 될 것이다
그 사실이 모두를 안심시켰다
　　　——「프로작의 올바른 예」 부분

　　우리는 폭력의 연쇄들과 그 작용들, 저주와 혐오, 기만과 속임수에
둘러싸여 하루하루를 살아간다. 경미한 것에서 중대한 것까지, 폭력과
범죄의 위험성이 벌써 이 세계에서 한계를 넘어섰다고 흔히들 말한다.
그렇다. 세계는, 어디서나, 폭력으로 넘쳐나고, 피로 낭자하고, 그 얼룩
으로 가득하다. 어디든 고통은 솟구치고 있고, 가까운 주변에서 일어
나는 학대와 혐오는 썩은 강물처럼 고여 사방에서 흘러넘칠 채비를 하
고 있다. 끔찍한 사건들과 폭력에 둘러싸여 우리는 살아가고 있다. 폭
력은 또한 평범한 일상의 얼굴을 하고 곳곳에서 전시된다. 우리는 폭
력의 실상을, 그 지형과 구체를 '직접' 체험하기도 하지만, 대개는 그
걸 알려주는 매체에 의해 마치 무수한 사실들의 집합처럼 접한다. 누군
가 은밀하게 털어놓거나 절절하게 호소하는, 읽고 나면 그럴 것이라고
짐작하지 않을 수 없는 페이스북에 올라온 사연이나 '사실'의 경험들,
'객관성'을 바탕으로 한 유튜브의 잔혹하고도 놀라 자빠질 만한 영상이
나 리포트들, 누군가가 올리고 누군가가 퍼 나르는 데 분주한, 간명하
고 압축적으로 폭력을 요약해놓은 140자의 이야기들, 무엇보다도 그
아래 붙은 무수한 사진이나 자료 들, 인스타그램의 글과 사진 들, 그러
니까 무한 증식의 저 SNS를 통해, 폭력은 우리-현실과 타자-사실의

132

사이에 공고한 접촉면을 만든다. 이렇게 개인이 체험하는 오롯한 사실은, 사실 그 자체가 아니라, 사실로 받아들여지는 것들이며, "태그될 만한 삶"처럼, 개인의 현실 속으로 걸어 들어오거나 개인을 붙잡아 빨아들인다. 사실임이 명백한 폭력은, 광고되고 소비된다는 특성을 벗어날 수 없으며, 사실임을 주장하는 제 진실성을 상실하지 않은 채, 그저 전시된다는 속성, 그러니까 고의든 타의든 자의든, 무언가를 폭로한다는 특징도 피해갈 수가 없다. 폭력으로 얼룩진 사건들은 폭력의 '서사'와 어느 정도 비슷한 성격을 지니지만, 그러나 그것은 추체험이나 상상, 지어낸 가공이나 소설이 아니라, 엄연히 있었던 일이라는 점을, 단순히 주장하는 차원을 넘어서, 전적으로 전제한다. 다만 사실을 기술했고, 사실을 드러냈고, 사실을 벗어나지 않고, 있는 그대로를 전달했을 뿐인데, "졸지에 내가 보는 세상은 음란하고 폭력적이 되"(「각자의 세상」)어가는 것처럼, 사실은, 실상 사실보다 조금 더 큰 고유한 몫을 갖게 되는 것이다. 양적으로, 다양성의 측면에서, 아니 그 강도에 있어서, 역사적으로 개인이, 이렇게 커다란 '사실'의 파이를 가져본 적도, '사실'보다 더 큰 사실들을 접촉하고 인지하면서 살았던 적은 없었다. 접촉면이 커져버린 이 사실들, 그러니까 폭력의 덩어리들이 액정 너머 여기로 흘러 다니고 지금-여기로 걸어 들어온다. 그렇다면 "길거리에서 난자당한 남자의 벌어진 상처"와 "며칠 간 물에 불은 여자의 얼굴"과 "겹겹의 멍으로 뒤덮인 아기"는 내가 손가락으로 화면을 누르지 않았다면 보지 않을 수도 있었을, 그렇게 모를 수도 있었던 '일'들일 뿐인가? 그렇지는 않을 것이다. 어떻게, 지금-여기서, 화면에 질끈 눈을 감고 무관심하게 살아갈 수 있겠는가. 그것은 곧 지워지고 말, 단순하고 희미한 잔상처럼 남겨지는 것이 아니다. 현실에서 일어날 수도 있는 일과 우리가 하나로 포개어지는 것, 그것은 말 그대로 불가피한 현실이 되었으며, 보무도 당당한 일상이다. "무섭지만 재밌는 공포 영화 보듯" 나를 빨아들이는 SNS에서 소비되고 광고되고 전시되는 이 폭력의 서사들은 액정 너머 여기로 흘러들어 오고 손으로 매만지는 나를 빨아들여 사로잡는다. 사로잡히거나 길들여지는 것, 이것이 바로 폭력의 특성이자, 폭력이 매체를 통해 나와 접촉하면서 나에게 날라다 주며 늘려낸 사실 이상의 '파이'이다. 덜덜덜 떨게 만드는 무서운 폭력의 장면들은 공포와 동시에 '쾌'를 발생시키지만, 시인은 '쾌'의 측면을 강조하는 대신, 오히려 "다 같이 극장에 앉아 있는 셈"이라며, 폭력이 현실로 활짝 문을 열고 들어오는 바로 이 방식, 현실에 간섭하며 현실을 대신하거나 아예 현실과 비현실의 경계가 없어지는 것에 대해 말한다. 어디서나 볼 수 있는 저 흔한 드라마를 기술하는 것과 같은 시의 말투는 폭력이 '가상'이나 '허구'가 아니라 오히려 장막을 한 꺼풀 걷어내고 생생한 삶의 현장으로 들어가 밀착되어 있는 느낌을 불러일으킨다. 성공한 "김민정"에 대해 "똘똘할까 엄격할까 아니 실패란 모르는 걸까"(「파헤치기 쉬운 삶」)라며 갖게 되는 궁금증은, 어쩌면 인스타그램에 올리는 사진처럼, 나의 실패가 SNS에서는 완벽하게 감춰질 수 있다는 사실과 나란히 평행선을 그린다. 현실에서의 실패는 그럴듯한 사진을 통해 타인이 부러워하고, 댓글을 달고, 퍼 나르면서 자기 것으로 바뀔 수 있으며, "태그될 만한 삶"은 흔히 그런 것들로 채워진다. 그것은 내 삶이 아니라 "내가 남긴 사진으로/반짝이는 삶"일 뿐이다. 내 삶은 차라리 "흥신소가 보내 준 등기 봉투를 받침 삼아 라면을 끓여 놓은 뒤" 근사했던 사진 속의 삶이 시들해질 때까지 기다린 다음, 다시 "원래의 자리로 돌아가는 것"이다. 이것이 바로 "이 나이 인간의 종특"이며, 우리는 이러한 사실을 "믿어야" 하는 것일까? "종특", 그러니까 '사람이라는 종족의 유전적이고 문화적인 특성'(SNS는 구조적으로 혹은 정서적으로, 혹은 이데올로기적으로, 말을 줄여 쓴다)은 이렇게 "각각의 욕망"이 "각각의 무게"(「프로작의 올바른 예」)를 갖는다는 사실을 충분히 전시

134

하고 알려주는 공간에서 고스란히 드러난다. SNS의 공간은 이렇게 공정하고도 평등한 방식으로 욕망을 발산할 수 있다는 믿음을 주는 이데올로기의 공간이기도 하다. 우리는 "눈 붉힐 일 없는 적당한 사연"(「꼬치꼬치」)을 매일 공유하거나 '사연'이라는 이름의 은근한 자랑으로 넘쳐나는 드라마와 폭력으로 가득한 이야기, 고통과 불편을 극복한 수기와 왜곡된 고발과 절절한 하소연 따위가 "감동적으로 실릴 것"이 분명한 "기사"를 클릭하고, 읽고, 더러 복사하고, 캡처하면서 "마음의 병을 극복한 개체란 얼마나 대단한가"(「프로작의 올바른 예」)라고 탄복을 보태기도 한다. 이렇게 "목을 구부리고/손가락으로 화면을 벌렸다 오므렸다 하면서" 4차원의 굴곡이 모두 없어진 화면상의 저 "납작한 지도 위"를 걸어 다니는 우리의 "기억은 골목처럼 구부러지는 게 아니라 목록처럼 길어"질 뿐이다(「납작」).

　　　　　네가 사탕 물고 찍은 화보를 보면
　　　　　그것처럼 빨아먹히고 싶다

　　　　　네 바바리에 튄 빗방울 자국만 봐도
　　　　　그것이 9월 도쿄의 비였다는 것을 안다
　　　　　4월의 발리, 11월의 강남역,
　　　　　너는 여기저기 나타나지만
　　　　　어디서도 만나지지 않는다

　　　　　셔츠를 입으면 (실수투성이인 내가
　　　　　신경이 쓰여 미치겠다는) 직장 상사
　　　　　츄리닝을 입으면 (술 먹고 울고 돌아다니는 나를
　　　　　찾아내서 업고 오는) 남자사람친구

너는 세상의 온갖 드라마,

애간장,

나만 몰랐던 내 편

하루가 끝나서 돌아올 때

집 앞에 서 있는 거짓말 같은 한 명이

피곤한 나를 기다렸다고

슬퍼도 견디는 나를 이해한다고

희망의 얼굴은 어찌나 잘생겼는지

발랄하게 살아가면 누군가 나타날 거라는 희망

밤에 치킨이며 라면이며 덜 건강한 걸 찾아 먹고

위가 붓고 눈이 붓듯이

그래도 내일 밤 또 찾아 먹듯이

이득도 없이

널 좋아한다

너무 좋아서

널 좋아한다

혼자서 이만큼 널 좋아한다

　　—「허락 없이 좋아해요」 전문

　　매일 우리는 접속된 세계로 들어간다. 별도로 들어갈 필요가 없을지도 모른다. 이미 편재하는 무엇이기 때문이다. 욕망도 현실에서 실현되거나 해소되는 대신, 전시되고 늘어나면서, 사방으로 퍼져나가는 일에 몰두한다. "추억을 건져 올려 버릇하면 지들 맘대로 붙어 버리듯"(「밥

136

먹는 우리 둘」), 그곳에는 "세상의 온갖 드라마"가 우리를 기다리고 있으며, "세상의 온갖 드라마" 자체가 어쩌면 이 세상인지도 모른다. 드라마는 욕망의 거울이 되어, 내 얼굴을 거기에 자주 비춘다. 거울에 비친 "희망의 얼굴"은, 언제나 어디서나, 근사하고, 멋진 모습을 하고 있다. 시간도 뭉텅 잘라먹는다. 기억이 거기에 포개어져 하나의 구심점이 생기면, 그곳을 중심으로 희망은 모이고 흩어지기를 반복하는 욕망의 형태로 표출된다. 이렇게 "여기저기 나타나지만" 결국 "어디서도 만나지지 않는" 너는 "나만 몰랐던 내 편"이다. "발랄하게 살아가면 누군가 나타날 거라는" 이 "희망", "내일 밤 또 찾아 먹듯" 하는 이 희망에는 그러니 "이득"이 없다. 차라리 현실에서는 도움이 되지 않거나 오히려 나를 갉아먹고 마는 희망, 그러나 상상해보는 것 자체로 달콤한, 그렇게 반복되는 희망이기 때문이다.

> 영화처럼 한다
> 사랑하는 것처럼 한다
> 딱 알맞다고 한다
> 더 알아주라고 한다
> 진짜보다 잘한다고 말해 달라고
> 간절히 너를 원해 봤자
> 누구나 가질 수는 없을 거라고
> 너는 비싸다고 진심에 가깝다고
> ─「보급형」 부분

"이게 입이다 침이다 살 같다 하면서/고무 인형을 쑤시는 사람", 인터넷에서 정보를 얻어 후레시로 "가슴이 진짠지 알려고" 비춰 보는 남자, 성형으로 커진 가슴을 원하면서 "진짜 같다 진짜 같다"고 말하는 남자…… 이와 같은 목록은 줄어들지 않는다. "햐 진짜 같다?"에 붙은 물음표에는 비판과 부정의 목소리가 담겨 있다. "네가 쥔 어떤 것도 별로 진짜는 아니다"라는 구절에서도 묘한 배반이나 반항, 혹은 이런 기대를 조롱하는 욕망이 흘러나온다(이상 「보급형」). "무엇이 튀어나올지 개뿔도 모르면서"(「시인의 말」) 누구나, 내가 알고 있다고 여기는 무언가가 튀어나온다는 착각에 사로잡혀, 이것은 저것이고, 저것은 이래야 한다고 쉽게 입을 놀린다. 위선과 가식과 기만은, 그러나 욕망과도 결부되어 있다. 배반하고 싶은 욕망, 기만하고 싶은 욕망, 죽이고 싶은 욕망, 정면으로 마주하고, 깊숙한 저 속에 감춘 것을 모조리 까발리고 싶은, 토해내고 싶은, 조금의 눈치도 보지 않고 은폐된 것들을 그대로 드러내고 싶은 욕망이 시집을 가득 채운다. 나와 너, 나와 남자, 나와 이웃, 나와 타인의 이야기에서 '나'는 팔색조처럼 제 위치를 바꾸고, 다양한 공간을 끌어오고, 화자의 처지와 입장에 변화를 꾀하면서, 삶을 뒤덮고 있는 단단한 표면을 뚫고, 욕망의 저 깊은 곳을 파고들어, 무의식에 입을 달아준다.

실패하는 로망, 깨지는 환상

삶은 충분히 지겨운 관계와 비릿한 냄새와 역겨운 태도, 기만과 배신과 절망으로 가득한 것일 수 있다. 그렇지 않은가? "오래된 행주로 식탁을 닦을 때/비리게 증발하는 이 관계의 냄새"(「밥 먹는 우리 둘」)가 폴폴 새어 나오지 않는가? "나약한 자는 약에 빠지고/조악한 자는 더 비틀리면서" 오늘도 하루를 시작할 것이며, "바깥은 보는 대로 변해 갈 것이다"(「각자의 세상」). "누구는 바쁘고 누구는 게으르고/너무 장황한 현실과 지루한 공상"(「태풍엔 신문지」) 속에서 욕망은 좀처럼 사랑과 하나로 포개어지지 않는다. 시인은 "열렬한 인간"의 구강 취향과 섭취 욕구, 온갖 취미와 욕구의 실현 방식을 적나라하게 드러낸 후, 마지막으로 사랑에 대해 이렇게 이야기하며 시를 맺는다.

> 사랑, 그래 우리는 평생 그것이 중요하다고 배워 왔지. 사랑도 한 가지로는 채워지지 않는다. 각자 원하는 것의 긴 목록을 기분 상하지 않을 만큼 줄이는 과정이었다. 회의하고 위협하고 양보해 왔다. 한 사람에게 이벤트, 공동의 시간, 듣기 좋은 약속이 필요하듯이 다른 한 사람에게는 음악, 농담, 비유법, 변기를 깨끗하게 쓰는 방식 같은 게 필요했다. 지금 그의 곁에는 믿을 만한 사람이 알몸으로 누워 들릴락 말락 한 잠꼬대를 하고 있지만 그는 일어나 옷장 앞으로 간다. 오래된 고무 인형을 꺼낸다. 그것은 눈썹을 떨고 최선을 다해 말랑거리고 있다. 내일 죽을 것도 아니면서. 자꾸 그립게. 자꾸 생각나게. 그는 꼭 끌어안는다. 그것은 마주 안아 주지 않는다. 혼자가 아니면서 혼자이다. 많은 것이 필요해서 힘들게 먹었는데, 일했는데, 성공하고 결혼했는데, 하 진짜, 다 있는데, 아무것도 없다.
>
> ──「열렬한 인간」 부분

"사랑"은 "그것이 중요하다고 배워"온 것일 뿐, 알고 보면 욕망과 별반 다르지 않아 "한 가지로는 채워지지 않는다"고 시인은 말한다. 그러니까 '로망roman'은 늘 실패한다. 실패하기에 '로망'일 뿐이다. 욕망은 '로망'의 동인이기도 하지만, '로망'의 껍질을 낱낱이 벗겨 그 실체를 드러나게 하기도 한다. 욕망은 이렇게 이 로망의 "알몸"이 현실에서는 자주, 모든 걸 집어삼켜버리는 고된 노동이나, 시간을 들여서 진행해온 구질구질한 소사들이 남겨놓은 결과처럼 실현되며, 근면함을 나타내는 삶의 저 안팎의 지표, 가령 결혼이나 사회적 성공 따위를 전시하는 껍질처럼 남겨질 뿐이다. 욕망은 오히려, 타자를 제거한 욕망, "혼자가 아니면서 혼자"를 확인하게 되는 "고무 인형"을 대상으로 한 자기 충족처럼 홀로 간다. "한 사람이 하나의 먹을 것으로 만족하는 일은 없다"는 것은 인간이 '욕망하는 기계'라는 사실을 말해준다. 이렇게 "그는 열심히 먹"으며, 또한 "입이 꽉 차기 때문에", 혹은 그저 "그게 좋아서", 성인이 된 후에도 "고무 인형의 젖꼭지를 물다 잠"이 든다. 팽팽하게 부풀려진 욕망의 입은 "어른의 장난감 가게"에서 구입한 "고무 인형"의 "작은 입"과 서로 충돌하듯 포개어진다. 먹고 삼키고 빨고 핥고 욕망을 실현하는 입은 그렇게 욕망의 상징이다. 구순기를 벗어나 성인이 된 후에도, 욕망을 지배하고 발산하는 것은 입이다. "한 번도 그것으로 놀았다고 생각하지 않는 낭만적 태도"를 뿜어내는 인형은 "정중한 취미란 드물다"가 가리키고 있는 실제 대상으로 자리 잡는다. 따라서 "무엇을 넣으라고 이렇게 좁고 깊은가"는 다분히 성적이다. "이것은 이만큼을 저것은 저만큼을 기쁘게" 해주는 것은 "고무 인형"이나 "골프채, 플스4, 축구 경기, 아니면 연예인 굿즈, 속이거나 무안 주기 같은 심술 섞인 놀이"처럼 점점 늘어나는 반면(이상 「열렬한 인간」), 사랑은 "각자 원하는 것의 긴 목록을 기분 상하지 않을 만큼 줄이는 과정"과 닮아 간다.

　　눈 덮인 숲속을 걸을 땐 올이 굵은 목도리를 여러 번 둘러 입까지 가려야지 눈만 내밀고 걷다 보면 낯선 자가 나의 얼굴 말고 안쪽의 깊이를 알아줄까 다른 덴 몰라도 흰자위라면 누구나 공평하게 하얄 테니까 그와 나는 쑥스럽고 다른 색깔의 손가락으로 다른 방식의 깍지를 끼고 신호를 오해해도 결국은 입을 맞추게 되어 있다 그 입술로 상대의 이름을 발음한다 가장 비슷해질 때까지 몇 번이고 노을과 별 따위가 보이는 노천카페에 앉아 그가 말할 것이다 억지로 웃으려고 애쓰지 말아요 그래서 나는 웃음을 거두고 결국 운다 씩씩했던 보통의 내가 갑자기 짠한 여주인공이 되어 버린다 빰을 만져 주는 손길이 좋아서 그냥 그러기로 한다 우리는 열차를 타고 사귀다가 비행기를 타고 헤어진다 한동안 몸살이 난다 그 사람을 평생 잊지 못하게 되어 있다 사무실에서 찌개를 시켜 먹고 이를 닦을 때, 주말 늦게 일어나 볼일을 볼 때, 호숫가를, 캘리포니아를, 겨울의 숲을 짜서 문지른다 그리움의 냄새란 이런 걸 거다 안 봐도 안다

　　　——「장래 여행자」 부분

　기억은 과거가 아니라, 아직 오지 않은 미래의 기억이며, 희망은 자주, 시제를 잃고 과거에서 퍼다 날라 현실에서 부지런히 수선해야 하고, 그 테두리며 내용을 애써 고쳐야만 하는 것처럼 나타난다. 그렇게 하지 못했던, 할 수도 있었을 무언가의 자격으로 나의 붓끝에 대롱거리지만, 희망과 사랑, 그것은 밥이 잘 넘어가지 않는 현실의 목구멍, 차마 소리 내지 못하고 끙끙 앓는 내장 기관, 아주 작은 각도로 벌써 벌어지기 시작한 두 개의 직선과도 같다. 실패하는 로망은 이렇게 기억을 죽인다. 그리움, 다정함 같은 것은, 그러니까 현실에서는 "안 봐도 안다"고 할, 기시감에 묻혀버려, 이미 경험되었으나 현실의 지평에서는 상실되었다.

　　　　　　　아브젝시옹의 언어

　사적 자아, 그러니까 에고ego의 입을 막고서 시를 쓴다는 것은 가능

한 것인가? 물음이 잘못되었다. 시가 토해놓은 이야기들은 사실에 기초한 것인가? 이 또한 잘못 제기된 물음인 것 같다. 화자는, 그 무엇을 말하든, 언표(言表)된 것들을 충실히 따라가며, 우리가 이해하고 있다고 믿게 되는 시의 '주어'이지만, 그럼에도 시를 작동하게 하는 '주체'는 아니다. 주체는 화자 뒤에 있거나, 화자'들'을 관통하는 발화(發話) 전반에서 총체적으로 빚어진다. 나의 이야기를 중심으로 감정이 표출되고, 나의 이야기처럼 직접 서술한다고 해서, 그것이 내가 겪은 실제의 경험이라고 볼 수는 없다. 첫 시부터 고통스러운 정다운의 시집이 하나로 토해내는 어떤 세계, 운명, 서사, 감각의 지층들은 자전(自傳)으로 분류되는 것은 아니다. 이는 '오토-픽션auto-fiction' 등 자전의 위상 문제를 제기하는 수많은 텍스트 대부분이 그러하듯, 허구와 현실 사이의 경계를 아예 무시하고 있기 때문은 아니다. 오히려 시는 자전의 규범을 의도적으로, 혹은 무언가를 알리바이로 붙잡아, 위반하면서 결국 현실 저 너머를 향한다. 자전이 성립하기 위해서는 제 이야기가 진지한 증언이라는 인상을 주어야만 하고, 어느 지점에 도달해서는 그 사실이 명확히 확정되어야만 한다. 그러나 정다운의 시는 이와 같은 특성을 거스르는 인공성, 다시 말해 '부자연스러움'이 자전의 전개를 방해하며, 일인칭 화자에 의해 붙잡힌 자전이라는 '혐의'를, 매체라는, 그러니까 내가 접하고 들은 '외부'의 이야기나 꿈이라는 알리바이에 기대어 하나씩 해소해나간다. 시적 텍스트는 객관적 진실의 심급에 얽매이지 않는다. 중요한 것은 정다운의 시가 허구와 현실의 명백한 구별을 이와 같은 방식으로 이차적-부가적-주관적인 산물로 전환해낸다는 데 있다. 그러니까 물음은 오히려 거꾸로 제기되어야만 하는 것이다. 사실이 아닌 것과 사실인 것은 과연 무엇인가? 사실이라는 것을 널리 알리고, 일어났던 일이라는 점을 공시하면서, 다양한 시공간의 저 비동시적인 동시성이, 매체에 오롯이 담길 때, 우리는 어느 곳에서나, 지

142

금-여기 어느 곳에선가 발생한 일을, 전자 기기 하나를 붙잡고서, 읽고 감상하고, 나아가 경험의 영역처럼 기술해낼 수도 있다.

> 나에게도 기회는 있었다 떠날 기회가 혼자 살 기회가
> 막장 영화에서 보면 계모는 내 아빠이며 내 애인인 놈들과
> 딸이며 동생인 아기들 틈에서 협박하지
> 너 하나가 없어지면 다른 애를 채워 넣으면 그만이야,
> 말도 방구도 아니고
> 김치 싸대기를 맞아야 할 소리였지만
> 나는 넣어질 동생이 불쌍해서 이 집에 남기로 했다라는 스토리
> 언젠가 살인이 나도 정상참작될 스토리
> 그거랑 비슷하다고 해 두자
> ──「위로가 그렇게 소용없다」 부분

> 길 가다 그를 만난 게 내가 아니라 다행이다
> 운전하다 시비 붙지 말아야겠다
> 운 나쁘면 나도 골로 가는 거다
> 관 속에 누워 있다가도 남편의 내연녀가 와서 얼굴을 긋고 가는
> 판인데
> 그년은 벌금 내고 풀려나고 우리 엄마만 꿈속에서
> 터진 내 얼굴을 쓿어 주겠지
> ──「B컷」 부분

> 고만한 건 너무 많다잖아요.
> 버리지 뭘 봐줘요.
> 鳥된 거예요.

야!

새 됐다고요. 새.

——「Plutoed」부분

　시인이 '아브젝트abject'의 언어를 고유한 무기처럼 사용할 권리를
획득하는 것은 바로 이때다. 문학적으로, 정서적으로, 시적으로, 올바
른 언어, 문화적으로, 역사적으로, 이데올로기적으로, 올바른 언어, 이
성적으로 정치적으로 단정한 말들의 풍성한 잔치를 화들짝 놀라고 자
빠지게 할 문장들, 누추한 것, 거슬리는 것, 구어의 속된 표현들이나 비
속어 등은 고상하고 진지한 자들, "종교인과 정신과 의사가 조언하는
대로/좋은 기억 주변을 돌고 있"(「이게 정말 도움이 되나요」)는 자들에
게는, 유치하다거나 저질이라고 여겨지고 여겨질 말들, 순수 고갱이 같
은 순수주의자들에게는 이질적이거나 천박하다고, 계몽주의자들, 합리
주의자들, 실증주의-과학주의자들이 무릎을 치고 개탄을 할, 언뜻 보
기에는 그저 잡설이나 하찮은 대화, 욕설이나 구어처럼, 일상의 범박한
말처럼 여겨질 발화가 시집을 가득 메운다. 정다운의 시집은 배제되고
추방되는 존재들, 체제가 밖으로 밀어내려는 존재들의 말, 억압된 말들
의 귀환이라고 해도 좋겠다. "내가 지배하고 있는 게 하나도 없"는 삶
에서 모든 것은 "후지다"(「Plutoed」)로 수렴된다. 끝없이 희망을 품도
록 벌을 받은 자들이 "포기라는 걸 모르고" 하루를 마감하며 기다리는
"돼지 족 같은 발 위에/큐빅처럼/빛나는 내일"처럼(「네일을 준비하는
자세」), 어딘가 일그러져 아무도 모르게 피를 흘리며 살아가는 자들의
저 밑바닥으로 가라앉았던 말들이 백지 위로 초대되고 지배에 눈이 먼
폭력을 가차 없이 고발한다. 적(敵)은 대부분 아주 가까운 곳에 있다.
긁히고 찍히는 말들이 단단한 믿음과 통념을 허물어트리고 시의 발등
위로 녹아내리고 시집의 밑동이 될 때, 우리는 추락을 맛보거나 폭력

144

을 체험하며, 밑바닥까지 내려온다.

'올바름'의 '동화'와 환상의 가면을 찢는

정다운은 이렇게 아브젝트의 언어를 통해, 폭력을 드러내고 압박을 가하면서, 억눌린 욕망을 현실의 영역으로 끌고 와, 독특한 항의의 형식을 고안해낸다. 혀와 입과 몸 등의 행위를 발화의 영역에서 실현하면서 그는 현실을 긁고 또 긁어, 결국 우리가 현실이라고 부르는 무언가에 커다란 구멍을 내고, 현실을 오로지 이러한 방식으로 적나라하게 드러내는 데 주저하지 않는다. 실현될 수 없는 욕망은 여기서 적극성을 가지며, 폭력은 그 속성 그대로, 그러니까 폭력 자체로 우리에게 모습을 드러낸다.

> 그것은 끝까지 쫓아간다
> 집에 숨으면 집을 부순다
> 당기고 뜯고
> 망치로 한 번 더 대갈빡을 쳐서
> 지하에 있는 자기 아지트로 끌고 간다
> 배고프지 않을 텐데도
> 어찌나 은밀하고
> 어찌나 게걸스러운지
> 누구도 그 방의 풍경을 공개하지 못했다
> 그것은 빨갛고
> 그것은 갯가재다
> 〔……〕

앞으로도 흔할 놈이란 말이다
병아리를 변기에 넣고 물 내린 아이도
교실 뒤에서 바지를 내리라고 종용하던 애도
갯가재 같은 놈이었다
만지시지 말라니까 시계를 풀던 음악 선생이나
알바생의 가슴을 손가락으로 찌르는 동창생도
같은 놈이었다
그걸 보고도 아무 말 안 했다
그것들은 자라서 악당이 되었을 수도 있지만
또한 학부모, 경찰, 교장,
회사의 중역이 되기도 했다
──「막하막하」 부분

　"흔할 놈", 나중에 "학부모, 경찰, 교장,/회사의 중역"이 되어, 버젓이 이 세상을 활보할 폭력범, 이 "갯가재 같은 놈"이 "입 막고 살아남"은 자들과 "공존"(「막하막하」)을 하게 되는 기막힌 현실을 시인은 '막상막하'가 아니라 "막하막하"라고 표현한다. "자신의 말이 앞뒤가 안 맞는다고 느끼면/무시당할까 봐 두려워진 인간"은 그저 "특이하게 생길수록 특이한 힘"이 나온다는 이상한 논리로 남의 개를 잡아먹는다. "특별히 다른 취향을 가져서" 그들이 그런 것은 아니다. 어떤 변명이나 설명이 뒤따른다고 해도, 이유는 "둘 이상 모여서 작당했기 때문"이다(이상 「개 주인들」). 아주 단순한 것이다. 폭력은 난해한 함수처럼 복잡하게 꼬여 있기보다, 매우 단순한 이유에서 저질러지는 무엇일 뿐이다. 멈출 줄 모르는 욕망, 특히 남의 것이면 좀더 과감해지는 욕망, 명백히 남성의 것인 욕망이 폭력의 뒤에 자리한다. 시인은 폭력을 겪고 있는, 그러한 상황을 생생하게 겪는 대상이 된다. 가령, "나는 밑에 깔린 개/질 것 같은 개/이미 귀를 물어뜯긴 얼굴을 해 가지고/질겁하는 개"(「언더독」)처럼 지고 있는 자를 응원하는 심리는 곧 지고 있는 대상으로 전이된다. 곰 사냥을 떠난 너와 나의 이야기로 시작하는 시는 이러한 심리 이외에 또 다른 것을 담고 있다. "머리를 물기로" 한 "너"와 "다리를 공격하기로" 한 "나"의 협업을 풀어놓은 동화 같은 이야기로 시작한 시는 물고 물리며 피 흘리는 공동의 전투에서 승리를 쟁취했음을 알린 다음, "우리는 조금 기뻐서/커다란 나무에 기댄 채 입을 맞췄다"로 마무리되는 것이 아니라, 이때부터 또 다른 이야기를 펼친다. 네가 나에게 가하는 폭력을 시인은 다음과 같이 마무리한다(이상 「언더독」).

섞을 때는 아무 맛도 안 나던 게
네가 내 뺨을 쥐고 입을 벌려
뱉자 그 침에선 신맛이 났다
그것은 혀 위에 놓여서 식어 갔다

뺨이 밀려 올라가 나는 더 이상 예쁘지 않았다
사방으로 튀기는 너의 냄새가 맡아졌다

나는 밑에 깔린 개
질 것 같은 개
이미 귀를 물어뜯긴 얼굴을 해 가지고
질겁하는 개다

나무는 빽빽했다
전부들 거기 숨어 나를 응원하고 있다

너를 나에게서 뜯어내 주길 바랐지만
구경하러 온 사람들은
거기 숨어서
이 판이 뒤집히기만을

숲속을 뒹구는 커다란 돌을 집는다
내 몸 어딘가에 그들이 원하는 희망이
들어 있기라도 한 것처럼
그것이 피투성이 개가 보여 주어야 할
마지막 일인 것처럼
　　　　　　　　　—「언더독」 부분

　"구경하러 온 사람들"은 나를 지켜보며 옆에서 응원할 뿐, "너를 나에게서 뜯어내 주"지 않는다. 폭력을 저지하지 않으며 결국에는 아무 일도 '직접' 하지 않는 이들은 그저 구경하는 사람들이다. 그러니까, 이들은 모든 폭력을 듣거나 또 직접 감상하고, 그 이야기를 전시하거나 타인에게 전달하고, 자기가 본 것을 자랑스레 떠벌리기도 하는, 저 인터넷 공간에서 진행된 폭력을 실시간으로 감상하면서 그저 애를 태우거나 고작해야 안타까워하는 자들과 닮은꼴을 하고 있다. "피투성이 개가 보여 주어야 할/마지막 일"은 돌을 집어 들어, 나를 위에서 짓누르고 있는 자의 얼굴을 후려치는 것이다. 폭력과 혐오가 잔인하고 끔찍한 사건이 아니라, 매일의 일상으로 스며들어 반복된다고 할 때, 시는 어떻게 비정상적이고 비도덕적이며 기괴한 사회를 살아가는 시민들이 겉으로는 정상적이고 도덕적이며, 자연스러운 척을 할 수 있는지, 우화에 기대어 시인은 우리에게 묻는다. 시는 차라리 그런 모습을 그대로 비추는 거울이 되기도 한다. 안심하려는 것, 안심하라고 하는 것,

148

눈감아버리는 것, 눈감아버리라고 하는 것, 안전 속에서 보장받는, 보장받는다고 귀가 닳도록 숱하게 반복되어온, 그저 '숨은 채' 보내는 말뿐인 '응원', 그러니까 행동하지 않는 온갖 종류의 '올바름'은, 정상과 도덕과 자연스러움을 반사하는 거울이며, 이데올로기이기도 하다. 행복은 바로 이 거울에 비춰서만 반짝거린다. 이런 기시감은 반복되지 말아야 한다. 정다운은 거울을 깨고, 단단한 내면을 뚫어, 검은 폭력을 백지 위로 쏟아낸다. 그 속을 들여다보는 것이 아니라, 차라리 그대로 적시하면서, 무의식이라는 폭력의 근원과 현실이라는 공간에서 포장된 또 다른 현실, 과거-현재-미래의 시간에 조응하며 빚어지는 저 폭력과 혐오의 맨 얼굴을 그려나간다. 그는 고공을 행진하는 것이 아니라, 지상에 납작하게 들러붙어 여기저기 얼룩처럼 번져 있는 폭력, 그래서 우리가 차라리 '실체'라고 부를 무엇을 '리얼리티'의 생생하고 에너지 가득한 말로 기록해낸다.

> 너희가 지날 세상의 여기와 저기가
> 괜찮은지 몰라서 멈칫한다 어른의 부모들도
> 험악한 땅을 물려주게 될까 봐 겁이 났을 것이다
> 많은 양의 어린이가 무사히 자라났지만
> 그렇지 못했던 어린이는 지금 어디 있을까
>
> 며칠 전 여럿이 사라졌고 누군가가 호수 밑에서 발견되었고
> 어느 나라의 깊고 푸른 숲에서는 열 살 먹은 애들이
> 몸을 팔아야만 한다고, 오래된 나무 둥치 옆에 놓인 간이침대를
> 사진으로 봤었는데, 입이 쥐어 터진 소녀들의 피곤한 눈빛을
> 본 것도 같은데, 엄마가 팔았다고 촛처럼 긴 숲이라고,
> 아름다운 것 앞에 나쁜 이름을 붙일 수 없다는 이야기는

몇 살까지 먹혀야 옳은지

〔……〕

그들도 너희도 입이 있으니
부디 화가 나면 힘껏 물기를
뜯어내고 도망가기를
(희박하지만)
그러고도 살아남게 되기를 바란다
──「닐스의 여기저기」 부분

"분노에 절어 눈이 붉은 남자만 조심하라고 배"워야 하는 사회에서 폭력을 피해갈 수 없는 자들의 운명이, 기어오르려 해서 귀찮은 개미, 주위에서 바글거리는 저 개미 일화와 나란히 겹쳐진다. "꿈지락거리면서 어떻게든 살려는" "너"는, 나의 또 다른 모습이다(이상 「기어오르지 마」). 정다운은 이렇게, 외면할 수 없는 것들, 부당하거나 불편하게 만드는 것들, 곳곳에 스며들어 박제된 폭력의 현장들, 위선적이거나 기만하는 순간들, 삶에서 느끼고 체험하고 뼈저리게 겪었던 이 모든 것들, 현실에서는 어떤 이유로 잘려나가거나 어떤 연유로 정화되어 나타날 수밖에 없는 삶의 낡은 관성과 통념, 환상의 필터를 요구할 뿐인 바로 그 현실로 파고들어, 직접 느끼고 체험하고 뼈저리게 겪었던 것들을 고백의 형태로 우리에게 건넨다. 주위에는 그저 대단할 것도 없이 당연하게 여겨지는 규범을 어기지 않고 지낼 뿐인데, 자기가 마치 엄청난 일을 하고 있다고 착각하는 작자들이 늘 있는 것이다. 아무렇지 않은 듯, 옳은 것들, 옳다고 말해져왔던 것들, 옳다고 믿어야 하는 것들만 골라서 태연한 목소리로 반복해서 지껄이는 자들은 또 어떤가. 동화는

150

사실 동화가 아니다. 현실에서 하지 못하는 말, 현실에서는 할 수 없는 이야기를 동화는 한다. 동화가 끔찍한 것은 단지 미화되어 있기 때문이 아니라, 자기가 펼쳐내는 세계, 그런 세상이, 실제로는 없기 때문이다. 동화를 읽어주는 입에서는 무섭게도 하나같이 아름다운 것들만 새어 나온다. 동화는 "아름다운 것 앞에 나쁜 이름을 붙일 수 없다는 이야기", 즉 동화라는 이름으로, 깊게 파묻어놓은 진리이자 은폐한 사실이며, 그 가면을 걷어내고 껍질을 부수면, 납치와 폭력과 감금과 학대와 매춘이 현실의 가장자리에서 불려 와 제 모습을 드러낸다. 정면으로 마주하는 삶조차 오로지 희망의 끝자락을 위태롭게 쥐고 있을 뿐이다.

> 한 명은 눈에 익은 재갈을 발견했지만 모른 척했다
> 그가 아내의 목구멍 속에 처박았던 스타킹은
> 구멍 난 양말 말고 다른 뜻이 없었다
> 쓰레기는 뒤져도 쓰레기였다
> 국물이 흘러나와 집값이나 떨어뜨릴 뿐이었다
> 집안 문제는 집 안에서 해결하고
> 옷 안의 상처는 옷 안에서 꺼내지 마라
> 몇몇 세대의 자살과 학대에 대한
> 입주민 대표의 비공식적 발언은 지금까지도 명언이다
> ──「살살」부분

> 은둔과 테러와 폭력의 징후가
> 내 어디에 묻어 있는가
> 깨물린 입술이나 망가진 성기 같은 것은
> 이제 없던 일처럼 말끔해 보이지 않는가

부모도 경찰도 구하지 못한 나와 어린이들이
어떤 표정도 짓지 않고 살아가고 있다
——「알바로가 나를 구해 줄까」 부분

이 집이 좋아 언제나 돌아올게요
치면 꺾였다 다시 돌아오는 뺨처럼
몇 번이고
붉고 하얀 침으로 뒤섞인 눈 코 입에서
머리칼을 한 올씩 떼어 귀 뒤로 넘기면서
나긋하게 그는 땀을 닦아 주지
수고했어 힘들었지

얼굴은 각지고 눈과 눈 사이는 점점 멀어져
후드득 흘러내린 내가 이 집 바닥마다 고여 있지
다시 주우려고 하지 말고 그냥
나를 깨요 밟아요
아뇨 힘들지 않았어요
나는 살아남을 거예요
누구보다 더 오래
——「살아남았으면 된 거야」 부분

　　폭력은 어지간해서 폭력으로 인지되지 않는다. 재현이라는 필터를
통해서건, 왜곡이라는 과정을 통해서건, 혹은 편리를 위해서건, 망각이
나 은폐를 통해서건, 일상의 더미 속에, 이유와 변명과 구실의 구덩이
에 파묻히거나, 공동체의 '합의'나 공모 속에 가려져, 심하게 뒤틀린 채
보존된다. 말하지 말라. 끄집어내지 말고 너 혼자, 조용히, 해결하라.

봐도 못 본 척, 겪어도 안 겪은 척하라. 그렇지 않으면 불편할 것이다. 알아도 모른 척, 그저 너의 지금 일에 충실하라. 그러면 갑자기 행복해지지는 않겠지만 불행이 너를 급습하지는 않을 것이다. 이런 말들이 '생존자'의 입을 막는다. "결백을 증명하기란 얼마나 쉬운"지(「샅샅」), 당당하게 그 답을 알고 있는 자는 누구인가. 누군가의 평화와 누군가의 자유와 누군가의 일상과 누군가의 인권은 바로 누군가의 전쟁과 누군가의 착취와 누군가의 욕망과 누군가의 폭력으로 이루어진, 평화와 자유와 일상과 인권이며, 침묵 속에서 항상 위태로움의 신호를 보내고 있는 거대한 빙산의 조각일 뿐이다. 뾰족하게 튀어나온 부분을 붙잡는다고 해도, 그 뿌리를 더듬어 커다란 덩어리를 캐내는 일은 좀처럼, 아니 거의 이루어지지 않는다. 그런 삶이고, 또 그런 세상이다. 묻히는 진실들은 어떤 퍼즐로 이루어져 있는 것인가. 진실은 얼마나 규명하기 어려운가. "어느 쪽도 다치지 않을 거"라는 사실을 확인하며 "고소당하지 않는 대화법"(「고소당하지 않는 연애」)을 익히는 데 무척 바쁜 삶속에서 "반만 때 묻고 반만 어려지는" 나는, "얼굴 반쪽"으로 살아왔고 살아가야 한다. "젊고 부끄러운 나"의 입에서 흘러나오는 말을 진지하게 들어주는 이는 아무도 없다. 어딘가 다치거나 아프고, 기어코 얼굴이 망가져 "새롭게 일그러진" 모습을 해야만 타인이 간혹 돌아보는 나라는 존재가 있을 뿐이다(이상 「스테로이드, 스테로이드,」). 두 개의 자아, 두 개의 모습은, 욕망과 좌절, 행복과 상실, 허용과 금기로 이루어진 한 짝처럼, 서로 평행을 그으면서, 결국 하나가 하나를 범람하는 방식으로만 개인과 공동체적 삶을 연결하는 시적 알레고리이다.

고통을 회피하려는 본성을 벗어나, 시는 고통 자체를 전유하며, 일상적인 폭력에 복수하는 유일한 방법을 고심한 흔적들과 그 사투의 결과물에 인장을 차곡차곡 찍으며 기록해나간다. 구절과 구절 사이로, 때리고 또 맞는, 죽이고 또 죽는, 상처에서 회복해야 할 자아를 부정하거나, 고통스러운 경험을 자기 처벌의 자장 안에서 끌어안아, 그 과정에서 오히려 흥분이 발생하는 시적 상황이 펼쳐질 때의 당혹감이나 기이한 감정은, 단지 맞아서 입안에 피가 흥건히 고이거나 기만을 당한다고 할 정도로 이러한 폭력이 반복되었을 때만 발생하는 것은 아니다. 가장 가까이에 있다고 여겨지는 존재들이 주고 또 받는 폭력과 그 상처의 기록은 차라리 읽는 자가 온몸을 두들겨 맞는 것 같은 느낌을 불러일으킨다. 불만족 속의 만족이나 통증이나 고통 속에서 겪게 되는 감각의 흥분은 단순히 폭력에 대한 반사작용이나 몸의 즉각적인 대응이 아니다. 그것은 비참을 직접 열고 들어가, 몸을 흠씬 얻어맞는 것 같은 고통과 이로 인한 통증의 작용을 동시에 발산하기에, 차라리 끔찍하면서도 낯설고 기이한 체험을 우리 곁으로 끌고 올 때, 발생하는 것으로 보인다. 이렇게 비참에 매료된 주체가 되는 일, 그것은 역설적으로, 고통을 감각적으로, 시 안에 생생하게 살아 움직이게 한다. 정다운의 시는 가치나 도덕을 버릇처럼 주억거리다가 패배한 자들에게 기꺼이 입을 달아주고, 그 입에서 나오는 위선의 말을 과감히 찢어버린다.

서스펜스와 주이상스

행복과 사랑과 평화의 아름다운 풍경은 펼쳐지지 않거나, 아예 '작동'하지 않는 것일지도 모른다. 욕망의 실현, 그 과정이 자주 좌절과 맞물려 타진될 뿐이다. 「평화 공작소」를 보자. "양팔을 벌리고 땅 위에 누워 보는 게 어때"라고 누군가 나에게 권고했다. 혹은 나 자신이 나에게 건넨 말일 수도 있다. 어쨌든 평화를 꿈꾸며, 나는 풀밭에 누워 있다. 그러자 "양" 한 마리가 다가온다. 풀을 뜯어 먹는 양은 "등 밑이 젖"어 "풀 냄새가 나"는 "몸"과 하나로 포개진다. 후각은 여기서 "그들의 입안에서 풀물 든 내 일부가 갈리는 거야"와 같은 잔혹한 상상이 발동하는 근거가 된다. 이와 같은 상상이 애초에 내가 이곳에 온 이유를 다시 떠올리게 하면서, 그 꿈이 결국 좌절을 겪게 되는 원인으로 자리한다. 그러니까 애당초, 어느 곳에 가든, 내가 욕망하는 평화나 행복은, 나의 기억, 내가 입었던 상처나 화, 왜곡된 일상 등, 내가 있는 곳의 현실을 상상했다는 바로 그 이유로 인해, 줄어들거나 가질 수 없는 것이 되어버리는 것이다. 누구도 자기 사건의 재판관이 되는 일을 즐겨 하지 않는다. 그러나 정다운은, 이런 식의 자기 처벌을 통해, 살인의 공모나 폭력의 경험에 직접 연루된 주인공처럼 기술하기도 하면서, 바로 이와 같은 방식으로 폭력을 현실로 범람하게 만들고, 결국에는 현실 개념을 바꾸어버리고 욕망을 주이상스의 물꼬처럼 뿜어낸다. 공포와 증오, 폭력과 복수, 욕망과 쾌락, 저주와 절망은 피 튀기는 주이상스의 사건이 되어 시집을 가득 메운다.

> 밤에는 아무것도 보이지 않는 숲
> 기척도 불빛도 씨씨티비도 없어서
> 차를 세우고 어둠 속으로 들어가 조용히
> 무슨 짓을 해도 어떤 짓도 하지 않은 마음가짐으로
>
> 파묻기와 숨쉬기
>
> 숲이 모든 것을 보고 있지만
> 그래 봤자 이놈의 눈보다 무섭지 않다
>
> 됐어 완전히 다른 얼굴로 돌아서자

달도 달라 보이고 공기도 후련하다
삽날에 비친 입꼬리도 올라가 보여
한 사람이 떠났고 두 사람이 살았어
집에 가서 사탕 같은 아이 옆에 누워 보자
오늘은 잘 수 있을지도 모른다

오늘부터 앞으로도
—「그 숲엘 갔다」부분

네가 상하면 내가 널 버릴 거라는 걸
건강한 너는 알 수 있다고 했다
나라는 애를 너무 잘 알아서
덥고 가렵고 긁다가 피가 난다고 했다
네가 아는 나와 붙어 자던 네가
정말 원했던 나는 누구였을까
아직 신선한 너를 냉동실에 쑤셔 넣은
네가 알지 못했던 나는 누구였을까
네가 없어진 뒤에야
수많은 내가 흘러나와 입을 열 때,

너란 애는 역시 말이 많다고
랩을 감는 사람은 누구였을까
—「냉동실 안에서」부분

우리는 충분히 우리의 삶에서, 삶의 지리멸렬함 앞에서, 폭력적인 순
간과 순간을 마주하며, 살의를 느낄 수 있다. "파묻기와 숨쉬기"가 반

복되는 것과도 같은 장면들이 왜 삶에서 빈번히 연출되는 것일까? 시는 분명, 이스탄불 근처의 어느 공원과 그 공원의 숲을 장소로 삼아 전개되었다. 그러나 시인은 "상상할 수 있는 한 멀리/어떤, 깊은 숲"(「그 숲엘 갔다」)에 도달한다며, 아직 실현되지 않았으나 실현될 수도 있는 상황을 불러내고, 그런 다음, 자연스럽게 매우 은밀하고 사적인 방식으로, 그것이 무엇이건, 쉽사리 추측하고 단정할 수 없는 저 웅어리와도 같은 욕망을 이 상황 속에서 풀어낸다. "삽날에 비친 입꼬리"와 얼굴과 흐르는 땀, "무슨 짓을 해도 어떤 짓도 하지 않은 마음가짐"에서 서스펜스가 흐르지만, 여기까지다. 두번째 시 역시 마찬가지다. 나는, 내가 갖고 있지 못한 것을 가지려 하고, 내가 가지고 있는 것을 향유하지 못한다. "덥고 가렵고 긁다가 피가 난다고 했다"는 구절은 "나라는 애를 너무 잘 알아서" "네"가 나에게 건넨 말이다. "네가 아는 나와 붙어 자던 네가/정말 원했던 나는 누구였을까"와 같은 물음은, 내가 모르는 내 안의 무엇을 불러내는 것이기에, 물음이라기보다 너-나의 복화술에 가깝다. 더러운 나, 그래서 긁고 또 피가 나고, 그래서 또 상하기도 하는 나는 항상 현실에서 금지되어왔다. 이런 나는 너와 "붙어 자"는 그런 내가 아니다. 그것은 나도 모르는 나였을 것이다. "수많은 내가 흘러나와 입을 열 때" 그러지 말라고, 금지의 "랩을 감는 사람"은 역시 '나'다. 내가 나를 금지시키는 것이며, 일상은 그야말로 이런 식으로 행해지는 금지로 가득하다. 침묵을 강요하는 무의식은 개인적이면서 공동체적이다. 역시 서스펜스가 흐른다. 냉장고는 시체를 보관하는 곳처럼 읽히며, 랩을 감는 행위 역시 같은 맥락에서 시체를 감는 행위를 암시하며 긴장과 공포를 배가시키기 때문이다. 욕망은 금지된다는 점에서 욕망이다. "정말 원했던 나"에 대한 열망이 타오르고 이 금지된 욕망의 빗장이 풀리는 것은 "에어컨 기사님" "정수기 기사님" "인터넷 기사님"이 작업을 하는 동안에 일어난다. 그들은 "전문가"인데도 불구하고 "찬

바람"도 쐬지 못하고 "물 한 잔 못 얻어먹"고, 원활한 소통은커녕 "고독하게 서" 있으며, 자기 행위의 주인이 되지 못하고 알게 모르게 금기를 행하는 자들이다(이상 「냉동실 안에서」).

꿈에 빗대서 욕망을 끄집어내는 것도 시에 서스펜스를 풀어놓는 방법들 가운데 하나다. 금기와 관련된 이 욕망은 그러나 어떤 식으로든 현실에서 제어되기 마련이며, 시는 대부분 꿈의 좌절을 직접적으로 그리기보다, 현실까지 밀착시키면서 발생하는 순간의 접점들을 그러모아, 욕망의 좌표를 설정하고, 금기를 실현하는 알레고리를 통해서 발산한다. "너를 죽이는 꿈" 이야기는 시의 제목 "꿈인 줄 알았네"를 통해 한 차례 더 배반을 겪게 되는 반전을 통해 시작된다. 자신이 기르던 강아지에게 "그러게 말 좀 잘 듣지 그랬니"라며 죽여, 처벌하는 꿈을 꾼다는 이 "흔해 빠진 이야기"는 시인이 꿈조차 검열하며, 타인의 시선을 의식하면서 끊임없는 감시에 시달리는 상황을 그려나간다. 목에 줄을 감아 죽인 강아지를 사람들이 보는 곳에서 내려놓으며 이 강아지를 살려달라고 애걸하는 나는 "줄을 푸느라 손을 떠는 나의 진심이 찍히고 있"는 대중의 감시 체계 속에서 한 번 더 나 자신을 검열을 한다. 누군가에게 보이기 위한 위선의 행동과 타자의 시선 앞에서 내가 저지른 강아지 살해를 부인해야 하는 기묘한 상황은, 우리 주변에서 흔하게 벌어지고 있는 살인 사건과 연접되어, 시에서 조금씩 의미의 전이를 일으킨다. 우리가 알고 있다고 믿는 진실은 과연 무엇인가? 뉴스에서, SNS에서 접한, 진실과 크게 상관없이 널리 확산된 사실들이, 진실과 크게 다르지 않게 받아들여진다. "의도가 없었고/술을 많이 먹었고/그래서 기억나지 않는가 보다"라는 변명에 쌓여 전파된 "가족을 불태"운 사건이나 고의로 "차로 사람을 밀"어버린 사건은, 개를 죽여놓고 "잠깐 한눈을 판 내 잘못이에요/잘 키우지 못한 내 잘못이에요"라며 자기 죄를 감추면서 귀찮은 동물을 살해해 제 욕망을 충족시킨 나의 이야기

158

와 교호한다. 우리는 이렇게 "원만한 합의를 나 자신과 하겠다"는 말로 자기 범죄를 은폐하며 심지어 그 심리를 조작할 수도 있다(이상 「꿈인 줄 알았네」). 아주 약아빠지거나 선한 척하는 자가, 겉으로 드러나는 행위에서만 합법의 테두리를 유지하고 있는 것처럼, 정다운의 시는, 목소리를 돋우어 타인을 거세게 비난하는 자들이 오히려 도덕적으로 선하다고 말할 수 없는 것과 마찬가지로, 귀찮음과 번거로움, 피로와 짜증에 허덕이다가 어느 날 문득 죄악을 저지른 자가 외부에 꾸며낼 연기를 계획하고서, 퍼뜩 자기 자신에게 '잘한 거야'라고 스스로 고백을 하는 기묘한 사태를 빗댄다. 시는 '어쩔 수 없었어'라거나 '그게 최선이었어'라며, 모든 것을 세상이나 환경 탓으로 돌리려는 이기적인 마음, 진실 뒤로 모든 것을 삼켜버리는 매체에 기대어 자기기만에 빠지게 되는 악마적인 심리를 심문한다. 법은 최소한의 도덕일 뿐이다. 그렇다면 필사적으로 자신을 이해시키려, 애매한 거짓말을 자기 자신에게 하는 순간, 무언가 상실되고 사라져버리고 만다면, 그것은 과연 무엇일까.

> 꿇어앉기 싫어
> 입술로 이빨 가리는 거 싫어
> 뜯어먹게 해 줘 조용히 나 혼자
> ──「드디어 금요일」 부분

정다운의 시는 너무나 적나라한, 그래서 번뜩이는 적극성으로 반짝인다. 꿈이 바닥으로 떨어지는 또 다른 꿈과 같은 이야기, 나락으로 향하다가 어느새 다시 솟아나 현실을 찢고 침투하는 저 욕망하는 자아의 이루어지지 않는 꿈, 거기서 시인은 벼랑의 시간을 짓고, 폭력과 배반과 기만을 서스펜스의 경험으로 담아내, 백지를 뚫고 명멸하듯 솟구친 말들의 사건으로 만들어낸다. 그리하여 위선과 기만의 순간들은 불행을 적시하는 일을 감행한다. 시인은 욕망과 불행의 이야기를 복화술처럼 풀어놓아, 모놀로그에서 다성(多聲)으로 목소리를 돋우어 내는 적나라한 시들을 우리에게 보여준다. 말들은 사방으로 뻗어나가고, 그때마다 이야기는 구절구절마다 훌륭하게 작동하는 알레고리를 통해 고유성과 깊이를 갖는다. 폭력을 직접 말하는 화자는 발화의 주체에게 목소리를 양도하면서, 시는 살아남은 자가 위태로운 자기 운명을 타자에게로 입사하여 뿜어내는, 개인적이고도 공동체적인 자리에서 도약한다. 범박한 해석이나 보고, 고발이나 폭로의 즉각적인 이해는 여기서 제동이 걸리고, 애초에 바랐던 것보다 우리는 더 많은 것을 따지고 묻고 사유하게 된다. 터부와 금기에 금이 가고, 삶의 결들이 여기저기서 복합적이고 섬세한 통로를 경유하여, 아브젝트의 언어가 쏘아 올린 역설과 폭력과 욕망이 빚어낸 주이상스의 반론을 한 움큼 풀어놓는다. 헙수룩한 희망에 걸 수 있는 내기는 시에서 포기되는 대신, 빛이 아니라 어둠의 자리가 지금 이 자리와 다를 것 없다고 말하는 상처의 조각들을 그러쥐는 일로, 저 역설적인 말들을 쏘아 올린다. 그리고 그것은 바로 여기, 저 현실의 얼굴이기도 하다.

정다운은 삶의 가장 밑바닥을 떠받치고 있던 것들을 이런 방식으로 들어 올린다. 감추지 않고 솔직하게 드러내면서 시인은 돌이킬 수 없이 무너지는 삶을, 누더기처럼 이제 더는 기울 자리가 없는 일상을, 흘러 엎어져 저 끈적거리는 액체처럼, 이제 다시는 주워 담을 수 없는 순간들을, 도도히 뿜어내는 자기와 타자에 대한 저 연민의 싱그러운 얼굴을 보고 있다. 일상에서 숱하게 범해지는 폭력들을 마주하고, 그 순간의 작용들과 양태들을 붙들어 시인은 헛된 것들의 마지막 파괴를 감행하며, 감각적이고 흠뻑 젖어 드는 언어로 굳게 입을 다문 세계를 강타한다. 기습하듯 세계와 저 세계의 접경에서 끌어모은 말들로 시인은 무의식적인 경험과 의식적인 경험을 비끄러매며, 물질화되는 시간과 육체에 대한 조바심 속에서, 자기방어의 기제들을 모두 해제당한 뒤에 찾아오는 고통의 언어를 가지고 집중의 힘을 발산하는 시를 쓴다. 폭력이 난무하는, 일상 곳곳에 스며든 폭력과 이미 낡은, 낡아가는 세상에 대한 통쾌한 복수가 될 수 없겠지만, 이 시집은, 적어도, 이 지금-여기의 밑바닥을 헤집어놓고, 숨통을 틔워, 삶을 떠메고 어디론가 향하는 이상한 방법이 있다는 사실을 아낌없이 보여준다. 그래서 충격적이면서 또한 매혹적이다.

[2019]

부재하는 발화, 재현 불가능한 기록

— 이원의 『사랑은 탄생하라』

제일 시시한 것은 인간이다

— 이원, 「애플 스토어」

　어떤 시는 지금보다 이후와 그 이후의 시제에 가닿는다. 어떤 시는 대상의 편에서, 존재 가능성의 자리에서 세계를 바라보며, '인간적 관점'이라는 말로 허용되었던 통념을 제거하고, 가장 오롯한 존재의 자리, 잠재성의 영역을 고민하며, '말'에 동원령을 내린다. 어떤 시는 경계를 이루는 끝점까지 뻗친 문장을 들고, 극단적-배타적-이질적으로 여겨진 두 가지 항(項)의 통로를 기어이 뚫는다. 저쪽과 이쪽, 너머와 여기의 '닿음'을 발견할 때까지, 그 순간까지, 가령, 죽음이나 삶을 하나의 매듭으로 잇는 기적 같은 순간의 실현은 물리적 시간을 훌쩍 뛰어넘는다. 그리고 어떤 시는, 이 물리적 시간 너머, 그러니까 '예감'이라는 낱말로는 온전히 설명되지 않는, 사뭇 이상한 풍경을 지금-여기에 펼쳐놓는다. 아주 오래전, 이원은, 부재의 현존을, 그러니까 지금은 너무나 흔해 누구도 놀라지 않겠지만, 당시에는 존재한다고 말하기 어려웠을 것이라고 지금에서야 털어놓고 마는 어떤 풍경, 그 세계를, 기록의 영역으로 끌고 왔다.

　　내 몸의 사방에 플러그가
　　빠져나와 있다
　　탯줄 같은 그 플러그들을 매단 채

162

문을 열고 밖으로 나온다

비린 공기가

플러그 끝에 주렁주렁 매달려 있다

곳곳에서 사람들이

몸 밖에 플러그를 덜렁거리며 걸어간다

세계와의 불화가 에너지인 사람들

사이로 공기를 덧입은 돌들이

둥둥 떠다닌다.

　　　　—「거리에서」 전문[1]

　누구나 거리를 걸으며 전화를 주고받고, 잠시 멈춰 서서 메일과 문자를 확인하며, 거리의 어디라도 잠시 앉을 양이면, 신문을 읽고 음악을 듣거나, 영상에 눈길을 빼앗기기도 한다. "몸 밖에 플러그를 덜렁거리며 걸어"가고, 또 잠시 멈춰, 풍경을 찍어 손바닥 안의 기기에 저장을 한다. 지하철에서조차 누군가에게 텔레파시를 보내며, 보이지 않는 저 "탯줄 같은" "플러그들을 매단 채" "공기를 덧입은 돌들"처럼 살아간다. 그렇게 사람을 직접 만나지 않아도 우리는 익명의, 부재의 주인공이 되어, 여기에는 없는 익명의 "돌들", 타인들과 소통을 도모한다. 20여 년도 훨씬 전, 이 시가 세상을 찾아왔던 그 순간은, 시인이 앞질러 보았던, 그러나 당시에는 도래하지 않았으며 오늘에서야 일상이 된, 그러니까 미지의 풍경이다. 크로노스의 시간 위로 카이로스의 순간이 틈을 열어 보였다고 해야 할까. 인간적 시간, 인간적 소통, 인간적인, 인간적인, 너무나도 인간적인 통념들을 칼날 같은 언어로 베어낸 순간이, 시의 저울 위로 기습하듯, 이 세계를 방문한다.

1　이원, 『그들이 지구를 지배했을 때』, 문학과지성사, 1996, p. 12.

의자를 닮기 위해
발을 매단 채 손을 매단 채
이상한 도형이 되어야 했습니다

침묵하고 있는 이 짐승은 언제 달리기 시작하나요

창밖 난간으로는 발음을 모르는 혀들이 몰려들었습니다
밤의 숲에 가면 뼈의 외침이 나무라는 것을 알게 됩니다
사로잡힌 척 의자에 앉아 우리는 손만 쉴 새 없이 움직입니다
한 끼를 위한 너덜너덜한 손의 동작을 왜 멈출 수 없습니까
〔……〕

뒷모습이 구겨져 있습니다
깜깜한 곳에 우리는 너무 오래 접혀 있었습니다
　　　　—「의자에 어울리는 사람이 되기 위해」 부분[2]

　'인간'에서, 그러니까 인간적 관점에서 출발하지 않기. 인간이 해석
하고, 이해하고, 부여한 통념에 대상의 존재 가능성을 희생시키지 않
기. 사물의, 대상의 "편"에서 "허공에 정지"한 저 "모양"이 다른 "의자
와 그림자"를 목도하는 일의 어려움과 가치를 이원의 시에서 읽는다.
"의자와 그림자의 사태"(「모두의 밖」)를 주시할 때, 대상은 언어의 가
능성에 힘입어 "의자는 허공을 단련시키는 일을 멈추지 않는다"(「애플
스토어」)라는 사태가 빚어진다. 구겨진 "뒷모습"의 "고해성사"가 "발

2　이원, 『사랑은 탄생하라』, 문학과지성사, 2017, pp. 20~21. 이하 이 시집에서의 인용은 시 제목
　만 밝혀 적음.

음을 모르는 혀들"로 완성될 때의 순간, 의자의 재료, 저 "나무"의, "뼈의 외침"을 듣는 귀에서, "의자 손잡이가 비명을 지르고 있는 입"에서, 솟아나는 이미지의 행렬이 "이상한 도형"을 백지 위에 돋아내는 순간을 보라. 이번 시집에서 특히, 지금-현실의 기록은 지금-현실을 넘어서, 아직 가닿지 않는 시간까지 치솟고, 어느 한곳으로 몰려가, 물-파도의 컴컴한 곳, 삶과 죽음의 경계에, 그 매듭에, 그 위태로운 고리에 자주 당도하는 것으로 보인다.

> 파도도 파도 소리도 검다
> 허공은 각각 다른 소리를 내는 중
> 모래도 검다
>
> 억울하게 죽은 영혼들은 바람에 씻긴 말들이 데리고 오나
> [······]
>
> 집채만 한 파도가 아이들을 삼켰다 어둠이 하는 일을 어둠은 끝내 알지 못하므로
> ──「검은 모래」 부분

> 죽음이 흔들어 깨울 때
> [······]
> 파도 쪽으로 놓인 해변의 의자처럼
> 아무 데나 펼쳐지는 책처럼
> 우리는 지구에서 고독하다
>
> 오늘의 햇빛과 함께

부재하는 발화, 재현 불가능한 기록   165

문의 반복처럼
신발의 번복처럼
번지는 물처럼

우리는 고독하다
──「우리는 지구에서 고독하다」 부분

　어느 순간, 어떤 사건, 수면 위로 아직 올라오지 못하는 사건, 누구
나 다 알고 있는 사건, 어느 때보다 더 전파를 통해 퍼져나갔지만, 그
저 입을 다물 수 없었던 사건, 구체적인 사건으로 호명해버리면, 차마
지워질까, 잊힐까, 애면글면, 바로 그 상태로만 떠돌던 사건, 피 같은
시간으로, 검은 영혼으로 겪고 있는 사건을 우리는 알고 있다. 비극을
'기록'하는 문제, 그러니까 비극을 '재현'할 때, '표상'하려 할 때, 감각
과 이성과 감정과 분석과 이해에 매몰되어버리면, 비극 자체가 소모되
고 휘발될 위험을 경고하고 마는, 그렇게 재현이 근본적으로 불가능한
사건을 우리는 안다. 언어를 탈락시키고 변질시키고야 마는 사건, 도구
적인, 소통하는, 이해라는 발화의 자리를 모색하는 게 차라리 불가능하
다고 말할 수밖에 없는 사건을, 우리는 알고 있다. 발화하자마자 소멸
하고 말 것이라는 공포가 엄습해오는 사건, 죽음이, 그 자리에서, 그 자
리를 벗어나 솟아오르는 사건은 이렇게 발화의 영토를 삼키고 또 머금
는다. 죽음의 시간("살아 있는 것들은 모두 빠져나간 후였다", 「기둥 뒤에
소년이 서 있었다」)을 이 세계에 내내 내걸고 드리웠던, "20쪽 가량 읽
던 책으로 파도가 들이닥"치는, "어디에도 없는 골목에서 아가들이 눈
을 뜨는 소리"(「당일 오픈」), 허공을, 저 심연을, 구천을 떠도는 목소리
("알지 못하는 목소리들이 던져졌습니다", 「귀 드로잉」)를, 환청처럼, 절

규처럼, 망망대해의 한가운데, 우리 삶의 곳곳에서, 들었던, 듣고 있는, 사건을, 그러니까 우리는, 안다고, 알고 있다고 말하며 산다.

> 문을 열어 파도에게 목소리를 줄 수 없다
> 불빛은 문틈에서 새어 나오고 있다
> 안은 어둑어둑하다
>
> 몸으로부터 흘러내린다
> 등으로부터 흘러내린다
> ──「실내복」부분

그런데 지금까지 인용한 이원의 시는, 모두 우리가 겪어야 했고, 겪었던, 겪고 있는, 비극, 그 사건 이전에 우리를 찾아왔다. 이후였다면, 아마 쓰지 못했을 낱말들도, 표현들도 있었을 것이다.[3] 이 작품들은, 시가 탄생한 이후의 비극, 겪어야 했고, 겪었던, 겪고 있는 사건을 끌고 와, 전(前)-미래의 언어로 담아낸다. 시는 이렇게 '전조-비극-죽음-사건'을 카이로스의 순간, 그 저울에 달아놓는다. 시간이 흔들린다. 삶이 요동친다. 세계-인간이 부정된다. 발음하지 못한다. 기관이 망가진다. "사라지는 자리에 계속 쓴다"(「호주머니칼」)고 시인은, 마찬가지 시간에서, 적는다. 과거에서 바라보는 미래의 시간에서.

---

3 이원은 최근의 인터뷰에서, '사건' 이전에 발표된 「검은 모래」에 대해 이렇게 말한다: "예감의 영역에서 시는 써지잖아요. 한동안 암흑을 지나겠구나,라는 생각을 했었고 그런 감각 속에서 그 시는 썼던 것이에요. 말하자면 미래의 감각을 풍경으로 받아 적었던 것인데, 현실의 풍경이 되었을 때 심정적으로 굉장히 어려웠어요. 이렇게 쓰지 말걸,이라는 생각이 제일 먼저 들었고, 다른 장면을 쓸걸…… 자꾸 뒷걸음치는 심정이 되었어요.", 문저온, 「시가 먼저 갔으니까 삶도 가볼까? 기계-무당의 춤!」(제5회 형평문학상 수상자 대담), 『형평문학상 수상작품집』, 형평문학상선양사업회, 2018, p. 62.

부재하는 발화, 재현 불가능한 기록   167

*

빛은 칼날만 남은 자의 기도

—이원, 「이쪽이거나 저쪽」

그림자가 있는 곳에 누가 빛이 있다고 말하는가? 빛이 있는 곳에 누가 그림자를 내려놓는다고 말하는가? 소비하지 않기. 망각에 대항하기. 새벽의 증인이 되고, 아침의 기억이 되어, 다시 오후의 문을 열고, 컴컴한 밤까지, 침묵을 연장하는 일, 피가 도는 심장이 딱딱한 돌이 될 때까지, 내내 무언가를 붙들고 글을 쓴다. 어떤 낱말도, 어떤 발화도, 죽음-주체를 재현할 수 없다. 차마 그럴 수가 없다. 시는 애도하지 않는다. 시는 슬퍼하지 않는다. 목소리를 낼 수 없기 때문이다. 오히려 목소리를 내어준다. 목소리를 내주어, 타자의 목소리가 피워낼 자리를 만든다. 그때까지, 그럴 때까지, "네가 물속에서 집어든 책. 흠뻑 젖은 몸으로/마주 앉아"(「천사의 날개」), 입에 뾰족한 부리가 생길 때까지 "가장 끝에서부터 걸어가"는 일을 "다시"(「부리가 생긴 자화상」), 수없이 반복하며, 목소리가 나와 이곳에 당도할 때까지, 기다린다.

> 한 번도 물에 들어간 적이 없어요
> 한 번도 물에 빠져본 적이 없어요
> —「검은 홍합」 부분

> 수평선에서 한참을 더 간 곳에 방을 얻었어요
> 우리는 기울지 않는 밤낮 부근에서 지내요
> —「사월(四月) 사월(斜月) 사월(死月)」 부분

바다 속에 사람이 있어요

—「사월(四月) 사월(斜月) 사월(死月)」부분[4]

　화자'들'이 복합적인 목소리를 내며 현실의 구멍을 뚫는다. 어린아이
의 '명랑함'이나 '천진함'을 나타내는 '언표(言表)'는 제 껍질을 벗고 '내
재된' 목소리라 할, 화자의 복합적인 목소리를 쏟아낸다. 이 목소리는
오롯한 가정, 그러니까 현실에서 실현되지 않았던 허구의 말을 적시한
결과만은 아니다. 시집 곳곳에서 흘러나오는 이러한 목소리들은 단순
히 실현 가능성만을 표현한 것도 아니며, 더구나 비극의 비현실적 체
험을 상상에 기대 전개한 기술만도 아니다. 아이들의 목소리임에 명백
해 보이지만, 그러나, 이 복합화자의 목소리는 죽은 자의 언술만은 아
니다. "나의 두 손을 맞"댈 때, "네가 와서 우는"(「4월의 기도」) 목소리,
그렇게 당도한 목소리, 그러니까 이쪽과 저쪽의 '닿음'이 흘려내는 목
소리이기 때문이다. "어린 손목이 알고 있는 시계"(「검은 홍합」)가 멈
춘 곳에서 울리는, 크로노스의 시간을 가로질러 지금-여기에 당도한
카이로스의 목소리, 산 자와 죽은 자의 목소리, 현실에서 발화된 목소
리, 현실이 아닌 곳에서 발화된 목소리이며, 이 목소리가 백지를 뚫고
솟아난다.

　얼굴을 잃어버렸다 어느 순간 버렸을지도 모른다 뜨거움으로 위
장한 불빛들이 어둠을 빠져나가는 새벽에 어쩌면 어둠 속 어둠이
얼굴들을 먹어치우는 새벽 직전에 어쩌면 어느 순간 구겨서 너의
얼굴에 넣었을지 모른다 어쩌면 죽은 사람이 너라는 걸 모른다 너
는 돌아오지 않는다는 걸 모른다 잡으면 바로 잡히는 만지면 바로

---

4 『사랑은 탄생하라』에는 같은 제목의 시가 세 편 등장한다.

만져지는 얼굴이 너라는 걸 모른다 얼굴이 없는데 입꼬리를 올려
웃는 척하는 기시감을 아니 보이지 않는 눈을 깜빡이며 눈을 맞추
는 이상한 반복을 어긋나며 겹쳐지는 목소리를 못 알아듣는 말을
계속 자르는 무례를 저지르는 고통을 아니 지루함을 아니 무례는
내가 내 얼굴에게 벌인 일 나는 나도 모르는 인물 나는 내가 모르
는 인물 갑자기 울음이 터질 때 세상이 밝았다 어쩌면 이때 버렸다
　　―「어쩌면 버렸다」 전문

　　그것은 "어둠 속 어둠이 얼굴들을 먹어치우는 새벽"의 목소리, "어
느 순간 구겨서 너의 얼굴에" 내 얼굴을 구겨 넣을 때, 터져 나온 목소
리, 그렇게 문법의 층위에도, 의미의 층위에 정박하지 않는, 밤과 낮의
구분을 무효화시켜내면서, 내내 고통 속에서, 내내 쓰면서, 그렇게 마
주한, 여기에 존재하지 않는 영혼들의 "어긋나며 겹쳐지는 목소리"의
기록이다. 그것은 언어로 표현된 목소리, 언어로 표현되지 않을 목소
리, 들리면서, 들을 수 없는 목소리, 신체가 발화한 목소리, 지금은 몸
이 아닌, 한때 신체였던 몸이 발화한, 현실에서 나올 수 있었던 목소
리, 현실에서 발화되지 않았던, 현재의 목소리, 그렇게 현재가 아닌 목
소리, 과거의 목소리, 과거가 아닌 그러나, 과거의 한 지점에서 발화했
을 수도 있을 현재의 목소리, 지금-여기에서 발화되는 과거의, 실현
되었을 가능성을 시인의 귀로 들은 목소리다. "목소리 없이 입 모양으
로"[「사월(四月) 사월(斜月) 사월(死月)」] 죽은 자가 발화하는, 없으면
서, 존재하는, 그러니까 들려오는 목소리를, 물리적인 사월(四月)의 목
소리와 기울어진 시공간 사월(斜月)의 목소리와 죽음의 사월(死月)의
목소리를 우리는 그의 시에서 듣는다. 목소리'들'이 이렇게 시집을 떠
돌아다닌다.

(빛이

동그랗게)

내일은 나타날게

　　엄마
　　엄마
　　엄마
　　엄마

　　엄마

　　엄마
　—「목소리들」부분

　그래서 시인은 목소리가 아니라 "목소리들"이라고 말한다. "엄마"
를 부르는, 현존하면서 현존하지 않는 저 "먼 나라의 발음 같은", 누군
가가 부르는 소리. 누군가를 부르는 주체, 현존과 부재, 현실성과 비현
실성, 생명과 비생명의 대립을 넘어서는 목소리들이다. 시인은, 시로,
"자기 내부에 어떤 낯선 손님이 거주하도록, 곧 그 손님에게 신들리도
록 내버려 두"[5]는 일을, 밤낮으로 받아 적기 위해 언어를 고안한다. "어
떤 기원을 부리기 위해서"(「작고 낮은 테이블」), "아기들의 얼굴에" 나

타나는 "묵시록"(「큐브」)을 묵묵히 받아 적는 일, 이러한 주관적-실행적-묵시록적-복합적인 말을 기록하여, 시는, 겪어야 했고, 겪었던, 겪고 있는 사건을, '쓰다'라는 행위로 실천하며, '닿음'의 언어를 쏟아낸다. 무엇이 사실인지 확정하는 것 자체가 무언가를, 현실에서, 사건에서, 사건의 표상으로 인해, 지워낼 수 있기 때문이다. 아(我)와 타(他), 현실과 꿈, 물의 바깥과 안을 가르는 일, 이원의 시에서 자주 목격되지 않았던 비교형 격조사(~처럼)로 마무리되는 구문들은 "우리들"-"나"-"당신"(「밤낮」)을 명확히 서로 분리되지 않는 호칭으로 만들어버리고, '밤과 낮'을 물리적 시간을 삼켜버린 카이로스의 순간으로 전환해낸다.

> 허공을 끄자
> 공기를 끄자
> 헛되이 되자
> 밤이 오면 박쥐처럼 보이게 하자
> 긴 구간을 걷자
> ──「하루」부분

> 검어지다가
> 어두워지다가
> 잠기다가
> 검정에 겹쳐지다가
> 정면을 할퀴며
> 튀어 오르자
> 허공의 목젖으로 멈추자

5 자크 데리다, 『마르크스의 유령들』, 진태원 옮김, 이제이북스, 2007, p. 21.

던져질 준비를 하자
단단한 소리가 되자
우리는 고양이다
먼 곳까지 검정을 놓아둔 검정이 되자
—「모두 고양이로소이다」 부분

이쪽과 저쪽이 우리의
다물어지지 않는 입이라면

끓여도 좋아 온갖 내장까지
미어터지게 먹어도 좋아
경멸과 수치까지

눈보라가 쳤다 열흘째
빛은 칼날만 남은 자의 기도
—「이쪽이거나 저쪽」 부분

　이원의 시에서 좀처럼 등장하지 않았던 어법이다. 우리는 여기서 간절한 기도와도 같은 마음을 읽는다. "거짓말이에요"와 "거짓말이다"를 반복하며, "머리에 그림자를 뒤집어쓰며 울부짖는 목소리들"(「죽은 사람 좀 불러줄래요?」)을 우리는 이렇게 듣는다. 시는 입을 굳게 다물고, 그 무엇도 기록할 줄 모르는 '심장'으로, "그림자를 품어 그림자 없는 그림자"로, "침묵으로 덮여 그림자뿐인 그림자"(「사람은 탄생하라」)를 기록하고, "갖고 있던 표정을 모두"(「한 편의 생이 끝날 때마다」) 동원해서, 몸의 온 기관으로 발화한다. 인간의 윤리가, 이렇게 파멸되었던 순간이 또 있었을까? 기억이 사라지고, 사건이 증발하고, 비극이 소진되기를 멍하니 목을 빼고 바라보며, 지나간 어느 미래의 현재에다가 비극을 방출하려는 온갖 사취와 참칭과 폭력에 맞서, 일상에서, 삶에서, 대관절 무엇을 할 수 있는가? 한 줄기 빛, 한 조각 빛, 저 컴컴한 심연에서 빛은 비출 것인가? 동일한 제목의 세번째 시다.

> 사랑은 덜컹이며 떠났다고 쓴다 빈자리가 나타났다고 쓴다 납작하게 눌려 있던 것이 길이었다고 쓴다 보았다고 쓴다 거기에 대고 불었다고 쓴다 씨앗이 땅을 뚫고 올라올 때는 불어주는 숨이 있다고 쓴다 숨을 불어넣으려면 땅 안에 들어간 숨이어야 한다고 쓴다 길이 떠오른다 관이 되었다 떠메고 갈 손들이 필요하다 뒤따를 행렬이 필요하다
> ──「사월(四月) 사월(斜月) 사월(死月)」 전문

온통 검다. 검은 장소, 검은 영혼, 검은 바다, 검은 파도, 검은 세계다. 빛이 조금이라도 들어오게 행렬을 이어가야 한다. 돌이 된 심장은 다시 뛸 수 있을까? 심장에 숨을 불어넣으려면 "땅 안에 들어간 숨"이어야 한다고 말한다. 하루가 지니고 한 주를 넘기고 한 달이 지나도록, 그렇게 또 한 달이, 아니 1년을, 1년을 넘는 세월을, 세월을 세월을 세월을, 4년이 넘는 세월을, 4년의 세월, 세월의 하루와 하루, 세월의 하루-하루, 세월의 하루-하루-하루를 덧대면서, 세월의 연속을, "금요일부터 금요일까지"(「빛을 펼쳐라」), 그렇게, "우리의 심장을 풀어 다시/우리의 심장/모두 다른 박동이 모여/하나의 심장/모두의 숨으로 만드는/단 하나의 심장"(「사람은 탄생하라」)으로 지나올 때, "길이 떠오른다"고 말한다.

> 검은색으로부터 그것은 떠오른다. 그것은 오로지 검은색이다. 그

것은 오로지 검은색이었다가 검은색이고 검은색이 될 것이다. 검은색 속에서 검은색이 떠오른다. 검은색 속에서 검은 바람이 일어난다.

그것은 검은색.

불어오는 것이다. 우리는 휩싸이는 것이다. 검정의 바람이 되는 것이다.

구겨 넣은. 긴 손처럼. 긴 혀처럼.

그리고 침묵.

그 속에 우리는 머리에서 발끝까지 묻히는 것이다.
숨 막히는 것이다. 다시 일렁이기 시작하는 것이다.
──「이것은 희망의 노래」 전문

"오른손을 잡히면 왼손을 다른 이에게 내밀"어 "행렬"을 만들 시간을, "목소리 없이 노래" 부르며, "입술을 만들"(「이것은 사랑의 노래」)어서, 나가자고, 그래야 한다고, 그럴 수 있다고, 그것은 항상 "다시 일렁이기 시작하는 것"이라고, '닿음'의, 그 불가능성의 가능성을 쓴다.

[『시인동네』, 2018]

부재하는 발화, 재현 불가능한 기록   175

"나의 시인이여, 이제 그만 죽어도 된단다"
: 피 흘리는 꿈, 납작한 마음
─ 김경인의 『일부러 틀리게 진심으로』

우리는 여기에 있지? 그래, 여기에 있지

김경인의 시집 『일부러 틀리게 진심으로』(문학동네, 2020)에는 숱한 '할 수 없음'이 등장한다. 이 '할 수 없음'은, 그러나 무능이나 부정으로 휘발되며 열리는 낯선 추상, 저 피안의 언덕을 고지하는 것도 아니며, 일그러진 표정 속에 감돌고 있는 곤혹이나 불안, 혹은 사라지는 기억을 애면글면 잡아채고 궁글리면서 화려한 비유의 개시를 타진하려 굳게 닫힌 문자의 문을 두드리지도 않는다. 그는 차라리 지금-여기서 꿈을 꾸듯, 지나갔거나 지나고 있는 미래의 어느 행렬 한가운데로 뛰어들어, 조금 늦게 도착한 것에 관해, 낮은 것과 낮아진 것들, 세상의 그런 존재에 대해, 그 주위로 번져난 마음을 새기는 일, 그 일의 '할 수 없음'에 전념하며, 차라리 '하강'하고, 내려앉고, 다른 눈을 뜨려고, 최선을 다해, 떨어지려 하는-떨어지고 있는 것처럼 보인다. 그러니까 납작한 것들, 바닥을 기어가는 것들, 어느새 높이를 상실한 것들, 한없이 아래로 내려가는 것들, 몸을 감추고 사는 것들, 잊으려는 것들, 그러나 잊을 수 없는 것들, 불현듯 솟아나는 것들, 그러나 결국에는 되돌아오고 마는 것들, 없어지지 않는 것들, 그러나 없어지고 있는 것들의 부르튼 입술이 되어, 가까스로 숨통을 터주고, 가둘 수 없는 어느 여름으로,

바로 그 여름 직전으로, 스쳐 지나고 말았던 상실을, 오로지 그 순간과
순간으로 받아내면서, 시인은 망각에 대항하고 불면의 망자들을 호명
한다. 무엇으로도 표상되지 않는 것, 그러나 그것은, 김경인의 시에서
새벽의 기억이 되고, 캄캄한 밤의 증언이 되어, 한없이 촉발되고, 끊임
없이 소환된다. 시집의 첫 작품이다. 전문을 인용한다.

> 모든 것을 잊고 그는 읽기 시작했다. 김종삼 좋지? 좋아. 김춘
> 수는? 그도 좋지. 봄이군. 전봉래도 전봉건도 다 좋아. 그는 담배
> 를 물었다. 산등성이에 왜가리들이 하나둘 돌아와 앉았다. 산이 드
> 문드문 지워지고 있었다. 죽은 왜가리 소리가 들렸다. 미래의 소리
> 같군. 그러나 새들에게 영혼을 물을 수는 없어. 나도 알아. 한 단어
> 와 다음 단어 사이에서 그는 잠시 숨을 멈춘다. 왜가리가 활짝 날
> 개를 폈다 접었다. 그렇지만 새들에게 영혼은 없다고. 비유가 익숙
> 한 세계에 그는 있다. 그는 다시 읽기 시작했다. 죽은 사람들은 어
> 쩐지 아름다워. 그래. 그렇지만 이제부터 물의 비유는 절대 쓰지 말
> 자. 그래. 그래. 아무것도 잊어서는 안 돼. 정말 봄이라며? 응. 우리
> 는 여기에 있지? 그래, 여기에 있지. 산으로부터 어스름이 몰려온
> 다. 봄이군. 그가 울기 시작했다.
> ─「두 사람」 전문

"우리는 여기에 있지? 그래, 여기에 있지." 누군가 자신의 위치를 묻
는다. 그러나 이 문장을 순수히 '물음'이라고는 할 수는 없다. 아직 죽
지 않았다는 사실을 이미 '알고 있음', 그 자체를 재차, 확인하면서, 동
의를 구하는, 일종의 '수사 의문문'에 가깝기 때문이다. "그래, 여기에
있지", 역시 간결한 대답의 양식을 취하고 있으나, 우리는, 간결함에
오히려 단호함이 묻어나듯, 이 물음과 대답 모두, 호응하지 못한 채, 서

로에게 다소 어긋나 있다는 사실을 알게 된다. 물음과 대답, 이 양자 사이에 커다란 여백이 잦아들고 공백이 스며들며, 다물고 있는 두 문장 사이로 죽음의, 죽음이라는 무한한 시간이 흐른다. 물음은 어느 해, 여름 이전의 것이며, 대답은, 그 이후, 지금-여기의 것, 지금-여기서 진행 중인, 그 상태에 내내 정박하여 있는, 그러면서 항시 되돌아오게 되는, 단 하나의 마음-죽음, 죽음-마음이기 때문이다. 이렇게 대답은 '우리'가 살아 있음을 확인하는 발화 자체에 바쳐지는 것이 아니라, 망각에 저항하는 제 마음을 표정하는 것에 조금 더 가깝다. "비유가 익숙한 세계"는 얼마나 잔인하고, 순진하고 또 비현실적-비사실적-비진실적인가.

그 세계는 자주 '서정'이라는 이름으로 찾아오는 세계, 절묘한 기교, 아름다운 언어로 뒤발한 세계, 예찬과 찬사가 뒤따르는 따뜻하고 화려하고 다소곳한 감상의 세계다. 이렇게 (배웠다), '시는 비유의 산물이다', 그렇게 (쓴다-써왔다), '시는 상징으로 빛난다'—그런데 "너라는 상징을 어떻게 읽을 것인가"(「안식도서관」)—, (그렇게 믿는다-믿어왔다) '영혼이건 삶이건, 비유를 통해, 하다못해 죽음도 아름다울 수 있다'고. 아름다움은, 자주 아름다움을 시연하는 비유에 흠뻑 젖은 채, 껍데기로 제 몸을 치장한다. 언제? 어디서? 비유는 역사를, 맥락을, 상황을 모른다. "눈물인지 땀인지 알 수 없도록/다정도 병이라니" 그저 "미쳐 돌아"(「여름 아침」)갈 뿐이다. 아름다움은 삶을, 현재를 미화하거나 아예 다른 곳으로 데리고 간다. 비유는 망각하거나, 비극을 전시한다. 비유는 이해와 위로의 회전문을 돈다. 비유는 다독거리며 비극을 표상한다. 비유는 이렇게, 자주 눈물을 흘린다. 비유는, 눈물이 쾌감의 한 방편이기도 하다는 사실을 잘 알고 있으며, 또한 자주 즐긴다. 눈물을 자아내는 비유는 카타르시스를 견인한다. 비유는 비극의 효용과 쓸모를 겨냥하고, 북돋우고 격려하거나, 간혹, 잘못했다고-잘못되었다고,

178

나무라면서 인상을 쓰기도 한다. 비유에 힘입어, 비유 안에서, 비유 덕분에, 현실의 표면을 날렵하게 밟아 앞으로 나아가고, 경쾌하게 미끄러지면서…… 하늘로 날아오르는 시들. 함께 날아오르는 새들. 푸드덕푸드덕, 햇살 사이로 눈부시게 흩어지는 새 떼들의 저 찬란한 망명. 날아오르는 이 새들에겐 그러나 영혼이 없다.

돌아갈 수 있습니까 당신은?

비유가 익숙한 세계는, 특히 시인의 말로, 그들 말의 부림, 시인에게 고유하다고 믿어온 감각과 그 감각에서 빚어진 말의 무늬로 가능해진 세계이다. 시인은 이게 가능하지 않거나 그럴 수 없다고 말한다. 그렇다. 실로 그러했다. 죽음은 대체, 대관절, 무관한가? 아우슈비츠 이후에도 서정시를 쓸 수 있을까?

헛간에서 혼자 썩어가는 쥐처럼
감정이 차곡차곡 죽어가는 밤

너에게로 가는 기차―망가진 뒤축처럼
진창에 처박힌 악취나는 씨앗처럼
무덤 위의 상한 백합처럼

흔들리는 숲

산책, 더 많은 죽음에 실패할 때까지
내가 토해낸 끈적거리는 얼굴들

"나의 시인이여, 이제 그만 죽어도 된단다"   179

어떤 아름다움과도 무관하게
─「숲」 부분

늙은 도공의 탄식처럼
깨지길 기다리는
항아리들처럼
일생의 이야기들 속에서 달린 발 빠른 말이
지나간 자리
백 년 동안의 흙먼지처럼
자화상을 기다리는 검은 프레임처럼
텅 빈 깡통 속 홀로 반짝이는 은화처럼
내려앉는 햇살처럼
강 한가운데로 흘러온 노래의 조각배
검은 머리털을 덮어버린
흰 머리카락처럼
아침마다 무너지는 세계
담벼락 아래 깔린 비밀 위로
가벼이 떠오르는 민들레처럼
그 물음표처럼
점점 작아지는 휘파람처럼
분노와 슬픔으로 촘촘히 짠
주머니를 찢고 나오는
어리둥절한 돌멩이처럼
─「삼월」 전문

김경인의 시는 실사(實辭)의 존재론에 바쳐지는 것이 아니라, 그 주위의 나머지 문장들에서 빚어져 삶의 결을 머금고 다잡는, 그렇게 흩어지며 부딪치고, 충돌하며 결국 격렬하게 터지고야 마는, 알레고리의 편에 선다. "먼지로 덮인 꿈을 다 털고 나니/모든 비유가 사라"(「수집가 K」)졌다. "구름과 나무의 대화법을 믿지 않으며/보도블록을 깨뜨리는 빗방울에 대해서 상상하지 않을 것"(「코코라는 이름」), 아니 그러지 못할 것이라고 말한다. "아침마다 무너지는 세계"가 지금-여기서 반복되고 있다. "쥐" "씨앗" "백합" "탄식" "항아리" "흙먼지" "자화상" "은화" "민들레" "휘파람" 등은, 꼭짓점 하나로 수렴되며 빛을 뿜어내는 '직유'의 화신, 즉 상징이 아니라, "한 단어와 다음 단어 사이"(「두 사람」), 그러니까 바로 이 낱말들을 둘러싸고 있는 나머지 낱말들에 의지해, 지탱되고 집적되는, 추체험이 제거된 세계를 주조한다. 자잘하고 특수하며 개별적인 것들이, 하강하면서 만들어지는 이미지들이다. 다시 한번, '그렇다'. 오히려 이런 이미지와 저런 이미지들이 "어떤 아름다움과도 무관하게", 파편처럼 모여 응축되고 서로 충돌하면서, 피를 섞어 꿈을 마신다. "고백을 재촉하는 물속의 흰 종이"(「나의 아름다운 정원」)를 활활 태우며, "일생의 이야기들 속에서 달린 발 빠른 말이/지나간 자리"가 제 길을 내면 "더 많은 죽음에 실패할 때까지", "납작해진 털가죽 사이로 삐져나온 개의 따끈한 내장과도 같이/모락모락 김이 나는 비릿한 문장"(「시」) 몇몇을 그러쥔 채, 그는 수면에 좀처럼 입사하지 못하는 꿈, 그러니까 의식이 끊어질 듯 말 듯, 간당간당한 순간을 필사한다.

> 잘생긴 글자들을 빛깔 좋은 열매처럼 매단 너의 무성한 나무 꼭대기에서
> 저 아래로,
> 바다 아래로,

"나의 시인이여, 이제 그만 죽어도 된단다"　　　　181

너무 많은 다리들을
툭툭 분질러가면서

이토록 차가워 좋은 흙냄새
진창을 온몸으로 구물구물 기어가는, 나만의 산책
　　──「벌레의 춤」 부분

　자신의 아름다운 예언에 취해 고꾸라지는 점성술사들과 폭죽처
럼 솟아 자리를 잡아가는 별들, 궤적을 남기지 못하고 사라지는 이
름 모를 행성의 비명이 엉망진창으로 취해가는 곳에서 나는 묵묵
히 땅 짐승들의 지도를 그려야 합니다.
　　──「도마뱀의 편지」 부분

　할 말이 있어요오 문밖에 냄새를 맡고 온 집짐승들이 모두 내 목
소리를 훔쳐 떠든다 나는 아무렇게나 얼굴을 빚어 창밖에 걸어둔
다 뼈와 살이 드러나도록 다 물어뜯어라, 다시는 돌아오지 마라, 옛
집들아, 신음하는 피투성이들아,
　　──「밝은 방」 부분

　'할 수 없음'의 시. 단호하고 단정하게, 그러나 다소 어긋나게, 진심
을 담아서, 그리고 무엇보다도, 나를 걸고서, 쓴다. "식어버린 말들을
안고" "절룩이며 달"(「어제」)리는 마음, "목을 매달 시 한 줄 없이" "공
터처럼 텅 빈 얼굴로"(「티타임 오후」) 저 불가능의 가능성을 써 내려
가는 '할 수 없음'의 시를 우리는 읽는다. 시가 되는 것, 시라고 여겼던
언어는 "아름다움 소리"를 흘려보냈던 말들, 그러니까 세상에서 "가
장 빛나는 글씨"였던가. 피가 폭죽처럼 사방에 번져나간다. 죽음이 벽

에 걸린다. 시는, 비유로 면제받는 멜로드라마가 될 수 없다고, 불가능한 표상, 표상 자체의 불가능성, 재현의 무능을 경고하며, '다시' 살아야 한다고, 헐고 다시 지어야 한다고, 조용히 재촉한다. 시는 그러니까 그저 사실-진술적인 말도, 수사의 말이나 비유에 올라탄 말, 그러니까 그저 아름다운 말이 아니다. 시는 "조립과 해체를 견디는 삶"(「시인의 말」)에서 나온 말, 그것을 기록하는 말, 수행적인 특성의 발화, 다시 말해 무너뜨리거나 제거하는 게 아니라 부순다는 '해체'를 넘어서, 새로운 관계를 짜나가는 말이다. 시는, 그저 시입네 해온 것들, "무대 위에서만 빛나는 비유들", 저 "모조 낭만 시대의 별"(「초대」)들, 끊임없이 재생산되는 수사와 비유로 재잘되는 저 입에 "네가 사랑하는 문장들은 모두 가짜야"(「어제」)라며, 재갈을 물리는 말, 그러니까 그것은 일종의 신념, 다시 말해, 믿음에 대한 고백, 또 다시 말해, 나 자신, 그 무언가를 걸고 임하는, 행위적-동작적-정동적 발화의 산물이다. 김경인에게 그 말은 "네가 다 빠져나간 다음에야 비로소 생겨나는 마음"(「여름의 할일」)의 말일 것이다. 그는 바로 이 마음을 쓴다. 아니 시 쓰기에 임한다. 시는 당장에 죽어야 한다. 시는 그 "잘생긴 글자들을 빛깔 좋은 열매처럼 매단 너의 무성한 나무 꼭대기"에서 내려오는 일, 그렇게 바닥에 당도해서, "묵묵히 땅 짐승들의 지도"를 그리는 일, "네가 다 빠져나간 다음에야 비로소 생겨나는 마음"으로, "여기에 남아/무릎에 묻은 피를 털며" "내내 꿈꾸는 일", "다시 깨지 않"(「여름의 할일」)는다는 사실을 알면서, 그러나 다시 시작하는, 끊임없이 재-착수하는 책무의 발화다. 묻는다. 되돌아온다. 다시 묻는다. 이전으로 "돌아갈 수 있습니까 당신은?"(「일주일」)

내 안에서 동시에 말하는 사람은 누구인가

웃음을 위해서는 몇 개의 근육이 필요한가
당신의 차가운 핏줄을 돌다가
잘못 빠져나온 것 같다
이 밤엔 슬픈 귀가 아홉
꿈이 남기고 간 이명에 사로잡혀
돋아나는 귀들을 잘라내는 밤

울음을 멈추기 위해서는 몇 개의 손이 필요한가
배낭 속엔 더럽고 맛있는 열매
미로 상자 망상들
굴을 파자, 굴을 파자, 굴속에
파묻힌 도토리들 찢어버린 자서(自序) 혼자 발광하는 글자들이
다시는 나를 열독하지 못하게

아무에게도 편지를 쓰지 말자
빙빙 돌다 내게 불시착한 까마귀떼, 날개, 그림자
빙빙 돌다가 까막까막 이름을 물고 날아가겠지

몇 개의 밤이 필요한가 이 밤을 벗어나기 위해서는
당신의 차가운 핏줄을 반대 방향으로 돌기 시작하는
내 안에서 동시에 말하는 사람은 누구인가
사이좋은 밤이다
─「거룩한 밤」 전문

나는 속수무책 흘러내리는 밤에 주둥이를 박고
촘촘히 짜인 흰 천에
작은 구멍을 내는 좀벌레처럼
여러 개의 희미한 다리를 허우적대며
　　　　　　　　　　―「잠의 해고 목록들」 부분

　짧은 순간, 눈을 감자마자 시작되는 이상한 상태에서만, 들고 나는,
무언가가 있으며, 그것을 포착하는 일은, 가령, 꿈의 순간을 필사하는
작업과 일면 닮았다. 파고 파고 또 파는, 그렇게 불면을 지배하는 어
느 굴착기의 끝에 대롱거리며 딸려 나온 "찢어버린 자서 혼자 발광하
는 글자들", 그간 나를 지배해온 언어를, 그런 시를, 시인은 통째로 부
수어버린다. 밤은 "검게 빛나는 밤의 서랍 바깥으로 한 발짝 도망치
기"(「눈을 뜨고 모든 밤」)를 통해, 애초 완수할 수 있다고 믿고 있었던
헛된 믿음을 뒤로하고, "나의 혁명"을 기도하는 진실의 순간을 연다.
그러니까 밤은 사고와 탐색, 고찰과 분석의 시간이면서, 동시에 환상의
순간이며, 단단한 이성이, 달려드는 마음에 제 자리를 양보하는 장소이
자 순간이라고 해야 한다. 물음이 촉발된다. 나는 의문과 물음과 내 안
에 잠재하고 있는 타자-시인-시를 깨우고, 헐고, 다시 짓는다. 이 시집
은, 독창적인 방식으로, 짓고 헐고, 헐고 다시 짜내고 헐기를 반복하는,
밤과 꿈을 피로 필사한, "내 안에서 동시에 말하는 사람"의 말의 기록
이라고 할 수 있다. 그러니까 밤은 진심일 때, 아니, 오로지 진심이 비
로소 눈을 뜨는 시간, 헐고 짓는, 내 안의 공동체성-타자성이 솟아나는
시간이다. 시인을 죽이고, 다시 시에-시를 착수하는 시간, 그렇게 나를
나에게서 빠져나오게 하는 시간이다. 밤과 꿈은 서로의 영역을 넘본다.
꿈에서 "물그림자조차 자신을 못 알아보는 밤"(「도마뱀의 편지」)을 시
인은 만난다. "한 짝은 고독 쪽으로 한 짝은 환멸 쪽으로 팽개쳐버린

구두/반반하게 낡아가는 심장들"(「반반」)로 밤과 꿈은, 공지(空紙)를 찢고 나온다. 시인은 꿈의 대지와 그 지대에서 "나를 벗겨내 나를 기록해온 그림자에게"(「가을이 오면」) 힘겨운 안부를 전한다.

범계역과 범계역 사거리 사이에는 횡단보도가 네 개, 빌딩 창문이 천사십오, 횡단보도에는 흰 줄이 여섯 칸, 검은 줄이 여섯 칸.

"백남기 농민의 죽음을 추모합니다" 현수막과 스물두 계단의 에스컬레이터 사이, 은행나무가 다섯 그루, 떨어진 은행나무 이파리는 모두 초록, 은행나무가 아닌 나뭇잎도 모조리 초록. 거리에 으깨진 은행 열매가 백스물둘, 플래카드 옆 포대자루에는 버려진 은행의 영혼이 삼백사 개.

교실에는 책상이 모두 스물아홉, 보고 싶다, 좋은 곳 가, 다음에는 꼭 학원에 같이 가자, 옹기야 사랑해, 슬라바야 사랑해, 급식 당번표의 이름이 모두 스물아홉. 사라진 교실의 고요를 밟으며 교정에 그림자를 길게 떨어뜨리는 가을이 하나.

309번 도로에는 평평해진 고양이가 하나 둘 셋, 이미 도로가 되어버린 개가 다섯, 영양탕집 압력솥 안에서 푹푹 삶아지는 눈알이 삼백.

과천시정보도서관 4층 서가에는 시집이 천오백사십사 권(그러나 내 시집은 없음) 새로 도착한 시집이 삼백육십 권, 이장을 기다리는 시집 역시 삼백육십 권, 죽은 시집과 산 시집 사이, 9월의 먼지가 8월의 먼지 위에 소복하게 내려앉고 있습니다.

당신과 나 사이에는 침묵이 하나. 침묵의 심장과 침묵의 살결 사
이 푹 꽂힌 칼이 하나.
　　　　—「분명한 사실」 전문

　'사실적'이라고 말하려니, 오히려 그 수사가 초라해진다. 대저 사실
은 무엇인가? 사실이 아주 단순한 기록, 덧칠하지 않은 명료한 문장으
로 재현된다는 사실을 우리는 모르지 않는다. 그것만으로 어쩌면, '날
이미지'가 오롯하다고, 누군가는 이야기할 것이다. 그러나 이 '날'이미
지는, 날아오르지 않는다. 이 '날'이미지는 '날것'—원초적이라거나 근
원적이라거나 하는 수식어와는 무관하다—들이, 그저 조합처럼, 합성
된 사진처럼, 그러니까 콜라주처럼, 이음매를 드러내며 거칠게 현실의
'-것'들-things을, "무인칭"(「음악」)의 무엇을, 적었을 뿐이다. 카메라
의 앵글에 포착된 조형 같은 말들, 사실-현실-진실의 온갖 '것들', 플
래카드의 문구가, 메모지들의 문장들이, 그저 나열되었다. 낱말과 문장
사이의 간격이 크게 벌어져 있다. 화려한 수사가 일절 배제되었다. 이
이미지들은 사실의 냉정한 망(網)에 놓인다. 어떤 사실을 보고하는 것
이 아니다. 그것을 기억한다. 또한 기억은, 그 기억이 떠오른 바로 그
곳, 그 장소를 표시하는 일로 가능할 뿐이다. 잡다함을 최소한으로 줄
여내어 생겨난 여백이 이렇게 시에서 창출된다. 이 비어 있는 곳에서,
'말해진 것과 말해지지 않은 것 사이'의 조합, 그러니까 '문장-이미지'
의 독특한 공간이 생성된다. 작품의 뜻을 풀어 해석을 덧붙일 필요가
없는 간결하고 사실적인 스타카토의 '문장'은 그 단단한 성질로 '이미
지'를 촉발하며, 이미지는 이때, '보다'의 파생물이 되는 것이 아니라,
'현실'-'사건'을 생성하는 운동으로 살아난다. 이미지는 '문장과 함께'
도달한다. "말들은 눈이 멀어 중구난방으로 구유를 떠난다"(「상속」)처

럼, 말의 터, 말에 양분을 줄 곳에서, 말은 이미 달아나버린다. 이미지-문장은 하나가 되었다가, 다시 결별하고, 다시 하나로 되돌아오면서, 마침내 작렬한다. '문장-이미지'는 불같고, 화같이, 분노하듯, 혹은 한없이 나락하는 마음, 처절한 슬픔과 의문 가득한 곳에서 피어난다. 시인은 그 단위를 솎아낸다. "떨어진 은행나무 이파리는 모두 초록, 은행나무가 아닌 나뭇잎도 모조리 초록"이다. 초록은 떨어졌다. 떨어진 나뭇잎은 모두 초록이다. "초록이거나 빨강인 채로 바랜 활자들"(「잠의 해고 목록들」)이 있을 뿐이다. 초록은 피에 젖은, 바로 그 상태에 있는, 그 상태로 살아온, 초록이다. 초록은 피로 물든 초록일 뿐이다. 이 충돌하는 이미지들은 체험된 '것들'의 매개이며, 서로가 모종의 스파크를 일으키고 마는 쇼트의 나열과도 같다. 이미지는 단순하게 무언가를 매개하는 데 그치는 것이 아니라, 큰 폭으로 벌어진 온갖 말들이, 가장 무서운 방식으로, 고유하면서도 중립적인, '원래' 갖고 있던 제 '의미'를 빼앗기게 만드는 동시에, 수식의 신비함도 기어이 좌절시키는 추락을 견인하고, 나아가 그 과정에서 어떤 비판의 폭발적인 조직 하나를 일구어낸다. '말할 수 없음' '할 수 없음' '표상할 수 없음', 그렇게 "당신과 나 사이" 놓인 "침묵", 그 "침묵의 심장과 침묵의 살결 사이 푹 꽂힌 칼이 하나"가, 무언의 사물들, 것들, 사실들이, 숱한 비명이 되어, 백지 위를 활보하기 시작한다.

초록이 다 저문 줄도 몰랐지

초록이 다 저문 줄도 몰랐지
젖은 흙속에 너무 오래 머물렀을 때
——「벌레의 춤」 부분

어제가 왔다, 낡은 초록빛 털실 옷을 내게 돌려주러

털실은 나를 키운 늙은이의 핏줄에서 꺼내온 것이다

악착같구나, 내가 끊고 도망간 실들이 나를 끌고 와 도로 실패에 감으려나보다

　　―「어제」부분

　　내가 아는 가장 아름다운 낱말은 심장에 기형의 뿌리를 단단히 내린 초록. 나는 내가 꾸는 가장 숨가쁜 꿈. 친구, 한 번쯤은 나를 그렇게 불러도 되겠지. 아버지는 아마도 영원히 잠에 들지 못하는 문지기일 것이네. 선생, 한 번은 나를 그렇게 불러도 되겠지. 문 앞에는 문지기가 있다고 하는 그런 문이 있고. 선생, 내가 매일 당신의 죽음을 기도한다는 거 아나? 나는 초록이 꾸는 가장 더러운 꿈. 착한 알코올들, 저 창백한 알맹이들의 포말을 터뜨리며 힘겹게 떠오르는 빛, 빛, 빛.

　　―「환한 술병」부분

　　(시는) 생성되지 않는다. (시는), 생명은 피어나지 않는다. 이미 죽었기 때문이다. 피어나는 중인 모든 것들, 피어나려는 것들은 피어나지 않는다. 생명과 죽음의 이분법은 조용히-진작에 소멸하였다. 시인은 초록이 제거되는 세계에 있다-산다. 내일이 아니라, 오로지 어제가 당도할 뿐이며, "빨강주황노랑파랑남색보라"(「동지」)만이 화사하게 물들이고, 활발하게 펼쳐지며, 구동하는 그런 세계, 그와 같은 현재가, 초록에게는 오로지 미래인 시간으로만 존재하며, 지금-여기, 과거의 미래인, 지금에서 이루어지지 않은, 그러나 이루어질 수 있었을 시간만이 반복될 뿐이다. 초록은 이미-여전히 저물었다. 따라서 존재하지 않는

것이 마땅하다. 초록은 '가능하지 않음' '할 수 없음'이다. "초록 글자들"
은 "죄다 떨어"지고 말아야 한다(「안식도서관」). 초록은 시간을 파기하
고 대지 위로 껑충 날아오른 정지의 감수성의 산물이 아니다. 그것은
'애도'하는 말, 차라리 기억하는 현재다. 그러나 이 애도는 어떤 학자가
멋들어지게 그 개념을 정해놓은—감정을 객관화하여 대상을 타자화시
킨—그런 애도, 수식, 개념, 수사, 관념이 아니다.[1] 그 어떤 역사책에도
나오지 않으며, 달력이 기록을 멈추어버린, 망자들이 들고 또 나는 현
실, 그 현실의 소멸에서 쏘아 올린, '할 수 없음'을 실천하는 언어, 그러
니까 망각할 수 없음의 문장이다. 시는 축축한 지하로 내려가 공포와
환각으로 뒤엉킨 컴컴한 세계의 하부를 잘라먹고 지금-여기로 걸어
나오게 한 문장들도, 혹은 악몽의 발화도 아니다.

　김경인의 시는 감정이 단단하여, 감상에 빠지는 법이 없고, 성찰이
나 관조에 붙잡히지 않으며, 고통의 허기를 날것으로 기록하는 경우가
단 한 순간도 없다. 이 삶은 무겁고, 무섭다. 정말로 이질적인 것을 하
나로 연결하는 방법은 절묘하고 처절하다. 언어가 매개되어 무언가 둘
이상을 충돌시킨 다음, 이상한 것을 쏟아내고 있기 때문이다. 하수구에
서 붉은 피가 솟구치고 살점들이 걸어 나와 안부를 묻는다.

　　　밤은 이제 아무것도 묻지 않는다
　　　저멀리 어떤 쉰 목소리만이

1　흔히 애도와 슬픔이 다르다고 말한다. 정신분석학에서. 그러니까 상실을 겪은 자가 상실된 대상
　을 다른 대상으로 '성공적으로' 전이시켜낸 경우, '애도'라고 칭하고, 상실된 대상에서 상실을 겪
　은 자가 분리되어 나오지 못해, 대상의 객관화에 어려움을 겪고 마침내 자아분열이나 나르시시즘
　에 빠진 상태가 '슬픔'이라고 말한다. 지그문트 프로이트의 『정신분석학의 근본개념』(열린책들,
　1997, p. 285)을 참조해도 좋겠지만, 솔직히 그러지 않아도 전혀 상관없다. 프로이트는 '슬픔'은
　'애도'가 아니고, '애도'는 '슬픔'이 아니라고 말한다. 애도는 감정에서 보다 객관화한 이성의 산
　물이라고 그는 말하지만, 나는 이 구분이 대표적인 헛소리가 아닌가 한다. 슬프면 슬픈 거다. 애도
　하는 것은 애도하는 것이다.

조난자의 울부짖음처럼 희미하게 들리고
손을 흔들자
밤은 변검술사처럼 금세 얼굴을 차갑게 캄캄한 거울로 바꾼다
그러나 나는 당신과 다른 어둠을 가질 것이다
옆방을 두드리며 깨진 창문만큼의 새 어둠을 선물할 것이다
─「밤 이후」 부분

오늘은 무슨 대답을 원하지?
어떻게 대답해야 할지 몰라
그냥 두 귀만 남겨두고

새벽에
동쪽,이라는 말을 들었다
동쪽으로 가면
너는 영영 애도하게 될 거라고.
─「히브리어 사전」 부분

　시집을 읽고, 크건 작건, 우리는 충격을 받는다. 너는 말한다. 너에
게 말한다. 꿈에서 말한다. 삶에서 말한다. 너는 말한다. 걸어가며 너에
게 말한다. 플래카드를 보며, 가로수를 보며, 나에게, 무(無)인 나에게,
너에게, 무(無)인 너에게. 너는 말한다. 너에게 말한다. "하나의 얼굴에
서 문득 튀어나오는 또하나의 얼굴이 한데 엉켜 있는 꿈"(「눈을 뜨고
모든 밤」)에서. 너는 말한다. "수신인이 없을 때 가장 아름다워지는 편
지를" 보내고, "음이 사라질 때 떠오르는 몇 개의 가능성들"(「음악」)을.
나는 말한다. 너에게 말한다. 일상에서, "흠씬 맞아 비로소 푹신하게 평
등해진/소파 위에"(「최선의 삶」)서. 너는 말한다. 너에게 말한다. "너인

"나의 시인이여, 이제 그만 죽어도 된단다"　　　191

지 나인지 모르게 졸아든 기억 속에서"(「딸기잼이 있는 저녁」). 너는 말
한다. 너에게 말한다. "너는 누구냐? 매번 같은 질문으로"(「최선의 삶」)
나는 말한다.

[『형평문학』, 2020]

2부

길 위의 시학
─황인숙의 시 세계

    서가에 꽂혀 있는 황인숙의 시집을 꺼낸다. 첫 시집 『새는 하늘을 자유롭게 풀어놓고』(문학과지성사, 1988)부터 몇 년 전에 선보인 『못다한 사랑이 너무 많아서』(문학과지성사, 2016)까지, 한 권 한 권 다시 읽으면서, 애당초 생각했던 '길'과 관련된 작품들을 일별하고 메모를 한다. 그러다가 얼마 안 가서 나는 무언가 잘못되었다는 사실을 깨닫는다. 길이라니? 도대체 길이라는 주제는 얼마나 다양한가? 황인숙의 경우, 특히 그렇다. 길은 너무나 자주 등장하며, 그래서 길은, 길뿐만 아니라, 산책과 연관되고, 다양한 장소와 결부되며, 사람이나 사물 등 삶이라 부르는 것을 모두 머금고 있다. 이런 사실을 깨닫고, 뒤늦게 시집 구석구석에 다시 눈길을 준다. 그러다 나는, 그의 작품들에 무언가 군말을 붙이는 게 매우 벅찬 일이라는 사실을 다시 확인한다. 속수무책으로 무너지는 독서와 흩어지는 의식 사이로, 깜빡거리듯, 그의 시에 등장한 수많은 장소와 풍경이 하나씩 눈앞에 펼쳐질 뿐이다.

> 풍경을 이루는 데는 쓰잘 데 없지만
> 풍경을 지켜주는
> 그리고 지금 풍경의 창인
> 철망을 그리자. 우선

그림의 액틀. 액틀 속의 액틀 그림.
진하게. 칠이 벗겨진 녹색으로.
다음에 무슨 색을 쥐어야 할까?
가랑잎의 팔짱을 끼고
지붕 위와 뜰을 거닐며
종탑과 유리창의 윤곽을.

찌그러진 남대문통의 소음도
성마른 시간도 남산터널도 비껴간
오램. 부드러움. 침묵. 비밀.
하염없음. 개방된 조용함.

노오랗게 나는 은행나무처럼 철망을 들여다본다.
등뒤로는 자동차들이 쏟아지고.

이제 마무리하자.
발밑에 둔덕진 은행잎과 먼지흙을 휘저어라.
철망을 퇴색시키라.
굴절된 사팔뜨기의 네 눈을 지압하고
버스를 타러 가자.
──「길을 가다가」전문[1]

  그건 그러니까 길 위의 풍경들, 그건 그러니까, 길에 액자를 씌우기.
고양이의 시선이다. 고양이의 동선이다. 고양이의 모습이다. 시선─동

1 『새는 하늘을 자유롭게 풀어놓고』, pp. 84~85.

선-모습이 풍경을 만든다. 그 안에 "오램" "부드러움"을 담고, 새겨진 "침묵"과 "비밀"의 무늬를 발견하고, "하염없음" "개방된 조용함"의 순간들을 포착한다. "굴절된 사팔뜨기의 네 눈"으로 길은 여섯 개의 열쇠를 거리의 풍경들 사이에 심어놓는다. 고양이가 되어 이 열쇠를 쥐었다가 다시 제자리에 놓고, 시인은 길을 떠나온다. 그러나 이 떠나옴의 순간은 시에서 특정되지 않으며, 이는 황인숙의 시에서 자주 벌어지는 일이다. 길은 또한 하늘을 올려다보는 장소, 그러니까 "아뜩한 허공으로 난 길", 그러나 땅임에 또한 명백한 곳, 그러니까 "땅 전체가 뿌리이며 중력"인 길이며, "세계의 운율들이 한꺼번에 몰려들어/숨과 교체"하는 곳이다. "날면서 나는 죄, 혹은 의식을 토해내고"(이상 「추락은 가벼워」²) 모든 형이상을 지상의 산물로, 대지의 일로, 삶의 공간으로 비끄러매게 해주는 저 길, 그 길을 향한 나의 "추락"을 그는 가볍다고 말한다.

> 저 바람 소리 좀 봐!
> 나무들 마법이 풀려
> 저 속을 달릴 거야.
> 저 쉴새없이 덜컹이는
> 문소리 좀 봐.
> 칙칙한 고요를 떼밀고
> 계단을 올라오는 소리 좀 봐.
> 나, 나가볼 테야.
> 나무들 숨가쁘게 달리는
> 그 복판에 나서볼 테야.

---

2 같은 책, pp. 102~03.

뚫린 거리를 관삼아서

수자폰을 불어볼 테야.

발끝까지 허리를 접고

머리가 시도록 불어볼 테야.

아하하 거리가

부르르 떨 테지.

나무들은 즐거워서

진저리를 칠 거야.

나를 가랑잎처럼

불어버릴 거야.

오, 나의 허약한 다리,

비틀거리면서도 유쾌하게!

──「밤, 바람 속으로」 전문[3]

　"나무들 마법이 풀"리는 순간은 언제인가? 바람이 분다. 나무들이
흔들린다. 그 소리가 들린다. 문이 덜컹거린다. 그 소리를 듣는다. 집들
이 다닥다닥 붙어 있는 곳, 길이 뻥 뚫려 있다. 저 커다란 금관악기 "수
자폰"(sousaphone)을 "발끝까지 허리를 접고" "머리가 시도록" 아무
도 없는 거리를 "관삼아" 불어본다면, 얼마나 좋을까? "비틀거리면서
도 유쾌하게!" 길 위의 모든 것이 "즐거워서/진저리를 칠" 때까지. 이
와 같은 발랄함에는 우수가 안개처럼 스며 있다. 길은 또한 구두의 몫
이다.

　　서울역 철로 위 염천교 건너면

3　황인숙, 『슬픔이 나를 깨운다』, 문학과지성사, 1990, pp. 110~11.

구둣방들이 줄지어 있습니다

보기만 해도 발목 시큰한

하이힐들이 맵시 뽐내는 가게도 있고요

구둣방들 저마다

뚜벅뚜벅 또각또각 소리 삼키고 구두들이

우직히 임자를 기다립니다

그 거리 끝 횡단보도 앞에서 보았습니다

나무들 울창한 언덕 위

뾰족지붕 교회당

오후의 햇빛 아래 나뭇잎들 일렁이고

내 마음 울렁였습니다

살랑 살랑 살랑

이대로 멈췄으면 하는 순간이

살랑입니다

신호등이 몇 번 바뀌도록 멈춰 서

언덕 위 교회당을 바라봤습니다

먼지처럼 자욱한 소음 속

우뚝 솟은 언덕 위 교회당

첨탑 끝 하늘 그 너머로

내 마음 내닫습니다

또각또각 뚜벅뚜벅

수 켤레 구두 닳도록 지난 길 되돌아가는

그립고 먼

언덕 위 교회당.

　　　　　　　　　　──「언덕 위 교회당」 전문[4]

길 위의 시학　　　　　　　199

"뚜벅뚜벅 또각또각" 걷는 소리가 들린다. 백지에서 걸어 나와, 길 위로 걸음 소리가 울려 퍼진다. 뾰족한 "하이힐"과 "뾰족지붕 교회당"이 깜찍한 감정을 서로에게 화답한다. 나무는 일렁이고, 나는 울렁인다. 길 위의 내 마음은 언덕 위로 향한다. "우뚝 솟은 언덕 위 교회당/첨탑 끝 하늘 그 너머"는 추상적인 세계라기보다, 서울역 근처에서 다시 돌아가야 하는 곳, 그러니까 해방촌 꼭대기, 거처 부근이다. 눈에 보이는 이곳을 시인은 그러나 "수 켤레 구두 닳도록 지난 길 되돌아가는/그립고 먼/언덕 위 교회당"이라고 부른다. 바로 이 순간이다. 경이(驚異)의 순간이다. 밝고 우수에 젖은, 고요하고 활발한, 과거와 현재를 정지시키며 울리는 이와 같은 길 위의 감각은 황인숙 이전에는 찾아보기 힘든 것이었다. "나의 詩"는 이렇게 "나의 구두"다. 도시의 속도를 배반하고("속도를 견딜 수 없어"), 그렇게 구두의 속도, 자기의 보폭으로 "돌려라, 돌려라, 나여!"(「거리에서」[5])라고 그는 경쾌하게 외친다. 황인숙은 구두, 신발, 걸음으로 시를 쓴다. 길은 고즈넉한 갓길도, 한적한 샛길도, 북적대는 시장통의 저잣거리도 아니다.

> 참 오래 된 매점 라디오의 가요 소리
> 참 오래 된 애국자의 동상
> 참 오래 된 시멘트 블록 깔린 광장
> 참 오래 된 배드민턴을 치는 사람들
>
> 참 오래 된 계단곬
> 참 오래 된 돗자리

---

4 황인숙, 『리스본行 야간열차』, 문학과지성사, 2007, pp. 82~83.

5 『슬픔이 나를 깨운다』, pp. 88~90.

참 오래 된 점괘를 물고 나오는 작은 새
참 오래 된 할머니

참 오래 된 장미 덤불
참 오래 된 저녁 햇빛
참 오래 된 가랑잎과 마른 나뭇가지로 덮인
참 오래 된 공원, 그림자들.
──「참 오래 된」 전문[6]

길은 오래된 모든 것들, 낡은 것들, 익숙한 것들, 반드시 어제였던 것들을 현재 머금고 있는 길이다. 걸음의 속성은 바로 이렇게 반복에 있으며, 낡았다는 특성을 갖는다. 길에서 마주하는 것들은 "참 오래 된" 것들일 뿐, 놀라움을 선사하거나 기대에 들뜨게 하는 것은 아니다. 그의 길에는 스펙터클이 펼쳐지지 않으며, 낭만의 불꽃을 화려하게 수놓을 자리가 없다. 그는 모든 걸 제자리에 놔두며, 있는 그대로를 길 위에서 기록하는 수집가이자 관찰자다. 길은 그러니까 우리가 범박하게 삶이라고 말하는 것들, 혹 삶의 속살이자 삶의 현장이라고 부를 최초의 이야기를 붙잡을 채비를 하는 곳이다.

모든 죽음은 그 장소가 정해져 있어서
모든 아직 산 자들이 그곳을 향해
한 발 한 발 다가가는 것을 생각하면

아저씨, 이 집은

6 황인숙, 『우리는 철새처럼 만났다』, 문학과지성사, 1994, p. 91.

왜 이렇게 술이 잘 쏟아지는 거예요?
자꾸 술병을 쓰러뜨리며
곤드레가 된 한 사내가
술집을 나와
비틀비틀, 한 발, 한 발,

아스팔트로, 골목으로, 구석방으로,
식당으로, 극장으로, 잔칫집으로,
공사장으로, 도서관으로, 산으로, 강으로,
한 발, 한 발, 그 길,
눈길, 빗길, 밤길, 햇빛 화창한 길로

어떤 코믹한 죽음도, 실없는 죽음,
개죽음도, 그가 결국 죽으러
그곳으로 다가가는 걸음을 생각하면.
　　──「장엄하다」 전문[7]

　시인은 동네의 이야기를 길 위에서 꺼낸다. 길에서 만난 최초의 풍경들을 가지고 기억할 만한 이야기를 빚어낸다. 죽음은 절묘하게, 기발하게, 걸음과 포개어진다. 걸음은 삶의 비틀거리는 사건으로, 우리에게 좀더 생생하게 걸어 나온다. 걸음, 비틀거림, "한 발, 한 발"은, 세상의 모든 길을 돌아다닌다. 오오! 인생이라는 장소들과 길이라니. 피조물의 생이 통째로 발길에 감기는 것이다. 어떤 수식 없이도, 길이란 길을 죄다 걸었을 때 당도한 어떤 생의 마지막이 우리가 읽는 마지막 구절

7 『나의 침울한, 소중한 이여』, p. 18.

이다. 하루하루 죽음으로 향하는 삶이라는 것을 우리는 모르지 않는다. 하루가 한 걸음이고, 한 달이 한 달음이며, 그가 내뻗은 걸음이 인생의 축소판이다. 길을 죄 걸어 당도하게 된 마지막, 그러니까 "그곳으로 다가가는 걸음을 생각"에는, 흔히 가짜 일상시가 자주 그러하듯, 비장한 토로나, 주관적 판단, 감정을 부추기고 종용하는 깨달음의 흔적 따위는 찾아보려야 찾아볼 수가 없다.

> 『내셔널 지오그래픽』 포스터 속의 길은
> 피려는 것인지 지려는 것인지 모를
> 꽃송이들을 단 잡목 덤불 사이로 나 있다.
> 아마 지려는 것인 햇빛 아래
> 잔돌이 구르는 비탈이다.
> 온기가 가시지 않은 그 길은 멀리
> 안개와 구름에 싸인 산맥들과 하늘로
> 시선을 이끌어, 떨구고,
> 제자리로 돌아간다.
>
> 내 시선이, 책방을 겸한 문구점이 있는
> 길거리의 길 위로 돌아오자마자
> 누군가 나를 향해 돌진하듯, 튕겨오른다. 마주 걸어오는
> 그의 몸의 길은
> 험준하게 뒤틀려 있다.
> 안개와 구름에 싸여.
>
> 그 길 위에서, 그의 얼굴은 정면을 향해 있고
> 그의 눈의 길은 곧다.

그래서, 그의 바른 자세는
더욱 비틀려 있다.
힘껏 튕기려고
휜 스프링처럼.
　　—「길」 전문[8]

　길은 그러니까 줌 안에 포개진 몇 장의 사진과도 같은 공간이다. 길은 걷지도 나아가지도 않는 길이다. 나는 포스터를 바라보고 있다. 포스터 안에 구불구불한 길이 보인다. 시선에는 포스터의 잔상, 그러니까 길의 이미지가 아직 고여 있다. 발걸음을 떼지는 않았을 것이다. 단지 고개를 돌렸을 뿐이었을 것이다. 조금 떨어진 곳에서 누군가 길 위에서 내 쪽으로 걸어온다. 움직이지 않았으므로 나는 그가 "나를 향해 돌진하듯, 튕겨오른다"라는 인상을 받는다. 그의 뒤로 개가 한 마리 따라오고 있을 것이며, 조금 더 먼 곳에는 구름이 떠다니고 있을 것이다. 가까운 곳이었던가? 세잔의 그림처럼 "그"와 "구름"과 "안개"가 한 폭의 평면과 같은 지상 위, 길의 한 점에서 서로 포개진다. 소실점을 중심으로 평한다면, 이 풍경은 "그의 몸의 길"이라 부를 수 있으며, 그렇기에 "험준하게 뒤틀려" 있다. 길은 점이자, 면이자, 선이다. 액자이며, 액자 안에서 튕겨 오르는 발랄한 저 움직임의 역량, 그 이미지이기도 하다. 황인숙은 관찰이 주도하는 길의 표정을 세세히 읽는다.

　　이 외딴 골목길
　　빗방울도 처마에 부딪혀
　　자주 발 딛지 못하는 곳

8　같은 책, pp. 70~71.

길이라기보다는 틈

낡은 장롱 같은 집들의 틈

그 틈, 더 좁아지지 않도록

시멘트로 다져놓았다

길인 듯 아닌 듯

숫기 없는 사람은 그 앞에서 발길을 돌릴 것이다

인기척 없는 집들의

인적 없는

이 외딴 골목길

스티로폼 상자와 고무 양동이 안에

나팔꽃 봉숭아가 피고 지던 흙이 굳어 있다

불 안 드는 빈방처럼

이, 어린애 같아 보이는 길

정작은 나이배기일 것 같은 길

시멘트가 빈틈없이 깔려 있는

그러나 이 야성적인 길.

—「아주 외딴 골목길」[9]

시는 얼핏 보아서는 아주 단순한 묘사나 스케치 같다는 인상을 준
다. 그런데 이와 같은 언어는 감각을 넘어선다고 해야 한다. 관찰자의
시선을 이렇게 정교하게 표현한 글을 우리는 그간, 그러니까 적어도
90년대까지는 '시'라고 부르지 않았다. '서정'과 '사실'의 경계가 여기

<hr/>

9 황인숙, 『자명한 산책』, 문학과지성사, 2003, pp. 18~19.

서 허물어진다. 경계의 해지를 통과하는 말들을 듣고, 그는 골목의 틈에 담담하게 기술한다. 삶의 공간은 이처럼 현미경을 들이댄 것과 같은 효과를 만들어내는 관찰의 결과이기도 하지만, 작품은 사실에서 출발한 이야기를 구성하는 데 헌신하는 것도 아니고 사실 그 자체를 보고하는 데 바쳐지는 것도 아니다. 현상에 대한 정밀한 기술이, 자연스럽게, 어느새, 감각에 스며드는 언어, 이를 우리는 황인숙 시의 고유한 성취라고 부를 수 있겠다. 저 가난한 동네의 풍경에는 이렇게 판단이나 관념의 물기가 빠져 있다. 그 자리를 채우는 것은 오히려 경쾌함과 발랄함이다. 그러니까 외부에서 내면으로 이어지는 일종의 '터짐' '솟구침' '약동'과도 같은 것이다. 황인숙이 '자명한 산책'이라고 부른 이 길 위의 시학은 대개 이와 같은 관찰을 통과하여 내면에 수로를 뚫어 놓는다.

> 이 길에선 모든 게 기울어져 있다
> 정일학원의 긴 담벼락도 그 옆에 세워진 차들도
> 전신주도 오토바이도 마을버스도
> 길가에 나앉은 툇돌들도 그 위의 신발짝들도
> 기울어져 있다
> 수거되기를 기다리는 쓰레기 봉투들도
> 그 위에 떨어지는 빗줄기도
> 가내공장도 거기서 흘러나오는 라디오 소리도
> 무엇보다도 길 자신이
> 가장 기울어져 있다.
>
> 이 길을 걸어 올라갈 때면 몸이 앞으로 기울고
> 내려올 때면 뒤로 기운다.

이름도 없고 번호도 없는

애칭도 별명도 없는

서울역으로 가는 남영동으로 가는

이태원으로 가는 남산 순환도로로 가는

그외 어디로도 가고 어디에서든 오는

급, 경사길.

─「해방촌, 나의 언덕길」전문[10]

　시인의 산책로는 해방촌이며, 알려진 바와 같이, 해방촌에는 언덕길,
비탈길, 소로가 많다. 따라서 계단도 많다. 지금은 다른 곳으로 이전했
으나 (옛) 정일학원은 계단, 아니 계단의 가파름으로 유명했다. 계단을
밟는 몸도 당연히 기울어진다. 오르는 길이나 내려오는 길이나, 매한가
지로 경사, 그러니까 기울어짐을 동반하기 때문이다. 이 기울어진 길
을 삶이, 기울어진 채로, 고스란히 따라간다. 길을 중심으로 모든 것을
보고 쓴다. 모든 것이 '기울어졌다'는 점을 빼고는 한 치의 풍경도 성
립할 수 없다. 이 급경사의 길들에는 그러나 이름이 없다. 기울어진 길
들이 힘들고 땀내 나는 걸음과 걸음, 아프고 지친 발길과 발길의 소산
일 것이라는 우리의 짐작은 시에서는 모두 휘발되어버린다. 오고 가는
길, 오르고 내리는 길, "어디로도 가고 어디에서든 오는/급, 경사길"에
는 삶에 대한 우수가 그저 아우라처럼 서리고 또 걷힐 뿐이다. 구체에
서 추상으로 향하는 독서의 길이 열리는 것도 아니다. 그 대신, 마지막
시행 "급, 경사실"처럼, 행갈이는 오히려, 황인숙의 시 전반에서 그런
것과 마찬가지로, 또한 신선한 의성어의 배치와 함께, 톡톡 튀는 것 같
은 감각, 경쾌한 리듬, 명랑한 어조, 발랄한 행보를 풀어놓는다. 멈춤의

10 같은 책, p. 31.

사건이기도 하지만, 황인숙에게 길은 무엇보다도 운동의 처소다. 움직임, 그러니까 지나감이나 걸음으로 가득한 이동, 조금 더 '자명한' 산책의 재료이자 배경인 동시에 장소와 장소를 연결 짓는 결과로 나타나기도 한다.

비 멎은 오후
진흥 파이프 보일러, 동아 기계 제작소, 세일 철강 기계 상사,
자동차 시트 카바 전문점을 지나

꽃은 용접 불꽃, 소리는 드릴 소리, 냄새는 납땜 냄새

'잠만 잘 분'을 찾는 전봇대와 가로등 제어 분전함을 지나
고시원을 지나 실비 식당을 지나 삼도 프레스를 지나

꽃은 용접 불꽃, 소리는 드릴 소리, 냄새는 납땜 냄새

'황태자 CUSTOM TAILOR' 앞에서 걸음을 멈춘다
파르스름 물망초빛 와이셔츠, 벚꽃 분홍 남방셔츠
누가 저걸 사 입을까?
꼬깃꼬깃 접혔던 자국이 아직 선명한
막 봉오리에서 펼쳐진 꽃 같다!

꽃은 용접 불꽃, 소리는 드릴 소리, 냄새는 납땜 냄새

진흥 파이프 보일러, 동아 기계 제작소, 세일 철강 기계 상사,
자동차 시트 카바 일꾼들이 사 입지

노란 도날드덕이 호스를 들고
춤을 추듯 차를 씻는 세차장을 지나
무지갯빛 기름이 뜬 웅덩이를 지나

꽃은 용접 불꽃, 소리는 드릴 소리, 냄새는 납땜 냄새.
　　──「工作所 거리」 전문[11]

　　집을 나와 길을 걷는다. 어딘가를 지나간다. 다시 걷는다. 그냥 지나
친다. 그 사이사이, 냄새는 사방으로 확장되고, 걸음은 냄새가 퍼져나
간 공간을 뚫고 직선으로 나아간다. 묘한 크로스의 기운이 길 위를 잠
식하면서, 두 가지 감각이 길 위를 흥건히 적신다. 걸음을 멈춘다. 눈
길을 사로잡는 것은, 그러니까 어느 촌스러운 양장점의 쇼윈도 너머에
전시된 "파르스름 물망초빛 와이셔츠, 벚꽃 분홍 남방셔츠"다. 길에서
시인은 물론 관찰자다. "비 멎은 오후"는 권태의 시간, 그러니까 시인
의 시간이다. 산책의 시간 위로 "진홍 파이프 보일러, 동아 기계 제작
소, 세일 철강 기계 상사,/자동차 시트 카바 전문점"과 같은 노동 장소
들과 "'잠만 잘 분'을 찾는 전봇대"가 고스란히 포개어진다. 시인은 여
전히 철저히 관찰자로 남겨진다. "꼬깃꼬깃 접혔던 자국"에서 노동자
와 싸구려 셔츠가 하나로 연결된다. 이상한 기운이 서리기 시작한다.
"춤을 추듯 차를 씻는 세차장"과 "무지갯빛 기름이 뜬 웅덩이"와 같은,
그러니까 모순적이면서도 극사실적인 이미지를 황인숙은 불꽃처럼 길
위에서 쏘아 올린다. 모순적이면서도 극사실적인 이미지는 서로 충돌
하거나(모순이므로) 사실 너머의 무언가를 걸어 들어오게(극사실적이

11 같은 책, pp. 88~89.

므로) 하여, 시인이 시에서 정작 말하지 않은 것을 어느새 발화하고 만다. 후렴구처럼 반복된 "꽃은 용접 불꽃, 소리는 드릴 소리, 냄새는 납땜 냄새"가 일시에 시에서 타오른다. '일꾼'-'(사이비) 상품'-'작업장'과 밀접히 연관되기 시작하면 "비 멎은 오후"의 평범한 산책은 벌써 시각-청각-후각의 사건처럼 시에서 솟구쳐 오른다. 길 위에서 사유가 조금씩 피어난다.

> 아무도 소유권을 주장하지 않는
> 금빛 넘치는 금빛 낙엽들
> 햇살 속에서 그 거죽이
> 살랑거리며 말라가는
> 금빛 낙엽들을 거침없이
> 즈려도 밟고 차며 걷는다
>
> 만약 숲 속이라면
> 독충이나 웅덩이라도 숨어 있지 않을까 조심할 텐데
>
> 여기는 내게 자명한 세계
> 낙엽 더미 아래는 단단한, 보도블록
>
> 보도블록과 나 사이에서
> 자명하고도 자명할 뿐인 금빛 낙엽들
>
> 나는 자명함을
> 픽! 픽! 걷어차며 걷는다

내 발바닥 아래

누군가가 발바닥을

맞대고 걷는 듯하다.

　　──「자명한 산책」 전문[12]

　산책길 위에서 시인은 무언가를 보고, 듣고, 말한다. 새가 날거나, 교회당을 지나가나, 계단을 오르거나, 가로수 저 나무들이 뒷전으로 사라지면서, 걸음 하나하나에 모든 게 감긴다. 계절은 사계절, 시간은 아침-점심-저녁, 간혹 새벽, 침울함과 우울함 사이로 명랑한 말들이 거리에서, 길 위로 솟아오른다. 아주 드물게 추상적인 길이 등장하기도 하지만, 대개는 해방촌 일대, 서울역까지, 혹은 남산이다. 철물점, 도서관, 가게들, 술집, 무엇보다도 촘촘히 들어앉은 집들, 오르고 내리는 계단과 계단 중간중간의 공간들, 좁은 골목의 양옆이나 그 틈새, 저 문들과 문들 사이와 사이, 어딘가를 오가는 사람들, 폐지를 줍는 노인들, 일상에서 볼 수 있는 온갖 모습을 길 위에서 수집하고, 관찰하며, 기록한다. 이 길 위의 산책자는 수집과 관찰과 기록으로, 수집과 관찰과 기록 그 너머의 감각을 발현하고, 이를 통해 삶에 '리얼리티'의 장소들을 분주하게 돌아 나온다. 길 위에서, 시는 삶의 시간을 환기하고, 타자와의 만남을 주재하고, 삶의 구석구석에 감각을 분사한다. 길은 사물과 물질과 장소에 고유한 자리를 마련하고, 정확히 그곳에 있으면서, 그곳에서 너른 바깥과 축축한 내면을, 분주한 주위와 미동도 없는 주변을, 하염없는 행인들의 표정으로 빚어낸 삶의 알레고리다.

　　네 얼굴을 알아볼까 봐 두건을 쓰고

12　같은 책, pp. 94~95.

네 얼굴을 알아볼까 봐 역광 속에서

그림자처럼 스쳐 인파 너머로

넘어가는 너를 돌아보면서

네게도 내게도 낯선

거리를 돌아보면서

내 모든 고인(故人)들을 돌아보면서

―「일몰(日沒)」 전문[13]

겨울이다. 저녁이 빨리 당도한다. 해가 일찍 떨어져서 사방이 캄캄
해지면 낮의 소음과 찌꺼기를 모두 삼킨 풍경이 정확히 그림자의 크
기로 주어진다. 두 눈을 들어 쳐다본 허공은 이렇게 항상 검었거나, 적
어도 컴컴한 유리창 밖을 통해 바라보는 세월의 조각들이었을 것이다.
비장한 마음이란, 그러니까 늘, 심연이나 불꽃이라는 낱말과 잘 어울린
다고 나는 생각했었다. 아무리 멀쩡하고 단단한 자아도 아침에 일어나,
고개를 올려 하늘을 바라보면, 순식간에 모두 공중으로 흩어졌으니, 노
동과 근면으로 무장된 시간의 주인인 적이 없었다. 그러나 그 누구도,
내가 보낸 저 우수와 권태의 시간, 천천히 달구어진 후, 마치 촛농이
이마 위로 똑똑 떨어지는 것과 같은 순간들, 간혹 몹시 차가운 물방울
이 정수리 위로 폭포처럼 한꺼번에 쏟아지는 시간의 세례를, 그 무슨
게으름이나 나태를 이유로 들어, 비난할 권리를 갖고 있지는 않다. 나
는 이 차갑도록 냉랭하고 뜨거워 곧 휘발될 것 같은 시간 속에서 세상
과 세상의 풍경을 바라보거나 내 삶을 영위해왔다는 사실이 자랑스러
운 적이 없었으나, 그렇다고 부끄러웠던 것도 아니었다. 나는 단지 죽
음의 그림자를 자주 불러내, 나의 편한 외투가 될 때까지 입고, 느끼고,

13 『못다 한 사랑이 너무 많아서』, p. 115.

다시 입기를 반복했을 뿐이었다. 타자라는 이름으로 발화되는 저 무의식의 덩어리들, 시체들, 비극과 끔찍한 표정들, 그 부동의 유동하는 것들이 바로 이 외투였던가. 하루하루 무덤으로 향하는 발걸음들, 시간이 길 위에서 하염없이 앞으로 나간다. 오! 이 경쾌함과 자명함, 명랑함! 우수와 우울은 바로 이것이었다. 지친 두 발길에 그리도 자주 채였던, 저 미지의 말들이 만개하여 백지 위로 스스럼도 없이 자주 미끄러지면, 한없이 차올라오는 이상한 숨결들, 그러니까 사람들의 흔적들, 그건 차라리 삶의 리듬이었다.

길 위의 이야기다. 짐을 끌고 뒤돌아서, 사람이라곤 아무도 없는 곳으로 어두운 곳으로 걸어가는 시인의 뒷모습이 너무나도 쓸쓸하여, 골몰하다가, 나는 거기서 성자의 모습과 사자의 모습을 모두 보고 말았다. 내 눈길에서 떨어져, 이내 컴컴한 밤거리, 저 어둠의 입으로 걸어들어가는 시인의 뒷모습을 겨울, 몹시 춥던 어느 날, 해방촌 길 위에서 보면서, 그러니까 나는 마음속으로, 왜인지 모르게, 내내 울고 있었던 것이 맞다. 거기에는 정말이지 아무도 없었다. 그러나 그는 어둠 위를 걷고, 어둠으로 들어가, 누군가를 만나고, 무언가를 내려놓고, 걷고 다시 또 걸으려 할 것이며, 그러했을 것이다. 우리의 안방이 그에겐 저 거리, 내내 컴컴한 저 구석이었을 것이다. 그의 저 늦은 산책에는 안락과 휴식과 자만과 교만과 비난과 질투와 욕심과 이기심이 없다. 낡은 가방 하나를 어깨에 메고, 조그만 쇼핑카트를 끌고 발걸음을 옮길 뿐이다. 뒤돌아 묵묵히 걸어가는 시인의 뒷모습이 눈에서 좀처럼 떠나가지 않는다. 멍하니 그를 저 길 위로 떠나보낸 그 순간, 내 앞으로 어느새 다시 똑같은 밤이 도착했다.

[『공정한시인사회』, 2018]

죽음-주검-죽임, 폐허에서 부르는 노래
― 나희덕의 『파일명 서정시』

> 왜 이런 일이 일어날까? 왜 매일매일의 고통이, 우
> 리가 이야기를 하는데 아무도 들어주지 않는 장면
> 으로 거듭해서 꿈으로 번역되는 걸까?
>
> ― 프리모 레비[1]

　　온통 '죽음'으로 가득한 시집이 지금 우리 앞에 있다. 당신이 연 페이
지는 고통과 상처, 비극과 폭력으로 가득한 어떤 곳과 공간, 어떤 시간
과 사건, 어떤 타자와 역사를 당신에게 펼쳐 보일 것이며, 재난과 비극
속으로 들어가 그곳을 고통스레 돌아 나온 자가 마지막으로 내쉬는 최
후의 숨결과도 같은 노래, 불가능을 실현한 언어를 내비칠 것이다. 자
아를 비워내고, 소멸해가는 것들과 타자의 죽음을 받아내며 시인은 단
정하기보다는 차라리 거칠고 서걱거리는 언어로 시의 저변을 폐허로
물들인다. 신체의 모든 감각으로 죽음을 맞닥뜨린 저 침묵 너머의 항
변은 도저한 절망과, 그럴수록 더욱 단단해지면서 결국 깨질 듯한 결
빙 상태에 제 마음을 붙잡았다는 사실을 부정하지 않는 것으로 『파일
명 서정시』(창비, 2018)를 연다. 첫 시 「눈과 얼음」 전문이다.

　　　　사흘 내내 폭설이 내리고

1　프리모 레비, 『이것이 인간인가』, 이현경 옮김, 돌베개, 2007, p. 89.

나뭇가지처럼 허공 속으로 뻗어가던 슬픔이
모든 걸 내려놓는 순간

고드름이 떨어져나갔다
내 몸에서

시위를 떠난 투명한 화살은
아파트 20층에서 지상으로 곤두박질쳤다

이제 사람들은 내 슬픔과 치욕을 알게 되리라

깨진 얼음 조각을 아무렇지도 않은 듯 밟으며
지나가리라

얼음 조각과 얼음 조각이 부딪칠 때마다
얼음 조각이 태어나고

부드러운 눈은 먼지와 뒤엉켜 눈멀어가리라

　자명해서 눈이 먼 극단적 폭력과 절망의 세계에서 감정이 하나도 남
지 않게 된 "슬픔"은 투명하게 빛나는 얼음과 같이 차고 단단한, 그러
나 곧 깨질 듯한 심장으로 변화할 수밖에 없다고 시인은 말한다. "아
파트 20층에서 지상으로 곤두박질"치며 산산조각 난 고드름처럼 얼음
은 몸에서 떨어져 나와 깨지더라도 이내 다시 만들어질 것이다. 깨진
얼음을 사람들이 아무렇지 않게 밟고 지나갈 때마다 얼음은 또다시 태
어나기 때문이다. 도저한 절망 속에서 '심장'을 켤 수 있다면, 이 심장

은 차라리 얼음으로 된 것에 좀더 가까울지 모른다. 차가운 나날들, 어김없이 지상에 쌓인 "부드러운 눈"은 "먼지와 뒤엉켜" 완전히 제 자취를 감추게 될 것이며, 그렇게 세계를 보는 시야와 삶에 드리운 전망은 부정할 수밖에 없거나 아예 목도하는 것 자체가 불가능한 일이 될 것이라고 시인은 예언하듯 말한다. 감정과 감각의 끝에 도달하여 차가운 얼음 심장을 품게 된 자가 그려 보이는 고통스러운 노래는 죽은 자를 불러내고, 비극을 움켜쥐며, 폭력을 직시하면서, 내부에서 움터오는 진지한 성찰과 응시가 더는 가능하지 않은 세계에 도착하여 그 상태를 날것으로 우리에게 고지한다.

당신은 그곳을 세계의 항문이라고 불렀습니다

모든 악이 모여서 배출되는 곳
한번 들어가면 살아나올 수 없는 곳
이것이 인간인가, 되묻게 하는 곳
지금도 시커먼 괄약근이 헐떡거리는 곳

산더미처럼 쌓인 채 썩어가는
안경들, 신발들, 머리카락들, 두개골들,
썩지 않는 고통의 연료들

고통 속에서
더 큰 고통 속으로 걸어들어간 사람들

눈동자들은, 다 어디로 갔습니까
발들은, 얼굴들은, 다 어디로 갔습니까

살과 뼈와 피를 망각으로 밀어넣기 위해
오늘도 발전기는 돌아갑니다

그러나 어떤 기계로도
이 시퍼런 물을 다 퍼낼 수가 없습니다

짜디짠 유언들이 방파제에서 말라가고
밀려오는 파도는 매번 다른 착지선을 기록합니다

가라앉은 자와 구조된 자,
그러나 구조된 자 역시 구조된 것이 아니었습니다

아우슈비츠에서 살아남았지만
당신은 결국 가라앉은 자들에게로 돌아갔습니다

표류하는 기억과 악몽에 뒤척이다가
당신이 가라앉은 곳

우리는 그곳을 세계의 항문이라고 부르겠습니다

부표 하나가
대답할 수 없는 질문처럼 흔들리고 있습니다

가라앉은 자와 구조된 자 사이에서

일어나지 말았어야 할 일과

일어날 수밖에 없었던 일 사이에서

──「가라앉은 자와 구조된 자」 전문

　흔히 말하듯 홀로코스트는 단순한 '사고'가 아니었다. 그것은 일시적인 사건이나 단속적인 범죄도 아니었으며, 어느 순간에 자행된 누군가의 일회적인 악행도 아니었다. "타고난 범죄자들, 사디스트들, 광인들, 사회적 악당들 또는 도덕적 결함을 지닌 개인들이 저지른 무모한 행위로 해석하려는 초기의 시도가 구체적 사실들에 의해 전혀 뒷받침되지 않"[2]은 것처럼 역사 속에서 끊임없이 우리에게 "이것이 인간인가, 되묻게 하는" 홀로코스트는 소수 인종주의자들이 저지른 우발적인 비극도 아니었다. 시인은 아우슈비츠 생존 작가 프리모 레비가 마지막으로 남긴 유서이자 증언인 『가라앉은 자와 구조된 자』와 『이것이 인간인가』를 지금-여기에서 발생했던 사건, 그러나 절대 "일어나지 말았어야 할 일", 우리가 모두 알고 있는 비극과 하나로 포개어 충돌시킨다. 파편이 생생하게 튀어나오듯 이 두 사건을 연접한 문장들("짜디짠 유언들이 방파제에서 말라가고/밀려오는 파도는 매번 다른 착지선을 기록합니다")은 상호 텍스트의 화학작용 속에서[3] "세계의 항문"을 총체적인 악(惡)과 폭력의 공간으로 불꽃처럼 쏘아 올린다. 두 비극은 이렇게 서로

2　지그문트 바우만, 『현대성과 홀로코스트』, 정일준 옮김, 새물결, 2013, p. 54.

3　마리나 아브라모비치Marina Abramović의 퍼포먼스를 간결한 이야기로 풀어내며, 금기가 허용될 때, 실험 끝에 드러나는 폭력을 통해 인간에게 숨겨진 잔혹성을 그대로 드러내 보인 「Rhythm 0」를 비롯하여, 가로가 조금 긴 붉은 사각형 두 개가 경계를 흐리면서 붉은 배경 저 아래위로 나란히 붙어 있는 마크 로스코Mark Rothko 작품 중 "적갈색에게로 가는 검은색"에서 착안하여 "그가 죽음을 향해 스스로 걸어 들어갈 수밖에 없었던 이유"를 끌어내 "찢고 나오"는 순간과 타들어가는 죽음을 사유한 「마크 로스코」에 이르기까지, 시인이 작품마다 출처를 밝히고 있듯이 이 시집은 회화와 책, 음악과 퍼포먼스를 적극적으로 끌어안고 '번역'한다.

평행을 이루면서 우리를 결국 "대답할 수 없는 질문"의 문턱까지 끌고 간다. "일어나지 말았어야 할 일"이 한편으로 당위라고 한다면, "일어날 수밖에 없었던 일"은 이 두 비극이 예측하지 못했거나 예측할 수 없었던 현실의 우려라든가 우리 삶에 깊숙이 뿌리내린 실제 공간의 결핍이나 결여가 아니다. 그것은 이 세계가 겪었던, 또한 이 세계가 겪고 있거나 겪을지도 모를 사태들이며, 실제 삶의 구체적인 경험이나 범박한 일상의 사건으로 치환되지 않을 불가항력의 급습, 급습에서 빚어진 패러독스나 아이러니가 아니라 시시각각 육박해오는 당당하고도 이성적인 현실, 언제 어디서고 지금-여기로 들이닥칠 잠재적인 실재라고 시인은 말한다. 지옥에서 살아남은 자, 레비의 죽음이 두 비극 위에 한 번 더 포개어진다. 살아남은 자의 기록과 증언을 애도하는 동시에 문명의 야만이 빚어낸 비극에 증오와 연민, 동정과 슬픔이라는 이름으로 서둘러 면죄부를 줄 수 없다며 시인은 "대답할 수 없는 질문"을 바다에 둥둥 떠다니는 "부표"처럼 끌어안는다. "끝까지 어른들의 말을 기다"린 아이들, 어른들이 "시키는 대로 앉아 있었"던 아이들, "몇개의 문과 창문만 열어주었더라면" 살아 돌아올 수 있었을 아이들이 겪어야 했던 비극을 시인은 '재현'하는 언어, 위로하는 말로는 발화할 수 없었던 것일까? "그 유리창을 깰 도끼는 누구의 손에 들려 있는가"(「난파된 교실」)는 의미심장하다. 물음을 여는 이 형식은 결국 날카로운 비판의 목소리를 뿜어내기 때문이다. 비극이 소모되거나 혹여 카타르시스의 산물로 전락할까 봐 시인은 정확한 사실에 입각한 최소한의 언어로, 그러니까 거칠고 건조하게 담아내어 실제 일어났던 일, 바로 그 순간을 또박또박 적시하며 이렇게 기록한다.

증인 A: 아침 여덟시 오십칠……갑자기 배가……자판기와 소
파……쏟아지……복도 쪽으로……캐비넷……구명조끼

를 꺼내……친구들은……기다리고……문자를 보냈……
가만히 있어……우현 갑판 쪽……커튼을 찢어……루
프……여학생들……물이……바닷물이……탈출……아
홉시 오십분……갑판 위로……헬기……해경……아무
도……아무도……

증인 B: 저……저, 저는……3층 안내데스크 근처……배가 기
우는……미끄러져……벽에 부딪쳤……피가……매점
에서……화상을 입은……좌현 갑판……비상구……열
려 있어……승무원들……우리……대기하라고만……비
상구……친구 셋이……끝내……아홉시 사십오……물
이……차올랐……잠수를……4층 갑판 쪽으로……헬기
소리가……탈출 후에야……해경……와 있다는 걸……

──증인은 마지막으로 할 말이 더 있습니까?

증인 B: 할 말……말이 있지만……그만……그래도……할 말
이……해야 할 말이……정신없이……살아나오긴 했지
만……우리 반에서……저 말고는……아무도……구조되
지 못했……친구들도……살 수 있었을……아무도……
저 말고는 아무도……

간신히 벌린 입술 사이로 빠져나온 말들이 있다
아직 빠져나오지 못한 말들이 있다
──「문턱 저편의 말」부분

220

법정에서 기록으로 남겨진 증언이 날것 그대로 시에서 콜라주처럼 제시되었다. 낱말과 낱말이 서로 이어지지 않는다. 온전한 문장이 되지 못한 채, 무언가를 토해낸 듯한 저 말들의 행렬은 임박해오는 죽음의 기억을 적시한 것이며, 살아 돌아온 자가 흘려낸 신음이다. 주저하고 더듬거리는 이 기호들 사이의 공백에는 이렇게 죽음과 비극이 포화상태로 고여 있다. 반복되는 침묵의 '말줄임표'는 살아남은 자의 증언이 그 어떤 방법으로도 '재현'될 수 없는 사실적 기록이며, 죽음을 직접 지켜봐야 했던 순간의 구술이자 절멸의 언어이며, 의미 단위로 분절되지 못하고 오로지 구술로 발화되어 "아무도" 살지 못했다는 비극을 허공에 쏘아 올린다. 그러니까 그것은 생존자의 진술, "간신히 벌린 입술 사이로 빠져나온 말들"이자 "아직 빠져나오지 못한 말들"이다. 시인은 이와 같은 증언이 "있다"라고 명확하게 객관적인 사실처럼 적시한 후, 이 침묵하는 곳, 저 죽음의 장소, 비극의 말줄임표에 입을 달아, 할 수도 있었을, 그리고 해야 할 나머지 말을 이렇게 적는다.

손가락 사이로 힘없이 흘러내리는 말. 모래 한줌의 말. 혀끝에서 맴돌다 삼켜지는 말. 귓속에서 웅웅거리다 사라지는 말. 먹먹한 물속의 말. 해초와 물고기들의 말. 앞이 보이지 않는 말. 암초에 부딪치는 순간 산산조각 난 말. 깨진 유리창의 말. 찢긴 커튼의 말. 모음과 자음이 뒤엉켜버린 말. 발음하는 데 아주 오래 걸리는 말. 더듬거리는 혀의 말. 기억을 품은 채 물의 창고에서 썩어가는 말. 고름이 흘러내리는 말. 헬리콥터 소리 같은 말. 켜켜이 잘려나가는 말. 잘린 손과 발이 내지르는 말. 핏기가 가시지 않은 말. 시퍼렇게 멍든 말. 눌린 가슴 위로 내리치는 말. 땅. 땅. 땅. 땅. 망치의 말. 뼛속 깊이 얼음이 박힌 말. 온몸에 전류가 흐르는 말. 감전된 말. 화상 입은 말. 타다 남은 말. 재의 말.

그래도 문은 열어두어야 한다
　입은 열어두어야 한다
　아이들이 들어올 수 있도록 돌아올 수 있도록

　바다 저 깊은 곳의 소리가 들릴 때까지
　말의 문턱을 넘을 때까지
　―「문턱 저편의 말」 부분

　시인은 비극의 기록 불가능성의 가능성을 문자로 새긴다. 관형어구로 된 이 수많은 '말'들은 절규에 가깝지만, 그것은 비극의 현장이며, 그래서 명백히 침묵하고 있던 비극의 언술, 증언으로 남겨지거나 영영 기록되지 못할 수도 있는 말이며, 그러나 입을 상실하고 정신을 잃어버린 폐허 위에서 부스러기처럼 산산이 부서지고, 고름처럼 썩어 질질 흐르며, 사지가 잘리고 온통 절멸하며 쏟아져 내렸을 고통의 말, 즉 죽음-주검-죽임의 발화다. 비극의 청산과 망각이 가당치 않은 것처럼 반성과 성찰이 충분했던 적도 없었다는 것일까? 버림받은 사람들, 취약한 영혼들, 학대당한 여성들, 죽임당한 존재들, 폭력으로 고통받은 희생자들, 착취당한 사람들, 항용 남루한 피해자들, 재난의 소용돌이 속으로 빨려 들어가 되돌아오지 못하는 자들의 언술, 그들이 미처 하지 못한 말, 그러나 해야 하는 말, 저 참혹과 폭력과 재난의 목소리를 받아 적어, 시인은 비극의 발화가 이끄는 곳, 그 "말의 문턱을 넘을 때까지" 낯선 문(文)을 열고 "아이들이 들어올 수 있도록 돌아올 수 있도록" "바다 저 깊은 곳"에서 흘러나오는 말을 듣고 적기 위해 백지 위에 바다에서 여기로 통하는 문(門)도 함께 열어 보인다. 세계는, 말하자면 지금-여기는 여전히 타산적 계산과 보복의 현장이며, 우월성과 민족,

근대와 문명을 사취하는 타락과 악의 씨앗을 먹고 자라 또 다른 학살과 추방, 증오와 타자에 대한 부정을 예비하고 있다.

여기가 어디지요?
죽은 줄도 모르고 이따금 묻습니다.

〔……〕

여기가 어디지요?
반쯤 썩어문드러진 입술로 묻습니다.

이렇게 있으면 안되는데, 하며 일어납니다.
죽은 줄도 모르고 길을 나섭니다.
　　—「들린 발꿈치로」부분

　　일본군 성노예 피해자, 침략과 전쟁으로 희생된 과거의 혼령은 죽어도 죽지 못하고, 발꿈치를 든 채 서성거리며 어디론가 가려고 한다. "여기"는 죽거나 죽임을 당한 자들이 떠도는 연옥과도 같은 곳이다. "사람도 여자도 될 수 없"는 몸은 오늘을 어떻게 살아내고 있는가? 죽음은, 어떤 죽음이건, 삶이, 생명이 하나씩 접혀 만들어진 거대한 주름과 같다고 시인은 말한다.

주름은 골짜기처럼 깊어
펼쳐들면 한 생애가 쏟아져나올 것 같았다

열렸다 닫힐 때마다

주름은 더 깊어지고 어두워지고
주름은 다른 주름을 따라 더 큰 주름을 만들고

밀려오는 파도 역시
바다의 무수한 주름일 것이니

기억이 끼어들 때마다
화음은 불협화음에 가까워지고
그 비명을 끌어안으며 새로운 화음이 만들어졌다

파도소리처럼
오늘 그녀가 도착한 또 하나의 주름처럼
　　　—「주름들」부분

　"비명을 끌어안으며" 만들어진 "화음"은 어느 떠돌던 여인의 주검과 유린당한 폭력의 육신을 삼켜버린 "파도소리"처럼 폐허 위로 울려 퍼질 것이다. 이 세계는 차라리 "피냄새를 맡고/눈 위에 꽂힌 얼음칼 주변으로" 몰려들어, 먹이들이 "치명적인 죽음에 이를 때까지" "감각을 잃은 혀"로 "칼날을 핥는"(「늑대들」) 늑대들처럼, "도망치는 것은 무엇이든" 물고 "한번 입에 문 것은 절대 놓치지 않는", 그렇게 "누의 정강이와 성기를 물고 늘어지는 하이에나들"처럼, "누가 끝내 잡아먹힌"(「하이에나들」) 폭력과 폭력에 의한 죽음-주검-죽임으로 가득하다. 그리고 이 죽음-주검-죽임으로 뒤덮인 어둠은 세상에 편재하면서 울림을 가라앉히는 법이 없다.

　흙먼지 속에서 버둥거리던 누가 쓰러지고

224

정강이에는 피가 흐르고

둠둠둠둠 둠둠둠둠 둠둠둠둠둠둠둠둠둠둠둠둠

누가 끝내 잡아먹힌

어둠둠둠둠둠둠둠둠둠둠둠둠둠둠둠둠둠둠둠둠둠둠둠둠둠둠
둠둠둠둠둠둠둠둠둠둠둠둠둠둠둠둠둠둠둠둠둠둠둠둠둠둠
둠둠둠둠둠둠둠둠둠둠둠둠둠둠둠둠둠둠둠둠둠둠둠둠둠둠
둠둠둠둠둠둠둠둠둠둠둠둠둠둠둠둠둠둠둠둠둠둠둠둠둠둠
둠둠둠둠둠둠둠둠둠둠둠둠둠둠둠둠둠둠둠둠둠둠둠둠둠둠
둠둠둠둠둠둠둠둠둠둠둠둠둠둠둠둠둠둠둠둠둠둠둠둠둠둠
둠둠둠둠둠둠둠둠둠둠 〔……〕
　　—「하이에나들」 부분

　반복되는 단음절의 울림은 공포의 진동이라기보다 편재하는 죽음의 파장이며, 죽음의 음성이자 무한으로 치닫는 주검의 박자라고 해야 한다. 끝나지 않는 학살과 폭력으로 인해 도처에 널린 개인적·사회적·공동체적 죽음은 끝나지 않는 북소리의 외마디 메아리를 후렴으로 '어둠'에게 붙여준다. 이번 시집에서 '사회적·공동체적' 자아가 이전에 비해 조금 더 확장되어 나타나는 것은 선(善) 대신 악(惡)이 점점 더 가치와 윤리를 위협하는 현실, 갈수록 저항이 어려워지고 비판에서 멀어지는 자본주의의 착취와 팽창 일로의 균일화에서 그 이유를 찾을 수 있을 것이다. 사실 '악'도 이 삶에서는 실로 평범하기조차 하다. 감시도, 검열도, 그것을 행하는 자도 평범한 얼굴을 하고 있거나 평범함을 필요로 할지 모른다. 악의 주체는 "아주 선량한 얼굴"을 지닌 자, "절제된 표정과 어투를 지닌 공무원", "경험이 풍부한 외교관"일 수도 있다. 그러나 "문 뒤에 서 있는 투명인간들"(「새로운 배후」)처럼, 악의 근원이나 배후는 절대 밝혀지지 않거나 결코 제 민낯을 드러내지 않는다. 물론 거짓말도, 위선도, 가식도, 사심도 폭력만큼이나 평범하다. 이 사회는 모든 것을 복제하는 시뮬라크르의 세계에서 허덕이고 있으며, 정직한 사람조차 "거짓말의 중요성을 알고 있다"고 시인은 말한다. 개인의 차원을 벗어난 거짓말을 진실로 위장하기 위해, 또 그 "표정을 들키지 않기 위해/피가 묵처럼 굳을 때까지 기다려야 한다"는 사실을 누구나 알게 모르게 숙지하고 살아가는 것이다. "확정된 진실조차 없기" 때문이라고 그 이유를 둘러대거나, 혹은 실로 그렇기 때문이라고 주장하고 "정직함이 불가능해진 세계에서/정직함에 대한 부정직한 이해만이 무성한 소문을 만들어낼 뿐"(「정직한 사람」)인 까닭에, 냉정한 현실에서 단수로 존재하는 정직은 복수로 증식하는 거짓을 절대 이기지 못한다. 거짓말이나 조작과 감시의 추악한 배후가 삶에서 저절로 사라지기를 바라는 것은 세계에서 자행되는 오염과 파괴 앞에서 넋 놓고 낙관을 드리우는 것만큼이나 어리석은 일일지도 모른다.

　　　　　재앙은 전깃줄을 따라 퍼져가고
　　　　　소문은 가스관, 상하수도관, 지하도마다 창궐합니다.
　　　　　기형아가 태어나고
　　　　　네모난 해바라기꽃이 피어나고
　　　　　머리가 둘 달린 돌고래가 해변으로 떠밀려오고
　　　　　그래도 LED 불빛 아래 채소들은 초록빛을 잃지 않았습니다.

　　　　　거대한 구름기둥,
　　　　　저 구름의 제조권은 누가 갖고 있습니까?

226

—「미래의 구름」 부분

새들은 오늘도
윗, 윗, 윗, 윗, 트윗, 트윗, 트윗,
지상의 작은 방앗간에서
—「새를 심다」 부분

　시인은 방사능을 방출하는 물질로 알려진 "플루토늄, 요오드, 세슘,
스트론튬……"으로 구성된 "구름 가득한 미래가 우리를 기다리고 있"
으며, 그렇다 한들 "어쩔 수 없"는 일이라고 말한다. 비관론은 아니다.
이 세계는 단순히 오염되었을 뿐만 아니라 "클라우드의 세계", 즉 복
제된 가상의 공간 속에서 하루하루를 소비하는 구조로 이루어져 있다
고 비판의 목소리를 돋우기 때문이다.[4] "비행기 대신 구름을 타고 여행
하게 될"(「미래의 구름」) 세계, "날아도 날아도 그 자리"인 세계는 "리
트윗한 문장을 리트윗하고" '좋아요'와 '슬퍼요'를 번갈아 누르면서 체
험-경험-소비에 가담했다는 인상을 심어주는 SNS의 그것과 동질적
으로 닮아 있다. 오염된 공간-사건-세계의 비극적 참상은 가상공간에
서 매일같이 우리에게 배달되는 잡보(雜報)들, 가십거리들, 선전 문구,
선정적인 이야기, 참혹한 사건 등으로 가득한 무한 반복의 인터넷 공
간과 공명한다. 재난으로 인한 기형이나 환경 파괴, 생태계의 왜곡이나
오염 등 비극의 원인이자 현실은 복제가 가능한 상황 속에서 사실이
나 진실을 알려주는 대신, "공백과 기호들을 풍성하게 사용"하는 방식

4　시는 "구름"을 "클라우드의 세계"라고 지칭하여 오염과 복제의 폐해를 동시에 환기한다. '구름'
　을 뜻하는 '클라우드'는 개인이 저장해둔 데이터들이 관리를 철저하게 해도 하루아침에 데이터가
　사라지거나 모르는 타인에게 공개될 수 있는 치명적인 단점이 있다. 이는 개인의 잘못이라기보다
　데이터를 관리하는 회사의 관리 소홀일 경우가 대부분이다.

으로 퍼져나간다. 우리는 이렇게 매일 "국경을 넘어/시차와 밤낮을 가리지 않고" 가상공간에서 무언가를 하며, 또한 무언가를 한다는 착각에 사로잡혀 있다. 이와 같은 악순환을 반복하면서 손가락으로 전자기기를 만지작거리고 제자리를 맴돌면서 살아가고 있는지도 모른다. 이렇게 "새"는 이 공간에서 "140자 안에서 허락된 자유를 누리"면서 날고 있다는 현실감을 가지며, 인간은 "예기치 않은 때에 날아오는 메시지들"을 수시로 확인하거나 "순식간에 퍼지는 루머들"을 접하고, 이를 읽으며 사실로 믿거나 이것을 다시 실어 나르며 강박적인 재생산에 기꺼이 동참한다. 이렇게 "누군가 퍼나르는 시나 소설의 토막 난 문장들"(「새를 심다」)을 카피하여 저장하거나 조금 지나 다시 읽으면서 아예 자기 것이라고 착각하기도 한다. 우리는 모두 이곳에서, 안과 밖이나 현실과 가상의 구분이 무가치해진 접점에서 삶을 기획하고 그 경계에서 허방을 짚으면서 꿈을 꾼다. 그렇다면 이 "거대한 구름기둥" 같은 곳, 오염된 곳, 이 오염마저 소비의 산물로 교환하는 이곳의 "제조권은 누가 갖고 있"는가? "나치스 대신 자본주의라는 장갑을 낀 손으로" 행하는, "필요성보다는 불필요성을 가려내기 위한 분류법"(「어떤 분류법」)은 그러니까 어떤 근거로 대학에서, 사회에서, 이 세계에서 버젓이 자행되는가? 종이 쪼가리 하나로 모든 결정을 통보하고, 운명을 편리한 방식으로 결정하고, "통계다운 불확실성"(「다리를 건너는 다리들」)과 "도무지 뉘우침 없는 표정"을 지으면서 "간결하고 견고한 형식에 도달"(「108그램」)하는 자본주의가 낳은 사뭇 태연해 보이는 풍경은 그 안에 항상 비애를 감추고 있으며, "어디서 오는지 알 수 없"는 "통증"(「심장을 켜는 사람」)을 발산한다.

짝짓기 직전 개들의 표정과
도살장으로 끌려가는 소들의 눈망울에서

228

당신은 어떤 비애를 읽어내는가

아니, 그 표정들은 당신에게 무엇을 요구하는가

——「이 도시의 트럭들」 부분

몇 그램의 절망이

일용할 양식이 되는 곳

어두운 계단과 구멍들 사이로

기적처럼 한줄기 바람이 불어오는 곳

산소 없이 살 수 없지만

너무 많은 산소에도 견디지 못하는 우리는

썩은 공기로 숨 쉬는 법을 배웠어요

인간이라는 비루한 감옥에 갇혀 살기는

지상이나 지하나 마찬가지,

물론 지하세계에도 시장과 학교와 교회가 있어요

우리는 투명인간처럼 살지만

그렇다고 빛이 필요하지 않은 건 아니에요

——「헐거인간」 부분

우리가 사는 이곳에서 우리는 무엇을 보고 느끼고 사유하는가? 무엇에 공감하고 또 무엇 때문에 상처를 받는가? 어떤 비정한 얼굴로 당신은 매몰차게 타인에게 등을 돌리는가? "몇 그램의 절망이/일용할 양식이 되는" 이곳, 이 자본주의 사회에서 살아가는 당신은 "비애"의 장면들을 마주하며 "죽음 쪽으로 쏟아지려는 것들"(「이 도시의 트럭들」) 을 삶의 골목에서 일상적으로 대면한다. 그때 당신은 어떤 표정을 지어 보이거나 지어 보일 수 있는가? 사회 구석구석을 누비는 자본주의의 균일적 사고와 착취의 구조와 편재하는 획일화된 시간 속에서, "썩은 공기로 숨 쉬는 법"을 배워야만 하는 이곳에서, 시인은 그러나 절망으로 대답의 목소리를 내지는 않는다. "사람의 마음을 열 수 있는 말을 가졌다는 것/마음의 뿌리를 돌보며 살았다는 것"은 이 자본주의 사회에서 죄악인가? "시 쓰는 일을 멈추지 않았다는 것"은 형벌인가? 시인은 "생애를 견뎌온 문장들 사이로"(「파일명 서정시」) 걸어 들어가 "마지막 재와 먼지와 보푸라기로 쓸 문장"[「향인(香印)」]을 항상 고심하는 자라고 말한다. 시인은 오히려 절망의 절망, 죽음의 죽음, 폭력의 폭력 저 끝까지 치달으며 폐허 위에 한 걸음을 더 내디디려는 의지, 침묵과 마주하거나 침묵할 수밖에 없는 상태에 가닿고 마는 노래 저 너머로 또다시 새어 나오는 노래의 주인이다. 시인은 "젖은 잿더미만 창백하게 남아 있"어 "어떤 노래도 더이상 들리지 않는 밤"에 "노래의 휘장"(「탄센의 노래」)을 찢을 때 터져 나오는 노래를 흘려보낸다. 시인은 고통이 젖어 든 가장 낮은 곳에서 노래한다. 나희덕에게 시인은 좌절되었음이 명백한 입술로 노래를 부르고자 하는 자, 부를 수 없는 비극의 노래를 부르려는 사람이다. 아우슈비츠 이후 서정시를 쓰는 일이 더 이상 가능하지 않다고 말했던가. 삶이 고통으로 점철될 때, 비극이 무람없이 현실의 문을 열고 재난처럼 수시로 들이닥칠 때, 비극이 소통과 대화의 가능성을 상실한 채 사방에 묵시록처럼 퍼져나갈 때, 시는 거친 언어, 거친 산문과 같은 형식을 과감히 끌어안는다. 언제부터인가 나희덕의 시는 성찰과 돌봄의 맑고 고운 서정시가 아니라 점점 피를 흘리고 찢긴 상처로 위험과 재난의 목소리를 흘려보내는 "싸이렌의 노래"에 가까워졌다.

230

피에 젖은 깃발처럼
상처 입은 새처럼 바람에 파닥거리는

붉은 텐트 속으로

바닥에 흩어진 딸기를 밟고 가는 사람들이여
이 절벅거리는 슬픔을 보세요

으깨진 살과 부르튼 입술로 노래하는 이여
입술을 둥글게 오므려보세요

노래는
숨결을 모아 소리의 화환을 만드는 것

귀를 틀어막고 지나는 사람들이여
이 노래를 들어보세요

싸이렌의 노래를

우리는 저마다 기울어지는 난파선이니
깜박이는 불빛으로 다른 난파선을 비추는 눈동자이니
가라앉는 손을 잡는 또 하나의 손이니

어서 들어오세요
우리의 피로 빚어진 붉은 텐트 속으로
──「붉은 텐트」부분

죽음-주검-죽임, 폐허에서 부르는 노래   231

중요한 점은 시인이 팽창하는 저 획일화된 죽음과 재난의 시간과 그 역사 앞에서 아(我)와 타(他), 외부와 내부, 이질적인 것과 동질적인 것, 주체와 객체, 삶과 죽음 중 양자택일이라는 손쉬운 이분법을 봉합하고 끝까지 나아가려 한다는 것이다. 나희덕은 성찰이나 지향, 위로나 포용, 취미나 경향처럼, 비교적 손쉬울 것이라 여겨질 태도를 짐짓 고안하려 애쓰거나 윤리를 붙들어 매어 재난의 돌파구를 찾으려 하지 않는다. 나희덕에게 시는 "두려울 때는 아무도 모르게" 부르는 "노래"(「슬픈 모유」)와 같은 것이다. 이렇게 그는 가장 낮고도 삐뚤어진 곳에서, 한없이 어긋난 지대에서, 낮음, 삐뚦, 어긋남에 부합하는 거친 말로, 위태로운 것들, 자명함 속에 은폐되어 있던 꺼질 듯 희미하고 항상 불안에 젖어 사는 존재와 그들의 삶을 위태롭고, 희미하고, 불투명하고 불안한 말로 담아낸다. "수많은 대각선의 날들, 날개들, 그림자들, 핏자국들"을 기록하는 이 말들의 고안, 세상의 모든 "대각선의 종족이 남긴 유언들"(「대각선의 종족」)을 기록하려 목청을 돋우는 저 낯설고 고통스러운 노래, 그렇게 "어디론가 불려가는 것들/불려가면서 다른 존재를 불러오는 것들"(「대각선의 길이」)을 노래하는 시의 목소리가 이 폐허 위에서 울려 나온다. 시인은 "노래의 힘으로 죽음의 사막"을 건너듯 "마른 나뭇가지를 들고"(「마른 나뭇가지를 들고」) 죽음에 들리고, 죽음을 통과하고, 죽음의 전부와 그 과정을 오로지 노래, 그러니까 힘겨운 발화로 실현한다. 그의 시는 "다만 비스듬히, 비스듬히, 말하는 법"(「대각선의 종족」)을 배운 자가 고통스럽게 부르는 "싸이렌의 노래", "어떤 먼 것/어떤 낯선 것/어떤 무서운 것에 속한 아름다움"이 "말의 원석에서 떨어져내리는/글자들"(「라듐처럼」)로 울려내는 저항의 노래, 투쟁과 싸움의 노래, "묽어가는 피를 잉크로 충전하면서"(「종이감옥」) 부르는 노래다.

빛의 옥상에서
서른세개의 날개를 돌려라

오다 가다 오르다 내리다 흐르다 멈추다 녹다 얼다 타오르다 꺼
지다 보다 듣다 생각하다 말하다 삼키다 뱉다 잠다 놓다 울다 웃다
주다 받다 묻다 답하다 밀다 당기다 열다 닫다 떠오르다 가라앉다
부르다 사라지다 넘다

서른세개의 동사들 사이에서
하나의 파도가 밀려가고 또 하나의 파도가 밀려올 것이니
세상은 우리의 손끝에서 부서지고 다시 태어날 것이니

기다리지만 말고 서른세개의 노를 저어 찾아라
세계의 손끝에서 마악 태어난 당신을
——「서른세개의 동사들 사이에서」 전문

　　"숨도 숨통도 숨결도 숨소리도 차디찬 입술에 얼어붙었"(「숨은 숨」)
으며 "피가 끝도 없이 쏟아져내린"[「천공(穿孔)」]다. 죽음의 그림자가
엄습해온다. 누군가 떠나려고 하거나 저 너머로 떠나갔으며, 사라졌거
나 사라져야 했다. "말 대신 흙이 버석거리"(「종이감옥」)는 소리를 그
는 매일 듣는다. 죽어야 끝나는 일인가? 죽음을 대가로, 그러니까 삶을
통째로 걸고 그는 시를 쓴다. "무언가 끝나가고 있다고 느낄 때", "마
지막 돌부리에 걸려 넘어졌을"(「기슭에 다다른 당신은」) 때, 숨이 끝나
려는 순간, 절명의 순간, 파국의 순간, 위험의 순간을 시는 노래한다.
무엇인가 끝났거나 끝나가고 있다는 것은 끝이 오는 것을 어떻게든 막

죽음-주검-죽임, 폐허에서 부르는 노래　　　233

아보려는 의지보다는, 세계의 끝, 재난의 현실, 파국의 현장, 현실에 육박해오는 비현실적 사실들과 비극들 속에서, 죽음-주검-죽임의 현실 속에서, 인간이 무엇인가, 인간이 무엇을 할 수 있는가를 되물을 최후의 숨결이다. 시는 이렇게 매일 "무너져내리"는 저 "종이벽" 더미 속에서 '마지막' "얼굴 하나"(「종이감옥」)를 찾아내고, "세계의 손끝에서 마악 태어난 당신"을 마주하는 일이다.

[2018]

펄프의 꿈, 도착(倒錯)의 전화(前化)
: 이 '이야기'는 무엇인가?
─ 남진우의 『나는 어둡고 적막한 집에 홀로 있었다』

> 이야기꾼은 〔……〕 죽음이 그 앞에서 때로는 안내
> 자로 나타나기도 하고 때로는 마지막에 오는 가련
> 한 낙오자로 나타나기도 하면서 한자리를 차지하고
> 있는 피조물의 행렬이 움직이고 있는 저 시계 숫자
> 판에서 벗어나지 않는다.
>
> ─ 발터 벤야민[1]

1. 먼 곳에서 당도한 이야기

예순여덟 개의 '이야기'로 구성된 시집이 지금 우리 앞에 있다.

이야기. 우리는 흔히 모든 시대, 모든 장소에 '이야기'가 있다고 말한
다. 예컨대 이야기는 그 행위 전반을 포함하여, 인간의 '경험'을 진술하
는(한) 것이며, 그러기 위해서는 '등장인물' '사건' '시간' 등이 반드시
포함되어 있어야 한다고 입을 모은다. 이야기는 또한 "기술된 언어를
매개로 한 어떤 사건의 재현, 또는 실제나 허구적 사건의 연속"[2]으로
정의되는 등, 크게 보아 허구와 사실, 두 갈래로 분류되기도 한다. 허구
적 이야기는 타자의 삶을 대신 살게 해주며, 사실적-실제적 이야기는

---

1 발터 벤야민, 『서사(敍事)·기억·비평의 자리』, 최성만 옮김, 길, 2012, p. 439.

2 Gérard Genette, *Figures II*, Seuil, 1969, p. 49.

역사적 현장과 구체적인 연대기를 갖는다. 이야기에 대한 정의는 어느 한 가지 구성요소에 중점을 두면서 전개되기도 한다. 가령, 모든 이야기가 실은 "등장인물들의 이야기"이며, "바로 이렇기 때문에 등장인물의 분석"[3]이 이야기 연구의 핵심이라거나, "사건의 연속이 존재하지 않는다면"[4] 이야기도 애당초 존재할 수 없다며, 이야기를 파악하기 위해서는 사건과 시간, 사건의 '재현' 방식을 살펴야 한다고 지적한다.

남진우가 펼쳐낸 이야기는 이와 같은 방식으로 그 구조의 파악은 물론 핵심도 요약되지 않을 것이며, 오히려 요약되지 않는다는 특성만을 오롯이 내비칠 뿐인 문장의 타래들을 선보일 뿐이다. 시집 속 이야기는, 한 줄이라도 요약하려 들면 도리어 실패하는 시, 실패하는 이야기들이며, 따라서 '규정-정의' 불가능성이라는 특징을 지닌다고 하는 편이 옳겠다. 그의 이야기는 오히려 화자-주체의 경계가 붕괴된 곳에서 발화의 거점을 설정하는데, '먼 곳'에서 당도한 허구의 그것은 말할 것도 없고, 현실의 언저리나 일상의 반경을 중심으로 펼쳐진, 그러니까 겉으로 보아 '사실'에 기반하거나 명백히 과거의 어떤 '기억'을 반추하여 지어 올린 것이라고 한다 해도, 이야기하는 자의 주관성이 배제되기는커녕 오히려 주를 이루고 있기 때문이다. 이야기하는 자의 목소리나 서술에서 취해온 시점, 조망한 관점에 따라 이야기의 이해 지평은 물론 시시각각 달라진다. 또한 '이야기한다'는 것은 항상 무언가를 누군가에게 이야기한다는 것을 의미한다. 즉 독자에게 정보나 사실 외에, 기억이건 무의식이건, 꿈이건 사건이건, 또한 그것이 상상에 기반했건 실제에서 유추됐건, 이야기는 입술에서 귀로 흘러가는 모종의 "경험을 나눌 줄 아는 능력"[5]에 의지한다. 남진우의 이 이야기-시에서 '경험'은

3 Yves Reuter, *Introduction à l'analyse du roman*, Dunod, 1996, p. 51.

4 Claude Brémond, *Logique du récit*, Seuil, 1973, p. 47.

236

우선 '책'에서 찾을 수 있다.

2. 펄프의 꿈

나는 어느 글에서 남진우의 산문시 몇 편을 '겹multi-곁para 이야기'라고 부르고, 거기에 "'전(前)-후(後)' 이야기, 사실을 곰곰이 따져보면, 결국 몇 개인지 알 수 없는 이야기"이자 "주인이 없는 이야기, 주인을 상실했다고 선언하는 이야기"인 동시에, 그럼에도 "차라리 주인이 확실한 이야기, 주인의 본능, 그 근원을 찾게 하는 이야기"[6]라고 덧붙인 바 있다. 『나는 어둡고 적막한 집에 홀로 있었다』(문학동네, 2020)에 실린 이야기 중 상당수의 작품은 원본(原本)과 이본(異本)을 갖는다. 시를 쓰는 그의 왼손에는 항상 책이 들려 있으며, 책이 시로 건너와 백지를 찢고서 새로운 이야기를 만들어낸다. 책은, 어떤 의미에서, 이야기를 열고 닫는 경첩, 혹은 이야기의 새로운 분기가 형성되는 '첨점(尖點)'과도 같다. 남진우의 시에서 이야기는 주어진 결과물이 아니라 그 자체로 과정일 뿐인 텍스트, 즉 상호 텍스트의 운동 속에서 빚어지는 것이다.

> 책을 펼치면 나비떼가 날아오른다. 책갈피 속에 숨어 있다 이제
> 막 날개를 편 작은 나비들이 파닥거리며 허공으로 솟아오른다. 꽃
> 향기를 따라 번져가는 글자들, 하나하나 나비 되어 창밖으로 날아
> 가고, 나비떼를 쫓아 꽃잎 흩날리는 길을 따라가다보면 페이지는

---

5 발터 벤야민, 「이야기꾼: 니콜라이 레스코프의 작품에 대한 고찰」, 같은 책, p. 417.

6 조재룡, 「나는 항상 다시 쓰는 주체다」, 『의미의 자리』, 민음사, 2018, pp. 465~82. 이 글은 여기서 일부를 취해 왔다.

순식간에 텅 빈다. 더듬어보면 손가락 끝에 꽃가루가 묻어날 뿐, 내 눈길이 닿는 허공 저편에서 바람을 일으키며 떠도는 글자들. 책을 덮자 어둠이 밀려온 창밖에서 우수수 나비들이 우주 바깥으로 쓸려나가는 소리가 들린다.

    ──「봄밤의 독서」 전문

이야기꾼은 책에서, 책을 수놓는 문장과 문자에서 자신이 들려줄 경험을 길어 올린다. "책을 읽어나가다 빈 페이지와 맞닥뜨리는 순간"을 놓치지 않고, "한 페이지 전체가 텅 빈 채 눈에 들어차는 순간"을 정면으로 마주해 원본과 이본, 저 어딘가의 여백을 열고 무언가를 고안하기 시작한다. "앞 페이지로 넘어왔다가 뒤 페이지를 넘겨보며 이게 의도적인 것인지 아니면 단순한 실수의 소산인지 가늠해보는 짧은 순간"(「산호초」)을 직접 체험하고, 책의 입장에서, 책의 관점에서, 아니 책에서 무언가를 '꺼내', 꺼낸 책의 일부인 것처럼, 혹은 그 연장에서, 더러 그것을 넘어서, 자주 책의 무의식과 욕망, 즉 그 이후의 사건을 서술해나가듯 이야기를 들려준다. 남진우의 시는, 그러니까 '마치 책인 것처럼(as if)'의 기술(記述)이자 그것의 주관적 구술이며, 이를 바탕으로 새로 지어 올린 기이한 이야기의 형식을 취한다. 중요한 것은 남진우의 시에서 바로 이 '마치 ~인 것처럼'이 '미메시스'의 능력과 크게 다르지 않다는 점이다. '마치 책인 것처럼'의 능력은 단순한 모방이 아닌 '재현', 그러니까 이차적, 부가적, 주관적으로 '다시(再)'-'제시하는(現)' 능력이자, '반성적 판단력'의 작용이 배후에 전제된 "의도를 살려주는 우연"[7]인 것이다.

  책은 '마치 ~인 것처럼' 하염없이 백지 위로 흘러넘치고 빈번히 포

7　이마누엘 칸트, 『판단력비판』, 백종현 옮김, 아카넷, 2009, p. 169.

개어진다. "그 짧고도 긴 순간, 문득, 흠칫, 몸을 떨며" 시인은 "뚫어지게 바라보고 있던 백지에서 와글거리며 어떤 글자들이 떠올랐다가 다시 흰 물살에 휩쓸려 백지의 심연 속으로 순식간에 가라앉아버리는" 그 순간, "페이지로 이어져가는 글자들의 끝없이 긴 행렬이 대기하고"(「같은 시」) 있는 숱한 독서의 순간들을, 매개 없이, 원본-이본 사이의 가로막을 제거하고서, 새로운 공간을 열어 거기에 직접 실행-실천한다. "책을 너무나 사랑한 나머지 그는 꿈을 꾸면서 다른 사람의 서재에 들어가 그의 서가에 꽂힌 책 가운데 마음에 드는 것을 훔쳐오기 시작"한 이야기, 끝내 "자신의 꿈속의 서가"를 그려보는 불가능한 염원을 담은 이야기, 책 더미에 싸여 있는 꿈, 탐스러운 책이 너무 많아 "꿈속에서 책을 훔치느라 미처 읽을 겨를이 없었"으며, "훔칠 만한 책을 주위에서 찾고 고르느라" "책을 제대로 읽지 못"할 지경에 처한 자의 이야기는 다음과 같이 마무리된다.

> 책을 너무나 사랑한 나머지 그는 현실 속에서 책을 읽기보다 꿈속에서 책과 더불어 살기로 했다. 그래서 그는 오늘도 잠이 들기 전 그가 낮에 보았던 갖고 싶은 책을 머릿속에 떠올리고 그 책이 있을 만한 장소에 이르는 길을 가늠하며 잠자리에 든다.
> ―「책도둑」 부분

남진우의 시집은 거반이 책의 이야기이며, "꿈속에서 책과 더불어 살"며, 책에서 빚어진 이야기로 구성된다. "깊은 밤 은밀히 벽이 갈라진다"로 시작하는 「검은 고양이」는, 동일한 제목의 포의 작품과의 연관성 속에서 추리소설의 음산한 분위기를 연출하며, 살인마의 활보를 예고하는 기이한 방식으로 마무리되고, "잃어버린 눈들이 모여" 사는 곳, "아무도 살지 않는 집"과 "말라버린 우물" 주위로 불모, 폐허, 죽음이 활짝 피어난 곳에서, 까닭을 모른 채 축제를 열고, 웃음을 흘리고, 그렇게 술잔을 주고받는 이야기 「성문 앞 보리수」는 "성문 앞 우물 곁에 서 있는 보리수/나는 그 그늘 아래 단꿈을 보았네"로 알려진 슈베르트의 「보리수Der Lindenbaum」를 인유한 것이 명백하며, 최소한의 접점 '우물 곁'을 기점으로, 새로운 장면을 열며 기이하고도 낯선 체험의 현장으로 우리를 이끈다. 시집을 읽으며 우리는 제목에서건, 내용 전반에서건, 제사를 통해서건, 책의 '기시감'에 사로잡히게 될 것이며, 얼핏 보아 원-텍스트와 부차적-텍스트라는 구조 속에 시의 터전이 마련되어 있다는 생각을 품게 될지도 모르겠다.

이처럼 「기적 소리」는 무라카미 하루키의 「한밤중의 기적에 대하여, 혹은 이야기의 효용에 대하여」에서 소년과 소녀가 미처 하지 못한 이야기의 '이후'를 풀어놓은 것처럼 보이며, 「빙하와 어둠의 기록」은 크리스토프 란스마이어의 『빙하와 어둠의 공포』가 남긴 참혹한 기록과 조우하고, 어린 시절 대나무숲을 헤매는 이야기 「풍경」에 등장하는 가출의 경험이나 영원히 돌아가지 못하는 훼손된 고향을 그리고 있는 「귀뚜라미 소년」은, 일면 고향집 문 앞에 서서 문을 두드리지 못하고 매번 실패하고 마는 카프카의 「귀가」를 떠올리게 한다. 「최후의 인간」이나 「노인과 바다」는 메리 셸리나 헤밍웨이의 그것을 읽다 잠든 후 꿈속에서 이 책들을 고스란히 체현하며 펼쳐지는 긴박한 사투나 재난의 국면을 맞이하는 이야기가 펼쳐진다. 또한 「새벽 세시의 시인」은 괴테의 『파우스트』에서 모티프를 차용하는 동시에, 시마에 시달리는 시인과 악마의 거래가 '시간'의 문제로 성사되지 못한 사뭇 이상한 아쉬움을 현실의 좌절된 욕망으로 발화하며, 「포효」는 『산해경』의 상상력과 문체와 밀접히 교효하고, 「불타는 책의 연대기」는 발터 뫼어스의 『꿈꾸는 책들의 도시』를 암시적인 방식으로 환기하면서, 한 걸음 나아가 이 책에 '반(反)'하는 진실을 드러내며, 책을 엄습한 재난의 서사를

'마치 후속편인 것처럼' 아이러니한 문체로 지어 올렸으며, 마커스 주삭의 책 제목을 그대로 가져온 작품 「책도둑」은 '직접' 책을 훔치는 이야기 속의 주인공이 되어 현실과 몽상의 중간 지대에 머물면서 지속적으로 책을 훔치는 이야기를 마치 끊이지 않는 악몽처럼 담아낸다. 크리스 반 알스버그의 『해리스 버딕의 미스터리』를 제사에서 암시하듯 언급하면서 착수되는 「어두워지기 전에」도 원작과의 연장선상에 놓이는 것은 마찬가지이지만, 한 걸음 나아가 원작이 미처 담고 있지 못한, 책이 아직—여전히 실현하지 못한 욕망과 책의 꿈을 끄집어내어 직접 기록하기라도 하는 듯, 용암으로 인해 폐허가 된 도시 속 '재난의 불가사의'와 종말 앞에 선 인간 군상의 모습을 끔찍하고도 파멸적인 어조로 그려나간다.

책의 페이지마다 숨 쉬고 있는 등장인물과 책의 페이지를 넘기면서 차츰 모습을 갖추어가는 기이한 사건들, 책을 촘촘히 수놓고 있는 저 문자들이 머금고 있는 미지의 세계가 실제로, 현실로 범람하는 일이 시의 이야기 속에서 '마치 사실인 것처럼' 실현된다. 책의 꿈과 무의식의 이와 같은 기이한 '전화(前化)'는 상실과 공포, 경이와 놀라움을 뿜어내며, 매우 독특한 이야기를 빚어내는 근본적인 원인으로 자리 잡는다. 남진우의 이야기는 책과 이렇게 모종의 '접점'을 갖는다. 접점을 갖는다는 말은, 남진우의 시가, 대상이 된 책, 이야기의 기저에 담고 있는 책, 독서를 통해 체화한 책, 즉 원-텍스트 혹은 원-이야기라고 여겨질 다양한 원본들의 단순한 패러디나 환유, 인유나 제유, 알레고리나 비유로 환원되는 것이 아니라 상호 텍스트적인 화학작용 속에서, '마치 책인 것처럼', '의도를 살려주는 우연'의 저 예기치 않은 작업에 직접 참여하는 자기 반성성reflexivity의 산물이라는 사실을 말해준다. 그러니까 책과의 이러한 접점은, 보다 정확히 말하면 분기점이나 촉발점이라고 해야 할 텐데, 이야기는 책을 그 아래 조용히 깔고 있지만, 책은 오히려 이야기를 촉발하는 무엇이거나 촉발된 이야기를 통해 제 무의식과 욕망을 실현하는 대상으로서의 작품일 뿐이기 때문이다. 이야기는 이렇게 겹겹의 구조를 지니게 된다.

> 적막한 북국의 밤 잘 마른 나무로 아궁이에 불을 지피면 붉게 타오르는 불 속에서 시베리아의 호랑이가 나타나지 따스한 열기와 함께 번져가는 나른한 졸음 속에서 시베리아의 호랑이가 쓰윽 몸을 일으키고 타오르는 불 바깥으로 걸어나오는 것을 보게 되지 한 마리 두 마리 불의 아가리를 벌리고 눈보라치는 북국의 밤 호랑이들이 밤의 밤 속으로 달려나가는 것을 막연히 바라보지 독주를 마시고 타오르는 아궁이 옆 삐꺽이는 나무의자에 앉아 시베리아의 호랑이들이 눈밭에 찍는 별자리 같은 발자국을 헤아리지 아무리 들이켜도 취하지 않는 북국의 밤 굶주린 호랑이들은 닥치는 대로 가난한 마을에 들이닥쳐 깊은 잠에 빠진 사람들을 덮치지 아아 악몽에 놀라 깬 아낙과 아이들의 길고 긴 울음소리 희디흰 눈밭에 선혈을 흩뿌리며 시베리아의 호랑이는 돌아오지 아가리 가득 피를 머금은 채 한 마리 두 마리 절룩이는 발걸음으로 식어가는 아궁이 타다 만 숯 더미 속으로 기어든다네 호랑이 호랑이 이글대는 불길 속에 일렁이는 얼룩무늬 따라 어른대는 호랑이 삐꺽이는 나무의자 아래 데굴데굴 바닥을 구르는 술병 소리에 문득 잠을 깨는 북국의 밤 꺼져가는 호랑이의 눈빛이 마악 내 신발에 옮겨붙고 있네
> ──「불타는 호랑이의 연대기」 부분

이 작품은 "여기저기서 늙은 선원이/장화를 신은 채 술에 취해 잠에 빠져서는/붉은 날씨에/호랑이를 잡고 있다/──월리스 스티븐스"라고 시의 제목을 밝히지 않은 제사가 달려 있다. 시는 바로 이 '제사'에서

242

착수되며, 일부가 인용된 스티븐스의 시는 남진우 시 속 이야기와 모종의 접점을 이루지만, 오히려 새로운 이야기가 시작되는 첨점과 같다고 할 수 있다. 스티븐스의 시 전문을 인용한다.

> 하얀 잠옷들이
> 집집마다 가득하다.
> 어디에도 초록색 없고,
> 초록 반지 낀 자주색도,
> 노란 반지 낀 초록색도,
> 파란 반지 낀 노란색도 없다.
> 레이스 양말이나
> 구슬 장식 허리띠 맨
> 낯선 모습 하나 없다.
> 사람들은 꿈에서
> 비비나 고둥을 보지 않을 것이다.
> 늙은 선원 하나만 이리저리
> 술 취해 장화 신고 잠들어,
> 벌건 낮에
> 호랑이 잡고 있을 뿐.
> ── 월리스 스티븐스, 「미몽에서 깨어난 열시」 전문[8]

좀처럼 꿈을 꾸지 못하는 자들, 색깔을 상실한 자들, 그러니까 저 "하얀 잠옷들", "꿈에서/비비나 고둥을 보지 않을" 법한 "사람들은" 삶에서 상상하는 능력을 이미 상실한 자들이다. 가령 그들에게 '호랑이

---

8 로버트 프로스트 외, 『가지 않은 길─미국 대표시선』, 손혜숙 엮고 옮김, 창비, 2014, p. 81.

를 잡는다'는 위험천만하고도 한편으로 과감하며, 모험적이면서도 흥미진진한 '상상'을 도모하는 일은 절대 벌어지지 않는다. 상상은 "술 취해" 잠든 "늙은 선원"이 간혹 꾸는 저 드문 꿈속에서만 잠꼬대처럼 가능할 뿐이다. 스티븐스의 시를 머금고, 남진우의 시는 바로 이 꿈, 상상의 저 위험과 모험을 직접 실현의 반열 위에 올려놓는다. 남진우의 「불타는 호랑이의 연대기」는 스티븐스 시의 단순한 패러디가 아니라 이 시가 이야기하는 상상력, 한편으로 이 시가 구체적으로 보여주지는 못했으나 그 부족함과 필요성을 알려준 상상력, 시의 꿈을 실현한 직접적인 기록이며, 시의 침묵하는 무의식에 입을 달아 고유한 이야기의 형태로 이 무의식을 구술하며, 아직 기록되지 않은, 미처 당도하지 않은, 이 책이 꾸는 꿈과 책이 품고 있는 욕망을 '전사'했다고 말해야 할지도 모른다. 남진우가 펼쳐놓은 '마치 책인 것처럼'의 이야기들은 작품에서 작품으로 이어지는 상호작용 속에서 "방법이 궁리되는 하나의 장(場)"[9]을 새로이 여는 이야기와도 같은 것이다.

"북극을 향해 떠난 탐험대에 관한 기록을 읽었다"는 문장으로 시작하는 「빙하와 어둠의 기록」을 살펴보자. 이 시의 "기록"은 마젤란이나 스콧의 그것과 유사한 탐험의 체험기가 아니다. 다양한 겹-텍스트들(엇비슷한 모험담)을 물리치고, 크리스토프 란스마이어의 『빙하와 어둠의 공포』라는 '원(原)-이야기'가 시의 제목에서 고정되어버린다. 시는 이렇게 구체적 체험에 대한 기록과 그 체험의 기록을 오롯이 담은 소설이라는 명확한 출처-저본을 갖는다. 원본 소설이 시의 한 줄 한 줄에 스며들고, 백지에 공급할 이야기의 양식이 된다. 장면과 장면이 수시로 포개어지고 겹쳐지다가, 화자는 마치 소설 속으로 직접 들어간 듯 주인공이 되고, 타자의 기록이 이렇게 시로 걸어 들어와서 차츰 녹아들기

---

9 Roland Barthes, *De l'œuvre au texte* in *Le bruissement de la langue(Essais critiques IV)*, Seuil, 1984, p. 70.

시작하면, 이 두 개의 "사실과 허구의 기록"은 하나의 지평선 위로 차츰 휘발되기 시작한다. 독서를 진행하던 우리도 언젠가부터 주어를 상실하는 것처럼 보인다. 「빙하와 어둠의 기록」의 마지막 대목이다.

> 썰매개들이 짖어대며 달리는 얼음의 땅 저편에서 그들이 행진하며 내는 발자국 소리가 지금도 울려퍼지고 있다. 그들은 아직도 전진중이며 북극은 여전히 발견되지 않았다. 우주의 캄캄한 어둠 속을 돌고 있는 이 행성에서 북극이란 남극이란 얼마나 가없는 미지의 지점일 따름인가. 유빙이 떠내려오는 불모의 땅에서 그들은 지금도 사실과 허구의 기록을 써나가고 있다. 멀리 만년설을 이고 있는 산꼭대기에 눈으로 뒤덮인 궁전이 보인다. 저기 영원히 지지 않을 오로라가 푸른빛을 내뿜으며 지평선에서 하늘로 한없이 뻗어오르고 있다. 바람이 죽은 자의 이름을 속삭이며 불어온다. 마지막 원정대가 사라져간 눈보라를 응시하며 책을 덮는다. 빙하에 묻힌 시신들이 페이지를 넘어 내 손가락 사이로 흥건히 녹아 흘러내린다.

최대치의 독서는 독서의 대상을 외따로 놓아두지 않는다. "그들이 행진하며 내는 발자국 소리가 지금도 울려퍼지고 있다"는 대목을 보자. 타자와 주체는 관계가 역전되는 것이 아니라 텍스트와 텍스트 사이의 혈류를 타고 삼투한다. 시를 읽는 독자들의 두 눈은 외려 란스마이어 작품의 독자가 되어 글을 이끌고 나갔던 시인이 뿜어내는 리듬과 화법, 문체를 바라보게 되고, 시인이 펼쳐낸 처절한 정동의 이야기 속으로 서서히, 그러나 본격적으로 빨려 들어가게 된다. "우주의 캄캄한 어둠 속을 돌고 있는 이 행성에서 북극이란 남극이란 얼마나 가없는 미지의 지점일 따름인가"에 이르러 이야기는 '전이'되고, 발화의 주체와 화자 사이의 경계는 붕괴된다. "그들은 지금도 사실과 허구의 기록을 써나가고 있다"라는 문장이 절묘한 것은 물론 "지금도"와 "허구" 때문이다. 시는 이처럼 독서에서 비롯되었으며, 그와 같은 사실에서 출발하였다고 명백히 밝히지만 결국 '나'의 글, 그러니까 '나'가 타자의 글의 중심을 이탈시키는 동시에 '나'의 중심도 이탈되며 솟구쳐낸 고유한 글로 전이한 이야기를 구사하는 것이다. 문장과 문장 사이에 깊게 젖어 든 허무가 극한의 한계 속에서 압도적으로 육박해오는 실존의 기록, 자연과 맞서 싸우는 치열하고도 장엄한 사투는, 이렇게 타자의 글에서, 글을 읽으면서, 어느덧 타자의 글의 저 "페이지를 넘어 내 손가락 사이로 흥건히 녹아 흘러내"리는 사태에 진입한 '나'의 고유한 이야기에 커다란 줄기를 이룬다.

> 책을 읽는다
> 책을 읽어나감에 따라
> 책이 나를 읽는다
> 책을 읽을수록 나는 텅 비어가고
> 책은 글자들로 한없이 부풀어오른다
> 내가 읽는 책이 나를 읽는 동안
> 주위는 점점 더 책으로 가득 차고
> 책에 둘러싸인 채 가쁜 숨 몰아쉬며
> 나는 쉴새없이 페이지를 넘긴다
> 내 눈동자가 스쳐지나갈 때마다
> 백지엔 긴 문장의 띠가 이어지고
> 내 머릿속에 든 문장이 하나씩 지워진다
> 부옇게 지워진 문장으로 가득한 머릿속
> 점점 또렷하게 떠오르는 새로운 책 한 권
> 책을 닫는 순간

머릿속 책 한 권이 통째로 빠져나간다

툭,
바닥으로 떨어져내리는
텅 빈 해골 하나
——「사라지는 책」 전문[10]

 "읽지 않은 책들로 거의 폭발할 지경"(「책도둑」)에 이른 도서관은
"책들의 행렬"(「도서관에서」)로 넘쳐나는 곳이며, 글의 미로로 설계된
곳이다. 책은 자체로 이야기의 재료-대상-주체가 되기도 한다. 책은
해독할 수 없는 문자, "읽을 수 없는 문자"로 쓰여, "허공에 알아들을
수 없는 문장을 흩뿌"(「책들은 그 섬에 가서 죽는다」)릴 뿐 이해될 수
없으며 독서 불가능성의 상태에 거주한다. 책은 그 자체로 미지의 대
상으로 그려진다. 책을 읽다가 잠든 순간, '나'가 책을 읽고 있는 것인
지, 책이 '나'를 기록하는 것인지 "책을 읽을수록 나는 텅 비어"간다고
시인은 말한다. '나'가 직접 무언가를 기록하고 있는지 책 속에서의 누
군가 '나'를 기록하고 있는지 그 구분은 자주 모호해지며, "내가 읽는
책이 나를 읽는" 순간이 도래하면 책의 필자와 독자, 책에 등장한 사건
의 실행자와 그 기록의 주체가 뒤바뀌거나 더러 하나가 되기도 한다.
"내가 알지 못하는 문자로 씌어진 그 책은 전생에서 내가 겪은 전쟁을
다루고 있었다"(「도서관에서」)라는 문장이 발화되자 새로운 현실이 전
사된다. "총알이 날아다니고 포탄이 터지는 전장의 참호에서 나는 마
지막 힘을 짜내어 조그만 군용 수첩에 일기를 쓰고 있"는 책 속의 '나'
를 이제부터는 현실의 '나'가 기록하기 시작하는 것이다. 책의 현실화

10 남진우, 『타오르는 책』, 문학과지성사, 2000, p. 102.

는 책의 꿈을 실현하는 일과 맞닿아 있다.

책이 꾸는 꿈속의 '나'인가? '나'가 꾸는 책의 꿈인가? 시점이 붕괴되고, 주어가 바뀌고, 책의 내용 속으로 들어간 '나'가 글을 쓰는 것인지, 글 속에 '나'가 있어 그 이야기를 쓰고 있는 것인지 알 수 없는 상태에서, 이야기가 겹으로 늘어나는 만큼 백지 위에는 "긴 문장의 띠가 이어"질 뿐이다. 이 긴 문장의 주인은 실현되지 않은 책의 '아직 알지 못한 것', 즉 미지(未知)이자 삼투된 이 미지의 수행자이다. 책의 내부로 직접 들어간 '나'에게, 책을 다 읽은 '나' 자신은 이렇게 이미 한 번 죽은 자아와 크게 다르지 않다. 따라서 "간신히 나는, 오늘 나는 죽을 것이다, 라고 썼다"는 독서를 마쳤다는 것을 고지하는 동시에, 책과 하나가 되어 독서를 마친 '나'가 곧 맞이할, 다른 책을 쥐게 되는 순간이 한 번의 죽음과 또 다른 탄생의 시간이라는 것과 다르지 않다는 사실에 대한 비유이다. 죽음은 책의 미지를 수행하던 자가 맞이하는 죽음이다. "마지막 문장에 마침표를 찍는 순간 날아온 총탄이 내 몸을 꿰뚫고 지나갔다"도 마찬가지이다. 독서의 끝에 당도했음을 알리는 기록인 동시에 '나'가 읽어나간 책이, 그 내용이, '나'와 무관하지 않다는 사실, 이렇게 '북 트렁커'의 현실 그 자체, 그 실현됨, 실행을 고지한다. "책은 글자들로 한없이 부풀어오른다"는 따라서 의미심장하다. '꿈'은 '나'가 '나'를 보고 있는지, 책이 '나'를 읽고 있는지, 이 둘이 육화된 순간에 대한 알리바이이기 때문이기도 하지만, 순간에 빚어진 책-현실의 특성, 그 문자의 형태, 그것이 재현되는 방식을 알려주는 단초이기 때문이기도 하다.

시는 이야기 속의 이야기를 경유하면서, 타자로 서는 '나'의 글, '나'의 글로 타자에 기념비를 세우고, 그 표면에 무늬를 빚어내면서, 그 무늬 사이로 나의 아우라를 뿜어내는 '화학작용'을 일궈낸다. 남진우의 산문시는 이와 같은 방식으로 시를 온갖 서정에서 분리시킨다. 이야기는 이 분리되어 나온 미지의 공간을 파고든다. 왼손에는 책을 들고, 오른손에는 비상한 문장을 든 시인이 부지런히 백지를 메우고 있는 것이다. 줄에서 줄로 읽어나가던 눈이 왼쪽에서 오른쪽으로 달리기 시작한다. 이 직진의 행렬은 간혹 되돌아와야 할 때를 맞이하고, 그렇게 다시 되돌아가다가도 분기점-촉발점에 당도하여 알 수 없는 곳으로, 책을 뚫고 나와 미지의 언어 속으로, 도치된 결말로 도약한다. 서사를 움켜쥐는 만큼 '반복'은 이야기의 단위를 시간이 아니라 순간들에 비끄러맨다.

3. 현실로 범람하는 해독 불가능한 문자들

> 이야기는 보고하는 사람의 삶 속에 일단 사물을 침
> 잠시키고 나중에 다시 그 사물을 그 사람에게서 건
> 져올린다. 그래서 이야기에는 옹기그릇에 도공의
> 손자국이 남아 있듯이 이야기하는 사람의 흔적이
> 남아 있다.
>
> ─ 발터 벤야민[11]

　　남진우의 이야기에는 기원을 캐묻기 힘든 미지의 경험들이 바글거린다. 어느 시점에선가 완료된 것이 분명하나 정확히 확인할 수 없는 과거의 일을 실제 일어났던 과거의 사실적 사건('~하곤 했다'나 '~였다고 한다')처럼 펼쳐내며, 시인은 "공간적으로 먼 곳의 이야기나 시간적으로 먼 과거의 이야기"[12]에 현장성을 부여한다. "저 멀고먼 산 깊고 깊

11　발터 벤야민, 같은 책, p. 430.

은 숲속엔 흰털로 뒤덮인 크다란 설인이 살고 있어"로 시작하는 「설인
(雪人)」이나 "옛날 옛적에 내 신발엔 귀뚜라미 한 쌍이 숨어 살았네"로
입을 떼고는 고향을 떠나온 후 신발에 남아 있는, 설명할 수 없는 귀뚜
라미의 흔적을 이야기하는 「귀뚜라미 소년」, "그날 밤 내 피는 뻐꾸기
울음소리를 싣고 먼산으로 흘러 흘러갔다"로 서두를 열고, 긴박감 속
에서, 위태로운 상황 속에서 전개되는, 은밀함과 긴장감으로 가득한 서
스펜스 이야기 「산그림자」, "뗏목을 타고 우리는 흘러간다"로 시작하
는, "홍수의 밤과 가뭄의 낮"을 겪을 뿐 끝내 어디에도 도달하지 못하
고 "뗏목"이라는 문명의 재난과 황폐 속에서 당도와 구원이 끝없이 연
기되는 골고다 저 해골들의 이야기 「약속의 땅」이나 "잠자리에 누우면
멀리서 모래가 흘러온다"로 시작하여 '밀려온다' '흘러온다' '찾아온다'
'잦아든다'로 가득한 공포의 물결로 마침내 모래에 온몸이 잠식당하는
악몽을 "한없이 깊고 어두운 밤의 한가운데 신기루처럼 어른거리는 몇
개의 잡히지 않는 꿈들"의 이야기로 담아낸 「모래의 시간」, 나르키소
스 신화처럼 어디선가 들었던 이야기를, '~라고 한다'로 시간의 단위를
부여하고 동화와 구전을 다시 기술한 문체로 주조해내며, 사냥꾼의 귀
환과 그 신비를 그리고 있는 「그림자 연못」, "그는 그해 그 마을에 도
착한 최초의 여행자였다"로 시작하여 전생에서 이어져 헤아릴 수 없는
시간이 흐르도록 "네모난 광장"을 계속 맴돌고 있는, 까닭을 알 수 없
는 행렬이 이 마을을 방문한 '이방인'을 희생의 제물로 삼자 비로소 멈
춰진다는 「축제의 시간」 등, 이야기는 거의 모든 면에서 환상 동화나
신화, 옛 구전이나 전설, 목격담이나 경이, 회상이나 회고담, 미스터리
나 괴담의 그것처럼 착수되고, 전개되고, 끝을 맺는다.
  '먼 곳'에서 도착한 이 이야기는 '규정 불가능성'이라는 기묘한 탈을

12 같은 책, p. 419.

쓰고 전개된다. 정확히 어딘지 알 수 없는 모래사막, 총성이 울려 퍼지거나 칼싸움이 한창 진행 중인 전쟁터 저 한복판, 몰락한 왕과 마법사만 달랑 남겨진 폐허와 같은 왕궁처럼 장소의 기이성을 토대로 삼고, '먼 곳'이라는 시대의 불분명성이 여기에 더해지며, "개와 늑대 사이의 시간"처럼 낮에서 저녁으로 향하는 어디쯤, 어렴풋한 빛과 푸르스름한 어둠이 혼재된 시간의 불분명성이 '규정 불가능성'에 일각을 보탠다. 시집의 모든 이야기가 이렇게 미스터리의 가면을 쓰고 있다. 조금도 비범할 것이 없는 일상을 찢고, 불쑥 기습하듯 방문한 기이한 공포가 이야기 전반을 홍건히 물들이는 저 예측 불가능성은 말할 것도 없고, 머리카락이 실제로 불타오르는가 하면, '나'가 죽어가는 과정이나 죽은 '나'의 시신을 '나'가 직접 바라보고, 자신의 주검에 대한 회한의 말을 남기는 등, 그의 이야기에는 "맨 하늘 아래, 구름 말고는 아무것도 변치 않고 남겨진 것이 하나도 없는 풍경 속에 서 있고 그 가운데에 파괴적인 흐름과 폭발의 역장(力場) 속"에 놓인 "왜소하고 부서지기 쉬운 인간의 몸뚱이"[13]가 쏟아내는 말들로 가득하다. 까닭과 이유를 캐묻는 행위 자체가 봉쇄된 저 인과성의 누락과 맥락을 종잡을 수 없는 불가해성이 이야기를 지배하는 가운데 다소 기이한 언술로 마무리되기도 한다. 몇몇 이야기에서 결구에 해당되는 마지막 대목들이다.

> 당신이 분명히 알아두어야 할 것은 우리 사이에 악어가 숨어 있는 것이 아니라 악어들 사이에 우리가 살고 있다는 것. 유일한 문제는 조용히 살다 어느 날 소리 소문 없이 사라지느냐 아니면 악을 쓰며 뼈만 남을 때까지 뜯기면서 사느냐, 그 차이일 뿐이다.
> ──「악어」부분

13 같은 책, p. 417.

들어보라, 그 안에 담긴 죽은 아기를 들어올려보라. 지금 그대 팔 안에 안겨 있는 것. 한 마리 연약한 새의 날개짓 같은 이 떨림. 그 옛날 그대가 버린 아기들이, 이 밤, 눈 꼭 감은 채, 어두운 물위를 떠내려가고 있다.

    —「밤으로의 표류」 부분

늑대들이 사납게 할퀴고 지나간 자리, 모래바람만이 쓸고 지나가는 텅 빈 거리 끝에서 눈먼 걸인 하나 딱따기를 치며 걸어오고 있다.

    —「천사가 불칼을 들어 그 땅을 치니」 부분

온몸에 덮인 모래 털어내며 다시 한 걸음 무거운 발을 옮기는데…… 하늘에 떠 있는 구름 저 너머 멀리서 다큐멘터리 진행자의 음성이 들려오는 것이었다…… 사막을 가다 낙오돼 쓰러진 사람에겐 죽음이 있을 따름입니다……

    —「실종」 부분

그것은 수 세기에 걸쳐 바람이 짊어지고 간 꿈들이 쌓여 이루어진 거대한 화석이 동료들을 부르는 소리이다. 사막에 사는 그 부족은 끝없이 지상을 떠돌며 언젠가 크고 환한 별을 땅속에서 캐낼 것이라고 믿는다.

    —「사막의 돌」 부분

반전을 거듭하는 이야기의 결말은 '지혜'와 맞닿아 있는 기이한 몸짓으로 마무리되기도 하며, 판단의 반성적 작용이라 할 무엇, 그러니까 "드러내거나 숨긴 채로 유용한 무언가"를 지니고 있는 것으로 보인다. 이와 같은 이야기의 '유용성'은 "어떤 때는 도덕이기도 하고, 또 어떤 때는 실제적 지침이기도 하며, 또는 속담이나 삶의 격률"[14]과도 일면 닮아 있지만, 그것은 "어떤 물음에 대한 대답이라기보다 (방금 전개되고 있는) 어떤 이야기를 계속 이어가는 것과 관련된 어떤 제안"[15]에 가깝다고 해야 한다. "그놈들"은 아주 고약한 무엇, 어디서, 언제라도 튀어나올지 모르는 무엇이며, 누구를 막론하고 삼켜버릴 수 있어, "잠시라도 긴장을 풀거나 주의를 늦추면 그놈들이 나타나 쩍 벌어진 입을 앞세우고 달려들 것"(「악어」)이라고 시인은 말한다. 사방에 편재하는 악의 기원이자 공포의 존재인 이 "악어"는 우리를 지배하는 외부의 타자가 아니라 오히려 우리가 그 안에 살고 있으면서 인식하지 못하는 무엇일 뿐이다. 시인은 우리의 삶에 편재하는 이 악어라는 존재에 대해서 "당신이 분명히 알아두어야 할 것"이 있다고 환기하며, "우리 사이에 악어가 숨어 있는 것이 아니라 악어들 사이에 우리가 살고 있다는 것"을 명심해야 한다고 한 번 더 강조하며 시를 마무리한다. "그놈들은 어디서 튀어나올지 모른다"는 구절이 반복되면서 맺어진 이야기의 결말에서, 악어가 지배하는 세계에서 펼쳐질 수 있는 우리 삶의 가능성을 시인은 두 가지로 나누어 '조언'을 건네기도 한다. 결말은 이렇게 어떤 사실을 고지하고, 행위를 주문하며, 나아가 그렇지 않을 경우에 빚어질 비극적 결과를 예언하면서 지침을 선언하는 형식을 취한다. "사막을 가다 낙오돼 쓰러진 사람에겐 죽음이 있을 따름입니다"처럼, '마치 브라운관을 뚫고 나온 것과도 같은' 이 TV 다큐멘터리 진행자의 말은, 예언적 단언이면서 동시에 명백한 진리나 사실에 대한 발화에

14 같은 책, p. 421.

15 같은 책, p. 422.

가장 근접해 있는 일종의 경고에 가깝다. 「사막의 돌」이나 「밤으로의 표류」의 마지막 대목 역시 이유를 설명하고, 행위에 판단을 내리고, '만약 하지 않을 때'라는 식의 부정의문문의 대답을 예언처럼 새겨놓는다.

남진우의 시에서 모든 것은 자고 있다. 망각된 것을 기억하는 것, 망각된 것의 지형도를 현실에서 그리는 것, 훼손된 경험을 기억으로 '재현'하면서 시인은 "현실적으로 일어난 일을 말하는 게 아니라, 필연성 혹은 유사성의 질서에서 일어날 법한 무언가"[16]를 이야기로 풀어놓는다. 이야기 역시 대부분 잠을 자고 또 꿈을 꾼다. 무의식과 욕망이 말을 할 뿐만 아니라 타자에게도 말을 거는 것은 꿈의 형식 속에서이다. 꿈에서, 꿈에 의해서, 할 수 없었다고 믿었던 무언가를, 의식적-무의식적으로 좌절되었다고 믿어왔던 것들을 실행한다. 꿈은 무엇이던가? 꿈에서 우리는 죽음을 손에 쥘 수도 있으며, 죽은 '나'의 모습을 볼 수도 있다. 마찬가지로 꿈에서 우리는 입에서 불을 뿜을 수도, 불길로 뛰어들 수도 있다. 현실에서 실행될 수 없는 것들, 그것 자체로 "고통스러운 감정들"[17]이 꿈에서 실현 가능한 세계로 진입한다. 꿈에서 우리는 이성과 금기의 빗장을 풀어헤치고, 가쁜 숨을 고르며 접어든 막다른 골목에서, 느닷없이 괴물과 마주쳐 공포를 겪으며 식은땀을 흘리다 화들짝 깨기도 하는 것이다. 시는 "한없이 깊고 어두운 밤의 한가운데 신기루처럼 어른거리는 몇 개의 잡히지 않는 꿈들"(「모래의 시간」)의 이야기, "장기판을 마주한 노인들"이 "여전히 상대의 다음 수를 헤아리는 데 골몰"할 때 머릿속에 떠오르는 "전투와 살육의 현장"(「서역만리」)이자, "어두운 밤 개 짖는 소리마저 끊긴 고요한 거리 모두들 잠들어 평안한 시간 시계탑의 시계도 시간의 흐름을 잊고 잠시 분침과 시

---

16 Artistote, *Poétique* (Texte, traduction, notes par Roselyne Dupont-Roc et Jean Lallot), Seuil, 1980, p. 65.

17 지그문트 프로이트, 「작가와 몽상」, 『예술, 문학, 정신분석』, 정장진 옮김, 열린책들, 2003, p. 145.

침이 순환운동을 멈출 때"(「한밤의 마술」) 착수되는 꿈 이야기, 꿈과 같은 이야기, 꿈에 꿈을 거듭하는 이야기이다.

> 매일 아침 거울은 아무런 일도 일어나지 않았다는 듯 매끄러운 표면에 방안 풍경을 담아 보여줄 뿐이지만 소년은 안다. 거울 속엔 무수한 존재들이 살고 있어 어느 순간 거울을 넘어 이쪽 세계로 침입해 들어올 기회만 노리고 있다는 것을. 그들이 휩쓸고 지나가면 거울은 텅 비고 세상은 거울에 갇혀 거울 저편을 반사하게 될 것이다. 불안과 호기심에 사로잡힌 소년은 조금 몸을 일으켜 어둠 속 거울을 향해 다가간다. 다가갈수록 거울에서 끓어오르는 소리는 금방이라도 방안으로 쏟아져나올 듯이 커져간다. 거울 속 머나먼 평원을 달려온 말들이 거울을 부수고 거울 바깥으로 뛰쳐나올 것처럼 맹렬하게 거울 표면을 두드리고 있다. 소년의 이마가 차가운 거울에 닿으려 하는 순간 소년은 흠칫 놀라며 물러선다. 거울 저 깊은 곳에서 날아온 화살 하나가 마악 그의 눈가를 스치고 사라졌기 때문이다. 온몸의 피가 싸늘하게 식어가는 것을 느끼며 소년이 황급히 벽의 스위치를 올리자 거울 속 소란스런 움직임은 순식간에 멈춘다. 거울 표면엔 멍하니 눈을 크게 뜬 채 거울 바깥으로 마악 나오려 하는 소년의 모습만이 얼어붙어 있다.
> ─「거울을 들여다보다」 부분

거울 속의 세계에는 "무수한 존재들이 살고 있"으며, 무한한 에너지로 넘쳐난다. 그 사실을 아는 소년은 또한 이 무한한 존재가 "어느 순간 거울을 넘어 이쪽 세계로 침입해 들어올 기회만 노리고 있다는" 사실을 알고 있으며(의식하며), 이 포화 상태의 에너지들이 "거울에서 끓어오르는 소리"를 들을 줄도 안다. 들끓는 욕망과 무의식의 에너지는 이성의 장막이 잠시 느슨해질 때 의식의 표면 위로 솟구쳐 오르며, 자유연상이나 꿈에서 우리는 그 예를 찾곤 한다. "전쟁이나 사냥 같은 죽고 죽이는 참극이 벌어지고 또 때로는 축제나 연회가 벌어져 사람들이 먹고 마시며 웃고 떠드는 소리가 거울을 넘어 누워 있는 소년의 몸 위로 쏟려 오"는 순간, "혁명이 일어났는지 함성과 더불어 시위대가 행진하며 노래 부르는 소리가 들려올 때"가 바로 꿈의 시간, 연상의 순간, "개와 늑대 사이의 시간"이다. 시인이 "매일 아침 거울은 아무런 일도 일어나지 않았다는 듯 매끄러운 표면에 방안 풍경을 담아 보여줄 뿐"이라고 언급한 것은 이 때문이다. 거울 너머에서는 현실에서는 벌어질 수 없는 사건들, 일어날 수 없는 일들, 가능하지 않은 것들, 그러니까 상상에 국한되었던 것들이 실제로 벌어지고 있고, 그 접점을 마주 보고 있는 소년은 "불안과 호기심"을 동시에 갖고 있다. 거울은 이처럼 "스스로 깨닫지 못한 채 마주쳤던 자기 자신의 모습들로 이루어진 이미지들"[18]을 비춘다. 간혹 "거울 저 깊은 곳에서 날아온 화살 하나가 마악 그의 눈가를 스치고 사라"지듯 거울 저 너머 무의식의 세계가 현실로 범람할 기미를 보이는 것이다. 중요한 것은 이야기가 뿜어내는 상상력과 환상성, 이야기의 불가해성이나 정의-요약 불가능성 자체에 있는 것이 아니라 꿈의 그것, 그러니까 악몽의 일종, 전설이나 신화, 구전이나 말 그대로 '이야기'라는 다소 모호하면서도 낯설고, 무의식적이면서도 잠재적인 욕망을 반사한 거울 저 안쪽의 세계가, 이야기에서 직접 화면을 뚫고 걸어 나오듯 백지 위로, 현실로 범람한다는 것이다. 「문」을 읽어보자. 전문을 인용한다.

아주 오래된 폐가의 문을 열고 들어가니 할머니 한 분 구석에 앉

---

18 발터 벤야민, 같은 책, p. 434.

아 계시네. 할머니 옆에 다가가니 낡은 보퉁이 하나 굴러다니고 있
네. 그 속엔 무엇이 들었나요, 물으니 할머니 히죽이 웃으시곤 보퉁
이를 풀기 시작하네. 꽁꽁 묶은 보퉁이를 풀어헤치자 다른 보퉁이
가 나오고 그 보퉁이를 풀자 또다른 보퉁이가 나오네. 뭐길래 저렇
게 소중하게 싸고 또 싼 것일까 생각하며 할머니 손놀림을 바라보
고 있노라니 할머니 문득 풀다 만 보퉁이를 내게 내미시네. 그 보
퉁이 가슴에 안고 폐가를 나오자 하늘은 눈부시게 푸르르고 태양
은 환한 햇살을 사방에 무진장 퍼뜨리고 있네. 돌아보니 어느새 폐
가는 보이지 않고 나 홀로 들판 끝 외딴 벼랑 옆에 서 있네. 보퉁이
를 옆구리에 끼고 걸어가다 문득 생각이 나 멈춰 서서 보퉁이를 풀
기 시작했네. 하나 풀고 둘 풀고 셋 풀고 끝없이 겹겹이 싼 보퉁이
를 풀어헤치다 지쳐 털썩 길가에 주저앉고 말았네. 풀다 만 보퉁이
를 옆에 던져두고 잠시 졸음에 잠겼는데 멀리서 삐걱이며 오래된
나무문이 열리는 소리가 들리네. 어둑한 그늘 저편에서 소녀가 나
타나 내게 다가오더니 내 옆에 굴러다니는 낡은 보퉁이를 가리키
며 묻네. 그 속엔 무엇이 들었나요.

이야기의 화자는 어느 집의 문을 열고 들어가서 할머니를 만나고,
이어 "풀어헤치자 다른 보퉁이가 나오고 그 보퉁이를 풀자 또다른 보
퉁이가 나오"는 보퉁이를 들고 나온다. 그러자 하늘에서 신비한 변화
가 일기 시작한다. 이 순간을 기점으로, '나'가 문을 열고 그 안으로 들
어갔다 나온 "아주 오래된 폐가"가 사라져버린다. 이렇게 우리는 '나'
가 꾼 꿈을 기록한 것인지, 작품 속에서 화자가 꾼 꿈을 '나'가 들려주
고 있는지, "잠시 졸음에 잠"겨 꿈속에서 본 어느 소녀에 관한 이야기
를 현실에서 겪은 일 다음에 기록하여 이야기를 마무리하는 것인지 모
를 모호한 상태에서 "나 홀로 들판 끝 외딴 벼랑 옆에 서 있네"라는 문

장을 마주한다. 이야기는 피어오르고 사라지고 다시 피어오르는 신기루처럼 몽롱하고, 꿈으로 겹겹이 쌓인다. 이 이야기에서 꿈꾸는 자는 '어디'에 있는가? 꿈꾸는 자는 '누구'인가? 아니, '나'는 누구인가? 화자-주체의 경계가 겹겹의 신기루 속에서 차츰 희미해지기 시작한다. 이제 '나'에게 보퉁이만 남겨졌다. 보퉁이는 풀어도 풀어도 끝이 없다. 이 보퉁이는 이미 '꿈속'의 '보퉁이'라고 말해야 할지도 모른다. 여기에 더해, 보퉁이를 계속 끄르던 '나'가 지쳐서 잠시 졸았다고 말하는 대목에 이르러 꿈과 현실의 경계는 완전히 무너져버린다. 이와 같은 반수면상태에서 "멀리서 삐꺽이며 오래된 나무문이 열"린다. 꿈은 이렇게 시간을 잡아먹고, 순간을 완전히 이야기 안에 녹여버린다. 할머니의 전신인지 명확히 알 수 없는 상태에서 홀연 "소녀"가 나타나 내 옆에 놓여 있는 "낡은 보퉁이"를 가리키며 "그 속엔 무엇이 들었나요"라고 물을 때 우리는 '문'이 '글'의 상징이며, 보퉁이가 '이야기-시'에 대한 알레고리라는 사실을 어렴풋이 짐작하면서도, 현실로 범람해온 이상한 꿈, 일어날 수 없는 일이 발생한 바로 그 현장에 우두커니 서 있게 되는 것이다.

> 폐하께선, 자신이 죽은 다음, 즉위할, 국경 수비대가, 반란, 혁명, 결코 그놈만은, 기필코, 숨이 붙어 있는 한, 희생할 수밖에 없는, 처단, 운명, 어쩌면, 혹시, 그러므로……
> ―「밀사」 부분

> 이 푹신한 코끼리 베개에 머리를 묻고 한숨 자고 나면 거기서 뻗어나온 기다란 코가 어느새 내 몸을 휘감고 있는 상태로 깨어날지도 모르겠다.
> ―「코끼리를 꿈꾸다」 부분

258

긴 세월 자객이 칼을 휘두르는 동안 궁성은 완전히 텅 빈 폐허가
되었다가 다시 서서히 복구되었다. 기진맥진한 자객의 칼이 다시
왕비의 가슴을 관통하는 순간 한 무리의 관광객들이 방에 들어와
서 연신 카메라 플래시를 터트렸다.
　　─「자객」 부분

　이야기 속 이 꿈 저 악몽은, 실제로, 현실로 범람하며 발화의 옷을
입고 제 흔적, 쪼가리, 파편만을 남긴다. 오직 자신만이 알고 있는 "비
밀스런 절차"를 통해 밀사는 왕의 후계자가 바로 '나'라고 알려주지만,
그는 이미 독이 든 포도주를 마셔 서서히 죽어간다. 그가 '나'에게 전해
주는 왕의 명령이 무슨 말인지 알아들을 수 있는 자는 세계에 없다. 시
는 "이 명령은 다시는 번복되지도 반복되지도 않을 것이라고 말씀하셨
습니다"(「밀사」)로 끝을 맺는다. 이 문장은 그 자체로 번복할 수 없는
'진리'의 해독 불가능성에 바쳐지며, '욕망하는 것'과 '아는 것' 사이의
돌이킬 수 없는 단절을 봉합하는 파편이자 수수께끼, 백지 위에 남긴
그 잔해와도 같다. 이 진리, 욕망, 무의식은 "낯설게도 물에 불어 너덜
너덜해진 몇 권의 책"(「책들은 그 섬에 가서 죽는다」)처럼 읽을 수 없거
나, "중력 암흑물질 벌레구멍"(「나는 어둡고 적막한 집에 홀로 있었다」)
이나 "살해 도구가 무엇일까 싶어 둘러보다 이불을 들"춰 찾아낸 "어
젯밤 한입 베어먹다 남긴 사과"(「범행의 흔적 1」)처럼 규명이 불가능하
거나 절대로 일치할 수도, 그 진위 여부를 파악할 수도 없는, 그럼에도
발화되어 페이지 위로 전화된, 알아들을 수 없고 읽을 수 없는 '진리'인
것이다. 그것은 꿈에서건, 시에서건, '있는 그대로', '직접' 무언가를 표
상하거나 지칭하지 않는다. 이는 무의식이 '전이' '응축' '이전' '삭제' '변
형' 없이 그대로 백지 위를 활보하지 않기 때문이다. 무의식이 언어로

구조화되어 있는 것처럼, 또한 그 언어가 해독이 불가능한, 오로지 '이집트의 상형문자'와 같은 불가해한 형식으로 주어지는 것처럼 말이다. "인과관계의 회로가 꿈에서는 차단되어 있기 때문"에 결과적으로 "꿈은 욕구충족이 직접 현실화된 영상이라는 것을 결코 보여주지 않으며, 이것이 꿈이라는 표상을 종잡을 수 없는 것"[19]으로 만들어버리듯, 꿈에서 욕망과 무의식은 파편들이자 잘라진 이미지에서 솟구쳐 표상된 무엇처럼 굴절-변형되어 전화될 뿐이다. 꿈을 알 수 있는 것은 누군가, 현실에서 그것을 '꿈'이라고 이야기하며 기억을 더듬어 들려줄 때뿐이며, 이 기억은 발화의 영역으로 오롯이 포섭되기 전에 휘발되어버리는 특성을 갖고 있다. 이야기에 반영된 꿈은 이러한 사실에 비추어 어떻게 나타나는가? 어젯밤 (꿈에서) 살해에 쓰였다고 여겨진 사과, 즉 '나'가 꿈에서 목격한 사과는 어디에 있는가? 현실에는 존재할 수 없는 이사과는 잠에서 깨어난 아침, 침대 주변에서 뒹굴고 있는 것이다. 어젯밤 꿈에서 보았던 그 사과가 한 입 베인 채 현실의 '나' 바로 옆에 놓인다면, 사태는 달라진다.

우리가 죽음을 체념하고 인정할 수 있는 조건도 오직 허구 세계에서만 충족될 수 있다. 말하자면 허구 세계에서 벌어지는 인생의 온갖 우여곡절 뒤에서 현실의 삶은 여전히 안전하게 보호받을 수 있는 것이다. 인생이 한 수만 삐끗해도 승부를 포기해야 하는 체스 게임과 같다는 것은 너무나 슬픈 일이기 때문이다. 다만 인생은 체스와는 달리 한 번 지면 그것으로 끝장이고, 설욕전을 가질 수 없다는 차이가 있다. 허구의 영역에서는 우리가 필요로 하는 수많은 삶을 찾을 수 있다. 우리는 소설 속의 주인공을 우리 자신과 동일

19 이시미쓰 야스오, 「언어가 신체로 변한다―정신분석과 판타즘의 논리」, 『知의 논리』, 고바야시 야스오·후나비키 다케오 엮음, 유진우·오상현 옮김, 경당, 1997, p. 84.

시하고, 그 주인공과 함께 죽는다. 그러나 실제로는 살아남아서, 또 다른 주인공과 함께 다시 죽을 준비를 한다.[20]

남진우의 이야기에서 꿈은 현실로 들이닥친다. 양자를 가로막는 빗장이 백지 위에서 모호하게 풀린다. "두 주일이 흐른 뒤 그 일은 또 일어났다"처럼 이야기에 등장하는 꿈은, 강박적이자 반복되는 형태를 취한다. 유령 같은 존재가 주기적으로 출몰해서 횡포를 부린다는 이야기는 "의자 다리에 찍힌 자리인 듯 희미한 흔적만이 거실 바닥에 남아 있을 뿐"(「어두워지기 전에」)인 것으로 마무리된다. 이 사투는 악몽인가? 사투의 흔적이 현실로 치고 올라와 고스란히 남겨졌다. 유령을 보았다. 그 유령을 쫓아버리려고, 나뭇가지 하나를 꺾어 있는 힘껏 휘둘렀다. 진땀을 흘려 고생고생한 끝에 드디어 유령이 사라졌다. 그런데 '나'가 휘두른 이 나뭇가지 끝에 유령의 찢긴 옷가지가 남아 있다. 유령에 맞서 사력을 다해 유령을 물리치려 했던 행위가 바둥거리는 악몽 혹은 꿈이라면, 찢긴 옷가지가 남아 있는 곳은 아무런 이유 없이, 까닭 없이 등장한 현실이다. 이 형언할 수 없는 꿈-현실의 사태는 남진우의 이야기에서 쾌락과 공포로 직조된 눈부신 대칭들에 수시로 둘러싸인다. 이렇게 이야기는 '욕망하는 것'과 '아는 것' 사이의 돌이킬 수 없는 단절을 봉합하는 파편과 잔해를 기록한다. 시집의 이야기꾼은 이렇게 "자기 삶의 심지를 조용히 타오르는 이야기의 불꽃으로 완전히 태"[21]워버리는 것이다.

비범한 꿈이 제 숨을 고르고 있는 기이한 책이 '툭' 하고 우리 앞에 떨어져 숱한 페이지를 펼쳐 보였다. 이 '이야기'는 무엇인가? 누가 이

20 지그문트 프로이트, 「전쟁과 죽음에 대한 고찰」, 『문명 속의 불만』, 김석희 옮김, 열린책들, 2003, p. 57.

21 발터 벤야민, 같은 책, p. 459.

예순여덟 개의 '이야기'로 구성된 기이한 '산문시집' 전반에 고여 있는 판타즘의 집합을 규명하고자 미처 못다 한 '이야기'를 마저 이어갈 것인가? '의식'의 세계에서는 '해독하기 어려운', 오로지 그러한 형태로 발현된 이 이야기, 수많은 대답이 배후에 떠돌고 있는 이 수수께끼 같은 이야기, '먼 곳'에서 현실로 치고 들어온 이야기를, 누가, 어떻게, 그 비의를 드러내고, 해석의 반열에 올릴 수 있을 것인가?

[2020]

에피소드의 발명, 알레고리의 시학[1]
― 최정례의 시 세계

> 그가 사용한 어휘 가운데 어떤 낱말도 단번에 하나
> 의 알레고리가 되도록 예정되어 있지 않다. 낱말은
> 경우에 따라, 문제의 내용에 따라, 정탐되고 포위되
> 고 점령될 차례를 맞는 주제에 따라, 그 알레고리의
> 임무를 받아들인다. 그는 자신에게 시(詩)를 의미
> 하는 이 기습을 위해 자신의 고백조 이야기 속에 알
> 레고리들을 투입한다.
>
> ― 발터 벤야민[2]

> 생각이 열렬할수록
> 말은 주문이 된다
> ―「거위와 말했다」[3]

*

최정례의 첫 시집 『내 귓속의 장대나무 숲』(민음사, 1994)은 당시로

---

1 이 글은 조재룡, 「범람하는 것을 막을 수 없는 이 사랑의 이데아」(『현대시학』 2012년 1월호), 「시
는 산문의 외피를 입고 어떻게 시임을 주장하는가」(『개천은 용의 홈타운』, 창비, 2015), 「하루하
루가 믿는 도끼가 되어 우리의 발등을 찍는다 해도」(『제15회 미당문학상 수상작품집』, 문예중앙,
2015)를 참조하였다.

2 발터 벤야민, 『보들레르의 작품에 나타난 제2제정기의 파리/보들레르의 몇 가지 모티프에 관하여
외』, 김영옥·황현산 옮김, 길, 2010, pp. 173~74.

3 최정례, 『캥거루는 캥거루고 나는 나인데』, 문학과지성사, 2011, p. 106

는 다소 '특이한' 시집으로 비쳐졌다. 비시적(非詩的)으로 읽힐 수 있는 활어(活語)들의 갑작스러운 등장 때문이었다고 해야 할까? 점에서 점으로 끊어지듯 이어지고, 이어지듯 끊어지는 이미지의 행렬은 자체로 그 출현이 낯선 것이기 전에 다소 파격적이라고 부를 만한 요인이기도 했는데, 이는 물기를 뺀 건조한 문장들로 삶의 구석구석을 누비며 현실로 파고드는 특유의 생생하고 유쾌한 화법과 하나로 어우러지면서, 시라면 응당 따라붙게 마련인, 그러니까 시에 관습적으로 눌어붙은 수사나 짐짓 공들여 꾸며놓은 시적(혹은 시적이라 여겨진) 어법을 따르지 않는 새로운 시적 흐름이기도 했다. 시인은 삶에서 무수히 떠돌고 있는 어느 공간 속으로 빨려 들어가거나, 과거와 현재의 교착점에서조차 아직 오지 않은 미래의 의미를 재구성하여 지금-여기의 사건으로 만들어냈고, 이를 통해 삶의 무수하고 다기한 접점의 다면적 체험을 구체화했다. 항상 교착된 상태로 존재하는 무엇, 매듭처럼 묶이고 겹쳐지고, 또다시 풀어지기를 반복하는 어느 지점을 지시하는 시간의 특이성을 비끄러매며, 시인은 특수한 방식으로 의미를 '재'구성하는 데 몰두한다.

병점(餅店)엔 조그만 기차역 있다 검은 자갈돌 밟고 철도원 아버지 걸어오신다 철길가에 맨드라미 맨드라미 있었다 어디서 얼룩 수탉 울었다 병점엔 떡집 있었다 우리 어머니 날 배고 입덧 심할 때 병점 떡집서 떡 한 점 떼어 먹었다 머리에 인 콩 한 자루 내려놓고 또 한 점 떼어 먹었다 내 살은 병점 떡 한 점이다 병점은 내 살점이다 병점 철길가에 맨드라미는 나다 내 언니다 내 동생이다 새마을 특급열차가 지나갈 때 꾀죄죄한 맨드라미 깜짝 놀라 자빠졌다 지금 병점엔 떡집 없다 우리 언니는 죽었고 수원, 오산, 정남으로 가는 길은 여기서 헤어져 끝없이 갔다
　　——「병점」 전문

264

말이 툭툭 던져진다. 문장이 하나씩 쌓인다. 대부분 단문으로 배치되었다. 작품에는 접속사가 없거나 아예 생략되었다. 주사(主辭)와 빈사(賓辭)를 연결하는 저 계사(繫辭) '있다'-'이다'-'없다'가 긍정이나 부정의 배치를 교체적으로 조율해나가는 가운데, 발 빠르게 문장이, 기차처럼 쉼 없이, 전진할 뿐이다. '있다-없다'의 선택적-단정적 어미가 자아내는 일말의 차가움은 장소 '점(店)'에서 가족구성원들이 헤어져 떠나간 "수원, 오산, 정남"으로 흩뿌리는 '점(點)'으로 이어지고, '떡'이나 '먹다'를 의미하는 '병(餠)'은 '떼어 먹기'를 반복하는 '살점'과 연합하여, 결국 시에서는 표현되지 않았으나, 떡과 살점이 하나로 모이는 동시에 이질적인 방식으로 뒤섞여, '끈끈하다'는 의미의 '점(粘)'을 가족 서사의 중핵으로 붙들어 맨다. '있다'-'있었다'의 변주가 여기에 더해져 병점역을 현재의 상태와 과거시제의 교차로에 위치시키면서, 시인은 현실을 마치 서로 다른 시간을 교차편집하듯 하나로 포개어놓는다. 최정례의 시에서 과거-오늘-미래를 향하는 지금-여기 현재의 시제, 그 순간의 시학은 이렇게 만들어진다.

버스가 거기 섰기 때문에 노점의 푸른 사과가 내게로 왔다
여름도 다 가고 한물간 수박 곁에서 그의 얼굴은 빛나고 있었다
내가 보았기 때문에 푸른 사과는 한층 푸르고
배꼽 부분은 부드럽게 패인 채 나를 향하고 있었다
버스가 떠나자 푸른 사과는 사각 유리창 밖으로 튀어 나갔다
버스가 달리는 동안 내내 나는 아직 눈에 푸른 사과를 담고 있었다
푸른 사과는 내가 저를 생각하는 줄도 모르고 아직 그 정거장 좌판 위에 서 있을 것이다

한없이 기다리다 지쳤기 때문에 푸른 사과는 검은 비닐봉지에

담겨 누군가의 손에 매달려 갈 것이다

참 이상하고 짧은 불꽃이

한 달간 밥을 먹지 못한 이 여름이

언제 올지 모르고 가고 있었다

푸른 배꼽 속으로 뛰어들어 가 다시는 나오고 싶지 않았다

내려서 푸른 사과에게 갈 수가 없었다 이상한 버스는 어디로 가

는 것인지 왜 이렇게 돌아다니는지

푸른 사과에게 전할 수가 없었다

　　—「푸른 사과」 전문

　이 작품은 어떤 면에서 보자면 구체시와도 닮았다. 어느 한 지점-시
점에 대한 구체적 기술에서 시작하여, 모든 것이 명백한 사건처럼 마
무리된다. 시는 원인과 결과가 분명한 문장에서 착수한다. 모든 것은
일면 자명하다. 시간도 자명한 시간이다. 버스가 섰다. 그렇게 나는 노
점의 사과를 보았다. 그런데 두번째 문장에서 이상한 '착란'이 조금씩
개입한다. "여름도 다 가고 한물간 수박 곁에서 그의 얼굴은 빛나고 있
었다"는 물론 어느 한순간에 대한 묘사다. 시는 시간으로 측정할 수 없
는 어느 순간에 이런 방식으로 자국을 찍는다. 과거시제로 기술되었다
는 이유로 시인이 사과를 본 현재의 시점에서 무언가 과거의 일을 상
상했다거나, 그 결과, '지금-여기'에다가 '과거-저기'를 일시에 포개어
놓았다고는 말할 수 없다. 그것은 그저, 순간에 대한 기록, 찰나의 필사
이기 때문이다. 따라서 "그의 얼굴"은 그 누구도 그 무엇도 아닌, 바로
사과의 얼굴이다. "내가 보았기 때문에"는 이 순간에 대한 주관성의
징표다. 시간이 순간의 사건으로 재구성되는 것은, 단선적인 시간 속,
즉 그와 같은 시간 안에서 내가 그 시간의 흐름을 충실히 따라가며 기

술할 때가 아니라, 순간과 순간의 포개짐으로, 또한 어느 순간으로 시간을 점점이 수놓을 때, 바로 그 순간에 개입하는 주체의 발화를 통해서 가능해진다. 이제 버스가 달린다. 인과성이 분명한 시간 속에서라면 사과는 벌써 사라졌을 것이며, 사실 그랬어야 마땅하다. 그러나 시인은 이러한 순간을 "푸른 사과는 사각 유리창 밖으로 튀어 나갔다"고 기술한다. 사과를 보고 있던 나에게 잔상으로 남아 있는 푸른 사과, 내 생각 끄트머리에 잔존해 있는 사과는, 더 이상 선적인 시간 속에서 제 존재의 소멸을 통고받는 대상이 아니라, 오히려 순간을 실행하는 행위의 주체가 된다. 이와 같은 시선은 시의 모든 시간을 순간의 산물로 환원해내는 결과를 낳는다. 이수명이 "시간의 단자화"라고 언급한 이러한 순간은 최정례의 시에서 "점이 되어 흩어지고 떠도는 지점들"[4]을 만들어내며, 선적으로 전개된 시간의 한 퍼즐이 아니라, 어느 때는 공간이 되고 또 어느 때는 사건이 되며, 또 어느 때는 이야기의 촉지점을 형성하면서, 일반적인 해석의 격자에서 벗어난 의미의 재구성에 절대적으로 필요한 근본적인 재료가 된다. 바로 이 빠져나온 시간, 틀을 벗어버린 시간은, 그러니까 달력의 시간, 저 크로노스Chronos가 아니라, 능동적으로 참여하는 시간, 꿈의 시간, 기억의 시간, 미지의 시간이며, 순간과 순간의 덧댐으로, 시의 착상점을 이루고, 파편과 같은 에피소드의 촉발을 기도한다.

> 180년 전 그로부터 다시 200년 전
> 내가 한 잎 나뭇잎으로 흔들릴 때
> 본 것 같았다 들은 것 같았다
> 푸르렀던 것 갑자기 시들어지고

4 이수명, 「점들의 공습, 무심한 콜라주: 최정례의 『내 귓속의 장대나무 숲』」, 『공습의 시대: 1990년대 한국시문학사』, 문학동네, 2016, pp. 86~87.

문득 영원한 휴일이 오고
뜻도 없이 침몰하는 배 한 척
오늘 이 순간에 타고 있는 이상한 나를 본 것만 같았다
——「내가 한 잎 나뭇잎이었을 때」부분

시간의 안개 속에 희미해진 그림자에게로
거슬러 가는 중이야
조그맣고 떫떠름한 열매를 달았던
가시덤불 속에 얼크러졌었던
밤이면 서로의 몸을 포개어 기대고
칭얼대는 어린 잎들을 자라 자라 달래 주었던
나는 죽어 가는 몸의 일부로 배반을 꿈꿔
천의 꽃송이를 하나의 눈〔芽〕 속에 가두었던
시간 저편으로
——「늙은 배나무」부분

　　내가 타고 있는 "뜻도 없이 침몰하는 배 한 척"의 "오늘 이 순간"은
시간을 거슬러 회복할 태초의 시간이다. 시간을 거슬러 오르는 불가
능한 꿈을 기술하면서, 시인은 꿈에서만, 꿈의 기억을 통해서만, 바로
이 '비(非)-시간의 시간'을 (되)살려낼 수 있다고 말한다. "세상 저편의
바람에게까지/팽팽한 끈 놓지 않"(「나무가 바람을」)는 시간은, 이처럼
"먼 것, 멀어져 간 것, 그래 도저히 닿을 수 없는 것"[5]을 순간의 산물로
직조해낸 시간이다. 두번째 시집 『햇빛 속에 호랑이』(세계사, 1998; 아
침달, 2019)에서도 시인에게 시간은 벌써 현실적인 시간이 아니었다.

5　최정례, 「自序」, 『내 귓속의 장대나무 숲』, 민음사, 1994.

재깍재깍 흐르는 시계침 속의 시간도, 나날을 차곡차곡 더하며 흘러가는 시간도 아닌, 갈 수 없는 시간, 꿈에 존재하는 시간, 기억의 시간으로, 그것은 차라리 순간의 연속이거나 파편의 순간들이자 이야기의 게토를 이루는 순간들이었다.

　　　　나는 지금 두 손 들고 서 있는 거라
　　　　뜨거운 폭탄을 안고 있는 거라

　　　　부동자세로 두 눈 부릅뜨고 노려보고 있는 거라 빠빳한 수염털 사이로 노랑 이그르한 빨강 아니 불타는 초록의 호랑이 눈깔을

　　　　햇빛은 광광 내리퍼붓고
　　　　아스팔트 너무나 고요한 비명 속에서

　　　　노려보고 있었던 거라, 증조할머니 비탈밭에서 호랑이를 만나, 결국 집안을 일으킨 건 여자들인 거라, 머리가 지글거리고 돌밭이 지글거리고, 호랑이 눈깔 타들어가다 못해 슬몃 뒤돌아 가버렸던 거라, 그래 전재산이었던 엇송아지를 지켰고, 할머니 눈물 돌밭에 굴러 싹이 나고 잎이 나고

　　　　그러다가 떡 하나 주면 안 잡아먹지 하는
　　　　식의 호랑이를 만난 것이라
　　　　신호등을 아무리 노려봐도 꽉 막혀서

　　　　— 다리 한 짝 떼어놓으시지
　　　　— 팔도 한 짝 떼어놓으시지

이젠 없다 없다 없다는데도

나는 증조할머니가 아니라 해도

— 머리통 염통 콩팥 다 내놓으시지

— 내장도 마저 꺼내놓으시지

저 햇빛 사나와 햇빛 속에 우글우글

아이구 저 호랑이 새끼들

——「햇빛 속에 호랑이」전문

어느 찰나의 순간이다. 신호등이 바뀌기를 기다리는 짧은 한순간, 그러니까 잠깐이었을 것이다. 이 순간은 그러나 동시다발적인 순간이며, 삶의 우연을 찢고 나온 틈이 만들어내며 무수히 확장하는 순간이며, 파편처럼 하염없이 분산하고 흩어지는 미지의 순간이다. 시는 생각의 흐름이 끊어진 어느 순간을 기습하듯이, 느닷없이 착수된다. 그러니까 시인은 무언가를 생각하는 중이었다. 시는 바로 이 생각의 중간 즈음, 생각의 틈바구니에서 도려낸 한 토막을 그대로 받아 적어 날것으로 기술한다. 햇볕이 쨍쨍 내리쬐는 사거리에서 신호가 바뀌기를 기다리며 생각에 사로잡힌 찰나의 순간만이 이렇게 주어진다. 순간은 시간이 아니다. 순간은 흐르지 않는다. 지금-여기를 이탈한 또 다른 순간들의 겹침으로 번져나갈 뿐이다. "빠빡한 수염털 사이로 노랑 이그르한 빨강 아니 불타는 초록의 호랑이 눈깔"처럼, 더운 날 한껏 달아오른 삼색의 신호등 불빛이 (언젠가 보았거나 상상했을) 저 이글거리며 타오르는 호랑이 눈동자와 한순간에 포개어지면서, 현재("지금 두 손 들고 서 있는")-과거("이젠 없다 없다 없다" 말하는 현재 속의 과거)-대과거

270

("증조할머니 비탈밭에서 호랑이를 만"났던 까마득한 우화의 시간), 이렇게 세 가지 시제가 "아스팔트 너무나 고요한 비명 속", 저 찰나의 순간, 지금-여기에 수직으로 내리꽂힌다. 현실에서 그 어떤 부정의 몸짓으로도 지워낼 수 없는, "머리가 지글거리고 돌밭이 지글거리"듯이 여성의 삶을 쫓아다니는 희생은 전래동화 속, 떡으로 모자라 결국 팔다리마저 내어놓으라던 "저 햇빛 사나와 햇빛 속에 우글우글"거리고 있는 "저 호랑이 새끼들"에 둘러싸여 지금-여기에서도 끊어낼 수가 없다.

거울 속에 거울 속에 거울 속에 거울 속에
갇힌 것처럼
다른 생의
언젠가 아득한 곳에서도
이런 똑같은 풍경 속에 잠겨 있었던가
　　　　　　　──「거울 속에 거울 거울 거울」 부분

잠깐 꿈을 꾸었다 아파트의 벽을 따라 추락하고 있었다 벽 위에 창문이 눈앞을 스쳐갔다 전속력을 다하여 백 개 천 개쯤의 창문이 지나가고 있었다 아는 얼굴이 있었다 그들의 이름을 불렀다 소리가 되어주지 않았다 두꺼운 허공 뒤로 빠져들고 있었다 일 분 동안에 십수 년이 흘러가고 있었다.

빠르게
그림자가 마당을 덮어가고 있었다
　　　　　　　──「마당을 덮어가는 그림자」 부분

모래처럼 잠들었어 모래처럼 깨어났어 울었어 웃었어 천 가지

구름꽃 만다라꽃 만수사꽃 흘러온 곳 언제인지 어디서부터인지 물
었어
　　—「저 햇빛 삼천갑자를 흘러」 부분

　이 시간은 순간을 덧댄 시간, "일 분 동안에 십수 년이 흘러가"버리
곤 하는, 측정할 수 없는 시간, "오래전의 꿈"을 필사한 것과도 같은 시
간이며, 또한 "다른 생" 저 "아득한 곳"에서 흘러나와 "어디 먼 다른
생의 알 수 없는 끝 장면이 내 몸에 찍혀버린"(「끝 장면」) 순간으로 이
루어진 시간이다. 시인에게 이 비시간의 시간은 '비존재의 존재'를 찾
아 나서는 미지의 장소이며, 무수한 이야기-에피소드를 피워내는 시간
이다. "부옇고 커다란 것이 머리도 꼬리도 없는 것이 멀리서 허공을 달
려온 것"(「봄 소나기」)을 붙잡아 매는 시간, "함께 피어오르던 것/어
하는 순간에 흩어진 것"(「무쏘 앞에 흩어진 사과 장수」)을 하나로 그러
모으는 시간, 그렇게 과거의 기억, 태고의 시간을, 마치 서로 다른 것들
이 공존하는 무늬처럼 현실 속에 새겨 넣어, "열 가지 백 가지가 뻗어
가는 길"(「돌멩이가 나를 쥐고」)을 열면서 기묘하게 어우러지는 그림들,
그리고 그 조각처럼, 점점이 얽힌 에피소드로 펼쳐낸다.

　　　　말이 있다 길을 잃은 말이
　　　　　너풀치마 같은 말이 있다

　　　　길길이 뛰는 말이 있다
　　　　　우박 같은 주먹을 휘두르는 말이 있다
　　　　　미친 보리밭의 초록빛 눈을 하고
　　　　뛰는 말이 있다

말이 달린다
거리는 뒤집히고
뒤집힌 채 흘러간다

말은 자란다
크게 자란 말은 힘이 세고
제힘이 무서워 우는 말이 있다 뜨거운 눈물방울을 털
속으로 흘리는 말이 있다

말이 있다
수치의 구덩이, 입 속에 갇힌 말이 있다
입이 열리기를 기다리나 기다려도 올 수 없는 이미 가
버린 말 때문에

장식으로 날개를 단 말도 있다
날개를 달고도 날지 못하는 말이

허공에 굳은 채

울고 있어서 나는 낙엽 같은 내 입을 비벼 끄고 수치의 구덩
이 속에 숨어야 했다
─「말」 전문

순간의 접합으로 구성되는 최정례 시의 에피소드는 "도저히 닿지도
않는/맘속의 말을 중얼거리"(「지독한 후회」, 『내 귓속의 장대나무 숲』)
며 찾아온 말을 기록하고, "새벽이면 밤새 내게로 온 말들이 하늘 마을

대장간에서 발굽에 징을 박으며 울부짖는 소리"(「한 오천 살은 먹은 내 마음이」, 같은 책)를 청해 들은 결과이다. "길을 잃은 말" "너풀치마 같은 말" "길길이 뛰는 말" "휘두르는 말" "크게 자란 말" "무서워 우는 말" "입 속에 갇힌 말"이 에피소드의 교차로에서 스펙터클처럼 작열한다. 시인은 온갖 말들에 순간의 입을 달아준다.

『붉은 밭』(창비, 2001)에서도 시간이 현실 속에서 오롯이 제 경험을 갖고 있었던 적은 그리 많지 않았다. 꿈속에서 연명하는 주관적이고 고통스러운 시간이라면 모를까, 혹 기억을 통해 반추되는 추상적이고 아마득한 시간, 결국 도래하기를 꿈꾸게 되는 저 요원한 시간이라면 모를까, 명료하게 지금-여기를 활보하는 객관적·구조적 시간은, 최정례의 시에서는 걸어 들어오지 않는다. "시간과 기억으로부터 관심을 돌릴 수가 없었"다고, 또한, 끈덕지게 시간으로 기억을, 기억으로 시간을 봉합하려 해도 "기억 속에 시간은 조각조각 흩어져 있다"(「시인의 말」)고 말한 것처럼, 시인은 오히려 과거의 시간으로 기억이 재구성되고, 미래의 시간으로 제 바람이 투영되는 순간을 증명하는 데 집중한다. 그럴 때, 현재는, 현재라는 시간은, 궤도를 이탈하여 어디론가 숨어버리거나, 현실의 지평 위로 떠오르지 않으며, 직진하며 나아가는 흐름의 관성에서 이탈하고 미끄러지며, 느닷없는 장면들을 하나로 모아 일상적인 삶에서 분리되어 나온 특이한 에피소드를 지어 올린다.

깜빡 잠이 들었었나 봅니다 기차를 타고 가다가 푸른 골짜기 사이 붉은 밭 보았습니다 고랑 따라 부드럽게 구불거리고 있었습니다 이상하게 풀 한포기 없었습니다 그러곤 사라졌습니다 잠깐이었습니다 거길 지날 때마다 유심히 살폈는데 그 밭 다시 볼 수 없었습니다

274

무슨 일 때문인지는 기억나지 않습니다 엄마가 내 교과서를 아궁이에 처넣었습니다 학교 같은 건 다녀 뭐하냐고 했습니다 나는 아궁이를 뒤져 가장자리가 검게 구불거리는 책을 싸들고 한학기 동안 학교에 다녔습니다 왜 그랬는지 모릅니다

타다 만 책가방 그후 어찌했는지 기억나지 않습니다 그 밭 왜 풀 한포기 내밀지 않기로 작정했는지 그러다가 어디로 사라졌는지 알 수 없습니다 가끔 한밤중에 깨어보면 내가 붉은 밭에 누워 있기도 했습니다
　　　─「붉은 밭」 전문

　살짝 잠이 들었다. 기차를 타고 황량한 벌판을 지나는 중이다. 꿈에서 벌어진 일인지 실제의 상황인지 모호한 상태에서 무언가를 본다. 붉은 밭이다. 붉은 밭은 풀 하나 나지 않는 황무지다. 부드럽게 구불거리고 있다. 그런 것 같다. 기차를 타고 있어서 그렇게 보였을지도 모른다. 기차 안에서 깜빡 졸면서 보았을 것이다. 꿈에서 떠올린 순간의 풍경은 과거의 순간에 구멍을 내고 또 다른 기억을 지금-여기로 불러낸다. 착란의 시간이다. 교과서가 아궁이 불에 탄 적이 있었다. "검게 구불거리는 책"을 들고 다녔다. 두 가지 풍경이 나란히 제시되지만, 이 둘은 모호한 함축성을 유비(類比)하는 것이 아니라 중첩(重疊)한다. 다시 착란의 시간이다. 이성에 근거한 비교가 아니라 무의식에 따른 포갬이다. 의미와 시간의 중첩이다. 중첩은 의식적이거나 의도적인 내용에 관계하는 것이 아니라, 겹쳐진 에피소드 각각의 내용을 뒤섞는 행위에 해당한다. 투명한 셀룰로이드 용지를 서너 장 포갤 때 나타나는 효과와 같다고 할까. 지난 삶의 한 단면들이 파편처럼 헤어지고 뭉치기를 반복하면서, 얽히고설킨 얼룩처럼, 현재형으로 나의 몸-나의 시

에 진행 중이다. 미완성의 시적 진술은 아니다. 부서지고 조각난 기억
을 이어 붙여, 응고된 과거의 시간을 현재에도 진행 중인 시간으로 전
환해내는 알레고리의 산물이다. 알레고리는 기억과 경험을 몽타주처럼
중첩한다.

폼페이 최후의 날에 굳어버린 그 여자 바다를 향해 아기를 안은
채 한 손으로 밀려오는 불덩이를 막으려고 막으려고 막을 수 있기
나 한 것처럼 전신으로 아기를 감싸 안고 쓰러지며 바다로 기어가

언덕 위에 반쯤 쓰러진 나무 뿌리가 뽑힌 줄도 모르고 어떤 잎은
타오르게 하고 어떤 잎은 시들어가게 내버려두고 비린 바람에 나
부끼며

그 여자 굳어버린 돌덩이 눈앞에 파도소리 듣는지 마는지 머리
카락을 바람의 빗으로 빗으며 화산 폭발 이후 식은 용암의 모자상
이 된 줄도 구경거리가 된 줄도 모르고

악취와 향기의 추락과 상승의 포옹과 공격의 길고 긴 시간을 오
르내리며 한밤중 절벽에 매달려 쓰러지며 기어가며 흘러가는 여기
는 어디?
　　　──「여기는 어디?」 부분

"길고 긴 시간"은 어떤 시간인가? "길고 긴 시간"에 붙잡힌 "여기"
는 그러니까 어디인가? 내가 있는 곳인가? "폼페이 최후의 날에 굳어
버린" 여자가 있던 벼랑 같은 곳인가? 이 시간은 1. (악취와 향기의 추
락과)/(상승의 포옹과 공격의)/(길고 긴 시간) 2. (악취와 향기의 추락

276

과)/(상승의 포옹과)/(공격의 길고 긴 시간) 3. (악취와 향기의 추락과)/(상승의)/(포옹과 공격의) (길고 긴 시간) 4. (악취와)/(향기의 추락과)/(상승의 포옹과)/(공격의 길고 긴 시간) 5. (악취와)/(향기의 추락과)/(상승의 포옹과 공격의)/(길고 긴 시간) 6. (악취와)/(향기의 추락과 상승의 포옹과)/(공격의 길고 긴 시간) 7. (악취와)/(향기의 추락과 상승의)/(포옹과 공격의)/(길고 긴 시간) 8. (악취와 향기의)/(추락과 상승의)/(포옹과)/(공격의 길고 긴 시간) 9. (악취와 향기의)/(추락과 상승의)/(포옹과 공격의)/(길고 긴 시간) 10. (악취와 향기의) (추락과 상승의)/(포옹과)/(공격의 길고 긴 시간) [……][6]으로, 두 개의 에피소드의 연관성을 분리하는 시간이다. 분쇄되는 동시에 보존되는 시간이다. 통사는 모호성을 머금고 "한밤중에 깨어 어디가 어디인지 알 수 없어"라고 말하는 첫 연 저 화자의 시간과 돌로 굳어버린 폼페이 여자의 시간을 서로의 잔해처럼 포개어놓는다.[7] 이 순간은 알레고리의 시선을 따라 에피소드가 발명되는 순간이기도 하다.

---

6 /=통사 구분, ( )=의미 단위.

7 기억과 시간이라는 최정례 시의 독창적인 주제는 두 시집 『레바논 감정』(문학과지성사, 2006)과 『캥거루는 캥거루고 나는 나인데』(문학과지성사, 2011)에서 사랑의 시간, 사랑의 기억으로 변주되어 나타난다. "한 시인이 아직 쓰지 못한 말을 품고 있다/그렇게 많은 사랑의 말을 품고 있는데/그것은 왜 도달하지 못하거나 버려지는가//나와 상관없이 잘도 돌아가는 너라는 행성/그 머나먼 불빛"(「우주의 어느 일요일」)이라거나 "너는 나를 모른다/안드로메다, 오토 바디, 세이프웨이 앞에서/모르는 말을 귓속에 쏟아붓는 너/수돗물처럼 킬킬거리는 너/날아가는 휴일을 망연히 내다보는 너/[……]/나는 하나인데 너는 너무 많다/백 갈래로 쪼개져도 닿을 수 없다"(「너는 내가 아니다」, 이상 『캥거루는 캥거루고 나는 나인데』)처럼, 현실의, 일상의 시간은, 사랑이라는 최초의 기원, 사랑의 이데아로부터 조종을 받는 저기-너머의 기억이자 시간으로 거듭난다. "내 속에 함께했던 너"(「폭탄에 숨다」)인 동시에 "날 놓아줘, 부탁해, 제발 다시 사랑할 수 있게 날 놓아줘"(「그녀의 입술은 따스하고 당신의 것은 차거든」)와 같은 절박한 목소리를 시인에게서 끌어내는 주인, "우리 모두는 사랑하는 이를 향하여 흐르는 강물"(「냇물에 철조망」, 이상 『레바논 감정』)처럼, 사랑하면서 살아갈 수밖에 없는 운명임을 담담하게 적어내는 주인은 사랑의 기원이다.

최정례의 시는 알레고리의 시선을 거두어들이지 않는다. 알레고리의 시선은 과거와 현재를 교차시키는 시선이며, 알 수 없는 시제를 끌어와 예기치 않은 에피소드를 낳는 시선이다. 알레고리의 언어는 파편적이다. 최정례의 시에는 순간의 접착물로 이어 붙인 파편적인 에피소드들이 바글거린다. 이 에피소드들은 어느 시점을 취하는지가 불분명하며, 이야기의 시종(始終)도 파악하기 어렵다. 우리는 '에피소드'라고 말했다. 에피소드는 무엇인가? 에피소드episode의 어원을 이루는 그리스어 'epeisódion'은 '부속물'을 뜻한다. 한편 수사학 용어 'episodios'는 'eisdos'(입구)에서 연원하였으며, '~안으로/으로'를 뜻하는 'eis'와 '길'을 의미하는 'hodos'가 결합하여 생겨났다.[8] '~안으로 들어가 부분으로 전체를 이룸'을 의미하는 에피소드처럼, 최정례의 시는 '부속물'을 들고서 어디론가 들어간다. 입구는 여럿이며, 서로 다른 길이 공존하고, 어우러지면서 전체를 이룬다. 산문시는 에피소드의 발명에 가장 적합한 글쓰기의 방식으로 자리 잡는다. 『개천은 용의 홈타운』(창비, 2015)의 첫 작품 「시간의 상자에서 꺼내어 시간의 가장 귀한 보석을 감춰둘 곳은 어디인가?」를 보자.

　　지금 흐르는 이 시간은 한때 어떤 시간의 꿈이었을 거야. 지금 나는 그 흐르는 꿈에 실려가면서 엎드려 뭔가를 쓰고 있어. 곤죽이 돼가고 있어. 시간의 원천, 그 시간의 처음이 샘솟으며 꾸었던 꿈이 흐르고 있어. 지금도, 앞으로도 영원히. 달덩이가 자기 꿈을 달빛으로 살살 풀어놓는 것처럼. 시간의 꿈은 온 세상이 공평해지는 거였

8　Oscar Bloch·Walther von Wartburg, *Dictionnaire étymologique de la langue française*, P.U.F., 2008, p. 299.

어. 장대하고 아름답고 폭력적인 꿈. 모든 아름다운 것들을 무너뜨리며 모든 아픈 것들을 녹여 재우며 시간은 흐르자고 꿈꾸었어. 이 권력을 저지할 수 있는 자, 나와봐. 이 세계는 공평해야 된다는 꿈. 아무도 못 말려. 그런 꿈을 꾸었던 그때의 시간도 자신의 꿈을 돌이킬 수가 없어. 시간과 시간의 꿈은 마주 볼 수도 없어.

　　—「시간의 상자에서 꺼내어 시간의 가장 귀한 보석을 감춰둘 곳은 어디인가?」전문

　셰익스피어의 「소네트 65」에 등장하는 구절을 시의 제목으로 차용했다. 이 구절은 정형시, 즉 운문의 한 행을 빌려 제목으로 활용한 것이다. 산문시는 운문의 행갈이, 운문성이 강한 어휘, 운율 등에 휘둘리는 대신, 낯설고도 상이한 배치를 통해 시를 새롭게 구성해보려는 의도, 그러니까 운문에 대한 비판적 사유에서 탄생하기도 한다. 이수명이 지적하듯, 최정례의 산문시는 한편으로 "시의 호흡이 보증해주는 회복력, 탄성, 구심력 같은 것들을 넘어서려"[9]는 시도이지만, 그렇다고 운문의 다소 풀어지고 늘어진 기술이나, 운문의 흩어지고 이완된 진술은 아니다. 시의 제목을 운문으로 달아놓았다는 점에 주목해보자. 본문은 어떻게 구성되는가? 본문은 제목으로 달린 운문을 '모체matrix-촉발점'으로 삼아 자잘한 이야기를 풀어나간다. 운문을 에피소드의 형태로 전환하는 과정, 그 과정 자체에 산문시의 특성 중 하나가 자리한다. 따라서 최정례의 산문시는 일종의 '번역'이기도 하다. 셰익스피어의 운문 "시간의 상자에서 꺼내어 시간의 가장 귀한 보석을 감춰둘 곳"이 본문에서 에피소드로 번역되어 재구성된다. 시인이 매료되지 않을 수 없었을 셰익스피어의 구절에서 본문의 이야기가 착수되었다는 말이다. 시

9 이수명, 최정례 시집, 『개천은 용의 홈타운』 뒤표지 문구.

에피소드의 발명, 알레고리의 시학　　　279

는 에피소드처럼, 길을 내려고 산문 안으로 들어가 "시간의 상자에서 꺼내어" "시간의 가장 귀한 보석"이 되는 순간들을 '부속물'처럼 여기 저기 매달기 시작한다. 산문시는 운문의 압축성을 풀어내는 절차를 통해 자신의 고유한 몸통을 구성한다.

폐기물이 된 인공위성이 지구를 향해 떨어지고 있었다. 어디에 떨어질지 모른다. 아메리카, 유럽, 아시아 어디쯤인지. 한국은 작은 나라라서 그 확률이 적다고 한다. 휴, 다행이다. 그러나 버스만 한 크기라고 했다. 버스만 한 쇳덩이가 공중에서 달려오고 있다.

몇분 전에는 새해 복 많이 받으세요라는 문자를 받았다. 이상하다, 지금은 9월이고 오늘은 28일인데, 너무나 바빠서 새해가 된 것도 모르고 있었단 말인가. 그리고 보니 늘어선 가게들이 문을 닫고, 떠도는 공기가 냉랭하고, 사람들의 발걸음이 몹시도 빨라졌다. 어느새 해가 바뀌었단 말인가. 내가 뭔가 착각하고 있는 것 같다. 지나가는 사람에게 물어보았다. 오늘이 며칠인가요? 그는 나를 아래위로 한번 쳐다보더니 그냥 가버린다. 폐인공위성이 떨어지면서 갑자기 이상한 시간이 도래했는데, 모두들 다 무사한 것처럼 살아간다.

폭설 다음 날 흔적도 없이 사라졌던 눈처럼 시간이 뭉텅 사라져버렸다. 망가진 인공위성이 공중을 달려오는 사이 나는 전에 살던 사당동 708번지를 지나고 있었다. 집은 온데간데없고 거기엔 이수역 7번 출구가 서 있다. 그럴 리 없다. 내 기억이 고집스럽게 그걸 인정하지 않고 있다. 기억은 직조하듯 잘 나가다가도 느닷없이 움찔한다. 그 집은 가압류당했다가 결국 날리지 않았던가. 벌써 수십 년 전 얘기를 마음이 짜나가다가 찢는다. 전철 문이 스르르 열려 사람들을 뱉어놓고 다시 닫힌다. 근처를 지나던 블랙홀 속으로 나의 일부가 뭉텅 빨려들고 있다.

　　——「이수역 7번 출구」 전문

　작품의 첫 구절 "폐기물이 된 인공위성"은 마지막 구절에서도 되살
아난다. 단순한 반복이 아니라, 에피소드 전반을 조율하는 모체다. "확
률" "떠도는 공기" "문자" "이상한 시간" "착각"을 붙들어 매는 것은
바로 이 "인공위성"이다. 에피소드는 이 모체와 교신하며 보내는 답신
형태의 이야기로 주조된다. 우연을 제외하고는 설명할 길이 없는 "지
구를 향해 떨어지고" 있는 "인공위성"은 이처럼 작품 전반을 제어하는
모체로 기능하면서, 작품에 제시된 술어나 종결어미, 가령 "떨어지고
있었다" "~했다" "이상하다" "빨라졌다" "가버린다" "사라져버렸다"
"지나고 있었다" "그럴 리 없다" 등을 하나로 운집시킨다. 이 시에서
우연은 따라서 '열림'과 '닫힘'처럼, 절반의 확률 중 하나에 내기를 거
는 방식으로 나타나지 않는다. "수십년 전 얘기를 마음이 짜나가다가
찢는다"라며 고조된 감정을 내려놓고, "전철 문이 스르르 열려 사람들
을 뱉어놓"는다는 구절을, 짐짓 태연하게 기술하면서, 시인은 찢고 열
리는 한순간의 저 으스스한 공포를 배가하며 "폐기물이 된 인공위성"
을 알리바이처럼 되살려낸다. "근처를 지나던 블랙홀 속으로 나의 일
부가 뭉텅 빨려들고 있다"를 "다시 닫힌다" 이후에 덧붙여 자잘한 에
피소드를 하나로 결집하는 동시에, "폐인공위성"의 하강하며 폭발하는
이미지도 고조시킨다. 산문의 직진하는 로고스의 질서[10] 저 너머로 고
유한 에피소드가 발명되는 순간이다. 산문의 시로서의 가능성은 어쩌
면 이렇게 타진되는지도 모른다. 글 전반의 모체 "인공위성"은 이질적

10　산문은 'prosa'를 어원으로 삼는다. '똑바로 앞을 보고 나가다'라는 뜻이다. 산문은 로고스의 질
　　서를 구축하려 전진을 꾀하는 글이다. 운문은 'versus'를 어원으로 삼는다. '되돌아오다' '반복
　　되다' '회귀하다'라는 뜻이다.

인 에피소드를 결집시키며, 산문의 저 뻗어나가려는 직진의 관성을 분산시켜버린다.

*

　최정례 시에서 에피소드는 하나의 줄기를 잡고 따라가면 다른 줄기가 하나씩 따라와 어느새 거대한 몸통을 이룬다. 에피소드는, 자잘한 실제를 엮어 하나를 전체로 만드는 일에서 의미를 찾아 나선다. 조각조각이 맞물린 커다란 퍼즐, 각각 제 형태를 간직한 채, 전체를 구성하는, "산문과 시, 육신과 영혼, 이 취약하고 희미한 경계"에서 빚어낸 "밑도 끝도 없는 이야기"(「시인의 말」, 『개천은 용의 홈타운』)가 펼쳐진다. "전해들은 이야기에서 장면을 더듬"어나가다 "느닷없이 나타나 반복되는 어떤 장면"(「흙투성이가 되다」, 같은 책)들을 서로 포갤 때, 탄생하는 이야기들이며, 정황과 정황 사이에 마련된 공동(空洞)의 지대를 파고들어 엮인, 전혀 상관이 없을 것 같은, 다른 시간, 다른 공간의 이야기들이다. 서로 다른 시간이 하나로 묶이고, 상이한 경험들이 중첩을 허용하며, 꿈과 현실이 한곳에서 포개어지거나 교차하고, 의식과 무의식이 삶의 혼잡한 틈새에서 치열하게 경쟁한다. 시집 『빛그물』(창비, 2021)에는 삼단논법, 이분법, 유사성, 줄거리, 참과 거짓 등이 관점에 따라 다를 수 있거나 상황과 맥락 속에서 왜곡될 수 있다는 사실을 드러내는 허구와 리얼리티, 환상의 이야기가 가득하다. 현실이 개방해놓은 미지의 장소들이 시인의 방문으로 제 사연을 드러낸다. "보이는 것을 보는 동안/보이지 않는 것들이 온다"(「토끼도 없는데」). 그 순간, 우리는 무엇인가에 휩싸여, 삶이 잠시 들어 올려지거나 고개를 숙이게 되는 일에 동참하게 된다. 시인의 문장은 점점 더 거침이 없어진다. 시적 권리를 갖고 있지 못했던, 일상적으로 사용되나 시의 언저리에는 좀처럼 진입하지 못했던 '구어'의 활용을 보다 적극적으로 실천한다. 한 글자 한 글자 새기고 깎아나가는 절차탁마의 말들, 일상에서 멀어져가는 곱게 벼려낸 말들, 추상적인 말들, 일부러 비틀어 의미를 애써 등지려는, 난해함 속으로 숨어버린 말들을 완전히 저버리고, 능숙한 흐름에 내맡기며 거침없이 나아가는 글쓰기를 실현한다. 구석을 누비고 현실로 파고드는 사이, 아직 발화되지 않았던 숱한 경험들이 역치(易置)와 반어(反語), 아이러니와 페이소스로 무장한 이야기의 타래에서 줄줄이 풀려 나온다. 바닥으로 주저앉고, 아래로 하강하고, 골목과 골목을 돌아다니고, 지하철 역전을 헤매다 장갑을 잃어버리고, 개천과도 같은 세상에서, 그곳의 감정들에 눈길을 주며, 이 생의 삶이 이야기 다발로 뭉치고 헤어지며, 에피소드의 시학을 구현한다. 삶을 돌아 나온 말들을 웅얼거리며, 타자와 세계, 일상을 체현하는 시인의 걸음을 뒤따라가고, 그가 운신하는 크고 작은 보폭을 유심히 보는 일은 벌써 새롭고 낯선 경험이다.

[『문학동네』, 2021]

에피소드의 발명, 알레고리의 시학   283

죽음, 시간성, 꽃피는 고백
― 최문자의 『우리가 훔친 것들이 만발한다』

마음-고백성

　세계의 우발적인 펼쳐짐-주어짐 앞에 인간은 그저 내맡겨진 존재인가? 이 우연은, 어쩌면 누군가의 기획의 소산이었던가? 이 세계는 '나'라는 실존과 그 실재, 존재와 그 원인을 규명할 수 없는, 어디에선가 추방된, 무엇으로부터 버려진 일종의 유배지일 뿐인가? 정체성을 벗어나는 모든 것들로 이루어진, 그 무엇도 자신의 자리를 견고하게 붙잡고 있지 못한, 끝없이 펼쳐지고 그저 또 사라지는 우연의 집합체이자, 이 우연에 위탁된 삶에서, 나라는 존재가, 잠시 '자아'라는 감옥에 붙들려 있을 뿐이라면, 이 세계 앞에서, 삶의 고갯길에서, 성스러움, 저 하얀 것들이 모두 자취를 감춘 시간, 자기도 모르게, 구강 너머로 새어 나오는 '고백'은 대체 무엇이며, 또 무엇에 소용되는가? '고백confession'의 어원을 이루는 라틴어 'fateor'는 '고백'이 자신의 과오나 실수를 인식하고, 누군가에게, 어딘가를 향해, 털어놓는 행위라고 일러준다. 죄악을 인식하여 자발적으로 선언하면서, 목구멍으로 그 사실을 끄집어내어 공기 속으로 발화하는 행위를 의미하는 고백은, 거개가 사적이고 개인적이지만, 회개나 참회가 뒤따르기도 하는 의식의 검증이나 원죄의 토로에 해당되는 경우, 공개적이거나 사제를 대면하는 공간

284

에서 이루어지기도 한다. 또한 『고백록』이나 『회상록』처럼 고백은 기록의 형태로 남겨지기도 한다. 대저 고백을 기록한다는 것은 무엇인가? 고백은 자아로는 충족되지 않는, 그렇게 하지 못하는, 가당을 수 없는, 그러니까 자아가 배려할 수 없거나 관장하지 못하는 무엇, 이 무엇과 관련된 '발화 행위'라는 사실을 우선 기억해두기로 하자.

> 고백은 나의 벽돌로 만든 나의 빨간 지붕이 달린 아직 아무도 열어 보지 못한 창문 같기도 하고 창문 아래 두고 간 그 사람 같고 내 앞을 떠나지 못하는 슬픔 같고 흰 구름 같고 비바람 불고 후드득 빗방울 날리는 것이 눈보라 같아서 내 몸 같아서 나는 고백할 수 있을까?
> ―「고백의 환(幻)」 부분

최문자의 시집 『우리가 훔친 것들이 만발한다』(민음사, 2019)는 「고백의 환(幻)」으로 시작한다. 고백은 어려움을 동반한다. 마음먹은 대로 입술은 달싹거리지 않으며, 고백의 실현 가능성은 자주 머뭇거릴 수밖에 없다. 고백의 말은 명쾌하게 저 앞을 향해 전진하지 못한다. 이는 고백이 내면에서 무언가를 끄집어내는 행위라는 점에서도 그렇지만, 내면의 무언가를 꺼내게 하는 어떤 힘 같은 것을 애써 찾아 나서야 할 뿐만 아니라, 정확히 인지하고 있다고 말할 수 없는 상태에서 고백이 진행되는 특성을 지니고 있기 때문에 그렇다고도 해야 한다. 고백은 이렇게, 자아가 관장하고 조절하는 무언가를, 명확하고 이성적으로 받아 기술하는 것이 아니라, 삶의 고비와 고비마다 고여 있는 '이해 불가능한 것-신비한 것-소통 불가능한 것'을 오히려 그 기억과 명암을 더듬으며 부조를 만들어나가듯, 직접 '수행'-'실행'한다. 고백의 말은 이렇게, '허깨비'['환(幻)']를 불러내며, 여러 각도에서, 이 '환'의 문법

을 구사한다. 환의 문법 속에서, 고백은 '하얀 것'들을 구석구석 누비게
하고, 결국 거주하게끔, 한껏 비끄러매면서, 이 하얀 것들의 순간들, 그
것이 도래할 어느 순간을, 찰나처럼, 백지 위에 불러내며, 이와 같은 일
로, 순간의 도래 가능성에 내기를 건다. "~같고"와 "~처럼"으로 연속
된, 멈출 듯 멈추지 않는, 모이고 흩어지는 저 통사의 뭉치들은, 최문자
의 시집 전반을 지배하는 고백의 발화가, 일시적이면서도 영원하고, 찰
나적이면서도 지속적이며, 개인적이면서도 공동체적인 것들을, 슬픔이
나 고통, 비극이나 그 마음의 무게를 재듯 수행-실행한다는 사실을 말
해준다. 고백은 나에게서 비롯된 말의 산물이지만, 자아를 벗어난 결과
비로소, 지금-여기 당도하는 말의 행성이자 그 좌표이며, 삶에서 방기
되듯 스며든 기이한 순간들로 직조해낸, 고유한 구문의 집합이기도 하
다. 고백은 회전하는 통사들이 고리처럼 서로 연결되면서, 독특한 환유
의 연속체, 자아를 빠져나가고-빠져나온 말들의 행렬처럼, 시집에서,
돌고 또 돌아 나오는 순환의 리듬을 만들어낸다. 저 고백의 끝에 "무거
웠던 내가 해체되는 꿍음"이 자리하는 것은 바로 이 때문이며, 바로 이
순간, "새로 태어나는 외로움"과 같은, 무언가가 다시 착수되기 시작
한다.

숲의 하루는 무참히 저물고
고백이 상하는 동안

고백이 그리운 사람들
그 어두운 골목에
우수수 떨어지는
부스러기
부스러기들

뒤집어 본다

고백이 거의 사라진 사람들이 걸어 나온다
화들짝 놀란다
고백을 삼킨 사람들이 얼마나 빠르게 짐승의 두 눈을 갖는지
──「고백성」 부분

　고백은 그러나 한없이 슬픔이 차오르는 순간이나 눈물이 흘러내리
는 감정의 고조 상태에서 새어 나오는 말은 아니다. 고백은 오히려 "눈
물 나게 던져도 하얗게 죽지 않는 뼈들"[「고백의 환(幻)」]이 "하얗게
서성거"리는 순간을, 그러니까, 발명하게 되는 "기도"와도 같다. 고백
은, 따라서, 이중 구조 속에 갇힌다. 고백은 도래할 수 없는 것들에게
입을 달아주며 모종의 약속을 표명하는 행위이며, 기도가 항용 그러하
듯, "몸 안에서도 몸 밖에서도"(「고백성」) 이 도래가 "실패"로 귀결될
것을 알지만, 그럼에도 이 반복되는 실패 속에서 그 가능성을 타진하
겠다고 되풀이하며 건네는, 그렇게 약속하며 앞으로 투사하는 말이다.
"고백의 성분"은 실패의 원자들로 구성되어 있으며, 이는 인간 고유의
성질에 속한다. 고백은 특히 '믿음' '마음' '느낌' '예감'의 언어적 실천
에 깊이 관여한다. 고백은, 마치 수도선서(隊道宣誓)를 하는 자를 우리
가 오래전부터 '선언하는 자profès'라 불러왔듯, 구불구불한 미지의 길
위에 자신을 무턱대고 내맡기기 전, "마음 아래 흙이 생기고 뿌리"[「고
백의 환(幻)」]로 자라난 '믿음'을 '선언'하거나, 이 '믿음'을 '발화'한다
("나는 새하얀 것들을 믿는다/대부분 고백이라서", 「고백성」)는 수행−실
천적 의미를 담고 있다. 이성보다는 '마음'이나 '느낌'이 고백의 기원
이다.

핀 하나로
살아 있는 마음
사라지는 마음
맨손의 마음
흩날리는 마음
생피를 흘립니다

짐승의 살을 꿰매던 핀으로 나를 마구 꿰맬 때
밤에도 뾰족하게 서 있는 말들을 생각했습니다
무릎이 넘어가도 마음을 가지고 걸었던 붉은 말
말들은 둥근 것에서 출발하여 흉터에 닿습니다
말들이 돌아오면
슬퍼진 부분에서 나와
꼬리를 흔들고 싶어집니다
──「핀의 도시」부분

어느 하루
누구를 이해하는 데
꼭 아픈 자의 발목을 자르고 홀수의 감각을 만들고 얼음이 되어
야 할까?

우리는
모두 알 듯 말 듯한 문장

느낌은
느낌 모두가 마음이라서

288

가득하다면
잎이 달린다

이 겨울
단추를 풀면
말의 과적으로 우리는 비틀거리고
가슴은 새의 유적지처럼 비밀로 가득 찰 것이다
―「사이」 부분

　무언가를 '이해한다'는 것은, 어쩌면, 이해한다고 믿는 것을 이해하
는 것일지도 모른다. 마음, 스펀지에 붉은 잉크가 스미듯, 걷잡을 수 없
이 번져나가는 마음, 문밖에서 서성이다가 방문하는 예감, 어느 순간,
기습하듯 찾아오는 느낌이라면, 단정한 논리, 가지런한 말, 차가운 머
리로는 정돈할 수 없는 무늬와 결, 형상과 부피를 가질 것이다. 공들여
논리―이성의 공집합을 가려내고, 그 여백마저 놓치지 않으려 사유의
여집합을 궁굴리며 세계를 향해 '이해'의 문을 활짝 열어놓는다 해도,
설명될 수 없는 것이 바로 "번지는 마음"("비 내리는 저녁/번지는 마음
이라면/당신을 이해하는 데 꼭 띄어쓰기를 해야 할까?", 「사이」)이라고
시인은 말한다. 드라이버의 십자가가 한 치의 오차도 없이 딱 꽂힐 정
수리를 가진 명철한 이해의 소유자, 자아―중심주의자의 차가운 손바닥
위, 이성―중심주의자의 냉정한 품 안에서 "당신의 낱말과 나의 말들은
무수히 감각을 잃"(「사이」)고 만다. 고백은 "알 듯 말 듯한 문장"으로,
"짐승의 살을 꿰매던 핀으로 나를 마구 꿰"는 것과 같은 행위, 그렇게
"밤에도 뾰족하게 서 있는 말들을 생각"하는 실천이기 때문이다.

죽음-시간성

고백을 실행하는 마음-느낌-예감은 '자아'의 소유물이 아니라, 자아의 비(非)실재성, 즉 영혼이 주재한다. "통속적 하루가 식어 가"는 이 세계에 "우리가 훔친 것들이 만발"할 때, 고백은 "죄다 아주 무참하게 길어"진 "오늘 밤 참회"를 내려놓는 '유배'의 장소에서 만발하며(「재」), 신-미지-성스러움 앞에서 죄를 지은 영혼, 신에게서, 성스러움에서, 멀어져가는, "번쩍거리는 비극"(「낡은 사물들」), 죄를 의식하는 영혼이, "나에게 죽음을 바치는 매우 미끄럽고 깊고 어두운 액체들"(「공유」)을 이 세계 앞에서 토해낸 말이다. 운명을 기록하는 신의 손가락이, 이 세계에, 모습을 감춘 채 비밀스레, 그러나 쉴 새 없이 움직이고 있을 때, 이 세계에서 산다는 것, 살아 있다는 것은, 어떻게 확인되는가?

> 누구의 잎으로 산다는 것
> 단 한 번도 내가 없는 것
> 새파란 건 새파랗게 운다는 뜻
> 뒤집혀도 슬픔은 똑같은 색깔이 된다
> 누구의 잎으로 산다는 건
>
> 많이 어둡고 많이 중얼거리고 많이 울먹이다 비쩍 마르고
> 많이 죽고 죽어서도 가을이 그렇듯 몇 개의 마지막을 재로 만들고
> 잘 으깨져서 얼어붙고 많이 망각되고
> 붉은 탄피처럼 나뒹굴고
> 사방에서
> 연인들은 마른 소리를 내며 밟고 가는 것
> 누구의 잎으로 산다는 건

한 번도 꽃피지 않는 것

어금니를 다물다 겨울이 오고
마치 생각이 없다는 듯
모든 입술이 허공에서 죽음과 섞이는 것
——「잎」 전문

　"우리는 아무도 죽어 보지 못한 사람"(「오늘」)으로 오늘을 살아가고
있다. 살고 있다는 사실은 죽음이 경험될 수 없다는 사실과 조우한다.
경험하는 순간, 경험하는 주체라 부를 존재가 부재하기 때문이다. 죽
음은 경험으로 촉진될 세계, 경험으로 환원될 공간과 물질이 모두 사
라진 다음의 시간에 놓인다. 죽음은 그러나, 비(非)존재의 저 부재하는
'있음'의 자리를 현실에서 차지한다. 죽음은 현실에서 어떤 존재의 사
라짐을 의미하면서도, 누군가의 기억에, 마음에, 느낌에, 자아 밖의 어
딘가에서, 혹은 자아에 사로잡힌 시간을 벗어나, 편재하기도 하기 때
문이다. 죽음은 누구에게나 그렇다는 점에서 공정하다. 시인은 "누구
의 잎으로 산다"고 말하며, 이 공정함을 삼키고, "단 한 번도 내가 없는
것"을 체험하는 일에 문자를 쏟아붓는다. "죽음이 이 존재 안에서 그
리고 이 존재에 대해서 가능성으로 드러나도록 그렇게 죽음에 대해 관
계"하는 일은, 시인에게는 "모든 입술이 허공에서 죽음과 섞이는 것"
으로 나타나며, 이는 "미래와 어제가 딸려 오고 득실거리는 실패까지
파고"(「오늘」)드는 것, 다시 말해, 죽음의 "가능성으로 미리 달려가 봄"[1]
이다.

1　마르틴 하이데거, 『존재와 시간』, 이기상 옮김, 까치글방, 2006, p. 350.

죽음, 시간성, 꽃피는 고백　　　　　291

삶과 죽음 어느 것이 더 무서운가
죽음은
죽자마자 눈을 더 크게 떠야 할 삶이 기다리고 있다
　　　　—「2014년」부분

아무리 어두워도
하루는 무섭게 반짝인다
　　　　—「낡은 사물들」부분

죽음의 기억은
적의 크기만 한 기억
하얀 접시에 나누어 담고
신이 가르쳐 준 대로 애통할 시간이 없다
　　　　—「적의 크기만 한 기억」부분

죽음을 이해하는 방법이 정말 있을까
나는 이 도시의 빵에 대하여 알고 있다
철사처럼 질긴 빵
빤짝이는 수많은 저 창문들로부터 쏟아지는 빵들
죽음의 발자국들이 너무 많이 찍혀 있다
빵 하나를 먹는 순간
빵의 감정에 찍힌 발자국까지 먹어야 한다
어쩌자고 청년은 위약 같은 빵을 이기려고 했나
　　　　—「위약(僞藥)」부분

　　사방에서 "죽음의 지푸라기가 날리고"(「2014년」) 세상은 죽음으로,

"죽음의 기억"으로 진동한다. "산에서 죽고 견디다 죽고 희미해서 죽고 전력을 다해 꽃피려다 죽은 기쁨들"(이하 「초식성」)로 시인은 "허(虛)"가 거주하는 곳으로, 순례를 하듯, 시를 쓴다. 시집은 이 유배지 같은 곳을 물들이는 '허'의 감각으로 진동한다. "사물들은 영영 다른 색으로 보"이며, "50년이 지난 지금", 시인은 저 "어두운 뒤뜰 허(虛) 위에서" 여전히 "심하게 흔들"릴 줄 안다고 말한다. 이 "퇴행의 감정"은 삶에서 죽음을 살게 하고, 죽음에서 삶을 목도하는, 그렇게 "아름답고 나면/더 어두워"지는 감정이며, 시인이 매일 살면서 죽음의 시간을 체현할 수 있다고 믿는다. "오늘 죽도록 쓰고 내일 죽지 못했다"(「오늘」)는 시인이, 죽음을 머금은 시간을 과거-현재-미래가 차례로 교체되는 선적 전개 과정이 아니라, 과거-현재-미래 사이에 기계적-논리적-산술적 구분이 취하된 일종의 '순환 과정'으로 사유한다는 사실을 알려준다. 죽음의 시간은, 그 시간성은, 살아 있는 것들, 그러나 살아 있는 것에 잠시 붙들린 퍼즐 같은 저 사자들의 행렬 저 중간 토막 어디쯤에, 그것들이 고여 있는 현재의 시간, 그러나 그 파편의 부분들, 도래할 시제(時制)로 '미리 달려가 보는' 시간이다.

> 미리 달려가 봄은 현존재들에게 '그들'-자신에 상실되어 있음을 드러내 보이며 현존재를, 배려하는 심려에 일차적으로 의존하지 않은 채, 그 자신이 될 수 있는 가능성 앞으로 데려온다. 이때의 자기 자신이란, '그들'의 환상에서부터 해방된 정열적이고 현사실적인, 자기 자신을 확신하고 불안해하는 죽음을 향한 자유 속에 있는 자신이다.[2]

2 같은 책, p. 355.

죽음, 시간성, 꽃피는 고백 293

이 시간은 "막 떨어지려는 꽃잎과 막 울리던 나를 뚫고"(「꽃구경」) 나오는 시간, 그러니까, 완료되거나 완성을 꿈꾸는 것이 아니라, 방금과 이전, 근접 과거와 근접 미래의 시간, 움직이는 유동의 시간, 부유하는 액체의 시간이며, 선적 전개를 부수어버리고 찰나의 순간들로 사건을 만들어내는 무정형의 시간이다. 시는 망각에 대항하는 죽음의 시간이라는 영역에 발을 들여놓으며, 과거와 현재를 무지르며 솟아나는 죽음의 시간성을 움켜쥐고 여기저기로 전진한다. 과거("나를 버리고 갔다" "일기까지 써놓고 갔다" "그렇게 빠져나갔다" "두고 갔다" "집을 나섰다" "무작정 기차를 기다렸다")로 완결되려던 순간, 급습하듯 짓치고 여기로 걸어 들어오는 현재("망각처럼 느리다" "기차가 들어온다" "들어선다")의 시간이 바로 그것이다. '갔다'-'빠져나갔다'-'나섰다'-'기다렸다'에 '느리다'-'들어온다'-'들어선다'가 병렬식 구성으로 '동작 주체'를 실행하며, 과거와 현재에 가교를 놓고, 기묘한 터널을 파놓는다. '너-거기-어제'의 '이전-과거-죽음'을 '나-지금-오늘'로 끌고 오며, 최문자는 바로, 이렇게, "산 자들과 죽도록 어울"리게 하며, "아주 긴 두 종류의 슬픔"을 연결 짓는다. 죽음은, 이와 같은 방식으로, 시집에서, 현존재가 지금-여기, 자신의 가능성을 향해 달려갈 때 선취할 수 있는 실존적 시간의 장(場)을 연다. 이 주관적인 '시간'은 "불안해하는 죽음을 향한 자유 속에 있는 자신"을 발견하는 언어적 실천이며, 죽음을 기억하는 고유한 방법이자, 함께 거주하는 방식이며, 도래할 무언가를 발화의 영역으로 끌고 와 지금-여기에 폭발하게 한다. 이 시간은 "자꾸 나를 베어 버"릴 때 당도하게 될, "평평한 수평의 음들"을 조절해내는 시간이며, "헐리고 있는 사랑들이 흐려졌다 가물가물 돌아오는 시간"(「튜닝」), 환의 문법이 만들어낸 반복과 순환의 시간이기도 하다. 이 시간은, "각기 죽음을 그때마다 스스로 자기 위에 받아들"[3]이는 시간, 선적 시간을 무지르고 솟아나며, 명멸하는 이미지들로 뒤발되는 시간,

죽음이 결코 생물학적인 의미의 죽음이 아니라, 오히려, 이미 존재하는 시간의 삶에 가해진 종언이자, 현존재가 기존의 삶과 결별하게 되는 존재 방식의 경계지점[4]이라는 사실을 토해내듯 통보한다.

> 모든 냄새를
> 우르륵 일어나는 낯선 언어를
> 온몸으로 헤어진
> 우리가 버린 말들
> 침묵 소리 그리고 그리운 빛깔들을
> ──「튜닝」 부분

> 소금처럼 말하고 소금처럼 웃는다 아무것도 썩지 않는다 아무것
> 도 살지 않는다
> ──「깊은 강」 부분

> 허공에 흐린 예감이 있다
> 기다란 숨 같은
> 차가운 형식 하나
> 무서운 부력으로 숨어 있다
> ──「흐림」 부분

---

3 같은 책, p. 322.

4 "사망함에서 드러나는 것은 죽음이 존재론으로 각자성과 실존에 의해서 구성된다는 점이다. 사망은 사건이 아니라 실존적으로 이해되어야 할 현상"(같은 책, p. 322)이라고 하이데거는 언급한다. 이런 의미에서 "죽음은 현존재의 가장 고유한 가능성"이며, "이 가능성을 향한 존재는 현존재에게 그의 가장 고유한 존재가능성을, 즉 거기에서 단적으로 현존재의 존재가 문제가 되고 있음"(같은 책, p. 351)을 밝혀준다. 하이데거는 시간성이 현존재를 구성한다고 보았으며, 현존재의 존재 의의를 시간성에서 찾는다.

이 시간은 아무것도 살지 않는 시간이자, "그 무엇이 없어지지 않는 병"(「튜닝」)의 시간이며, "푸른 비극"을 보고, "불의 일기를 쓰고", "물로 떠돌"고, 그렇게 자아가 품고 있는 고뇌와 고통에 "나의 형식"(「진화」)을 갖추어나가는 주관성의 시간이다. 시인은 죽음의 시간성을 다양한 방식으로 "튜닝"해낸다. 세계 속에 던져진 현존재가 기존의 익숙한 모든 것과 결별하는 과정은 불안의 엄습이라는 형태로 다가오며, 바로 이 불안의 정서는, 최문자의 시에서는, 현존재의 진정한 존재 가능성을 열어주는 '마음'-'기분'-'느낌'-'예감'의 형태로 나타난다. 익숙한 것과의 결별-죽음은, '마음'-'기분'-'느낌'-'예감'의 언어적 실천 속에서, 단독자로서 세계와 조우하게 하면서, 현존재에게 새로운 가능성을 열어주고, 본래적 존재의 꿈을 회복하게 해준다.

죽음의 시간성은, 시에 무수한 '마음'-'기분'-'느낌'-'예감'에 무수한 감각의 괄호를 입힌다. 그것은 "텅 빈 적막"을 알아가는 '시적' 시간이며, "샛노란 꽃잎도 까맣게 타 죽으려는 것을" 깨닫게 되는 "세상 모든 정오"를 가리키는 시계추이자, "너도 나처럼 나를 돌고 있었다"(「크레바스」)는 사실을 알게 되는 마음의 시간이며, 그것들을 더듬어나가는 촉각의 시간이다. 이 시간은 "청년의 허기를 모두들 이해"[「위약(僞藥)」]한다고 믿음을 흘려보내는 시간, "고백하려고/개 한 마리처럼 자꾸 손을 내"[「고백의 환(幻)」]미는 시간, "미숙하고 슬픈 기사처럼 함부로" 돌린 "시계 바늘" 위를 반복해서 걸어가며 "죽음의 지푸라기"(「2014년」)를 날리는 시간, 타인들이 "자기 의자로부터 사라지는 데 드는 시간"(「밤의 경험」), "바람 한 장 같은 5분"(「종소리」)이며, 그러나 "여전히 거기 있다가 문득/거기 없어도/아득한 공기처럼 무한히 지나가는 은하계 저편/흘러넘치는 그 어떤 시간"(「종소리」)이자 "어디에도 없는 나를 쥐고" "짐승처럼 나빠지고 싶은 오 두려운 여름", 그 불안과 두려움과 설렘을 기억하는 지금의 시간이며, "우리를 지나"간 시간, "거짓으로 빚어지는 둥그런 항아리 같은" 시간, "저것의 안을 깨뜨"려야만 비로소 만져지는, 오렌지를 가득 머금고 "어금니가 새파"(「오렌지에게」)랗게 물드는, 색깔이 반란을 일으키는 시간이다. 또한 그것은 "형용사처럼 영롱"한 "슬픔"(「우기」)의 시간이며 "깨끗한 얼굴을 숙이고/여린 풀을 먹는 기쁨"으로 가득했던 "스무 살"의 시간, 그러나 지금 "녹여 먹다"가 "자주 들켰다"(「초식성」)고 고백하는 지금-여기, 부끄러움의 시간이자, "한 줄의 글을 기다렸다 쓰고 지운 글들이 흙처럼 쌓"인 "작은 엽서"(「old한 연애」) 위에 머물고 있는 부동의 시간이며, "개와 내가 뒤집히는 꿈" "개가 되는 악몽"을 꾸며 무의식이 현실로 활보하는 시간, 이내 "여러 번 깨어"나 "꿈을 깨고 생각"(「개꿈」)하기 시작하는 의식의 시간이다. 이 시간은 "미래와 어제가 딸려 오고 득실거리는 실패까지 파고"드는, 선적인 흐름에 역행하는 주관성으로 충만한 시간, 그러니까 "오늘"(「오늘」)에 숨결을 불어넣는 시간, 오로지 이 순간들로 촉촉해지고 말랑말랑해지는 시간, 방금-막 도착했거나 방금-막 빠져나간 '아직'과 '여전히'의 시간, 이렇게 항용 미끄러지는 시간이자 "두 배의 죄를 짓"(「팔」)는 시간, "석기 시대 들녘으로/새들이 돌아오고/비린 바람이 돌아오"(「고부스탄」)는 태초의 시간이기도 하다. 그것은 "마추픽추 가기로 한 그날의 전날"(「나무다리」)이라는 사실적 시간이면서 "마추픽추를 뒤로 하고" "가만히 수술실로 들어가야 하는" 비동시적인 동시성의 시간, 그러니까 '같은 시간에(at the same time)' 살고 있으나 '같은 시간 속에(in the same time)' 살고 있다고 말할 수 없는 시간, "아슬아슬한" "죽음의 계단"을 "한도 끝도 없이 올라가"(「나무다리」)는 컴컴하고 축축한 시간, "태고의 흔적"이 "지금 말이 되고 있"는 시간, "선사 시대 푸른 힘줄"처럼, 저 상형문자 "네모"가 "이 시대와 닿고 싶어서 살아나는"(「네모의 이해」) 진정한 발화의 시간, "먼지 흐르는 서재 구석에서 어쩌면 아무 일도 아닌

듯 무수한 괄호들을 지우"(「분실된 시」)는, 하염없다고 할 시간, 그러니까 시의 시간, 시를 궁리하는 시간, 당신을 만나는 시간, 당신의 편재를 보는 잠시라 할 시간, 애달픈 시간, 간절한 시간, 슬픔의 시간, 절망의 시간, 고통의 시간, 그리움의 시간이며, 이 모든 시간의 끝에서, "하얀 것들"이 피어나는 시간, "얼음 같은 입"이 "새하얀 공포"를 중얼거리는 시간(「하얀 것들의 식사」), "스무 살 기억의 비누"가 이 세상에서 "없어지는 것들과 함께 공기들을 휘저으며"(「야생」) 거품처럼 풀려나오는 시간, "갑자기 오후가 가도" 내 옆에 "그대로 서 있는" "실컷 찔리고 싶은 나무 한 그루"(「흰 줄」)의 시간, "어떤 감정이 흰색을 뒤집어쓰고" 내 손에 만년필을 쥐여주는 시간, 그렇게 "잃어버린 것 옆에서/잊어버린 것 옆에서/말라 죽은 편지"가 "하얗게"(「편지」) 남겨지는 시간, "세상에 비극적으로 서 있는 모든 레버들을 당기는 꿈"(「총의 무덤」)을 꾸는 시간, "내 뒤에서 자꾸 넘어지고 자꾸 미끄러지는 것"(「그림자」)이 "10분마다 한 번씩 툭툭 밤송이처럼 떨어져 내게 오고 있는", 저 기억의 타래에 엉켜 묻어나는 "10년 전"(「적의 크기만 한 기억」) 위로 중첩되는 시간, 죽음이 "엉터리"(「빠름 빠름 빠름」)가 되는 시간이다.

시−발생

최문자의 시에서 이미지 하나가 우뚝 솟아나, 우리를 어디론가 끌고 가는 장면들을 자주 마주한다. 회상은 감각적이지만, 감각은 연상을 통해 그려줄 수 있는 이미지들을 하나로 모아 연결하면서, 날렵한 걸음으로 백지 위로 미끄러진다. 우리는 이것을 '느낌'을 주재하는 행위라고 부를 수 있을 것이다. 느낌은 붓의 날렵한 터치처럼 시 전역으로 확산되면서, 복합적이며, 중층적인 언어로, 마음의 심급을 열어 보인다.

솟아나는 것은 이미지지만, 시를 끌고 가는 것은 '말'이다.

　　미지근한 것들은 불길해 공원을 걷다가도 미지근하게 피는 꽃의
최후를 본다 어려서부터 미지근한 것들의 최후를 읽었다 이곳에서
미지근한 빵을 먹으며 지낸다 미지근한 욕조의 물처럼 미지근한
기도처럼 그날 데모 군중 끝에서 미지근한 얼굴로 따라가던 어떤
시인처럼 가장 늦게 남아있는 나의 온도, 무슨 정말인 것처럼 날마
다 멀리서 나에게 오고 있다 이렇게 생각이 다른 빵을 먹고 멸망할
수도 있어
　　미지근한 것을 꽉 깨무는 순간 분명해진다 세상은 맹세처럼 시
고 달고 짜고 매운 혀가 넘쳐 난다 저마다 다른 빵을 찾는다 어제
와 같은 미지근한 오늘인데 세상의 혀는 왜 자꾸만 정확해지는 걸
까 기다리지도 않는데 돌아오는 생일, 그것조차 나의 것이 아닌 것
같은 기분 모서리 없는 미지근한 생일 축하 케이크를 자른다
　　—「다른 빵」 부분

　　어렴풋이 채송화 몇 송이 펴 있고 어렴풋이 벌레들이 기어가고
어렴풋이 새들이 날파리처럼 날아다니고 어렴풋이 눈사람이 녹고
사람들은 어렴풋이 사람인 것처럼 보였다 어렴풋한 세계가 벼랑
저 아래 있었다
　　20층에서 내려와 땅을 디디며 어렴풋해지는 연습을 했다
　　—「수업 시대」 부분

　　이른 새벽
　　빠른 케이티엑스 타고 세 시간 달리는 동안 프랑스 작가 키냐르
의 난해하고 두꺼운 소설 한 권 읽어 치우고 남자 만나 식사하고

커피 마시는 동안 하고 싶은 말은 한 마디도 못 꺼내고 애매모호한 기분으로 쫓기듯 부산으로 가서 두 시간 문학 강의하고 질문받고 뒷풀이까지 하고 빠른 케이티엑스 타고 다시 서울로 올라와 서울역 대합실에서 이혼하고 싶다는 후배 시인 제대로 말리지도 못하고 겨우 자판기 커피 한잔 같이 마실 때 후배는 해쓱한 얼굴에 아직 눈물도 지워지지 않았는데 손 몇 번 흔들어 주고 집으로 돌아와 샤워까지 끝내도 엉터리 하루가 끝나려면 아직 30분이나 남아돌았다.

    —「빠름 빠름 빠름」 부분

  "미지근한 것들"이 시적 언술 전반에서 병렬 전략적paratactic 단위를 이룬다. "미지근하게 피는 꽃"-"미지근한 것들"-"미지근한 빵"-"미지근한 욕조의 물"-"미지근한 기도"-"미지근한 얼굴"-"미지근한 오늘"-"미지근한 생일 축하 케이크"처럼, 동일한 구성의 나열은, 분절된 호흡을 추동하는 배치를 통해, '부차적'-'문법적'-'위계적' 질서에 안주하거나, 구문들이 서로에게 종속되거나 수식의 범주에 포획되는 대신, 각각 독립적-자율적-독창적으로 변주되어 자기 고유의 단위를 창출하면서, 느낌-마음-예감처럼 '표현할 수 없는 것들'을 고백의 격자에다 특이하게 주조해낸다. "그것조차 나의 것이 아닌 것 같은 기분"은, 논리적 언어로 설명되거나 기술되는 대신, '미지근함'의 연쇄를 통해 발생하는 '정동'의 흔적이다. 언술 전반을 조직하는 이 '미지근함'의 리듬을 통해, "맹세처럼 시고 달고 짜고 매운 혀가 넘쳐"나는, 이 "세상"에서, "미지근함으로부터 탈구된 단 한 줄의 시"를 실현하고 싶은, 그러나 실현되지 않은 열망이 정점으로 차고 올라, 세상의 모든 역설이 그러하듯, 예기치 못한 결과처럼 언술 속에서 휘발된다. "어렴풋해지는"도 마찬가지다. "어렴풋해지는 연습"은 "높이를 향해 몰려드는

300

것들"(「수업 시대」)에 대한 자기방어 기제나 고층 아파트에 익숙해지려는 시도가 아니다. 그것은 오히려 벼랑의 감각, 허공의 마음을 '지상'에서 실현하는 주관성의 힘을 조직하는 원천이다. "애매모호한 기분"도 마찬가지다. 무언가 서두르는 것이 분명한 이 작품의 리듬은, 구두점이나 접속사를 일체 생략한 병렬 연결사('~고')로 이어지는 단문들이, 차츰, 포화의 상태를 이루면서, 숨 가쁜 마음을 빚어낸다. 이 "빠름과 빠름 사이 가볍고 짧고 허기진 쓰디쓴 시간"(「빠름 빠름 빠름」)은 나를 기다리지 않는다. 병렬 전략적 구성은 이처럼 사건을 마감하지 않고 단속적으로 달음질치는 리듬을 만들어내는 것이다. 중요한 것은, "시간이 아닌데 무슨 시간이라도 되는 듯한", 저 "빠름 빠름 빠름"이 엉망으로 만들어버린 "엉터리 하루"를 실현하는 것이 이 '병렬 전략적' 통사라는 사실이다.

사과를 사과라고 부르면 사과가 사라진다 노트에 사과라고 적었다 사과는 기척이 없다 사과는 죽고 우리는 사과의 무덤을 사과라고 읽었다 사과는 사과 속에서 나와 사과를 넘어 사과 아닌 것들에게 가 있다 죽고 싶은 데로 가 버리는 사과들 사과를 시로 썼지만 사과가 없는 채로 썼다 사라진 사과들은 이상하게 타인의 무릎 위에서 비 맞은 흙 속에서, 혹은 북유럽 관목 숲에서 쏟아지는 눈 속에서 찾아냈다

파꽃을 그리는 화가에게 들었다 파꽃을 그리면서 수년 동안 파꽃을 무참히 죽였다고
어떤 날은 밤새 부스럭거린다
사과들이 발생하고 있다
— 「부화」 전문

'사과'라는 낱말은 '사과'라는 실체가 아니다. '사과'라는 대상에 붙여진 '사과'라는 이름은 사회적 협약일 뿐이다. '사과'라고 백지 위에 적는다고 해서, 이 백지 위에 '사과'가 놓일 리 없다. 말은 '실체'가 아니라 '형식'이다. 우리는 '사과'를, 당신 저 과수원의 '사과', 시인의 개별화된 기억과 추억 속에 존재하는 '사과'(즉, 'apple')라고 할 수도 있으며, 삶이나 타인에게 고하는 사과, 그러니까, 'apology'라고도 할 수 있을 것이다. 또한 140명의 사상자를 낸, "앞발을 들고 알프스 산을 들이받"은 "비행기" "저먼윙스"(「흐림」) 사건을 텔레비전에서 볼 때, 과도를 들고 마침 깎고 있던 '사과'라고 할 수도 있다. 시는 매우 정치하게 '사과'를 중심으로 과거-현재-미래의 경험을 주관적으로 살려내며, 시시각각, 감정을 입히고, 마음을 털어놓고, 죽음의 시간성을 살려낸다. 우선 '사과'를 입 밖으로 꺼내는 일이 행해진다. '사과'를(라고) 발음해보자. 이 [sa:gwa]라는 음성은 곧 대기 속으로 흩어진다("사과를 사과라고 부르면 사과가 사라진다"). 이내 시인은 "노트에 사과라고 적"는다. 그러나 방금 적은 이 "사과는 기척이 없다"라고 말한다. 누군가와 함께 심었던 저 과거의 "사과"는 시들었거나, 사라졌다. 해가 바뀐 것이라고 해도 좋겠다. 나는 "사과"와 더불어 '그'와 삶을 함께 살았다. 이후, "사과는 죽고", 시인은 "사과의 무덤을 사과라고 읽었다"고 적는다. 누가 읽었는가? 시인은 "우리"가 그랬다고 적어놓았다. 죽음은 여기서 '사과'와 우리의 반쪽으로 공분(共分)된다. 그러자 이상한 일이 발생한다. "사과는 사과 속에서 나와 사과를 넘어 사과 아닌 것들에게 가 있다". 시인은 '사과'를 이런 방식으로 흔들어 깨운다. '사과'는 이 '사과'를 함께 심었던 자, 부재하는 당신에게 당도한다. 그러기 위해서 'apple'인 "사과"에서 "사과"는 빠져나와야 한다. '사과'는 여기서 'apple'과 'apology' 사이 어디쯤에 놓인다. 'apple'과 'apology'가 서로 충돌한다. 이 둘을 충돌시켜 다시 "사과"가 탄생한다. "죽고 싶은 데로 가 버리는 사과들"은 과수원의 '사과'가 가닿는 언저리이자, 그 마음의 표현("죽고 싶은 데로")이다. 그렇다면, 이 '사과'는 'apology'인가? '죽고 싶은 마음'인가? 아니, 이 둘이 접점을 이루는 어디쯤인가? 시인은, "사과를 시로 썼지만", 애당초 저 과거의 사과가 "없는 채로 썼다"고 말한다. 사실인가? 아니다. 우리는 이마저 확신하지 못할 것이다. 왜냐하면 시인은 이 "사라진 사과들"을 "이상하게 타인의 무릎 위에서 비 맞은 흙 속에서, 혹은 북유럽 관목 숲에서 쏟아지는 눈 속에서 찾아냈다"고 말하기 때문이다. 바로 이런 방식으로 '사과'는 편재한다. 시에서 '발생'한다. 시에서 발생한 이 '사과'는 과연 어떤 '사과'인가? 주관성을 한 아름 머금고 있는, 'apple'과 'apology' 사이에 머무는 듯하나, 'apple'과 'apology'의 경험, 그것의 기억, 그 역사를 머금고 있는 '사과', 우연히 발생한 불행의 사건들이나 비극의 사고들, 여기서 빚어진 마음이나 느낌, 감정, 죽음의 시간을 살아내는 '사과'는 아닌가. "사과"는 병렬 전략적 구성의 산물이다. "사과"가 아니라 "사과들이 발생하고 있다".

병렬 전략적 시 쓰기는, 최문자에게는, 기억, 회상, 사건의 구성 방식과 연관된다. 한 잔의 물을 마실 때, 그 액체가 목에 젖는 아주 짧은 순간 찾아드는 감각을 그대로 따라간 의식의 흐름과 이 흐름이 연상을 통해 피워낸 시적 장면들(「물의 기분」)은 지극히 감각적이다. 이 감각은 또 다른 회상과 포개어지면서, 물속에서 허우적거리는 자아를 기어이 백지 위로 *끄집어내는* 기이하고도 독특한 병렬적-역설적 구성 덕분에 살아난다. 도심에서 "더러운 종이컵을 만지작거리며" 살아가면서 갖게 된 "이마에 얹히는 죽은 숨의 느낌"(「목화밭」)을 기습하듯 실현하고, 어느 비 오는 날, 바닥에 떨어져 축축하게 너부러진, "골에 공을 넣게 해 주는 모호한 나의 어시스트"(「부활절」) 같은, 찰스 해돈 스펄전의 저서가 하늘을 향해 잠시 내쉬는 단말마 같은 숨결을 담아내며, "활주로에서 막 떠오르는 비행기 한 대 같은 그리움"을 "먼 나라의 시계를 차고"(「팔」) 헤아려보고, 밤에 빛나는 영롱한 불빛으로 비극을 비추는, 이 슬픔을 포착하는 시적 감각은, 이성─논리─자아의 영역에 거주하지 못하는 믿음이나 마음이 고백의 옷을 입고 우리를 찾아온 것이다.

> 얼마나 낮이 무거운지 새들은 밤에 죽습니다 밤은 가끔 내 맘에 듭니다 증거 없이도 믿어집니다 밤에는 눈을 부릅뜬 물고기를 때려잡지 못해도 와인 잔을 들고 취해 본 적 없어도 비틀거리다 자주 웃고 그리우면 눈물 핑 돕니다 이유 없이 한 계절에 몇 번씩 그가 나를 모른 체해도 밤이 와 주면 밤의 가게처럼 철문을 닫고 사계절 검은 의자에서 나의 실패담을 썼습니다 아직도 나는 별빛이 모자랍니다 낮이 얼마나 쓰라린지 벌레처럼 밤에 맘 놓고 웁니다 낮에 아팠던 자들의 기침 소리가 들립니다 낮 동안 너무 환한 재를 마시고 밤에 심한 기침을 합니다 쿨룩쿨룩 참았던 낮이 불쑥불쑥 튀어나옵니다 피가 섞여 나옵니다 어떤 기도가 이 밤을 이길까요
>   ──「밤에는」 전문

밤은 힘이 세서, 누구도 잘 이기지 못한다. '그'는, '당신'은, 저 "온통 하양"으로 만발한 곳에, "수없이 나를 거기에 남겨 놓고" 사라진 "당신"(「백목련」)은, 밤에도, 낮에도, 돌아오지 않는다. 시인은 오지 않는다는 사실을 알고 있다. 오지 않는다는 사실을 알고 있으면서, 시인은 "밤이 와 주면 밤의 가게처럼 철문을 닫고 사계절 검은 의자에서 나의 실패담"을 쓴다. 밤은 도대체 이길 수가 없으며, 물리칠 수도 없다. 밤은 "증거 없이도 믿어"지는 시간으로 가득하기 때문이다. 밤은 낮에는 눌러놓았던 고통이 만개하는 시간, "낮에 아팠던 자들의 기침 소리"가 들리는 시간, 시의 시간이다. 낮에 머금은 것들이, 신음이 되어, 울음이

되어, 나에게서 빠져나오는 시간이 시집을 가득 적신다. 슬픔과 참혹함의 교차로에서, 시인은 죽음이 헐렁하게 빠져나가게 내버려두는 대신, 삶의 가치를 되돌아보고, 성스러움의 순간들을 체현하는 밑거름으로 삼는다. 이 시집은 불가능함과 비극을 주관성 가득한 죽음의 언어로 실현하고, 꾹꾹 견디면서, 슬픔의 눈부심을 쏟아내고, 우리가 아름다움이라고 부를 수 있는 가능성을 한껏 쏘아 올린다.

[2019]

섭리의 뼈와 살, 소립자의 거처
—조정인의 『사과 얼마예요』

책—고독의 환한 순간

시간도, 형체도, 공간도 없는 어딘가에서 기습하듯 여기로 밀려들고, 어느새 고독의 질료가 되어, 이 세상 곳곳에 스며든 순간들을 문자로 포획하려 시도한 사투의 흔적들이 지금 우리 앞에 펼쳐져 있다. 시인은 사물, 사람, 동물, 자연뿐만 아니라, 구성의 산물로 이 모든 것들이 배치되어 결국 이 세계에 주어지는 것, 그것들이 서로 접점을 이루며 생겨나는 활동이나 그 활동 전반을 아우르는 역사, 그러니까 이것들을 담아낸 한순간의 풍경 앞에서도, 사유가 발생하는 지점을 파고들고, 거기에 작은 '문'을 달아 흘러나오는 말을 받아 적는다. 이 작업은 어둠 속에서 홀로 두려움에 맞서는 것처럼, 대부분 고독할 뿐만 아니라, 고독의 시간으로 가득하며, 어쩌면 고독한 순간에 대한 순결한 기록으로 채워지는 것으로 보인다. 그러나 한편으로 그것은, 왼손에 항용 쥐고 있는 책, 지금-여기, 두 손으로 받쳐 들고 내내 제 시선을 떼지 못한 채, "읽다가 한 페이지를 깊숙이 접게 되는 거기"에 시인이 자주 눈길을 뺏기고 또한 골몰하면서, 새벽을 조금 더 견디고, 저 눈부신 미지의 하늘을 다시 두드려 열릴 것만 같은 컴컴한 역설의 순간을, 서성거리며, 문자로 그러모으고, "검은 탕약처럼 엎질러져 있는" "한 단

락 문장"으로 비끄러맨 결과이기도 하다(「함박눈이 내리기 때문입니다」,
『사과 얼마예요』, 민음사, 2019; 이하 이 시집에서의 인용은 시 제목만 밝
혀 적음).

신의 폐허와 신생이 번갈아 출몰하는,
고대인의 깨진 잠에서 빠져나온 그림자들이 도서관 열람실을
치렁치렁 배회하는, 혹간 그들의 어둑한 음성이 들려오는,
늙은 수학자의 호주머니에 뒤척이는 에우클레이데스의 돌멩이와
양서류와 식물들의 혼이 일렁이는 허수의 꿈을,
사막수도원의 긴 회랑이 소실점 바깥으로 하염없이 이어지는,
폐가의 마룻장에 내려앉은 먼지와 이제 막 도착한 햇살을,
그곳 깨어진 창유리에도 어김없이 분배되는 아침과 저녁을,
테두리도 중심도 시제도 없는 대평원의 흑암을,
그곳에서 발송된 봄날 아지랑이 아련한 흔들림을,
한 송이 꽃을, 꽃 속에 부서지는 일만 파도를,

낱장으로 재단해서 차곡차곡 묶은 이것을 누가
책이라 했나
──「페이지들」 부분

죽은 필자의 영혼은 어떻게 시공을 되돌려 이곳, 익명의 독자에
게 돌아와
밤의 밀서를 건넨단 말인가.

백 년과 백 년 사이, 별처럼 총총한 창문들.
그리운, 무수한 당신들이 창가에 있다.

섭리의 뼈와 살, 소립자의 거처   307

수 세기 바깥 누군가가 한밤의 나를 따라한다. 읽던 책을 덮고
　　창유리에 이마를 댄다, 두 번, 마른기침을 하고 식탁으로 돌아와
유리컵에
　　물을 따라 마신다. 그의 등 뒤, 검은 유리창에
　　흰 눈송이의 소요가 떠오르다 가라앉는다.

　　마치 오늘 내가 배회하던 문장들의 혼령인 듯.
　　─「함박눈이 내리기 때문입니다」 부분

　온갖 책의, 이미 죽은 저자들의 영혼이 익명의 독자에게 은밀하게
보내는 "밤의 밀서"를 받아 들고서, 시인은 이렇게, 역사에, 문명에, 사
회에, 현실에, 하나씩, 하나씩, 숨결을 튼다. 그는 이 숨결, 저 "책갈피
에서 다섯 장의 침묵이 한꺼번에 툭, 떨어"(「소환되는 비」)지며 풀려나
온 순간을 기록한다. 그렇게 책에서 길어 올린 것, 페이지에서 솟구친
것으로 "그곳에서 당신이 보내온/신 포도주에 입술을 적시며" 시인은
섭리의 뼈대를 세우고, 거기에 살점을 덧붙이면서, 검은 타래처럼 풀어
놓은 그 문장들 옆에 기대어, 내내 잠을 청한다. 이렇게 두 눈을 채 감
지 않으면 미처 볼 수 없는 시계(視界)를 투영하려 "고요에 집중"(「적
(寂)」)하고, 고독을 직시하며, 시인은 "홀로 타오르는 말"(「비망의 다른
형식」)을 침묵하는 입술 사이로 흘려보내 비극을 발화하는 데 어렵게
합류한다. 그는 '신-폐허-신생-고대인'으로 이어지는 역사, 그러나 실
로 불가해한 이 역사의 변환과 전환의 지점들, 저 순간들을 책의 어느
페이지에선가 발견했을 것이다. 이 발견으로부터 시인은 "폐가의 마룻
장에 내려앉은 먼지와 이제 막 도착한 햇살"과 "어김없이 분배되는 아
침과 저녁"처럼, 우리가 결국 '섭리'라고밖에 부를 수 없는, 이 세계-인

간-역사가 '존재하는-할' 문법을 구축하려는 시도를 탄생시키며, "테두리도 중심도 시제도 없는" 저 기원을 생각하고, 제 말로 생각의 틀을 채우면서, 책과 책을 "배회하던 문장들의 혼령"을 붙들어 고독과 비애의 순간들을 담아내는 일에 열중한다.

섭리의 뼈와 살

그런데 섭리는 무엇인가? 조정인에게 '섭리(攝理, Vorsehung)'는 "사랑으로 가득 찬 전지전능한 신이 세계의 생기사건들을 '관장하는 vorsehen' 것, 즉 신이 세계를 인류의 구원을 향해 인간을 대신하여 정연하게 다스리는 것"이라는 의미를 갖는다기보다는, 오히려 "초월적인 신이 높은 곳에서 세계를 지배하는 것이 아니라 세계에 내재하는 신이 세계사 속에서 자기를 실현하는"[1] 방식과 그 양태에 조금 더 가까운 것으로 보인다. 그것은, 이를테면, "그노시스 검은 수단 자락이 그믐달을 스치고 지날 때" 혹은 "하루라는 대형 전광판에 실시간 명멸하는 실수에 대한 믿음과 의혹 사이"에조차 개입하고야 마는 '신비와 경이를 아는 지식-지혜'와도 같다고 하겠으며[「습(習)」], 경험될 뿐 스스로 존재를 증명하지 않는 신이, 오로지 당도한다는 저 불가능의 가능성 속에서 잠시 체현되는 눈부신 순간에 대한 깨달음이기도 하다. 그것은 혼자 덩그러니 놓인 방의 침묵에서 흘러나오는 어둠과 공포의 목소리이거나 "한 줄 문장이 잠의 베일을 걷고 나를 바라"볼 때, 그렇게 "맑은 금빛으로" 어느새 "문장"이 타오르기 시작하는 순간에 사방에 번져나간 모종의 감정이자 그 흔적들이며[「책이 왔다」], "진흙에 피를 이겨

---

1 마쓰이 요시카즈, 「섭리攝理[Vorsehung]」, 가토 히사다케 외, 『헤겔사전』, 이신철 옮김, 도서출판b, 2009, pp. 195~96.

쓴 한 줄 문장을/통과하는 캄캄한 시간"(「진흙은 아프다」)을 통과해 빚어지는 내면의 한없이 깊은 곳, 마음의 진실이 잠시 열려, 불꽃같이 터오르는 하얀 새벽의 울음과도 같다고 하겠지만, 자주 구체성을 갖고 기록되기도 한다.

> 나무의 내륙으로 물 들어오는 소리 아득한 잔설의 날들을 지나
> 기억의 잠복기를 마친 나무의 미열을 누군가 꽃이라 했다 우레의
> 마른 울음이 꽃눈에 닿기 직전, 날개를 퍼덕여 착지한 흰빛에서
> 태어나
> 점차 분홍으로 접어든 시간을 벚꽃이라 했다
> ──「나무가 오고 있다」 부분

> 염료를 구하러 온 눈먼 염색공
> 수런거리는 어스름 속으로 나는 스며들어

> 차가운 촛농이 발등에 떨어지네, 모든 색들의 불꽃은 메아리로
> 흩어져라
> 가늘게 떠도는 한숨, 흰빛만 남아

> 손끝에 만져지는
> 고요를 사른 보드라운 재

> 색과 소리, 모든 몸짓과 말의 바탕이던

> 당신이 두고 간 마지막, 텅 빈 색을 상자에 담아 왔네
> ──「무성한 북쪽」 부분

유리잔이 금 가는 소릴 낼 때, 유리의 일이
나는 아팠으므로

이마에서 콧날을 지나 사선으로 금이 그어지며 우주에 얼굴이
생겼다 그것은 이미 시작되고 있던 일

그의 무심이 정면으로 날아든 돌멩이 같던 날, 내가 감당할 수
없는 뜨거운 물이 부어지며 길게 금 가는 유리잔이던 날

그곳으로부터 시작된 질문: 영혼은 찢어지는 물성인가 금 가고
깨어지는 물성인가, 하는 물음 사이

〔……〕

나에게 붉은 손바닥이 생길 때 우주에는 무슨 일이 생기는 걸까

12월로 이동한 구름들이 연일 함박눈을 쏟아 냈다 유리병 가득
눈송이를 담은 나는 자욱한 눈발을 헤치고 백 년 너머, 눈에 묻힌
우체국 낡은 문을 밀었다 창구에는 표정 없는 설인들이 앉았는데

나에게는 달리 찾는 주소가 없고 우주는 하얗게 휘발 중이다
　　　　　　　　　　　　　　　 ──「백 년 너머, 우체국」 부분

누군가 "꽃"이라 하고, 누군가 "벚꽃"이라고 지금 부르고 있는 이름,
그것은 인간이 어느 시점에서 이 대상-식물을 명명한 결과 생겨난 공

섭리의 뼈와 살, 소립자의 거처　　　　　311

동체의 약속이자 사회적 협약이다. 그러나 그것은 "아득한 잔설의 날들을 지나/기억의 잠복기를 마친 나무의 미열"이나 "우레의/마른 울음이 꽃눈에 닿기 직전, 날개를 퍼덕여 착지한 흰빛에서 태어나/점차 분홍으로 접어든 시간"으로 정의되는 것처럼, 태초의 기억을 머금고 지금-여기 현실에 '존재하는' "꽃"이자 "벚꽃"이기도 하다. 시인은, 바로 이와 같은 방식으로, '섭리'에 글의 무늬를 새겨 넣고 언어의 옷을 입힌다. 신을 배제할 수 없는 섭리, 자연과 사물, 인간, 그 존재의 비의와 신비, 비극과 역사, 그 근원과 이치는, 그러나 알 길 없는 신의 저 증명 불가능함이나, 불가지론에 의탁하여 형이상학의 탑을 하나씩 쌓는 방향으로 제안되기보다는, 사유를 극한점까지 끌어올릴 때 열리는 어느 순간의 의문("나에게 붉은 손바닥이 생길 때 우주에는 무슨 일이 생기는 걸까")을 주렁주렁 달고서, 가까스로 미지가 그 형태를 가질 퍼즐("우주는 *하얗게 揮發 중이다*")처럼, 지금-여기의 풍경에서 찾아 맞춰나가는 말들, 그 언어들로 우리를 찾아온다. 이처럼 "말의 발원지로부터 떠나온/낮고 낮은 음성이/흥건하게 고이는/이상한 한낮"(「정육」)의 체험은 시인에게는 "망각 속으로 흘러든/기억의 회로를 제 몸에 새기는 일"(「나무가 오고 있다」)과 다르지 않으며, 그렇게 "부재를 제곱하면 무성해지는 당신"(「무성한 북쪽」)이 도래할 순간에 헌정된 문장들로 시인은 섭리의 문법을 궁굴리는 고독한 여정에 참여한다.

　　물의 혼령들이 어슬렁거리는 새벽 나는 나에게서 유실되어 둑길을 흘러갔다

　　대기가 팽창했다 분사된 젖의 미립자, 안개 너머에서 폐활량을 키우는 저수지 심박 소리가 들려왔다 젖의 유충이 눈썹과 머리칼, 귓바퀴와 목덜미를 하얗게 더듬어 왔다

안개는 천 겹 베일을 둘러 주며 입속말을 흘렸다 나는 너의 애초의 입자 너의 정직한 총체, 너를 바라보는 텅 빈 눈동자……

[……]

흩어진 신전에 관한 풍문

내 혈관에는 안개 포자가 서식중이다 나는 안개주의자 안개에 편향적이며 안개에 위독하다 안개에 몰입한다 어느 날 나는 알비노에 편입될 것이다
　　　　—「알비노 보호구역」부분

어둠의 미열을 따라가면 어디쯤 나의 탐스런 원죄가 주렁주렁
매달려 있을 라임 한 그루.
[……]
금기와 위반이 창궐하는 계절, 입술을 비집고 박하보다 환하게
수유되는
꽃잎, 꽃잎, 꽃잎…… 이것은 언어로만 감각하는 신의 육체성.
이마에 죄 혹은 신의 얼룩을 묻히고 들어선 나의 집, 정적으로
세운
북벽. 거울 속에 까만 밤이 아프게 창문을 닦고 있다.
　　　　—「위반의 밤」부분

세계는 더 작게 분할될 수 없는 독립된 개체, 무한한 소립자(素粒子)들로 이루어졌으며, 이 각각이 전체 우주를 표현한다. 나는 어쩌면 나

에서 벗어나 "조난" 중인 피조물일지도 모른다. 그것은 마치 안개의 입자와도 같을 것이다. 안개는 "너의 애초의 입자 너의 정직한 총체"라고 시인에게 신호를 보내온다. 그러니까, 모든 것은, 태초, 저 기원, 일자(一者)에서 비롯된 입자일 것이며, 애초 "거기서는 누구도 이방인이 아니"었던, 일자―하나("안개 구역에는 귀가 순한 알비노들이 모여 살았다", 「알비노 보호구역」)에 속하거나 누구나 근본적으로 일자―하나였던 무리, 그러니까 태초의 일원이었다. 이러한 세계에서 모든 것은 신이 예정한 조화에 따라 조율될 것이다. 시인은 물질과 영혼의 연속성, 정지와 운동 사이에 단절이 아니라, 연속이 있다고 믿는다. 이 세계는 한창, 힘이 작용하고 작은 요소들이 서로 결합하는 중이다. 안개의 입자 안에도, 한 개인 안에도, 매번 다르게, 다른 모습으로, 그러니까 고유한 방식으로 축약된 온 우주가 들어 있다. 입자에 편재하는 신성(神聖)을 시인은 안개에 빗대어 "흩어진 신전에 관한 풍문"이라고 비유하고, "꽃잎, 꽃잎, 꽃잎…… 이것은 언어로만 감각하는 신의 육체성"이라고 말한다. 모든 개체, 모든 생명, 모든 존재 사이, 그러니까 "종(種)의 건반과 건반 사이, 휴면과 활성 사이, 질료들의 검은 블록과 흰 블록 사이"에 푸들거리며 떨고 있는 "시간의 림프액"을 측정하는 일이 이렇게 가능성을 타진하는 문장들과 함께 우리를 찾아온다(「검은 시간 흰 시간」). "거대한 아버지의 희미한 기억으로부터 불어온 나의 상심한 애인들"의 안부를 묻고, 저 필멸자의 운명, 그들 "재의 꽃잎들"에 감정을 입히는 일은(「기념하는 사람들」), 섭리의 윤곽을 그리는 동시에, 일자라는 기원에서 쏟아져 나온 인간의 핏자국을 확인하고, 스스로 피를 뒤집어쓰고 살아가야 하는 자의 비극과 운명, 결국 무(無)로 되돌아갈 자들의 저 먼 곳의 거처를 사유의 반열에 올려놓는다.

사과―섭리의 알 수 없음

조정인은 일찍이 사과 하나, 사과나무 한 그루를 보면서, 벌써 그 "뿌리 밑에 스며 있"는 "신의 의중"을 좇으며, 신의 "의중이 재채기처럼 튀어나가 주렁주렁 나무의 문전성시를 이루"는 과정에 주목한 시인이었다(「사과 따기」). "자신의 창조와 피조를 동시에 견디는"(「하느님의 오후」) 조물주에 관해, 삶의 신비하고 비극적인 역학과 섭리에 관해, 그저 사과 한 알의 삶과 사과의 기억으로 깊숙이 파고들어가려 했던, 오래전에, 그 누구도 내딛지 않은, 섭리의 문법을 고안하면서 역설적으로 존재의 탐구에 발을 내디딘 시인이었다. 홍옥 하나를 살그머니 쥐고서, 그는 이 흔한 과실이 "향기로운 소멸"의 길로 접어드는 추이를 주시하고, 이 홍옥을 구성하는 "구석구석 원소의 메아리"를 들으려 시도하고 그 결과를 기술하려 하면서, 홍옥의 기원이라 할 저 "씨방"의 기억을 더듬어나갔다. 그렇게 사과의 섭리에 입을 달아준 다음에야 그는 "씨방"의 또 한 꺼풀 기원인 '씨'("C", 「홍옥」[2])와 비로소 결별을 할 수 있다고 적어놓았다. 조정인은 그 누구보다도 일자―하나님―신에서 비롯된 인과성의 총체로 섭리에 말의 무늬를 입혀, 그것을 머금고 난 다음, 다시 삶에서 꺼내는 일을 감행한 바 있다.

> 사과가 떨어지는 건 이오니아식 죽음. 경쾌하고 정교한 질서 속의 일.
> 닿을 수 없는 두 입술의 희미한 갈망으로 지상에 먼저 발을 디딘 사과의 그림자가 사과를 받쳐 주었다. 그림자의 출현은 태양과 사물간의 밀약에 천사가 개입하는 것.

2 조정인, 『장미의 내용』, 창비, 2011, 각각 pp. 12, 14, 29.

낙과가 취하는 적나라한 현재가 당신 홍채에 걸쳐지며 무럭무럭
시제가 발생했다. 미분된 현재들의 악보, 눈을 감았다. 눈꺼풀 위로
별들의 광휘를 거느리고 떨어진 신의 손수건.

빛과 그늘의 기하 공구로 제도된 전과 후라는 시차의 평면 도형
이 얼굴에 펼쳐지자 우주 속, 단 하나의 장면이 이루어졌다. 뺨을
타고 눈물이 흘렀다. 오후 3시의 엷은 얼룩이 어른거리는 왼뺨. 이
것은 당신의 의지인가? 눈물 제조자는 이미 행방이 묘연했다.

적막 속에서 적막이 확장되었다. 이 알 수 없는 깊이와 너비를
세계라고 한다. 호젓하게 낮게…… 휘파람이 새어 나왔다. *바람이
모든 시차의 곡면을 밀며 머리칼을 흩날렸다. 사과는 자꾸 누가 흘
리나.* 사과밭엔 붉게 상기된 사과들이 군악대처럼 붐볐다. 저것은
이오니아식 우주의 눈물방울들.

　　　—「행복한 눈물」전문

　때가 되어 매달려 있는 사과나무에서 사과가 익어 지상으로 떨어지
는 것은, 그러니까 일종의 섭리와 같다. 중력에는 사실 감정이 없다. 그
러나 시인은 "이오니아" 양식으로 세워진 저 그리스 신전의 곧게 서
있는 기둥이 품은 위와 아래, 그러니까 땅에 버티고 선 직립의 굳건함
에 당도하기까지 첫 시선을 따라 기품 있게 하강하는 이미지에다가,
나무에서 떨어지는 사과를 하나로 포개어놓는다. '사과가 떨어진다'는
섭리에 이렇게 감정이 새겨지고, 양식이 부여되며, 이유가 발견된다.
"사과가 떨어지는 건" 이런 방식으로, 우아하고 섬세하며, 경쾌한 감
정을 갖는다. 시인은 이를 "정교한 질서", 다시 말해, 누군가에 의해 기
획된 의도의 소산이라고 말한다. 사과가 지상에 떨어져 그림자를 갖게
되는 것도 단순한 자연 현상은 아니다. 거기에는 "태양과 사물간의 밀
약에 천사가 개입하는 것"과 같은, 그러니까 누군가의 손길이 닿아 있

는, 조화로운 예정의 결과이자 의지가 서려 있다. "당신"의 시야에 사과의 낙하가 포착되는 순간, 사과는 드디어 '삶'을 갖는다. 아주 찰나의 순간이다. "당신 홍채에 걸쳐지"는 순간 빚어진 현상 덕분에, 무연(無緣)했던 이 양자가 서로 관계를 맺는다. 현실에서 발생한 이상, 이 '사건'은, 불가피하게, 시간을 가질 수밖에 없다. 그렇게 "무럭무럭 시제가 발생"하기 시작한다. "미분된 현재들의 악보"라고 표현한 것은, 사과가 떨어지는 모습이 스치듯 담긴 당신의 홍채를 시인이 바라보고 있기 때문이다. 서로 무관하던 사과와 당신, 서로 달랐던, 제각각의 '현재', 그러니까 엄밀히 말하자면, 저 "현재들"에 존재했던, 사과와 당신의 접촉은 이렇게 아주 찰나에, 그러나 율동하듯 (서로가 서로에게서) 움직인다. "홍채"는 여기서 대상의 운동만을 피동적으로 포착한 신체의 기관이 아니라, 그 순간을 실현해내는 아주 섬세한 순간의 망막, 움직임을 그려 보이는 악보와도 같다. 시인은 이제 눈을 감는다. "별들의 광휘를 거느리고 떨어진 신의 손수건"이, 이후, 허공에 펼쳐진다. 시간과 역사는 잠시, 아주 찰나의 시간에, 그러니까 이제 정지된다. 이 순간들의 시간을 무엇이라고 부를까? "빛과 그늘의 기하 공구로 제도된 전과 후라는 시차의 평면 도형"이 "정교한 질서"처럼 "얼굴에 펼쳐지자 우주 속, 단 하나의 장면"은, 그러니까 아마 진리가 도래하는, 섭리가 잠시 도래하는 아주 짧은 순간이라고 해야 하지 않을까. 시인은 이 순간, "뺨을 타고 눈물이 흘렀다"고 말한다. 이제부터, 이 행위의 주체는 누구인가? 눈물을 흐르게 하는 저 뒤에 누구의 의지가 자리하는가? 세계는, 행위는, 나-사물-대상 등의 모든 행위는 오로지 "당신의 의지"가 빚어낸 산물인가? 이 오묘한 질서의 근원은 무엇이며, 그 궁극점에는 무엇이-누가, 어떤 존재가 자리하는가? 이 모든 물음의 "행방이 묘연"하다. 그렇게, 물음은 대답을 손에 쥐게 하는 대신, 의문으로 남겨질 뿐이다. 그러나 중요한 것은 바로 이 '알 수 없음'이 남겨졌으며, 남겨진 '알 수 없음'이 이렇게 사유와 거래를 트기 시작하면서 "적막 속에서 적막이 확장"되듯 번져간다는 데 있다. 세계는 바로 이러한 류의 '알 수 없음'으로 구성된 섭리들, 그것들의 "알 수 없는 깊이와 너비"로 이루어져 있다. 반복되는, 되돌아오는 의문, 그 대답을 '알 수 없는' 물음 하나. *사과는 자꾸 누가 흘리나.* 시인은 이제 빈손으로 남겨지지 않는다. 그의 손에 들려 있는 사과는, 시간을, 감정을, 역사를, 그러니까 삶을 갖는다.

> 사과는 사실 전적으로 서쪽입니다 사과 속에 화르르 넘어가는 석양, 석양에 물든 맛있는 책장들 산산이 부서지는 새 떼 산소통이 넘어지고 쏟아지는 바람 호루라기 소리 길게, 길게 풀리는 붕대 그리고 구토, 촛불이 타오르는 유리창 당신의 우는 얼굴이 엎질러집니다 시럽이 흐르는 접시들을 누가 난장으로 던집니까 안개의 표정으로 몽롱해지는, 긴 손가락 사이 담배 연기 욕조 속의 정사는 어땠습니까 여자의 검정 유두에 묻은 흰 구름이 정오를 지나갑니다 뒹굴뒹굴 북회귀선을 넘어가는 태양의 휠체어 인류라는 무정형의 얼굴에 던져진 원죄의 돌멩이 픽! 칼날이 지나가는 북반구 당신은 여전히 한 입 베어 먹은 사과를 선호합니까? 사과 아닌 사과도 없지만 사과인 사과는 더욱 없지요 서쪽 아닌 서쪽도 없지만 서쪽인 서쪽은 더욱 없는 것처럼 봉쇄된 우물…… 적막이지요 온몸이 커튼인 깜깜한 밤이 저기 옵니다 덜컥이는 틀니 아니, 사과 얼마죠?
>
> ─「사과 얼마예요」 전문

조정인에게 사과는 생(生)과 사(死)의 소실점과 같은 것이다. 사과를 중심으로 세계의 풍경들이 배치된다. 새가 날개를 펼쳐 하늘을 날고, 책장이 우연히 부서지고, 호루라기 소리, 길게 들리고, 붕대가 휴지 타래처럼 너풀거리며 풀려난다. 사과가 이러한 삶을 정확히 꿰뚫고 있는 것은 이 모든 행위와 하나로 포개어지기 때문이다. 사과는 이렇게, 보고, 듣고, 표현하고, 묘사하는 중심, 그 핵, 씨앗, 기원이 되어, 고유한 삶을 갖는다. "인류라는 무정형의 얼굴에 던져진 원죄의 돌멩이 픽!", 여기서 날아온다. 사과는 사과가 아닌 적이 없지만, 사과만은 아니다. 그것은 살고 늙고 죽고, 그러면서 자기 몫이 정해지지 않은 주검처럼, 말을 할 수 없는, 말로 표현될 수 없는, 혹은 알 수 없는, 꼬리를 물고 늘어선 질문과 물음의 타래 들과 하나로 엉겨 존재한다. 이 '알 수 없는' 섭리와도 같은 것, 저 섭리에 말의 무늬를 입혀, 그것을 머금고 있는 대상의 적막과 침묵을 시인은 이렇게 끄집어낸다. 사과를 따라 시인이 "봉쇄된 우물…… 적막"에 당도한다고 표현한 것은 바로 이 때문이다. 먼 곳의 거처가 이렇게 이 세계에 편재하는 동시에 순간과 순간의 조각물처럼, 이음새처럼, 시인의 입술에서 흘러나와, 이접된 사건들처럼, '알 수 없음'의 기원처럼 현실에서 펼쳐진다.

> 감은 눈 속으로 물이랑이 밀려든다. 물가에서 그는 그를 넘어선다. 확장된다. 마음의 발생이여. 이것은 누구의 돌연한 개입인가. 망자의, 허공을 응시하는 눈동자가 산 자의 눈동자 속으로 뜨겁게 들어왔다. ─ *나는 지금 네가 아프다. 그는 y의 눈꺼풀을 느리게 감겼다.* 아니, 그의 눈꺼풀을 쓸었다. 손바닥 가득 타인의 눈꺼풀이 들어왔다. *세계의 재배열이 이루어지는 느린 순간이었다.*
> ─「Angel in us」 부분

섭리의 '알 수 없음'의 순간을 조정인은 "*세계의 재배열이 이루어지는 느린 순간*"이라고 부른다. "이것은 누구의 돌연한 개입인가"는 물음이지만 따라서 물음이 아니다. "모과"(이하 「모과의 위치」)도 마찬가지다. "한 덩어리 의혹을 내밀며" 저기 존재하는 "모과"는 "사물이 지닌 기쁨의 흘수선을 파드득 치고 날아오르는 조무래기 천사"와 이별을 한다. 이별 후, "지층의 그늘을 표면으로 다 우려낸 지상의 마지막 얼굴 같은 모과"가 남겨진다. 새는 날아가고, 소음은 제거된다. 고요하다. 사방이 정적에 사로잡혀 있다. 모과 몇 덩어리가 있을 뿐이다. "한 고요가 한 고요에게 건너오는 이 수평적 평온은 어디서 오나"와 같은 이 물음은, 그러니까 '알 수 없는' 섭리에 관한 것이다.

바벨 이후

한 줄 문장이 잠의 베일을 걷고 나를 바라보았다. 문장은 맑은
금빛으로
타오르기 시작했다. 그것은 창세기보다 먼, 어느 망각기의 들판에
내가 흘리고 온 언어의 꽃가지.

고독의 흰 목을 드러내는 방식으로 신은 말을 발명했다. 그의 떨
리는 성대에서 싹튼
첫, 발성으로부터 말은 나를 꿈꾸고 예감하고 나를 수소문해 오고
있었다. 누구라도, 세상이 같은 말을 쓰던 단순하고 아름다운 기
원에서 온
빛의 낱말들을 쓰는 시절이 있지만 이내, 언어의 슬픈 살점들이
고함을 치며
모였다가 흩어지는 바벨의 붕괴를 맞게 된다.
　　　　　—「책이 왔다」 부분

320

"책"은 이 붕괴 이후의 언어이며, 붕괴 이후, 떠돌아다니며 흩어진 그 언어의 가짓수만큼이나 "고립이 참혹한 인간"이 "발명"한 것이다. 책은 "쓰는 자들의 불면과 불면에서 뻗어 나온 움직이는 뿌리 같은/열 손가락의 열애"의 산물이다. 시집의 마지막에 배치한 장시 「그날, 상상할 수도 없이 먼 그곳의 날씨와 어린 익사자의 벌어진 입에 대한 서사」[3]에서 조정인은 신에게서 비롯된 인과성의 총체인 이 세계–역사를 인류사적으로 그려낸다. 성서와 역사라는 '문맥의 이중화'는 '섭리'와 이 섭리의 '알 수 없음'의 인유로 가득 채워진다. 그 중심에 필경, 창세기의 신화를 품고 있지만, 이외에 창조의 신화들을 인유의 산물로 전환해내며, 작품은 '병치적 융합'의 절정을 보여준다. 에덴에서 '선악과'를 취한 후, 인간이 주체적으로 의식하고 판단하는 존재가 된 계기를 담고 있는 대목을 살펴보자.

> *침묵이 그토록 오래 꿈꾸어 온 그. 침묵이 포갰던 입술을 떼자, 그가 천천히 눈을 떴다. 그는 소년을 막 벗어난 앳된 사내인 채 흙에서 깨어났다. 그가 깨어남으로 세계는 비로소 완성되었다. 침묵은 그를 '나의 숨, 나의 말'이라 불렀다. 숨은 침묵의 첫 발설. 흙에서 소출된 것들에 붙여진 첫 이름. 빛에 대한 기억의 밀물이 그를 발끝부터 적셔 왔다. 그런데 대체, 여기는 어디인가?*

> *둘러보렴, 숨. 저 높은 궁륭을 무엇이라 했더냐? 침묵이 물었다. 흙이 꽃을 기억해 내고 꽃을 내놓듯 그가 하늘……이라 대답했다. 숨의 입속엔 말들의 씨앗이 물려 있었다. 침묵은 그가 명명하는 것*

---

3 조재룡, 「바벨의 후예, 비애의 기원」, 『한 줌의 시』, 문학과지성사, 2016, pp. 557~73에서 일부를 참조.

들의 이름을 가슴에 새겼다. 때가 익어 이름에 맞춤한 형상을 준비한 씨앗들은 저마다 호명을 기다렸다. *하늘, 그것은 봉인된 빛에 대한 첫 발설. 말의 위임자인 그가 호명한 백양나무는 백양나무라는* 기억의 은빛 날개를 퍼덕여 곧장 백양나무에게로 날아 앉았다. 망각의 바위를 깨트리고 나온 사물들은 첫, 말의 빛으로 눈이 부셔 어쩔 줄을 몰랐다. 그는 고원과 사막, 목초지를 돌며 움직이는 '것들—Things'을 일일이 방문했다. 방문을 받은 '것들'은 망각의 우리를 뛰쳐나와, 빛의 지시대로 이름을 얻어 뿔뿔이 흩어졌다. *사자,* 라고 불리자 네 발을 활짝 펼쳐 우리를 뛰쳐나가는 수사자의 금빛 포효를 나는 잊을 수 없다. *일테면 그는 말의 사제. 깜깜한 사물들의 정수리를 내리치는 빛의 망치를 가진 자. 침묵의, 빛에 관한 음성적 상상은 이렇듯 하나하나 이루어지고 있었다. 침묵은 말의 거처. 그곳에는 말이 없고 음성적 가능태만 있었으니, 이 모든 과정은* 실은, 침묵이 스스로에게서 스스로를 호명하는 일이었다. 바람이 이 모든 일을 지켜보았다. 그것은 바람의 소임.

"침묵"은 신의 또 다른 이름일 것이며, "포갰던 입술을 떼자"는 신이 인간을 자신과 분리한 순간을 말하는 것이기도 하지만, 무에서 우주를 창조하는 『요한복음』의 첫 문장 "태초에 말씀이 있었다"와 다른 것은 아니다. 그렇게 해서 피조물인 "그가 천천히 눈을 떴다." 그에게는 "기억"이 생겨났고, 신은 문답으로 이 피조물에게 "하늘"이라고 대답하게 한다. 주위에 존재하는 사물을 명명하는 방법을 신은 몸소 인간에게 가르친다. 이렇게 해서 인간은 말을 할 줄 아는 존재가 된다. 피조물의 언어는 사물과 이 사물을 말하는 자의 생각(관념, 정신)을 직접 매개하는 성격을 지닌 언어일 것이다. 사물에 이름을 붙이는 순간, 사물이 '의미'의 세계로 안착하게 된 것은, 피조물이 구사하는 말에 "숨", 그러니까 신의 숨결이 담겨 있기 때문이다. 그것은 "이름에 맞춤한 형상을 준비한 씨앗들"이 애초에 담긴 사물이기에 *말의 위임자인 그가 호명한 백양나무는 백양나무라는 기억의 은빛 날개를 퍼덕여 곧장 백양나무에게로 날아 앉*"는다. 즉, 발화와 동시에 사물은 제자리를 찾고 존재에 오롯한 의미를 부여받는다. "그"는 바벨이 붕괴된 이후 인간에게 주어진 소통이 불가능한 언어가 아니라, 아담의 언어, 말이 곧 진리인 언어의 소유자이다. 신이 인간을 가장 나중에 창조했다고 하는 것처럼, 발화되기 이전에 존재하고 있었던 세상의 사물들은, 이제 오로지 말로 인해, 명명한 자와 직접적인 관계를 맺게 되며, 그것을 시인은 "망각의 바위를 깨트리고 나온 사물들은 첫, 말의 빛으로 눈이 부셔 어쩔 줄을 몰랐다"라고 적는다. 인간은 이제 제 말로 의미를 부여받게 되는 이 세계를 "일일이 방문"했는데, 그가 호명하면 "망각의 우리를 뛰쳐"나오고, 명명된 세상의 존재들은 제 "빛의 지시대로 이름을 얻어 뿔뿔이 흩어졌다." 신에게서 탄생한 인간은 사물을 호명하면서 사물에 기억을 회복해주고 사물과의 주관적인 관계를 창조해내는 신의 매개이다. 그는 아담의 언어를 구사하는 자, 오로지 *말의 사제*의 자격, 그러니까 애당초 언어로 신의 의지를, 신의 판단을, 그렇게 섭리를 세계에 매개하는 존재, 그럴 자격으로만 인간일 수 있는 존재이며, 조정인은 인간-언어-사물의 관계에 대한 이 성서적 해석을 *깜깜한 사물들의 정수리를 내리치는 빛의 망치를 가진 자*"와 "사자, 라고 불리자 네 발을 활짝 펼쳐 우리를 뛰쳐나가는 수사자의 금빛 포효"라고 마무리한다.

　　숨이 다니는 길목에 매복해 있던, 우연이라는 때가 그늘에서 쉬고 있는 그에게로 다가왔다. 먹음직한 미혹을 내밀었다. 미혹의 과육을 한입 베어 문 숨은 깊은 잠에 빠져들었다. 잠의 지하 수로를 따라 그는 침묵이 거하는 신전에 들게 되었다. 미궁이라는 이름의

신전에서 그를 기다리던 침묵이 *그에게 검은 열매를 건넸다. 그가 받아든 그것은 죽음. 다른 이름은 망각. 또 다른 이름은 유예된 빛. 알 수 없는 것에 대한 짙은 그리움과 외로움, 가파른 허기를 불러일으키는 한 주먹 열매를 쥐고 그는 잠에서 깼다.*

배고픔을 모르던 그에게 처음으로 허기가 찾아왔다. 허기를 메우기 위해 갖고 있던 열매를 움켜 먹었다. 그것은 결코 줄지 않는 열매. 허기는 도처에 빽빽한 숲을 이루어 그를 막아섰다. 어깨에 구럭을 둘러멘 그는 허기의 숲을 뒤졌다. 그에게 수에 대한 식별이 찾아오자 그가 부여한 모든 이름들은 서서히 빛을 잃고 어두워져 갔다.

인간은 "우연"에서 자유롭지 못하다. 그는 시간의 굴레에 갇힌 자다. 시간이 존재한다는 것은 인간이 생로병사의 부침 속에서 살아가게 되었다는 것을 의미한다. 계시의 말투와 비의를 기록하는 어법을 통해, 시에서 모든 것은 공교로운 사유의 대상으로 살아난다. 시인의 비유는 성서적이며, 구약은 물론, 『요한복음』이나 『욥기』에 그 맥이 닿아 있다. 성서적이라는 것은, 여기서, 깨달음을 고지하는 잠언의 문장과 부비트랩을 숨겨놓은 것과 같은 상징체계의 활용을 통한 '문맥의 이중화' 속에서 시가 구동되고 있다는 것을 뜻한다. 가령, "*깊은 잠에 빠져들었다*"처럼, 인간이 죽음을 인식하게 되었다는 사실에 대한 인유가 빈번하다. 가령, 죽음을 맞이할 수밖에 없는 삶을 경험적으로 터득하면서 인간이 "침묵이 거하는 신전에 들게 되었다"처럼, 태초에 인간이 떠나온-추방당한, 신의 세계가 지금-여기의 인간에게 반드시 출입이 금지된 곳은 아니라는 사실에 대한 암시가 그러하다. 나아가 신이 제게 건넨 "검은 열매"를 받아먹은 인간이 이 열매가 때가 되면 제 숨을 거두어 가려는 죽음의 통지서인지 알지 못하는 "망각"도 함께 취했다는 비유 역시 그렇다고 볼 수 있다.

필멸의 존재가 된 인간은 "허기"에 시달리며 매번 이 "검은 열매"를 반복해서 섭취하며, 죽음과 망각의 존재가 되어, "*알 수 없는 것에 대한 짙은 그리움과 외로움*"을 품은 채, 먹을 것을 구하기 위해 사냥을 해야 하는 운명을 살아내야 한다. 이후 인간은 "수에 대한 식별" 능력을 갖추게 되었다. 그러자 태초에 신의 의지에 따라 제가 이름을 부여한 세계의 모든 피조물은 "*서서히 빛을 잃고 어두워져 갔다.*" 태초에 수는 필요하지 않았을지도 모르며, 계산도, 따라서 욕망도 존재하지 않았을 것이다. 무한의 세계에서 내쫓겨 계산 능력을 갖춘 인간은 이제 시간 속의 세계를 살아야만 할 것이다. '수'를 필요로 하지 않는 곳-가닿을 수 없는 곳은 물론 신전(神殿)이다. 사물을 헤아리고 그 이치를 따지며, 눈에 보이지 않는 것을 헤아릴 수 있게 되면서 인류는 관념의 세계로 진입한다. 수의 세계는 사실, 날지 못하는 한 마리 잠자리를 들판에서 잡는 것만큼이나 간단해 보일지도 모른다. 그러나 바로 수의 세계에서 인간을 기다리는 것은 욕망이며, 욕망은 성취하거나 성취할 수 없음으로 인해, 인간을 감정의 화신으로 만들어버린다. 수는 슬픔의 세계이기도 하다. 조정인은 인간이 이렇게 해서 "*숨은 동굴 깊숙이에 잠든 슬픔*"을 발견한다고 말한다. "슬픔은 그의 어미"이자 "그의 DNA"이며, "*애도하는 인간*"이 이렇게 탄생한다. 슬픔의 발견이 "결정적 실수. 혹은 결정적 업적"인 것은, 감정을 느낄 수 있는 인간의 특성이 바로 이 "슬픔"에서 비롯되었기 때문이다.

시는 언어와 호명, 기억과 우연, 문명 속에서 인간에게 깃든 감정을 시적 모티프로 삼아, 인류사를 재구성하려는 듯, 사유의 주요 지점들을, 섭리의 지형을 비유를 통해 짚어내며, 지금-여기 차가운 문명 속에서 살아가는 바벨의 후예의 눈에서 흘러나오는 비애를 포착한다. 전지

적 시점에서 간혹 이탈하여 시에서 벌어지는 문명사적·비극적 행위를
직접 수행하는 화자의 자격으로 시인은 시의 내부로 파고든다. 실제
한국에서 벌어졌던 비극적 사건들이 이 이중화된 맥락 속에서 비극과
참혹을 쏟아낸다. "죽음이 창궐하는 계절"이 반복되며, "*피에 젖은 상
형이 흙바닥에 새겨지는 순간*"을 쏟아내는 이곳, "*인류라는 눈부신 결
합이, 위대한 비애가 기숙하는 별*"에도, 한 송이 꽃이 피고 질 것이다.
피고 지는 이 한 송이의 꽃에도 신의 섭리가 자리하지만, 그러나 우리
는 이 '알 수 없음'의 그것을 잘 보지도, 느끼지도, 이해하지도 못한다.

"세계라는 대형 화면"이 펼쳐진다. 여기에 어떤 진리가, 진리의 말
이 우뚝해, 진리를 표상하고, 진실을 알려주고, 비의를 드러내고, 비극
의 원인과 존재의 이유를 넌지시 알려주는, 그런 순간이 있어, 우리의
의구와 의혹에 답하는 구심점으로 우리를 하나로 불러 모으지 않는다.
오로지 "기이한 실루엣"만이 어른거리며, '알 수 없음'을 수행하는 섭
리의 그림자만 덩그러니 주어질 뿐이다. 이 세계에서, 조정인은 "*태초
의 꿈으로부터 시작된 한 줄*"을 붙잡아, "*이 거리를 흐*"르고 있는 저
섭리, 그 '알 수 없음'의 "기나긴 문장"을 쏘아 올리려, 삶을, 생을, 시간
과 땀과 타자와 자신, 이 모든 것을 바친다.

> 지상의 어떤 종족은 살아서 제 장례를 치르고 살아서 제 고독의
> 전면과 마주 선다, 살아서는 마칠 수 없는 머나먼 문장 앞에 선다
> ─「해변의 수도승」 부분

삶에 고여 있는 이 순간들, 섭리의 솟구침은, 너무나도 눈이 부셔, 차
마 주시하는 게 가능하지 않은 하얀 극점과 같을 것이다. 그러니까 그
것은 "신과 함께 늙었거나 매순간 다시 태어나는 색"(「그 많은/흰,」)이
면서, "태어나면서 스스로의 빛에 찔려 눈이 머는 색"과 같거나 잴 수

없으며 미루어 짐작할 수 없는 어떤 그늘, 거기, 저 컴컴한 어둠에 불을 사르고, 그렇게 사른 불꽃이 다시 지는 순간처럼, 오히려 너무나 컴컴해서, 보았다고 해도, 그 사실조차 알아챌 수 없는, 오로지 시계(視界)를 지워낸 자의 눈에만 포착되며, 오로지 시계를 벗어난 자에게만 그 드러남을 허용할지도 모른다. 시인은 "당신이 두고 간 마지막, 텅 빈 색"을 열고 들어가, "색과 소리, 모든 몸짓과 말의 바탕"이었던 언어의 시원을 매만지며, "염료를 구하러 온 눈먼 염색공"이 되어(「무성한 북쪽」), 매일, 그리고 매일 밤, 시를 고치고 또 고치면서, 죽음을 체험하는 문자를 깁고, 지독한 고독의 숨결을 새로운 문장에 불어넣는다. 시인은 이 문장이 "끝내 완성되지 않을 것"이라는 사실을 벌써 알고 있다.

[2019]

특이점의 몽타주, 들끓는 타자

— 정채원의 『제 눈으로 제 등을 볼 순 없지만』

다중의 시선, 다가성의 화면

정채원의 시는 규정되지 않는다는 점에서 특이하다. 규정되지 않는다는 것은 시가 '틀'을 벗어나 있다는 뜻이기도 하지만 해석의 괄호를 자주 지워낸다는 점에서도 그렇다고 해야 할지 모른다. 점묘(點描)와 모형(母型) 등이 주를 이루어 '게슈탈트'라고 우리가 부를 무엇을 구현하는 과정을 여실히 보여주며 시집은 문자와 문자, 문장과 문장, 단락과 단락 들이 끊임없이 서로를 잇고 덧대면서 폭발하듯, 그러니까 예기치 않게 형성되는 조직-구성-짜임을 읽는 곳으로 우리를 안내한다. 지워진 괄호의 틈새로 강렬한 이끌림이 자리하는 것은, 행과 행, 연과 연, 시와 시 사이에 연결된 끈이 존재하나, 그 선이 실상, 실선이 아닌 점선의 형태를 띠고 있기 때문이다. 시집 『제 눈으로 제 등을 볼 순 없지만』(문학동네, 2019)의 어휘와 통사는 어김없이 굽어 있다. 시인은 이 곡선들을 재고, 헤아리고, 숙고한 끝에, 하나의 지점에서 다른 지점으로 더듬거리듯, 경쾌하고도 진지하게 전진을 꾀한다. 손끝에서 흘려보낸 문장 하나, 또 단어 하나가, 모이고 헤어지고 뭉치고 결별하는 일련의 작용을 통해, 점(點)의 그물망처럼 촘촘히 짜인 거대한 파노라마 하나를 펼쳐낸다. 정채원의 시에서 파노라마를 마주하는 순간은 우리가 한 걸음 뒤로 물러나게 되는 순간이기도 하다. 우리 앞에 윤곽이 펼쳐지는 것이 바로 이 순간이기 때문이며, 그제야 우리는 전체에 시선을 빼앗길 뿐이다. 시에는 이렇게 이음매가 없다. 대신, 겹겹이 포개진다. 시는 다중(多重)의 시선으로 촉발되는 다가성(多價性)의 화면과도 같다.

변심한 연인을 찌른 당신의 칼날에
장미가 문득 피어났다
칼날을 적시며
장미가 무더기로 피어났다

꽃잎이 닿는 순간
살도 뼈도 녹아내린다
무쇠 덩이도 토막이 난다

쓰러뜨린 얼룩말을 뜯어먹는
사자의 붉은 입처럼
장미는 점점 더 싱싱해진다
백 년이 지나도 시들지 않겠다는 듯

부드러운 혀로 도려낸 심장들이
담장에 매달려 너덜거리는 6월

갓 피어난 연인들은 뺨을 비비며
서로의 가시를 핥고

밤새 바람을 가르던 칼날 위로
변심한 장미가 빼곡하게 피어났다
어느새 칼날을 다 삼켜버린
핏빛 장미가 무더기로 피어났다.
　　　　　　　　　　　　　　——「장미 축제」 전문

　"변심한 연인을 찌른" 칼날에 묻어 영롱히 흐르는 피는 그 색이 붉고, 또 잠시 고여 매끄러운 저 금속 결을 타고 아래로 뚝뚝 떨어진다. 투명한 칼날에 흘러 번져난 피의 이미지가 연상에 힘입어 붉은 장미 잎을 백지 위로 불러낸다. "장미가 무더기로 피어났"다는 것은 축제를 즐기러 온 수많은 사람이 겪었던 숱한 경험에 대한 유추일 수 있으며, 이미지가 삼키고 뱉어낸, 모종의 사연을 집약한 서술일 수도 있다. 비교적 순조로운 연상과 유추는 그러나 여기까지다. 더 이상 연상과 유추의 괄호는 채워지지 않는다. 문제는 이 붉은 꽃잎이, 언제건, 무엇이건, 제 색으로 물들일 줄 안다는 데 있다. 그러나 우리는 이를 이미지의 단순한 확장이라고 말할 수는 없다. 차라리 그것은 일종의 포갬, 정확히 말해, 포개어 깨트림, 그러니까 유추-유사-연상-시간-공간-추체험 등, 흐름에 따라 자연스럽게 노정되는 저 이음매의 틀 자체를 전복시키고야 마는 특이점이 창출되는 순간에 가깝다고 말해야 한다. 장미(대상)-피(본질)-얼룩(형태)은 텔레비전 화면으로 들어가 "얼룩말을 뜯어먹"은 "사자의 붉은 입"과 포개어지는가 하면, 세월과 시간을 무지르며, 과거인지 현재인지 또 미래인지 모호한 상태에서 "너덜거리는 6월"의 어느 날로 달려가, 한 번 더 "담장" 위로 오롯이 펼쳐 "부드러운 혀로 도려낸 심장들"을 돌연 피워내며 눈부시게 전이한다. 담장에 빼곡하게 피어난 장미가 "뺨을 비비며/서로의 가시를 핥고" 있는 "갓 피어난 연인들"과 재차 포개어진다. 이미지의 포개짐은 이렇게 "핏빛 장미가 무더기로 피어났다"에 이르러, 대상-본질-형태의 근본적인 전이를 실현하며 화들짝 절정을 맞이한다. 환유는 일부를 쥐고 행과 행, 연과 연 사이로 재빠르게 이동하면서 상상력의 극치를 보여주지만, 오히려 중심을 이루는 대상-본질-형태의 근본적인 전이는 전적으로 이 갑작스러운 포갬, 그러니까 몽타주의 구성 방식에 달려 있다. 몽타주는 유추의 결과를 보여주는 데 만족하는 것이 아니라, '피 묻은 칼날'-'붉은 장미'-'붉은 사자의 입'-'부드러운 혀로 도려낸 심장'의 예기치 않은 충돌을 견인해내면서, 각각의 대상-본질-형태에서, 존재하지 않았던 부가적이고 창조적인 의미망을 그려 보이는 데 일조한다. 시를 한 편 더 읽는다.

> 수면제를 한 움큼 입에 털어넣었다
> 몇 해 전 자살한 여배우가
> 스크린 속에서 오늘도
> 응급실에서 다시 깨어났다
> 우연히 들러 119를 불러주던 친구도
> 이젠 은퇴했겠지
>
> 그녀의 무덤 위 풀을
> 봄비가 다시 깨우고
> 공원묘지 끝
> 바다가 보이는 언덕
> 바다 쪽에서 불어온 바람이
> 몇 번 회오리치다
> 다시 바다 쪽으로 몰려가고

남녀 주인공이 서로 다른 방향에서 달려와
만나고 첫 고백을 하던
그리고 헤어져 떠나던
영화 속 그 가파른 언덕처럼

영화가 끝난 뒤
부스스 깨어나
저마다 다른 방향으로 흩어지던 관객들처럼

아무것도 부둥켜안지 않은 바람이
떠나며 쓰다듬는 가설무대

전생의 원판을 넣은 환등기처럼
햇빛이 한동안 무덤을 비추면
남녀 주인공이 또다시 달려나오고
그녀 손에 들린 꽃다발과 그의 모자 사이에서
한 무리의 새떼가 날아오르고
　　—「영화처럼」전문

　　"수면제를 한 움큼 입에 털어넣었다"는 자살한 여배우가 그런 것인
지, 그것이 화자의 행동인지 정확히 구분되지 않는 상태에서 시의 첫
문장으로 주어진다. "공원묘지 끝/바다가 보이는 언덕"에 위치한 "그
녀의 무덤"은 현재 시점의 서술이며, "영화 속 그 가파른 언덕"과 포개
지면서 모종의 충돌을 빚어낸다. "영화가 끝난 뒤/부스스 깨어나/저마
다 다른 방향으로 흩어지던 관객들"의 시선이 아직 머물고 있는 "가설
무대"가 여기에 추가되면, 시는 이상한 물결에 몸을 맡겨 출렁이고, 날

개를 달고 하늘로 날아가기 시작한다. 영화 속에서 살아 연기를 하는 여배우, 그러나 현재에서는 자살한 여배우를 과거 어느 시점에서 화자가 이 여배우가 출연한 영화의 장면을 지금-현실의 눈으로 바라본다는 설정으로도 첫 연의 미스터리는 풀리지 않는다. 몽타주를 충돌시키듯 구현된 서로 상이한 시간의 포개어짐, 인과성을 결여한 행위들이나 이질적인 장면의 이접(離接)은 정채원의 시에서 좀처럼 일어날 수 없는 일들, 존재할 수 없거나 존재하지만 설명할 수 없는 것들, 시각으로는 볼 수 없지만 볼 수 있는 가능성에 노출된 것들이, 단단히 묶여 있던 제 확실성의 사슬에서 풀려나오는 커다란 단초를 이룬다. 바로 이러한 방식으로 "전생의 원판을 넣은 환등기"가 지금-여기에 켜지고, 그리고 나면, 거기서 "남녀 주인공이 또다시 달려나"오고 "한 무리의 새떼가 날아오"르기 시작하는 것이다. 일련의 행위는 따라서 현재의 행위인지, 사실에 부합하는 묘사인지, 혹은 상상을 기록한 결과인지, 그 구분 자체가 모호한데, 오히려 중요성은 여기에 있다. 바로 이와 같은 이상한 체험, 기이하고도 낯선 경험을 시적 실천의 반열에 올리면서 폭발하듯 몽타주의 특이점이 발생하기 때문이다.

포갬-깨어짐, 특이점의 몽타주

정채원의 시에서 대립적 몽타주의 충돌로 파생된 대상-본질-현상의 전이나 전(前)-미래적인 사건의 실현은 초현실적인 세계에로의 시적 구현이라기보다 오히려 '버추얼적인 것'[1]의 제시, 혹은 그것의 실

---

1 'Virtual'의 번역어. 'Virtual'은 '잠재적', 즉 지금까지 현실화되지 않은 무엇이나 현실화될 수 있는 가능성을 머금고 있는 무엇과 '가상적', 즉 현실에는 존재하지 않지만 컴퓨터상에서 구축된 무엇 등을 의미한다. '버추얼적'-'버추얼화'-'버추얼성'은 맥락에 따라 '잠재적', 혹은 '가상적'이라

천-실현이거나 모호성-애매성을 통해 가닿는 미지의 언저리, 그것의 기록에 오히려 가깝다. 다시 말해, 그것은, 이룰 수 있었으나 이루지 못했던 무언가가 백지에 기록되는 일이며 "끊임없이 진화중인 블랙홀 속"(「도망자」)에서 머물고 있던 것들을 호출하는 방식이자, 지각과 망각 사이 어느 지점에 고여 있던 애매한 신경의 촉수들을 현실의 화면에 구겨 넣어 들여다보는 도구이며 "기쁨과 분노와 슬픔이 섞여 울퉁불퉁한 미소를 피워내기도 하는 심해"(「딥 페이스Deep Face」)로 잠수를 하거나, 현재 서술에서 갑자기 튀어나온 화면 하나를 비끄러매 "구불구불한 유년을 기어오르던 계단" 저 위 과거로 달려가, 저기와 여기, 과거와 현재를 이접하듯 붙잡아 죽기 직전에 솟아나는 아우라와 같은 파편의 "신음 소리"를 "망치질"(「방진막」)의 공명처럼 기록하는 일을 가능하게 해주는 근본적인 수단이자, "단두대에서 잘려나간" "머리통의 두 눈"이 잠시 "껌벅"이는 저 "육 초"간 순간의 사정을, 이 머리에 달린 귀가 가족의 울음을 듣고 간다는 현실-나의 이야기와 충돌시켜 "시간의 목에 칼금을 긋는 동안"(「머리에서 가슴 사이」)을 마치 플래시백처럼 포착하고, 드러내며, 기록의 반열에 오르게 할 가능성을 타진해나가는 누빔 점과도 같은 것이다. "두 개의 번개가 동시에 머리 위로 떨어"지듯, 이질적인 것을 서로 포갠 말들로 명멸하듯 번져나가는 기이한 사태를 받아내고 "보이지 않던 것이 얼핏 보일 때"까지 부지런히 "시간과 공간의 벽을 뚫"(「벌레구멍」)으려 하는 행위와도 같다고 할까? 정채원에게 몽타주는 유사한 이미지들을 연결하는 단순한 기법이 아니라, 상상력과 주관성이 개입한 틈새를 열어 보여, 구현할 수 없는 것들을 구현하고, 이룰 수 없다고 여겼던 것들을 실천의 반열에 오르게끔 경이로운 입을 달아주는 데 바쳐진다.

는 의미로, 간혹 이 둘의 의미를 동시에 함축한다.

334

잠도 공중에서 잔다는
짝짓기도 허공중에서 한다는 칼새처럼

칼집은 너무 깊지도 얕지도 않게
재빨리 십자로 스윽

비명 새어나오지 않도록
어둠 속에서 혼자 발효되도록
차가운 방에 한동안 들어가 있어

포장을 벗어버린 생각들이
저희들끼리 밤새 치고받으며
절망이야 아니야
꼬집고 쓰다듬다 마침내
칼집을 부둥켜안고
반죽은 한껏 부풀어올랐네
다 놓아버리는 순간

칼새는 바람에 날려다니는 지푸라기를 모아 침과 섞어 집을 짓
는다지

새살이 차올라 저절로 딱지를 떨굴 때처럼
빵껍질은 노릇노릇 구워졌네
몰라보게 깊고 넓어진 칼집들
어떤 건 키르케고르 입술 같고

어떤 건 화살표 같네, 뜨거운 오븐 너머

사랑은 변하고 환상은 깨어지며 비밀은 폭로된다

칼새가 내 심장을 스치고 날아가네

빵냄새에 코를 박고

빵을 한입 가득 베어 무는 시간

　　　　—「칼집 넣은 빵」 전문

　'칼새'와 '칼집'은 '칼'이라는 음성적 유사성을 제외하면 공통점이 없다. '칼새'는 허공을 날고 '칼집'은 '반죽' 어디쯤, 윗부분에 새겨진다. 각각 지상에서, 대상에서, '떠' 있다. '떠 있다'에서 칼새와 칼집이 서로를 마주할 연결점, 바로 그 희미한 점선이 생겨난다. 반죽에 칼집을 내는 작업은 칼새가 공중에서 짝짓기하는 모양새와 절묘하게 포개어진다. 칼새와 칼집이 "너무 깊지도 얕지도 않게/재빨리 십자로 스윽"과 같은 행위를 이접해내는 동시에 낯선 방식으로 공유하면서, 말의 경제성이 시에서 경쾌한 리듬을 만들어내기 시작한다. 칼집을 낸 빵 반죽은 발효될 때까지 냉장고에 넣어둘 모양이다. 발효될 때까지 반죽은 숙성되기를 기다릴 것이다. 반죽에는 포장이 없다. 반죽은 "포장을 벗어버린 생각들"을 가지고 서로 치고받고 토론을 하며, 제 고민을 한 움큼씩 털어놓는다. 고유한 성분의 변화를 거쳐 발효에 이르려면 반죽은 화학작용을 필요로 한다. 이것이 반죽의 입자들에게는 "절망"일 수도 있다. 갑론을박이 있은 후("꼬집고 쓰다듬다 마침내") 시간이 흐르니, 입자들은 서로 하나가 될 운명을 거부할 수 없는 처지에 이른다. 자기들 몸에 새겨진 저 표식, 그 칼집을 새긴 채("칼집을 부둥켜안고") 한 덩어리가 되어 냉장고 안에서 차츰 부풀어 오른다. 화자의 이인칭 명령 투로 냉장고에 들어가게 된 반죽은 고민을 주고받다가 이어 고백체로 변주되면서, 화자와 삼투하는 일에 착수한다. 이렇게 "다 놓아버리

336

는 순간"에 이르러 우리는 앞서 기술되었던 칼집 난 반죽이 발효를 기다리며 갖게 된 고민과 고통과 절망과 울음 저 안으로 시인이 어느새 들어가 있다는 사실을 알게 된다. "다 놓아버리는 순간" 이후, 다시 화자는 칼새가 "지푸라기를 모아 침과 섞어 집을 짓는다지"라고 이어받아 방백 투로 말한다. 칼집을 새긴 반죽이 익어 빵이 되려면 이제 오븐에 들어가야 한다. 그리고 얼마 후, 잘 구워진 빵이 완성되었다. 빵에는 "키르케고르 입술" 같은, 죽음에 이르는 병과 같은 흔적들이 새겨져 있으며, 구워지며 벌어진 칼집의 깊이와 너비는 배가된 동시에 거기에는 "칼새가 내 심장을 스치고 날아가"는 순간이 시간-공간-기억을 이상하고도 기이한 공존 상태로 머금으면서 각인되어 있다.

거꾸로 매달려 말라가는 꽃과
꽃병 속에 발을 담근 채
서서히 곯아가는 꽃이
서로 마주보고 있다

목이 타들어가는 입술 속에서
촉촉이 젖은 주름투성이 입술이
열렸다가 다시 닫힌다

거꾸로 매달려 말라가는 것은
제 침묵의 형식을 지키려는 것

까마득한 봄을 그녀는
꽃잎 하나도 떨구지 않은 채
그대로 박제하는 중이다

목젖이 보일 때까지 흐드러지게 웃어본 장미가
꽃병 속에서 하루하루 발가락이 검어지는 동안
입술이 떨어져나가는 동안

아직 향기를 기억하는 바람 속에
꽃잎의 웅얼거림이 환청처럼 밀려오고 밀려가고

방부 처리된 시간을 한아름 안고
병상에 누운 그녀에게
막 피어나는 장미를 한 다발 들고 온 딸
죽은 꽃병을 비우고
차가운 물을 가득 채운다

입술의 지문은 나선형으로 구부러진
계단을 말없이 올라간다
──「입술의 형식」전문

시계는 오늘도 소란하게 죽어간다
두 개의 바늘을 제 살에 꽂고
신음 소리, 째깍째깍
구름에 매달린 링거는 보이지 않아도
나날이 수액이 줄어들고, 수명이 줄어들고

시간이 마르는 소리에 잠 못 이루는 밤
혼자일수록 더 잘 들리는 시간의 들숨과 날숨
시간 너머로 시간을 보내도

시간의 검은 문은 어김없이 열리겠지
소리 없이 신음하는 자가
더 아프겠지, 피가 마르겠지

잉크가 마르고 있다
써지지 않는 볼펜을 꾹꾹 눌러쓴다
잉크 없이 쓰는 글자가
더 선명하다, 지워지지 않는다
기억 너머로 기억을 보내도
기억은 어김없이 돌아온다. 툭, 툭,
피어나는 봄꽃을 막을 수 있나
　　　　　　　　　—「무음 시계」 부분

　정채원의 시는 바로 이런 방식으로 "셀 수 없는 정지화면"이 겹겹이
"모여 한 생애가 되"(「스틸」)는 순간들을 팽팽한 긴장의 사건으로 그
려내며 "평범한 그 안에서/비범한 그를 포착하는 순간"(「달아나는 자
화상」)을 한껏 그러쥐고, "절룩거리면서도 빠른 템포"의 말들을 부려
"긍정과 부정 사이를 오"(「파라다이스 리조트」)가며, 삶의 고비마다 망
설임 없이 엎질러지면서, 죽음과 삶에서 마모된 형태의 기억들을 불
러 모은다. 자명한 구분은 여기서 금이 가기 시작한다. 침묵과 발화, 죽
음과 삶, 타자와 자아, 과거와 현재 등을 가지런히 나누어 가로막는 방
벽에 구멍이 나고, 규정될 수 없는 것들, 정의될 수 없는 것들, 과거-
현재-미래에 공존하는 나를 타자들의 들끓는 외침으로 받아낸 언어의
행렬들이 이 틈새를 메우면서, 대상과 주체, 꿈과 현실, 의식과 무의식
의 경계를 지워내거나 양자를 봉합해낸 자리에 새로이 탄생하는 변이
들을 맞이한다. 시인은 "잡고 놓지 않는 문⋯⋯" 그러니까 서서히 줄

여나가는 말〔文〕의 고안을 통해 "잡고 놓아주지 않는 질문"을 담아내며 "쉽게 답할 수 없는/질문을 자꾸 던"(「불구」)지는 일을 멈추지 않는다. 서로 맞물려 있는 것들, 나란히 마주하며 팽팽한 긴장 속에 놓인 것들, 가령 "거꾸로 매달려 말라가는 꽃"과 "꽃병 속에 발을 담근"(「입술의 형식」) 꽃들은 터질 듯 팽팽하게 대립한다. 굳게 다문 아래윗입술의 좀처럼 열리지 않을 저 요철의 일선(一線)도 굳건한 침묵과 그 긴장 외에는 실상 무엇도 기대할 수 없다. 시인은 극명한 긴장의 상태에서 팽배해진 대립적 이미지를 서로 충돌시켜, 죽음과 사투를 벌이는 절체절명의 아슬아슬한 순간, 발화의 영역으로 포섭되지 못했지만, 굳게 다문 두 입술을 열고서 했을 수도 있었을 말들("목이 타들어가는 입술 속에서/촉촉이 젖은 주름투성이 입술이/열렸다가 다시 닫힌다"), 오로지 전미래의 형태로만 실현될 침묵과 그 안에 흐르고 있을 버추얼적인 언사를 현실로 흘러나오게 하는 순간까지 밀어붙이며, 마술적 환등을 투사한 듯 빼어나게 언어를 부린다. "침묵의 형식"이 병상의 환자가 말을 하고 싶으나 그러지 못하는 절박한 상황에 대한 묘사라는 것을 우리가 알게 되는 순간은 "목젖이 보일 때까지 흐드러지게 웃어본 장미가/꽃병 속에서 하루하루 발가락이 검어지는 동안"이 병상의 환자에게 임박한 죽음의 순간이라는 사실을 알게 되는 순간이기도 하다. 하지 못한 말은 굳게 닫힌 입술을 뚫고 "나선형으로 구부러진/계단을 말없이 올라"가고, 이렇게 "입술의 지문"이 백지 위에 제 인장을 찍는다. "침묵의 형식"은 "환청처럼 밀려오고 밀려가"는 "꽃잎의 웅얼거림", 그러니까 죽음에 임박해서 마지막으로 토해내는 신음과도 같다. 정채원은 "써지지 않는 볼펜"으로 "침묵의 형식"을 필사하며, 죽음 앞에서 "매일매일이 최후의 몸"인 그 순간을 붙잡아 죽음을 정지시킨다. 최후의 순간, 그 모습이 고스란히 박제된 채 "차가운 잿빛 석고로/다시 살아난 사람들", "매일매일이 최후의 표정"(「최후의 날」)을 짓고 있는 폼페이의 저 사자(死者)들은 죽음을 정지시킨 것인지도 모른다. 죽음이 정지되는 순간, 폭발할 것과 같은 긴장이 크로키처럼 포착된 순간, "시곗바늘"을 녹여버리는 순간을 시인은 지금-여기서 직시하고 적시한다. 죽음을 박제하듯 보존하는 최후의 순간들은 "진공상태로 납작하게 구겨진 채 남아 있"는 "압축 보관"(「압축 보관」)되는 순간이며, 서술의 전진을 가로막는 대립적 몽타주를 통해 터져 나온 예기치 못한 변이가 실패와 비극, 죽음을 사건처럼 체현해낸다.

일상이 사건이 되는 순간들

정채원의 시는 난해성에 복무하지 않는다. 일상적인 말들을 일상적이지 않은 방식으로 부릴 뿐이다. 일상의 장면들을 날것 그대로 붙여놓은 콜라주도 충돌적인 몽타주가 쏘아 올린 특이점의 창출에 일조한다.

십 년간 부은 적금을 타고, 세 배로 뛴 주식을 어깨에서 팔고, 은행 융자를 낀 22평형 아파트 잔금을 치르고, 내일부터 칠과 도배를 주문해놓고 귀가중, K는 교통사고를 당했다.

생후 십오 일 된 S는 선천성 심장판막증.

구십이 넘은 노모는 천식이 있어도 잘 견뎌왔는데 메르스를 이기진 못했다.

T는 삼수 끝에 S대에 합격했다. 재수 시절 술도 배우지 못한 그

는 신입생 환영회에서 기도가 막혀버렸다.

기도는 종종 막힌다. 기도가 모자라기 때문이다. 화살기도로는
뚫지 못한다. 아무런 응답이 없다. 한 번 꽝 닫히면 그만인 문이다.
다신 열리지 않는다. 그만?
　　—「닫히면 그만인 문」 부분

이따금 뒤집혀 허공을 긁는다. 검은 바탕에 흰 점이 있는 놈도,
붉은 바탕에 검은 점이 있는 놈도 찔레 덤불 속을 헤맨다. 간신히
가시를 피한 날은 스스로 가시가 된다. 날카로운 이를 먹이 속에
찔러넣고 속을 꺼내 먹는다. 속이 텅 빈 껍질을 통째로 삼키기도
한다. 어둠 속 풍등처럼 날고 싶은 밤, 몸안에 불덩어리를 품고 바
람 따라 날고 싶은 밤이면, 낮 동안 먹힌 것들이 죽은듯 엎드려 있
다가 깨어나곤 한다. 점박이광대벌레는 그것들을 하나씩 꺼내 되
새김질을 한다. 먹이들 중에는 방금 짝짓기를 한 놈, 막 알을 깐 놈,
제 어미를 몰라보고 다른 어미 꽁무니를 무작정 따라가던 놈, 건드
리면 바로 울음이 터질 듯한 놈도 있었다.
　　—「점박이광대」 부분

신문기사나 곤충에 대한 보고서에 등장할 법한 기술은 현실의 어
느 장면을 그대로 잘라 붙여놓은 콜라주와 닮았다. 불의의 교통사고를
당한 자, 회복할 수 없는 질병의 급습에 희생될 처지에 놓여 있는 자,
운 좋게 합격한 대학의 환영회에서 들이킨 술로 "기도가 막혀버"리는
불의의 사고를 당한 자에 대한 보고(報告)가 최소한의 정보를 제공하
며, 마치 오려 붙여놓은 듯 시의 서두에 배치되었다. 비극은 물기를 제
거한 채, 열거되며, 사실적으로 기술된다. "기도"(氣道)가 막히고, "기

도"(企圖)가 별반 소용이 없다. 온갖 종류의 "기도"(祈禱)는 이렇게 차단된다. 목구멍도 막히고, 방책의 시도는 별반 소용이 없으며, 간절히 신에게 올리는 기도는 봉쇄된다. 현실은, 현실의 비극은, 이 셋을 모두 무색하게 만들어버릴 정도로 강력하다. 기도는 구원을 청한다는 점에서 비극에 눈을 감거나 회피하는 기만이기도 하다. '기도'는 이중-삼중으로 제 의미를 변환하면서, 달리 말할 수 없음, 급시의 상태에 대한 통고, 그러니까 '기가 막히다'라거나 '기가 차다'라고 우리가 말할 때의 그것처럼, 말로는 표현할 수 없고, 소모되기에 재현해서도 안 되는, 비극성을 압축적으로 담아내는 효율적이고도 경제적인 낱말이다. 비극적 사건은 울음마저 거두어들이는 재주가 있다. "한 번 꽝 닫히면 그만인 문", "다시 열리지 않는" "문"이 이미-벌써 닫혔기 때문이다. "그만?"은 여지나 의심이지만, 이 의심은, 봉쇄된 것이나 마찬가지의 상태에서 결구로만 주어지며 여운을 남길 뿐이다. 사실적으로 어떤 벌레의 묘사에서 착수하는 「점박이광대」도 대상의 성격과 추이의 보고서를 콜라주한 형식을 취한다. 사실적으로 묘사된 '벌레'는 "아직 손금이 여물지 않은 아이"와 포개어지며, 그 순간 원관념은 서서히 주위로 퍼져나가는 것이 아니라 충돌의 이미지를 순간에 빚어낸다. 겹침은 물감처럼 무언가를 흩뜨리며 환유처럼 번져나가는 것이 아니라 일시에 어느 순간을 붙들어 매며 정지시킨다. "뒤집어놓다가, 하품을 하다가, 머리카락 같은 벌레 다리를 하나씩 떼어내"는 일에 열중한 "절룩거"리는 아이와 "이따금 뒤집혀 허공을 긁는" "벌레"가 이렇게 충돌할 때, 원-이미지는 단박에 블랙홀 속으로 빠져들어가며, "신의 모습으로 만들어진" 모든 피조물들의 불완전성과 고통이 폭발하듯 솟구쳐 오른다.

> 지하의 네모 속으로 밀려들어간 사람들
> 꼬깃꼬깃한 귀에는 이어폰을 꽂고

각자 일인용 네모 속으로 들어간다

눈그늘이 짙은 얼굴들, 희미한 미소 속에

발을 밟혀도 옆구리를 찔려도

네모 밖으로 뛰쳐나오지 않는다

네모 속에서 하트를 날리거나 손가락을 치켜세운다

혼자만의 밀실을 개방한 적은 없지만

어느 틈에 이웃인 양 스며들어온 유령들

백만짜리터져서, 내여자가매일나만보는, 물건먼저받아보시고

결정하세요, 제목 없는 초대장을 좌르륵 펼쳐 보인다

삭제 버튼을 눌러도 쉴새없이 파고드는

얼굴 없는 입술들, 발 없는 발자국들

손바닥만한 네모 안에서 천둥이 치거나 별이 떨어진다

눈동자들이 출렁거리는 밤바다를 배경으로

왈칵, 울음 터뜨릴 듯한 얼굴이

꼭 닮은 얼굴을 마주보며 덜컹거리는 검은 창문

검은 밀실에서 인양되지 못한 눈동자는

명멸하는 네모 속에 셀 수 없는 물음표를 심는다

답을 찾지 못한 너와 나의 통점은

빛의 속도로 만나고 싶어

만화경 독방 속에서 각자 썩어간다

신도림(新桃林)! 다음은 신도림!

네모의 출구를 향한 네 심장이

붉은 화살표처럼 깜빡거려도

문은 언제든 너를 배신할 수 있다, 지하에서

환하게 불 켠 지하로 이어지는

다음은 환생역이다

—「네모의 효능」전문

네모난 전철에 몸을 싣고, 네모난 핸드폰을 열고, 그 안의 네모난 액정을 들여다보고 있다. 밀실 속의 밀실 속의 밀실과 같은 곳에 눈동자가 가닿는다. 흡사 "만화경 독방" 같은 풍경이다. "*백만짜리터져서, 내여자가매일나만보는, 물건먼저받아보시고*"는 핸드폰 화면을 그대로 콜라주하듯 붙여놓은 것이다. 이모티콘이나 광고 메시지 등 "삭제 버튼을 눌러도 쉴새없이 파고드는/얼굴 없는 입술들, 발 없는 발자국들"이 저 네모난 액정화면 안에 바글거린다. 생-삶이 통째로, 켜켜이 네모에 담긴다. 네모에서 시선을 떼고 주위를 둘러보아도, 다시 네모, 그러니까 "꼭 닮은 얼굴을 마주보며 덜컹거리는 검은 창문"을 만날 뿐이다. 네모는 겹겹이, 켜켜이 중층을 이룬다. 커다란 네모 속의 조금 더 작은 네모 속의 손아귀에 쥐고 있는 조금 더 작은 네모 속의 저 네모난 화면, 바로 이 "검은 밀실에서 인양되지 못한 눈동자"를 떨구며 우리는 "명멸하는 네모 속에 셀 수 없는 물음표"를 심고 있다. 현실의 생생한 장면들, 사실적인 모습들, 일상의 일면들이 고스란히 시에 담긴다. 어느 역에서 내려 밖으로 안내하는 화살표를 충실히 쫓아 네모의 출구를 향하는 마음 뒤로, 문을 잘못 열어 추락하는 이미지가 충돌하듯 번져나가면서, 지하에서 지하로 이어지며 깜빡거리는 죽음의 불빛을 밝힌다.

한쪽 눈이 말을 안 들어 깜빡, 오른쪽 귀가 못을 씹었어 깜빡, 내 이름이 생각이 안 나 깜빡, 너를 찾아가는 길을 잊었어 깜빡, 두개골을 씻을 수 없어 깜빡, 자꾸만 흘려 깜빡, 자꾸만 떨어뜨려 너를 깜빡, 끓어오르며 타오르며 깜빡, 사과술 냄새를 풍기며 비틀거리며 깜빡, 익어가며 썩어가며 깜빡, 칼을 씹었어 깜빡, 삼키지도 못

특이점의 몽타주, 들끓는 타자　　345

해 깜빡, 입술 사이로 가슴 위로 흘러내려 깜빡, 가슴을 씻을 수 없
어 깜빡, 적셔 나를 적셔 깜빡, 푹 잠겨버렸어 깜빡, 숨이 뻣뻣해져
깜빡, 너를 부러뜨리지도 못해 깜빡, 왼쪽으로 꺾지도 못해 깜빡,

　　신호등 없는 교차로에서
　　신호위반하는 사람들
　　정지하지 못해 유턴도 못해
　　제 가슴에 제 머리를 박고
　　효수된 얼굴들 빨간불처럼 매달고
　　깜빡, 깜빡, 깜빡,
　　—「신호」 전문

　　시는 "깜빡" 자체의 세계를 "깜빡"이 실현하는 과정을 여실히 보여
준다. 점묘(點描)와 모형(母型)의 게토는 물론 "깜빡"이다. 반복되었지
만 "깜빡"은 매번 다른 '가치'를 갖는다. 주체와 대상, 행위와 사실은
"깜빡"을 중심으로 형성되고 재편된다. "깜빡"은 작동하지 않는 신체
의 행위("한쪽 눈이 말을 안 들어 깜빡")나 과거 행위를 잊은 사실에 대
한 적시("내 이름이 생각이 안 나 깜빡") 등등 매번 변화무쌍하게 제 가
치를 달리한다. "깜빡"은 특정한 현실이나 행동, 신체 기관의 현상을
설명하기 위한 단순한 낱말에 불과한 것이 아니라, 주체-대상-행위-
사실을 형성하고 정의하면서 게슈탈트처럼 한 편의 시를 주조한다. 마
지막의 "깜빡, 깜빡, 깜빡,"은 사물(가령, 신호등)의 현상이나 무언가
를 망각하는 사람들과 그 습관에 국한되는 것이 아니라, 모든 것을 머
금고 또한 예기치 못한 사태를 사건처럼 폭발시키는 시작점과도 같다.
시는 이 결구에서 다시 착수되는 것일 수 있다.

346

폭포 위로 외계인이 착륙하는 날
꼬리뼈에 꼬리가 다시 자라나는 날
태양이 지구를 도는 날
이런 날들을 기다린다

〔……〕

무럭무럭 자라난 꽃대
내 심장을 뚫고
불쑥 솟아난
팔다리, 내 것이 아닌
내 것이 아닌 것도 아닌

허우적거리는 붉은 혀
펄럭이는 침묵들 사이
──「슬픈 숙주」부분

언제쯤 나는 바닥에 닿을 수 있나
언제쯤 어혈을 풀 수 있나 나는
언제쯤 나를 다 쓸 수 있나

밥을 먹을 때도
동사무소에 갈 때도
잠을 잘 때도
나는 끝없이 계단을 구르고 있지
그가 눈을 떼지 못하고 있지

문을 닫지 못하고 있지
——「끝없는 계단」 부분

죽는 건
죽어서도 다시 날아오르는 것
갈 수 있는 끝에서 끝까지
존재하지 않는
터널을 뚫는 것,
아무도 노래하며 지나가지 않는다 해도
——「벌레구멍」 부분

　내 안의 아우성, 불현듯 튀어나오는 타자들의 목소리를 들으려 하
는 것은, 보이지 않는 것들을 보려는 것과도 같으며, 말할 수 없는 것
을 말하려는 것과 같고, 들을 수 없는 것을 들으려는 것과도 같다. 이
것은 과연 무엇인가? 파악할 수 없는 것들, 그러나 있을 것이라 믿어지
는 것들에, 막힌 말들, 뭉친 말들의 저 "어혈"(語血)을 풀며 "의심과 확
신이 뒤섞인/얼룩무늬 질문이 닫히는 날"(「해피엔딩」)까지 그 윤곽을
잡아가는 행위이다. 시간도, 과거도, 현재도, 미래도, 삶도, 아니 삶 이
전이나 저 이후도, 기억도, 현재의 걸음걸이도, 내 앞에 놓여진 대상도,
내가 비춰 보는 거울도, 그 거울 속의 타자도, 내 걸음도, 내 걸음의 보
폭도, 보폭이 뒤로 지워내는 건물들이나 그 크기도, 앞서 달려오는 시
야도, 뒤로 지워지며 나타나는 잔상도 마찬가지다. "살아서 갈 수 없는
곳이라고/그곳이 없다는 건 아니라는"(「혹등고래」) 것처럼, 확실하다
고 여겨졌던 것들도, 모두 그 반대편에 속한다고 여겨졌던 것들, 그러
니까 항용 불확실하다고 여겨지거나 그 통념에 가려 볼 수 없다고 여
겨졌던 것들, 그렇게 존재 자체가, 현상 자체가, 사유 자체가 불확실하

348

다 여겨졌던 것들도, 달리 보면 확실한 것과의 경계가 명확한 것은 아니며, 차라리 "살아 움직이는 끔찍한 부호"(「사해, 사해」)의 얼굴을 하고, 삶에서, 혹은 죽음에서, 이 둘이 교차하며, "때로는 당신 같고 때로는 나 같은 그들, 늘 지루한 그들, 바보 같은 그들, 서로 너무 닮아 가짜가 진짜이고 진짜가 가짜인 그들"(「지루한 미트볼」)이 펼쳐내는 희비극의 극장에서 홀로그램처럼 모습을 드러내기도 한다. 정채원의 시는 몽타주를 통해서, 이접을 통해서, 콜라주를 통해서, 혹은 절묘한 알레고리를 통해서, 시점의 다각화를 통해서, 타자들의 장면들을 연출하고, 확실성의 저편에 선 것들, 그것들의 힘으로, 타자의 움터오는 목소리를 "허우적거리는 붉은 혀"로, 주관성 가득한 언어로 기록한다. 그의 시에는 형이상이나 추상이 얼씬거리지 않으며, 사변으로 궁굴리는 초현실에 복무하는 난해함 자체가 발을 디딜 틈이 마련되어 있지 않다.

정채원의 시는 시점을 달리하여 "여름에는 내 피로 너를 만들"고, "겨울에는 뼛가루로 너를 만들"면서 결락과 틈새의 언어를 축적하며, 자신-타자-세계의 위치를 바꾸면서 몸과 마음의 난해한 방정식을 풀어나가고, 시간을 끌어당기거나 휘게 하거나 주관의 편으로 서게 하여 스스로 물음을 찾아 나서는 말을 고구한다. "길 잃은 사막에서 쓰러지기 직전 나타나는/신기루 속의 신기루"처럼 기억을 포개거나 꿈을 필사하는 그의 시에는 "달려가 잡으면 가시풀 한줌으로 흩어지는/너"(「파타 모르가나」)와 죽음의 풍경과 풍경이, 삶의 장면과 장면을 겹치거나 포개어놓으며 쾌락과 공포가 선사하는 눈부신 대칭이, 공존하거나 공멸하거나 생성되거나 사라지는 것들이 하나로 어울리면서 실현되는, "펄럭이는 침묵들 사이" 저 들끓는 타자들이 바글거린다.

마지막 문장은 아직도 오지 않았다
영영

오지 않을지도 모른다

—「미발표작」 부분

　　화면 밖에서 과거-현재의 장면을 동시적으로 바라보는 시야와 그
시야에서 가뭇거리다 이내 사라지듯, 이접되어 출현하는 미지의 두 거
처를 열고 이 두 공간-장소에서 시인은 "한결 짙어진 그림자만 내려다
보고 걷는 길"(「그, 그림자」), 저 고문을 당하는 긴박한 상태를 불현듯
불러낼 뿐이다. 그것은 어쩌면 기록될 수 없는 성질을 지닌 것인지도
모르겠다. 꿈은 차라리, 여기서, 산산이 부서진다. 이 악몽에는 주인이
없다.

[2019]

3부

신과 함께
─ 초월성에서 내재성으로

> 인간이 완전히 자신을 바치기에는, 또 자신의 힘으
> 로 '감당'하기에는, 세계가 너무 한정되어 있고 또
> 너무 모호하다 할지라도, 세계는 그가 '시도'할 수
> 있고 또 '시도'해야 하는 유일한 장소이다.
>
> ─ 뤼시앵 골드만[1]

*

아주 오래전, 하늘은 그야말로 신(神)의 세계였다. 그리고 우리는 밤
낮으로 바라보며 신에 속해 있는 저 하늘을 일컬어, 천국(天國)이라고
불렀다. 거기가 어디인지는 도통 알 길이 없었다. 그래서 '하늘'이라고
불렀는지도 모른다. 오늘날 하늘은 무엇인가? 하늘에는 여전히 구름이
떠다닌다. 구름을 가르며, 비행기가 날고, 비행기보다 조금 더 빠른 속
도로 로켓이 하늘을 세워 썰면서 한복판에 커다란 구멍을 내기도 한다.
비행기나 로켓보다 더 멀고, 깊고, 컴컴한 곳, 구름 저 너머 까마득한
곳 어딘가에서 위성들이 둥둥 떠다닐 것이다. 하늘은 이렇게 다양한
장소가 되었다. 지퍼처럼 열리며 두 편으로 갈라서는 도면이나, 점과
점으로 수놓인 아기자기한 기하학적 산물 말이다. 그러나 오늘날도 하
늘에는 여전히 신이 있다. 이 경우, 하늘은 장소가 아니다. 하늘에 신이

<hr>

1 뤼시앵 골드만, 『숨은 神』, 송기형·정과리 옮김, 연구사, 1986, p. 72.

존재한다면 그 어느 장소에도 존재하지 않으며, 동시에 모든 곳, 그러니까 '도처'에 있다는 사실을 전제해야 하기 때문이다. 그러므로 신은 '무엇'이거나, '누구'거나, '어디'로 지칭될 수 없다. 신은 최초이자 마지막인 곳, 즉 시간을 삼켜버린 채 편재(偏在)하는 존재거나, 어디에나 있어 오히려 보이지 않는, 비존재의 부재, 즉, 없는 것 자체를 상정할 수 없는 존재이다. 이에 비해, 대지는 확실히 신이 거주하는 곳은 아니었다. 대지는 하늘에서 추방당한 자들이 방황하는 곳, 출애굽을 찾아 떠나야 하는, 타락한 지상이다. 신을 배제할 수 없는, 대지 위 저 인간의 운명을 고백하며, 자연과 사물, 존재의 경이로움, 세계의 신비를 사유하기 위해, 한없이 솟아나는 의문들을 비등점까지 몰고 가, 물음을 던지는 시들을, 우리는 기억한다.

나무는 그해의 잘 익은 태양을 이고 있고 신의 의중은 뿌리 밑에 스며 있다 그의 의중이 재채기처럼 튀어나가 주렁주렁 나무의 문전성시를 이루었다

아담의 호기심 많은 여자에 관한, 의혹투성이 미제사건에 손을 대듯 나는 사과를 향해 손을 뻗었다 죄를 짓기도 전에 눈이 밝아져 아담내외 구부정 걸어가는 신기원의 지평선이 한눈에 들어왔다

(얼마나 어여쁜 말의 기원인가, 아담이 이르는 그 입술의 모양대로 새가 날고 꽃이 피고 열매가 맺히고 사슴이 달린다 부스럭부스럭 바위가 웅크리고 용암이 흘러간다 번쩍이는 레일 위를 쿵쿵쿵 검정 강철짐승이 질주하고 나는 백야행을 타러 간다)

지난여름 낙뢰, 그 환한 샛길로 사과밭의 환영이 지나갔다 몽상

과 예감의 거친 파도가 쓸고 간 하늘 아래, 꿈처럼 재현된 과수원
에서 사과를 땄다 그 붉은 필름에 바람의 소용돌이와 구름의 정처
가 인화돼 있다 지상에 흘린 에덴의 풍문을 한입 베어물었다 불온
을 부추기는 균이 고요하게 번식해갔다
　　—「사과 따기」 전문[2]

　　사과나무 한 그루를 보면서도 시인은 "뿌리 밑에 스며 있"는 "신
의 의중"을 궁금해한다. "그의 의중이 재채기처럼 튀어나가 주렁주
렁 나무의 문전성시를 이루"는 과정은 시인에게 온갖 종류의 사물들,
그러니까 '피조물'들의 기원에 대한 물음과 고스란히 연결된다. 창세
기 신화는 지금-여기, 우리가 현실이라 부르는 곳에 열린 사과나무의
'원'(原, archi)-이야기다. "바람의 소용돌이와 구름의 정처가 인화"된
공간은 창세기 이후의 역사이며, 사과를 따는 순간, 나는 "죄를 짓기도
전에 눈이 밝아"지는 체험을 한다. "몽상과 예감의 거친 파도가 쓸고
간 하늘 아래, 꿈처럼 재현된 과수원"의 사과나무에서 따서 입으로 베
어 문 저 "사과"는 '인식의 과일'('선악과'라고 번역되고 알려진)을 지상
의 내가 취하는 순간이다. 따라서 이제부터 나는 "불온을 부추기는 균"
이 나의 내부에 퍼져 있음을 정확히 인지하는 나로 거듭난다. 세계의
모든 것들에는 이렇게 신의 손길이 서려 있다. 그러나 신은 어느 순간
에만 간헐적으로, 그러니까 잠시, 찰나에, 제 존재를 드러내고 또 사라
질 뿐이다. 천국에서 추방당한 이후, 혹은 바벨탑이 무너진 이후, 그러
니까 신과 분리된 이후, 밝은 눈으로 기원의 실루엣을 찾아내어 그 모
습을 스케치해나간 조정인의 시를, 우리는 기억한다.

2　조정인, 『장미의 내용』, 창비, 2011, pp. 12~13.

신이 이 세계에 새겨 넣은 형이상학적이고 추상적인 무늬를 해독하려 했던 시인을 기억한다. 시인은 이것을 '천문(天文)'이라고 불렀다. 그는 "하늘의 문자에서는 분무 살충제를 뒤집어쓴 벌레"(「천문」[3])의 운명을 감당하고자 "소맥을 한 줌 쥐고 〈그리하여, 만일〉이라는 우주 한가운데 떠 있었"다고 믿고 있었다.

> 부끄러움을 너무 많이 알고 있는 사람이 신들과 함께 함으로써 자신을 너무 많이 결핍하고 있다, 고 말하는 사람과 만났다. 흉조(凶兆) 아래, 이 바다는 물고기의 메아리처럼 자신의 악태(惡胎)에서 음악을 물리치고 있었다. 가장 단순한 오케스트라를 울리기 위해 교양의 모든 무관심이 복수(複數)의 성(姓)에서 비로소 평안에 이르기까지, 시체는 창조의 세계에서 들려오는 불멸의 허드렛일일 뿐, 이라고 말하는 사람과 만났다. 자기 잇자국을 넘어서지 못하는 한 마리 짐승에게도 표정들은 얼굴이 없을 때만 상속이 될 수 있었다. 울음 밖으로 찢어지고 있는 객손이시여, 농(膿)으로 넘치는 담변(潭邊)이시여, 부디 밤의 퇴적물로는 쌓일 수 없는 이 죽음으로 신체의 황금빛 칠을 입으소서.[4]

시인은 '천문'을 들고 세속의 세계로 내려와, 세계의 바닥과 저변을 샅샅이 훑는다. 완결하고 무결한 신으로부터 추방당한 곳, 이 지상에 안착하여 쟁기를 들고 "농(膿)으로 넘치는 담변(潭邊)"을 개척하

---

3 조연호, 『천문』, 창비, 2010, p. 10.

4 조연호, 『농경시』, 문예중앙, 2010, pp. 42~43.

며, 그는 "근시(近視)의 가장 큰 수혜자"가 되겠다고 다짐을 한다. "울음 밖으로 찢어지고 있는 객손"들은 간혹 그에게 다가와 신과의 경험을 털어놓는다. "신들과 함께 함으로써 자신을 너무 많이 결핍"했다거나 "시체는 창조의 세계에서 들려오는 불멸의 허드렛일"이라고 말하는 사람들에게 그러니까 하늘은 이제 더는 완전무결한 신의 거처가 아니다. "전염병"이 "새로운 서사시적 전능"[5]을 발휘하는 이곳에서 조연호는 "배농(排膿)"이나 "부종(浮腫)", "골종(骨腫)"이나 "육종(肉腫)" "절종(癤腫)"처럼, 세상 존재들의 곪은 곳을 째어 거기 고인 고름을 빼는 일을 한다. "뇌에서 뇌로 건너가고 있는 질병의 잎"[6]이 만연한 이곳에서 그는 하늘의 저주와 은총의 결핍, 추방당한 인간의 운명을, 이 땅에서 썩어가는 것, 빼앗긴 것, 상실한 것, 제거된 것에 비유하여, 지상에서 벌어진 하나의 묵시록적 사건으로 펼쳐 보였다. 바로 이 묵시록의 언어로 그는 저주받은 농사를 지으며, 지상 위에 "승리의 찬양을 신극(神劇)"을 대신하여, "살점을 으깬 피맺힌 운문(韻文)을 맛보게"[7] 하리라고 말한다. "절구에 찧어버린 하나의 절명시(絶命詩)"[8]이자, "희극에 대한 참극(慘劇)의 대꾸"[9]로 신과 인간, 하늘과 대지, 서정시와 서사시, 운문과 산문의 이분법 저 너머의 세계가 그렇게, 신과 함께, 신을 버리고, 지상에서 펼쳐졌던 조연호의 시를, 우리는 기억한다.

5 같은 책, p. 144.

6 같은 책, p. 132.

7 같은 책, p. 176.

8 같은 책, p. 78.

9 같은 책, p. 117.

*

    '신적(神的) 주체'라는 개념을 들어본 적이 없지만, 대다수 '신은 죽었다'는 말을 들어본 적이 있는 20세기, 시는 존재론적 신이나 초월적 신의 부활에 사활을 거는 노래를 더는 자신의 소임으로 여기지 않았다. 신은, 자주 현실에서, 신앙의 장소를 발견하기 위한 열망의 얼굴을 하고서, 간혹 시에 새겨지는 문양이 되었을 뿐이다. 기도는 보편성을 지닌 존재의 현현(懸懸)을 갈구하는, 그럴 것이라 믿는 인간의 행위일지 모르나, 시는 기도를 통해 내면을 비춰 보는 성찰의 거울을 손에 쥐었으며, 순수하고 정결한 표현들은, 시적 언어란 이름으로, 집적하고 집약하여, 신을 부르고 접촉하려는 순간을 순수의 상징으로 만들어내었다. 상징은 그와 같은 상태로 입사하는 순백색의 무(無)와 찬란한 빛이 새어 나오는, 아주 드문 현실의 순간을 고지하는 일에 게으르지 않았을 뿐, 시가 초월적이면서 내재적인 신을 주제로 다양한 형식을 실험하거나 의미의 층위를 조절하는 목소리를 낸 것은 아니었다. 신은 존재론적으로 단일했다. 초월적이라는 점에서 신은 세계와는 다른 곳에 거주하였고, 그런데도 내재적이라는 점에서는 또 어떤 순간이나 찰나에만 목도한다고 믿었을 뿐, 시는 신에 대해 무슨 말을 할지 모르고 있었다.

    완벽한 전체성을 가진, 그러니까 우주에 우뚝 솟은 단 하나인 만능과 전능의 주체에 대한 확고한 믿음은 인간-사회-세계-우주에 대한 만고의 의문들을 단박에 삼켜버리는 속성을 지닌다. 신은, 이 경우, 유일한 원인이자 부동의 입자이며, 모든 행위의 근원이다. 의문을 제거할 수만 있다면, 우리는 저물어가는 중세의 가을, 그 축제의 자리에서 그랬던 것처럼 진정한 피조물의 웃음을 지어 보일 수도 있다. 확고한 결심, 주저의 제거, 기다림의 취하, 맹목적인 믿음은 초월적·존재론적

신이 인간에게 준 선물일지도 모른다. 그렇다면 그 반대의 상황은 어떤가?

여기 구겨진 울음이 찍혀 있으니
자기 멱살을 잡고 자기를 물 밖으로 끌어내는 사람처럼
끝내 그는 자기 밖으로 새어 나갈 수 있을까

아직도 그는 고백이 부끄럽고
고백이 부끄럽다는 이 고백이 누가 될까 봐
빨간 얼굴 속에 눈 코 입을 묻어놓고
그는 또 묻는다
물음을 벗어나는 일의 가능성과 의미에 관하여
그의 질문과 상관없이 그의 무덤 안에 떠도는 저 먼지 하나하나
까지도
남김없이 등록되는 오늘의 치밀함에 관하여

지금은 작성되고 싶지 않아
실현된 계시의 일부가 되고 싶지 않아
답을 바라서가 아니라
구원을 위해서가 아니라
오직 이 빨간 망설임 때문에

비로소 아무도 따라오지 않는
오로지 자기 자신으로 가득 차 소란한
귀먹을 듯한 적요 속에서

끝내 그는 그를 자기 질문에 답으로 내어놓을 수 있을까

그의 얼굴이 그의 입에 먹히기 전에

고백하자면

고백이 그를 그 아닌 것으로 붙박아놓을까 봐

통성(通聲)으로 증언으로 누가 될까 봐

먼지는 사람이 되고 사람은 다시 흙이 되지만

아무도 그 전 과정을 지켜볼 수 없으니

그래서 불러보는

과학자, 시인, 하느님

존경해 마지않는

나이가 무지하게 많으신 분들이여

—「성(聖) 토요일 밤의 세마포」 부분[10]

'신이 죽었다'고 말하는 자들은, 의문을 거두어들이고서 더는 묻지 않는다. 물론 그 반대도 묻지 않기는 마찬가지다. 서로 상반된다는 의미에서 이 양자에게 이 세상은 다소 안전하며 확신으로 가득하고, 인과관계가 누락되지 않은 완전한 체계 속에서 가동되기 때문이다. 정한아에게 '신'은 이 두 입장과는 확연히 다른, 그러니까 의심하는 주체의 탄생과 맞물려 있다.

너무 빠른 전향도, 과거에의 고착도, 신이 죽었으니 이제 아무거나 할 수 있다고 착각한 망나니 실존주의자처럼 반쯤 고의적인 망각도, 쉽사리 믿을 수가 없다. 특히 견딜 수 없는 건, 자신을 판관이

10 정한아, 『울프 노트』, 문학과지성사, 2018, pp. 28~29.

라고 여기는 확신에 찬 '선의 담지자'들이다.[11]

지워낼 수 없는 의심들이 이 세계 곳곳에 스며 있으며, 자주 국경을 넘고, 밤낮으로 떠돌아다닌다. 우리는 신의 편재를 묵묵히 받아들인 저 거대한 시계의 마지막 초점에 매달려 있는 존재인가? 주관적 체험은 물리적 시간과 어떻게 다른가? 창조론과 종말론이 서로 짝을 이룬다 해도, "아무도 그 전 과정을 지켜볼 수 없"다면, 시간, 기다림, 존재 등에 관한 근본적인 사유는 "답을 바라서가 아니라/구원을 위해서가 아니라" "빨간 망설임"을 통해 우리 삶을 다시 바라볼 가능성, 즉 '의심'과 '회의', '성찰'과 '사유'를 촉발한다. "자기 멱살을 잡고 자기를 물 밖으로 끌어내는 사람"은 회의─의심─성찰의 화신이다. 어디에 있더라도, 어떤 시간이더라도 "무덤 안에 떠도는 저 먼지 하나하나까지도/남김없이 등록되는 오늘의 치밀함"을 "빨간 망설임"으로 되받아내는 주체의 탄생은 신과 밀접히 관련된다.

> 내 속에서 나를 조종하던 것들 눌러 죽이면 히드라처럼 새 머리가 나는 것들 히히 우는 것들 엉엉 웃는 것들 한숨 쉬는 것들 빌어먹을 것들 한없이 요설을 뱉어내는 것들
>
> 그래서 나는 기도를 해보기로 했다
> 랭보에게 죽은 신에게 라디오에게
> 오늘 아침 식은 국에 말아 먹은 밥알들과 드럼 스틱에게
> 나를 이 진창에서 들어올려 저 아름다운 푸른 물고기들의 세계로 옮겨 가소서, 라고

<hr>

11 정한아, 「Sent by Post」, 『문학과사회 하이픈』 2016년 가을호, p. 43.

그리고 다른 것들에도— 이를테면

모든 가련한 것들 새벽의 영혼들 잠들지 못하는 눈이 붉은 신호
등 안타까운 것들 자기를 빛내는 것들 자기도 모르는 새 유혹하는
것들 겁탈당하는 것들 순한 눈을 한 고양이들의 추운 노숙(露宿)
의 밤들에

그런데, 언젠가는, 불태워지리, 순간이 영원인 가없은 것들
아무도 모를 서러운 과거도 더러운 세월도 붉은 입술도 순하디
순한 천 개의 눈도 수심에 찬 콧날에 부서진 햇살도 아름답던 팔딱
이던 나의 물고기들도 실핏줄투성이 아가미와 푸른 비늘도 마침내
헛되이 잡으려 했던 나의 두 손도

그리하여 나는 타버릴 열 손가락으로 얼굴을 감싸쥐었다
하마터면
하느님!
외칠 뻔하면서
—「어떤 기도」 부분[12]

"내 속에서 나를 조종하던 것들" "한숨 쉬는 것들" "한없이 요설을
뱉어내는 것들"이 까닭 없이 차올라올 때, 마주하게 되는 근본적이면
서 총체적이라고 부를 저 풀리지 않는 신비는 무엇인가? "가련한 것
들" "새벽의 영혼들" "안타까운 것들" "자기를 빛내는 것들" "자기도
모르는 새 유혹하는 것들" "겁탈당하는 것들"이, 이 세계를 흥건히 적
시고 있다. 우리는 모두 "순간이 영원인 가없은 것들"이며, "언젠가는"

12 정한아, 『어른스런 입맞춤』, 문학동네, 2011, pp. 14~15.

사라질 피조물이다. 지금-여기, 내가 보고 있는 모든 것들, 내가 겪어 온 모든 시간과 경험들과 기억들, 자연은 물론 생물도 모두 사라져버 릴 거라는 사실은 조금도 새삼스러운 것이 아니다. 정한아는 이와 같 은 순간들을 현실에서 붙잡아 의문의 대상으로 전환한다. "헛되이 잡 으려 했던 나의 두 손"도 "타버릴 열 손가락"도, 우리 모두, 이 세계 전 부가 '피조물'이라는 인식 속에서나 가능한, 그러니까 현실에서는 낯선, 불가지(不可知)의 표현이다. 모든 존재가 죽음에 이른다는, 어쩌면 자 명하며 당연하다고 해야 할지 모르는 사실을 '새삼' 확인하는 순간, "얼 굴을 감싸" 쥘 만큼 충격적인 비극에 휩싸이고 마는 사태, 이 사태에서 촉발된 의심과 물음을 시의 영토 안으로 끌고 온 시인으로 우리는 정 한아를 기억한다.

*

　세상은 존재하지 않을 수도 있는 것들로 가득하다. 세상의 모든 것 들, 그것들의 배치와 존재는 어쩌면 우연의 결과일 수도 있다. 지금-여 기 존재하는 모든 것은 사실, 존재하지 않을 수도 있는 것들이었다. 지 금 있는 것들을 누려 제 삶을 만끽해야 할 이유를 세속적 쾌락에서 발 견하려는 자들 곁에, 부지런히 책을 읽고, 책의 세계 속으로 뛰어들고, 그 독서의 결과들을 가지고 우연에 관한 사유를 개진하여, 삶의 이와 같은 우연성을 기발하게 붙들어 매려는 시인이 있다.

　　신이 거대한 오리털 파카를 입고 있다. 인간은 오리털 파카에 갇 힌 무수한 오리털들, 이라고 시인은 쓴다 이따금 오리털이 삐져나 오면 신은 삐져나온 오리털을 무신경하게 뽑아 버린다 사람들은 그것을 죽음이라고 말한다 오리털 하나가 뽑혔다 그 사람이 죽었다 오리털 하나가 뽑혔다 그 사람이 세상을 떴다 오리털 하나가 뽑혔다 그 사람의 숨통이 끊겼다 오리털 하나가 뽑혔다 그 사람이 사라졌다

죽음 이후에는 천국도 지옥도 없으며 천사와 악마도 없고 단지 한 가닥의 오리털이 허공에서 미묘하게 흔들리다 바닥에 내려앉는다, 고 시인은 썼다
　　　—「오리털파카신」 전문[13]

그녀는 일찍 태어나 버렸다.
신이 무단횡단을 하는 바람에

라는 시의 첫 행을 쓴 도미닉은
후절을 지웠다

〔……〕 이쯤에서 우리는 이 시의 저자이자 바세나의 아들인 도미닉의 시의 한 구절인, 인간이 신보다 덜 인간적이라는 사실은 사실이다, 를 인용해 볼 수 있으리라.
　　　—「무단횡단은 왜 필요한가」 부분[14]

이렇게 신은 현존한다. 신은 "오리털 파카를 입고 있"다. 오리털 파카 안의 저 무수한 깃털은 인간들이다. 깃털은 오리털 파카에서 빠져나온 순간, 신의 세계를 벗어나 사라질 운명에 처한다. 신의 이 거대한

13 문보영, 『책기둥』, 민음사, 2017, p. 13.
14 같은 책, p. 75.

설계 밖으로 삐져나온 깃털은 이후에는 어떻게 되는가? "죽음 이후에는 천국도 지옥도 없으며 천사와 악마도 없고 단지 한 가닥의 오리털이 허공에서 미묘하게 흔들리다 바닥에 내려앉"을 뿐이라고 시인은 말한다. 신은 애당초, 인간의 사후 세계 따위는 설계하지 않았다. 그저 전체 안의 수많은 깃털이기 때문이다. 어쩌면 우리는 이와 같은 신을 지금껏 보지 못했다고 말해야 할지 모른다. 중요한 것은 이 신이 시인들("앙뚜안, 지말, 스트라이스" 등)이 쓴 신, 그들이 기술한 신, "도미닉의 시의 한 구절"을 인용한 신이라는 점이다. "그녀는 일찍 태어나 버렸다./신이 무단횡단을 하는 바람에"가 도미닉이 쓴 시의 첫 행이라면, 문보영의 시에서 '신'은 단지-오로지 '누군가 기술한 신'일 뿐이다. 우리는 이를 책-신이라고 부를 수 있을 것이다. 문보영은 책 속에 등장하거나 다수의 시인들이 어딘가에서 적었던 시의 구절에 등장하는 신을 등장인물처럼 시에 펼쳐 보이며 기묘하고도 흥미로운 이야기를 만들어낸다. 문보영의 시에서 '신'은 '누군가 기술한 신-책에 등장했던 신'이며, 이 신들을 직접 끌고 와 시인인 내가 일기를 쓰듯 한 번 더 기술하는 식의 겹 구조 속에서 탄생한다는 사실을 놓치고서, 경박함이나 가벼움, 인간적 면모와 키치 등을 언급하며 신의 세속성을 불만 가득한 시선으로 타박한다면 번지수를 잘못 찾은 것이다.

> 잘려 나간 두 귀는 누워서 생각을 한다
> 신을.
> 본인은 꿈쩍하지 않으면서 남들만 운동시키는
> 나태하고 꾀바른
> 부동의 원동자라고 생각하면 곤란하다고
> 빗소리에 잠이 깨
> 이불을 차고

옥상에 널어 둔 빨래들을 걷으러

부리나케 달려 나가는

신은

세계를 향해 뛰어가 젖은 빨래들을

휙휙 걷었다 계단을

내려오며 런닝구 한 장을

떨어뜨린 것이 그의 유일한 죄일 뿐

　　　—「지나가는 개가 먹은 두 귀가 본 것」 부분[15]

　신의 존재를 증명하려는 두 가지 시도를 우리는 알고 있다. 신이라
는 관념에서 출발하여 신의 존재에 도달하려는 시도가 그 첫째요, 세
계의 존재에서 시작하여 궁극적으로 신에게 이르는 것이 둘째라, 이
양자 가운데 토마스 아퀴나스가 선택한 것은 후자였다. 토마스 아퀴나
스는 『신학 대전』에서 신의 존재를 증명할 수 있는 다섯 가지 방법을
이렇게 제시한다.

　　1) 운동을 통한 증명: 사물은 끊임없이 움직이므로 '부동의 운동
　　　자', 즉 신이 있어야 한다.

　　2) 인과법칙을 통한 증명: 자연에서 일어나는 모든 결과에는 원인
　　　이 있다. 원인에서 원인으로 무한히 거슬러 올라갈 수는 없으므
　　　로 '최초의 원인', 즉 신이 있어야 한다.

　　3) 우연을 통한 증명: 세계에는 필연적인 사실들이 있으나 이들 자
　　　체가 필연성의 근거는 아니다. 그런 '필연성의 근거'가 바로 신
　　　이다.

15　같은 책, pp. 31~32.

4) 존재의 정도를 통한 증명: 실재하는 사물에는 아름다움, 선, 사랑 등의 완벽성이 존재하지만, 그 정도는 각기 다르다. 유일하고 완벽한 존재만이 그 모든 완벽성을 포함하고 있기에 그들을 구상할 수 있다. 그 존재가 바로 신이다.

5) 세계의 질서를 통한 증명: 자연처럼 인체에도 질서가 있다. 모든 질서는 누군가에 의해 정립되고 통제되어야 한다. 그 존재가 바로 신이다.[16]

언제인지는 기억하지 않아도 좋을지 모른다. 책을 읽었다는 사실이 훨씬 중요하기 때문이다. 필경 도서관이었을 것이다. 거기서 읽은 책이 내내, 나의 머릿속에 생생하다. 그것은 더구나 신에 관한 책이었다. 시인은 책의 내용에 사로잡힌 자신의 상태를 "잘려 나간 두 귀"라고 말한다. 책을 천천히 생각해보는 일은 오히려 자연스럽다. 토마스 아퀴나스가 존재를 증명한 신, "부동의 원동자"는 "본인은 꿈쩍하지 않으면서 남들만 운동시키는/나태하고 꾀바른" 존재 아닌가. 신이 유일하고 완벽한 존재라면, 그에게는 조그만 실수도 용납될 수 없다. 그런데 "부동의 원동자"라는 말은, 다시 생각해보니, 좀 우습다. 그러니까 신 자신은 꿈쩍도 하지 않지만, 자신을 제외한 이 세상 모든 것을 움직이게 하는 일자(一者), 즉 이 세상의 기원이라는 것 아닌가. 이게 대관절 말이 되는가? 시인은 현실에서 이런 신의 존재 가능성을 생각해본다. 단 한 번도 움직인 적이 없었기에 신은 빨래를 걷는 일 같은 것은 해보지 않은 게 분명하다. 그러나 빨래가 비에 젖어 망치게 되는 걸 신은 용납할 수가 없는데, 이는 신이 유일하고도 완벽한 존재이기 때문이다. 신의 완벽성은 아름다움이나 선, 사랑 등의 완벽성과 더불어 현실에서도

16 샤를르 페펭 글, 쥘 그림, 『세계철학 백과사전』, 이나무 옮김, 이숲, 2012, pp. 66~67.

증명되어야 하는 완벽성이며, 그래야만 신은 전지전능한 신이 될 수 있으며 모든 운동의 원인인 일자의 자격을 얻을 수 있다. 최소한 내가 읽은 책에 등장하는 "부동의 원동자"인 신은 자신 안에 완벽성을 포함하고 있는 신이어야 하기 때문이다. 따라서 신은 "세계를 향해 뛰어가 젖은 빨래들"을 건다. 그러나 이 신은 무언가를 움직이게 하는 일을 해왔을 뿐, 자기 자신은 정작 꼼짝도 해본 적이 없다. 그래서 신은 실수를 한다. 그러나 실수는 신의 완벽함과는 또 모순된다. 그러니까 있을 수 없는 일이다. "런닝구 한 장을/떨어뜨린 것"은 이렇게 신의 완벽함에 금이 가게 하는 사건이다. 신은 이와 같은 사소한 일로 이 세계에서 죄를 짓는다. 책의 내용, 개념, 이야기 등이 시에서 살아나고 신은 현실에서 구현된다.

1

남자가 읽고 있는 책은 모치즈키 료코의 『신의 손』이다 초록 고무 책상 위에 직장인 가방을 가로로 눕히고 그 위에 비스듬히 신의 손을 올려놓는다 신의 손이 잘 보이도록 각도를 조절한다 그는 문득 졸리다 그를 응시하는 또 다른 눈이 있다 다른 책상에 앉아 역사책을 읽고 있는 눈이 큰 여자다

방금 전쟁이 막을 내렸으며 그녀가 읽는 역사책이 동일한 문장을 반복한다
decision-consequence
decision-consequence
decision-consequence
그것은 역사책이지만

역사와 전쟁에 관한 이야기만을 한다 방금

세상이 끝났으므로 남은 것은 얼룩 제거제뿐이라는,

역사가가 하지 않은 말을 읽을 수 있다 세상이

끝났으나 사람들은 여전히 강한 재료에 대한 열망을 멈출 수 없었으므로

모든 책의 제목은 신의 손, 이 되어 버렸고 그들은 도서관을 향한다

역사와 전쟁 그리고 얼룩 제거제에 관한 책을 읽던

남자는 문득

졸았으며

졸았기 때문은 아니지만

신의 손을 놓쳤다 그는

분명 두 손으로 책을 잡고 있었지만

신의 손을 두 손으로 잡은 사람은 남들보다 더 빨리 피로를 느끼기 마련이므로

〔……〕

3

법정 공휴일처럼

존재하지 않는

이들만이

도서관으로

흘러 들어오므로

신과 함께   369

〔……〕

5

로자를 찾는 사람들은 책에서만 그녀를 찾지만 로자는 현실에
없으므로 역사에 존재한다 당신은
　책에 도대체 몇 쌍의 decision-consequence가 존재하는지 그
수를 헤아린다
　그 수는 책 속에서 죽임을 당한 인물의 수와 일치하며
〔……〕

8

신의 손을 놓친
남자는,
신의 손을 편 채 뒤집어 가방 위에 올려놓았으므로
신이 두 손으로 자신의 얼굴을 감싸는
모양의 책은 누구에게나 공유될 수 있다
돌아왔을 때,
읽던 부분부터 다시 읽는 것이
가능하다고 생각하며
남자는
일어선다
──「역사와 신의 손」 부분[17]

17　같은 책, pp. 60~64.

시인은 도서관에서 책을 읽는다. 도서관에는 『신의 손』을 읽는 "그"가 앉아 있다. 옆에서 "역사책"을 읽고 있는 "눈이 큰 여자"가 그를 보고 있다. 시인일 수도 있지만 그렇지 않을 수도 있다. "신의 손"이 시의 백지 위로 걸어 나오고, 역사(책) 속으로 다시 걸어 들어간다. 이제부터 시에는 "신의 손"과 "역사" 이야기뿐이다. 얼마나 많은 신의 손길이 이 세계를 적시고 있는가? 얼마나 많은 '결정-과정'("decision-consequence")이 역사를 물들이고 있는가? 책은 얼마나 다양한 종류의 '결정-과정'들을 구성해내는 문자의 화합물이었던가? "도서관으로/흘러 들어오"는 저 "존재하지 않는/이들"은 모두 책에서 풀려나온 것들, 책의 등장인물-사건-내용-개념 들이다. 그가 읽는 '신의 손'이, 그녀가 읽는 '역사'가 서로 손을 잡고 현실로 범람한다. 남자가 책을 놓친다("신의 손을 놓친/남자"). 책은 펼쳐진 채, 표지가 하늘로 향한 상태에서 가방 위에 놓여 있다("신의 손을 편 채 뒤집어 가방 위에 올려놓았으므로"). 책 표지는 "신이 두 손으로 자신의 얼굴을 감싸"는 그림이 새겨져 있다. 그러니까 나는 상상의 나래를 펼친 게 아니다. 책으로 가득한 도서관에 앉아, 하루 종일 책을 읽거나 책을 읽고 있는 사람들을 관찰하고, 내가 읽고 있는 책이나 타인들이 읽고 있는, 그렇지만 대부분 내가 읽은 적이 있는 책, 바로 그 책의 세계, 책의 사유, 책의 주인공들의 '결정-과정'을 일기처럼 기술하는 일을 했을 뿐이다.

1

A는 B와 C와 D와 E와 F와 G와 H와 잤다 절정의 순간에는 어김없이 데모크리토스의 문장이 머릿속에서 울려 퍼졌다 만물은 원소들의 무작위한 결합이다! I와 J와 K와 L과 M과 자도 데모크리

토스는 한번 내뱉은 말을 번복하지 않았다 만물은 원소들의 무작
위한 결합이며 본질은 없다

〔……〕

3

　중력의 법칙은 원자보다 작은 입자들의 세계에는 적용되지 않
는다 신이 원자보다 작은 미생물이기 때문이다 신은 너무 커서 보
이지 않는 게 아니라 너무 작아서 육안으로 확인할 수 없고 따라서
신을 보려면 특수한 기구가 필요하다 신은 인간과 연락을 끊기 위
해 자신이 속한 세계에 인간세계의 중력 법칙이 미치지 못하도록
막았는데 인간들이 섭섭해한다
　　　　—「과학의 법칙」 부분[18]

　문보영의 시에서 신은 누군가에 의해 기록되었던 신, 누군가의 글에
서 고안되었던 신이다. 누군가가 자신의 책에서 정리했던 공리들과 가
설들 속에 거주하는 신, 철학적 테제들이 한껏 그 사유를 밀어붙였던,
그런 신이다. 신은 문보영의 시에서, 책의 '결정-과정'만큼 다양한 모
습을 하고 등장하며, 책에서 풀려나와 시라는 무대 위에서 제 이야기
를 들려주거나 연기를 한다. 이 신들은 초월적이고 내재적인 신, 근엄
하고 엄숙한 신, 하늘 저 위 천국의 신이라기보다, 세계에 존재하는 책
의 가짓수만큼, 시집의 등장인물 시인들이 적었던, 혹은 적지 못했던
저 무수한 시구(詩句)만큼, 그러니까 책으로 이루어진 기둥의 개수만큼

18　같은 책, pp. 78~79.

이나 다양한 신, 그렇게 의미를 부여받은 신, 그렇게 재현된 신, 그렇게 이야기된 신, 그러니까 철학-문학-역사-과학의 신이다. 이 철학-문학-역사-과학을 시에서 시연(試演)하면서 좌절하고 절망하고 웃고 섭섭해하고 의아해하고 행위를 하는 신, 그걸 재료로 무언가 하려 하고, 전전긍긍하고 고민에 휩싸이고 또 저 멀리 거주하기도 하는 신이다. 문보영은 이 신들, 책 속에서 잠들어 있는 신들을 꺼내서, 의문의 대상으로 삼거나, 등장인물로 치환하여 고유한 이야기로 풀어내 지상 위로 끌고 내려와 시의 몸통을 구성하였다.

*

우리는 신이 몇 살인지 모른다. 그 형체도 눈으로 볼 수 없다. 신은 웃지도 않는다. 모세의 율법에 따를 때, 인간의 눈에 보이지 않는 신은, 오로지 자신의 등만을 인간에게 드러낸, 그렇게 빛으로만 자신을 알리는 존재일 뿐이다. 인간에게 얼굴을 드러낸 신 역시 웃지 않기는 마찬가지이다. 만약 그리스도의 신이 미소를 짓는다면, 이때의 웃음이란 복음서 속의 조심스러운 설교를 통해 표출된 무엇일 뿐이다. 신은 '왜'와 '어떻게'를 물을 수가 없다. 모든 규정과 규명의 의지, 정의definition의 시도에서 벗어날 뿐만 아니라, 모든 규정과 규명과 정의의 대상에서 벗어나기 때문이다. 가령 신이 무엇이냐는 물음에, 누군가 신은 사랑의 신이자 정의로운 신이라고 대답한다고 해도, 우리는 사랑과 정의justice가 정작 어디에 있는지 하나하나 규명할 수 없다. 그것은 어디에 있지 않으면서도 사방에 있기 때문이다. 신은 나이를 먹지도 않는다. 신은 차라리 우리가 무언가를 바랄 때 찾게 되는 신들일 뿐일지도 모른다. 바라는 바가 다양한 것처럼 신은 그래서 다양하다. 신에게도 나이가 있다면, 그것은 신의 나이가 아니라, 내가 신과 함께한 '나'의 나이일 뿐이다.

　　　스무 살의 신(神)이 있다
　　　거울을 차곡차곡 쌓아 놓은 결과물

　　　갓난애 눈물을 굳혀 만든 양초를 잃어버렸어
　　　꿈속의 나와 꿈 밖의 내가 동시에 울기로 한다
　　　눕혀진 거울을 세우던 최초의 시간
　　　한번쯤 울어 보려고 퇴화하는 마지막 감정
　　　나는 꿈 밖의 내게 이름 불렀지
　　　나 자신을 전부 만져 봤던 감각을 기억해?
　　　입에 넣어 봤던 꼬리의 길이를 가늠해?
　　　투명의 반대말이 뭐게?

　　　스무 살의 신(神)이 있어
　　　빛으로 빛을 비추는 짓 한다
　　　그림자가 가까운 인형에게 이름을 줬다 빼앗았을 때
　　　눈물처럼 눈알이 떨어졌을 때
　　　다음은 네 차례야
　　　충분해진 촛불을 끄고
　　　케이크에 얼굴을 푹 박아 줄 차례
　　　──「반투명」 전문[19]

19　안미린, 『빛이 아닌 결론을 찢는』, 민음사, 2016, p. 13.

신은 나의 어느 순간, 나의 어느 나이, 나의 어떤 시절에 나타나는 신이다. 스무 살은 신의 시간이며, "눕혀진 거울을 세우던 최초의 시간", 그러니까 물리적 시간이자 태초의 모습을 복원하는 시간이다. 이 시간은 자기를 돌아보는 시간, 그렇게 "거울을 차곡차곡 쌓아 놓은 결과물"을 신의 이름으로 부르면서 지금-여기에서 되돌아볼 수 있는 순간이자 시간이다. 이 시간에 신이 있으며, 혹은 신이 있다는 이유로, 시인은 "빛으로 빛을 비추는 짓"을 한다고 말한다. 시의 화자와 신은 여기서 똑같은 일을 나누어 갖는다. "스무 살의 신(神)이 있어"는 바로 앞 행에 전개된 "감각을 기억해?" "꼬리의 길이를 가늠해?" "투명의 반대말이 뭐게?"와 같은 구어식 대화의 연장선상에서 읽어야 하는('신이 있다'처럼) 동시에 행위의 원인(신이 있어서, ~짓을 한다는 식)도 생성해낸다. "한번쯤 울어 보려고 퇴화하는 마지막 감정"을 꺼내게 하는 신은 어느 순간에 새어 나오는 찬란한 빛과 그 빛을 반사하는 거울을 들고서 지금-여기 현현하는 신이다. 지금은 잃어버린 "갓난애 눈물을 굳혀 만든 양초" 같은 것을 현실에서 다시 켜게 되는 아주 짧은 순간은 "꿈속의 나와 꿈 밖의 내가 동시에 울"게 되는 시간이며, 그것은 스무 살의 내가 "케이크" 앞에서 "충분해진 촛불"을 마주한 순간이기도 하다.

　　　최연소의 연인이 눈을 감는다

　　　너는 누구지?
　　　너는 감각체?

　　　너는 솜의 세계처럼 푹신하지만
　　　네가 인간이라면 처음이겠지
　　　내가 너를 껴안았다가 가볍게 밀어냈더니 너는

푹신보다는 신(神)과 같은데

그리하여 너는 신(神)?
네가 신(神)?
신(神)이 인간이라면 타인일 텐데

네가 인간이라면 너는 두 사람
흐린 신(神)과 묽은 신(神)의 거리감
길고 긴 긴장과 그 긴장 끝의 것, 뜨겁고 촉촉한 새끼들처럼
가장 내 이름이 아닌 것으로
무국적의 감각으로
선택하고 싶었던 나의 신(神),
더 어린 신(神),
네 장래 희망은 흐린 날씨를 갖고 싸우는
악력의 것이 될 텐데

내가 너를 껴안았다가 가볍게 밀어냈더니 너는
돌연히 전부 알고 있다는 표정의 직업
—「비슷」 전문[20]

얇은 영혼에는 뼈가 더 없을까
피가 더 없을까

신(神)은 흔들려

20 같은 책, pp. 84~85.

영혼에 가까워질까

이끌려 소년에 가까워질까

이끌려 소년에 가까워지면

향수병의 입구를 핥고 싶어지면

향수병의 입구를 핥는 소년이 되면

정교한 갈비뼈의 청년이 되면

셋 다 죽는 연애 속에서

엎드려 반지를 끼고

반지를 낀 영혼이 되면

엎어진 영혼은 뼈를 믿으면서 흘렀다는 말,

피를 묻히면서 믿어 왔다면

　　　　　　　　　　　　　──「청교도」부분[21]

　신은 신이 아니라, 사실 신'들'이다. 신은 "최연소의 연인"들 사이의
접촉에서 살아나는 "감각체"이자, "무국적 감각"으로 "가장 내 이름이
아닌 것으로" 선택하기를 바라는 저 "더 어린 신(神)"이다. "길고 긴
긴장과 그 긴장 끝의 것, 뜨겁고 촉촉한 새끼들처럼" 접촉의 순간, 푹
신한 감촉의 순간에, 열리고 또 닫히는 순간에 살짝 모습을 보이는 신,
"흐린 신(神)과 묽은 신(神)"이다. 그렇게 "도래한 것만 같은 얼굴"(「공
진화」[22])에 서린 신이지만, 항상 유보된다기보다 간혹 삶에서 찾아와
반짝이는 빛처럼, 얼굴을 내비치는 신이기도 하다. 신은 초월적이라기
보다, 현실이라는 논리적이고 이성적인 '투명한 세계' 저 건너에 있는
감각적 '반투명'의 무엇이며, 흐리고 묽은 반투명의 세계에 거주하면서

21　같은 책, pp. 22.

22　같은 책, pp. 83.

도, 현실에서 항상 흔들리는 신, 움직이며 유동하는 신이다. 신은 애초에 아무것도 아니었을지도 모른다. 신은 인간의 영혼과 뼈의 변화를, 그 우연을 주재한다. 성장과 연애를 관장하는 신, "셋 다 죽는 연애 속에서"조차 "엎어진 영혼"이 "뼈를 믿으면서 흘렀다"는 저 말을 주관하는 신, 그렇게 순간들에 현현하는 신, 그러니까 신들이다.

*

'어린 신'이라 부를 이러한 신은 안웅선의 시에서는 조금 다르게 나타난다.

> 신의 언어는 새벽에 깨어 버린 아이의 울음소리로 번역할 수 있다 무너진 선착장에 발을 딛는 조심스러움으로 찢겨진 내장에 손을 넣고 출혈점을 찾는 의사의 바쁜 손놀림으로 눈물의 값을 흥정하려는 정치가들을 내쫓는 단호함으로 맑은 날씨를 예보하는 일기예보의 거짓으로 경기 회복을 점치는 경제학자의 조심스런 그래프 그 안에서 살아간다 내가 아름답건 말건 내가 나이건 말건
> ──「Michelle」 부분[23]

대상 없는 타자, 그러니까 불투명한 타자들이 신의 이름으로 시 속으로 걸어 들어온다. 내가 남을 호출하는 것은, 타자들이 나에게는 경이로운 존재이거나 대단한 존재들이기 때문이며, 안웅선은 그런 타자들을 신의 이름으로 붙잡고, 신의 이름을 호명할 수밖에 없는 역사적

23 안웅선, 『탐험과 소년과 계절의 서』, 민음사, 2017, p. 58.

순간들이라고 부른다. 타자를 전개하는 방법을 안웅선은 '기도'라고 부른다. 이 기도는 나를 위해 올리는 기도이기도 하다. 시집에 등장하는 왕국이나 사제는 대부분 신과 결부되어 있으며, 시집을 물들이는 고풍의 아카이즘은, 신이 하루아침에 만들어지지 않은 것인 만큼, 역사 속 저 우연의 창문들을 열어, 신의 저 흔적들을 지금-여기의 기록으로 받아내기 위한 과거로의 여행에 바쳐진다. 현실에서 반성적 사유를 끌어내는 모든 것들이 '신'이라는 이름으로, '기도'의 형식 속에서, 시 속 풍경이 되어, 우리에게 펼쳐진다. 타자의 이름으로 호명되는 신은 유희경 시에서는 '인칭'이라는 구체성을 갖는다.

> 어떤 인칭이 나타날 때 그 순간을 어둠이라고 말할 수 있다면 그 어둠을 모래에 비유할 수 있다면 어떤 인칭은 눈빛부터 얼굴 손 무릎의 순서로 작은 것이 무너져 내리는 소리를 내며 드러나 내 앞에 서는 것인데 나는 순서 따위 신경 쓰지 않고 사실은 제멋대로 손 발 무릎과 같이 헐벗은 것들을 먼저 보고 생각하게 되는 것이다 인칭이 성별과 이름을 갖게 될 때에 나는 또 어둠이 어떻게 얼마나 밀려났는지를 계산해보며 그들이 내는 소리를 그 인칭의 무게로 생각한다 당신이 드러나고 있다 나는 당신을 듣는다 얼마나 가까이 다가왔는지
> ──「우리에게 잠시 신이었던」 전문[24]

"어떤 인칭이 나타날 때 그 순간", "헐벗은 것들을 먼저 보"게 되는 그 순간, 그러니까 빛의 반대라고 할 "어둠"의 시간, 어둠 속에서 "그들이 내는 소리를 그 인칭의 무게로" 생각하게 되는 "당신"을 유희경

24 유희경, 『우리에게 잠시 신이었던』, 문학과지성사, 2018, p. 9.

은 '신'이라는 이름으로 부른다. "당신"은 도래하는 신이 아니라 부재의
형식 속에서만 현실에 존재하는 불가능성의 가능성이자 그 대상이다.

> 6
> 기억의 들판이 불러오는 회한이여
> 회한의 돌풍이여 날아드는 마른 가지여
> 가지가 내어놓는 마른 불꽃이여
> 불의 혀가 삼켜, 천천히 가라앉는
> 당신이여 당신이 말하는 기적이여
> 어디에도 없는 기척이여 사막 같은
> 슬픔이여 나는 울고, 울다 버려졌으니,
> ──「우리에게 잠시, 신이었던 것들」 부분[25]

"당신이여 당신이 말하는 기적이여/어디에도 없는 기척이여"처럼,
"당신"은 도래할, 이라는 시제 속에 거주하는 신의 다른 이름이 기도지
만, 이 신은 내재적인 신, 그러니까 두 발로 굳건히 현실 위에 서서, 애
타게 불러보는 "당신"이다. 유희경의 신은 초월성을 노정하지 않는다.
그에게 "당신"은 빛의 신이 아니라, 오히려 빛이 부재하는 어둠이라는
명백한 현실, 채워지지 않고 비워지지도 않는 세계의 공백에서 흘러나
오는 미지의 목소리다.

25 같은 책, p. 80.

*

2018년 지금, 시집에는 신들이 돌아다닌다.

신은 예전의 저 낡은 신학적인 외투를 벗어버린다. 여전히 고풍스런 망토를 걸치고 있는 신도 있다. 역사의 순간들에 실루엣을 드리우는 신도 보인다. 어느 순간에 붙잡혀 빛을 뿜어내는 신도 여전히 건재하다. 귀신이 자취를 감춘 것도 아니다. 파국의 서사를 제 이야기처럼 부리는 신은 여전하다. 망할 신도, 망한 신도, 웃음을 터뜨리는 신도, 울고 웃는 신도 모습을 드러낸다. 이따금 현실의 임계점에서, 창세의 기운을 노출하는 신도 있다. 기도는 여전히 인간의 몫이다. 기도하는 인간 옆에서 신이 졸고 있다. 자신의 전능을 확인하거나, 피조물에게 입을 달아주는 대신, 지금-여기 신들은, 현실을 뚫고서, 물음을 잔뜩 물고 오고, 언제-어딘가에서 나타나 의문을 촉발시킨다. 그렇게 신은 '신'이라기보다, 차라리 신'들'이다. 펜촉에서 한없이 신이, 그들의 이야기가 흘러나온다. 어둠에 기거하고, 대지에서 솟아난 신들이, 도서관에서 책을 읽고, 책 속에서 백지 위로 뚜벅뚜벅 걸어 나오며, 거울을 들어 자신과 우리를 동시에 비춘다. 타임머신에 태워 어린 시절의 어느 순간으로 우리를 데려가기도 한다. 당신이라는 타자의 말을 하나 가득 토해내기도 한다. 신이 시집을 들고 사방을 돌아본다. 지금-여기, 그러니까 우리는 신과 함께…… 신과 함께……

[『시와표현』, 2018]

미로의 미래: 생각, 그리고 편지의 탄생
― 김유림의 『양방향』

　시의 형식이 삶에 그 터전을 두고 태어나듯, 삶의 형식은 시의 형식에 의해 또한 열린다. 삶의 형식에 대한 고안은 시의 형식을 고안하는 순간에 탄생하며, 마찬가지로 시의 형식에 대한 고안 역시, 삶의 형식에 대한 고안의 순간에 터져 나온다. 우리는 언어의 형식에 대한 고안을 통한 삶의 형식에 대한 고안, 그리고 그 반동이자 역작용이라고 할, 삶의 형식에 대한 고안을 통한 언어의 형식에 대한 고안, 이 둘의 접점, 그러니까 이 양자의 불가피한 연관을 가로지르며 빚어진 글을 시라고 부른다.

　김유림의 시는 생각하고 기억하고 간혹 꿈꾸는 펜을 집어 든 화자가 결락과 주저 없이 고안을 향하는 언어로, 불가능의 영역에 묶여 있던 부동의 현실에 에너지를 부여하고, 전혀 다른 방식의 호출 속에서 재생되는 놀람의 장면들을 속속들이 백지 위로, 기록의 반열 위로 끝내 이끌고 온다. 시에서 새로운 산출이 빚어지는 것은 기억-생각-사유의 기저를 파헤치는 그의 고유한 방식 덕분이다. 생각의 연쇄를 그러모아 착상으로 이어지는 주관적인 발화로 말의 결들을 빚어내고 또 전환해 내면서, 그는 삶의 다채로운 순간들, 그 과거와 현재는 물론, 기억이나 꿈에 독특한 양감을 배분하고 조절하여 사물의 질서에 기이한 활력의 포인트를 부여하고, 세계에 낯선 숨결을 트게 할 줄 안다. 특정 스타일에 붙잡히지 않는 언어의 구심력을 생각의 문장들로 받아내면서 추상과 감상의 핵자를 누락시켜 현실에서 사유의 공간을 만들고, 또 그 틈을 열어 우리에게 보내는 미지의 '편지'와 감추어진 편지 속의 겹-편지들과 그 역행, 생각의 탄생과 개별화의 문장들을 통해 만나게 되는 기이한 인칭의 세계와 내면의 시공간을 우리는 읽게 될 것이다.

생각의 탄생

생각하는 모자를 쓴 코기토가 거침없이 뻗어나가는 말을 내려놓는다. 시인에게 생각은 펜을 쥐자마자 달아올라 터져 나오는 말의 '역(逆)-쇼트shot'를 주재한다. 생각하는 코기토는 발화의 순간을 타고 순식간에 감겨 나오는 기록의 연쇄를 통해, 목적적인telos 의식의 오롯한 실현에 도달하려 하지만, 조금만 방심해도 문장이 외려 생각을 기억하면서 보존하고, 그렇게 생각의 증거를 자임한다. 김유림의 『양방향』(민음사, 2019)에 수록된 아래 시에서 빚어진 일련의 사태를 우리는 이렇게 마주한다.

> 돌다리를 두드리려면, 집에서 나와 냇물을 찾아가야 하고 물살이 세지 않아야 하고 예상치 못한 폭우가 내리지 않아야 한다 이 세 가지 경우를 전부 충족하는 경우는 드물다 자가용이 있어야 하고 하다못해 자전거가 있어야 한다 돌다리를 두드리려면 얕고 잔잔한 냇물에 누군가 돌다리를 이미 놓았어야 하고 돌을, 되도록 평평한 돌을 이고 와서 소매와 바지를 걷고 물속으로 걸어 들어갔어야 한다 돌을 놓을 위치를 표시하고 표시할 수 없다면 짐작하고 어림잡아 이 물이 저 물이 아닌 걸 알아야 하고 직관이 뛰어나야 하고

어렵다 물이 계속 흐르고
물이 계속 흘러서

잔챙이들 내려가고 잔챙이들 사라졌는데 월척이 떠내려 오고 월
척이 가면 한동안 잠잠하고 그래서 물고기에는 괘념치 말아야 하
고 대담해야 한다 대담하려면 대담하게 자라야 하고 〔……〕

주차장에 세워 둔 스쿠터를 생각하면 여기에 있어야 한다고 생
각한다.
　　—「건넌다」 부분

'돌다리를 두드리다'라는 명제가 실현되기까지 무슨 일이 벌어지는
가? 그러려면 수많은 전제 조건이 필요하다는 사실을 시인은 태연하
게 적어나간다. '돌다리를 두드리다'라는 동작이나 행위가 성립하기 위
해서는 모종의 가정이 불가피하며, 가정이 명제의 행렬처럼, 사유의 도
미노 조각처럼 가지런히 늘어서 전제되어 있어야만 한다. 시는 여기서
착상의 길로 거침없이 진입한다. 따라서 "돌다리를 두드리려면"이라는
가정-전제가 실현되려면, 조건 명제들이 문장으로 풀려나와 아직 이
루어지지 않은, 그러나 이루어질 어느 시점에 속한 단계들을 퍼즐처럼
쌓아나가 차곡차곡 가정 자체를 증명해내야만 한다. 먼저 생각 속에 존
재하지 않았던 것은 이렇게 그 무엇도 말에 속하지 않는다. 이 정확한 생
각과 계산, 그것으로 축조된 지형을 우리는 무엇이라고 부를까? '자아
에서 문장으로, 그리고 생각'으로 이어지는 통상의 순서가 이렇게 '생각
에서 문장으로 그리고 자아'로 향하는 순으로 뒤바뀐다. 따로 두면 낯
설기만 한, '생각-문장-자아', 이 세 낱말이 순위를 갖고 하나의 절차

384

로 묶여, 서로 연결되면서, 시에서 서로가 서로를 훔치기라도 할 듯, 탐욕스런 눈빛으로 제 경계를 넘보기 시작한다. 김유림 시는 바로 이와 같은 방식으로 생각의 흐름을 창안하고, 그 동력으로 "삶의 핵심을 더듬"어나가며, 거침없는 기록의 순간들을 산출해낸다. 문장이 자의식의 주체가 되었다고 진술하는 순간, 인식의 대상과 주체에 대한 근본적인 관점이 흔들리기 시작하면서, 생각이 그 원인이자 시작이라고 주장하는 만큼 달라진 삶이 우리에게 모습을 드러내는 것이다. 통사의 조직을 얻어내고 낱말의 조합에 의해 탄생한 것이라 해도, 문장이 그 자체로 의식이나 의지, 추론이나 직관의 능력을 갖추고 있다고는 생각할 수 없으며, 그러기 위해서는 생각이, 어쨌든 선재해야만 한다. "여기에 있어야 한다고 생각한다"라며, 시인은 이와 같은 사실을 화자의 마지막 위치에서 한 번 더 확인하면서, "계속 흐르고", "자꾸 흘러가고", 그렇게 "잊어버리기도 전에" "계속 흘러"넘치는 생각을 조직하여, 자아에게 특이한 내면의 권리를 부여한다.

나는 너른 풀장 한가운데로 수영해 들어간다
사람이 많을 수도 있고 적을 수도 있다
뛰어들 수도 있고 발부터 적실 수도 있다
낙엽이 떠다니는
버려진
풀장일 수도 있고
내가 꿈꾸던 바로
그 호화 수영장일 수도 있다
그러나 바람에 쏟아진 낙엽으로
얼룩진 풀장도
꿈의 가장자리 정도는 적실 수 있다

레인 끝까지 가려면

물안경이 필요하고

긴 머리칼을 묶을 머리끈도 필요하다

가족과 함께 왔을 수도

친구들과 함께 왔을 수도

시시하게 너와 함께 왔을 수도 있다

가장 시시한 건 나 혼자 왔을 때다

가장 시시하지 않은 것도 나 혼자 왔을 때다

만약 이것이 기나긴 불화 끝에 화해한

부부의 여행이라면

〔……〕

——「수영해 들어간다」 부분

생각의 문장은 삶에서 비켜선 것들을 확률과 개연으로 묶어 기록의 반열에 포섭한다. 생각의 흔적들, 생각을 증거하는 표식들은, 잠재와 의혹의 형태, 그것을 담지한 말의 형식으로 나타난다. 방사선 모양으로 말이 퍼져나가고, 생각이 이루어질 조건들이 빼곡히 백지 위로 들어서기 시작하면, 골몰하는 말들을 둘러싸고 잠재와 의혹이 날개를 펼친다. 생각은 "들어가도 들어가도", 그 끝은 보이지 않으며, 오히려 생각의 타래가 늘어나는 만큼의 영역과 경험, 공간이 산출된다. 생각의 게토는 하나이며, 이 게토를 중심으로 말이 변곡점을 이루면서 하나씩 직진하듯 덧붙이는 방식으로 펼쳐지면, 쓰는 나는 어느덧 '어딘가'에 위치하고, 불현듯 '어느 때'를 방문하며, 그렇게 '누군가'에게로 이입하고, 결국 '무엇'이 되어간다. 그러니까 생각으로부터 문장이 고안되고, 고안된 문장들이 번져나가는 가운데, 자아가 소용돌이를 치면서("나는 한가운데를 찾아/나와 함께 소용돌이치는 것 같다"), 이루어질 수도 있었던 것,

이루어진 것들, 이루어졌던 것들이 기이한 조합을 이루고, 결국 고유한 이야기를 만들어내어, 내면 일기 하나를 완성한다.

여행지 어느 곳을 방문하기 직전이다. 제 발치에 놓인 사원의 풍경을 바라보며 산출되는("그늘이야 해가 높아질수록 윤곽을 좁혀 가겠지만", 「앙코르 와트」) 저 생각이라는 기이한 출발과 범람, 모든 것의 시작이자 끝인 저 생각이라는 매트릭스는 아직 오지 않은 것을 오게 하고, 아직 보지 않은 것을 보게 하면서("그곳엔 출입구가 없지만 벽이 높지 않아 영원히 넘어가 버릴 수도 있을 테지", 「앙코르 와트」), 잠재성을 비잠재적인 것으로 출현시키면서 자아의 내면에 기이한 접촉면을 만들어낼 줄 안다.

> 정신을 놓자 다람쥐가 튀어나와 나무를 박았다 날았다
> 날면서 천천히 추락하고 충돌해서 꽝
> 마침, 뚫려 있던 마음으로부터
> 딱따구리가 나왔다
>
> 〔······〕
>
> 정신은 놓을 수 있고 정신은 갈 수 있다 날아갈 수 있다
> (그 와중에) 세계관을 따라 수액은 하나의 양동이에 모여 드는데
> ──「해는 머리에서 머리까지」 부분
>
> 그러니 돌아온다는 건
> 마음속까지 찢겨 들어오는
> 활기찬 하루를
> 당신이라면 어떻게 할까, 라는 의문을

미로의 미래

387

일상으로 밀어내는 것이야
　　──「산업과 운명」 부분

사람과 사람들은 물보라를 일으키거나 잠수하거나 잠수했다가
다시 올라온다
　물보라를 일으키거나 잠수하거나 잠수했다가 다시 올라오며 숨
을 참거나
　숨을 크게 내쉰다 나는

　신발을 신은 채
　고르지 않은 바위 밭을 가로질러 도망쳤다 그러거나 말거나

　전부 산이나 바다나 언덕이었다 여름 휴양지는
　산이나 바다나 언덕이거나 영화관이었다 시골 영화 어쩌다 시골
로 가게 된 사람의 영화거나 회사에 지각해 뛰어가는 사람의 영화
전부 버리거나 전부 버렸다고 생각하지만 여전히 가진 채 들판으
로 산으로 바다로 언덕으로 가는 영화 혹은 넓은 부지에서 시작해
넓은 부지에서 끝나는 영화 영화처럼 꿈처럼 꿈처럼 영화처럼 유
산으로 상속된 넓은 부지가
　새로운 휴양지로 탈바꿈하기도 했습니다
　　──「당신의 K.」(pp. 46~47) 부분

　생각은 백지 위에 주사위를 던지듯, 할 수 있었을 것들과 할 수 없었
을 것들의 운명을 펼쳐놓으며, 실험한다. 생각은 이 전미래에 속한 주
관적인 사건들을 "두드릴 수 있고 두드릴 수 없다"(「해는 머리에서 머
리까지」)고 말하며, 실현 가능과 불가능의 품 안에 포섭하여 움직이게

388

만든다. 그것은 마치, 나와 함께 있는 거리의 여행객들, 저 명백한 존재들에게 모종의 가능성을 부여하고 의혹의 시선("이곳을 벗어난 적 없는 현지인일지도 모르고/그 반대거나 전부 틀리거나 전부 맞을지도 모른다",「앙코르 와트」)을 보태어 감아내는 일이자, "의문을/일상으로 밀어내는 것"이다. 그것은 "놓을 수 있"는 "정신"의 행방을 타진하고, "갈 수 있"고 또 "날아갈 수 있"는 "정신"의 촉진이며, 그리하여 무엇이 튀어나올지 모르는 마음의 향방과 그 트임을 촉발시키는 일을 과감히 가능성의 영역으로 끌고 오는 작업이다. 그것은 정신이 전진하거나 멈추는 양태 그 자체이기도 하며, 멈추거나 전진하거나 혹은 흘러 고이는 "세계관"이라는 무정형의 형태를 기어이 손에 쥐는, 독특한 언어의 형식이자 그 형식의 고안이기도 하다. 생각은 관찰에서 시작한 나의 객관적 시선에다가 "그러거나 말거나"를 걸머쥐게 하고, 이어서 "여름 휴양지"를 이중으로 확장하여 제 의미를 조절하면서, 연달아 덧붙여 결국 배가시키고 마는, 전진하며 고안하는 말의 절정, 저 활기찬 운동을 창출해낸다. "여름 휴양지"는 바로 앞에 위치한 "전부 산이나 바다나 언덕이었다"의 주어인 동시에, 행을 바꿔 문두를 여는 다음 연의 첫 문장 "산이나 바다나 언덕이거나 영화관이었다"의 주어도 자처한다. 말이 빚어내는 이 기이한 사태는 이것으로 끝을 바라보는 것도 아니다. 통사의 배치 순서가 뒤바뀐 "여름 휴양지"의 특이한 위치로 인해서, 그 앞의 "전부 산이나 바다나 언덕이었다"가 독립절로 기능할 경우도 고려해야 하기 때문이다.

김유림의 시에서 행갈이는 이렇게 말의 리듬을 조절하면서 꼬리에 꼬리를 물고 이어지는 생각에 착상과 확장이라는 에너지를 보태고, 결국 생각의 걸음, 저 직진하는 행진에 날개를 달아준다. 생각의 리드미컬한 점프로 "영화"는, 생각을 "전부 버렸다고 생각하지만 여전히 가진 채", 바로 그 상태에서 어느 곳으로든 나아가면서, 미지의 숱한 경

험을 실제 존재했던 어느 영화의 화면처럼 걸머쥐고, 또 어느 영화에
서 실재로 재현되었을 수도 있을 화면을 결국 통째로 시에서 드러내
보여준다. 시인은 여기에, 마치 누구에게 보내는 편지와도 같이, 경어를
붙여놓았다. 생각의 착상이 이루어진 저 도미노의 첫 조각, 사실적-현
실적 "여름 휴양지"가 이렇게 숱한 생각과 그것을 받아낸 문장들, 그
리듬을 타고, 영화 속의 그것, 기억 속의 영화, 그러니까 언젠가 보았던
영화 속의 "새로운 휴양지로 탈바꿈"하며 이상한 편지의 형식을 완성
한다. "그것은 하나의 기억이다"라는 사실을 적어 시인은 생각의 출발
과 전개가 어디서 비롯되었으며, 무엇을 위한 출발과 전개인지를 명확
히 하고, 또한 "바로 거기"(「당신의 K.」)에서 바라보고 위치한다고 명
기를 해놓는다. 아니 이토록 철저한 계산을 보았나.

> 아무 중국집이나 들어가 울면을 먹었던 기억을 재미있게 이야
> 기해 주기도 어렵겠다 생각하는데 생각보다 기억에 남겠다는 차이
> 나타운 보다 커져 버린 차이나타운은 일본 요코하마의 차이나타운
> 아니 인천역 차이나타운

> 기억 너머
> 종착지처럼 앉아 있다

> 〔……〕

> 하얀 가루가 떨어진다
> 턱밑을 받친 채

> 그늘로 들어가 생각을 키운다 곶감을 썹는다 생각은 거대해진

다 곶감 하나만 더 먹는다 생각의 그늘도 거대해진다 생각에서 도
망친 오래된 기억들은 마을의 거목 아래 수백 년 동안 늘어져 쉬고
있던 중이었다 결정적인 순간 녹슨 벤치로 떨어진 생각은

하동의 산비탈을 따라
인천행 요코하마행

물가에 이르자 잠시 쉬어 가도 괜찮겠다는 생각에 젖어 든다
〔……〕

골목으로

빠져나갈 수도 있지만 머물러 있을 수도 있었다 하지만 주차를
하고 돌아올게 어디인지 몰라도 가까운 곳에 공용 주차장이 있었
다는 걸 상기하기 위해 말의 초입으로 돌아가 처음부터 다시 시작
해야 하는 어설픈 기억을 재미있게 풀어내기는 어렵다는 것이 정
설입니다” 너는 입을 닫고 곶감을 마저 삼킨다.
　　—「대화엔 길이 있다」 부분

　기억과 생각. 그러니까 이 둘 중에 무엇이 먼저인가? 기억은 생각을
형식으로, 생각은 기억을 내용으로 삼는다. 무언가에 얽힌 “기억을 재
미있게 이야기해 주기도 어렵겠다 생각”한다고 가정할 때, 무언가에
얽힌 ‘기억’이 우선인가, 그 기억을 ‘생각’하는 행위가 먼저인가? 아니,
기억–생각을 풀어내는 ‘말’이 더 중요하며, 말이 기억–생각의 목줄을
쥐고 있는가? 기억이 항상 “아슬아슬하게 결합하여 나를 끌어당”(「프
랑스 마레 지구」)긴다면, 생각은 할 수 없는 것, 가능성에 불과한 것들,

시에서는 주로 환유의 결과로 주어지는 확장된 것들을 가능성의 영역으로 끌고 온다. 무엇이 먼저이건 간에, "생각의 그늘이 거대해"지면, 거기서 기억은 도망치고 말은 무장을 해제당한다. 서로가 서로를 붙잡고, 서로가 서로에게 달라붙거나, 서로가 서로의 단서가 되어 긴밀한 추적이 이루어질 뿐이다. 김유림의 시에서는 기억-생각-문장이 모자이크처럼 이 세계에 스며든다. 기억과 생각은 이야기를 들려주고자 머릿속에 떠올려본, 언젠간 방문했을 "차이나타운"의 저 복잡한 미로나 "차이나타운의 기억을 피해"서 생각을 마저 붙들고 달려간 "낡은 대청마루"가 있는 "리모델링하기 전의 할머니 집"처럼, 실재했던 장소, 그리고 이 장소의 복잡한 구조와 희미한 과거처럼, 서로가 서로에게서 "빠져나갈 수도 있지만 머물러 있을 수도 있"다. 이와 같은 사실을 시인은 표현의 영역으로 끌고 오면서 정확히 이에 합당한 말, 다시 말해, 생각에 의해 재구성되는 기억을 실현하는 고유한 문장을 고안해낸다. 이처럼 "다시 시작해 기억들이 웅성이며 차이나타운과의 커넥션을 주장"하는 순간, 생각은 "T자형"에 이어 "S자형으로 이어지는" "진입로"로 달려간다. 사실, 정확한 기억이란 없으며, 기억은 또한 주관적이다. 기억은 무언가를 "상기하기 위해 말의 초입으로 돌아가 처음부터 다시 시작해야 하는 어설픈 기억"일 뿐인 것이다. 시인은 이어, "어설픈 기억을 재미있게 풀어내기는 어렵다는 것이 정설입니다"라고 말하며, 이러한 사실을, 앞서 우리가 인용한 문장의 마지막에다가 덧붙이면서, 직접 화법의 종결만을 표시하는 직접 따옴표로 굳게 닫아놓는다.

여백의 인용, 문장의 미로

기형적인 구두점의 운용을 통한 시의 마감은, 인용의 흔적이다. 그것은 어디선가 누군가 이야기한 것, 혹은 들려준 것, 그러니까 텍스트의 바깥의 목소리, 그것의 텍스트 내의 모자이크라는 사실을 말해준다. 인용의 형식 속에서 재생되듯 풀려나온 기억의 변주와 생각이 거침없이 전개되는 저 이야기의 출처에는 그 정체가 불분명한 화자가 이렇게 자리한다. 다시 말해, 이야기는 고유하고 독특한 화자의 '목소리'에서 빚어진 말의 사태로 전환되는 것이며, 아울러 이와 같은 타자의 목소리가 화자의 내부에서 움터 나오며 시인은 "뜨겁게 달아오른 난간을 붙들고/생각을 한다"(「이 상자 안으로 양이 들어올 것이다」)는 사실을 기억해야 한다. 화자는 이렇게 해서, 독특한 인칭의 세계로 초대된다. 화자의 입을 빌려 진행되고 있는 이야기에 대한 책임에 기습하듯 면죄부를 주는 이러한 인용의 방식은, 행갈이와 여백의 독특한 활용과 더불어, 김유림의 시에서 매우 중요하고도 독창적인 방식으로 말의 흐름을 주도하고 편지의 형식을 고안하는 원인으로 자리 잡는다.

　　〔……〕나는 최종적으로 으깨어진 사과의 국경 앞에서 으깨어진
　사과의 국경을 들여다보다가 왜 사람들은

　　왜 사람들은?으로 시작했던 의문은 더 이상 이어지지 못하고 오
　늘은 날이 찌는 듯이 덥다 손을 들어 이마를 닦는데 땀에 붉은 기
　운이 섞여 있었다 〔……〕 오랜 생각의 흐름 뒤에

생각보다 이렇게 묽은 것일까 생각하고 주머니에서 구겨진 휴지를 꺼내 이마를 한차례 더 닦으니 엷은 주홍색이 묻어나왔다 (……) 매미가 울고 마을버스가 오길 기다리면서

(……) 나는 여기서 나의 문제이자 나의 주제인 사과의 국경을 건너야 사과나라의 국경에 왜 사과가 하나 놓여 있었는지를 알게 되리라고 생각했다 매미 소리를 듣다가 (……)

나는 머리를 휴지 조각으로 누른 채 내가 알고 싶었던 건 한 조각의 퍼즐이 사라진 너무나도 명백한 그림의 원본이라고 생각했다
　—「추신: 뒤에 덧붙여 말한다는 뜻으로, 편지의 끝에 더 쓰고 싶은 것이 있을 때에 그 앞에 쓰는 말.」 부분

2016년 1월 10일
내가 프랑스 마레 지구를 방문했었는지…… 기억이 나지 않는다.

2031년 2월 11일
나는 프랑스 마레 지구에 가 본 적이 없다.

커다란 건물 앞에 서 있습니다. 들어서는 문은 여러 개이고, 나
온 문은 하나입니다. *미래의 문은 여러 개이고 과거의 문은 하나로
건물은 퐁피두 센터여야 합니다. 퐁피두 센터와 기억은 아슬아슬하
게 결합하여 나를 끌어당기고 백지처럼 고요한 거리 위에 나를 뱉
어 놓습니다.

　　　—「프랑스 마레 지구」 부분

　문단과 문단 사이를 차지하고 들어선 여백은 그저 비어 있는 것이
아니라, 미지의 무언가로 가득 차 들끓고 있는 시적 공간이다. "왜 사
람들은"이라는 의문형 가정문은 바로 아래 펼쳐진 여백을 가득 채우
며, 순식간에 말없이 증폭된다. 마찬가지로 "왜 사람들은?으로 시작했
던 의문"이 "더 이상 이어지지 못"하게 되면, 문장은 이제 다른 곳으
로 이동을 한다. "오랜 생각의 흐름 뒤", 그 실현되지 못한 양태를 여백
이 담아내면서, 텅 빈 백지에 사유의 자리가 마련되고, 그것을 다음 문
단의 "생각보다"가 바로 이어받는다. "오랜 생각의 흐름 뒤"와 "생각보
다 이렇게 묽은 것일까"라는 "생각" 사이에, 여백으로 인하여 무언가
가득 들어차, 시의 공간이 넓어지고 시의 살점이 붙는다. 여백은 시의
스펙터클이다. '기다림'과 '듣는 행위'를 실현하는 것도 바로 여백이다.
"긁어낼 수 없는 생각의 모래알"을 쥐고 시인은 이렇게 "생각의 바구
니를 흔들"(「모래 바구니」)면서 "생각하고 말하는 동물"(「드가가 드가에
게」)이 할 수 있는 최대치의 양상을 기록한다. 김유림의 시는, 이와 같
은 방식으로, 화자-청자, 이 양자를 겹으로 서술하면서 타자의 말을 나
의 발화로 포획해내고, 무관(無關)의 병렬 체계가 고유한 제 의미의 자
리를 만들어내는 데 일조한다. 공백은 단순히 비어 있는 것이 아니라,
침묵의 언어가, 그 잠재적인 말들이 축적되어 있는 시적 공간이자, 하
지 않은 말, 생성과 무생성의 중간 지대에 거류하는 말을 발화-무발화

의 영역으로 끌어내, 의미의 자리에 기어이 독자를 연루시키고, 화자-독자에 무게 추를 세워, 양쪽에 저울대를 달아놓는 것이다. 이렇게 사유-발화가 개인적-공동체적 영역 속으로 진입하며, 나-너의 상호 교체의 교두보에서 선다. 시는 가장 주관적인 형태의 상호-주관성의 전신이 되고, 그 깊이와 너비의 주인이 될 채비를 마친다.

환유의 날개, 줌인-줌아웃

생각은 기억의 형식이며, 생각은 말을 주재한다. 그리고 그것은, 어디선가 이루어졌던 것들, 형태를 가늠할 수 없는 말의 형식으로 기습하듯 딸려 나오는 파편적인 것들, 시집을 구성하는 모든 작품들, 그 사이에 편재하는 텍스트와 텍스트의 '상호inter' 작용의 결과들이다. 그것이 무엇이건 간에, 작은 것에서 촉발되어 꼬리를 물고 집요하게 전진하는 생각, 이 생각이 말을 등에 업고 힘찬 리듬을 만들어내고, 환유의 아름다운 날개를 달고 힘차게 전진하여, 꿈을 현실에서 펼쳐내고 '인상'을 부정의 어법으로 가능한 한 최대한 확장하면서, 독특하고 특수한 내면 일기를 기술한다.

> 로레알파리 르 엑스트라오디네어 벨벳 라커 103호 몽테뉴브릭 입술에 발라 보았습니다 창백한 내 얼굴에 벽돌 두 장 발라 넣자 화사해 보입니다 몽테뉴가(街) 벽돌로 쌓은 주택 1층 03호에 사는 아득한 사람 같습니다 아침마다 다른 나라 다른 세기에 눈뜨는 꿈을 꾸는 사람 같습니다 거리가 이만큼 벌어집니다 거리가 이만큼, 좁혀집니다 내가 입을 벌려 작은 숨을 내쉴 때마다 펼쳐지는 마법 같은 거리가 있습니다 벽돌 두 장을 다물고

파리의 겨울까지 가져가는 꿈을 꿉니다
　　　　　—「103호 몽테뉴브릭」 부분

검게 탄 아이가 산으로 들어간다

　검게 탄 아이가 어렴풋한 인상을 가지고 산으로, 들어간다 인상
은 삼각형이 아니고 초록빛이 아니고 어둑하고 비릿하고 축축하다
말고 나무와 나무를 건너뛰는 작은 생명체의 꼬리에 그어진 탐스
러운 검은 빛깔을 잠시 가진다 날다람쥐 날다람쥐가 아니면 청
솔모이고 흔들리는 가느다란 가지들 크게 휘청이고 검게 탄 아이
가 아주 검지는 않고 사실 부드러운 식빵의 탄 가장자리처럼 진갈
색인데 그마저도 점점 흐릿해진다 아이는

　탄력 있는 대나무 채집망을 들고
　들어가고 있다 잡는 것은 인상이 아니고
　　　　　—「미래의 돌」 부분

　'이상한 나라'로 간 엘리스의 이야기에 등장하는, 모자 장수, 토끼,
그리고 고양이 체셔까지, 이야기의 모든 것은 '생각'에서 비롯되어 현실
로 걸어 나온 것이다. '이상한 나라'에서 자신이 사는 세계로 돌아가려
면 어쩔 수 없이, 자신의 세계로 돌아가는 선택을 할 수밖에 없다. 김
유림의 시는 출발-회귀의 구조 속에서 놓인다. 유사성 혹은 동일성에
의해 하나의 점으로 수렴해가는 게 아니라, 차이에 의해 수시로 분기
(分岐)하고, 반복에 의해 끝없이 확산해가는 이야기의 다발인 것이다.
매번 되돌아오는 김유림의 시에서 환유는 도달해 있는 곳에 벌써 맺혀

있는 상징과는 달리, 지금-여기를 둘러싸고 있는 현실의 일부를 달고서, 모르는 곳으로 내닫는다. 상징이 기지(旣知)를 환기하면서 시의 주제를 공고하게끔 조장하는 반면, 환유는 대상-세계-나의 확장을 통해 모르는 곳, 저 미지(未地)를 향해 전진하면서, 모르는 대상에 힘입어 두려움을 벗겨내고, 새로운 꿈의 문을 연다. "로레알파리 르 엑스트라오디네어 벨벳 라커 103호 몽테뉴브릭"은 하나의 대상, 그 쓰임을 갖고 있는 단순한 사물이다. "로레알파리 르 엑스트라오디네어 벨벳 라커 103호 몽테뉴브릭"을 입술에 바르는 행위가, 이 대상에 붙여진 명칭들을 백지 위로 걸어 나오게 하고, 각각에 사연을 입혀 일련의 사태를 빚어낸다. 그렇게 현실의 미로가, 꿈의 공간이 열린다. 단순한 사실의 서술로, 그 행위로, 어디론가 나아가고, 시인은 이렇게 문(文)을, 미래의, 미지의 문을 여는 일에 참여한다. 복잡하고 미묘한 입체 퍼즐을 계속해서 돌려 완성하듯, 의미의 방정식이 조합되고, 상황과 문맥에 맞추어 재생산되는 진행형의 구성 속에서 환유가 만들어낸 이 꿈의 공간에, 그러니까 "이국의 언어가 방주처럼 떠다니는 103호"에 우리는 이렇게 "도착"한다.

　"검게 탄 아이"의 "인상"의 '어렴풋함'은 그저 '어렴풋한'이라는 형용사 하나로 규정되는 대신, 그것이 아닌 무엇에서 착수하여, 가장 정확한 순간에 이를 때까지, 최대치의 언어를 동원하여 묘사해나가면서, 그야말로 "인상"의 리듬을 구현해낸다. "너무 많이 입은 베이비"(「J. 베이비」)가 "우회로를 찾을 생각을 단념"하고 겪는 이상한 이야기, "나무들의 군락, 사진, 찍는 사람들, 좋은 일, 있는 어미 새, 가 날아가, 며 나에게서 멀어지"는 이야기, 그러니까 인상을 남기는 조음법과 구두법을 통해 펼쳐 보인 "인상에 남지 않는 방식으로 남은 남자와 그 남자를 닮은 남자들의 얼굴들의 인상 너머에" 서 있는 "그"(「화가의 얼굴」)의 이야기 등, 덧붙이고 또 빼면서 전진하는 말의 운동을 통해 구현되는, 저 가감의 환유는 "보고도 못 보고/보지 않고도 보고 마는"(「벤치에 앉은 역사」) 순간들과 "다시 들어가 들어가는 동안"과 "생각에 잠겼다 나오는 동안"(「확실히 서울」)을 현기증처럼 시에서 피어 올린다.

'보다'의 명백한 시점을 갖고 기술해나간 작품, 가령 「드가가 드가에게」나 「부메랑」, 「공원이 아닌 나무 세 그루」도 현기증을 피워내며 다채로운 말의 운동 속에서 전개되는 것은 매한가지다. 하나의 포인트를 잡아, 보는 행위에 방점을 내려놓은 작품에서조차 어느 한 지점을 정적으로 묘사하는 경우는 없다. 그림이 화면 밖으로 튀어나와 그림을 구현하는 식의 탈프레임의 문법을 구현하며, 대상의 정교한 배치로 나의 눈높이와 그 조절의 양감을 절묘하게 포개놓거나(「드가가 드가에게」), 그림 속 인물이 나를 보고 있는 한 점, 정확한 자기 시선을 고정시킨 한 점에다가 대상의 원근을 줄줄 흘러내리듯 방치하면서 세잔의 그림과 같은 평면의 원근을 획득한다. 유리창에 비친 나의 모습을 응시하는 시선 너머 바다의 풍경을 겹으로 포개어놓고, 내가 그린 그림 속 얼굴이 나를 바라보는 시선의 교체를 활용하여, 거울 속의 내가 거울 밖의 나를 보는 것처럼, 그러니까 마그리트 그림의 독법(「푸른 바다 면도기」)을 표현하기도 한다. 아이가 던진 부메랑이 다시 돌아오는 순간을 크로키처럼 묘사하고, 그 순간과 순간 사이 한 장소에서 벌어진 여러 운동을 '중장비적'으로 기술한 「부메랑」에서, 화면은 여지없이 속도감에 휘말리고 정신없이 돌아간다. 시간의 한 지점을 한 치의 오차 없이 겨냥하고 포착하는 언어의 운동을, 부메랑을 던지는 행위, 그 뒤를 쫓는 늙은 도베르만, 바로 옆에서 촬영 중인 카메라와 그 카메라의 줌인과 줌아웃에 포개면서, 겹서술에 멋진 언어의 운동감을 부여한다. 그렇게 대상-사물-인물의 움직임이 겹쳐지고, 그렇게 모든 것이 '양방향'을 갖는다. 시인은 여기에다가 연둣빛 코트 입은 영화배우의 감정을 기입하거나 아이 아빠의 사연을 덧붙여, 영화의 내레이션처럼 처리하면서, 동작-순간-행위-사유의 '핀포인트', 그러니까 정확히 하나로 귀결되는 타깃을 그려낸다. 동시에 움직이고 동시에 포착되는, 단 한 순간의 '신scene'들의 연속적 배치와도 같은 시가 이렇게 탄생한다. 또 그런가 하면 "아무것도 없는 흰접시"(「사랑과 꿈과 야망」)를 반복해서 포장하는, 이스탄불의 그랜드 바자르에서 목격한 한 순간을 회상하며, 그 기억을 크로키 하듯이 그러나 단속적인 행동에 맞추어 축적하듯 적어나간다. 순간은 정지되고, 사물은 박제되고, 박제와 포장의 상태에서 반복되는 움직임만이 백지 위로 걸어 나와 불꽃처럼 팍팍, 그러나 차갑게, 점멸하듯 터지고 사그라들며, "사라지고 만/아무것도 없는 평범한 흰 접시를/믿고 상상해야 하는 장면"을 실현한다. 그로테스크한 형상이 이렇게 시에 고유한 무늬를 만들어낸다.

무형식의 편지, 끝나지 않는 이야기

시집은 문장부호, 구두점의 운용에 확실한 의미의 자리를 마련한다. 이런 점에서 '콜론'은 여는 문이자, 문이 열리는 문, 미로의 입구이며, 이탤릭으로 표시된 부분, 활자 크기의 조절을 거친 단락들, 굵은 표식의 대목들도, 마찬가지로 글의 운용 전반에 개입하는 주관성의 표식들이다. 겹-텍스트의 미로가, 겹서술의 공간이, 화자-주체의 구분을 취하하는 하나의 인칭이 여기서 열리고 또 닫히며 탄생하기 때문이다.

> 내가 보기에 너는 완벽해 보인다 완벽해 나는 말한다: 너는
> 자판을 두드린다
> 나는 안다
> 나는 말한다

그때의 너는 결코 돌아오지 않을 것이며
그래서 써야 한다고

자판을 두드린다!
비가 내린다!
세월도!
어쩜!

고약한 냄새가 나고 그것이 닫힌 창문을 열게 한다 글을 쓰던 글
속의 나는 너에게 커피에 넣을 각설탕을 가져다 달라고 부탁하고
곧이어 그게 힘들다면 그저 가벼운 키스를 해 주는 것으로 족하다
고 덧붙인다 그러나 네가 못들은 척 옷장 위로 올라간다 사라진다

나는 다시 나에 대해서만 쓸 수 있다:

결코 돌아오지 않는 너에게
여기가 어딘지 편지를 보내지 그래?
이곳은 경주
이제 편지를 주고받는 사람은 거의 없다지만
바깥으로 능이 보이는구나
혼자 말하고 혼자 웃는단다
비가 내리고 오이 냄새가 나는구나

나는 말한다
나는 널 아나요
나는 쓴다
──「도둑맞은 편지」 부분

말을 한다

이야기를 들려 드린다:

—「모래 바구니」부분

시집에서 편지는 하나의 '형식'을 이룬다. 편지의 형식은 대저 무엇인가. 흔히 말하듯 편지를 쓸 수 없는 시대를 살고 있는지도 모른다. 그러나 시인은 편지를 쓴다. 편지는, 대화나 일기, 이 모든 것을 집어삼킨다. 통상 우리는 상대를 정해놓고 하는 말을 편지(便紙)라고 부르며, 마찬가지로 작은 조각 글 역시 편지(片紙)라고 여긴다. 편지의 형식은 일기나 대화 등을 모두 포괄한다. 콜론이 당국에 편지를 쓰는 공간을 열어 보인다. 콜론이 너와 나의 방향을 바꾸고, 한번 기술되어 돌아오지 않는 너에게 다시 펜을 쥐여주고, 그렇게 자판을 두드리게 만든다. 콜론이 혼잣말을 너에게 건네면, 그 사실을 알고 다시 편지를 보내야 할 순간의 초입이 펼진다. 콜론이 "매끄러운 종이책"을 덮고 "어린 직공에게" "오늘은 바빠요"(「의복의 앉은 역사」)라고 말을 건넨다. 이탤릭으로 기울어진 문장들이 시에 일기를 덧입힌다. 줄어들거나 굵게 표시된 활자의 행렬이 미래를 죽이고 과거를 살려내는 편지를 적는다. 그런가 하면, 편지는 정지된 한곳에 정박하여 시간을 거꾸로 돌린다. 편지는 '잃어버린 시간들'을 헤아리게 하고, '은하열차'에 몸을 싣고서 창밖으로 움직이는 풍경을 바라보게 만든다. 편지는 이렇게 타자의 글을 삼킨다. 편지는 나를 알아가는 글이며, 너를 알아가는 글이자, 그저 쓰는 글, 그렇게 풀려나온 이야기이다. 편지는 기억의 회로를 뒤지며, 그 미로로 우리를 안내한다는 점에서, 복잡한 마음을 따라간 개인적 기록이면서 동시에 "편리한 이야기"이자, "친구와 친구에 대한 이야기"이기도 하다. 편지는 내가 쓰는 것이 아닐 수도 있다. 편지는 "봇"이 "나에게" 들려준 "이야기"일 수 있으며, 콜론 이후 열린 "당국에" 쓴 "편지"(「붓의 이야기와 편지」)일 수 있고, "대부분의 수신인"이 "곁에 있거나 이미 죽었"을 수도 있고, "모두가 읽는"(「행복 같은 것」) 글일 수도 있기 때문이다.

편지를 쓸 수 없는 시대에 시인은 편지를 쓴다. 편지의 형식에는 이렇게 담을 수 없는 것이 담긴다. 그저 건넬 수 있는 말이 아니라, 안으로 축소되는 듯하다가 밖으로 다시 빠져나가는 내면의 말이 '편지'라는 형식 아래에 하나로 모인다. 편지는 자아의 밑바닥까지 내려가고 기억을 뒤져 거기에 리트머스 종이를 적시고, 예기치 않은 대화의 공간을 열어, 자아의 내부에서 발아한 말을 받아 적는다. 편지는 대상-시간의 변화를 통해 현실의 형식을 말의 움직임이라는 단막극의 형태 속에서 복합적으로 기술하게끔 허용한다. 편지는 "나는 또 다른 너"(「들어간다」)를 가능하게 해주는, 삼인칭을 제거하는 주관적 형식이며, 인칭의 구분을, 타자의 대상화와 자아의 팽창 사이의 이분법적 경계를, 화자와 주체의 단호한 구별을 취하한다. 편지와 일기는, 모든 말투와 어법을 삼켜 포용하면서, 시에서 독자성을 확보한다. 편지는 모든 형식을 허용하는 형식의 형식이며, 내면을 객관의 수면으로 끌어올리려 터트리는 정동의 주체이자, 화자의 격(格)과 자리를 일인칭 독백과 감상으로 전락시키지 않는 동시에 삼인칭의 외부에 박제하지 않는, 그러니까 객관의 주관이자 주관의 객관인 "양방향"의 에크리튀르를 창출한다. 편지는 단 하나의 해석의 격자에 말을 가두는 기호의 단일성에 타격을 가하고, 이해와 소통을 전제로 삼는 만사형통의 메시지 전달과 그 효율성에 제동을 걸며, 감정을 자아내는 서사의 제국과 결정된 거대 담론이 통보해오는 시시각각의 폭력적인 일방성의 회로를 잘라내, 기습하듯 타격을 가하고 미로로 우리를 안내한다. "*미래의 문은 여러 개이고 과거의 문은 하나*"(「프랑스 마레 지구」)라는 사실을 실현하는 공간이자

미로의 미래　　　　　　　　　403

매체, 그 형식이자 기록이 바로 편지다.

> 이봐, 이런 시 어떻게 썼어?
> 나를 붙들고 흔들어 보아도 말 못하는 종이인형이다
> 흔들리며 방긋 웃기만 하는 게 아이 같다
> 이렇게 바보 표정으로 취해 있다니
> 나도 이런 나이고 싶다
>   하지만 취한 게 아니야
> 접혀 있던 내가 말한다
> 갈색 서랍에 넣어 뒀는데
> 넣어서 열쇠로 잠가서 못을 쿵쿵 박아 뒀는데
>   서랍과 서랍 새로
> 구겨지고 접힌 종이가 스믈스믈 춤을 추며 나온다
> 입에서 삐져나오는 하품처럼
> 나폴나폴 돌아가며 제 형상을 찾는 1분 냉동 피자 치즈처럼
> 이봐, 이런 시
> 잘 보라고
> ―「옥탑방의 마무리」 부분

무상(無償)의 호환 속에서 창출되는 편지의 장대한 그물망이, 마르지 않는 이야기를 가득 채우고, 일말의 두려움을 살짝 띠며 우리에게 말을 건네며, 지금 펼쳐지고 있다. 편지는 여기저기서 퍼져 나오는 생각을 독특하고 힘찬 문장들로 담아 풀어내면서, 생각도 못한 곳에서 떠들썩하게 매듭을 지으며, 미로를 연다. 생각의 지형을 짜는 독창적인 구조와 힘찬 환유에 날개를 달고서, 편지, 그것은 늘, 다시 시작하는 편지, 라고 우리에게 말한다. 그렇게 말의 초입으로 돌아와서 시인은 처

음부터 다시 시작하는 미로를 설계한다. 끊임없이 서로 호응하고, 서로 괴롭히고, 멈추지 않고 다양한 방향을 향해서, 가지를 쳐나가는 이 푸가적 시적 공간에 발을 들인 독자는, 흔들리며 전진하는 문장의 연쇄와 여백을 집중해서 보고 읽으며, 생각의 타래를 퍼즐처럼 이어가고, 또 다른 방식으로 말해질 수도 있었을 미지의 이야기에 귀를 기울이게 될 것이다. 김유림의 첫 시집 『양방향』은 생각의 자기 동력과 그 에너지로 충만한 문장으로 걸출한 미로를 하나 그려 보인다. 서두로 다시 돌아간다. 이 시집에서 우리는 언어의 형식에 대한 고안을 통한 삶의 형식에 대한 고안, 삶의 형식에 대한 고안을 통한 언어의 형식에 대한 고안의 순간들을 한껏 담은 정동의 편지를 읽게 될 것이다. 시의 새로운 미로가 열리고 있는지도 모른다.

[2019]

이것은 (트랜스로직translogic), 현대성, 판단 중지(의-와의) 전쟁
: 리버스와 어댑터, 스타카토의 불꽃
─이지아의 『오트 쿠튀르』

　이지아의 첫 시집 『오트 쿠튀르』(문학과지성사, 2020)는 의미의 포착에서 비켜서는 패러독스의 층위들이 층층이 포개어지고 요동치면서 무한을 향해 끊임없이 질주한다. 세상의 모든 사물을 깔고 앉아 억누르고 있는 저 굳은 언어의 무거운 방석을 홀라당 뒤집어 툴툴 떨어버리듯, 의미가 하나의 지평 위에 붙들리거나, 하나의 오롯한 점, 그 가지런한 행렬 주위로 굳어지지 않게끔, 끊임없이 교란하는 문장의 타래를 지뢰처럼 심어놓아, 시는 폭발적인 순간들을 출사한다. 시집에 무언가 군말을 덧붙이기가 어려운 것은 이 때문이다. 해석과 예측의 불가능성, 그러니까 이 구절, 저 대목, 이 문장은 과연 어떤 의미를 지니는가, 문장들은 어떠한 맥락 속에서 상호 작용을 하고 또 서로 호응을 하면서 의미의 지평을 열어 보이는가, 이야기의 살과 그 구조는 무엇인가 등과 같이 작품에서 제기되곤 하는 흔한 물음들은 폐기되어버리거나, 아예 다른 방식의 접근법을 요청한다. 대신 시간과 공간을 무지르며, 시는 보이지 않으나 엄연히 존재하는 세계, 혹은 보이지만 존재하지 않는 세계, 그 무한을 발화하는 낯설고 기이한 역설의 움직임을 견인해내면서, 결국 한없이 어디론가 뻗어나간 후, 내려놓고야 마는 진리의 뭉치, 그렇게 파생된 진실의 꾸러미를 우리 앞에 던져놓는 것으로 이 물음에 대한 대답을 대신한다. 설명은 오히려 금지된다. 강렬하게 직시되고야 마는 폭력의 실체가 명료한 파편처럼 우리 앞에 전사(前寫)되면, 입은 자주, 함부로 각주를 달 수 없는 터무니없음, 말할 수 없음에 의해 미처 열 수가 없게 되고, 침묵 사이로 해석은 어느새 휘발되어 버린다. 설명할 수 없음, 말할 수 없음, 해석할 수 없음, 발화할 수 없음은, 오히려 보이지 않는 것을 보게 하거나, 볼 수 있는 것을 보이지 않게 해준다고 말해도 좋겠다.

　　　그것은 속도와 힘으로 가득한 것이다. 놀리고 싶은 것들이 생길 때는 그 뒤에서 따라 했는지도 모른다. 가령 희망이거나 가능성. 아니면 상관없어 이런 말들

　　　굴뚝을 돌아 다른 구멍을 찾아 헤맸는지도. 거짓을 믿어주는 것은 승리자의 배려이고. 세무적으로 문제가 되지 않는다면 박수 치며 수박을 깨는 것도 괜찮지 싶다

　　　문어 빨판을 처음으로 만지면서 할 수 없는 일에 대해 생각한다. 소름과 소음 속에서 끓는 물이 생성된다. 누운 이의 두껍고 웅장한 마음을 이끌면서
　　　—「들판 위의 챔피언」 전문

　시집은 "속도와 힘으로 가득한 것"을 "그것"이라고 명명하면서 첫 장을 연다. '착수'와 '발상'이 발화의 반열에 오른다. 이 말을 우선 기억하기로 하자. "할 수 없는 일에 대해 생각"하는 일은 "문어 빨판을 처음으로 만지"는 일상의 어떤 순간에 터져 나온 착상처럼 보일 뿐이지만, 이후의 "소름과 소음 속에서 끓는 물이 생성된다"라는 문장과 제 맥락을 온전히 공유하면서 의미의 화학작용을 제대로 일으키지 못한

다. 즉, 어떤 구절이건, 시는 '다른' 논리에 기반하고 있는 것이며, 어떤 구절에 붙들리건, '다른' 논리를 요청하는 것이다. "박수 치며 수박을 깨는 것"처럼, 시는 이접(移接)이 행해진 순간을 잡아채고, 그렇게 잡아채 늘린 병행적인 구문을 맞붙잡아 하나로 빚어내면서, "속도"를 갖고 "힘"을 획득하는 것처럼 보인다. "소름과 소음 속에서" "생성"되는 "끓는 물"과 같은, 말하자면, 음소(音素)의 유사성에서 촉발된 이상한 질서 속으로 편입된 어떤 체계, 차라리 뇌가 허물어지는 듯한 모종의 상태에서 튀어나온, 그간 가능하지 않다고 여겨져 온 것들의 실천에 조금 더 가까워 보인다. 여기서 우리는 이 시의 모든 질서, 의미의 체계가 단박에 무너지고 있다는 사실을 간과할 수 없게 된다. 시의 각각 문장은 그 자체로 어떤 구체적인 지시 대상을 갖지 못하는 동시에, 그 자체로 어떤 사실, 순간에 대한 정직한, 날것 그대로의 기록이기도 한 것이다. 무슨 말인가?

"그것"은 무엇인가? "속도와 힘으로 가득한 것"은, 추상적인 것을 포함하여, 주위에 또 얼마나 많은가? "그것"을 특정하는 일은 사실상 불가능에 가깝다. 그저 추상적인 '것'들 중 하나다. "놀리고 싶은 것들이 생길 때는 그 뒤에서 따라 했는지도 모른다"와 같은 문장은, 바로 앞의 문장이나 뒤의 그것과 어떤 맥락 속에 놓이는가? 상호 연관성이 전무하다고 한다면, 이는 필경 적절한 대답은 아닐 것이다. 마찬가지로 "희망이나 가능성"은 또 무엇인가? 부사 "가령"은 "놀리고 싶은 것들"이 "희망이나 가능성"이라고 여기게 도와주며, "상관없어 이런 말들"도 "놀리고 싶은 것들"의 범주에 포함될 것이다. "굴뚝을 돌아 다른 구멍을 찾아 헤맸는지도"를 말하는 자는 또 누구인가? 우리는 누군가 굴뚝 대신 다른 구멍을 찾아 헤맨다고 화자가 생각하고 있다고 여길 수 있으며, 이와 동시에 화자가 화자 스스로에게 건네는, 모종의 사실이나 경험에 관한 확인, 즉 '그'와 같은 어떤 존재가 이미 한, 혹은 지금-여기서 하고 있는 행위에 대한 기술을, 짐작이라는 추론의 형식으로 적어놓은 것일 수 있다. "거짓을 믿어주는 것은 승리자의 배려이고" 역시, 앞의 문장과 매한가지로, 마침표로 호흡을 단속하고 끊어내면서, 퉁명하게 혹은 시니컬하게 내려놓은, 자기 스스로에게 마감을 청하는 자화(自話)이거나, 어떤 사실에 대한, 혹은 겪어낸(겪고 있는) 무엇을 스타카토의 어법으로 느슨하지만 단호하게 규정하는 문장이다. 그렇다면 "승리자의 배려"라는 구절은 이어지는 "세무적 문제가 되지 않는다면"으로 시작하는 문장과 어떤 연관성을 갖는가? 그렇다. 아마 짐작했겠지만, 비교적 짧은 이 시에서조차 의미 작용에 관한 물음은 끝없이 제 가짓수를 늘려나간다. 그리고 우리는 불어나는 이 의미에 관한 물음에 반비례하듯, 어느 것 하나 적절한 대답을 찾을 수 없게 된다. 시는 이러한 물음이 이미 낡은 것이라고 말하고 있는 것이다.

아름답다고 그대로 받아 적는 기자들의 애매한 가식과 허세는 단지 분위기를

형성하는 표면일 뿐, 보존과 진행은 풍부해지시며, 시든 풀을 들고 울고, 묻고, 물어뜯고, 정지하고 시든 풀을 두고 가면, 거기는 어떻게 되는 거고, 우리는 어떻게 되는 건데, 누구의 짓인지 의논을 내리는 모의실험의 양상과 다시 거절의 구조가 시작된다 해도, 안된다는 것은 밀폐의 수사가 아니다
      ―「클래식」 부분

보호받으려고, 구별하려고, 남기는 인간들의 행적이 내 정신에 코드를 새겨 넣는 지랄을 진리라고 부를 수 있다
      ―「라보나 킥Rabona Kick」 부분

이것은 (트랜스로직translogic), 현대성, 판단 중지(의-와의) 전쟁   **409**

무연(無緣)의 외관을 갖는 문장들이 이지아의 시집에 바글거린다. 이 파편들이 오히려 시집 전체에 이상한 교신을 흘려보낸다. 이 문장들은 서로 교섭하면서 오로지 '트랜스'의 가능태로만 존재할 뿐이다. 미리 말하자면, 우리는 작품 하나하나가 개별적인 무엇이 아니라, 시집 전반에서 다른 작품들과 모종의 교류를 꾀하고 있다는 사실을 알아차리게 된다. 모든 문장이, 구문이, 낱말이 언뜻, 추상적이고 이질적인 것처럼 보인다. 그러나 시는, 아니 시의 문장들과 시를 구성하는 요소들은, 그 호흡 하나하나에서 여백에 이르기까지, 행의 배치에서 사유의 경계에 이르기까지, 제 폭과 길이를 한없이 넓히고, 깊이를 더하면서, 흩어지고 뭉치기를 반복하는 이상한 폼으로 질주를 꾀하고, 뒷골목 저 아래, 저 피팅룸 골방 어느 구석, 창고 지하의 어두컴컴한 어느 곳과 지붕 위, 루프탑, 새들의 날갯짓, 구름 저 너머의 허공을 한 번쯤 할퀴고서, 명멸하듯 무언가를 내려놓고는, 어딘가를 향해 한없이 도주하고, 다시금 다른 시들과의 교신을 타진한다. 시의 모든 문장은 이제부터 무언가를 잔뜩 머금고 부풀어 오르기 시작한다. 중의성의 저울은, 자신의 자리를 지탱하고 있는 중력에서 벗어나지 않은 상태에서, 기묘하게, 한쪽으로 기울어지기 시작하며, "직접적인 존재가 아닌 매개된 존재"의 자격으로 "이것도 저것도 아닌 불특정한 것이면서 또한 못지않게 이것도 저것도 될 수 있는"[1] '감각적 확신'을 갖는다. 우리가 듣게 되는 발화는 누군가의 목소리이며, 우리 앞에서 발생하는 것은 장면과 인상으로 전사되며 뿜어져 나오는 이미지이다. 「들판 위의 챔피언」은 바로 이러한 방식, 그러니까 '트랜스로직'에 따라, 추상이 빚어지는 곳에 당도해

---

1 G. W. F. 헤겔, 『정신현상학 1』, 임석진 옮김, 한길사, 2005, p. 137. "감각적 확신 속에서 그 대상의 진리가 보편적인 것임이 밝혀진 이상, 확신의 본질을 이루는 순수한 '있다'는 단지 직접적인 '있다'는 것이 아니라 부정과 매개를 본질로 하는 '있다'라는 것이어야 한다"(같은 책, p. 138).

410

서, 다시 제 위치와 자리를 잡아나간다. 가령, 가운뎃손가락만을 곧게 펴고("속도와 힘으로 가득한 것") "놀리고 싶은 것들이 생길 때"(누군가)의 뒤에서 "따라" 하는 장면이 솟구치는가 하면, 이 장면은 연속적으로 "희망이거나 가능성"을 조롱하는 행위를 붙잡아 맨다. "상관없어"라는 시쳇말은, 시집의 다른 작품들과의 어울림을 통해, 자신이 머금고 있던 '본질'을 깨뜨려, 날것 그대로를 실천의 반열에 올린다. "할 수 없는 일"에 대한 "생각"은, 말 그대로, '할 수 없는 일을, 그러나 '강제로' 해야만 하는 무엇'을 표상하며, "소름과 소음 속에서" "생성"되는 "끓는 물"은 폭력의 솟구침을 순간의 사건처럼 적시하고 만다. "소름과 소음"의 '펀pun'은 국지적인 현상이 아니라, 비판적-극단적 발화를 수행하는 말, 실천하는 말의 작동으로, 중립성과 추상성을 증발시키며, 의미의 해석, 그러니까 판단을 일시에 중지시키고 마는 순간, 즉 시의 에포케epoché다. "보존과 진행은 풍부해지시며"는 조롱과 비판의 억양으로 양각을 부여받고, "시든 풀을 들고 울고, 묻고, 물어뜯고, 정지하고"는 무언가 자행되는 악순환에 본질을 부여하며 강력한 에너지로 튀어오르고, "시든 풀을 두고 가면, 거기는 어떻게 되는 거고, 우리는 어떻게 되는 건데"는 백지 위에서 활음으로 울린다. "누구의 짓인지 의논을 내리는 모의실험의 양상"과 "다시" "시작되"는 "거절의 구조"는, 과연 "안 된다는 것"의 「클래식」, 그 고전적 형태가 무엇인지를 적나라하게 폭로하며, 불가능함의 지속과 고착에 어떤 주제를 불어넣는다.

감각은 왜
그것은 크기가 다른 콘센트 구멍, 전기 없는 입구들의 클럽
—「크기가 다른 밤」 부분

예컨대 그 물건은 육체를 차지하고 결합하는 준비 과정에서 조

금씩 어긋났다고 볼 수 있다.

지하에서 타이핑을 친다.
대본 속의 너는 줄자로 방바닥을 재본다.
줄자로 오디오 전깃줄을 재본다 아아 목을 가다듬고 발성 연습
하기

어디로 갈까
잘 봐. 저건 시큰둥하다.
기사는 40피트 컨테이너 안에 섬유 기계를 넣는다 날카로운 작
업이 곧 시작되고

컨테이너 타고 기차 타고 창고를 털어, 마을버스 타고 손잡이에
기대 코 골기. 기대는 모든 것은 사귀는 것 같아. 같이 줄 서기. 대
구에서 두 시간 동안 맛집을 찾아서, 이건가. 여기다. 우리가 찾던
곳. 신발장에 있는 신발들을 섞어놓는다. 슬리퍼를 찾는 동안 장화
를 확인하기. 너는 핸드폰을 들고 멀리 간다. 여보세요. 출장이야.
출장은 일하러 멀리 가는 길. 나도 보고 싶지. 여긴 끝장이 아닌 길.
단팥빵이 유명하다는데 팥은 정말 복잡하게 생겼구나
　　──「벙커」 부분

"사람은 무엇인가"(「천국에서」)를 끊임없이 묻게 하는 동시에 질문
을 소환하는 시, "세상의 모든 '에서'와 '에게' 들"이 "간신히 서로를 아
끼며 살아 있"(「포클레인과 계속 헤어지는 연인들」)는 이 생존기에는 각
시편마다 시적 주체가 점유하는 위치와 입장을 달리하는 인물들이 군
도처럼 퍼져 있다. 모양이 없는 흔적과도 같고, 윤곽을 만드는 대신, 요

412

소들이 궤적을 그리는 데 집중한다. 둘이 나누는 대화는 자막과 대사를 동시에 펼쳐놓은 부조리극처럼 진행된다. 가령 그것은,

> A: 컨테이너 타고 기차 타고 창고를 털어 (마을버스 타고 손잡이에 기대 코 골기.)
> B: 기대는 모든 것은 사귀는 것 같아. (같이 줄 서기. 대구에서 두 시간 동안 맛집을 찾아서.) 이건가. 여기다. 우리가 찾던 곳.
>
> (신발장에 있는 신발들을 섞어놓는다. 슬리퍼를 찾는 동안 장화를 확인하기. 너는 핸드폰을 들고 멀리 간다.)
>
> A: 여보세요. 출장이야. (출장은 일하러 멀리 가는 길.) 나도 보고 싶지. (여긴 끝장이 아닌 길.)

이와 같은, 연극 속의 대사와 지문을, 평면에 하나로 펼쳐놓은 것처럼 구성된다. 객관적인 서술, 신문 기사, 책의 구절 등이 지문처럼 시의 도처에 흩뿌리듯 산재하고, 날것으로 삽입되어 있는 것을 우리는 시집 곳곳에서 목격할 수 있다. 여기서 화자는 지문을 '보고' 있으며, 괄호의 빗장을 풀고서 백지 위로 끌고 와, 어울릴 수 없는 구성을 주조한다. '의미'는 문장의 단위를 넘어서며, 결속되지 않는다. 문장과 문장의 간격이 지극히 넓어서 그렇기도 하겠지만, 그러나 문장은 고립되는 것이 아니다. 다른 단위, 그러니까 의미가 아니라 하나의 망처럼, 조직처럼, 여기저기 터져나가는 형형색색의 폭죽같이 이미지를 불꽃처럼 태우기 때문인데, 여기서 충돌이 일어난다. 같은 시의 뒷부분이다.

> 프레리도그는 남자라고 거짓말했다.

너는 우리가 둘이라고 거짓말했다.
꿍꿍이 장바구니

다큐에 나오는 프레리도그 집단의 옆얼굴
하나인데 여러 개가 되는 것 같다.
만져보면 부드러울 것 같아
포식자 이불 속에서
옆모습으로 구현 평화를 빌지 않는다.

"그 물건은 육체를 차지하고 결합하는 준비 과정에서 조금씩 어긋
났다"와 "프레리도그는 남자라고 거짓말했다"는, 무언가를 구체적으
로 진술하지 않지만, 서로가 서로에 기대어 호응하면서, 정작 '개'인 자,
그 자신이 자기를 '남자'라고 한다는 진술, 그것의 실체가 사실은 "거짓
말"이며, 나아가 '개에 다름 아닌 남자'인 "너"는 (누군가)에게 "둘이라
고 거짓말"을 했으나, 현실의 결과는 그렇지 않다는 감춤과 은폐를, 의
미 연관의 단호함에 기대어 판단하듯 결정짓는 것이 아니라, 어떤 상태
를 시연하고 가동하며, 운위하는 장면의 자격으로 급습하듯 찾아든 이
미지의 운동 속에서 수행한다. 이러한 방식으로 "여러 개가 되는 것 같
다"는 비단 "다큐에 나오는 프레리도그 집단의 옆얼굴"을 수식할 뿐만
아니라, "포식자 이불 속에서/옆모습으로 구현"하는 주체가 된다. "평
화를 빌지 않는다"가 문법의 차원을 넘어서 단호한 결심을, 즉 수행성
을 획득하며, 사유를 투사하게 되는 것도 이와 같은 구성 덕분이다.
　자아가 오롯이 장악하고 펼쳐놓는 의미의 손아귀에서 빠져나와, 시
는 병렬식 나열, 분절된 호흡을 추동하는 컷과 컷의 배치로, 서로가 서
로에게 종속되는 '부차적'-'문법적'-'위계적' 질서 속에 말을 가두어두
는 대신, 독립적-자율적으로 변주되는, 그러니까, 각각 자기 단위를 구

414

성하며, 의미의 가능한 일을 저버리면서 가능하지 않은 것의 영역, '인식되지 않은 영역terra incognita'을 개척하며 존재의 거처를 마련한다. 자살한 누군가의 속옷을 빨며 "느릿느릿 기어가는 세계의 대답들" 앞에서 "뭐가 문제인지 모르는 악천후의 변명들"만 듣는 저 "지붕들의 리더"(「파일럿의 휴가」), "햄, 원피스, 이모, 루비, 딱총, 다이아, 영희, 큰 엄마"로 "자신의 이름을 자주 바"꾸는 "고모"와 수업도 듣고 외국 애들도 모으고 뭔가를 팔기도 하며 고모에게 종속된 "새끼반지"(「어떤 유괴 방식과 Author」)인 나, "비엘 데이트나 체크"하고 "로켓의 준비 자세가 뭔지" 아는지를 자문하며, 제 질문에 의견을 주는, 저 "연애를 해도 달라지지 않을/언니들"(「파인애플에 대한 리뷰」), "아름답고 위험한 일"을 하는 듯한 "벨기에 출신의 어린 모델"(「클래식」), "'『워킹』 13세 관람 불가'라는 잡지 사무실"을 들락거리며, "모나미 볼펜을 하나씩 들"고 "언젠가 본 것처럼/서로의 항문에 넣자고 했다"는 "우리"(「모델과 모델 친구」), "먼 것이 한눈에 보"이는 "오클랜드 비치우드"에서 "잭"과 그 가족과 아이들과 파티를 벌이며 "와인에 약을 타"는 "경미"(「기회 없이」)와, "두 시간 후" 전미래의 시간에 "오고 있"는 "미네소타에서 입양 갔던 사라"(「나의 부드러운 호두」)와 "다섯 살 때 의사 부부에게 팔"린 "숙희"(「친절은 오래된 주인」), "구석에서 노끈을 자"르거나 "아픈 국가를 잊어버린 채 탕을 끓"이는 "그녀"와 "울타리 밖에서 서성대던 감시자"(「도시는 나에게 필연적 사고 과정을 부여했다」), "시즌마다, 미리 내년에 팔" "독일 자동차나 미국 차"를 "전시"하는, 한국으로 돌아갈 날이 "몇 달밖에 남지 않았"던 때 "둘의 사랑보다는 셋의 어긋남, 세 가지 주장, 한 가지 악다구니"를 겪으며 살인 사건을 목격한, "통속적인 것들"을 오히려 "고귀"하게 느끼게 된 끔찍한 경험의 소유자 "클로이"(「하얀 크림」), 오래전부터 어딘가에 있었으나 관심을 갖지 않았던 존재들의 이야기가, 이러한 방식으로 분열하듯, 흩뿌리듯, 펼쳐지며

이것은 (트랜스로직translogic), 현대성, 판단 중지 (의-와의) 전쟁　415

솟구쳐 올라, 감염되듯, 뭉치고 헤어지기를 반복하면서, 존재의 거처를
타진한다.

싱글이네
딩동
아직
빙글
정체성을 찾아주기 위해
화분을
오븐에 넣고 돌린다

이불 속에서 우리는 한자처럼 보일 수도 있다
이불 속에서 우리는 생산자처럼 보일 수도 있다

[……]

결합의 상대는 그 대령이었는지 그 대통령이었는지 대수의 집합
에서 튀어나온 스위치였는지 모르겠다.
　　──「죽어가는 레티지아를 보는 것은 왜, 짜릿한가」 부분

그전엔 뭐였더라
식당이었나 옷 가게였나 그니까 이제 떨지 마

전화가 울릴 거야. 받으면 또 끊기겠지만
　　──「정면의 오후」 부분

이지아의 시에서 추상적인 것들, 모호한 문장들은 "분리될 수 없도록 연결된 이질적인 요소로 구성된 망, 즉 함께 짜인" 하나의 망(網)이며, "세계를 구성하는 사건, 행동, 상호 작용, 반작용, 결정, 돌발적인 것 등으로 구성된"[2] '복잡성'의 회로와도 같다. 시인은 바로 이런 방식으로 "언어들이 무엇인가를 끌고 갈 거라는 오해에서 비롯"(「캔과 경험 비판」)된 통념을 무지르고, 대상과의 접촉면에 가닿아, 거기서 빚어지는 파열음들을 그러모으고, 본질로, 진리를 향해 질주한다. 맥락이, 그러니까 시집 전체에서 육박해오는 문장들은, 전이와 역전의 리버스, 교전과 감전의 어댑터, 이 둘의 교전 속에서, 추상이 무늬를 벗고, 들썩거리는 순간들을 비끄러매며 가능하지 않을 것만 같았던 무언가를 걸머쥐고서, 일시에 도약을 행한다. 우리는 글의 서두에서 이지아의 시가 보이지 않으나 엄연히 존재하는 세계, 혹은, 보이지만 존재하지 않는 세계를 무한히 변주한다고 말했다. '보이지 않으나 엄연히 존재하는 세계'는 눈에는 보이지 않지만 누구나 알고 있으며 끝없이 부정하는 세계, 반드시 부정을 해야 한다며 지워낸 폭력의 세계이며, '보이지만 존재하지 않는 세계'는 실로 드러나 있지만, 그럼에도, 말하지 않음, 말할 수 없음, 드러내지 않음, 끄집어 뽑아 올리지 않음, 기록하지 않음, 기록되지 않음에 의해, 끝없이 부정되거나 은폐된 세계라고 덧붙일 수 있겠다. '찾아준다'는 "정체성"은 모든 것이 타버린다는(모든 것을 태운다는) 조건 속에서만 가능할 것이며, 두 차례 반복된 "보일 수도 있다"라는 저 담담해 보이는 행간에는 지옥과도 같은 현실, 그 진실의 가속되는 폭력이 피를 물고 고여 있다. 시인은 "속도와 힘으로 가득한 것"(「들판 위의 챔피언」), 그러니까 폭력의 부정할 수 없는 진리를 뾰족이 깎아내, 폭발하듯 쏘아 올리고, 악몽을, 쓸 수 없는 것을 그것 자체

2 에드가 모랭, 『복잡성 사고 입문』, 신지은 옮김, 에코리브르, 2012, p. 20.

로 솟아나게 한다. 스튜디오에서 스토리를 짜는 "스토커"들, 그들 옆에서 "비스킷을 먹는 의원들"과 "강도와 폭행과 가해자들", "난쟁이 왕들과 개의 로맨스"와 "행복한 가해자들"(「스튜디오 k」), "어린 딸을 선미촌"에 판 "두 다리를 잃"은 "옆집 용접공"(「소금」), 걸음을 부축해주니 팔짱을 끼고 걷다 가슴을 더듬는 장님(「나는 절뚝거리는 바지들이다」), "내 머리카락을 다 가져가"시며 "목을 조르"는 "아버지"(「여름 나무들은 계속 장발이 되었지」), "서랍 속에 가득한 수십 명의 타인"(「사자를 타고 달린다」)들의 저 "당파가 없"는 "포즈"(「나는 절뚝거리는 바지들이다」), 그 폭력의 세계가 "비망이면서 채찍의 이미지"(「자몽」)에 휩쓸려 폭죽처럼 번져나간다.

이지아의 시에서 이미지는 대용물로 여겨진 은유의 소산이 아니다. 순간이나 심급의 우월성, 동시 다발성의 혼잡이 갖는 권리, 시간과 장소를 해방하는 징후로의 자격으로 행해지는 트랜스로직의 합병이 그의 시에 특수성의 자리를 마련해낸다. 시집은 의미를 포기하며, 포기를 의미한다. 출구도 입구도 없는 세계에 당도해, 시는 대상에 사유의 투망을 던지고, 말해진 것과 말해지지 않는 것 사이의 관계를 단단한 망치로 두드려 깬다. 충격을 받고 또 충격을 주는 이 시집에서, 통사는 불가피한 도약 속에서, 이상한 기류를 타고 날아간다. 문맥을 무지르는 이 시집을 우리는 난맥의 파종이라고 부를 수 있을 것이다.

시집을 읽으며 우리는 "주인 없는 인식의 말타기"(「자몽」)의 리듬으로 "틀어진 살들의 노래"를 부르며 "새벽이라고 부르는 살코기의 국적 없는 망명들"(「도시는 나에게 필연적 사고 과정을 부여했다」)의 삶에 깊은 인장을 찍어 누르고, "감탄, 잠시 개탄, 잠시 수류탄을 주물럭대며"(「파인애플에 대한 리뷰」) 전개하는 폭력과의 싸움, "생각도 상상도 아"(「반인류를 향한 태양과 파동과 극시」)닌, 날것 그대로의 싸움을 견인해내는 전복의 힘을 목격하게 될 것이다. "유통기한을/내가 가진 모든 법을 버"(「알루미늄 시민들」)린 '공들인 작업travail précieux'과 그 작업의 이상한 '행진', 그러니까 저 '패션쇼défilé de mode', 그 전과 후에 행해지는 기묘한 '선별sélectionner', 그리고 그 끝에 기다리고 있는 '비극적인 운명destin tragique'과 비극적인 운명 끝에 덧붙여진 '태양 soleil'이 백지 위에서 흐물흐물 녹아내리듯 명멸한다. 이 시집은 '리버스'와 '어댑터'의 세계로 들어가, 트랜스로직의 급진적이고 비판적인 목소리로 폭력과 '판단 중지'의/와 일대 전쟁에 착수한다. 친애하는 아버지, 그러니까 아버지는, 제가 불타고 있는 게 지금 보이지 않으시나요?

[2020]

유리병에 담긴 사랑의 파이
─박은정의 『밤과 꿈의 뉘앙스』

> 내게 말해다오, 사랑이여, 내가 말할 수 없는 것을
> 이 짧고 몸서리치는 시간을,
> 그저 생각과 교류하며 오로지
> 사랑이 아닌 것만 알며 사랑이 아닌 것만 행해야 하
> 는가?
>
> ─잉게보르크 바흐만[1]

마음, 비애와 초조를 돌보는

박은정의 두번째 시집 『밤과 꿈의 뉘앙스』(민음사, 2020)에는 정의
되지 않는 마음이 분주히 돌아다닌다. 한편으로 "모래알처럼 사소하
여/작은 과오도 놓치지 않는 짐승"(「라니아케아」)과도 같고, "부르지
않아도 달려가 흔드는 꼬리 같은"(「위험한 마음」) 마음, 다른 한편으로
"뒤섞이며 썩어 가는 마음들"(「연필점」)과 저 "길의 끝"에서 "또다시
죽어 가는 마음"(「Sana, sana, colita de rana」)으로, 시인은 손에 만져
지지 않는 것을 촉지하고, 눈에 보이지 않는 것 너머를 보려 하며, 귀
를 기울여도 좀처럼 들리지 않는 것들에 구멍을 내고 거기서 흘러나오
는 것, 그 컴컴한 목소리를 기록한다. 마음이 문자의 외투를 입기 시작
하면, 평범한 문장은 감정을 머금고 비상한 비유로 변화하고, 눈앞에

---

1 잉게보르크 바흐만, 「내게 말해다오, 사랑이여」, 『추락하는 것은 날개가 있다』, 김재혁 옮김, 자연
사랑, 1999, p. 55.

펼쳐진 생생한 화면처럼, 허공에 드리운 기묘한 장면처럼, 삶이 두터운 겹을 가지면서 촘촘히 백지 위로 내리꽂힌다. 밑바닥까지 하강하다가 구심력을 갖고서 겹겹의 문장이 차올라오면, 우리는 온통 어둠의 감정을 뒤집어쓰고, 하루를 살다가 마침내 하루를 지워낸 이상한 시간 속으로 시인을 따라 입사하면서 마침내, 입을 달고야 만 "저녁보다 먼저 저문 마음"(「오후와 저녁」)이 토해내는 발화의 행렬에 동참하고 있는 자신을 발견하게 된다.

> 누가 더 길어졌나 내기를 하면
> 누구도 한 뼘에서 더 자라지 못하던
>
> 세상에는 구름 한 조각
> 잠깐의 빗소리와 길어진 그림자들
> ──「한 뼘의 경희」 부분

　두 사람이 있다 한 번의 계절이 지날 때마다 무심코 자신의 얼굴을 어루만지던, 어떤 날은 요절한 이의 문장을 외우며 하루를 보내고 어떤 날은 아무 데서나 출몰하는 고독한 소녀들을 지나치면서, 두 사람은 걷는다 〔……〕 여기서 정지 아니 여기서 다시 시작하자 몸에 익은 감각들은 버리고 서로가 서로를 잊은 듯이, 여자가 담배를 꺼내 무는 동안 남자는 자신의 죄를 잊었던 이름처럼 기억해 낸다 우리는 지금 어디로 가는 거지? 이 세계엔 모를수록 다정해지는 것들이 무궁무진하고, 뒤돌아보면 제자리, 마주 보면 사라지는 시간들, 그러니 다시 걸어 보자 웅덩이에 떠 있는 낙엽처럼, 천천히 죽어 가는 자신을 잊듯, 거센 바람이 옷자락을 뒤집자 한 무리의 소란한 사람들이 달아나고 있었다 두 사람은 걷는다

—「산책」부분

마음은 그러니까 특수한 통사처럼 겹을 갖는다. "세상"은 너와 내가 "더 자라지 못하던" 곳이면서 "구름 한 조각/잠깐의 빗소리와 길어진 그림자"가 내려앉는 곳이기도 하다. 이렇게 "세상에는"은 그 앞과 뒤를 하나로 비끄러매며, 기묘한 여운을 만들어내고, 이 여운은 "아직 닿지 못한 마음"(「목련」)과 "어둠을 부르는 마음"(「춤추는 도마뱀의 리듬」)의 중간 어디쯤 놓인다. 전과 후를 공유하는 행갈이를 통해, 공집합과도 같은 마음의 형태가 빚어지고 만다. 그리하여 자라나지 못하는 것들은 이중의 마음을 이 세상과 나누어 갖게 된다. "두 사람"을 수식하는 동시에 "어떤 날"의 양태를 설명하는, 이 둘의 중간에 놓인 "한 번의 계절이 지날 때마다 무심코 자신의 얼굴을 어루만지던,"은 마지막 쉼표가 매조지며 걷어 올린 리듬에 힘입어, 산책에 두 배의 감정을 입히고, 그렇게 나와 너의 구분을 무효화한다. "몸에 익은 감각들은 버리고 서로가 서로를 잊은 듯이,"도 마음의 복화술사이기는 마찬가지인데, 이는 중간에 놓인 이 구절이 바로 앞의 "다시 시작하자"의 구체적인 내용을 이루는 동시에 담배 하나를 꺼내 무는 여자의 행위("여자가 담배를 꺼내 무는 동안")에도 아련한 직유로 활용되고 있기 때문이다. 쉼표는 이렇게 마음의 표지, 이중적 발화의 지표이며, 이러한 리듬에 따라 시를 읽다 보면 우리는 "다시 걸어 보자"와 "거센 바람이 옷자락을 뒤집자" 사이의 "웅덩이에 떠 있는 낙엽처럼,"을 마주하고, 이어서 "두 사람은 걷는다"와 "눈앞에는 무수히 펼쳐지는 시간들"을 가르는 "달아나지 않는 게 이 산책의 유일한 생존법이라는 듯,"을 만나게 된다. 하나 이상의 구문을 동시에 수식하며, 마음의 감각을 겹으로 발화하는 데 소용되는 이와 같은 시의 리듬은 "모를수록 다정해지는 것들"과 "마주 보면 사라지는 시간들"을 하나로 비끄러매면서, "두 사람"의 산책, 아슬아슬하게 비틀거리는 산책, 그 산책 속에서 "천천히 죽어 가는 자신"의 운명을 미리 예고하고, 두 사람이 행하는 이 산책의 일시성을 예감하는 마음의 징후를 빚어낸다.

이곳에 남은 것은 지치고 늙은 성정뿐

동전을 하나씩 흘리며 자신의 주머니를 털어 내는 동안
마음은 언제 헐릴지 모를 곳을 지난다

저 문을 열면 괘종시계가 있고 식탁이 있고
지금 여기에 없는 당신의 방이 있지

내가 죽으면 박제를 해 줘 슬픔도 기쁨도 없이 당신의 방에서 정적만을 먹고 살찌도록

낮과 밤을 잊고 헤매던 목소리와 담벼락에 얼굴을 묻고 울던 목소리, 기다리던 인기척에 지친 목소리들이 수신자 없는 안부를 전송한다

사람들이 손을 흔든다 떠나지 못하는 자들과 돌아오지 않는 자들 사이에서, 겨울은 지겹도록 계속되었다
—「수색(水色)」 부분

"적막으로 반죽한 건반 위에 손을 얹"(「포르말린 향이 나는 빛」)는 것처럼, 알아채지 못하는 사이, 잠식된 마음이 낱말을 물고, 구절을 오물거리며, 문장을 뱉어내기 시작한다. "언제 헐릴지 모를 곳"을 지나는

마음은 그러나 슬픔도, 우울도, 비애도, 절망도 아니다. 차라리 깊이 파먹고 또 깊이에 파먹히는 마음이며, 이 마음은 "슬픔도 기쁨도 없이 당신의 방에서 정적만을 먹고" 살아가면서, 그 방의 벽에 붙박인 박제가 되고자 하는 목소리를 흘려보낸다. 당신을 제외하면 "그 무엇도 남지 않은 마음"(「형혹수심」)은 "지금 여기에 없는 당신의 방"을 바라보게 하는 사랑이기도 하다. 이 마음은 차라리 사랑의 마음, 사랑과 다르지 않은 마음이다. 이 마음, 이 사랑에는, 그러나 주인이 없다. 오히려 마음을 조금 더 빼앗긴 자에게는 형벌이 되고 마는 사랑이라면 모를까. 한 사람이, 그를 마주한, 그와 함께한 다른 이의 목을 언젠가 내리칠 때까지, 이상하게 되풀이되고야 마는 사랑은 도대체 무엇인가.

사랑, 제로가 존재한다는 사실을 확인하는

사랑이 '둘의 사건'이라고 했던가. 그러나 너와 나, 이 둘의 교집합은 어느 순간 속에서 급속히 휘발될 뿐, 영원에 붙들리지도, 구체적인 시간을 갖지도 못한다. 애초에 존재하지 않기라도 했다는 듯이, 미래라는 시간 위에서 재빨리 무용지물이 되고 만다는 점에서, 나에게 사랑은 차라리 공집합과 다르지 않다고 해야 할지도 모른다. 사랑은 그러니까 너와 나의 부분을 이루지만, 너와 나라는 실체를 갖는 것이 아니며, 그렇게 너와 나의 제로가 존재한다는 사실을 확인하는 과정 속에 편입된 무엇일 뿐이다. "산 사람의 이름에 붉은 줄을 그으며", "물이 마르고 있"는, 그러니까 피와 같은 눈물이 흘러내리는 동시에 휘발되는 순간의 사랑, 이 순간으로 시간마저 삼키고야 마는 이 사랑은, 평등도, 자비도, 연민도 알지 못한다. 지속도, 연속도, 안정도, 시간도 갖지 못하는 사랑이 "떠나지 못하는 자들과 돌아오지 않는 자들 사이"에 고여 들고, 할 수 없는 것과 이룰 수 없는 것의 틈바구니 속에서 떠돌아다닐 뿐, 자주 순간에 매달려 대롱거리고, 시곗바늘에 무거운 추를 달아놓으며, 유보했던 순간 막 손아귀에 잡은 것이나 다름이 없던 거짓의 가면을 쓰고서 허공을 둥둥 떠다닐 뿐이다.

이곳에서도 나는 아름답지 못했다

성실하게 성장하고
과묵하게 작별할 수 있다면
겁 없이 사랑할 수 있을 텐데

눈을 뜨면 낯선 곳에 앉아
숲과 안개를 그려 넣는 사람아

〔……〕

아직 닿지 못한 마음이
저를 미워하지 않도록

잠든 너의 손을 잡고
보이지 않는 것을 흉내 내던 밤처럼
―「목련」 부분

비극 뒤에 도사린 희극이었다
누구도 원망하지 않는 사람이 되고자
운명론자들의 기침을 찾아 듣는 밤

피를 좀 흘린다고 죽지는 않아
지겨운 내 그림자가 가지 밑으로 휘어질 뿐

정해진 레버를 돌리듯 낮과 밤이
사람이 짐승이 곤충이 꼬리에 꼬리를 물고
이 길의 끝에는 또다시 죽어 가는 마음이

나는 가까스로 사람이 되었지만
사람이 짐승이 되는 일도 허다하니까

정이 많은 마녀의 손끝에서
세상에 없을 약효를 맹신하듯이

한 번도 믿은 적 없던 일들이
꽃과 계절이 되는 일도 있지

그런 일은 누구에게 일어나는가
──「Sana, sana, colita de rana」 부분

사랑을 다시 말하기엔 늦었고
이별을 다시 말하기엔 지쳤기에

모르는 사람처럼 각자의 신발을 신고
다시없을 다음을 기약하도록

창밖엔 구름 웅덩이
불 꺼진 방엔 모스부호처럼 떠도는 말들
——「302호」부분

　그것이 설사 옳다고 해도, 내가 갖고 있지 못한 것을 타인에게서 목
도하고서 그걸 훔치려는 마음은 아니었다. 황당무계하지만, 그러나 현
실 저 너머로 한없이 뻗어 나가는 사랑, 그것은 오로지 "잠든 너의 손
을 잡고/보이지 않는 것을 흉내 내던 밤"일 때만, 오로지 그럴 때만 가
능한 사랑, 그러니까 보는 게 불가능한, 무형의 사랑이다. "눈을 뜨면
낯선 곳에 앉아/숲과 안개를 그려 넣는 사람"에게, 사랑이란 이름으로
타인이 빚어내는 시혜와 베풂, 돌봄과 나눔은, 자아라는 중심을 이탈하
여 타자를 감싸고 너에게도 침투하는 형태일 수밖에 없다. 시인에게는
이런 것들이 반드시 대가를 치러야 하는 사랑의 '잉여'처럼 주어질 뿐
이다. 그러니까 사랑은 항상 거울을 들고서 자기 얼굴을 보며, "다시없
을 다음을 기약"하는 헛됨을 스스로 고지하는, 저 지킬 수 없는 맹세를
통해서만 충만해지고, "세상에 없을 약효를 맹신"해야 하는, 오로지 그
것밖에 할 수 있는 게 없을 때, 오직 그럴 수밖에 없을 때, 필패를 알고
도 "물컹한 주사위"(「겨울의 펠리컨」)를 던지며 거는 내기이며, "한 번
도 믿은 적 없던 일"에 저당 잡히는, 그러니까 맹목으로 쌓아 올린 진
리이자 "무심코 끄적인 낙서의 진심 같은 것"(「백치」)의 형태로만 존재
할 뿐이다. 이 백치의 사랑은 항상 너에게 반사되고 바로 그만큼만 내
가 내 자신을 비워갈 때 찾아오는 사랑, 때론 훔쳐보고, 억누르고, 자주
숨기고 도망가고, 빈번히 골방에서 골몰하며 고개를 이리저리 가로저
을 때, 바로 그럴 때만 할 수 있는 사랑이기도 하다. 사랑은 이와 같은
속성, 그러니까 항상 부족해야만 하는 특성을 기반으로 삼을 때만 가
까스로 제 이름을 갖는다. "모르는 사람"처럼, 저 부정으로 사랑의 대

상을 명명하는 내 방에는 "운명론자들의 기침"이 포기와 체념의 얼룩이 되어 사방을 떠돈다. 사랑은 희망을 몇 겹으로 새겨 넣은 문자를 발명하기도 한다. 그러나 이 "모스부호"는 해독판을 잃어버린 채 "불 꺼진 방"에서 나만 아는 암호로 되어 있어 그에게 당도하지 못할 뿐만 아니라 당도한다 해도 해독할 수가 없다. 간혹 연기처럼 흩어지고야 말 빈방의 시간과 골몰한 나의 생각이 "정해진 레버를 돌리듯" 결핍과 과잉을 연결 지으며 없는 것과 있는 것, 그와 나의 부재를 잇고 둘 사이에 모종의 길을 터보려 시도하기도 한다. 그런데 그렇게 난 길은 길도 아니다. "끝나지 않는 실패"(「불황의 춤」)처럼, 비극이, 사랑이, "처음부터 없었다는 듯이"(「302호」), 돌아 나올 출구 없는 일방통행로에서 아우성을 치고 있기 때문이다.

사랑, '여전히'와 '아직도'에서 실패하고 마는

사랑은, '여전히'와 '아직도' 사이에서, 거부할 수 없듯, 매번 제자리로 되돌아오는 반복과 이 반복의 관성을 토대로 전개된다. 짓고 헐고 다시 세우고 또다시 부수는 순서와 절차는 블랙홀 속으로 숱한 시간을 삼키며 진행되는 절망의 순간들로 가득하고, 시는 바로 이 굴레 속으로 들어가 그 순간과 나날에 숨결을 불어넣는 일을 잊지 않는다.

> 너를 보네 이 허망한 밤처럼
> 우물쭈물하는 취객들 뒤에 숨어
> 지난밤의 순례와 지지난밤의 진창 속에서
> 울먹이며 기도하는 신을 향해
> 너는 지치지도 않는 짐승이 되어

풀어진 목줄을 휘날리고 있네

〔……〕

어쩔 수 없는 밤이 우리를 갉아먹도록

오, 놀라운 평화의 밤이로다

누구도 꿈꾸지 않는 공백의 밤이로다

한숨과 불면에 겁먹은 사람들이

작은 선의에도 피가 마르고 있네

아랫입술이 윗입술에게 말문이 막히는 지경으로

쓰레기통 옆에서 잠든 사람들과

걷어차인 술병들이 소란스럽네

너의 머릿속에는 쇄빙선 지나가는 소리

무엇을 위해 이곳을 떠돌고 있나

이제는 구제불능의 고개를 흔들며

더없이 슬프고 이상한 밤에는

두 다리를 떨던 사람들이

허공의 십자가를 향해 전진하네

너는 사라지지 않고 도모하지 않고

쏟아지는 고양이들의 울음과

날카로운 경적음 속으로 달아나네

식은땀을 흘리며 리어카를 끄는

자욱한 빛이 네 얼굴을 스칠 때

우리의 가슴은 푸르른 멍을 쥐고

——「미광의 밤은 푸르렀네」 부분

감당할 수 없는 밤을

아무 일 없는 듯이 지나며

어제도 오늘도
너를 아끼고 너를 만진다
그건 내가 하는 일이 아니다
내가 모르게 하는 일도 아니다

〔……〕

사라지려는 순간을 어루만지듯
흐릿한 피사체인 너를 만진다
그건 내가 하는 일이다
나도 모르게 하는 일이다
―「몸주」 부분

　술잔을 가득 채운다. "사방이 유리로 만들어진 시간"(「연필점」)을 담
은 잔을 기울인다. 사랑은 "지난밤의 순례와 지지난밤의 진창"을 지나
며칠 동안, 취기를 가득 머금는다. "누구도 꿈꾸지 않는 공백의 밤"이
"걷어차인 술병들"이 내는 소리와 더불어, "지치지도 않는 짐승이 되
어/풀어진 목줄"을 휘날리며, 기어이 사랑을 불러내고, 이내 활활 태운
다. 내가 나에게 하는 말과 너를 기술하는 말, 이 둘이 유리병이 비워
지는 만큼 쉴 새 없이 교차한다. 가령, 쇄빙선이 지나가는 소리를 머릿
속에서 듣는 건 '나'다. 이렇게 '너'는 '나'다. 그러나 "사라지지 않고 도
모하지 않"는 자는 바로 너, 그러니까 여기에 없는 '그'다. '그-너'는 마
르지도 사라지지도 않는다. '그-너'는 내 마음, 생각 속에 사랑의 이름
으로 편재하며, 잦아들고, 불려 나올 뿐, '그-너'는 없다. 그러니까 부재
한다. 애타는 부름 속에서 끊이지 않는 생각 속에서, 사랑은 망가질 것

을 알면서도 할 수 밖에 없는 일을 감행하게 한다. "바스락거리는 심장을 쥐고" 너와 함께 "고요히 회전하는 불운들"(「회전하는 불운」)을 지고 걸어가는 사랑, "눈을 뜨면 차고 달콤한 것이/손가락 사이로 흘러내리는" 저 찰나의 사랑, 제어될 수 없다는 듯, "어쩔 수 없는 밤이 우리를 갉아먹도록"(「겨울의 펠리컨」) 그대로 놔두거나 방기하는 사랑, 그것이 무엇인지, 정체가, 그 속살이 무엇인지 우리가 잘 알고 있는 사랑, 이 사랑은, 그러나 나 혼자 누군가를 그리워하는 사랑이 아니다. 그것은 "내가 하는 일이 아니"라는 사실을 내가 알고 있으며, "내가 모르게 하는 일도 아니"라는 사실을 정확히 내가 알고 있는 사랑이다.

> 꿈꾸지 않는다면 끝나지 않을 밤들
> 한 장씩 피부를 벗을 때마다 너는 작아진다 몸의 무늬들이 물처럼 흔들린다 맨몸으로 떠다니는 갈 곳 없는 꿈처럼
>
> 잘 봐, 어둠마다 네가 거꾸로 매달려 있어
>
> 흔들리는 머리칼 너머
> 자신의 울지 않는 얼굴을 보는 악몽처럼
> 늑골에선 선율도 없이 무모한 코러스가
>
> 아침이 오면
> 우리는 나란히 누워 있다
>
> 내가 너의 목을 조르고
> 네가 나의 목을 조르면서
> ―「밤과 꿈의 뉘앙스」 부분

슬픔이 비루한 우리를 살찌우고 바람을 피우고

서로의 다정한 목소리에 질겁하도록

실감을 잃어버린 감정에 대해

엎드려 우는 사람의 척추뼈를

칼림바 건반을 연주하듯 매만져 주고

사랑을 잃은 친구에게는 선인장 가시를 선물하는

치명적이지 않으나 추억을 불러오는 밤들에

우리는 다행이라고 말한 적 있다

무엇이 다행인지도 모른 채 다행이라서

사람처럼 먹고 자고 다시 넘어질 각오로

달력 한 장을 찢을 때마다 이상한 기분이 되어

서로의 닮은 어깨에 머리를 기댄 채

아직 오지 않은 사랑을 죽인다

엉망으로 취한 시간에는

모두들 가여운 짐승이 되기도 하는 거라

한 병의 위스키를 마시면 실패하지 않고

기꺼이 이상해지는 운명의 카드가

그의 호주머니에 있다

——「까맣고 야윈 달력에게」 부분

　이 사랑은, 그러니까 보지 못하거나 보면 안 된다는 사실을 미리 알고 있는 사랑, "그럴 수밖에 없는 말이 있다는 것"(「겨울의 펠리컨」)을 우리가 알고서도 진행하는 사랑, 그러나 하면 할수록, 손을 대면 댈수록 덧나는 상처처럼 "무단의 아름다움에 도사리는 광증"(「포르말린 향이 나는 빛」)을 일깨우는 불시의 사랑이다. 서로를 독점하거나, 서로에게로 넘쳐 충만한, 서로가 서로에게 끊임없이 범람하는 잉여의 불사조가 되거나, 과잉 그 자체로 거듭나는 이 사랑에는 덧셈이 없다. 사랑은 '나-너', 이 애초의 원 두 개를 완전히 지우는 것이며, 지운 다음, 전혀 기대하지 않았거나 전혀 알 수 없었던, 이상한 형태의 도형 하나를 만들어내는 것이기 때문이다. 이 사랑은 "잠 속으로 출구 없는 병으로 열면 죽음으로 한 발"(「포르말린 향이 나는 빛」)을 내딛는 사랑, 사이와 사이, 몸과 몸, 저 트랜스의 빛나는 순간, 몽롱한 '여전히'와 애매한 '아직도'가 잠시 접촉면을 가지며, 끊어질 듯 이어지고, 이어질 듯 끊어지는 사랑, 한없이 비틀거리며 나아가는 사랑, "이 지옥 안에서" "휘말"(「reflection」)리는 사랑이다. 그것은 "지연된 꿈을 유서처럼 준비하는 자의 환희"(「포르말린 향이 나는 빛」) 속에서 "몇 장의 다른 밤이 보랏빛 밤"처럼 펼쳐지며, "이상해"지고 "자꾸 무모해"지고야 마는 사랑, 그렇게 컴컴한 하늘에서 밝은 대지 위로, 갑자기 쏟아지는 햇살이나 빗줄기처럼, 과거와 현재와 미래가, 수직으로 꽂히는, 기어이 순간에만 맺히고 사라지는 사랑이다. 그것은 또한 "마지막 담배를 나누어 피"우며 "처음부터 없었다는 듯이" 아무렇지 않게 "악수를 나누며 헤어져야 할 시간"(「302호」) 앞에서 속수무책, 무너지는 사랑이다. 이 사랑, 어느 어두운 시간이 있어, 내 등 뒤에서 몰래 흘러갈 것이며, 어느 밝은 순간들이 있어, 머리 위에서 영롱하게 빛날 것인가? "굴리면 굴릴수록 희미해져 가는 운명들"처럼, 사랑은 지나면 지날수록 빠져나올 수 없거나 아예 빠져나오면 안 되는 미로들로 촘촘히 둘러싸이고, 눈이 침침해서 발치 앞을 보지 못하거나 혀가 꼬여 당당하게 말하지 못하는 나는 "또다시 아침이 올 때까지"(「연필점」), "내가 모르는 것들이 나를 부"(「섬망」)를 때까지, 먼 피안을 바라보며, 희미한 지평선 위에 사랑을 올려놓고 까닭을 알 수 없는 숨을 몰아쉰다.

사랑, 유리병에 담긴 파이를 기록하듯

사랑은 정확한 비율을 알 수 없는 파이(π)와 같다. 시인은 마음의 꼴과 지름, 시간의 둘레와 비율, 고통의 넓이를 재는 데 없어서는 안 될, 이 사랑의 파이를 기록하며, 비애와 초조를 돌본다.

> 그러면 염병할,
> 빌어먹을, 천벌받은 글자들이
> 내 눈으로 들어와 눈을 파먹고
> 마음을 파먹고 그림자를 파먹다가
> 사지가 쪼그라든 내가
> 노망이 들어 사랑을 말했다고 한다
> 죽어서도 사랑을 말하고
> 썩어 가면서도 사랑을 말했더니
> 눈에 박힌 말들이 사방무늬로
> 울음을 터트리더란다
> 한 줌, 먹물 같은 눈물이
> 눈 위에 찍힌 발자국처럼
> 어딘가로 가고 있을 거라 한다
> ──「눈에 박힌 말들이 떠나간다」 부분

너와 나의 거리는 일정하게 움직인다. 누군가 다가서면 누군가는 멀어지듯이, 너는 구를 그린다. 구는 찢어진 볼처럼 붉다. 붉은 구는 꼭 붉지만은 않아서 검고 푸른빛으로 보이기도 한다. 그 속에는 마주 앉은 우리가 있다. 〔……〕 구는 0이 되고 공간이 되고 유희가 되고 슬픔이 된다. 거울이 되었다가 묘비명이 되었다가 밑둥이

434

되었다가 낯선 비밀로 돌변하기도 한다. 너는 구를 본다. [······] 그리고 이것은 구이지만 구가 아니다. 이것은 우리지만 우리를 빙자한 구이다. 처마 밑에서 비둘기들이 날갯짓을 하는 동안, 낡은 선풍기가 거실에서 돌아가는 동안, 너는 손발을 늘여 그림자를 채워 넣는다. 작은 네 손이 연필을 쥐고 빛을 지우면 검고 심약한 구는 잃어버린 어제처럼 굴러간다. 구르는 구는 시시각각 달라지고, 달라지는 빛 속에서 우리는 어지럽다. 당장이라도 저 끝으로 사라질 것처럼 무모하다. 끝없이 가속페달을 밟는 기분으로, 사막이 출몰하고 태풍이 몰아치는 이 행성을 질주한다. 망쳐질 것들은 이미 망쳐진 세계, 출구를 찾을 수 없어 서로를 껴안고 숨죽일 수밖에 없는, 이곳은 이름 모를 행성이고 우리는 뿌연 대기 안에서 저녁밥을 먹을 것이다. 집 잃은 고양이를 품에 안고 잠들 때까지, 어디부터 그려야 할지 어디서부터 지워야 할지 알 수 없지만, 여기 가장 둥근 빛 하나가 책상 위에 있다.

　　—「구(球)」 부분

　그때 문득 여자는 깨어나고 싶다는 생각이 들었던 것인데 무엇에서 깨어나고 싶은지도 모른 채 막연하게 이건 아니다라는 생각이 들 뿐이어서 그런 무지한 기분으로 일기를 쓰고 싶었는지 모른다

　　—「일기예보」 부분

　사랑을 기록하는 일, 그것은 "끝나지 않는 실패"의 구술이자 "울렁이는 여백"(「몸주」)을 메우는 것이며, 너의 흔적과 그 흔적에 고인 울음을 받아 적는 어두컴컴한 어둠의 일이자, 산술적으로 환원할 수 없는 "당장이라도 저 끝으로 사라질 것처럼 무모"한 순간들이 파놓은 깊고 컴컴한 구덩이에 빠져 "불완전한 마음의 유령/불완전한 육체의 귀

신"(「어두워질 때까지 거대한 돼지는 울었다」)이 내는 목소리를 받아 적는 일이다. '구'는 '나'가 만든 사랑의 세계, "0이 되고 공간이 되고 유희가 되고 슬픔"이 되는 순간들이다. 이렇게 "절반의 기억과 절반의 망각을/손안에서 가꾸는 사람"(「Sana, sana, colita de rana」)이 되어, "연필을 쥐고 빛을 지우면", 지워낸 이 어둠은 "검고 심약한 구"가 되어 "잃어버린 어제처럼" 백지 위를 굴러다니기 시작한다. 이 실패하는 사랑의 기록자는 "가장 둥근 빛 하나"가 "책상 위에" 놓일 때까지, 부정과 긍정 속에서, 현실과 꿈의 경계를 지우고, 불면의 밤, 숱하게 양을 헤아리며 "뱀처럼 똬리를 튼 꿈들이 손안에서 반짝이기"(「백치」)를 기다리며, 오지 않을 너, 신기루 같은 너, "교훈"에 붙잡히는 너, 안개와 어둠과 꿈에 둘러싸인 너, 희미한 너, 끊임없이 내가 대화를 나누려 신호를 보내는 너, "무엇에서 깨어나고 싶은지도 모른 채 막연하게 이건 아니다라는 생각"에 사로잡히게 하는 너, 그럼에도 "무지한 기분으로 일기를 쓰고 싶"게 만드는 너를 기록한다. "느슨한 혀로 알 수 없는 문장을 발음"(「서기의 밤」)하며, 시인은 "유리병에 문장을 모으는 사람, 유리병을 채워서 빛과 사랑이 없는 곳으로 달아나는 사람", "연민 없이 시간의 살이 불어나는 동안 서로의 가장 나약한 문장을 쥐고 흔드는 사람"(「술을 삼키는 목구멍의 기분으로」)이 된다.

너는 한 문장을 바라보고 있다 퍼즐 조각을 맞추듯 손끝이 부스러지고 부서진 문장이 슬로모션으로 달아나는 것을 보면서, 기타라고 발음하자 기타, 네가 기타라고 말하면 나는 같다라고 쓰고 기타라고 쓰면 너는 기다 기어가다 기다랗다라고 말한다 그렇다 너의 혀는 길고 나의 손가락은 마디가 없다 입속의 침묵과 망각으로 만든 문장을 나열하면 나열한 문장들이 저들끼리 분란하도록, 우리를 지나친 시간이 밤의 무한으로 나아가도록 시간의 학대를 받는 포로가 되지 않으려고, 혹은 사랑의 무게를 감당하기 위해, 유리병에 사랑을 담아 밤마다 펜을 쥐는 사람, "아직 못다 한 문장이 기어이 흩어지도록, 어디서도 실패하지 않을 고독"(「술을 삼키는 목구멍의 기분으로」)처럼 찾아온 마음에, 그 "낯섦 같은 것"[「악력(握力)」]에 시인은 입을 달아준다. 시인이 들려주는 이 사랑의 변주곡에는, 사라지는 사랑, 몸짓으로 기미만을 감지하고 마는 사랑, 너도 나도 모르는 사랑, 모든 걸 잠시 잊고 맞추는 입술 위에서 살짝 피어나는 사랑, 허나 끝내 사라지거나 패배할 사랑, 일면 기울어진 사랑이 흘려보내는 아픔과 고통과 상처의 흔적들이 측정할 수 없는 과오처럼 스며들고, 연주할 수 없는 악보처럼 흐르고, 지워낼 수 없는 폭죽처럼 작렬한다. 이 사랑의 기록은, 어질어짐에 깊이를 보태고, 멜랑콜리의 찰나를 보다 두텁게 해 그 양감의 가짓수를 늘려나가는 감각을 주조하며, 내면의 변화를 외부에 투사하는 각성과 꼼짝없이 독대하면서 속절없이 사방, 저 도처에서 무너지는 언어를 선보인다. 박은정의 시집에는 눈물과 절망이 행간마다 대롱거리고, 낯선 감각과 예리한 시선이, 사랑과 죽음이 공허한 하늘을 무지르고, 어두운 거리와 술잔에 담긴 초록색이 붉게 불꽃을 틔우며, 그림자와 빛이, 이 둘을 쥔 뜨거운 두 손, 저 악력 속에서 어우러진다. 통통 불은 발걸음은 고독과 울음의 깊은 곳에 마음을 내려놓게 재촉하고, 헝클어진 머리칼과 굴처럼 상해가는 눈동자, 소금기를 머금은 그와 그녀의 사정이, 벌써 식은 커피처럼, 맡을 수 없는 향기로 기이하게 피어오른다. 이 이상한 열기와 증발해버린 땀방울 사이로 어제의 기억이 눈을 감고 잠을 청하고 내일이라는 불가능함이 눈을 밝혀 나갈 길을 탐색한다. 소리 내어 읽은 한 행 한 행이, 사랑의 저 말할 수 없는 이완과 긴장의 마디마디에서 소진되지 않는 문자를 안고서 고요히 흔들거리며 속절없이 무너진다. 펜촉이 무뎌질 때까지, 골몰하며 내려놓은 이 사랑의 무늬가 모이고 또 흩어지며, 좀처럼 가지 않았던 시의 길 하나를 낸다. 비에 젖은 축축한 바닥에, 저 컴컴한 그림자에, 그럴 수 없었다고 믿었던 물기와 어둠이 찾아들고, 이 어둠 속에서도 빛을 뿜어내는 축축한 대도시 뒷골목, 그 누구를 위한 것도 아닌 사랑의 절망과 청원이, 서로 만나고 헤어지며 고통으로 꽃을 피워낸 결핍을 흔들리는 시선으로 붙들어 맨다. 곤두서 있던 신경의 외침을 밤에 받아내는 자, 그는 사랑의 파이를 기록하는 사람, 시인 박은정은 사랑의 "너를 받아쓰는 사람"(「서기의 밤」)이다.

[2020]

대위(對位)하는 언어, 다면체의 시소(詩所)
─류진의 『앙앙앙앙』

> 마침내 넌 이 낡은 세계가 지겹다
>
> ─기욤 아폴리네르[1]

> 329. 내가 언어로 생각할 때, 내 머릿속에 언어적 표
> 현과 나란히 '의미들'이 또 떠오르지 않는다; 오히려
> 언어 자체가 생각의 수단이다.
>
> ─루트비히 비트겐슈타인[2]

류진의 첫 시집 『앙앙앙앙』(창비, 2020)은 기묘한 열기로 들끓는다.
호환 속에서 만들어진 기계장치의 장대한 그물코가 마르지 않는 이야
기의 풍요로움을 가득 채우고, 전혀 다른 방식으로 반복 재생되는 부
동(不動)의 장면들을 하나둘 끌어모아 폭발시키는 시적 에너지와 말의
운동은 왠지 모를 일말의 공포마저 발산한다. 오른손으로 네모를 그리
면서 동시에 왼손으로 별 모양을 그리는 것처럼 류진은 메마른 백지
위에 단어 하나를 꺼내 들어 이 단어와 저 문장을 넘보고, 앞으로 뒤로
어떤 장소를 찾아 한없이 밀고 나가는 행위를 멈추지 않는다. 모국어
의 외국어성을 마침내 발견하거나 그 지경에 당도하는 것처럼 류진은
어디에나 있으면서 끝나지 않는 시, 시와 시, 시와 사건을 복잡한 방식

---

1 기욤 아폴리네르, 「변두리」, 『알코올』, 황현산 옮김, 열린책들, 2010, p. 43.
2 루트비히 비트겐슈타인, 『철학적 탐구』, 이영철 옮김, 책세상, 2006, p. 194.

으로 얽어 기지(旣知)와 기존(旣存), 그것들의 문장, 그것들의 사유-사건으로 제 시의 터전을 다져나간다. 하지만 바로 그 문장, 그 사유-사건에 포획된 채 정박하지 않으며, 그럼에도 시인 자신이 대구를 이루며 성큼성큼 걸어 들어오게끔 직조해낸 것마저에도 저당 잡히는 시를 쓰지 않는다. 류진은 내부에서 무언가를 끌어내어 시를 쓰면서도, 밖에서 짓치고 들어오는 세계와 이별을 고하거나 빗장을 걸어 잠그지 않는다. 그의 언어는 속기 타이피스트와 같은 리듬으로 무언가를 뻐끔 뱉어내는 순간, 이미 다른 것을 촉발한다.

넘어졌는데 바닥이 따뜻할 때
흘렸는데 코피가 차가울 때
운동회를 열기로 했습니다

착지했는데 목성일 때
당겼는데 빗줄기일 때

나무떼가 철컥철컥 갑옷일 때

마음인데 차가운 햄일 때
물병 속의 물결인데 빠졌을 때

청군이 이기기로 했습니다

사냥꾼이 구름을 쏠 때
아이들이 후드득 떨어질 때

앞니에 노을이 안 지워질 때
눈물인데 돗자리가 반짝일 때

죽었는데 김밥일 때
준비하시고 개미는 응원입니다
──「우르비캉드의 광기」 전문

　시인은 가능하지 않은 일들이 일어나는 순간을 '이러저러하다'라며
그려 보이는 것이 아니라 그냥 해버린다. "때"는 기대에 어긋나는 순
간을 갈고리처럼 낚아챈다. 가령 "넘어졌는데 바닥이 따뜻할 때" "운
동회를 열기로" 하는 식이다. 시는 부분적 공유의 상태를 유지하면서
"때"로 그 부분과 부분의 연결 고리를 마련한다. 그러나 거기에 '중심'
은 없다. 여덟 개의 연(聯)은 분명 서로 연결되어 있으나 그 경계는 명
확하지 않다. 인접성에 바탕을 둔 독서는 중지되며, 수직과 수평을 무
지르며 종횡하는 일종의 연결망에 말들이 걸려 대롱거린다. 핵은 "때"
와 이 "때"의 결과로 주어지는 정의적(定意的) 문장들이며, "때"와 이
정의적 문장들은 서로 교차하듯 진열되고 전체 시에서 비선형적 구성
처럼 분산될 뿐, 우리는 조각난 퍼즐을 찾아 맞추듯 상상력을 동원하
여 전체 세계의 모습을 그려보는 수밖에 없다. 이러한 점에서 시의 제
목은 매우 중요하다. 다른 작품에서도 그러하지만, 제목은 시의 작법
과 주제 등의 연줄이자 착상의 근원이기 때문이다. 만남과 사건, 시간
과 장소 등을 가로지르며 등장인물과 설정 전반을 오로지 부분적으로
만 공유하면서, 어느 가상의 도시에서 우연히 벌어지는 기이한 파국
을 그려낸 기발한 만화『우르비캉드의 광기』는 우리가 전문을 인용한
시「우르비캉드의 광기」의 곁-텍스트paratext라기보다 차라리 모형
matrix으로 작용한다.

잘됐네
나라를 지켜서

나라 지켜서 잘됐네

잘됐어

왜 당하고만 있어
너 바보야?
눈알을 확 파버렸어야지

누나를 어
누나가

〔……〕

달려,
두번이나 누 앞에서 미끄러진 이리는
이리 결정했습니다 이번 회엔 반드시 굶주리고

깎아내는 거야 눈썹 끝에 맺는 잠의 귀퉁이
그것을 지켜서, 호두 껍데기를 잔뜩 쌓아서
나라는

그것은 잔뜩 잘됐을 것이다

442

손에서 눈알이 녹아내리는 순간을

나라는 당하고만 있을 것이다,라는

5월은 가정의 달

——「6월은 호국의 달」부분

　표어와 같은 구절이 하나 튀어나왔다. 문장이, 구문이 하나 발생했다. 시는 이 말이 백지 위에 내려앉으려는 순간에 멈춰 서서, 기술하려는 바로 그 순간에 잦아든 다른 말들을 붙잡는다. "눈알"은 "누나"를 비끄러매고, "미끄러진 이리"는 달아나려는 순간 "이리 결정"하는 주체가 된다. 문장을 읽는 시간은 이상하게 뒤엉키며, 처음과 마지막에 발생한 시차를 부정하거나 교묘하게 뒤틀면서 문장의 순서가 뒤바뀌고, 시는 이렇게 새로운 처소를 갖는다. 이 순간이 바로 문장과 시간에 대한 우리의 통념과 합의가 깨지는 순간인 동시에 이 통념과 합의에서 벗어나면서도 의미의 단위를 상실하는 대신 새로운 질서가 들어서는 순간이다. 바로 이 틈과 시차 사이로 언어의 보따리가 한 움큼 내려앉고, 문장은 외려 다국적·다층적·다성적인 성질을 지니며 펄떡펄떡 살아 숨 쉰다. 이와 같은 작업을 류진은 대개 담벼락의 포스터, 책 제목, 광고 문구, 신문 쪼가리, 정치 선전물, 시대의 구호, 영화 제목이나 영화배우의 이름, 역사적 인물이나 크고 작은 사건, 무용수나 연예인, 수학적·철학적 개념, 명문(名文)이나 오문(誤文), 시 구절, 연극 대사, 자막 등에서 착수한다. 어떤 시는 여기서 활력을 얻고, 어떤 시는 이접하며, 어떤 낱말은 솟구치고, 어떤 문장은 기절한다. 마감되기 전 무언가를 머금고서 끊임없이 다시 촉발되는 이 사태는 말의 인접성으로 인해 목전에 두게 되는 자연스러운 화행(話行)이 실행되었을 때 그 앞머리를 붙잡아 낚아채는 방식으로 인접의 경로를 절단하고, 그 상태에서 다시 화행을 여는 개시의 순간을 통해 시차를 비틀어 다면체의 문장을 촉진하는 결과를 낳는다. 이 다면체의 문장은 인접성과 유사성이라는 두 가지 언어의 조합 축을 낯선 질서로 재편하면서 실제 세계와 실제 시간을 파괴하여, 말에 달리는 물리적 무게를 상이한 것으로 만들어버린다.

시와 시도 그렇다. 「6월은 호국의 달」 뒤에 배치된 「5월은 가정의 달」을 보자. 6월이 "호국과 보훈의 달"이면 5월은 "가정의 달"이다. 가정의 달은 "화목"을 "가정"한다. 어린아이가 "재미 삼아" "비눗방울"을 불고, "잔디"에서 "재미 삼아 발목을 섞는다"라고 말하는 장면이 우선 열린다. 즉, 어린아이는 뛰어놀고 있는 것이다. 그 위로 태양이 작열하고 있다. "태양열"은 평행적으로 배치된다. 두 겹의 문장, 세 겹의 화면이 섞이면서 태양과 어린아이가 '대위'한다. 시는 두 개의 주제를 중심으로 전개된 교차 서술에 의탁하는 것이 아니라, 차라리 문장과 문장이 교접하는 형태를 내보인다. 말이 촉발되는 순간, 그 틈에 다시 사유의 결들이 문장으로 둔갑하여 대칭을 이루는 구조를 만들어내는 것이다. 가령 "이러한 가정은 화목하여 코끝에 밀려온 바람이 피가 되어 흘러내린다"와 같이 다소 기이하다고 할 수밖에 없는 이 이접(移接)의 문장은 가정의 달에 어느 공원에서 뛰놀며 비눗방울을 부는 아이와 잔디에 내리쬐는 태양열, 나아가 이 태양열(태양에너지)이 대체할 수 있다고 알려진 "원자력"을 차례로 붙들어 매는 낯선 인접의 결과를 야기한다. "어린아이"는 "비눗방울"과 마찬가지로 부푸는 동시에 "재미 삼아" 그것을 만들고 있는 주어이기도 하다. 연이 바뀌자 "재미 삼아 발목을 섞는다"는 주어가 불분명해진 상태 속으로 빠져들면서 이어지는 구절 "태양열에 반응하는 잔디"의 행위, 즉 결과로도 읽힐 가능성 속에 놓인다. 이는 병행적 대칭의 결과이다. 무슨 말인가? 첫째 연과 둘째 연을 살펴보자.

비눗방울은 부푼다 어린아이가
재미 삼아 그것을 낳는다

재미 삼아 발목을 섞는다
태양열에 반응하는 잔디가
　　　　　　　　　　—「5월은 가정의 달」 부분 (강조는 인용자)

　병행적 대칭 구조가 선명하게 드러난다. "어린아이"-"잔디" "낳는
다"-"섞는다"의 배치는 운문에서 말하는 '각운rime'과 같이 대구를 만
들어내며, 행갈이를 없앴다고 가정할 때 가능한 "비눗방울은 부푼다
어린아이가 재미 삼아 그것을 낳는다 재미 삼아 발목을 섞는다 태양열
에 반응하는 잔디가"와는 상이한 질서 속에서 시가 재편되었다는 사실
을 말해준다. 류진의 시는 이와 같은 방식으로 말의 질서를 새로 재편
하고, 비동시적인 것을 동시적으로 실현하며 고유한 세계를 그려나간
다. 운문에서 운이 교차하듯, 문장이 교차하면서 두 가지 사건, 세 가지
이야기가 수평적 병치의 사건들로 재구성된다.

　　　　러시아에선 타조로 살아가지 않습니다
　　　　타조가 블라디보스토크로 살아갑니다

　　　　러시아에선 블라디보스토크가 당신으로 살아갑니다 러시아에선
　　　　블라디보스토크와 내가 갑니다
　　　　러시아에선 구타가 당신에게 갑니다

　　　　〔……〕

죽음인 줄 알았지 러시아에선

너의 시야에선

폭설 같은 타조의 깃 속에선

〔……〕

삼각형을 그립니다

도형 안에서 제일 먼저 고독한 수

삼이지요 내가 그 속으로 들어갔습니다

　　　　　──「드미트리, 드미트리예비치, 쇼스타코비치,」 부분

　시는 러시아 작곡가의 이름을 차용한 제목 "드미트리, 드미트리예비치, 쇼스타코비치,"처럼 트라이앵글 구조 속에서 전면적인 병치를 이루어낸다. 문장은 마감되는 대신 절반쯤 잘라먹거나 혹은 절반쯤 저당잡힌 채, 다른 구절과 연접된 제2의 문장을 수평적으로 배치하는 방식으로 이어진다. 첫째 연과 둘째 연을 다시 살펴보자.

　　　러시아에선 타조로 살아가지 않습니다
　　　타조가 **블라디보스토크**로 살아갑니다

　　　러시아에선 **블라디보스토크**가 당신으로 살아갑니다 러시아에선
　　　블라디보스토크와 내가 갑니다
　　　러시아에선 구타가 당신에게 갑니다

　"러시아에선 타조로 살아가지 않습니다"에 무언가 더해지는 동시에

446

덜어낸 문장이 만들어진다. 멜로디 하나를 또 다른 멜로디의 반주를 통해 부가(附加)하듯 정선율(定旋律)이 하나 주어지고, 이후 여기에 대응하는 선율을 수평적으로 구성하여 반복하면서 변주해나가는 방식으로 일정한 패턴이 유지되는 것이다. 단음계와 장음계가 섞여 음이 진행되는 동안 유지되는 수평적 흐름 속에서 대선율(對旋律)을 발명하는 것처럼 모든 문장이 재배치되었다. 첫 구절에서 마지막 구절에 이르기까지 언술은 인접성을 바탕으로 확장되는 화행의 질서와 시간적 순서를 따르지 않고, 병치를 통해 오히려 강조의 지점("내가 그 속으로 들어갔습니다")이 출현토록 조직된다. "어느 문을 열든 지옥으로 이어진 곳에서 왔다"는 "본다르추크와 마늘꽃게볶음을 먹었다"고 실토하며 저 "명계의 동굴" "명동"을 거니는 「나탈리아 세르게예브나 본다르추크」처럼 세 마디로 구성된 시의 제목 "드미트리, 드미트리예비치, 쇼스타코비치," 마지막에 쉼표가 붙어 있는 것은, 늘려가고 변주하고, 변주하고 덧붙이는 삼박자의 구조를 시가 반복할 것이며, 이와 같은 열린 구조 속에서 무한한 변주를 시도할 것이라는 사실을 암시한다. 기본적인 구성에 있어서는 「백종원」도 마찬가지이다. 세 개의 주된 문장("오래된 야구장이 명물인 도시의 변두리 길을 백종원과 함께 걸었다" "우리는 끝없이 계단을 올랐다 모든 계단은 끝이 난다" "내게는 심판이 있는데 분노가 이 도시의 명물이라고 심판이 말했다")이 병렬적으로 배치되면서, 마치 오른손으로 동그라미를 그리고 왼손으로 별을 부여잡는 방식으로 의미의 차이를 생성해내면서 매우 낯설고 새로운 세계를 열어 보이는 것이다.

쏘세요! 상기와 같이 본인은 약속한 기한까지 채무를 변제하지
못하였기에
계약에 따라 담보물로 설정된 주요 장기를 비롯한 신체 전부에

대한 권리를 양도하며 이를 확인하여 분란의 여지를 없애고자 이
각서를 작성합니다 으아리

　　벗겨진 메아리
　　시월 칠일의 서리병아리
　　소유하지 않겠습니다
　　──「신체 포기의 각서」 부분

　　심장 속의 들쥐는 포르티시시모로 날뛰네
　　이 불협화음을 사랑했다
　　──「부록: 어찌하여 나는 비겁하고 치사하며 우아하게 되었는
가」 부분

　　심장아, 네가 내 비계에서 피를 빌리듯
　　내가 철창을 바란다 폭설로부터
　　혈액을 기증받아 내가 징역을 바란다 죽음은 시인의 광대

　　[……]

　　죽음은 시인의 광대, 빙글빙글 돌려
　　주십시오 심벌즈를 들어라
　　잇몸에 이빨을 씌워라 먹구름을 오게 하라 오는 족족
　　죽이고 또 물어 죽일 테니
　　맥문동 맥문동 맥문동 맥문동
　　──「마음 포기의 각서」 부분

류진의 시집은 "첫 글자에서 마지막으로, 마지막 글자로부터 처음으로 달려가는 문장들"(「누레예프의 눈보라」)로 포화를 이룬다. 수평적 배치는 여기저기 들끓는 목소리를 터뜨리고 균열 속에서 저절로 풀어지는 말을 발명하며, 생각지 못한 곳에서 떠들썩하게 매듭짓고 "발자국 안에" 찍는 "발자국"으로 전진한다. "검었다 희었다 하면서"(「악몽 망고」) 구절과 구절이 서로 호응하고, 서로서로 괴롭히며, 멈추지 않고 다양한 방향을 향해 하나씩 가지를 쳐나가는 이 푸가적 시적 공간에 발을 들인 우리는 흔들려가는 문자의 선형적 연쇄에서 오히려 여백에 집중하거나 대칭이나 대구를 통해 빚어지는 소리의 변주를 통해, 또 다른 방식으로 말해질 수도 있었을 세계, 그 이야기에 귀를 기울여볼 수 있었을 가능성으로 항상 되돌아온다. 이처럼 "으아리"↔"메아리"([아]-[리])가 연에서 미끄러지며 다음 연을 울려내는 대위의 한 방식이라면, "시월 칠일의 서리병아리/소유하지 않겠습니다"는 "시월"="서리"/"시월"="칠일"/"서리"="병아리"/"시월"="서리"="소유"처럼 되돌아오고 나아가고, 나아가고 되돌아오는 점진적 강조를 소리의 교환으로 연주하면서 종국에는 "서리"와 "소유"의 대구를 도드라지게 만들어 '신체 포기' 행위를 강력한 조롱으로 비판하는 목소리를 창출한다. 즉, '소유, 하지 않겠습니다'처럼 읽게 되는 것이다. 대구의 화성(和聲)은 "달아나는도다 손톱 없이 두더지/주머니 없이 캥거루"(「마음 포기의 각서」)처럼 "없이"의 강조로 박탈과 상실과 손상에 저 깊이를 보태거나, "토막 난 채 도마에 귀를 대고 있다"(「불에 탄 나무토막 같구나, 아스케」)나 "망아지랑 맑음이랑 문둥병이 걸어가지요"(「김영만」)처럼 말이 풀리자마자 소리의 유사성에 의해 다시 붙잡아둔 다른 말로 시에 중층의 음역대를 부여하거나 공존이 불가능한 의미의 사슬 하나를 독특하게 엮어낸다. 이러한 방식으로 수평적 인접성 위로 수직적 유사성의 무늬가 입혀지고, 개개의 말이 독특한 리듬으로 한데 어우러지면서 낯설게 하거나 다르게 말하기를 구성하는 작업에 동참한다. "두 열매를 동시에 떨어뜨리"며 "어느 소리가 더 무겁게 떨어"(「다음 대상의 무게를 구하시오」)지는지 재며, 시는 치고 빠지고, 빠지고 다시 입장하는 경쾌한 리듬, 개개의 음을 세게 연주하는 "포르티시시모"에 맞추듯 툭툭 앞으로 치고 전진하지만, 우리를 기다리고 있는 것은 오히려 이상한 낯섦, '시인은 죽음의 광대'가 아니라 오히려 "죽음은 시인의 광대"와 같다고 말하는 저 낯섦, "죽음"-"족족"-"죽이고"-"죽일 테니"처럼 수평과 수직으로 변주되는 비명과 비극의 세계와 그 장소, '헤테로토피아'에서 울려 나오는 파열음이나 "불협화음"이다.

> 왜 사람은 봄마다 떨어지는 거야? 왜 봄에는 잔디 줄기가 갈피갈피
> 갈라져? 물으면 나아질까
> 수학채근 웨
> 자꾸 질문하는 습과늘 드리라 할가
> 그으런데 웨 하늘에선 저러케 어두운
> 코가 태어나는 거실까
> 굴뚝에서 기일게 날아와
> ──「마죽 무서워」 부분

류진의 시를 우리는 무언가를 계속 덧붙여 기술하고 떼어버리며 나아가는, 그러니까 '가감의 에크리튀르'라고 불러도 좋겠다. 논리적인 구조 안에다 동질적인 의미장에서 이탈한 어휘들을 고르고 재고 헤아리고 들었다 났다 하며 배치해서 생겨난 난독의 세계는 작품 하나를 통째로 읽고 난 뒤 각 구절을 다시 헤아릴 수밖에 없게 만든다. 낱말, 구, 문장, 단락 순을 따르던 기존의 독법은 여기서 역전된다. 가령 1+6+3+9=19처럼 각각의 항을 더해 19를 얻어내는 게 보통이라면, 류

진의 시는 이 절차를 거꾸로 따라가는 방식으로 읽을 것을 주문한다. 문제는 각각의 항, 즉 각각의 문장을 마침내 더했을 때 산술처럼 19라는 논리 정연한 결과를 손에 쥐게 되는 것이 아니라는 데에서 발생한다. 류진의 시는 '대위(對位)'하면서 '대칭'하고, 대칭하면서 대위한다. 병렬적 구조는 수평성을 반복적으로 이끌어내는 전략적 산물이며, 무언가 촉발된 이곳에 세계가 대롱거리면서 한없이 짙어지고, 시는 이러한 방식으로 장소를 만든다. 그것은 공간이 아니라 장소이다. 시는 "작년의 비와 올해의 비 사이를 산다"와 "소리의 재앙과 말씀의 재앙 사이를 산다"가 공존하는 곳, 순간으로만 존재하는 주관적 장소, 현실에 겹쳐져 있는 새로운 가능성의 곳, 획일화된 공간에 기억·경험·상상·상처·역사·감정을 중첩해놓은 주관화된 장소에서 산다. 시는 "잘라낸 몸통 같은 그 발음"(「데데킨트의 절단」)을 살며, 소리와 말씀의 재앙을 산다. "배 속이/죽으로/비좁아서" "스티븐"이 느끼는 "슬픔이 덮개를 밀치고/올라오는 것", 한국어에 서투른 외국인의 발음 위에서 시는 산다. "느낌이 조와요/헤헤/마죽"(「마죽 무서워」), 시는 바로 이 히죽거리는 장소에서 산다. 시는 말을 그 자체로 멈추게 붙잡아두는 장소, 붙잡아둔 말에 의해 열리는 장소에서 살며, 이 시적 장소는 통사를 무너뜨리는 동시에 무너뜨린 통사에서 솟아난 장소이자, 대위하는 문장들과 대칭하는 다면체 위에서 열린 시소(詩所)다.

절지(絶節)의 어법으로 대칭과 병렬을 주조하며 짝을 맞추듯 교차되는 연은 의미의 단위를 바꿔버리면서 제3의 길을 연다. 경계는 이전의 그 경계가 아니다. 시의 '모형'인 '제목'은 이 다면체의 시소에 있어서 알리바이이자, 대위하는 문장들의 대선율과도 같다. 「열차포 구스타프」는 "너의 췌장", "네가 삼킨 나의 말을 녹였"던, "잘못 흘린 나의 내면을/남김없이 먹어치웠"던 췌장, 그러나 "야간 비행을 격추해 별을 달아주었"던 "너의 췌장"을 내가 "감각하지 않"고 "더는 감각하지 않"

는 이야기를 인류 역사상 구경(口徑)이 가장 큰 이 독일 캐넌포가 포격을 가하듯 배치한다. "눈에 맺힌 물방울"은 "네 열차포가/궤멸적인 타격을 가하는 데 성공"하듯 타격을 주며, "아직" "멀고 뜨거"운 "포신"은 여전히 식지 않은 상실을 뿜어낸다. 문장이 사방에서 봉기한다. 구절과 구절이 화답하는 대신, 열차포의 이미지와 어우러져 분사하듯 폭발한다. "난사하는 작렬하는 사라지는/올여름의 서늘맞이"는 바로 이렇게 캐넌포의 저 거대한 포구가 연달아 발포를 끝낸 후 제 화력을 식히는 과정과 엉켜 붙어 도드라진 주관성의 무늬를 번져낸다.

"환태평양 불의 고리가 보았습니다"로 시작하는 「환태평양 불의 고리」는 용어 해설 "환태평양 조산대 태평양판과 만나는 주변 지각판의 경계면을 따라 지각변동이 활발하여 화산활동과 지진이 빈번하며, 태평양을 둘러싸 고리 모양을 이루기 때문에 '불의 고리'라고 한다"를 한껏 머금는다. 즉, 자료와 정보가 주어를 이룬다. "불의 고리가 보"는 것이다. 시는 이내 "동그라미가 두개나 들어 있"는 저 "기묘한 이름" 중심에서 방사선처럼 사방으로 번져나가며, 가파른 속도로 치달아 어딘가에 당도한다. 간헐적이고 반복적으로 패턴을 바꾸어가며 분열과 수렴이 동시에 이루어진다. 이어서 "동그라미 두개"가 반주처럼 기묘한 방식의 환유를 변주한다. "동그라미 두개"↔"도넛"↔"둥글게 구멍 난 바다의 중심"↔"작은 불의 고리"가 한편에서 말의 약진을 일으킨다. 한 축이 가파르게 변주되자마자 또 다른 축 "대양"의 이야기가 가동되기 시작한다. 이 축은 엉뚱한 곳에서 솟아난 것이 아니다. 제목이 알리바이이며, 말을 마저 비우기 전에 바로 그 말에서 촉발된 다른 말, 부적처럼 살아난 말의 말, 말 속의 말이기 때문이다. "누나와 함께 하루하루 자랐"던 이야기가 변주처럼 덧붙어 새롭고도 연속된 고리를 하나 더 연다. "누나"와 "죽음"은 이러한 방식으로 시집에 결부된다. 커다란 줄기의 이야기가 단속적인 단위를 이루는 한편 시의 개별 에피소드에

452

끼여서 '푸가'의 변주곡처럼 전개되는 형국이라고나 할까? "환태평양 불의 고리"는 이처럼 "고리"와 "대양"이 교차하며 변주된다. 제목은 이어지는 듯 결별하고 결별하듯 결합하는 합주의 목줄을 잡고 있다. 이렇게 "대양의 테두리에 살았던 나"는 "놋쇠 반지가 비워둔 작은 구멍"에서 "하얀 돌 꺼내기"를 실행한다. 수평적 구도를 상실하지 않은 채, 두 부분의 독립성을 보존한 채, 리듬은 이 둘을 섞고 갈라놓고 교접시킨다. "수없이 늘어선 말줄임표에서 빗방울 꺼내기"를 하듯 모조리 소진하면서 "불의 고리에 매달"리며, "불의 고리를 통과하면 어딘가 구겨"진다. "나를 전부 소진해버렸"기 때문이다. 구멍이 나 있는 고리, 서커스에서 우리가 보곤 했던 타오르는 불의 고리, 사자가 통과하는 모습을 보며 신기해했던 이 과거의 고리를 통과하면 멀쩡하기 어렵기 때문이다. 불의 고리가 '구겨지다'라는 행위소를 단박에 끌어안는 독특한 인과성이 이렇게 창출된다. 이 "천사의 고리"는 그것이 '고리'인 이상 "중심"이 비어 있을 수밖에 없으며, 이렇게 '비어 있다'는 "바닥"난 "천국"이라는 인과성에 의해 지탱되는 동시에 지탱되는 순간의 변주도 만들어낸다. '중심이 비어 있다'와 '바닥이 나다'라는 문장이 실행되는 순간, '아무렴'과 '아무렇게', '아무르amour', '아무로'('누구누구 아무로 말하자면'처럼 인칭대명사 혹은 지시대명사), '아무로'(Amuro, 즉 캐릭터나 인명을 지칭하는)가 입술을 타고 흘러나온다. 시인은 이 낱말을 외운다. 이 "아무로는 검고 아무로는 일그러졌고 아무로는 짝이 맞지 않"으며, "누나를 버리고 불로 매듭을 묶"어버린다. 낱말은 또다시 변주되는 순간을 만들어내는 동시에 변주의 산물로 되살아난다. 그리하여 말이 되돌아가고 다시 나아간다. 말은 되돌아가면서 지금껏 느슨하게 풀어두었던 낯선 것을 끌어당기고 다시 나아가면서, 지금껏 익숙한 것을 붙잡고 있었던 관성의 자장을 한 번 더 벗어난다. "불의 고리"이자 "중심이 비어 있"는 "천사의 고리"는 "대신 배설하는 기관 일말의 기울임

일말의 어긋남 양분을 빼앗기고 쇠퇴하는 기관"인 "누나라는 기관"의
역사, 그것의 터전으로 도약한다. 시인은 이와 같은 방식으로 "이 기묘
한 고리에 나를 두번 매달았"다고 고백한다. 두 개의 동그라미는 마지
막 연에서 두 번 등장하는 "구멍"이 된다. 그것은 구겨진 내 고리이자
내가 뛰어넘은 고리이며, 또한 "반지 끝에서 떨어지는" '나락의 세계'
이다.

> 계단이 끝나지 않아 정말이지 엉덩이
> 차갑군 비스마르크여, 식은 용암처럼 뒤틀린 빵이여 그거 아는
> 가 라일락의 삼분의 일은 언두부로
> 싸늘한 향을 내고 삼분의 일은 기다림의 끝에서 분화하고
> 삼분의 일은 흩어지더라도 결코 붉지 않겠다고
> ──「비스마르크 추격전」 부분

그렇다. 제목은 씨앗-모형이다. 이 씨앗-모형이 곳곳에서 반복(주
제-소재)-변주(맥락)-이접(공존)되며, 대칭의 구조를 짜고 대위의 조
직을 견인한다. 시는 독서의 가능성을 일회성에 가두어두는 대신, 마지
막 문장에 도달해서조차 처음부터 다시 읽을 수밖에 없는 복수성의 세
계를 열어둔다. "오월의 공기가 허물어져/흙에 깃들고 우레가 물러나
고 빗물마저/냉담한 아이처럼 눈앞에 떠"오르는 순간에 빚어진 "이곳
의 사태"를 시인은 "도무지 따라갈 수 없"다고 말하는 것으로 시를 열
고, 이후 시 전반에서는 "비스마르크 추격전"에서 파생된, 혹은 그와
관련된 문장들이 다른 텍스트들 사이에 파묻히면서 화학작용을 일으
킨다. "차갑군 비스마르크여, 식은 용암처럼 뒤틀린 빵이여"는 제2차
세계대전의 사건 "비스마르크 추격전"을 어디선가 배우거나 가르치거
나 혹은 시청하고 있다는 사실을 고지하는 동시에 (학생에게) 배분된

454

바로 옆 저 "빵"이 차갑고 딱딱하다는 사실도 아울러 통보한다. "폭풍의 발가락"과 "결함투성이 빨래기계"는 오로지 제목의 변주라는 조건에서만 '나'와 결합된다. 의미 자체가 고정된 문장은 존재하지 않으며, 고립된 문장이 들어설 자리는 이 시에 없다.

> 오늘의 대기를 무너뜨리면 어제의, 어제의 대기를 부수면 그때의 느낌이
> 허파에서 불타니, 수업이 끝나질 않아 엉덩이
> 차갑군 보아라, 진군하는 책상과, 머리에 왕관을 끼었은
> 학생들을……
>
> 학생은 인용하길 원합니다 아픔을 외워요
> 반성할 시간이 없습니다 장칼로 아빠의 목젖을 찌르고
> 독으로 넘치는 포도주를 들이켜는 시대가 아닙니다

　비스마르크호는 결국 추적을 당해 파괴된다. 비스마르크의 오늘이 시에서 무너진다. 어제의 대기가 여기서 부서진다. 그 감각이 허파에 그대로 남아 타오른다. 한편 수업이 끝나지 않는다. 격추된 군함, 저 "엉덩이/차갑군", 종일 지키고 앉은 끈질긴 책상, 거기에는 우유가 놓여 있었던가. '서울우유' 왕관, 목을 젖히고 들이켠다. 이미지가 폭죽처럼 퍼진다. 말이 마감되기 전에, 의미가 굳어 딱딱해지기 전에 다른 것이 불려 나온다. 말이 말을 잡아먹고 늘어설 때 폭죽처럼 솟아난 이미지, 그러나 이 역시 말의 소산이다. 말의 장소들, 기이한 처소가 만들어지고 거점이 돌출한다. 비스마르크호를 쫓는다. "따라 달린"다. "놓치지 않"는다. "기필코 잡아낼 것"이라고 다짐한다. *"교훈을 쏘아드리지요? 교훈에/피격당했다면 온전히 떠 있겠습니까"*로 추격전은 다시 변

주된다. 다른 문장은 다른 문장이 아니다. 독립된 문장이 턱턱 꽂히나, 고립되는 대신 다른 방식, 즉 기이한 조합과 기발한 대칭으로써 시가 아직 가보지 못한 영토를 여는 일에 몰두한다.

류진의 첫 시집 『앙앙앙앙』은 이러한 방식으로 시에 반(反)한다. "반성할 시간"은 없다. 말미에 붙인 「부록: 어찌하여 나는 비겁하고 치사하며 우아하게 되었는가」를 읽는다. 이 시집은 "여행기를 쓰지 않"고 "반성문을 쓰지 않"으며, "재채기로 너를 다시 살게" 하고 "하품으로 너를 다시 죽게" 한다. 위대한 자의 이름으로 쓰는 시, 시는 위대한 그 시를 비틀거나 변주한다. "따귀의 대중에 취향을 때려라!"처럼 혹은 "입안 가득 씹히는 상념의 머리털"을 쥐어뜯으며 마야콥스키를 뒤틀고, 아폴리네르의 '목 잘린 태양'을 저격하고, 장 주네의 감옥을 거꾸로 매달아 활활 태운다. "장칼로 아빠의 목젖을 찌르고/독으로 넘치는 포도주를 들이켜는 시대"(「비스마르크 추격전」)와 이렇게 결별을 선언한다. "씨가 필요 있습니다"와 같은 문장은 이렇게 발명된다. '씨가 필요하다' + '씨가 있다'와 같은 결합, 저 간결성을 바탕으로 시는 고유한 효율성을 성취한다. 이 시집은 "장3화음, 그것만큼은 견딜 수 없다"는 외침, 견딜 수 없는 조화와 화성과 아름다운 멜로디를 "네가 음악의 가랑이를 아이처럼 찢을 때" 번져 나오는 변주의 언어, 언어의 대위하는 운동, 대칭하면서 교효하는 조직으로 아예 부수어버린다.

    모데라토 칸타빌레의 "안느"와 총성을 듣고
    조각조각 떨어진 태양을 수습하기로 했지만

    꽃이 축포를 터뜨리는 아래를 너는 걷고 나는 모든 뿔이 촛농처럼 녹아
    도로와 비로 울부짖는 내게 혀 없는 경관이 〈딱지〉를 붙였다

〔……〕

실패했다 실패했다

오른 날개에 열망을 털리고 왼 날개에 희망을 털려

무게 추를 잃은 장난감 독수리처럼

골목에 처박혔을 때

얼갈이배추가 에메랄드야

순무 더미는 다이아몬드

축산물 시장은 보물전 식육전문기계는

금속의 이빨로 박수 치고 웃었지

——「부록: 어찌하여 나는 비겁하고 치사하며 우아하게 되었는
가」 부분

　시는 고상한 세계문학의 문법을 답습하면서 완성되지 않는다. 시가
추구해야 할 길을 내느라 오늘도 분주한 '순수-맹세-시마에 들리셨네
요?' 따위들, 그것의 역사를 낱낱이 보고하고 섬기느라 분주한 시들을
"실패"가 모조리 집어삼켜버린다. 시인이 부리는 말은 비범하지 않고,
문장은 고상하지 않다. 시는 숭고하고 아름다운 언어의 산물이 아니다.
"얼갈이배추"나 "순무 더미"가 "에메랄드"와 "다이아몬드"일 수 있다.
위로하는 시, 상처를 나누는 따뜻하고 다감한 시, "장터에 끌려온 염소
처럼 질질 짜는/시인"이 되받게 되는 두 가지 수사의문문은 "잠겨 있
는걸?"과 "씹히고 있는걸?"이다. 시에는 "너희가 자랑처럼 가슴팍에
박제한 인간"이 없다. "나는 끝나지 않는다 내 이야기엔 인간이 없다"
라고 시인은 말한다.

케이건 드라카는 어떤가

하나 남은 용맹한 키탈저 사냥꾼

폭풍이 되어 나가의 성벽에 몰아쳤으나 외려

나가의 심장을 지키는 바람벽이 되어버렸다

아나킨은 어떻고?

사랑을 지키려 철의 권좌 앞에 무릎 꿇었지만

잘못을 되돌리기엔 너무 늦어버려

벼락과 흑암만이 투구 속의 눈에 흐르네

또 누구 말인가? 포우 무라사메? 테레즈 데케루? 하얀 마음 백구가

웃긴가? 그리하여

모든 열전의 마침표 안으로 "그리고 죽었다"가 소용돌이치지

꽃으로 가득 찬 회전계단이 서풍에게 소용없듯이

　　　—「부록: 어찌하여 나는 비겁하고 치사하며 우아하게 되었는

가」 부분

　시는 곳곳에 있다. 『눈물을 마시는 새』의 "케이건 드라카"나 「기동
전사 Z건담」의 "포우 무라사메", 은하제국군 우주함대의 "키르히아이
스"(「전우주멀리울기대회」)는 어떤가? 시인은 "이빨뿐인 몸"이다. 숟가
락과 젓가락, 포크와 나이프를 용도에 맞추어 얌전히 놀리는 대신, 그
는 "포카락"을 사용한다. 서정시인가요? 서사시인가요? 참여시? 혹은
순수시? 서정과 서사? 전위와 미래? 영웅과 악당은 누가 정하나. 세상
에는 편리한 구분이 편재한다. "진실을 암송하려 잇몸을 핥"는 "염소"
의 메에메에, 나는 "그 콧김조차 지겹다!" 그리고 당신들의 언어는 낡

왔다. '참여하라'는 독촉을 시는 목줄로 매야 한다. 앙가주망이 '앙앙앙앙' 부서진다. 앙앙앙앙. 한 번 터지고, 네 번 변주된다. 이데올로기는 시를 틀에 가두고 목을 조른다. 당신들의 의미는 단일하고 단정해서 철퇴를 휘두른다. 이것은 저것이고 저것은 이것이며, 이것은 이 해석과 일치하고 저것은 저 번역으로만 터전을 마련한다고 당신들은 '수조 안의 빙어가 불쌍해요, 하지만'이라고, '잠꼬대 말고 자기 얘기나 좀 하는 게 어떠냐고?'라고 목이 쉬도록 주장할 뿐이다. "수조 '안의 빙어가 불쌍해요, 하'지만"을, "잠꼬'대 말고 자기 얘기나 좀 하는게 어떠'냐고?"를 말하지는 않는다. 좀처럼 "엇박자에 올라타 흔들"리지 않는다. "포르티시시모로 날뛰"는 법이 없으며 "불협화음"을 그저 금기시하는 당신들의 저 언어, 그 리듬은 오로지 "장3화음"일 뿐, 너무나 익숙하고 아름다워서 차라리 신물이 나려고 한다. 당신들은 시 대신, 당신들이 시라고 생각하는 무엇, 당신들이 섬기는 시, 그렇다고 믿어 의심치 않는 시, 그 이데올로기만을 백지 위에 덜어내고, "초대받은 자들의 화목"을 나누는 데에만 급급할 뿐이다. '시인이여, 한마디 하시라 세상이 어쩌고 하는 것 너희의 장기 아닌가?'

[2020]

검은 노트의 문장을 들고 거리를 걸으며 참외와 거위의 'as if-미래'를 생각하는-생각하지 못하는, 가능성-불가능성의 이원론을 밟고 걸어 다니는 코끼리의 식사법과 연립주택 102호 정리하기-잠자기, 의미-의문의 자리와 글쓰기의 방식을 타진하기
— 강보원의 『완벽한 개업 축하 시』

> 시의 기술이란 자신의 힘을 비평적 목록으로 쪼개지 않고서도 전달할 수 있지요. 시가 허공에 말을 던지는 경박하고 무책임한 광대가 되어야 한다는 뜻은 아닙니다. 그렇지만 좋은 시의 바로 그 느낌은 존재를 위해 자신만의 이유를 전합니다.
>
> — 찰스 부코스키[1]

방법과 구조, 그리고 의미, 여전히-아직도 의미

사물의 참된 의미가 사물 자체의 고정된 속성에 의해서가 아니라 사물들 간의 상호 관계에 따라 결정된다는 사실은, 적어도 말-언어에도 적용되는 것으로 보아야 한다. 전체를 구성하는 여러 항(項)들이 있다. 이 항들은 개별적으로 진(眞)과 위(僞)를 하나하나 파악하여 도달하는 어떤 총체, 즉 그것들의 '합'에서 의미를 산출하는 것이 아니라, 이 항들 서로 간의 맺고 있는 관계에 의해 비로소 제각각이 자기 '값'을 가질

---

[1] 찰스 부코스키, 『글쓰기에 대하여』, 박현주 옮김, 시공사, 2016, p. 37.

뿐이다. 시집도, 시집의 편편도, 그 편편을 이루고 있는 단락들도, 단락을 메우고 있는 문장들도, 문장을 구성하는 낱말들, 낱말을 이루는 음소들도 마찬가지다. 거꾸로 가는 방식, 즉 더해서 합을 산출하는 방식은 그저 보태진 결과물, 그러니까 항들의 '관계성'을 배제한, 총체total에 도달할 뿐이며, 전체를 나누는 분할에서조차 의미는 고립된 상태에서 발생하지 않는다. 강보원의 시는, 삶에서, 생활에서, 그 경험에서 길러온 말들을 배치하고, 이야기의 방을 열어, 독특한 구조 속, 저 숱한 시도들을 한 아름 펼쳐놓지만, '선험적으로' 의미의 자리를 마련하는 대신, 오히려 말의 잠재성과 가능성을 탐구하고 그 방식을 조직한다.

그는 이제   산책을 나갔다 그러니까   그는
지금 여기   없다   우리는 그가   가고 없는
집에서 이런   저런 물건들을 살펴보고   만져
볼 수 있다   그가 사과를   깎은 과도를 들었다가
그의 입술   자국이 남은   물컵을 내려놓는 식
으로   그의   집은 침실   하나와 작업실 하나
이렇게 방이   두 개 있고   작은   거실이
하나   있는 아담하고 평범한   집이다
그는 종이   신문을 읽지   않는다 그가 읽던
책 몇 권이   책상에 올려져 있다   그가
어디로 산책을   갔는지 여기서   알기
는   어렵다 그러나 우리의 탐구   방법
은 그러니까   우리가   그를 알기 위해
기울이는   노력은 그가   없기
에   비로소   가능한   것이다
불연속과   구조가   중요하다   이

둘은 서로　　　모순되는 두 요소인데　　　그 말은

둘이 함께　　　있을 때만 무슨 의미가　　　있다는　　　뜻이

다　　　　　가령 그와 그가 없는

그의　　　집이 서로에게 의존하고 있으며 바로　　　　　그

사실로부터만　　　　　우리가 그를 알아갈 수 있는

　　　　　것처럼 말이다　　　그렇지만　　　　　　　아직

풀리지　　않은 의문이　　　하나　　　있다 그 의문은 무엇

일까?

　　　—「너무 헛기침이 많은 노배우의 일생」 부분[2]

　우리는 "아침이면 오렌지 주스를 갈아 먹었"던 "그", "결심했고, 불
평했고, 울었고, 웃었고, 잠잤고, 달렸고, 멈췄"던, 저 과거의 "헛기침이
많은 노배우"를 알려고 한다. '그'가 지금은 '없는' 집을 방문한다. 부재
하는 '그', 그의 생활, 그의 삶, 그의 흔적들이 집에 남아 있을 것이다.
"그는 지금 여기　　없다". "여기"와 "없다"는, 이 두 낱말 사이의 여
백만큼, 정확히 바로 그만큼, 각기 다른 감정을 갖는다. 또한 '여기'―
[　　]―'없다'와 같은 구조의 배치에 있어서, 여백 [　　]의 크기는 행마
다 조금씩 다르며, 따라서 여백이 그 자체로 고정된 의미를 갖는 것은
아니다. 여백 앞에 놓인 낱말들은 여백의 그 길이만큼 상이한 '여운'을
가지며, 또 바로 그만큼, 각각의 특질을 다양한 방식으로 지연시킨다.
왜냐하면 여백은 화행(話行)이 미처 마무리되지 않은 상태를 고지하며,
결국 휴지(休止) 이상으로, 문장을 끊어내고 나서, 이내 이어져 여백 다
음에 배치된 말에, 그러니까 마치 당겼던 용수철을 갑자기 풀 때 발생
하는 타격처럼, '주관성'을 적재하기 때문이다. 여백 이후, 미완의 화행

2 강보원, 『완벽한 개업 축하 시』, 민음사, 2021. 이하 이 시집에서의 인용은 시 제목만 밝혀 적음.

에서 최초로 등장한 낱말은 여백 앞에 놓인 다른 낱말과 결합하거나 혹은 헤어지면서, 확정할 수 없음의 차이를 만들어내고, 이를 통해 '그'를 알기 위해 기울인 노력의 성질을 재현한다. '그의 부재', 즉 '없음'으로 가능해진 '그의 존재', 즉 '있음'에 대한 탐구는, 서로 모순되거나 반대로 보일, 바로 이 '그의 있음'과 '그의 없음'에 "서로에게 의존하고 있"으며, 마치 떼어내려야 떼어낼 수 없는 종이 한 장의 저 앞뒷면처럼, 오로지 서로의 관계에 의지해서만 "그를 알아갈 수 있는" 것이다. 그의 '있음'은 추상적 실체가 아니라, 그의 '없음'으로만 의미를 갖는 무엇이며, 그의 '없음'은 형이상학의 '무(無)'가 아니라, 그의 '있음'으로만 가치를 지닌다. 존재하지만 부재하는, 부재하지만 존재하는 구조 속에서 "그를 알아갈 수 있"다는 것은, '의미'가 과연 어떻게 생성되는지, 어떻게 낱말과 문장이 비로소 의미를 지닐 수 있는지, 그 가능성에 관한 물음이자 이와 같은 사실에 대한 알레고리이다. 의미는 이처럼 관계의 산물이다. 그러나 이것이 의미의 자리를 타진하는 데 요청되는 충만한 요소는 아니다. 같은 작품에서 인용한다.

> 그가
> 좋아하는
> 속담
> 하나
> 아 다르고
> 어
> 다르다
>
> 월급은 변변치 않았으나 학원에서 일한 적도 있었다
> 계단 청소를 한 적도 있었는데 꽤 많은 돈을 벌었다

검은 노트의 문장을 들고 거리를 걸으며 참외와 거위의 'as if-미래'[······]   463

왜냐하면

아와

어는

원래

다르기 때문

이다

— 「너무 헛기침이 많은 노배우의 일생」 부분

   흔히 '어' 다르고 '아' 다르다고 말한다. 말조심을 권고할 때 자주 등
장하는, 속담이 되다시피 한 이 말은, 사실 "그를 알아갈 수 있"는 또
다른 가능성 중 하나, 즉, 의미 생성에 필요한("헛기침이 많은 노배우"
를 알아가는 데 필요한) 루트 중 하나를 빗댄 또 하나의 알레고리다. 언
어는 실체를 갖는 소리를 사용한다. 그러나 소리가 그 자체로 언어, 즉
의미를 갖는 말이 되는 것은 아니다. 음소가 서로 결합하여 구성된 '낱
말'은 다른 낱말과의 관계 속에서, 오로지 서로의 소리가 빚어내는 차
이를 통해서만 제 '값'을 가지기 때문이다. 가령 '강아지'는 '송아지'가
아닌 '강아지', '송아지'가 아닌 '망아지'가 아닌 '강아지'이다. 이처럼 하
나의 낱말은 ≠낱말 1≠낱말 2≠낱말 3≠낱말 4〔……〕≠낱말 n, 즉
그 낱말을 '구별해주는-[특히 '아'와 '어'처럼 이항(移項)]-대립하는 다
른 낱말들을 통해 빚어지는 '관계' 속에서만 오롯이 제값을 갖는다. 실
상 이것이 낱말의 전부라고 해도 과언은 아니다. "그는 이 속담을 좋아
한다"고 시인은 말한다. "월급은 변변치 않았으나 학원에서 일한 적도
있었다"는 이렇게 '월급은 변변치 않았으며 학원에서 일한 적도 있었
다'도, 더구나 '월급은 변변치 않았으나 학원에서 일한 적이 있었다'도,
나아가 '월급은 변변치 않았으며 학원에서 일한 적이 있었다'도 아니

464

다. 마찬가지로 "계단 청소를 한 적도 있었는데 꽤 많은 돈을 벌었다"
는 '계단 청소를 한 적이 있었는데 꽤 많은 돈을 벌었다'도 아니며, '계
단 청소를 한 적도 있었는데 꽤 많은 돈을 벌었다'도, '계단 청소를 한
적이 있었는데 꽤 많은 돈도 벌었다'도 아니다. 이렇게 단 하나의 음절
차이로 인해 문장의 의미가 달라진다. 실사나 형용사, 동사처럼, 흔히
의미 발생의 주된 역할을 하는 요소—품사도 아닌, 그저 동일한 연결어
미인데도 서로 대립하는 관계 속에서 상이한 가치를 지니는 '나'와 '며'
의 저 차이, 다 같이 보조사인데도 '도'와 '이'의 다름으로 인해, 의미의
자리가 타진된다. 시인은 문장도, 글도, 실상은 마찬가지라고 언급한
다. "않았으나"—"있었는데"처럼, 음운이나 음절이, 서로 대립하며, 긴
장—대립의 상태에서 발생하는 차이와 변별적 가치가, 바로 의미 생성
의 주요한 경로이며, 어쩌면 문장의 목줄 자체를 쥐고 있는 것이다. 시
인은 이를 "노배우"를 알아가고, 그의 삶—존재를 탐구하는 데 있어 남
아 있는 또 하나의 "풀리지   않는 의문"이라고 말한다. 의미의 자리,
의미의 터전을 마련하는 일, 그것은 우연의 옷을 입은 문장들의 행방
과 배치와 조직에 달려 있으며, 여기서 홀로 가는 낱말이나 음소, 문장
은 없다. 마찬가지로 '무엇'을 이야기하는가는 전적으로 '어떻게' 이야
기하는가에 의해 결정된다.

그는 양말을 벗어 두고 잠들었다.
나는 양말을 벗어 두고 잠들었다.

두 문장 사이를 헤매고 있었다.

좁다고 하기엔 애매한 공간이었다. 복도로 창이 난 방이었다. 볕
이 들지 않았고. 눅눅했다. 첫 번째 문장을 따라 이야기의 방으로

검은 노트의 문장을 들고 거리를 걸으며 참외와 거위의 'as if-미래'[……]   465

옮겨 갈 수 있다. 두 번째 문장을 고른다면 나는 조금 더 밀착된다.
─「참외의 시간」(pp. 97~101) 부분

 어떤 문장을 선택하면 또 다른 문장을 잃게 된다. '주어'의 운명, 그
것이 바로 글쓰기의 운명이다. 어디서든, 어떤 형태로든, 분절의 과정
을 통과하지 않고 전제할 수 있는 발화가 존재할 수 없는 것과 마찬가
지로─왜냐하면, 두 음절을 동시에 발음하여 구사되는 언어는 없으므
로─, 두 문장-두 주어를 동시에 실현할 수는 있는 방법은 그 어디에
도 없다. 말은 항상 불가피한 선택 속에서 놓인 말이고 언어인 것이다.
시인은 첫번째 문장을 선택하여 "그"를 따라가면 '이야기'가 펼쳐지며,
반면 "두 번째 문장"을 골라 "그를 남겨 두고 내 방으로 건너오면", '그'
의 이야기와는 전혀 다른 나의 "고백"의 문이 열린다고 말한다. "그"와
"나"처럼, 고작 주어 하나가 다를 뿐, 나머지 구성 요소가 같지만 "이
야기와 고백 중 무엇을 좋아하는지"가 결정되며, 이에 따라 "도착하는
방이 달라"진다. 이렇듯, 무엇을 선택하건, 하나를 잃고 마는 말, 글쓰
기의 순간은 그 자체로 패러독스의 산물이다. "그는 양말을 벗어 두었
고, 그뿐만 아니라 셔츠도 벗어 두었고, 주름이 많은 검정 바지도 벗어
두었다" vs "나는 양말을 벗어 두었고, 그뿐만 아니라 셔츠도 벗어 두
었고, 주름이 많은 검정 바지도 벗어 두었다"처럼, 글쓰기가 갖는 선택
의 일회성, 주어의 양립할 수 없음은, 마치 풀리지 않는-풀릴 수 없는
패러독스와도 같다. 시인은 이를 두고 "두 문장 사이를 헤매고 있었다"
라고 말하며, 이 패러독스의 명제를 시인은 시의 이어지는 부분에서
다음과 같이 제시한다.

 이런 이야기가 있다.
 목적지를 거짓으로만 말하기로 약속한 두 남자가 있었다. 어느

466

날 한 남자는 다른 남자를 속이려고 자신의 목적지를 정직하게 말했다. 그 의도를 간파한 다른 남자는 곧 이렇게 외쳤다. "너는 왜 암스테르담으로 가면서 암스테르담으로 간다고 말하는 거지?"

꼭 두 남자의 이야기일 필요가 있을까?
자신들만의 암호로 모든 것을 반대로 말하기로 한 남녀가 있었다. 그들은 배가 고플 땐 배가 부르다고, 감기가 걸렸을 땐 감기가 나았다고, 마음이 아플 땐 행복하다고 말했다. 어느 날 남자는 자신이 더 이상 여자를 사랑하지 않는다는 것을, 이 모든 장난을 끝내고 싶어졌다는 것을 깨달았다. 남자가 더 이상 여자를 사랑하지 않는다고 말하자, 여자는 이렇게 대답한다. "너는 왜 나를 사랑하지 않으면서 나를 사랑하지 않는다고 말하는 거야?"
──「참외의 시간」 부분

"목적지를 거짓으로만 말하기로 약속한 두 남자"와 "모든 것을 반대로 말하기로 한 남녀"는 패러독스의 유형으로 "두 문장 사이를 헤매고 있"는 대표적인 예라고 하겠다. "한 남자가 다른 남자를 속이려고 자신의 목적지를 정직하게 말했다" 같은 문장을 한번 보자. "정직하게 말했다"는 "거짓으로만 말하기로" 한 애초의 약속에 위배되므로 '거짓'이다. 다시 말해, 이 남자는 어떤 말을 한다 해도, 정직하게 말하면, 애초의 "거짓으로만 말하기로 약속"을 위반하게 되며, 논리적으로 그의 말은 그 자체로 거짓으로 귀결된다. 그러나 거짓으로 귀결된 그의 말은, 한편으로는, 애초의 약속, 즉 '모든 것을 거짓으로 말하기'로 한 약속을 지킨 것이므로 결국에는 '참'이다. 반대로 말하기로 약속한 남녀 역시 동일한 패러독스 속에 놓인다. 장난에 싫증을 느낀 남자는 결국에는 여자에게 '나는 더 이상 너를 사랑하지 않는다'라고 말한다. 반대로 말하기로 약속한 남자의 이 말은 그렇다면 참인가 거짓인가? 어떻게 하나의 문장이 참이 되고 또 동시에 거짓이 되는가?

에피메니데스: 모든 크레타인은 거짓말쟁이다.[3]

에피메니스데스는 크레타인이다. 그가 한 "모든 크레타인은 거짓말쟁이다"는 진실인가? 진실이라고 한다면, '모든 크레타인은 거짓말쟁이'다. 그러나 에피메니데스도 크레타인이다. 따라서 그가 한 "모든 크레타인은 거짓말쟁이다"라는 말은 거짓이다. 그러나 과연 에피메니데스는 거짓말을 한 것일까? 그가 거짓말을 했다고 가정했을 경우, 크레타인들은 모두 거짓말쟁이가 아니며, 이렇게 에피메니데스가 한 말은 결국 참이 되고 만다. 어느 경우를 가정하더라도 명제는 참과 거짓, 둘 중 하나로 판명되지 않는데, 이는 명제 자체가 '스스로를 부정하는 문장'이기 때문이다. 시인은 이 패러독스를 한결 더 복잡한 수준으로 끌어올린다. "너는 왜 암스테르담으로 가면서 암스테르담으로 간다고 말하는 거지?"를 보자. '너'는 암스테르담에 가는가? 가지 않는가? "너는 왜 나를 사랑하지 않으면서 나를 사랑하지 않는다고 말하는 거야?"도 보자. '너'는 그녀를 사랑하는가? 그녀를 사랑하지 않는가? 이 의문문에서 참-거짓의 판별 가능성은 성립하지 않는다. "모든 크레타인은 거짓말쟁이다"와 마찬가지로, 증명할 수 없이 무한으로 늘어나는 거짓과 참의 굴레에 빠지게 되기 때문이다. 이게 끝이 아니다. "암스테르담으로 가면서"와 "사랑하지 않으면서"처럼, '만약if'이라는 연결어를 사용한 복합 명제를 다른 연결어, '아닌not'이나 '또는or'을 사용한 명제로 바꾸어 표현했을 때(이 경우, 본래 명제의 진릿값에는 아무런 변화가 일

3 마틴 가드너, 『이야기 파라독스』, 이충호 옮김, 사계절, 2003, p. 15.

어나지 않는다)도 고려해야 한다고 시인은 말한다. 암스테르담은 참인 목적지나 거짓인 목적지가 아니라, 결국 n의 차원으로 늘어나는 거짓-참의 부정의 부정의 부정의 부정[……]이며, 여자의 의문문에서도, 저 반대로 말하기의 수행 여부에 따라, 참과 거짓의 선택 가능성은 무한 곱절로 늘어난다. 게다가 두 가지 경우 모두, 의문문 자체도 '부정'(거짓말-반대)이어야 한다는 조건을 헤아려 따져봐야 하는 '복합 진술'로 되어 있다. 확정문의 참은 의문문에서는 자주 거짓이 되기 때문이다. 두 문장 사이를 충분히 헤매고 있다.

이원론의 세계, 방식의 고안

> 다른 호박들과 비슷한, 그러나
> 노랗고 무거운 나만의 호박을.
> ─「그러나 노랗고 무거운」

"두 문장 사이를 헤매고 있다"의 패러독스는 사건이 실재하는 것이 아니라, 말하는 방식 안에서 구성되고, 재현되고, 해체되는 결과물일 뿐이라는 사실을 드러낸다. 글쓰기의 방식은 사유의 방식과도 밀접히 관련된다. 조직된 사고에 감정을 입히는 것도, 수많은 자아를 꺼내는 일도, 글쓰기의 방식에 의해 결정된다.

토머스에게, 미셸이 말했다.

"버찌를 든 너구리가 담장을 타 넘고 있어. 나는 이제 너구리가 넘어간 담장 앞에 서 있다. 흰 페인트가 담긴 양철통을 들고. 나는

검은 노트의 문장을 들고 거리를 걸으며 참외와 거위의 'as if-미래'[……]   469

어떤 말부터 지워야 할지 알 수 없다. 그러나 너는 떠내려가지 않겠구나. 너구리는 언젠가 다시 담장으로 돌아올 것이다. 그러니 너는 먼 먼 길을 걸을 필요가 없겠지. 발을 세게 구를 필요도 없을 거야. 나는 이제 발을 세게 구르지 않는다. 부드러운 페인트에 브러시를 적신다. 내가 꺼내지 않은 말들이 발 아래로 뚝뚝 떨어지고 있다. 나는 여기서 생각을 더 이어 가야 한다는 것을 알고 있지만 그것을 생각하는 도중에 그것은 점점 사라지고 있다. 너는 멀리서 젖은 톱밥을 뿌리며 내게로 걸어오고 있다. 그러나 내 물병은 비었고, 나는 그냥 여기 서서, 담장 가득 흰 페인트칠을 하고 있을 것이다."

"너구리가 우리 옆을 지나갔어."

흰 담장 앞에서, 토머스가 말했다.
─「이원론적 세계」전문

미셸은 프랑스 철학자일 확률이 높다. 그가 영국 철학자일 확률이 높은 토머스에게 하는 말은 '순간-지금-여기'의 포착과 그 보존에 관련된다. 너구리가 담장을 타 넘고 '있다'. 행위는 순간에 현존한다. 나도 있다. 그걸 지켜보고 있으므로. 너구리가 없어진 담장 바로 앞에. 즉 코앞에 나는 있다. 너구리가 사라졌으므로, 그 전에 내가 한 말, 즉 "버찌를 든 너구리가 담장을 타 넘고 있어"의 "너구리"는 이제 없다. 마찬가지로 이 사실을 방금 발화한 "너구리가 넘어간 담장 앞에 서 있"던 나는, 바로 이 방금의 발화 시점에서는 더는 없는 존재이다. 따라서 둘 다 없는 존재가 되었다. '없다'는 사실에 관련되는 지금-여기의 나를, 시인은 "어떤 말부터 지워야 할지 알 수 없다"라고 말해두었다. 여기까지가 그러니까 '사실'이다. 본 것, 존재했던 것, 있었던 것은, '방금-

470

아까-이제-막', 실현되고 곧 사라져버렸기 때문이다. 이제부터는 "내려가지 않겠구나"-"돌아올 것이다"-"필요가 없겠지"-"필요도 없을 거야"처럼, 예측, 추정, 짐작, 바람 등 주관성이 적게 적재되었다고 할 수 없는 발화가 축축하게 이어질 뿐이다. 그 예측과 추정은 대부분 옳았고 ("나는 이제 발을 세게 구르지 않는다") 이어서 나는 새로운 행위에 착수한다("부드러운 페인트에 브러시를 적신다"). 이미 했던 말들을 모두 지웠다. '존재'도 지워졌다. 따라서 '있음'도 지워졌다. 존재의 있음이나 순간의 행위를 나타낼 수 있는 것은 오로지 언어밖에 없기 때문이다. "브러시"를 쥔 손에는 새로운 말이 달려 있다. 이 경우, 말은 방금 사라진, 방금 마친, 방금 확인한 '있음'-'행위'의 종결의 백지 위로, 그 "벽" 위로, 새로 칠하는 말이다. 그런데 과연 새로 칠할 수 있을까? '새로 칠한다'는 '생각'이 먼저인가? 말이 우선하는가? 생각은 또 다른 생각을 낳는다. 말은 사실, 이 생각의 속도를 따라가지 못한다. 생각과 말이 동시에 지연된다. 그 사이, 내 생각과 말의 대상, '있음'을 종결했던 타자가, 다시 내 앞에 '있다'. 그는 걸어오고 "있다". 할 수도 있었던 행위, 생각, 말 등은, 아직 실현되지 않았으나 이제부터 실현되었을 수도 있을 영역, 즉 전(前)미래의 시제에서만 가능한 무엇이 된다. 하나의 현상에 대한 이와 같은 복잡한 설명을 가만히 들으며, 옆에 있던 "토머스"는, 아무것도 없는 "흰 담장 앞에서" 이 사태를 "너구리가 우리 옆을 지나갔어"라고 간단하게 말해버린다. 이 이원론의 세계는 무엇인가? 발생한 사건을, 오로지 말과 생각의 추이를 따라 재구성하고 해체하는(말이 우선인가, 생각이 우선인가?) 프랑스 철학자의 관념론과, 담장으로 넘어가는 너구리를 관찰하고 그 관찰 결과를 토대로 "이제 너구리가 넘어간 담장 앞에 서 있다"는 주장을 펼치며, 나아가 그 과정을 지켜본 내가 "있다"는 사실을 경험적으로 증명하는, 영국 철학자의 실증론이 서로 대립한다. 이원론의 세계, 저 관점의 차이가 우선하는가? 아니면 글쓰기의 방식에 따라 이원론의 세계가 실현되는가.

　　　　　그가 처음 나무 인간을 만난 건 중국의 어느 호텔 방에서

　　　　　그가 혼자 있을 때였다

　　　　　그다음은 한강의 공원 잔디밭에서였고

　　　　　그다음은 남자들이 주먹다짐을 하는 술집 문 앞이었다

　　　　　그다음은 자취방의 침대 위

　　　　　그다음은 롯데 백화점 4층 남성 의류 코너에서였고

　　　　　그다음은 이니스프리에서

　　　　　그다음은 자취방의 침대 위

　　　　　그다음은 자취방의 침대 위

　　　　　그다음은 영화 「쥐잡이」를 보고 난 후 영화관 밖에서

　　　　　그는 그것을 기억하는데, 왜냐면,

　　　　　나무 인간이 "이 영화 정말 좋지 않아요? 아이가 감아 놓은 흰

커튼이 혼자 스르륵 풀리는 장면에서 나도 모르게

　　　　　잎사귀를 떨어뜨렸어요." 하고 말을 걸어왔기 때문이고

　　　　　그다음은 서울숲 근처의 아파트 단지에서

　　　　　그다음은 담양 시내

　　　　　그다음은 시골에 있는 작은 박물관 후문 으슥한 곳이었고

　　　　　그다음은 석류나무 옆

　　　　　그다음은 친구 집의 안락한 자주색 소파에서

　　　　　그다음은 자취방의 침대 위

　　　　　그다음은 자취방의 침대 위…… 그것이

　　　　　마지막이었다; 나무 인간이 떠난 뒤로 그가 처음 한 일은

　　　　　나무 인간을 생각하며 자취방의 침대 위에 누워 있기였고

　　　　　그다음은 의자에 앉아 있기

그다음은 물 마시기

그다음은 영화 「성냥공장 소녀」를 보고 감상문 쓰기

그다음은 창문 쳐다보기

그다음은 나무 인간 생각하기

그다음은 돌멩이 줍기

······

그다음은 자신의 자주색 소파 위에서 물 마시기

그다음은 자신의 자주색 소파 위에서 물 마시기

그다음은 자신의 자주색 소파 위에서 물 마시기

였다

——「나무 인간을 만난 영화 애호가의 일생」 전문

시의 구조는 시의 방법과 다르지 않다. "마지막이었다; 나무 인간이 떠난 뒤로 그가 처음 한 일은"에서 시는 절반으로 접히고, 거울처럼 서로 마주한다. 반두점-세미콜론(;)은 흔히, 선행 구문에 대한 뒤의 그것의 독립적인 표현이자 논리적 구분을 전제한다. 그러나 작품에서 반두점은 쉼표보다 중한 휴지를 새기며, 병렬의 단위를 조직한다. 목소리는 반두점 전후로 완전히 사라지는 대신, 오히려 "그가 처음 나무 인간을 만난 건"과 "그다음"/"나무 인간이 떠난 뒤로 그가 처음 한 일"과 "그다음", 두 부분의 병렬을 구조화한다. 이를 우리는 병렬적, 혹은 '병행-전략적paratactic' 글쓰기의 실천이라고 부를 수 있겠다. 강보원의 시에서 자주 목격되는 이와 같은 병행적 글쓰기는, 독자에게 내용의 숙지나 굵직굵직한 줄거리의 파악을 유도하는 대신, "그다음"처럼, 쉼 없이 반복되는 동일한 구(句)나 절(節)의 배치를 통해, 글 전체를 '부차적'-'문법적'-'위계적' 질서에서 해방하여, 독립적-자율적으로 변주되는, 고유한 구성을 실현한다. 반두점 앞과 전의 기술은, 마치 거울처럼,

서로 마주 보며, 직진하는 글쓰기에 대항하여, 앞의 내용에 대한 부가 설명이나 부차적 열거를 물리친다. '장소'-'행위'는 "그다음"이라는 순서의 층위로 진행되며, 이러한 서술은 다소 간결한 주제 주위로 거의 무한으로 불어나는 변주를 이용해 선적으로 흐르는 시간을 무지르고, 순간과 순간을 포개어 사유하게 만드는 구조를 낳는다. 또한 이 구조는, 그 자체로 죽은 것이 아니라, 병렬로 인해, 순간의 발화들, 그 포개어짐을 통해, 그러니까 '순간과 순간'의 반복을 통해 생명을 얻는다.

> 그는 걸었다. 그는 방금 국민은행을 지나쳤고, 국민은행을 지나 이바돔감자탕을 지나 지하로 통하는 술집을 지나 족발보쌈집을 지나 걸었다. 그는 걸었는데, 건물 2층 코인 노래방을 지났고 스시정을 지나 베스킨라벤스를 지나 던킨도너츠를 지나 하나은행을 지났고 기업은행을 지나 걸었다. 그러니까 그는 꽤 번화한 거리를 걷고 있었다. 그는 계속 걸었다. 소울키친을 지나 커피빈을 지나 카페B를 지나 그 긴 코로 눈을 비비고 있는 파란 코끼리를 지나 주민 센터를 지나 무아국수……가 보이는 곳에서 그는 멈췄다.
>
> 긴 코로 눈을 비비고 있는 파란 코끼리라고?
> ──「파란 코끼리」부분

그는 걷는다. 그러나 직진하는 활보나 너른 곳으로 나아가는 행진은 아니다. 산책……이라기보다 주변을 계속 걷는다. "국민은행"-"이바돔감자탕"-"지하로 통하는 술집"-"족발보쌈집"-"2층 코인 노래방"-"스시정"-"베스킨라벤스"-"던킨도너츠"-"하나은행"-"기업은행" 등, 그는 "꽤 번화한 거리를 걷"는다. 계속 걸었다고 말한다. "소울키친"-"커피빈"-"카페B"-"그 긴 코로 눈을 비비고 있는 파란 코끼리"-"주민 센터"-"무아국수"에서 멈추었다가 다시 눈을 돌린다. "긴 코로 눈을 비비고 있는 파란 코끼리라고?"

"카페B와 주민 센터 사이에서 코로 눈을 비비고 있"는 것은 아마도 왼편에 지시한, IBK기업은행 안암동 지점의 간판일 것이다. 시인은 "이 긴 코로 눈을 비비는 파란 코끼리가 자신에게 무엇을 의미한다고 생각할 수 없었다"라고 말한다. 계속해서 걷는 이야기는 '의미의 생성'과 그 탐구 과정에 대한, 역시, 알레고리다. 길 위에서 걸으며 마주친 것은 지극히 평범한 것들, 상호-이름을 갖는 장소-건물이며, 시에서는 걷는 것, 걷는 행위, 그 과정에서 만난 것들이며, '걷는다'를 구성하는 각각의 요소들이자, 서로 모여, '걷는다'의 체계를 이룬다. 언술의 체계 속 평범한 언어 요소들 역시, 발화되었을 때-기록되었을 때, 비로소 의미 생산에 전부 동참한다. 이 '걷는다'의 체계를 벗어난, 다시 말해, 걷는 행위를 직접 거치지 않는, 돌연 튀어나와, 보기만 한 이미지, 지상의 위에 매달린 간판이라는 '상징'은, 걷는 행위의 '의미 생산'에 동참하는 것은 아니다. 글쓰기의 방식과 의미 생산에 대한 이러한 고찰은 "'가로수 하나를 지나치고'까지 적었을 즈음"(「나무들」), 그러니까 "이미 두셋의 가로수는 지나친 후", 그러다가 "'가로수 둘을 지나치고'라고 적었을 때 실제로 그가 몇 그루의 가로수를 지나쳤는지 세어"본 후에야 비로소 "여섯 그루의 가로수"가 의미를 지닌다고 말하는 것과도 궤를 달리하는 것은 아니다. 개별화의 과정, "다른 호박들과 비슷한, 그러나/노랗고 무거운 나만의 호박"(「그러나 노랗고 무거운」)을 갖는 일, "결국에는 모든 나무가 다 똑같아 보이고, 모든 나무가 다 똑같아 보인다"(「평화연립주택 입주자를 위한 안내서」)고 해도, "나무의 변별적인 특성"을 헤아려보는 일.

의문, 물음, 마치 ~인 것처럼

이렇게 계속 내려가다 보면
바다 밑에는 뭐가
있을까?
(나는 어느 순간에
별이 보일까 봐 무서웠다)
　　　——「잠수함(혹은 우주선)을 탄 함장의 일생」

의미를 걸머쥐는 일, 사물에 의미를 부여하는 일, 그리고 그 어려움. 의문은 세상에 편재하고, 물음은 도처에서 발생한다.

　　봐 봐. 잠수함에 타기로 한 거 잘한 거 맞지? 그래 맞아. 우리 바다 깊숙이 들어가고 있는 거 맞지? 그래 맞아. 그런데 왜 우주로 가고 있는 거 같지, 이거 우주선인가? 아니 잠수함 맞아. 아니 아니 이거 우주선 아냐? 아니 아니 잠수함 맞아. 아니 아니 아니 진짜 이거 우주선 아냐? 아니 아니 아니 이거 잠수함이라니까. 그럼 바나나 샐러드 좀 먹고 오자. 샤워 좀 하고 오자. 그런데 이거 바다 밑으로 가는 거 맞아? 아니 왜 물고기가 없어. 아니 아니 아니…… 우리는 옷을 갈아입는다. 사물함이 붙어 있어서 옷을 갈아입을 때 함장은 내 침대에 걸터앉아야 한다. 함장님. 저도 마취제가 필요해요. 있겠지.
　　——「비품 보관 요령」 부분

함장과 나, 우리는 잠수함을 타고 있으며, 서로 끊임없이 묻는다. 아니다. "함장은 불안해서 자꾸 같은 걸 물었"다. 잠수함에 함께 탄 우리는, 그러나 그것이 잠수함인지, 확신하지 못한다. 우리가 어디에 있는지, 타고 있는 것이, 바다 저 아래로 내려가고 있는 잠수함인지, 반대로 하늘로 올라갈 우주선인지, 알지 못하여, '맞나'와 '아닌가'의 변주 속에서, 끝나지 않는 의심의 대화가 이어질 뿐이다. 계속해서 물을 수밖에 없는 구조, 부정을 거듭하고 의심을 거두어들일 수 없는 둘은 "마취제가 필요"하다. "있겠지"는 확정할 수 없는 상태를 알리는, 무언가에 대한, 짐작, 추정, 바람, 당연, 두려움을 포함한, 즉 '그럴 것이다'의 표현이다. 다시 말해, 오로지 그와 같은 발화로만 지금의 여기, 둘이 있는 곳, 하고 있는 행위, 보고 있는 것을 표현할 수밖에 없다는 전언이다. 나머지 부분을 읽는다.

> 물고기들 산호들 바다 돌멩이들 미끄러지는
> 오징어 두 마리…… 투명하다. 속이 다 보이는데
> 흐느적거리면서
> 춤추는 것 같아.
> 오징어 맞나 아니 오징어가 아닌가 오징어인가.
> 마취
> "우주선 같아."
> ──「비품 보관 요령」 부분

　모든 것은 '마치 ~인 것처럼'으로만 인식된다. 그렇다면 이는 허구인가? 그렇지 않다. 허구의 가능성을 내포한, '아마도'와 '만약'의 세계에서만 존재하는 무엇이다. 무언가를 확신하거나 특정할 수 없는 상태에서 "마취"된 둘은, 이내 '마치'의 세계로 미끄러진다. 오로지 '마치 ~인 것 같은' 상태로만 재현되고 인식되는, 불확실-불가능-불확정의 세계가 펼쳐진다. 진(眞)이거나 위(僞)일 수 없는 발화의 연속, 이 둘 중,

어느 하나에 속할 수 없는 상태의 발화, 마치 ~인 것처럼, 재현될 뿐인 시뮬라크르의 세계는, 부정과 의심, 의혹과 '마춰-마치'로 가득 채워질 뿐인 세계이며, '만약'과 '아마도'의 세계에 거주하는 아직 실현되지 않은 발화들, 불확정성의 축포와 같은 대화의 타래를 우리는 목격한다. 여기-지금, "바보 함장 바보 선원"은 이렇게 "꼭 둘이 같이 움직이자고 해서" "잠수함에 타기로 한 거 잘한 거 맞지?"라고, 자신의 행위와 결정을 일치시키지 못할 때조차, 오로지 타자에게 자아의 불안정성을 의탁하고 확인하려 시도하지만, 이 또한 "그래 맞아. 그런데 왜 우주로 가고 있는 거 같지, 이거 우주선인가?"라고 반복할 뿐이다. 우주선인가? 잠수함인가? 우주선이 아니라, 우주선인 것 같다. 잠수함이 아니라, 잠수함인 것 같다. 오징어는 춤을 추고 있는가, 아니다. 오로지 "춤추는 것 같아"라는 말로서만 형용되고 감지되고 존재할 뿐이다. "이런 것들"이 파편적으로 배열되는 세계는, 그러니까 "바보 함장 바보 선원 속옷들과 세면 바구니/싱크대 샐러드용 칼"이 나열된 세계, 질서-결속-믿음의 결여 상태에서 "또 바닥으로 가는 잠수함"이 만나게 되는, '아니'와 '맞아'의 끊임없이 헛돌며 미끄러지는 둘의 대화 속, 자아의 파편일 뿐이다.

너는 거위 두 마리를 데리고 다닌다 너는 거위 소녀다 거위는 희고 부드럽고 누르면 꾹 들어간다

이상한 소리로 울었다 네가 웃는 소리는 거의 우는 소리처럼 들린다 너는 거의 소녀다 너는 그렇게 생각한다

거의 그렇다고, 아니면

거의 그럴 뻔했다고

너는 밤이 폭신한 흰 털같이 깔린 부엌에서

두부를 데치고 나물을 무치지만

박하 향처럼

머릿속은 알싸하고 콕콕 찌르는 것들로 가득하다

그러니까

너를 거위로부터, 거위를 너로부터 해방시켜 줄 수 있었던

거의 그럴 뻔했던 것들의 목록:

— 너는 머리를 두 갈래로 땋은 적이 있다

— 너는 돈키호테를 베껴 쓴 적이 있다

— 너는 짓무른 딸기 때문에 화를 낸 적이 있다

— 너는 탈무드를 읽다 궁금한 적이 있다; 누가 두 아이를 굴뚝

으로 데려갔을까?

—「거위 소녀」 부분

　"거위 두 마리를 데리고 다"니는 "거위 소녀", "네가 웃는 소리는 거
의 우는 소리처럼 들린다"고 말한다. "거의 소녀"는 '마치 무엇처럼'의
소녀다. '거의'의 세계는 무엇인가? "거의 그렇다고, 아니면/거의 그럴
뻔했다고" 할 수 있는 세계다. 이 가능성의 세계, 그러나 실현되지 않
았던 불가능성의 세계, 그러나 네가 데리고 다니는 거위 두 마리, 그러
니까 "너를 거위로부터, 거위를 너로부터 해방시켜 줄 수 있었던" 세
계이다. 생활, 삶, 일상에 묻혀 있는, 거의 할 뻔했던 것들, '거위'에서
불려 나와 '거의'의 세계에서 실현될 수도 있었던 것들, "거의 연애일
뻔했던 연애"를, "거의 마음일 뻔했던 마음"을 꺼낼 수도 있는 순간은,
네가 데리고 다니는 '거위'(생활에서 해야 하는 것들, 붙잡고 있는 것들)
에서 '거의'(할 수도 있었던 다른 것들과 그 마음과 행위와 과거의 것들)
의 새롭게 갱신되는 목록을 꺼내 드는 순간이다.

　'그럴 모양'이다, '마치 그런 느낌'이다,로 정의되는 세계. 체온을 재

는 앰뷸런스 속의 기계가 "아무 몸에도 연결되지 않고 허공의 온도를 재고 있는 모양"(「잘 만져 본 내일」)이라고, "마치 그런 이상함처럼, 나는 그저 뭔가 넘친다는 느낌이, 우리가 상상 속에서 끊임없이 부수고 있는 작은 크래커가 있"(「심야 공사」)다고 시인은 말한다. '진'이나 '위'의 기술이 아니며, 사실-확정적 발화가 아니다. '그럴 것이다', 즉 짐작-추정의 또 다른 표현이다. 앰뷸런스를 타고 돌아오는 현실은 "출발할 때와 마찬가지로 구름 없는 밤. 푹푹 찌는 여름"이다. "검게 굳은 몸과 차와 마음들"은 꼭꼭 닫힌 서랍 같은 곳에 담아두어야 한다고, 그러려면 "더 많은 창고/더 많은 다락방/그리고 훨씬 더 많은 장롱들이/필요할/것/같았다"라고 말한다. '필요하다'가 아니라 그럴 것 '같았다'다. 시인은 마음을 이렇게 갠다. 펼치는 대신 그냥 개어 넣는다. 그런 마음을 넣어둘 곳이 필요하다. 그러나 '필요하다'는 바로 이 사실, 이 사실은 오로지 '~와 같았다' '~할 것 같았다'라는 표현에 힘입어 가능성을 타진하나, 그마저 실현 가능성을 누락한다. 필요할 것 같았다는 표현은, 소망, 바람, 요청 등을 소환하는 만큼, 정확히 그럴 것 '같았다'를 거기에 결부시켜, 미래로 저 수많은 필요들을 현실에서 유보하거나 밀어내면서, 현실에서 갖추어져야 할 필요의 가능성을, "내일을 만져 본 당신"에게, 즉 불가능성에 위탁한다. "감기와 먼지와 미래와 습기에 시달리느라 정신이 없"(「이 책이 더 많이 대출되기를 바랍니다」)는 책의 서문에는 "시를 잘 쓰는 방법"이 적혀 있다. "상상 속에서 끊임없이 부수고 있는 작은 크래커" 가루와 같은 이야기, 잠들지 못하는 애인에게 끝날 줄 모르는 이야기를 풀어놓을 뿐이다. 이 '상상'은 구축하는 미래의 집이 아니며, 부수어지는 크래커의 문법 속에서, 무언가를 하게 한, 사역(使役)의 말들로 지어진다.

나쁜 도시는…… 기관지를 안 좋게 하고 싸구려

커피숍의 단골이 되게 한다……

……나쁜 도시는 뒷골목에 침을 뱉게 하고 때때로 열을

오르게 한다

자주 얻어맞은 것처럼 멍해지게 하고 몸에서 으깨진

은행 냄새가 나게 한다

　　　　　　　　　　　—「무덥고 춥고 밝은(혼잣말)」 부분

알맞은 스핀과 적절한 구속이란 건…… 멀고 잔디밭은

끝나지도 사라지지도 않고 열심 말고 다른 걸 알기엔

머리를 못 쓴다 있는 힘껏

쟁이질을 하고 흰 울타리를 치고 맨날 울고

밥은 매일 똑같고

틈만 나면 분무기로 잡풀에 제초제를 뿌려 보지만

잔디만 다 죽이고

집 앞 아스팔트 밑바닥에 얼굴을

한 장

한 장 쌓아 올리다가

[……]

1점: 너무 열심히 하셨습니다

2점: 너무 열심히 하셨습니다

3점: 너무 열심히 하셨습니다

4점: 당신은 정말이지 너무 열심히 하셨습니다

5점: 당신은……

검은 노트의 문장을 들고 거리를 걸으며 참외와 거위의 'as if-미래'[……]　481

이제 그만하셔도 되겠습니다

그만하지도 못하고

　　—「유령들의 밤 당구」 부분

　"나쁜 도시"는 무언가를 '하게 하고' '하게 만들고' '하게 해서 지치게 하는' 행위의 주인이다. 녹색 푸른 잔디는 당구대 위에 펼쳐진 시트가 된다. 그 위에서 사람들은 열심히 공을 굴린다. "알맞은 스핀과 적절한 구속"은 고수들의 몫이다. 그러니까 이런 것들은 "멀고", 푸른 잔디밭은 드넓고 "끝나지도 사라지지도 않"는다. 그러나 "열심 말고 다른 걸 알"지 못한다. 그만해도 된다고 말하는 정중한 부탁을 듣는다. "물론 밤은 길고 베갯잇이 젖고 서투른 마쎄이에 녹색/이마가 찢겨도 내일 밤은 오고 웃"을 것이다. 그러나/그럼에도 그만하지 못한다. 그러나/그런데도 "여전히 하루가 똑같"(「동물들」)다. 아마도-거의 똑같을 것이다. "어떤 판본에서도 소년이 집에 돌아가지 못한다"(「러시아 동화」)는 사실과 "이제부터는 아무것도 돌이킬 수가 없을 것"(「포도나무 기르기 수업」)이라는 사실을 안다. "집도 있고 집에는 침대도 있고 침대는 푹신푹신한데 물건들을 한쪽으로 치"(「짙은 안개가 낀 밤의 숲」)운다. 청소하고 정리한다. 미래도 치워버려야 한다. 그런데 푹신한 침대가 있는 집과 녹색 텐트는 사실 어느 것이 어느 것에 속해 있는지 구별이 가능하지 않다. 집은 그러니까 가상의 집, "돌아갈 방법이 없"는 집, 미래의 집 같은 것이다. "미래"는 "그릇, 종이컵, 비디오테이프, 검게 탄 냄비"와 "청소 도구, 고무지우개"와 함께 "텐트 안에 꽉 들어찬 물건들"에 속한 것처럼 '배열'될 뿐이다.

품 목	금 액
해파리 반짝임 전기세	19,800원
진흙 냄새	2,000원
시동이 잘 안 걸리는 검은 승용차	68,000원
소원 수리용 메모지	94,000원
전우주신학대학교 학자금 대출 이자	117,000원
구름 여러 묶음	3,500원
꽃	1,500원
맥주	10,000원
『초보 신들도 영혼을 만들 수 있다』	42,000원
물리 법칙 세트	2,300원
멋진 망토	6,000원
만능 연필(불량 없음)	9,700원

합   계 375,800원
결 제 액 375,800원

그리고 그 위에 빨간 색연필로 낙서가 되어 있다:

적자, 적자, 다음 달엔 꼭……
—「지구에 사는 어떤 신의 영수증」 부분

스크램블드 에그가 거의 준비되었습니다 우리는 답을 알고 있지

검은 노트의 문장을 들고 거리를 걸으며 참외와 거위의 'as if-미래'[……]   483

만 결코 말하지 않을 것입니다 우리의 식사법, 그중 하나는 죽어도
우리가 누구인지 말하지 않는다는 것입니다 1:2:2의 비율로 침묵
항복 항복 점잖음 점잖음을 반복합니다 그런 식탁에 대해서……
　　　——「코끼리식 식사법」 부분

　오규원의 시가 "시를 공부하겠다는 미친 제자"[4]와 커피를 마시며, 문
학과 철학의 가치가 상품화되고 있는 것을 메뉴판이라는 형식을 취해
와 패러디하고 있다면, 강보원의 시는 영수증, 즉 가격을 지불하고 난
것, 그리고 측정이 가능하지 않고 좀처럼 값을 매길 수 없는 것들의 가
격표를 제시한다. "해파리 반짝임 전기세" "진흙 냄새" "시동이 잘 안
걸리는 검은 승용차" "소원 수리용 메모지" "전우주신학대학교 학자금
대출 이자" "구름 여러 묶음" 등이다. 그런데 지구에 사는 이 신이 지
불하고 얻은 이 영수증 위에는 "빨간 색연필"로 "*적자, 적자, 다음 달
엔 꼭……*"이라고 적혀 있다. '적자(赤字)' 즉 지출이 수입보다 많아 생
긴 결손액을 뜻하며, 그래서 장부에 기록할 때 붉은 글자로 써넣은 데
서 유래한 이 말을 "빨간 색연필"이라는 말로 적어 보충한다. 지구에
사는 신은 항상 적자이다. 이러한 사실을 기록하자고, 적자, 적자, 두
번 반복한다. 시는 항상 적자를 내는 적자, 즉 기록이다. 슬픔은 감정을
풀어놓은 방식으로, 감정의 동요나 과장, 슬퍼야 한다는 정서의 움직임
을 통해 기술되지 않는다. 그것은 '거의 그럴 뻔한'과 '마치 ~인 것처
럼'과 '아마도'와 '하게 한다'와 '아니, 아니, 아니'와 "거의 모든 참외들
이 가지고 있는 것. 파문을 남기고 사라지는 것. 참외에 걸맞은 질문들
과 우리 각자가 쥐고 있는 참외들 사이"(「참외의 시간」, pp. 116~17)에
고여 있다. 슬픔을 쓸고, 정리하고, 청소하며, 시인은 "두툼한 검은 노

4　오규원, 「프란츠 카프카」, 『가끔은 주목받는 생이고 싶다』, 문학과지성사, 1994.

트에 문장을 적기 시작한다". 그리고 "나는 그 문장들이 녹슬거나 녹아
가는 것을 본다"라고 말한다. 미래는 바로 이 녹슬거나 녹아가는 문장
들처럼 오래도록 메말라 있다.

> 그때도 나는 슬픈 이야기를 하고 있었지 그때 네 앞치마의 줄무
> 늬 패턴, 손목으로 땀을 닦아낼 때 드러나던 흰 이마, 빚을 많이 진
> 남자에 대한 이야기를 계속 하니까 닥치고 크로와상이나 먹어, 처
> 음 말하던 순간도 다 기억나는데 나는 일그러진 하늘로부터 일그
> 러지지 않은 하늘 아래로 내쫓긴 거야 내가 알고 있던 슬픈 이야기
> 도 다 떨어졌고 이제 나는 좋은 사람으로 표상되지 않는 하늘과 구
> 름과 함께 앞으로는 되도록 반복되는 인생을 살아야 한다 그게 너
> 무 슬퍼서 엉엉 울었는데 너는 울지 마, 울지 마, 닥치고 크로와상
> 이나 먹어, 그 말만 하면서 밀대를 놓지도 못하고 나는 어쩔 수 없
> 이 슬프지 않은

이야기를 시작해야 한다
　──「제빵의 귀재」 부분

　모든 시가, 글쓰기의 방법, 그 고안과 맞물려 있다. 비유가 없는
시, "딸랑거리는 방울이 없고" "새로운 상품이나 장식을 들여 놓지
않"(「멜랑콜리 아이스크림」)는 시, 일체의 상징과 은유를 삼가는 시, 지
성적인 시, 차갑고 맑은 눈으로, 감정을 모두 드라이기로 말리듯 기술
해나간 폭발적인 시, 어떻게-이렇게 '시였던 것', 그 통념, '시라는 인증
과 그 굴레'의 말에서 벗어나, 고안하는 글을 쓸 수 있는 걸까? 허무에
고개를 묻어버리지 않고, 감동의 참호를 파지도 않는 시, 이론의 잔을
높이 들어, 추상의 경배에 입을 맞추거나, 그 방울방울을 교묘하게 홀

리거나 방치하지도 않는 시, "비유가 없"으며, "시적 짜잔도 없"(「훔쳐쓰기로 결심하는 시」)는 시, 오로지 한 문장 한 문장, 기억과 생각을 배합하고 덧붙여내며, 이야기에서 뺄셈을 만들어내는 시, 강보원의 첫 시집에서는, 맑은 슬픔과 차가운 현기증, 저 순간순간들이, 문장들의 반란 속에서, 새로운 고안 속에서, 끝없이 피어오른다.

[2021]